Sangue de Dragão

Título do original: *Shadowscale*
Copyright © 2015 Rachel Hartman.
Copyright da capa © Andrew Davidson
Copyright da edição brasileira © 2015 Editora Pensamento-Cultrix Ltda.
Texto de acordo com as novas regras ortográficas da língua portuguesa.
1ª edição 2015.
Todos os direitos reservados. Nenhuma parte desta obra pode ser reproduzida ou usada de qualquer forma ou por qualquer meio, eletrônico ou mecânico, inclusive fotocópias, gravações ou sistema de armazenamento em banco de dados, sem permissão por escrito, exceto nos casos de trechos curtos citados em resenhas críticas ou artigos de revistas.

A Editora Jangada não se responsabiliza por eventuais mudanças ocorridas nos endereços convencionais ou eletrônicos citados neste livro.

Esta é uma obra de ficção. Todos os personagens, organizações e acontecimentos retratados neste romance são produtos da imaginação do autor e usados de modo fictício.

Editor: Adilson Silva Ramachandra
Editora de texto: Denise de Carvalho Rocha
Gerente editorial: Roseli de S. Ferraz
Produção editorial: Indiara Faria Kayo
Assistente de produção editorial: Brenda Narciso
Editoração eletrônica: Fama Editora
Revisão: Nilza Agua

Dados Internacionais de Catalogação na Publicação (CIP)
(Câmara Brasileira do Livro, SP, Brasil)

Hartman, Rachel
   Sangue de dragão / Rachel Hartman ; tradução Gilson César Cardoso de Sousa. — São Paulo : Jangada, 2015.

   Título original: Shadowscale.
   ISBN 978-85-5539-031-9
   1. Ficção fantástica 2. Ficção juvenil I. Título.

15-08142   CDD-028.5

Índices para catálogo sistemático:
1. Ficção : Literatura juvenil 028.5

Jangada é um selo editorial da Pensamento-Cultrix Ltda.
Direitos de tradução para o Brasil adquiridos com exclusividade pela EDITORA PENSAMENTO-CULTRIX LTDA., que se reserva a propriedade literária desta tradução.
Rua Dr. Mário Vicente, 368 — 04270-000 — São Paulo, SP
Fone: (11) 2066-9000 — Fax: (11) 2066-9008
E-mail: atendimento@editorajangada.com.br
http://www.editorajangada.com.br
Foi feito o depósito legal.

Para Byron

Extraído de *Goredd:*
A Floresta Emaranhada da
História, do padre Fargle

Consideremos, em primeiro lugar, o papel de Seraphina Dombegh nos acontecimentos que levaram a Rainha Glisselda ao trono.

Cerca de quarenta anos após Ardmagar Comonot e a Rainha Lavonda, a Magnífica, assinarem seu histórico tratado, a paz entre dragões e humanos era ainda perigosamente frágil. Em Lavondaville, os Filhos de São Ogdo pregavam a retórica antidragão nas esquinas, fomentando distúrbios, e cometiam violências contra os saarantrai. Esses dragões em forma humana podiam ser facilmente identificados naqueles dias pelos sinos que eram forçados a usar; para sua própria proteção, os saarantrai e seus primos parecidos com lagartos, os quigutl, permaneciam confinados num bairro chamado Buraco dos Quig todas as noites, mas isso só servia para discriminá-los ainda mais. Com a aproximação do aniversário do tratado de paz — e da visita oficial de Ardmagar Comonot —, as tensões aumentaram.

Às vésperas da chegada de Ardmagar, a tragédia aconteceu. O filho único da Rainha Lavonda, o Príncipe Rufus, foi assassinado à maneira dragontina clássica: decapitação. Ninguém jamais encontrou sua cabeça, provavelmente devorada. O crime teria sido cometido mesmo por um dragão ou pelos Filhos de São Ogdo, para inflamar o ódio contra os dragões?

É nesse cenário confuso de política e preconceito que entra Seraphina Dombegh, assistente recém-contratada do compositor da corte, Viridius. A palavra "abominação" caíra em desuso, mas seria justamente assim que o povo de Goredd consideraria Seraphina, pois sua mãe era um dragão e seu pai, humano. Se esse segredo fosse revelado, poderia significar a morte da garota, de modo que seu pai a manteve isolada para sua própria segurança. As escamas prateadas de dragão em torno da cintura e do antebraço esquerdo poderiam denunciá-la a qualquer momento. Quer tenha sido movida pela solidão ou pelo talento musical, o certo é que Seraphina assumiu um risco terrível ao trocar a casa do pai pelo Castelo de Orison.

Escamas não eram sua única preocupação. Seraphina costumava ser afligida por lembranças maternas e visões de seres grotescos. Seu tio materno, o dragão Orma, ensinou-a a criar um jardim simbólico dentro da mente, onde ela poderia abrigar essas curiosas criaturas; somente cuidando do jardim dos grotescos todas as noites é que conseguiria impedir que as visões a dominassem.

Quase na hora do funeral do Príncipe Rufus, entretanto, três habitantes do jardim mental de Seraphina se apoderaram dela na vida real: Dama Okra Carmine, a embaixadora ninysh; um tocador de gaita de foles samsamese chamado Lars; e Abdo, um jovem dançarino porfiriano. Seraphina descobriu por fim que essas pessoas eram meios-dragões como ela e que ela não estava sozinha no mundo. Todos tinham escamas e habilidades peculiares, físicas ou mentais. Isso era ao mesmo tempo um alívio e uma preocupação a mais. Nenhum deles estava seguro, afinal de contas. Lars, sobretudo, havia sido ameaçado em diversas ocasiões por Josef, Conde de Apsig, seu meio-irmão que odiava dragões e era membro dos Filhos de São Ogdo.

Seraphina poderia ficar longe da política e da intriga se não fosse pelo tio Orma. Por quase toda a sua vida, ele tinha sido seu único amigo, ensinando-lhe não apenas o controle das visões, mas também a música tradicional dos dragões. Seraphina, por sua vez, inspirara em Orma um carinho paternal, um sentimento profundo considerado inaceitável pelos dragões. Os Censores dragontinos, convencidos de que Orma estava emocionalmente comprometido, vigiavam-no há anos, ameaçando mandá-lo de volta à pátria dos dragões, Tanamoot, onde se submeteria à remoção cirúrgica de suas lembranças.

Após o funeral do Príncipe Rufus, Orma soube que seu pai, o banido ex-General Imlann, estava em Goredd. Orma supunha, e as lembranças maternas de Seraphina confirmavam, que Imlann fosse uma ameaça para Ardmagar Comonot, por ser membro de uma conspiração de generais descontentes que desejavam destruir a paz com Goredd. Farto dos Censores, Orma não confiava em si mesmo a ponto de se julgar imparcial e frio em relação ao seu próprio pai. Pediu a Seraphina que comunicasse a presença de Imlann ao Príncipe Lucian Kiggs, capitão da Guarda da Rainha. Embora Seraphina preferisse não se meter, não poderia deixar de atender ao pedido de seu amado tio.

Teria ela se aproximado do Príncipe Lucian Kiggs com receio? É o que aconteceria a qualquer pessoa sensível. O Príncipe era conhecido como investigador obstinado e arguto; se havia alguém na corte capaz de descobrir o segredo de Seraphina, certamente era ele. Entretanto, Seraphina tinha três vantagens inesperadas. Primeira, já lhe chamara a atenção favoravelmente, se não intencionalmente, como professora de espineta, muito paciente, de sua prima e noiva, a Princesa Glisselda. Segunda, Seraphina ajudara várias pessoas da corte a entender melhor os dragões, e o Príncipe se mostrara grato por sua intercessão. Finalmente, o Príncipe Lucian, sendo neto bastardo da Rainha, nunca se sentira muito à vontade na corte; em Seraphina, ele via uma pessoa igualmente deslocada, embora não soubesse dizer exatamente por quê.

Lucian deu crédito ao relatório da jovem sobre Imlann, mesmo pressentindo que ela calara muita coisa.

Dois cavaleiros banidos — Sir Cuthberte e Sir Karal — chegaram ao palácio contando que tinham visto um dragão suspeito no campo. Seraphina achou que se tratava de Imlann. O Príncipe Lucian Kiggs acompanhou-a até o enclave secreto dos cavaleiros para ver se alguém poderia identificar positivamente o mau elemento. O velho Sir James reconheceu o dragão como "General Imlann", que vira durante um ataque ocorrido quarenta anos antes. Durante a visita, o escudeiro de Sir James, Maurizio, fez uma demonstração da arte marcial mortífera da dracomaquia. Desenvolvida pelo próprio São Ogdo, a dracomaquia dera outrora a Goredd as armas para derrotar os dragões, mas era agora praticada apenas por uns poucos. Seraphina constatou até que ponto a humanidade ficaria indefesa caso os dragões rompessem o tratado.

É ainda matéria de debates acadêmicos se Imlann, em todo o horror de suas escamas flamejantes, de fato se revelou a Seraphina e ao Príncipe Lucian no caminho de volta ou se esse episódio não passa de lenda e ornamento. É sabido, porém, que Seraphina e Lucian ficaram convencidos de que Imlann matara o Príncipe Rufus. Para eles, o velho e astuto dragão estava escondido na corte em forma humana. As advertências de Seraphina a Ardmagar Comonot, entretanto, não foram ouvidas. O Ardmagar, embora coautor da paz, era por essa época arrogante e antipático, não ainda o dragão que se tornaria mais tarde.

Imlann atacou na Véspera do Tratado, servindo vinho envenenado à Princesa Dionne, mãe da Princesa Glisselda. (Embora o vinho se destinasse também a Comonot, não há evidências, contrariamente às afirmações de alguns colegas meus, de que a Princesa Dionne e Comonot mantinham um caso amoroso ilícito.) Seraphina e o Príncipe Lucian impediram a Princesa Glisselda de beber o vinho, mas a Rainha Lavonda não teve tanta sorte.

Eis uma prova da paciência dos dragões: Imlann ficou na corte durante quinze anos, disfarçado como governanta da Princesa Glisselda, uma conselheira e amiga de confiança. Seraphina e o Príncipe Lucian, descobrindo por fim a verdade, acuaram Imlann, que raptou a Princesa Glisselda e fugiu.

Todos os meios-dragões desempenharam um papel na captura e morte de Imlann: as premonições da Dama Okra Carmine ajudaram Seraphina e o Príncipe Lucian a encontrá-lo; Lars o distraiu com sua gaita de foles para que o Príncipe Lucian pudesse resgatar a Princesa Glisselda; e o jovem Abdo apertou a garganta ainda macia de Imlann, impedindo-o de cuspir fogo. Seraphina retardou a fuga de Imlann ao revelar a verdade sobre si mesma: era sua neta, o que deu a Orma tempo para se transformar. Orma, contudo, não era páreo para Imlann e ficou gravemente ferido. Foi outro dragão, Eskar, subsecretária da embaixada dos dragões, que acabou com Imlann, bem acima da cidade.

A história mostrou que Imlann era realmente membro de uma conspiração de generais dragões empenhados em derrubar Comonot e pôr fim à paz. Enquanto ele provocava distúrbios em Goredd, os outros davam um golpe em Tanamoot, assumindo o controle do governo dragão. Os generais, que mais tarde se intitularam "Velho Ard", enviaram uma carta à Rainha declarando Comonot criminoso e exigindo que Goredd o extraditasse imediatamente. A Rainha estava doente por causa do veneno; a Princesa Dionne, morta. A Princesa Glisselda, em seu primeiro ato como Rainha, decidiu que Goredd não entregaria Comonot para ele enfrentar acusações falsas e que, se necessário, iria à guerra pela paz.

Permitam a este historiador uma reminiscência pessoal: há cerca de quarenta anos, quando eu era apenas um noviço em São Prue, servi o vinho no banquete que nosso abade deu em homenagem a Seraphina, então uma senhora de mais de 110 anos. Eu ainda não havia descoberto minha vocação de historiador — de fato, penso que alguma coisa nela despertou meu interesse

—, mas, achando-me a seu lado no fim da noite, tive a oportunidade de fazer-lhe uma pergunta. Imaginem, se quiserem, que pergunta foi. Ai de mim, eu era jovem e tolo! Eis o que deixei escapar: "A senhora e o Príncipe Lucian Kiggs, que o Céu o tenha, confessaram mesmo seu amor um pelo outro antes até do começo da guerra civil?"

Seus olhos escuros brilharam e, por um momento, vislumbrei uma mulher muito mais jovem dentro daquela anciã. Ela apertou minha mão jovem e roliça nas suas, velhas e enrugadas, e disse: "O Príncipe Lucian foi o homem mais honesto e honrado que conheci. E isso aconteceu há muito tempo".

Assim, a oportunidade de toda uma vida foi desperdiçada pela juventude inexperiente e romântica. No entanto, senti e ainda sinto que seus olhos cintilantes responderam o que sua língua calou.

Eu apenas aflorei acontecimentos que outros historiadores passaram a vida inteira deslindando. Para mim, a história de Seraphina só começou realmente quando seu tio Orma, ajudado pela subsecretária Eskar, teve de se esconder para escapar aos Censores e quando Seraphina, às vésperas da guerra, decidiu que tinha chegado a hora de conhecer os outros habitantes do jardim de sua mente, os outros meios-dragões espalhados pelas Terras do Sul e a Porfíria. Esses são os eventos de que tratarei aqui.

Prólogo

Eu voltei a mim.

Esfreguei os olhos, esquecendo que o esquerdo estava machucado, e a dor fez o mundo de repente entrar em foco. Estava sentada no chão de madeira lascada do gabinete do tio Orma, nos fundos da biblioteca do Conservatório de Música de Santa Ida, livros empilhados à minha volta como um ninho de conhecimento. Um rosto se assomou sobre mim, revelando-se aos poucos: o nariz adunco, os olhos negros, os óculos e a barba de Orma; sua expressão mostrava mais curiosidade que preocupação.

Eu tinha 11 anos de idade. Orma estava me ensinando meditação havia meses, mas eu nunca tinha mergulhado tão fundo dentro da minha cabeça, nem me sentido tão desorientada ao emergir dela.

Ele empurrou uma caneca de água para debaixo do meu nariz. Agarrei-a, trêmula, e bebi. Não estava com sede, mas qualquer traço de bondade em meu tio dragão era algo para se incentivar.

— Relatório, Seraphina — exigiu ele, empertigando-se e empurrando os óculos no nariz. Sua voz não tinha calor nem impaciência. Orma atravessou a sala em dois passos e sentou-se sobre sua escrivaninha, sem se preocupar em tirar os livros primeiro.

Eu me remexi no chão duro. Oferecer-me uma almofada teria exigido mais empatia do que um dragão, mesmo em forma humana, poderia demonstrar.

— Funcionou — eu disse numa voz que mais parecia a de um sapo idoso. Engoli a água e tentei novamente. — Imaginei um pomar e um garotinho porfiriano entre as árvores.

Orma enganchou os longos polegares nas cavas do gibão cinza e olhou para mim.

— E conseguiu induzir uma visão verdadeira do menino?

— Sim. Tomei as mãos dele nas minhas e então... — Foi difícil descrever a parte seguinte, um redemoinho vertiginoso, como se a minha consciência estivesse sendo sugada para um ralo. Eu estava cansada demais para explicar. — Eu o vi em Porfíria, brincando perto de um templo, correndo atrás de um cachorrinho...

— Não teve dor de cabeça ou náuseas? — interrompeu-me Orma, cujo coração de dragão não se enternecia com cachorrinhos.

Sacudi a cabeça para ter certeza.

— Nada.

— Você saiu da visão quando quis? — Ele parecia estar checando itens de uma lista.

— Saí.

— Controlou a visão em vez de deixar que ela a controlasse. — Conferido. — Deu um nome à representação simbólica do menino na sua cabeça, o avatar?

Senti a cor afluindo às minhas faces, o que era uma tolice. Orma seria incapaz de rir de mim.

— Dei a ele o nome de Morcego das Frutas.

Orma assentiu gravemente, como se não existisse nome mais solene e apropriado.

— Que nome deu aos outros?

Olhamos um para o outro. Em algum lugar na biblioteca, do lado de fora do gabinete de Orma, um monge bibliotecário estava assobiando fora do tom.

— E-eu deveria ter dado nome aos outros? — perguntei. — Não é melhor dar um tempo a eles? Se Morcego das Frutas ficar em seu jardim especial e não me atormentar com visões, vamos ter a certeza de...

— Como você conseguiu esse olho roxo? — Orma perguntou, com seu olhar de falcão.

Apertei os lábios. Ele sabia perfeitamente bem: eu tinha sido surpreendida com uma visão durante a aula de música no dia anterior, caído da cadeira e batido o rosto na quina da escrivaninha.

Pelo menos não tinha esmagado meu alaúde, ele dissera na ocasião.

— É apenas uma questão de tempo até que uma visão a faça cair na rua e uma carruagem atropele você — advertiu Orma, inclinando-se para a frente, os cotovelos sobre os joelhos. — Tempo é um luxo que você não tem, a menos que pretenda ficar de cama num futuro previsível.

Pousei a caneca cuidadosamente no chão, longe dos livros dele.

— Não gosto de convidá-los todos de uma vez para entrar na minha cabeça — expliquei. — Alguns dos seres que vejo são bem medonhos. É horrível saber que podem invadir a minha cabeça sem pedir, mas...

— Você entendeu mal o mecanismo — disse Orma suavemente. — Se esses grotescos estivessem invadindo a sua consciência, nossas outras estratégias de meditação teriam conseguido afastá-los. A *sua* mente é responsável, ela os procura compulsivamente. Os avatares que você cria serão uma conexão real e permanente com esses seres, para que sua mente não tenha mais que recuar abruptamente, de qualquer jeito. Se quiser vê-los, você só precisa se voltar para dentro e procurá-los.

Eu não conseguia imaginar que algum dia teria vontade de visitar qualquer um daqueles grotescos. De repente tudo pareceu demais para mim. Eu tinha começado com o meu favorito, o mais amigável de todos, e aquilo tinha me deixado esgotada. Minha visão ficou embaçada de novo; limpei na manga o olho que não estava machucado, com vergonha de derramar uma lágrima na frente do meu tio dragão.

Ele me fitou, a cabeça inclinada, como a de um pássaro.

— Você não é indefesa, Seraphina. Você é... Por que o antônimo de *indefesa* não é *defesa*?

Ele parecia tão genuinamente confuso com a questão que eu ri sem querer.

— Mas como continuo? — perguntei. — Morcego das Frutas foi óbvio: ele está sempre subindo em árvores. Aquela lesma do pântano horrorosa pode chapinhar na lama, eu acho, e vou colocar o homem selvagem numa caverna. Mas e o restante? Que tipo de jardim crio para contê-los?

Orma coçou a barba falsa, que muitas vezes parecia irritá-lo.

— Sabe o que há de errado com a sua religião? — perguntou.

Pisquei para ele, tentando analisar aquela pergunta, aparentemente sem relação nenhuma com o que estávamos dizendo.

— Não existe um mito da criação adequado — explicou. — Seus Santos apareceram seiscentos, setecentos anos atrás, e expulsaram os pagãos que, devo acrescentar, tinham um mito perfeitamente aproveitável envolvendo o sol e uma auroque. Mas por alguma razão seus santos não se incomodaram em conseguir uma história das origens. — Ele limpou os óculos na bainha do gibão. — Você conhece o mito de criação porfiriano?

Encarei-o com um olhar incisivo.

— Meu tutor lamentavelmente negligencia a teologia porfiriana. — Ele era meu tutor na ocasião.

Orma ignorou a indireta.

— É razoavelmente curto. Os deuses gêmeos, Necessidade e Possibilidade, caminhavam entre as estrelas. O que precisava existir, existia; o que poderia existir, às vezes existia.

Esperei o resto, mas pelo visto era só aquilo.

— Gosto desse mito — ele continuou. — Está de acordo com as leis da natureza, exceto a parte em que existem deuses.

Franzi a testa, tentando entender por que ele estava me dizendo aquilo.

— É assim que você acha que devo criar o resto do jardim? — arrisquei. — Caminhando pela minha mente como um deus?

— Não é uma blasfêmia — ele esclareceu, recolocando os óculos e me observando com um olhar de coruja. — É uma metáfora, como tudo o que você está construindo em sua mente. Você pode ser o deus das suas próprias metáforas.

— Deuses não são indefesos — disse eu, com mais bravata do que sentia.

— Seraphina não é indefesa — disse Orma solenemente. — Este jardim será o seu baluarte. Ele vai mantê-la segura.

— Gostaria de poder acreditar nisso — eu disse, com a minha voz de sapo outra vez.

— Provavelmente ajudaria se você acreditasse. A capacidade do cérebro humano para acreditar produz efeitos neuroquímicos interessantes no...

Ignorei a lição, ajustando a minha postura e dobrando os joelhos com as mãos sobre eles. Fechei os olhos e respirei de modo cada vez mais lento e profundo.

Mergulhei no meu outro mundo.

Um

Rainha Glisselda viu o dragão primeiro. Era um retalho de escuridão mais escuro num movimento rápido contra o céu noturno, apagando estrelas e acendendo-as novamente.

— Figura solitária aproximando-se do oeste, que São Ogdo nos salve! — Selda gritou, apontando para ele, numa imitação dos cavaleiros de antigamente. Ela estragou um pouco a impressão causada saltitando e rindo. O vento de inverno carregou para longe o som alegre; muito abaixo de nós, a cidade se enrodilhava numa colcha de neve recente, silenciosa e pensativa como uma criança mergulhada em seu sono.

Naquele mesmíssimo lugar, no alto da Torre do Ard do Castelo de Orison, guardas treinados também tinham esquadrinhado os céus um dia à procura de batalhões de dragões. Nessa noite era apenas a Rainha e eu, e a "figura solitária" se aproximando, graças a Todos os Santos, era uma amiga: a ex-subsecretária Eskar, da nossa embaixada dragontina. Quase três meses antes, ela ajudara meu tio Orma a escapar dos Censores, justamente quando a guerra civil dos dragões eclodiu.

Ardmagar Comonot, o líder deposto dos dragões, esperava que Eskar encontrasse um refúgio seguro para Orma e em seguida voltasse para nós em Goredd, onde Comonot tinha estabelecido seu quartel-general no exílio. O Ardmagar tinha a intenção de torná-la um dos seus conselheiros, ou até mesmo um general, mas os meses não trouxeram nem Eskar nem qualquer explicação.

Ela tinha entrado em contato com Comonot por meio de um dispositivo quigutl, no início daquela noite. Durante o jantar, Comonot tinha informado à Rainha Glisselda que Eskar chegaria depois de meia-noite. Em seguida, ele quando o dragão aterrissou. Suas asas escuras e laboriosas produziram uma lufada de ar sulfuroso, extinguindo o fogo das tochas. Inclinei-me na direção do vento, com medo de ser arremessada por sobre a borda. Eskar pousou no alto da torre e parou com as asas estendidas, uma sombra viva contra o céu. Eu já tinha encontrado dragões antes — eu mesma era meio-dragão —, mas a visão ainda assim me arrepiou os cabelos da nuca. Diante de nossos olhos, a escuridão escamosa e de caninos pontiagudos se enrodilhou e se contraiu, resfriou-se e condensou-se, dobrando-se sobre si mesma até que tudo o que restava era uma mulher nua e escultural, no alto da torre coberta de gelo.

Glisselda graciosamente tirou seu casaco de pele e se aproximou da saarantras — o dragão na forma humana —, estendendo-lhe a peça de roupa aquecida. Eskar agradeceu com um leve meneio de cabeça e Glisselda colocou o manto delicadamente sobre seus ombros nus.

— Seja mais uma vez bem-vinda, Subsecretária — cumprimentou-a a jovem Rainha.

— Não vou ficar — disse Eskar, categórica.

— Certamente — disse Glisselda, sem nenhuma surpresa na voz. Ela só era Rainha há três meses, desde que a avó caíra doente, abatida pelo veneno e pela dor, mas já dominava a arte de parecer imperturbável. — Ardmagar Comonot sabe?

— Sou-lhe mais útil no lugar onde eu estava — justificou Eskar. — Ele vai entender quando eu explicar. Onde ele está?

— Dormindo, com certeza — respondeu Glisselda. O sorriso encobriu sua contrariedade pelo fato de Comonot não se incomodar em estar de pé para cumprimentar ele próprio a recém-chegada. Glisselda guardava suas queixas sobre Comonot para as aulas de espineta, por isso eu vivia ouvindo sobre o quanto ele era mal-educado; o quanto ela estava farta de pedir desculpas aos aliados humanos pelo seu comportamento rude; o quanto ela estava ansiosa para que ele vencesse sua guerra e voltasse logo para casa.

Eu compreendia os dragões razoavelmente bem, graças ao meu tio Orma e às memórias que minha mãe me deixara. Independentemente do que fizesse, Comonot não poderia ofender Eskar. Na verdade, a subsecretária provavelmente estava se perguntando por que nós mesmas não tínhamos ido para a cama ainda. Enquanto Glisselda sentia que a ocasião exigia uma recepção de boas-vindas, eu estava tão sedenta de notícias do tio Orma que tinha aproveitado sem piscar a oportunidade de eu mesma recepcioná-la.

Eu me senti um tanto comovida ao vê-la novamente. Eu a surpreendera, da última vez, segurando de modo protetor a mão do meu tio ferido, na enfermaria de Santa Gobnait; parecia que aquilo tinha acontecido havia um século.

Por reflexo, estendi a mão para ela e disse:

— Orma está bem? Não está aqui para nos dar más notícias, espero.

Eskar olhou para a minha mão e ergueu uma sobrancelha.

— Ele está bem, a menos que esteja aproveitando a minha ausência para cometer alguma imprudência.

— Por favor, vamos entrar, Subsecretária — sugeriu Glisselda. — A noite está gélida.

Eskar tinha trazido uma trouxa de roupas entre as garras; ela a apanhou do chão e nos seguiu até a escadaria estreita. Glisselda tinha inteligentemente deixado outra tocha acesa um pouco mais abaixo, no campanário, e recolheu-a enquanto descíamos a escada em espiral da torre. Atravessamos um pequeno pátio, fantasmagórico sob a neve. Grande parte do Castelo de Orison dormia, mas os vigias noturnos nos observaram cruzar uma passagem nos fundos, de volta ao edifício principal do palácio. Se estavam alarmados com a chegada de um dragão, tarde da noite, eram muito profissionais para demonstrar.

Um pajem, tão sonolento que pareceu não registrar a presença de Eskar, abriu e segurou a porta do novo escritório da Rainha. Glisselda tinha deixado quase supersticiosamente a câmara cheia de livros da avó e escolhido outro aposento para si, mais arejado e parecido com uma sala de visitas do que uma biblioteca. Uma mesa ampla assomava-se diante das janelas escuras; ricas tapeçarias camuflavam as paredes. Diante da lareira à nossa esquerda, o Príncipe Lucian Kiggs avivava o fogo diligentemente.

Kiggs tinha disposto quatro cadeiras de espaldar alto diante do fogo e começado a aquecer uma chaleira. Ele se endireitou para nos cumprimentar, alisando seu gibão vermelho com uma expressão neutra, mas olhos castanhos sagazes.

— Subsecretária — disse, cumprimentando a saarantras seminua com toda cortesia. Eskar ignorou-o e reprimi um sorriso. Eu mal tinha visto o Príncipe nos últimos três meses, mas cada gesto, cada cacho negro do seu cabelo, ainda era caro para mim. Ele sustentou o meu olhar brevemente, então voltou sua atenção para Glisselda. Não era apropriado que se dirigisse à Segunda Compositora da Corte antes de sua prima, noiva e rainha.

— Acomode-se, Selda — disse ele, espanando a poeira imaginária de uma das cadeiras do meio e oferecendo a mão a ela. — Deve estar quase congelando.

Glisselda aceitou a mão estendida e deixou que ele a levasse até a cadeira. Havia neve na bainha de seu vestido de lã; ela a sacudiu sobre os ladrilhos decorados da lareira.

Acomodei-me na cadeira mais próxima da porta. Eu tinha sido convidada a estar ali para saber notícias do meu tio, e deveria deixar a sala caso a conversa enveredasse para segredos de Estado, mas também era, extraoficialmente, uma espécie de tradutora, por facilitar as interações entre dragões e humanos. Se Glisselda não tinha expulsado Comonot do palácio ainda, isso se devia em parte à minha diplomacia.

Eskar largou sua trouxa de roupas na cadeira entre mim e Glisselda e começou a desatá-la. Kiggs se virou com determinação para o fogo outra vez, colocando ali mais uma acha e provocando uma cascata de faíscas.

— Traz boas notícias sobre a guerra, Eskar? — ele perguntou.

— Não — respondeu Eskar, localizando suas calças e virando-as do lado certo. — Não estive nem perto da frente de batalha. Nem pretendo.

— Por onde esteve? — indaguei, saindo totalmente do protocolo, mas incapaz de me conter. Kiggs encontrou o meu olhar, as sobrancelhas arqueadas com simpatia.

Eskar se retesou.

— Com Orma, como tenho certeza de que você já deve ter adivinhado. Não gostaria de dizer onde. Se os Censores descobrirem o paradeiro dele, sua mente está perdida. Vão arrancar as lembranças dele.

— Obviamente nenhum de nós contaria a eles — contrapôs Glisselda, parecendo ofendida.

Eskar enfiou a cabeça e os braços por dentro da túnica.

— Perdoe-me — disse a subsecretária quando sua cabeça reapareceu pelo buraco da gola. — A precaução acaba se tornando um hábito. Estávamos em Porfíria.

Um sentimento de alívio me percorreu, como se eu estivesse embaixo d'água havia três meses e agora pudesse finalmente respirar. Fui tomada pelo impulso de abraçá-la, mas sabia que era melhor nem tentar. Dragões tendem a se irritar quando abraçados.

Glisselda estava observando Eskar com os olhos apertados.

— Sua lealdade a Orma é admirável, mas você deve ainda mais ao seu Ardmagar. Ele pode precisar de uma combatente forte e astuta como você. Eu a vi derrubar o dragão Imlann.

Houve uma longa pausa. Imlann, meu avô dragão, tinha atacado no solstício de inverno, matando a mãe de Glisselda, envenenando a avó e tentando assassinar o Ardmagar Comonot. Orma tinha lutado com Imlann no céu e sido gravemente ferido; Eskar havia chegado bem a tempo de dar cabo de Imlann. Enquanto isso, uma conspiração de generais dragões, o Velho Ard, que lamentava o tratado de Comonot com Goredd, tinha liderado um golpe em Tanamoot. Haviam tomado a capital e declarado Comonot um foragido.

Se Comonot tivesse sido assassinado, o Velho Ard poderia ter simplesmente se lançado sobre Goredd, reacendendo a guerra a que Comonot e a Rainha Lavonda tinham dado fim quarenta anos antes. Comonot sobreviveu, no entanto, e tinha Legalistas dispostos a lutar por ele. A guerra havia até agora se limitado às montanhas ao norte, dragão contra dragão, enquanto Goredd assistia com cautela. O Velho Ard queria Comonot, o fim da paz contra a humanidade e seus campos de caça ao sul de volta; os generais acabariam vindo para o sul, se os Legalistas não conseguissem detê-los.

Eskar passou os dedos pelo cabelo preto e curto, arrepiando-o nas pontas, e se sentou.

— Não posso ser general de Comonot — disse ela sem rodeios. — A guerra é ilógica.

Kiggs, que tinha tirado a chaleira do fogo e começado a encher as xícaras com chá, deixou uma delas transbordar e escaldou os dedos.

— Ajude-me a entender, Eskar — disse ele, sacudindo a mão e franzindo a testa. — É ilógico que Comonot queira seu país de volta, ou se defender e defender Goredd do ataque do Velho Ard?

— Nem uma coisa nem outra — disse Eskar, aceitando uma xícara de chá das mãos do Príncipe. — Comonot está certo em resistir. Mas é uma postura reativa, responde agressão com agressão.

— Guerra gera guerra — eu disse, citando Pontheus, o filósofo favorito de Kiggs. Ele me olhou e arriscou um sorriso rápido.

Eskar virou a xícara de chá nas mãos, mas não bebeu.

— A reatividade o torna míope. Ele se concentra nas ameaças imediatas e perde de vista o verdadeiro objetivo.

— E qual é o verdadeiro objetivo, na sua opinião? — perguntou Kiggs, passando uma xícara de chá à prima. Glisselda aceitou sem tirar os olhos de Eskar.

— Acabar com esta guerra — disse Eskar, olhando para Glisselda. Nenhuma das duas piscou.

— Isso é o que o Ardmagar está tentando fazer — disse Kiggs, os olhos disparando na minha direção com uma pergunta silenciosa. Dei de ombros, sem entender o argumento de Eskar.

— Não, o Ardmagar está tentando vencer — disse Eskar, com um olhar superior.

Quando viu que nenhum de nós parecia compreender a distinção, Eskar esclareceu:

— Dragões só colocam um ovo por vez e demoram a crescer. Toda morte é uma grande perda, e por isso resolvemos nossas diferenças com processos judiciais ou, no máximo, com embates individuais.

— Nunca foi nossa intenção lutar nesta escala; se a guerra continuar, toda a nossa espécie sai perdendo. Comonot deve voltar para a nossa capital, Kerama, assumir o Gabinete Opala e defender sua opinião como é seu direito. Se ele for bem-sucedido, nossas leis e tradições obrigam o Ker a ouvi-lo. Os combates cessam imediatamente.

— Você está certa de que o Velho Ard aceitaria isso? — perguntou Kiggs, entregando-me a última xícara de chá.

— Há um número surpreendente de dragões em Tanamoot que não tomou partido — explicou Eskar. — Eles tomarão o partido da ordem e da tradição.

Glisselda bateu o pé nos ladrilhos da lareira.

— Como é que Comonot vai conseguir ser bem-sucedido sem lutar contra cada ard ao longo do caminho? Ele tem em seu caminho inimigos para uma guerra inteira.

— Não, se seguir o meu sensato plano — disse Eskar.

Todos nós nos inclinamos para a frente. Certamente era por isso que Eskar tinha voltado. Mas ela coçou o queixo e não disse nada.

— Que plano é esse, exatamente? — perguntei, no papel a mim designado como incentivadora de dragões.

— Ele deve voltar comigo para Porfíria — disse Eskar — e entrar em Tanamoot pelo outro lado, através do vale do rio Omiga. O Velho Ard não está esperando uma incursão daquela direção. Nosso tratado com os porfirianos é tão antigo que nos esquecemos de que não é uma lei da natureza, mas um documento que pode ser alterado ou desconsiderado em caso de necessidade.

— Os porfirianos permitiriam isso? — perguntou Kiggs, mexendo seu chá.

— O Ardmagar teria que negociar — disse Eskar. — E já antecipo que ainda pode haver luta ao longo do trajeto, por isso ele não pode ir sozinho.

A Rainha Glisselda olhou para o teto sombreado, pensando.

— Ele levaria um ard com ele?

— Isso só alarmaria os porfirianos e os tornaria não cooperativos — explicou Eskar solenemente. — Porfíria tem seu próprio ard, uma comunidade de dragões exilados que optaram por uma vida limitada à forma humana em vez da extirpação dos Censores. É uma cláusula do nosso tratado: Porfíria vigia esses dragões e em troca deixamos seu precioso vale em paz. Alguns exilados poderiam acompanhar Comonot se forem perdoados e puderem voltar para casa.

— A quantos se refere quando diz "alguns"? — perguntou Kiggs, identificando de imediato o elo mais fraco. — Há um número suficiente?

Eskar encolheu os ombros.

— Deixe isso comigo.

— E com Orma — acrescentei, gostando da ideia de vê-lo ajudando a causa do Ardmagar.

À menção do nome do meu tio, Eskar baixou os olhos por um segundo e seu lábio inferior tremeu. Eu vi — ou talvez tenha sentido — um sorriso escondido abaixo da superfície. Olhei para os primos reais, mas eles pareciam não ter registrado a expressão.

Eskar estimava Orma. Eu sabia. Por um momento, senti profundamente a falta dele.

Ela buscou algo num bolso fundo da calça e tirou dali uma carta selada.

— Para você — disse. — Não é seguro para Orma enviar nada pelo correio ou utilizar thniks. Eu imponho sua segurança tiranicamente, ele me diz.

O selo de cera da carta, frágil por causa do frio, quebrou sob os meus dedos. Eu reconheci a caligrafia e meu coração bateu mais rápido. Inclinando-me na direção da luz do fogo bruxuleante, li o meu adotado e conhecido garrancho:

Eskar vai lhe dizer onde estou. Você e eu falamos disso com bastante frequência; estou prosseguindo com a pesquisa que propus. Você vai se lembrar. Tive uma sorte inesperada, mas não posso descrever minhas descobertas aqui. Só me arrisco a lhe escrever (apesar das advertências de Eskar) porque descobri algo que pode ser útil para a sua Rainha.

Tenho razões para pensar que você e outros meios-dragões podem alinhar suas mentes. "Como contas num colar", como se descreve. Ao fazer isso, você vai descobrir que juntos podem criar uma barreira no ar, uma parede invisível, forte o suficiente para deter um dragão em pleno voo. "Como um pássaro contra uma vidraça", segundo a minha fonte, que tem mais talento para a descrição do que eu. Você ficará surpreso ao saber quem é.

O processo vai exigir prática. Quanto mais ityasaari alinhados, mais forte a barreira. As utilidades disso devem ser óbvias. Peço que se apresse em encontrar seus companheiros antes que a guerra venha para o sul. A menos que você desista prematuramente, sua pesquisa vai trazê-la até aqui.

Tudo em ard,
O

Enquanto eu lia, Eskar reclamou de cansaço. Glisselda acompanhou-a até a antessala e despertou o pajem sonolento, para que acompanhasse Eskar até seus aposentos. Eu estava vagamente consciente disso e de Lucian Kiggs me observando enquanto eu lia. Quando terminei a carta, olhei para cima e encontrei os olhos escuros e questionadores do Príncipe.

Tentei abrir um sorriso tranquilizador, mas a carta tinha produzido tamanho tumulto dentro de mim que eu senti apenas minhas emoções conflitantes. Sentia uma emoção entre doce e amarga por saber de Orma, todo o meu amor atrelado à tristeza pelo seu exílio. Sua proposta, por outro lado, fascinava-me e ao mesmo tempo me deixava horrorizada. Eu tinha ansiado encontrar outros da minha espécie, mas já tinha vivido uma experiência assustadora com outro meio-dragão invadindo minha mente. A simples ideia de outra mente conectada à minha já me fazia sofrer.

— Estou curiosa para saber o que Comonot vai achar do plano dela — disse a Rainha Glisselda, retornando à sala. — Certamente ele já pensou nisso e rejeitou a ideia. E ainda há um grande risco para Goredd se ele defender a sua causa e falhar. — Os olhos azuis dela oscilaram entre Kiggs e eu. — Vocês estão com uma expressão estranha. O que eu perdi?

— Orma teve uma ideia — eu disse, entregando-lhe a carta. Glisselda pegou a folha de papel e Kiggs leu por cima do ombro dela, as cabeças unidas, uma escura e a outra dourada.

— O que ele está pesquisando? — perguntou Kiggs, olhando para mim sobre a cabeça inclinada de Glisselda.

— Referências históricas sobre os meios-dragões — expliquei. — Minha natureza estranha, em parte, deixou-o obcecado pela ideia de descobrir se existem outros iguais a mim. — Contei a eles sobre o meu jardim de grotescos; eles tinham alguma ideia do que eu queria dizer com natureza estranha.

— Em parte? — perguntou Kiggs, reparando nesse detalhe imediatamente. Ele era tão sagaz que dava até raiva! Tive que desviar o olhar ou o meu sorriso revelaria coisas que não deveria.

— Orma também achou irritantemente ilógico que não existam registros de cruzamentos entre humanos e dragões nos arquivos dragontinos e nenhuma menção a eles na literatura Goreddi. Os Santos mencionam "abominações", e existem leis que proíbem a coabitação, mas é só. Ele achava que certamente alguém, em algum lugar, já deveria ter tentado realizar o experimento e registrado os resultados.

Falar de "experimentos" dragontinos produzia uma expressão facial estranha nos humanos, entre divertida e horrorizada. A Rainha e o Príncipe não eram exceções.

Eu continuei:

— Os porfirianos têm uma palavra para o que eu sou, ityasaari, e Orma ouviu rumores de que porfirianos podem ser mais abertos à possibilidade de... — Eu parei. Mesmo agora, quando todo mundo sabia sobre mim, era difícil falar sobre a mecânica prática da minha filiação. — Ele esperava que pudessem ter alguns registros úteis.

— Parece que ele estava certo — disse Glisselda, examinando a carta novamente. Ela se virou para mim e sorriu, dando uma batidinha na cadeira vazia de Eskar. Passei para o assento mais próximo dos primos reais. — O que você acha dessa ideia de "muro invisível"?

Balancei a cabeça.

— Nunca ouvi falar de tal coisa. Nem posso imaginar.

— Seria como a Armadilha de Santo Abaster — disse Kiggs. Olhei para ele, incrédula; ele sorriu, apreciando isso. — Sou o único que lê as Escrituras?

Santo Abaster podia lançar mão das chamas celestiais para fazer uma rede brilhante, com a qual capturava dragões no céu.

Eu gemi.

— Parei de ler Santo Abaster quando cheguei a "Mulheres do Sul, não levai vermes para vossas camas, pois essa será a vossa danação".

Kiggs piscou lentamente, como se estivesse começando a pensar naquilo de outra maneira.

— Essa nem é a pior coisa que ele disse sobre dragões ou... ou...

— E ele não é o único! — eu disse. — São Ogdo, São Vitt. Orma uma vez compilou as piores partes e me fez um panfleto. Ler Santo Abaster, em particular, é como levar um tapa.

— Mas você vai tentar esse alinhamento de mentes? — perguntou a Rainha Glisselda com uma esperança mal disfarçada. — Se há alguma chance de que possa poupar a nossa cidade...

Estremeci, mas encobri o tremor com um aceno de cabeça exagerado.

— Vou falar com os outros. — Abdo, em particular, tinha algumas habilidades inigualáveis. Eu começaria por ele.

Glisselda pegou minha mão e apertou-a.

— Obrigada, Seraphina. E não só por isso. — Seu sorriso pareceu mais tímido, ou talvez fosse mais um pedido de desculpas. — Tem sido um inverno rigoroso, com assassinos incendiando bairros, Comonot sendo Comonot e vovó tão doente... Nunca foi intenção dela que eu fosse Rainha aos 15 anos.

— Ela ainda pode se recuperar — disse Kiggs suavemente. — E você não é muito mais jovem do que sua avó quando ela e Comonot assinaram o Tratado de Paz.

Glisselda estendeu a outra mão para ele, que a tomou.

— Querido Lucian. Obrigada, também. — Ela respirou fundo, os olhos brilhando à luz do fogo. — Vocês dois têm sido tão importantes para mim! A Coroa me consome, sinto às vezes, a ponto de eu ser apenas Rainha. Não consigo ser Glisselda exceto com você, Lucian, ou — ela apertou minha mão de novo — na minha aula de espineta. Eu preciso dela. Desculpe se não pratico mais.

— Estou surpresa que tenha arranjado tempo para as aulas — disse eu.

— Não podia abandoná-las! — ela protestou. — Não tenho muitas oportunidades para tirar a máscara.

— Se essa barreira invisível funcionar — eu disse —, se Abdo, Lars, Dama Okra e eu conseguirmos alinhar nossas mentes, então quero procurar outros meios-dragões. — Quando eu descobrira que existiam outros, Glisselda havia me proposto essa viagem no solstício de inverno, mas a ideia não tinha vingado.

Glisselda corou intensamente.

— Eu fico relutante em perder minha professora de música.

Olhei para a carta de Orma e soube exatamente como ela se sentia.

— Ainda assim — continuou, corajosa —, vou suportar se for preciso, pelo bem de Goredd.

Meus olhos encontraram os de Kiggs por cima da cabeça cacheada de Glisselda. Ele assentiu levemente com a cabeça e disse:

— Acredito que todos nós nos sentimos da mesma forma, Selda. Nossos deveres vêm em primeiro lugar.

Glisselda riu levemente e beijou a bochecha do Príncipe. Então beijou a minha também.

Saí do aposento logo em seguida, depois de reaver a carta de Orma e desejar boa-noite aos primos — ou bom-dia. O sol já estava nascendo. Minha mente estava alvoroçada. Eu logo poderia sair em busca do meu povo, e aquele anseio tinha começado a se sobrepor a qualquer outro sentimento. Ao lado da porta, o pajem cochilava, alheio a tudo.

Dois

Fechei as janelas da minha suíte encobrindo a aurora iminente. Eu tinha dito a Viridius, o compositor da corte e meu superior, que talvez passasse a noite acordada, então que não me esperasse antes do início da tarde. Ele não se opôs. Lars, meu companheiro ityasaari, morava com Viridius agora e era seu assistente. Eu tinha sido promovida a Segunda Compositora da Corte, o que me dava um pouco de autonomia.

Deixei-me cair na cama, exausta, mas certa de que não conseguiria dormir. Estava pensando nos ityasaari, em como viajaria a lugares exóticos para encontrá-los, em quanto tempo isso poderia levar. O que eu diria a eles? *Olá, amigos. Eu sonhei com este...*

Não, era estupidez. *Você já se sentiu profundamente sozinho? Já ansiou em ter uma família?*

Obriguei-me a parar; era embaraçoso demais. De qualquer forma, eu ainda tinha que visitar o meu jardim de grotescos; tinha que acalmar seus habitantes antes de dormir. Do contrário, teria dores de cabeça terríveis ou até mesmo voltaria a ter visões.

Levei algum tempo para acalmar a respiração e mais tempo ainda para limpar a mente, que insistia em manter conversas imaginárias com Orma. *Tem certeza que esse alinhamento mental é seguro? Você se lembra do que Jannoula fez comigo?*, eu queria perguntar. E: *A biblioteca porfiriana é tão incrível quanto sempre imaginamos?*

Bastava de tagarelice mental. Imaginei cada pensamento encapsulado numa bolha. Expirei-os para o mundo. Aos poucos, o barulho cessou e minha mente ficou escura e silenciosa.

Um portão de ferro forjado apareceu diante de mim, a entrada para o meu outro mundo. Agarrei as barras com as minhas mãos imaginárias e proferi as palavras rituais, como Orma havia me ensinado: "Este é o jardim da minha mente. Eu cuido dele, eu o comando e não tenho nada a temer".

O portão se abriu silenciosamente. Cruzei o limiar e senti algo dentro de mim relaxar. Eu estava em casa.

O jardim apresentava-se numa disposição diferente a cada vez, mas sempre era familiar. Hoje eu tinha entrado num dos meus lugares favoritos, a origem de tudo: o Bosque de Morcego das Frutas. Era um pomar de árvores porfirianas — limões, laranjas, figos, tâmaras e nozes —, onde um menino de pele morena escalava as árvores e brincava e deixava restos de frutas por toda parte.

Todos os habitantes do meu jardim eram meios-dragões, embora eu só tivesse descoberto isso alguns meses antes, quando três deles entraram na minha vida. Morcego das Frutas era, na verdade, um garoto franzino de 12 anos chamado Abdo. Ele dizia que o som da minha flauta o havia chamado de longe; tinha sentido a conexão entre nós e vindo me procurar. Ele e seu grupo de dança tinham chegado no solstício do inverno e ainda estavam em Lavondaville, esperando que as estradas descongelassem para que pudessem viajar novamente.

Morcego das Frutas era mais livre do que alguns habitantes do meu jardim, capaz de deixar a área designada para ele, talvez porque Abdo tivesse, ele mesmo, habilidades mentais incomuns. Ele era capaz de falar com outros ityasaari telepaticamente, por exemplo. Nesse dia, Morcego das Frutas estava em seu bosque, enrodilhado feito um gatinho num ninho de folhas de figueira aveludadas, dormindo profundamente. Eu sorri para ele, fiz aparecer um cobertor e coloquei-o sobre ele. Não era um cobertor real, e esse não era o Abdo de verdade, mas o símbolo significava algo para mim. Ele era o meu predileto.

Segui em frente. A ravina do Sujeito Barulhento se abriu diante de mim e eu cantei à tirolesa para ele. Sujeito Barulhento, loiro e corpulento, cantou para mim em resposta, de um lugar mais abaixo, onde parecia estar construindo um barco com asas. Acenei; nunca precisei fazer nada mais do que isso para acalmá-lo.

Sujeito Barulhento era Lars, o gaiteiro samsamese que agora morava com Viridius; ele tinha aparecido no solstício do inverno, assim como Abdo. Eu visualizava cada grotesco com a aparência que ele tinha nas minhas visões. Além disso, cada avatar tinha desenvolvido peculiaridades, características que eu não tinha atribuído a eles conscientemente, mas que correspondiam às suas contrapartes da vida real. Era como se a minha mente tivesse intuído essas qualidades e conferido um traço análogo aos seus avatares. Sujeito Barulhento era um espalhafatoso meio-dragão dedicado ao seu *hobby*; o Lars do mundo real projetava e construía instrumentos e máquinas estranhas.

Eu gostaria de saber se isso valia também para os que eu ainda não tinha encontrado, se as esquisitices demonstradas no meu jardim se traduziriam na vida. O Bibliotecário gordo e careca, por exemplo, sentava-se numa pedreira, examinando fósseis de samambaias através das lentes dos seus óculos quadrados e então traçava a mesma forma no ar com o dedo. A samambaia ficava pairando no ar, desenhada com fumaça. Fantasma Bruxuleante, pálida e etérea, dobrava borboletas de papel, que se agitavam em enormes bandos ao redor do seu jardim. Azulada, seu cabelo ruivo arrepiado como uma cerca viva, entrando num córrego, redemoinhos de verde e roxo em seu rastro. Como é que essas características se traduziriam na vida real?

Apaziguei cada um deles com uma conversa, apertei ombros, beijei testas. Eu nunca os vira pessoalmente, mas eram como velhos amigos para mim. Eram tão familiares quanto uma família.

Cheguei ao gramado do relógio de sol, rodeado por um jardim de rosas, domínio da Senhorita Exigente. Ela tinha sido o terceiro e último meio-dragão que eu conhecera até então, a embaixadora ninysh em Goredd, Dama Okra Carmine. Em meu jardim, ela andava de quatro entre as rosas, arrancando ervas daninhas antes mesmo que tivessem chance de brotar. Na vida, Dama Okra tinha um talento peculiar para a premonição.

Na vida, ela também podia ser uma pessoa desagradável e irritadiça. Esse era um possível risco de reunir todos eles, eu supunha. Alguns eram certamente pessoas difíceis, ou tinham sido feridos, simplesmente, na luta pela sobrevivência. Passei o ninho de ouro de Tentilhão, um velho com uma cara bicuda; ele certamente tinha sido visto como uma aberração, desprezado, ameaçado e ferido. Seria amargo? Estaria aliviado por encontrar finalmente um lugar seguro, onde meios-dragões poderiam dar apoio uns aos outros e viver livre do medo?

Passei por vários porfirianos numa fila — Nag e Nagini, os gêmeos morenos, magros e atléticos que corriam um atrás do outro sobre três dunas de areia; o digno e idoso Homem Pelicano, que estava convencido de que era um filósofo ou astrônomo; o alado Miserere, circulando no céu. Abdo tinha insinuado que, em Porfíria, os ityasaari eram considerados filhos do deus Chakhon, e reverenciados. Será que os porfirianos não iriam querer vir?

Alguns deles talvez não, mas eu tinha um palpite de que outros, sim. Abdo não parecia entusiasmado com a reverência, franzia o nariz quando falava disso, e eu tinha conhecimento em primeira mão de que o Mestre Demolidor nem sempre tinha recebido essa reverência.

Eu agora estava me aproximando da campina estatuária do Mestre Demolidor, onde oitenta e quatro estátuas de mármore se projetavam da grama como se fossem dentes tortos. Na maioria estavam faltando pedaços — braços, cabeça, dedos dos pés. Mestre Demolidor, ele próprio alto e escultural, andava entre as ervas daninhas recolhendo esses pedaços do chão e recolocando-os no lugar. Ele já tinha feito uma mulher inteira formada de mãos e um touro inteiramente de ouvidos.

— Aquele cisne feito de dedos é novo, não é? — perguntei, andando na direção dele. Ele não respondeu; eu teria ficado alarmada se respondesse. Só ficar perto dele, no entanto, foi suficiente para trazer de volta a lembrança do dia terrível em que o vi pela primeira vez, quando eu ainda era surpreendida por visões involuntárias, antes de construir o jardim e mantê-las sob controle.

Minha visão interior tinha se aberto no alto de um penhasco, bem acima da cidade de Porfíria, onde um homem puxava um carro de bois carregado de caixotes por uma trilha pedregosa íngreme demais para qualquer boi mais sensível. Seus ombros rijos estavam cansados, mas ele era mais forte do que parecia. A poeira deixava uma crosta no seu cabelo embaraçado; o suor empapava a túnica bordada. Em meio a arbustos e espinheiros, rodeado por rochas enormes, ele subia com esforço o caminho esburacado. Quando a carroça não se movia mais, ele pegou os caixotes e levou-os para as ruínas de uma antiga torre que coroava o topo da montanha. Precisou de três viagens para levar seis grandes caixotes e empilhá-los na parede em ruínas.

Ele tirou cada caixote da carroça com as próprias mãos e os arremessou, um a um, no despenhadeiro. Eles caíram no vazio, espalhando palha e copos à luz do sol. Eu ouvi vidro se despedaçando na queda, o barulho enjoativo da madeira se partindo e esse belo jovem, atrás de tudo, gritando numa língua que eu não conhecia, com uma raiva e desespero que eu conhecia muito bem.

Quando acabou de quebrar tudo o que tinha trazido, ficou em pé sobre a mureta e olhou por sobre a cidade em direção ao horizonte, onde o céu beijava o mar violeta. Seus lábios se moviam, como se ele estivessem fazendo uma prece. Ficou ali instável, açoitado pelo vento, fitando a face da enorme montanha, onde os cacos de vidro cintilavam hipnoticamente ao sol.

Naquele instante, por mais impossível que fosse, eu soube o que ele estava pensando. Ele iria se atirar da montanha. O desespero dele me invadiu e incitou o mesmo sentimento em mim. Eu era um olho interior flutuando; ele não sabia que eu estava lá. Eu não tinha como alcançá-lo, não tinha como fazer isso.

Eu tentei simplesmente porque tinha que tentar. Estendi a mão na direção dele — com o quê? — e toquei seu rosto, implorando: *Por favor, viva. Por favor.*

Ele piscou como se despertasse de um sonho e deu um passo para trás, afastando-se da borda. Passou as mãos pelo cabelo, cambaleou até um canto do antigo forte e vomitou. Em seguida, ombros curvados como os de um velho, ele desceu a montanha aos tropeços, em direção à sua carroça.

Mestre Demolidor parecia sereno agora, enquanto reconfigurava estátuas em meu jardim. Eu poderia tomar as duas mãos dele e induzir uma visão, espiando tudo o que ele estava fazendo no mundo real, mas eu não gostava de fazer isso. Era como se eu estivesse bisbilhotando.

Eu nunca entendi o que aconteceu naquele dia, como consegui estender a mão, e isso nunca mais voltou a acontecer. Eu poderia usar minha conexão do jardim para falar com ityasaari que eu conhecia no mundo real, mas não para falar com os que eu não conhecia. Eu só podia olhá-los, como se fizesse isso através de uma luneta.

O cansaço me venceu. Apressei-me, pronta para terminar aquilo e ir para a cama. Eu me dirigi ao idoso Newt de perninhas curtas, que rolava alegremente em seu pântano lamacento entre as campainhas; disse boa-noite a Gargoyella, de boca grande e dentes de tubarão, que estava sentado ao lado da fonte gorgolejante da Dama sem Face. Fiz uma pausa no pântano para balançar a cabeça inconformada para Pastelão, o mais monstruoso de todos, uma lesma sem pernas, sem braços e coberta de escamas prateadas, grande como um monólito, escondida sob as águas barrentas.

Pastelão era um grotesco que eu não tinha certeza se queria encontrar. Como eu o traria para cá, se encontrasse? Teria que fazê-lo subir uma rampa rolando para colocá-lo numa carroça? Será que ele tinha olhos ou ouvidos, para que eu pudesse me comunicar? Já tinha sido bem difícil criar esse avatar no jardim; eu teria que chapinhar na água fedorenta e colocar as mãos na sua pele escamosa, em vez de tomar suas mãos inexistentes. Ele era gelado e pulsava horrivelmente.

Talvez eu não tivesse que reunir todos eles para fazer uma barricada invisível forte o suficiente. Torcia para que não, porque eu também não tinha planos de encontrar Jannoula. Seu Chalezinho ficava ao lado, perto do pântano; o quintal em torno dele, uma vez cheio de ervas e flores, agora estava coberto de urtigas e arbustos espinhosos. Eu fui andando devagar em direção à porta da casa, o coração carregado com uma mistura de emoções — piedade, tristeza, uma amargura persistente. Dei um puxão no cadeado na porta; o peso do ferro frio, enferrujado e imóvel era tranquilizador na minha mão. O alívio entrou na mistura.

O avatar de Jannoula tinha desde o início se mostrado diferente; não era passivo e benigno como os outros. Ela estava totalmente consciente desse lugar — de mim — e tinha acabado por transferir toda a sua consciência para a minha cabeça, numa tentativa de me controlar. Eu só tinha me libertado porque a enganei, fazendo-a entrar nesse chalezinho e trancando-a lá dentro.

Eu temia que isso acontecesse novamente, até porque não tinha certeza de como tinha sido possível, por que ela era diferente. Abdo foi diferente também, mas essa conexão ativa tinha se fortalecido lentamente, ao longo do tempo, e ele não parecia disposto a entrar e ficar.

Essa era a minha principal preocupação com relação ao plano de Orma. O que esse alinhamento de mentes realmente envolvia? Era o tipo de ligação que eu tinha experimentado com Jannoula ou algo mais superficial? E se a gente não conseguisse desembaraçar o nosso... nosso material mental, qualquer que fosse, depois? E se machucássemos uns aos outros? Tanto poderia dar errado quanto poderia dar certo.

Afastei-me do Chalezinho, preocupada com esses pensamentos, e dei de cara com uma incongruente montanha de neve. Eu tinha mais um grotesco para cuidar, o Tom Tampinha, que vivia numa gruta de pedra numa montanha em miniatura. Ele tinha recebido esse nome porque tinha o senso de ironia nada sutil de um garoto de 11 anos, infelizmente: ele tinha dois metros e meio de altura, era forte como um urso (eu o tinha visto lutando com um no mundo real) e vestia cobertores esfarrapados, costurados para parecer uma roupa primitiva.

Ele não estava dentro da sua gruta, no entanto, mas andando na neve acumulada em frente, e deixava enormes pegadas de garras enquanto perambulava por ali, segurando a cabeça confusa, extremamente agitado.

Antigamente esse tipo de comportamento costumava significar que eu teria uma visão em breve, mas eu sabia como contornar isso agora. Graças ao meu fiel protetor, as visões se tornavam cada vez mais raras. Eu tinha enfrentado apenas uma nos últimos três anos, a visão de Abdo no solstício do inverno, e na época Abdo estava ativamente à minha procura. Essa não era uma situação habitual.

— Doce Tom, alegre Tom — eu disse calmamente, rodeando o homem selvagem, mantendo distância dos seus cotovelos balançando. Era difícil olhar para ele sem sentir piedade: sua roupa suja, seu cabelo feito palha, queimado pelo sol, a barba cheia de galhos, os dentes arruinados. — Você vive nessa montanha tão sozinho... — eu disse ao grotesco, suavemente, me aproximando. — O que tem feito para sobreviver? O que tem sofrido?

Todos nós sofríamos, desde Tom Tampinha até Mestre Demolidor. Graças a todos os Santos do Céu e a seus cães, não precisávamos sofrer sozinhos! Não mais.

Tom Tampinha estava respirando irregularmente, mas estava calmo. Ele baixou as mãos e seus olhos remelentos saltaram para mim. Eu não me virei para ir embora nem recuei, mas peguei o cotovelo dele com suavidade e o conduzi de volta para sua caverna, para o ninho de ossos que ele tinha feito para si mesmo. Ficou ali sentado, com a cabeça gigantesca começando a aquiescer. Passei a mão nos seus cabelos emaranhados e fiquei ali com ele, até que dormiu.

Precisávamos desse lugar, desse jardim, no mundo real. Eu ia fazer isso acontecer. Eu devia isso a todos eles.

O apoio da Rainha para o projeto, no entanto, dependia mais de conseguirmos fazer com que essa misteriosa barreira funcionasse do que da minha vontade de encontrar os outros. Aquela tarde juntei os três ityasaari que eu conhecia para ver o que poderíamos fazer. Lars ofereceu a suíte de Viridius para nos reunirmos.

Viridius estava em casa e, como aquele dia a gota não o atormentava, estava sentado à espineta com seu roupão de brocado, acariciando as teclas com os dedos nodosos.

— Não me importo — disse ele quando cheguei, balançando as sobrancelhas espessas vermelhas. — Lars me disse que isso é negócio de meio-dragão; não vou interferir. Só preciso compor o segundo tema desse concerto grosso.

Lars saiu do outro cômodo, segurando com todo cuidado na mão grande um bule de porcelana delicada. Ele fez uma pausa perto de Viridius e apertou o ombro do velho compositor; Viridius inclinou-se brevemente na direção do braço de Lars e, em seguida, virou-se para continuar o seu trabalho. Lars trouxe o chá e encheu as cinco xícaras na mesa ornamentada ao lado do sofá. Dama Okra tinha reivindicado o sofá, colocando os pés para cima e espalhando suas saias verdes armadas ao redor dele. Abdo, embrulhado numa longa túnica de crochê para se proteger do frio, saltou da sua cadeira estofada como se ele mal conseguisse se manter sentado, as longas mangas cobrindo as mãos como nadadeiras. Sentei-me no outro sofá, e Lars acomodou seu corpo volumoso cuidadosamente ao meu lado, trocando comigo uma xícara de chá pela carta de Orma, que os outros dois tinham acabado de ler.

— Você já ouviu falar de algo assim? — perguntei, passando os olhos pela carranca de Dama Okra e depois pelos grandes olhos castanhos de Abdo. — Já ocorrem conexões mentais com alguns de nós. Abdo pode falar na nossa cabeça; minha mente se acostumou a procurar compulsivamente outros meios-dragões. — Jannoula já tinha entrado na minha mente e se apoderado dela, mas eu não gostava de falar sobre isso. — Que tipo de conexão é esse alinhamento de mentes?

— Eu já vou dizendo que não vou participar de qualquer alinhamento de mentes — avisou Madame Okra sem rodeios, os olhos nadando atrás dos óculos de lentes grossas. — Parece horrível.

Parece interessante para mim, disse a voz de Abdo na minha cabeça.

— Você sabe se os ityasaari porfirianos já se uniram dessa maneira ou usaram essa... essa coisa da mente para esse tipo de manifestação física? — perguntei em voz alta, de modo que Madame Okra e Lars pudessem ouvir pelo menos metade da conversa. A boca e a língua de Abdo eram cheias de escamas prateadas de dragão e ele não conseguia falar em voz alta.

Não. Mas nós sabemos sobre essa coisa da mente. Nós a chamamos de luz da alma. Com a prática, alguns de nós podem aprender a vê-la em torno dos outros ityasaari, como um segundo eu feito de luz solar. Eu posso expandir a minha um pouco; é assim que falo com eles. Eu estendo um dedo de fogo, disse Abdo, estendendo o seu dedo de verdade num arco lento e dramático para cutucar Lars na barriga.

Lars, seus lábios se movendo enquanto lia, deu um tapa para afastar a mão de Abdo.

Abdo apontou para Dama Okra com a cabeça. *A luz dela é espinhenta como um ouriço, mas a de Lars é gentil e amigável.*

Eu não vi nada em torno de qualquer um deles, mas notei uma omissão. *E a minha?*

Abdo fitou o ar em torno da minha cabeça, brincando com um de seus muitos nós no cabelo. *Vejo fios de luz saindo da sua cabeça como cobras, ou cordões umbilicais, onde nós três — e outros —, estão ligados a você. Cordões da nossa luz. Eu não vejo a sua luz, não sei por quê.*

Um calor tomou conta do meu rosto. Minha luz não estava lá? O que isso significava? Eu era deficiente? Uma anomalia mesmo entre as anomalias?

Dama Okra perguntou com uma voz de mula zurrando:

— Não podemos todos nós participar dessa conversa? Para isso é preciso que ela seja audível. — Ela fez uma pausa, seu cenho se aprofundando. — Não, não fale comigo em silêncio, seu maroto. Não vou tolerar isso. — Ela olhou para Abdo e fez um gesto com a mão em volta da cabeça como se para espantar mosquitos.

— Ele diz que todos nós temos... — A palavra "luz da alma" não me agradava; tinha um ranço de religião, o que logo me levava a pensar nos Santos, tão condenatórios. — Fogo mental. Ele pode vê-lo.

Lars dobrou cuidadosamente a carta de Orma e colocou-a no sofá entre nós, encolhendo os ombros volumosos.

— Até onde sei, eu não posso fazerr nada de especial com meu mente, mas fico felizz em serr uma conta se alguém forr o corrdão.

— Tenho certeza de que vai se sair bem, Lars — eu disse, confirmando com a cabeça para encorajá-lo. — Abdo e eu vamos descobrir como fazer essa conexão entre vocês.

Eu não acho que você possa tocar outras mentes assim, madamina Phina, disse Abdo.

— Eu já fiz isso com a minha mente antes — afirmei, mais irritada do que pretendia. Eu tinha tocado a mente de Jannoula; reprimi aquela lembrança imediatamente.

Recentemente?, perguntou ele, puxando o colarinho da sua túnica por cima da boca.

— Me dê só um minuto para relaxar. Vou mostrar a você — eu disse, olhando para o pequeno cético. Acomodei-me num canto do sofá, fechei os olhos e me concentrei na minha respiração. Levou um tempo, porque Dama Okra bufava como um cavalo e depois Viridius começou a dedilhar na espineta até Lars ir até lá e pedir gentilmente para ele parar.

Eu finalmente encontrei meu jardim e então a ravina do Sujeito Barulhento no meio dela. Sujeito Barulhento estava sentado na beira do abismo, como se esperasse por mim, um sorriso beatífico no rosto redondo. Eu o cutuquei para ficar de pé, e em seguida me concentrei em mim mesma. Sempre me imaginei como se estivesse fisicamente no jardim; eu gostava de sentir a grama orvalhada entre os dedos. Quando eu tinha tentado isso antes — com Jannoula — tinha precisado imaginar que o grotesco e eu éramos imateriais.

Com esforço, Sujeito Barulhento começou a perder a nitidez em torno das bordas, em seguida ficou translúcido mais no meio. Eu podia ver formas através dele. Minhas próprias mãos ficaram transparentes e, quando eu estava suficientemente insubstancial, dei um passo na direção de Sujeito Barulhento, para juntar a minha mente à dele.

Passei através dele, como se fosse uma neblina. Uma segunda tentativa deu o mesmo resultado.

— É como tentar viajar através de uma luneta — disse uma voz atrás de mim no jardim. — Se pudéssemos fazer isso, eu visitaria a Lua.

Eu me virei para ver Morcego das Frutas — o duplo de Abdo — animado pela consciência de Abdo. Ele podia falar no meu jardim, sem o obstáculo da sua garganta escamosa; era assim que ele falava em minha mente.

— Eu já fiz isso antes — eu disse.

— Sim, mas sua mente pode ter mudado desde então — disse ele, seus olhos escuros solenes. — Ela mudou no tempo em que a conheço. Saí deste jardim e entrei na sua mente mais ampla uma vez, você se lembra?

Eu me lembrava. Eu andava deprimida e então uma porta tinha aparecido no nevoeiro indefinido... do resto da minha mente. Ele tinha ido me consolar, mas eu o tinha tomado por um segundo Jannoula.

— Eu fiz você prometer ficar no jardim, depois disso — eu disse.

Ele confirmou com a cabeça.

— Isso não foi tudo que fez. Você tomou precauções. Costumava haver um buraco do tamanho de Abdo no muro, mas você o fechou com tijolos.

Se fiz isso, não tinha sido intencionalmente. O limite do jardim estava à vista; apontei irritada.

— Tijolos? É uma cerca de salgueiro retorcido.

— Ah, madamina. Eu sei que você chama este lugar de jardim, mas ele não se parece com um jardim para mim. Eu nos vejo confinados a uma portaria estreita, sem ingresso para o castelo da sua mente maior.

Olhei para a vegetação exuberante, o vasto céu azul, a ravina profunda de Sujeito Barulhento.

— Isso é um absurdo — disse eu, tentando rir, mas profundamente confusa. Aquele lugar tinha sido criado pela minha imaginação, é claro, mas será que a sua aparência era tão subjetiva?

Isso não estava resolvendo nosso problema do enfileiramento de mentes.

— Mesmo que eu não possa chegar a Lars — eu disse —, você pode estender seu fogo mental até o meu? Fazer de mim uma conta no cordão?

Abdo mordeu o lábio e lançou seu olhar à distância.

— Talvez — disse ele lentamente.

— Vá em frente e experimente — disse eu.

Houve uma pausa e, em seguida, um clarão de dor me cegou, como se a minha cabeça tivesse se dividido em duas. Gritei — na minha cabeça? No mundo real? — e engatinhei em torno do jardim, procurando pelo portão de saída. Encontrei-o e voltei a mim mesma, a cabeça latejando aninhada nas mãos de alguém.

Nas mãos de Abdo. Ele estava inclinado sobre mim, um brilho de arrependimento nos olhos. *Eu machuquei você, madamina Phina?*

Sentei-me ereta, agitada, piscando para as janelas ofuscantes de Viridius.

— Agora estou bem.

Eu devia ter ouvido meus instintos, lamentou ele, acariciando meu rosto e depois meus cabelos. *Posso encontrar Morcego das Frutas, mas, na sua mente, só vou até aí. Não consigo ver e muito menos tocar sua luz da alma, nem mesmo estando em seu jardim. Já nem sei mais o que tentar.*

Respirei fundo.

— T... tente com Lars. A Rainha não me deixará procurar os outros se não conseguirmos fazer isso funcionar.

Os olhos cinzentos de Lars, fixos em mim, tinham ficado enormes; ele passou uma mão nervosa pelos cabelos louros arrepiados. Abdo devia ter sussurrado alguma coisa tranquilizadora em sua cabeça, pois Lars se juntou a ele no tapete Zibou, sentou-se com as pernas cruzadas e enlaçou os dedos. Balançou a cabeça algumas vezes e depois se virou para nós, dizendo:

— Estou testando uma ideia de Abdo. Ele não sabe se funciona. Pede que a Dama Okrra lhe diga se viu alguma coisa.

— Que tipo de coisa? — perguntou a Dama Okra, cautelosa.

— Luz da alma. Fogo mental. Não importta o nome — respondeu Lars, sorrindo. — Abdo está currioso por saberr se você conseguirrá verr essa coisa, se a imaginarrmos juntos.

Eu estava de fora, constatei com tristeza. Seria porque eu não tinha nenhum fogo mental visível, talvez, o que me tornava mais parecida a um humano comum? A vida inteira sempre quis ser comum; então me sentia humilhada quando finalmente conseguia? De nada adiantava ter inveja; éramos todos diferentes.

A Dama Okra emitiu um grunhido cético. Viridius, que voltara a compor, virou-se no banco da espineta para ver melhor o tal fogo mental. Também havia sido excluído da tentativa de Abdo; pelo menos, eu não estava sozinha.

Abdo e Lars fecharam os olhos; as mãos magras e morenas de Abdo quase desapareciam entre as enormes e rosadas de Lars. Observei seus rostos e senti-me aliviada — não invejosa — por não ver neles nenhum traço de sofrimento. O de Lars, na verdade, estava calmo e sonolento. Abdo apertava os lábios, concentrando-se.

— Azul de São Prue! — gritou a dama Okra.

— Está vendo? Onde? — quis saber Viridius, os olhos azuis brilhando intensamente.

A Dama Okra, semicerrando as pálpebras, fitou o espaço acima da cabeça de Lars e Abdo, com as rugas em volta da boca ainda mais acentuadas.

— Isso não vai parar um dragão — ela disse. Despejou o resto do chá de sua xícara e atirou-a com força na direção daquele espaço.

Viridius, que estava em sua linha de tiro, levantou as mãos enfaixadas, mas a xícara não o atingiu. Deteve-se no ar, como se apanhada por uma teia de aranha gigante, e ali ficou suspensa por vários segundos, antes de cair no tapete entre Abdo e Lars.

— Pelos Cães dos Santos! — praguejou Viridius. Aprendera de mim essa expressão.

— Já é alguma coisa — zombou a Dama Okra. — Mas será o melhor que podem fazer?

Abdo abriu um olho, piscando-o maliciosamente, e depois o fechou. A Dama Okra observava, de braços cruzados. De repente gritou:

— Pato! — e caiu estatelada no chão.

Viridius acorreu, pulando do banco da espineta sem fazer perguntas. Mas meus reflexos, ai de mim, estavam pateticamente lentos. As cordas da espineta vibraram, as janelas bateram; e eu fiquei colada ao encosto no sofá.

Acordei no sofá-cama do solário de Viridius; as janelas, ainda intactas, estavam fora de alcance. O sol mergulhara atrás das montanhas, mas o céu continuava cor-de-rosa. A Dama Okra, sentada ao meu lado, ajustava o pavio de uma lamparina sobre os joelhos, que de baixo iluminava seu rosto de sapo. Percebeu que eu me mexia e perguntou:

— Como se sente?

Partindo dela, era uma pergunta incomumente amistosa. Meus ouvidos zumbiam e minha cabeça latejava. Mas, em consideração a Okra, criei coragem e respondi:

— Não muito mal.

Pelo menos eu teria alguma coisa boa a dizer à Rainha, se conseguisse me levantar de novo.

— Você está bem, é claro — disse a Dama Okra em tom ríspido, pousando a lamparina numa mesinha de canto. — Abdo quase ficou histérico, pensando que a tinha machucado.

Tentei me sentar, mas minha cabeça pesava toneladas.

— Onde ele está?

A Dama Okra desviou a pergunta.

— Logo vai vê-lo. Primeiro, quero ter uma conversinha com você. — Sua língua rósea dardejava entre os lábios. — Péssima ideia, essa coisa toda.

Fechei os olhos.

— Se não gosta da ideia de ligar mentes, então não precisa...

— E nunca farei isso — cortou ela, impaciente. — Mas não se trata só disso. Falo de seu plano de reunir meios-dragões. — Reabri os olhos; ela me observou de lado. — Oh, sim, sei muito bem do que se trata. Você acha que vai encontrar uma família. Todos juntos sob o mesmo teto (uma terna comunhão de criaturas esquisitas!) e todos os problemas resolvidos. — Mostrou os dentes e piscou.

Fiquei irritada com sua zombaria.

— Quero ajudar os outros — disse. — Captei seus sofrimentos. Os nossos não são nada perto dos deles.

Agora era a vez de Okra se irritar.

— Não são nada? Ah, é claro, com meu rabo escamoso e minha cara de moleque, tudo deve ser muito simples, não? Nunca fui expulsa da casa de minha mãe aos 15 anos, nunca vivi nas ruas de Segosh e nunca precisei roubar para comer. — Sua voz parecia o chiado de uma chaleira. — Conseguir ser secretária foi facílimo. Casar com o velho embaixador? Moleza, considerando-se minha beleza fabulosa. Sobreviver a ele... bem, isso até que foi fácil. Mas persuadir nosso conde regente a me deixar assumir o cargo do finado, quando nenhuma mulher jamais o ocupara antes, foi mais fácil que fazer xixi na cama. — Agora ela gritava. — Ou despencar de uma janela. Ora, ora, qualquer um podia fazer isso, pois não era *nada*.

Virou-se para mim, os olhos arregalados de cólera.

— Paz, Dama Okra — falei. — Você pensava que estava sozinha no mundo. Foi um alívio descobrir outros iguais, não foi?

— Abdo e Lars são até que bons — reconheceu ela. — E você não é tão ruim.

— Obrigada — agradeci, tentando ser sincera. — Mas e os outros? Vai desprezá-los só porque alguns nunca superaram sua fase "ruas de Segosh" e ainda roubam para comer? — Ela abriu a boca, mas eu me antecipei: — E olhe que não são burros nem menos merecedores que você.

A Dama Okra soltou todo o ar que tinha nos pulmões.

— Talvez — disse. — Mas não se engane, Seraphina, supondo que o sofrimento dignifique alguém. Alguns são encantadores, mas outros são incuráveis. — Levantou-se, ajeitando seu peito falso. — Você vai trazer de volta algumas pessoas absolutamente desagradáveis. Sabe que meus dons incluem a presciência. Portanto, lhe digo: isso vai acabar mal. Foi o que previ.

— Certo — concordei, com um friozinho percorrendo minha espinha. Será que ela podia ver mesmo tão longe no futuro?

A Dama Okra virou-se para sair, mas parou e me olhou desdenhosa.

— Quando tudo for para o diabo (e tudo irá), terei pelo menos o prazer de lhe dizer: eu avisei.

E depois dessa tirada otimista, deixou-me sozinha com minha dor de cabeça.

Três

Na manhã seguinte, a dor de cabeça desapareceu e meu entusiasmo voltou por si mesmo. Talvez pouco importasse se meu fogo mental estava escondido ou eu participaria da muralha invisível; eu podia me conectar com minha vasta irmandade de um modo impossível a Abdo, Dama Okra e Lars. Meu trabalho — na verdade, minha glória — consistia em encontrá-los e trazê-los para casa.

Antes de me deitar, eu escrevera a Glisselda sobre o sucesso de Abdo e Lars. Um pajem interrompeu meu café da manhã com um convite para os aposentos da Rainha. Pus um vestido melhor que de costume e fui para a ala do palácio reservada à família real. O guarda, que me esperava, abriu a porta para uma sala de visitas bem arejada, de teto alto, poltronas diante de uma lareira de azulejos, tapeçarias douradas, brancas e azuis. Aos fundos, perto das amplas janelas, via-se uma mesa redonda preparada para o desjejum; e sentada, a avó de Glisselda, a Rainha Lavonda, numa cadeira de rodas. Tinha a espinha curvada; a pele parecia branca e frágil como papel amassado. Os netos, um de cada lado, conversavam para animá-la. Glisselda, com uma colher, levava o mingau à boca da avó, aberta como o bico de um filhote de passarinho, e depois Kiggs limpava ternamente seu queixo.

A velha Rainha nunca se recuperara dos acontecimentos do solstício de inverno. O veneno de Imlann fora neutralizado, segundo os melhores médicos dragões que Comonot podia oferecer. Não viam outra causa para sua prolongada doença, embora se aventasse a hipótese de uma série de pequenos derrames cerebrais profundos. Na qualidade de dragões, repeliam veementemente a ideia de que o desgosto fosse a causa, mas a população humana de Goredd pensava de outro modo. A Rainha Lavonda perdera todos os seus filhos — a mãe de Kiggs, Princesa Laurel, falecera havia anos, mas o Príncipe Rufus e a Princesa Dionne haviam sido assassinados em rápida sucessão durante o inverno, a última pelo mesmo veneno a que a Rainha sobrevivera.

A velha senhora tinha amas e criadas em abundância, mas eu tinha ouvido dizer que Kiggs e Glisselda insistiam em lhe dar comida na boca todos os dias no café da manhã. Era a primeira vez que eu presenciava isso e fiquei triste por eles, mas também feliz ao constatar como a amavam e respeitavam, embora a anciã já não fosse completamente ela mesma.

Aproximei-me e cumprimentei-os com a máxima cortesia.

— Seraphina! — gritou Glisselda, passando a colher para o primo e limpando as mãos. — Seu comunicado foi tão encorajador que Lucian e eu já começamos a fazer planos. Você vai partir depois do Equinócio, caso o degelo continue.

Abri a boca e fechei-a novamente. Só me restavam seis dias.

— Estávamos tentando calcular a duração da sua viagem — disse Kiggs, sem deixar de dar atenção à mãe. Ela virou para ele os olhos castanhos, com os lábios trêmulos de ansiedade. Kiggs acariciou sua mão pintalgada de manchas escuras. — Se passar seis semanas em Ninys e outras seis em Samsam, talvez chegue a Porfíria um pouco antes do auge do verão.

— Oficialmente, será uma emissária da Coroa de Goredd, autorizada a solicitar e obter promessas de suprimentos e tropas para nossa defesa — explicou Glisselda, recolocando o guardanapo sob o queixo da avó. — Não é que desconfiemos do querido Conde Pesavolta e do Regente de Samsam. Eles sem dúvida farão o seu papel, mas o toque pessoal é bem melhor.

— Seu principal objetivo é encontrar os ityasaari — interveio Kiggs.

— E se eu não conseguir? — objetei. — Ou não conseguir a tempo? É mais importante cumprir a agenda ou levá-los para casa?

Os primos reais trocaram um olhar.

— Vamos decidir caso a caso — disse Kiggs. — Selda, nós precisamos pedir a Comonot que autorize o uso de um thnik para Seraphina.

— Por "nós" você quer dizer "eu" — ironizou Glisselda, de mãos nos quadris. — Aquele saar! Depois da briga que tivemos ontem por causa de Eskar...

A velha Rainha começou a soluçar baixinho. Glisselda se levantou imediatamente e enlaçou os ombros frágeis da avó.

— Não, vovó, não — pediu, beijando seus cabelos brancos. — Eu é que tenho de acertar as contas com aquele velho dragão mal-humorado, não você. Nem Lucian, entende?

Em seguida, colocou-se atrás de Kiggs e abraçou-o também.

— Lucian, devemos nos casar amanhã — murmurou Glisselda pelo canto da boca. — Que ela seja feliz uma vez na vida antes de morrer.

— Hum — resmungou Kiggs, raspando a última colherada de mingau da tigela e evitando cuidadosamente olhar para mim.

A pobre Rainha Lavonda estava inconsolável.

— Continuamos mais tarde, Seraphina — desculpou-se Glisselda, levando-me até a porta. Inclinei-me de novo numa mesura completa, desejando do fundo da alma que pudesse fazer alguma coisa.

Concentrei-me então no que eles me haviam dito. Seis dias eram um prazo menor do que eu previra. Voltei para minha suíte, passando em revista mentalmente as roupas que levaria na viagem. Não tinha nenhuma. Mas talvez houvesse tempo para mandar fazer algumas.

Fui ver então a costureira de Glisselda, que me encaminhou para as costureiras da nobreza inferior.

— São oito, senhorita, e podem portanto fazer oito vestidos ao mesmo tempo.

Dirigi-me para a ala dos artesãos, mas meus pés começaram a se arrastar à medida que me aproximava da oficina das costureiras. Eu não queria oito vestidos; não pretendia me arrastar pelas Terras do Sul num cavalo sobrecarregado. Mudei de rumo e, após alguma hesitação, bati em outra porta.

Um homem magro e careca atendeu, óculos encarapitados no nariz afilado e uma fita métrica em torno do pescoço como um cachecol.

— As senhoras... — começou ele, mas não o deixei concluir.

— Em quanto tempo você faz uma calça de montaria? — perguntei. — Bem acolchoada?

O alfaiate sorriu de leve e afastou-se para me deixar entrar.

☙❧

Abdo e Lars praticaram a união de mentes ao ar livre nos dias seguintes — e praticaram muito, fascinados pelos próprios poderes. A Rainha Glisselda, o

Príncipe Lucian e mesmo o Ardmagar Comonot às vezes iam até o pátio coberto de neve enlameada para observá-los. Abdo logo aprendeu a manejar a rede mental (como eu passara a chamá-la) de forma mais controlada; para diversão da Rainha, ele criou impressões volumosas, em forma de vaso, na neve que derretia, fez cair agulhas de gelo dos beirais e espaventou pombos dos telhados. Procurou não machucar as aves, conforme notei.

Glisselda veio para junto de mim enquanto eu olhava.

— Mesmo que você não consiga encontrar nenhum dos outros ityasaari — disse ela, pegando meu braço —, estes dois poderão fazer alguma coisa boa sozinhos.

— A rede mental não protegerá o castelo e muito menos a cidade — resmungou Ardmagar Comonot, a vários metros de distância de nós. Na forma de saarantras, era um homem baixo e robusto, de nariz aquilino, queixo maciço e cabelos negros repuxados para trás. — Calculei, pela impressão deixada na neve, uma esfera com diâmetro de não mais de cinco metros. Teriam sorte se apanhassem um dragão por vez.

— Tudo pode ajudar — ponderou Glisselda, irritada. — Com a prática, conseguirão movimentá-la de maneira eficiente, sem que os dragões percebam sua presença.

— Com estes olhos eu não a percebo, sem dúvida — murmurou Comonot. — Mas, e em minha forma natural? Os olhos dos dragões são aguçados, podemos captar até o ultravioleta...

— Ah, pelos Céus! — exclamou a Rainha, virando-lhe as costas. — Se eu digo que o céu é azul, ele teima que não é!

— Eu queria lhe dizer uma coisa, majestade — interrompi, achando que já era hora de me meter entre os dois. — Gostaria que Abdo fosse comigo. Ele consegue ver o fogo mental dos outros meios-dragões, o que seria imensamente útil para localizá-los.

Glisselda ergueu os olhos para mim; era meia cabeça mais baixa que eu.

— Mandaremos a Dama Okra, para você usar sua casa em Ninys como base de operações. Ela não poderá ajudar? — Antes que eu respondesse, apontou para Abdo e Lars, acrescentando: — Eu me sentiria melhor com estes dois aqui, em nosso arsenal.

— Meus legalistas não permitirão que a guerra chegue a Goredd — interveio Comonot. — Não nos subestime.

O rosto de Glisselda ficou lívido.

— Ardmagar — disse —, perdoe-me, mas já não confio tanto em você.

Girou nos calcanhares e caminhou de volta para o palácio. Comonot ficou olhando-a, o rosto impenetrável, os dedos grossos brincando distraidamente com as medalhas de ouro em volta do pescoço.

Relanceei o olhar para Abdo e Lars que, ainda de mãos dadas, riam dos pombos assustados. Eles não nos abandonariam. Peguei o braço de Ardmagar; ele se retraiu, mas não se desvencilhou. Entramos juntos no palácio.

No solstício de inverno, Ardmagar Comonot me nomeara sua Professora, um título tremendamente importante entre os dragões. Significava que me atribuía alguma autoridade sobre ele — em especial, no âmbito da compreensão dos humanos. Se eu dissesse que Comonot estava errado, deveria, supostamente, ser levada a sério. Consultou-me algumas vezes durante aquele longo inverno, mas nem sempre percebia quando precisava de ajuda; eu é que tinha de perceber por ele.

Eu não me importava; tinha sido intermediária de Orma por muito tempo e aquele dever me fazia lembrar de meu tio.

Comonot deve ter adivinhado o assunto sobre o qual eu queria lhe falar, pois percorreu em silêncio o corredor, nossos passos ecoando no piso de mármore. Levei-o para o solar do sul, onde eu ministrava lições de espineta à Rainha. Ninguém usava o quarto para outra coisa e a caminhada me deu tempo para refletir sobre o que ia dizer. Sentei-me num canapé recoberto de seda verde; Comonot ficou plantado diante da janela, olhando para fora.

Foi ele quem falou primeiro:

— Sim, a Rainha está mais aborrecida comigo do que nunca.

Eu disse:

— Desconfiança é algo mais que aborrecimento. Você sabe por que isso está acontecendo?

O velho saar cruzou as mãos atrás das costas e começou a mover nervosamente os dedos cheios de anéis.

— Mandei Eskar e seu plano maluco para Porfíria — contou ele.

Fiquei aflita. Esperava falar com ela sobre Orma.

— Era um plano ruim?

Ele mudou de atitude, cruzando os braços sobre o peito robusto.

— Esqueça por um momento que existe um antigo tratado em jogo e que os porfirianos são muito sensíveis nessa questão. Eskar não percebe que tomar o Vale de Omiga não vai ter nenhuma utilidade para nós a menos que o grosso do Velho Ard esteja lutando em outra parte. Seu plano exige que meus legalistas se desloquem para o sul a fim de afastar as tropas inimigas do Kerama.

— Para o sul, isto é, na direção de Goredd? — estranhei.

— Correto. Nada mais difícil do que coordenar ataques de longe, mesmo com thniks. — Sacudiu as medalhas, para dar mais ênfase às palavras. Eram instrumentos de comunicação a distância criados pelos quigutl, uma espécie inferior de dragões. — Goredd talvez deva resistir por semanas. Você viu o dano que um único dragão ousado fez a esta cidade.

Ainda havia fumaça subindo daquele bairro uma semana depois. Mas as palavras de Comonot não explicavam a reação de Glisselda.

— Se você — disse eu — apenas apontou uma falha no plano, tendo em mente a segurança de Goredd, isso não irritaria a Rainha.

Seus ombros descaíram; ele encostou a testa na vidraça.

— Eskar, discutindo comigo, citou algumas... derrotas que não cheguei a mencionar à Rainha.

Inspirei fundo por entre os dentes.

— Derrotas ruins?

— E há derrotas boas? O Velho Ard conta com um novo estrategista, um general Laedi que surgiu do nada e do qual nunca ouvi falar. Ele trapaceia que é uma beleza. Cai sobre o ninho e come os filhotes sem dó. Seus ards fingem se render e não se rendem. Até nossas vitórias parecem derrotas; as forças de Laedi continuam lutando depois de vencidas, a fim de maximizar as baixas. — Comonot virou-se para mim, com ar confuso. — Que espécie de estratégia é essa?

O que mais me impressionava, porém, era a estratégia de Comonot para lidar com Glisselda.

— Por que esconde informações importantes da Rainha?

— Ela é brilhante e capaz, mas também muito jovem. E... — Fez um gesto com o dedo junto à têmpora, imitando uma espiral de fumaça.

— Pirada? — sugeri.

Ele anuiu enfaticamente.

— Sim. E isso não é uma crítica. Eu também sou. Mas aí é que está o problema: já tenho muito que fazer sem as emoções dela para atrapalhar.

Começou a percorrer o quarto em largas passadas. Eu disse:

— Você precisa reconquistar a confiança de Glisselda. Posso fazer algumas sugestões, Ardmagar?

Ele parou, atento, os olhos negros penetrantes como os de um corvo.

— Em primeiro lugar, seja mais transparente — disse eu. — Talvez ela fique transtornada por causa de suas derrotas, mas as emoções passam. Depois ela sempre raciocina com mais lógica e clareza; antes, porém, precisa se emocionar. É como a ordem das operações numa equação.

Comonot mordeu os lábios grossos.

— Será que ela não pode pular essa etapa?

— Não, assim como você não pode deixar de dormir, embora isso o deixe indefeso e vulnerável por horas, todos os dias — disse eu.

— Não sei se aceito essa analogia — murmurou ele. Mas vi que conseguira induzi-lo a refletir.

— Outra coisa, talvez a mais importante: faça um gesto de boa vontade para reconquistar a confiança da Rainha. De preferência um grande gesto.

Comonot franziu as sobrancelhas grossas.

— Um auroque?

Fitei-o por alguns segundos, até perceber que ele não se referia pura e simplesmente a um ruminante enorme e sim a comida. Um banquete de reconciliação.

— Pode ser — respondi, balançando de leve a cabeça, minha mente vagueando. — Mas eu estava pensando em algo ainda maior. Sua política de guerra não é minha área e sobre isso não me atrevo a dar conselhos; mas acho que seu gesto deve ser por aí. Você deveria permanecer na frente de combate durante algum tempo ou... ou reservar um ard para a proteção de Lavondaville, se puder. Qualquer coisa que convença a Rainha Glisselda de que você se preocupa com a segurança de Goredd.

Comonot coçou o queixo.

— *Preocupar* talvez seja uma palavra muito forte...

— Ardmagar! — gritei, agora irritada com ele. — Finja!

— Se eu deixasse a cidade — suspirou Comonot —, atenuaria os danos causados por assassinos incompetentes. Sem dúvida não teria medo de enfrentar o tal general Laedi e cortar-lhe a garganta. — Olhou para longe durante um instante e concentrou-se em mim novamente. — Há algum sentido no que você diz. Vou pensar na melhor solução.

Era a dica para que eu fosse embora. Levantei-me e fiz uma mesura. Comonot me olhou solenemente, pegou minha mão e colocou-a em sua nuca. Um sinal de submissão; um verdadeiro professor dragão o teria mordido.

Perguntei a Abdo se ele queria me acompanhar em minhas viagens, depois de sua prática com Lars. Ficou entusiasmado, mas cauteloso. *Você terá de pedir permissão à minha família. Ainda faltam três anos para meu Dia de Determinação.* Concordei, tentando afetar interesse por esses assuntos, mas ele percebeu minha indiferença e acrescentou: *Idade adulta. Quando você decide como as pessoas se dirigirão a você e escolhe seu caminho no mundo.*

Quando conheci Abdo no solstício de inverno, ele viajava pelo sul com seu grupo de dança, que incluía uma tia e seu avô. Este, como membro mais velho da família, era quem eu devia consultar. Abdo acompanhou o velho à minha suíte na manhã seguinte; recebi-os com chá e bolinhos de queijo, além de um concerto improvisado de alaúde. O avô, Tython, comeu os bolinhos com uma mão, segurando a de Abdo com a outra.

— Prometo cuidar bem de seu neto — disse eu por fim, levantando-me e colocando o alaúde em minha cadeira.

Tython assentiu gravemente; seu cabelo grisalho estava cuidadosamente esticado, com as mechas coladas à cabeça. Acariciou a cabeleira revolta de Abdo e disse num goreddi lento e cuidadoso:

— Preciso falar com ele em porfiriano. Desculpe. — E lhe sussurrou alguma coisa nessa língua. Abdo concordou com um aceno de cabeça.

Vou traduzir, disse o rapaz, fazendo sinal ao mesmo tempo para mim com seus dedos eloquentes. Devo ter parecido confusa, pois Abdo esclareceu logo: *Ele não sabe que posso falar em sua mente. Acho que ficaria com ciúme; não posso falar na mente dele.*

Entendo um pouco de porfiriano, revelei. Abdo fez cara de cético.

Tython limpou a garganta.

— Abdo pertence ao deus Chakhon. Não uma, mas duas vezes — disse, na tradução de Abdo. — Em primeiro lugar, todos os ityasaari pertencem a Chakhon.

Até vocês, tolos estrangeiros, traduziu Abdo. Meu porfiriano era primário, mas tive certeza de que seu avô não dissera isso.

— Em segundo lugar, sua mãe é sacerdotisa de Chakhon. Cada fibra dele, do corpo e da alma, é do deus — continuou Tython. — Abdo nasceu para suceder a Paulos Pende, nosso venerável sacerdote ityasaari. No entanto — aqui o ancião inclinou a cabeça, como que envergonhado —, Abdo esqueceu seus deveres e não os levou a sério. Brigou com Pende, desprezou a mãe e fugiu.

Não é só isso, disse Abdo, franzindo o cenho para o avô.

Eu estava curiosa para saber o lado da história de Abdo, mas mais ainda quanto ao fato de existirem sacerdotes ityasaari em Porfíria. Bem diferente das Terras do Sul, onde precisávamos nos esconder.

— Mantenho Abdo comigo, à espera do dia em que ele irá desempenhar o papel para o qual nasceu — disse Tython. — Se você o levar embora, assumirá uma grande responsabilidade.

Tá, tá, disse Abdo, fazendo cara de amuo. *Sou uma grande responsabilidade. Chakhon está vigiando.* Esse sarcasmo disfarçou um pouco seu embaraço.

— Chakhon é... o deus do acaso? — perguntei, estudando a expressão de Abdo.

O velho se levantou de sua cadeira tão abruptamente que receei tê-lo ofendido. Mas, ao contrário, veio até mim e beijou-me em ambas as faces. Olhei para Abdo, que explicou tudo: *Ele gostou de saber que você conhece Chakhon.*

Foi um chute, devo ser sincera; mas de nada valeria admitir isso ou dizer: "Vou correr o risco", como pintara imediatamente em meu cérebro perturbado.

Tython voltou para o seu lugar, o rosto enrugado muito sério, e disse em goreddi hesitante:

— Lembre-se. Uma grande responsabilidade.

— Abdo é meu amigo — tranquilizei-o, fazendo uma mesura completa. — Estará seguro comigo.

O velho observou meus salamaleques com uma expressão levemente divertida. Disse alguma coisa em porfiriano; Abdo se levantou e acompanhou-o até a porta. Fui atrás, arriscando um "obrigado" e um "adeus" em porfiriano.

A careta de perplexidade de Abdo convenceu-me de que eu precisava aperfeiçoar minha pronúncia. Mas o rosto de Tython se enrugou ainda mais num sorriso, como se ele me achasse absurdamente simpática.

Fechei a porta depois que os dois saíram, aturdida com toda aquela história de deuses. Um garoto de 12 anos é sempre um problemão, não importa sua origem. Mas um garoto de 12 anos que pertence a um deus... o que isso significaria na prática? Se ele quisesse doces em vez do jantar e eu dissesse não, Chakhon ficaria sabendo? Chakhon era o tipo de deus que castigava as pessoas? Nós, goreddi, tínhamos santos assim.

Uma batida forte na porta me fez dar um pulo. Abdo ou Thython deviam ter esquecido alguma coisa. Fui abrir.

Era o Príncipe Lucian Kiggs em seu gibão vermelho, com uma bolsa de couro embaixo do braço. Seus cabelos caíam angelicamente em cachos negros; meu coração se acelerou um pouco. Eu mal conversara com ele desde o solstício de inverno, quando constatamos nossa atração mútua e decidimos nos evitar. Ele estava noivo da Rainha Glisselda — minha amiga. Esse obstáculo não era o único entre nós, mas superava todos os outros.

— Príncipe! Hã... entre, por favor — gaguejei, sem pensar no que estava dizendo.

Ele não entraria, é claro. O convite era uma tolice, mas eu tinha sido pega de surpresa.

Kiggs relanceou o olhar para o corredor deserto e depois me fitou com seus olhos negros.

— Posso? — perguntou, franzindo a testa numa expressão melancólica. — Será apenas um minuto.

Disfarcei minha agitação com uma mesura e me afastei para que ele entrasse na sala, onde o aparelho de chá jazia ainda sobre a mesa. Era a primeira vez que o Príncipe via meus aposentos e lamentei não ter tido tempo de arrumá-los. Ele passeou o olhar pelas prateleiras atulhadas de livros, pela excêntrica coleção de estatuetas quigutl e pela espineta coberta de partituras. Meu alaúde ainda ocupava seu lugar na cadeira diante da lareira, como um cavalheiro visitante de pescoço comprido.

— Espero não estar incomodando — disse Kiggs, sorrindo. — Você sempre convida seus instrumentos para o chá?

— Só quando tenho bolinhos de queijo — respondi, oferecendo-lhe um. Kiggs recusou. Afastei o alaúde e peguei outra cadeira para mim, mantendo a mesa bagunçada respeitavelmente entre nós.

— Trago presentes — disse o Príncipe, vasculhando os bolsos do gibão. Tirou uma fina corrente da qual pendiam dois thniks: um medalhão redondo de bronze e um nó de namorado de prata, que tilintavam docemente um contra o outro.

— Talvez tenhamos que disputar uma queda de braço com Comonot por causa disto — disse Kiggs. — Mas ele está sob a impressão de que, recentemente, você lhe fez um favor.

— Ótimo. Ou melhor, espero tê-lo ajudado. É uma coisa difícil de dizer.

O Príncipe dirigiu-me um sorriso triste.

— Já passei por isso. Precisamos comparar nossas impressões algum dia. — Agitou os thniks, trazendo-nos de volta aos negócios. — A peça de bronze se liga com a que demos à Dama Okra, para que vocês duas fiquem em contato enquanto estiverem em Ninys. Okra quer que você ande por aí enquanto ela permanece valentemente em casa, em Segosh.

— Claro que ela quer — concordei. Kiggs sorriu de novo. Senti-me um pouco culpada por inspirar aqueles sorrisos; não tinha esse direito.

— O nó de namorado — continuou Kiggs, mostrando o confuso entrelaçado de prata — faz conexão com a caixa máster do escritório de Selda. Ela deseja saber, duas vezes por dia, se você está tendo sucesso ou não. Se isso não acontecer, foi peremptória: vai ficar aflita. E sua aflição teria agora consequências internacionais.

Estendi a mão, sorrindo do modo como ele, inconscientemente, imitava as inflexões da Rainha. Kiggs depositou os thniks em minha palma e fechou meus dedos em torno deles. Quase perdi o fôlego.

Ele me soltou logo, limpando a garganta e pegando a bolsa de couro que conservava sob o braço.

— Ponto seguinte: documentos. Dinheiro da Rainha, caso necessite; uma lista de ingredientes de píria, por conta da Coroa; outros baronetes ninysh e condes samsaneses que podem ser interessantes, com cartas de apresentação. Encontrar os ityasaari é sua prioridade, mas conviverá com a pequena nobreza local durante a viagem. Pode convencê-los a ajudar.

— Devo pedir a ajuda de todos? — provoquei.

— Deve lembrá-los gentilmente — disse ele — do que o Conde Pesavolta e o Regente já prometeram em nome deles. Fidalgotes se dispõem mais facilmente a ajudar quando pensam que nós ficaremos sabendo de sua decisão.

Estendeu-me a bolsa; peguei-a e relanceei os olhos pelos pergaminhos.

— É muito bom ter legitimidade.

Kiggs riu, como eu desejava que risse. Ele era bastardo e tinha um estranho senso de humor com relação a isso. Seus olhos faiscavam à luz da lareira.

— Vou sentir sua falta, Phina.

Estremeci com a bolsa debaixo do braço.

— E eu já sinto a sua — murmurei. — Na verdade, venho sentindo nos últimos três meses.

— Você também? — As mãos do Príncipe apertaram os braços da cadeira. — Lamento muito...

Tentei sorrir. Um sorriso amarelo.

Kiggs tamborilou com os dedos no braço da cadeira.

— Não calculei quanto seria difícil não vê-la nem falar com você. É impossível refrear nossos corações, mas julguei que poderíamos ao menos controlar nossos atos e mentir menos...

— Não precisa se desculpar para mim — disse eu, baixinho. — Concordei com você.

— Concordei?... Verbo no passado? — perguntou ele, percebendo algo que não era minha intenção revelar. Que Príncipe astuto! Eu o amava por isso.

Atravessei rapidamente a sala e encontrei facilmente o livro no meio da bagunça de minha estante. Agitei o fino volume de *Amor e Trabalho*, de Pontheus, que ele havia me dado.

— Será uma censura? — disse Kiggs, inclinando-se para a frente, com ar sagaz. — Sei o que vai citar: "Não há dor na verdade nem consolo na mentira". Isso é ótimo exceto quando você sabe que a verdade magoará uma pessoa querida, a qual já está sofrendo muito: a mãe morta, a avó moribunda e ela própria afundada até o pescoço nas águas profundas do governo e da guerra, sem estar pronta para tamanha responsabilidade.

Levantou-se, animado, e declarou:

— Vou ficar ao lado dela, Seraphina. Vou suportar essa dor, sofrer qualquer coisa por ela até que esta tempestade passe.

— Do jeito que você diz, parece uma atitude muito nobre — reconheci, num tom mais mordaz do que pretendia.

— Não estou tentando ser nobre, estou tentando ser bom.

Aproximei-me dele até ficarmos face a face, separados apenas pela espessura de um livro.

— Bom eu sei que você é — eu disse, afetuosamente. Toquei seu peito com o volume de Pontheus. — Chegará o dia.

Ele sorriu tristemente e pousou as mãos sobre as minhas, de modo que ficamos segurando o livro juntos.

— Acredito nisso... do fundo da alma — murmurou Kiggs, sustentando meu olhar. Beijou a borda do livro, pois não podia me beijar.

Largou minhas mãos — ainda bem, pois eu precisava respirar — e vasculhou de novo no bolso interno do gibão.

— Uma última coisa — disse, tirando outra medalha, de ouro dessa vez. — Não é um thnik — apressou-se a explicar, estendendo-a para mim.

Era uma medalha de santo, primorosamente gravada com a imagem de uma mulher que segurava a própria cabeça numa travessa: Santa Capiti, minha padroeira.

Minha padroeira em público, devo dizer. Quando eu era criança, o saltério escolheu Santa Yirtrudis, a herege. O sacerdote, muito esperto, substituiu-a logo por Santa Capiti. Achei isso ótimo; eu já tinha medo suficiente sem Santa Yirtrudis ligada a mim. Nunca consegui saber em que consistia sua heresia, mas o rótulo "herege" estragava tudo o que estivesse associado a ela. Seus santuários haviam sido destruídos e suas imagens, profanadas.

Nunca contei essa história a ninguém, nem mesmo a Kiggs.

— Possa o Céu derramar sorrisos sobre sua jornada — entoou o Príncipe. — Sei que você não é religiosa. Faço isso mais pela minha paz de espírito do que pela sua. E, crenças à parte, quero estar certo de que você *saiba*. — Engoliu em seco, a garganta pulsando. — O que quer que encontre no caminho, você tem um lar e amigos sempre à sua espera.

As palavras não saíam de minha garganta. Eu agora tinha amigos, mais que em qualquer outra fase da vida. Sentia-me em casa ali. Que vazio estaria querendo preencher procurando reunir os ityasaari? E quando esse vazio seria preenchido?

Kiggs caminhou para a porta e eu o segui, silenciosa como uma sombra. Ele parou com a mão na maçaneta, olhou para mim mais uma vez, virou-se e saiu.

Fechei a porta atrás dele e corri para o quarto; a cama estava cheia das roupas que eu pretendia levar e de malas em que elas não caberiam. Apertei o volume de Pontheus contra o coração, beijei a medalha da santa e coloquei-os no fundo de uma das malas, sob as camisas de linho.

Levaria minha casa comigo para o mundo, enquanto procurava outras pessoas para pôr dentro dela.

Quatro

A jornada épica que a Dama Okra, Abdo e eu empreendemos pelo interior de Goredd cabe em uma única palavra: miserável. Parece bastante injusto que nosso sofrimento em duas semanas de lama, eixos de carruagem quebrados e xingamentos de Okra possa ser a tal ponto resumido — mas há poucos santos invocáveis e uma carruagem tem só quatro rodas.

A lama, ao contrário, é infinita.

As estradas melhoraram quando entramos em Ninys. Depois de quatro dias sem sacolejos, passando ao largo de pastos, moinhos de vento e os primeiros brotos do trigo de primavera, o cocheiro da Dama Okra nos desembarcou em segurança na capital, Segosh. A Dama Okra tinha casa ali, espremida entre outras duas e com um pátio de cascalho compartilhado para carruagens aos fundos. Telhas facetadas e bolorentas cobriam o teto acima de uma fachada amarela; cornijas de pedra em arco encimando janelas fechadas davam ao prédio um ar de surpresa, como se ele não pudesse acreditar que tínhamos chegado sem nos matar uns aos outros.

Todas as noites durante a viagem, em estalagens de estrada de todas as categorias, eu lavava e untava as escamas do braço e da cintura, e visitava meu Jardim de Grotescos em busca principalmente de três ityasaari: Fantasma Bruxuleante, Azulada e Tentilhão. Deviam ser ninysh por causa da brancura da pele, dos cabelos loiros ou ruivos e de algumas palavras casuais que entreouvi durante as visões induzidas. Fantasma Bruxuleante levava uma vida hermética numa floresta de pinheiros; Azulada mais parecia uma pintora de murais, o que talvez explicasse as cores que turbilhonavam no regato de seu jardim. Eu supunha que Tentilhão morasse em Segosh porque o vi certa vez, com seu equipamento de infectologista, passando rapidamente diante da catedral de Santi Wilibaio. Mesmo os garotos de escola de Goredd conheciam as cúpulas douradas dessa catedral.

Havia mais dois meios-dragões nas Terras do Sul: o Bibliotecário, que falava samsanese e lembrava um conde das Terras Altas, e Tom Tampinha, que assombrava uma caverna numas montanhas, não sei quais. Eu achava que ele era goreddi e que morava na fronteira do país dos dragões. Iria vê-lo por último, quando voltasse para casa.

A Dama Okra pusera sua casa à disposição dos ityasaari ninysh. Depois de encontrá-los, nós os mandaríamos para lá e ela os acomodaria ("toleraria", dissera; fingi acreditar que isso se devia a um conhecimento deficiente do idioma goreddi). Mais tarde, Okra escoltaria os três até Goredd, enquanto Abdo e eu seguíssemos para Samsam.

Devíamos estar na cidade samsanesa de Fnark no Dia de Santo Abaster, antes do solstício de verão. Só havia um meio-dragão em Samsam, um sujeito gordo e careca que eu chamava de Bibliotecário, e nossa melhor chance de encontrá-lo era durante a reunião anual dos condes das Terras Altas. Não tínhamos tempo a perder em Ninys.

Ao chegarmos, uma horda de criados levou minhas coisas para um quarto verde e esquálido no terceiro andar, e em seguida, misericordiosamente, preparou-me um banho. Quando de novo me senti humana — até onde podia, com aquelas escamas de dragão em volta do braço e da cintura —, fui procurar a Dama Okra. Encontrei-a no térreo, olhando para Abdo, postado no meio de sua escada em espiral: ele subira pelo corrimão até o alto da casa. Desceu deslizando num círculo suave, rindo de sua travessura e gritando: "O chão está cheio de tubarões!".

A Dama Okra não parece estar achando graça nenhuma nisso, disse eu, observando a face vermelha dela.

Porque ela é um tubarão. Não deixe que me coma! E Abdo subiu novamente pelo corrimão.

— Crianças, crianças... — suspirou a Dama Okra, vendo-o subir. — Tinha me esquecido de como são encantadoras. Quanto não daria pela oportunidade de esquecer de novo!

— Vou levá-lo para longe de você rapidinho — contemporizei.

— Não rapidinho o bastante — rosnou ela. — Pesavolta dará um jeito, não tema, mas... lamentavelmente, passarão alguns dias antes que vocês sumam daqui.

— Isso é ótimo — retruquei, quase perdendo a paciência. — Tentilhão está aqui em Segosh. Vamos procurá-lo amanhã.

A Dama Okra espiou-me por cima dos óculos; seus olhos estavam arregalados e úmidos como os de um *cocker spaniel.*

— Tentilhão? É assim que você o chama dentro da sua cabeça? Tremo só de imaginar o nome que me deu.

Era um claro convite para eu lhe contar, mas fingi não entender. Ela só poderia reagir de dois modos ao nome "Senhorita Exigente": divertida ou espumando de raiva. E eu não estava muito certa do primeiro para arriscar o segundo.

— Ele tem asas? — continuou ela. — Ou gorjeia?

— Tentilhão? — exclamei, momentaneamente confusa. — Não, ele tem... bico.

A Dama Okra bufou.

— E vive aqui na cidade? Azul de São Prue, mas então alguém deve tê-lo visto.

⁂

Na manhã seguinte, fomos ao centro da cidade, com Abdo pulando como se estivesse cheio de gafanhotos. *Oi, cidade! Oi, monumentos!*, tagarelava enquanto percorríamos as ruas movimentadas, subindo para o Palasho Pesavolta. Admiramos a grande praça com o Palasho em um dos lados e as cúpulas douradas da catedral de Santi Wilibaio do outro.

Uma procissão em homenagem ao santo do dia se aproximava da catedral, passando pelo arco do triunfo do Rei Moy. Abdo me atormentou até eu identificar o santo para ele: era Santa Clara, a vidente, padroeira da busca da verdade.

Resolvi encarar aquilo como um bom agouro.

Mas Tentilhão ainda era uma agulha num palheiro do tamanho de uma cidade. Por sua máscara e avental de couro, eu supunha que ele fosse um médico infectologista; em minhas visões, geralmente o surpreendia em enfermarias ou corredores, pegando ratos. Meu olho visionário não podia se afastar muito do ityasaari que estivesse observando; por isso, era difícil descobrir onde se localizavam aquelas enfermarias.

E para mim seria um problema perguntar. Não falava ninysh por causa de uma peculiaridade de minha educação. Minha madrasta, Anne-Marie, pertencia à famosa família Belgioso, exilada de Ninys devido a uma série de crimes. Ninguém sabia que minha mãe era dragão; e meu pai não queria que ninguém soubesse; seus parentes covardes sem dúvida o chantageariam se isso chegasse a seu conhecimento. Meus tutores deviam me ensinar samsanese e porfiriano, mas não ninysh. Não sei bem o que papai pensava — talvez que uma esperta tia velha Belgioso pudesse me enganar mais facilmente em sua própria língua? Toda a geração de minha madrasta era de falantes de goreddi nativos. Quaisquer que fossem as razões de meu pai, o certo é que não aprendi ninysh. E não era tão fã assim de gramática a ponto de tentar aprender.

Gostaria muito que a capacidade de Abdo de ver o fogo mental compensasse minha deficiência de linguagem — talvez ele pudesse avistar Tentilhão no meio da praça apinhada ou num beco. Evitamos as partes mais iluminadas da cidade e procuramos locais de gente mais simples, onde barris de cerveja recendiam a lúpulo, carpinteiros acumulavam montes de serragem, mulas zurravam, curtidores raspavam couros esticados de vacas e açougueiros empurravam o sangue do chão para as sarjetas com vassouras. Não vimos o mínimo sinal de Tentilhão, nem eu nem Abdo.

Consegui — por desenhos e gestos — encontrar um hospital, mas era um hospital para ricos. Uma atendente que falava um pouco de goreddi torceu o nariz quando lhe perguntei sobre centros de isolamento de doenças infecciosas.

— Não na cidade — disse ela, parecendo escandalizada.

Só no terceiro dia Abdo me puxou pelo braço e apontou para um espaço entre duas fachadas de lojas revestidas parcialmente de madeira, uma abertura estreita que cheirava a decadência. *Vi um brilho, um brilho muito fraco. Desapareceu, mas devemos ir naquela direção*, disse ele com os olhos faiscantes, quase tão empolgado quanto no momento em que avistara a catedral. Meti a cabeça no buraco escuro e percebi uma escada em espiral que desaparecia na sombra. De mãos dadas, descemos os degraus escorregadios e atravessamos uma galeria úmida que dava para os becos atrás das ruas — os covis repugnantes dos miseráveis.

O beco era estreito, sem pavimento e tenebroso. Urinóis podiam ser esvaziados nas ruas da cidade — era parte da vida urbana nas Terras do Sul —, mas não se contratava ninguém para limpá-las naquela área. Tudo se amontoava num esgoto a céu aberto que corria pelo meio da rua. Hesitei, preocupada por ter trazido Abdo a um lugar daqueles; mas Abdo não parecia nada amedrontado. Ia na frente, contornando com prudência poças e grupos de mendigos. Os mendigos se arrastavam, estendendo braços retorcidos para ele, de palmas para cima, pedindo em silêncio.

Abdo enfiou a mão sob a camisa, onde guardava a bolsa suspensa do pescoço por um cordão. *As moedas de Goredd valem aqui?*, perguntou. É só o que tenho.

— Acho que sim — respondi, apressando-me para alcançá-lo. Mãos sequiosas puxavam minha saia. Sem dúvida, ali não era lugar para exibir moedas, nem mesmo as de cobre de Goredd. Deixei Abdo entregar um punhado e afastei-o do local.

— Está vendo o fogo mental aqui?

Abdo adiantou-se de novo, esticando o pescoço e olhando para todos os lados. Por fim, gritou: *Sim!* Mostrou uma frágil estrutura de madeira. *Naquele prédio.*

— Ele está dentro do prédio? — indaguei, incrédula. Eu não fazia ideia de que aquela luz invisível para mim pudesse brilhar tanto.

Abdo deu de ombros. *Atrás dele, melhor dizendo.*

Contornamos o prédio pela direita e Abdo continuou: *Não, por aqui não. Ele está indo para a esquerda.* Segui-o por um beco cheio de lixo que cheirava a cebola podre e enveredava para a direita, mas depois virava para o sul.

Errado, disse Abdo. *Posso enxergar sua luz através das paredes, mas não saber em que rua ele está. É como um labirinto e não viemos ao lugar certo.*

Vários becos sem saída depois, entramos numa rua suja mais larga e vimos, bem lá na frente, uma figura com um longo avental de couro e um chapéu de aba larga que se afastava de nós. Abdo apertou minha mão, excitado, e apontou: *É ele!* Corremos, esparramando lama pelo fosso e escorregando na imundície. Ali era o fim da cidade, onde começava o campo; esquivamo-nos de um porco no meio da rua e espantamos algumas galinhas barulhentas. Uma mula, vergada ao peso de feixes de varas, bloqueava minha visão, mas consegui desimpedi-la a tempo de perceber um homem descendo por um poço de escada até o porão de uma igreja em ruínas.

Claro. Ninguém desperdiçaria leitos de hospital com pestilentos.

Alcancei a porta toda descascada justamente quando o cordão do trinco era puxado para dentro. Agarrei-o, ao custo apenas de uma pequena esfoladura.

O brilho dele está logo atrás da porta, disse Abdo, desenhando uma silhueta na madeira rachada.

Bati, mas não houve resposta. Encostei o olho no buraco do trinco e espiei para dentro de uma cripta escura. Colchões rústicos de palha ocupavam o chão entre as tumbas maciças dos sacerdotes e as grossas colunas de arrimo. Em cada colchão jazia um doente, pescoço e olhos inchados, dedos curvados em punhos cobertos de gangrena. Freiras, irmãs de Santa Loola a julgar pelos hábitos amarelos, abriam caminho com dificuldade entre os moribundos, administrando-lhes água ou chá de papoula.

Só então ouvi os gemidos e senti o fedor dos cadáveres.

Tentilhão abriu a porta de repente e eu quase caí para dentro. Um terrível rosto bicudo me encarou com grandes olhos vítreos; era uma máscara de proteção feita de pano de saco, os buracos dos olhos tapados com lentes, o bico protuberante de couro atochado de ervas medicinais para filtrar as exalações nocivas. O avental estava sujo; as luvas, manchadas; os olhos, atrás das lentes, eram espantosamente azuis — e doces. Começou a falar ninysh, com voz abafada.

— V-você fala goreddi? — perguntei.

— Tenho que lhe pedir para sair em duas línguas? — retrucou ele, mudando de idioma sem esforço aparente, a voz ainda abafada pelo couro e o bico de verdade que tinha sob a máscara. — O mau cheiro, a vizinhança e o seu bom senso não são advertências suficientes?

— Preciso falar com você — insisti, adiantando um pé porque ele parecia prestes a fechar a porta de novo. — Não agora, é claro... Mas talvez quando terminar por aqui?

Ele riu com tristeza.

— *Terminar*? Quando sair daqui, terei uma colônia de leprosos para atender. Depois, serei empurrado em várias direções. Os pobres precisam de muito e para dar existem poucos.

Tirei minha bolsa do corpete e dei-lhe uma moeda de prata. Ele ficou olhando-a, pousada imóvel na palma da luva. Dei-lhe outra.

O médico ergueu a cabeça, como um pássaro fitando um verme.

— Por que não disseram antes? — perguntou, acenando de leve para Abdo. Olhei de esguelha para Abdo, mas ele observava o médico com olhos suplicantes.

— Posso encontrar a casa dela — disse Tentilhão —, mas só terei tempo à noite. — O doutor mascarado virou-se para mim, empurrou delicadamente meu pé com a ponta encardida do calçado e fechou a porta.

— E então, o que foi que você disse ao doutor Tentilhão? — perguntei a Abdo enquanto nos afastávamos.

Que somos como ele, respondeu Abdo distraidamente, pegando minha mão. *É curioso por natureza. Virá. Gosto de sua mente. Tem cor humana.*

☙❧

Fiquei encantada. Conseguíramos encontrar um meio-dragão depois de apenas três dias de busca; e, pelo menos, ele parecera receptivo, embora cauteloso. Após uma semana de lama, eu finalmente tinha algo substancioso para relatar a Glisselda e Kiggs.

Era um começo dos mais promissores. Eu gostaria de contar tudo para a Dama Okra também.

Descansamos um pouco na casa da Dama Okra, mas ela tinha saído e estávamos alegres demais para ficar trancados. Peguei minha flauta e, com Abdo, passei a tarde tocando na praça da catedral.

Antes, eu jamais faria isso. Temia tanto a exposição (e a cólera de meu pai) que não me animaria a tocar em público. Ainda me sentia nervosa, mas descobri que aquilo era também tremendamente gratificante. Refletia uma nova existência, uma nova liberdade, uma nova abertura. Outrora, temia pela vida; agora, meu maior medo era errar uma nota e parecia certo celebrar essa mudança quantas vezes pudesse.

Abdo dançava e dava cambalhotas ao som de minha música. Chegamos a atrair uma pequena multidão de admiradores. Os ninysh são famosos apreciadores de arte, como o atestam as estátuas, as fontes e os arcos de triunfo de Segosh.

Sem dúvida, como qualquer goreddi sabe muito bem, o público de arte ninysh surgiu às custas de Goredd: eles nos deixaram lutar sozinhos todas as guerras dispendiosas e destrutivas com os dragões. Quase nunca valia a pena, para Goredd, criar belos monumentos e estátuas, pois os dragões logo apareciam para destruí-los. Até o Tratado de Comonot e os quarenta anos de paz, só a música floresceu em Goredd — a única forma de arte que podíamos cultivar em abrigos subterrâneos.

Abdo e eu voltamos para a casa da Dama Okra ao crepúsculo, para nos anteciparmos à chegada de Tentilhão. Esperávamos encontrar o jantar na cozinha, já que a Dama Okra ficara até tarde no Palasho Pesavolta durante as duas últimas noites. Mas não: para nossa surpresa, ela estava vociferando um contraponto em *basso* na sala de jantar formal.

A Dama Okra, sentada numa das extremidades da mesa cintilante, tomava café em companhia de um homem bem mais jovem, que se levantou imediatamente quando entramos. Era um sujeitinho esquelético, mais baixo que eu, com longos cabelos ruivos até os ombros, um rosto comprido e um cavanhaque ralo cobrindo-lhe o queixo. Vestia a libré laranja e dourada do Conde de Pesavolta. Calculei que passara dos vinte anos, mas não muito.

— Vão, enfim, nos dar o prazer de sua presença? — perguntou a Dama Okra, fitando-nos. — Sua escolta armada já está pronta. Partem amanhã. Este é Josquin: vai evitar que vocês se percam muito. — Fez um ligeiro aceno para ele, que entendeu e voltou a se sentar. — É meu primo em terceiro grau ou coisa assim.

— É bom conhecê-los finalmente — disse o rapaz, puxando uma cadeira para mim. Sua voz era mais profunda do que sua magreza sugeria. — Minha prima me contou...

— Sim, sim, bico calado — interrompeu a Dama Okra, impaciente. — Devo dizer que confio neste rapaz. Durante anos, ele e sua mãe foram as únicas pessoas que conheciam meu segredo e nunca o contaram a ninguém. Ela é quem faz meus vestidos e me ajuda a parecer convenientemente humana. — Ajeitou o peito majestoso (e falso) na costura, enfatizando o que dizia. Josquin, para desviar polidamente os olhos, encontrou alguma coisa digna de atenção em seu café.

— Viaja como mensageiro desde que tinha dez anos — prosseguiu a Dama Okra. — Conhece cada aldeia, cada estrada.

— A maioria — disse Josquin, com modéstia. Seus olhos azuis brilharam de afeto pela velha prima, por mais mal-humorada que ela estivesse.

— As melhores estradas — precisou a Dama Okra. — As que valem a pena conhecer. Ele explicará. Já mandou seus colegas mensageiros à frente para avisar que há uma recompensa para informações que levem à eremita e à muralista. Com isso vocês ganharão tempo, creio eu. E ele sabe que vocês precisam chegar a Samsam a tempo de...

A Dama Okra se interrompeu de repente, com o olhar esgazeado de quem teve uma crise de indigestão.

Abdo, que pegara por conta própria uma cadeira e uma xícara de café, olhou primeiro para Okra e depois para a frente da casa. *Gostaria que você pudesse ver isto, madamina Phina. A Dama Okra está tendo uma premonição e sua luz da alma voa para fora como um raio. Um grande dedo pontudo de sua mente na direção da porta de entrada.* Esticou seu próprio dedo, para ilustrar.

A Dama Okra se projeta também com a mente?, perguntei. *Ela sempre disse que era com o estômago.*

Talvez não consiga separá-los, sugeriu Abdo, com a maior insolência.

A Dama Okra se agitou grotescamente, voltando a si.

— Santos dos Céus! — gritou. — Quem será essa criatura aí na porta? — Levantou-se de um salto e correu para o vestíbulo justamente no momento em que alguém batia.

Corri atrás dela. Ainda não tivera a oportunidade de mencionar Tentilhão.

— Antes de atender... — comecei, mas já era tarde.

— Credo! — exclamou ela, com nojo. — Seraphina, foi você que chamou aqui esse sujeito todo contaminado e pestilento? Não, o senhor não vai trazer o contágio para minha casa. Vá para o pátio das carruagens e dispa-se.

O médico tirara o avental e as luvas sujas, e trocara de roupa; ainda trazia a agourenta máscara bicuda e suas botas estavam realmente enlameadas demais para o elegante piso da casa. Aproximei-me da Dama Okra, que bufava indignada.

— Deixe suas botas aqui — pedi ao doutor. Ele se apressou a tirá-las. Peguei-o pelo braço e continuei: — É bem-vindo. Não avisei a ela que o senhor viria.

Conduzi nosso novo convidado à sala de jantar. A Dama Okra nos seguiu, protestando. Josquin levantou-se novamente e exclamou "Buonarrive, Dotoro Basimo!". E ofereceu ao velho sua cadeira.

Tentilhão, só de meias, ombros encolhidos de ansiedade, sentou-se. Josquin sentou-se a seu lado.

— Conhece esse papa-cadáver? — rosnou a Dama Okra, voltando a falar em goreddi. Estacara na soleira, com os braços cruzados numa atitude de desdém.

— O doutor Basimo mantém o Conde Pesavolta informado sobre os casos de peste — explicou Josquin, todo animado. — Estão ambos tentando evitar outra epidemia anual. É uma missão nobre.

O doutor, sentado na beira da cadeira com as mãos cruzadas entre os joelhos, olhava-nos através das lentes com um ar amedrontado.

— Ele é um dos nossos — expliquei à Dama Okra. — Nós o encontramos esta manhã.

— Então tire essa máscara. Está entre amigos, por São Prue! — pediu a Dama Okra, mas sem se aproximar e num tom muito pouco amigável.

— Não precisa, se não se sentir à vontade — disse eu, anulando o pedido de Okra.

O doutor Basimo refletiu por um instante e depois tirou sua máscara de pano de saco. Eu sabia o que iríamos ver. Eu tinha avisado a Dama Okra, mas mesmo assim ela arfou. Josquin desviou os olhos e bebeu apressadamente um gole de café.

Sob o bico de couro da máscara havia outro, real, grosso e forte como o de um tentilhão. No entanto, ao contrário do de um tentilhão, tinha bordas serrilhadas, reminiscência dos dentes de dragão. O nariz não era separado, o que se via eram apenas narinas de pássaro em cima do bico. O crânio calvo, esbranquiçado, e o pescoço magro de velho faziam-no parecer uma ave de rapina — mas nenhuma ave de rapina jamais poderia ter um olhar tão inteligente nos olhos melancólicos, da cor de um céu de verão.

— Por favor, me chamem de Nedouard — pediu o doutor, esforçando-se para falar com clareza. Isso era difícil para ele; eu podia ver sua língua preta lutando contra a rigidez do bico e o coitado não conseguia evitar os estalidos quando os fonemas exigiam a participação dos lábios que ele não tinha. — Nosso amiguinho aqui disse que vocês são todos meios-dragões. Eu achava que era o único.

Sentei-me à sua frente e arregacei a manga esquerda para mostrar as escamas prateadas em torno do antebraço. Nedouard, timidamente, estendeu a mão para tocá-las.

— Eu também tenho algumas — murmurou. — Você teve sorte de não possuir um destes — e apontou para o bico.

— Parece que o fenômeno se manifesta de modo diferente em cada um — observei. Abdo, solidário, esticou sua língua escamosa.

Nedouard assentiu, pensativo.

— Isso não me surpreende. A surpresa é que humanos e dragões possam se misturar. Mas e quanto a... — Indicou Josquin.

— Ah, eu não — apressou-se a dizer o mensageiro. Empalideceu, mas tentou valentemente sorrir.

A Dama Okra rosnou:

— Eu tenho um rabo. Mas não, não vou mostrar.

Nedouard aceitou uma xícara de café de Abdo com um "obrigado" quase inaudível, e depois fez-se um silêncio incômodo.

— Foi criado em Segosh, Nedouard? — perguntei gentilmente.

— Não, nasci na aldeia de Basimo — respondeu ele, mexendo seu café, embora não houvesse posto nada nele. — Minha mãe se refugiou lá, no convento de Santa Loola. Fugiu de casa; disse às freiras que meu pai era um dragão, mas elas não acreditaram até ver minha cara.

— Você nasceu com...? — Fiz um gesto imitando um bico. — Minhas escamas só apareceram quando eu tinha 11 anos. As de Abdo, quando tinha... 6? — Olhei para ele, em busca de confirmação; Abdo assentiu.

— Oh, as escamas vieram depois — disse Nedouard. — Mas o rosto, infelizmente, sempre foi deste jeito. Minha mãe morreu quando me deu à luz e as freiras cuidaram de mim, apesar da minha feiura. Santa Loola é padroeira das crianças e dos loucos. Elas me criaram, me educaram, me amaram como a um filho. Fora do convento, eu usava uma máscara. Os aldeões ficaram com medo a princípio, mas eu era calmo e pacífico. Acabaram por me aceitar. Basimo foi assolada pela peste quando eu tinha 17 anos. O convento acolheu os doentes, é claro, e eu aprendi a cuidar deles. No entanto... — Pegou uma colher e largou-a em seguida, com os dedos trêmulos. — No fim, só cinco de nós sobrevivemos. A aldeia de Basimo não existe mais. Só no nome que trago comigo.

— Como é sua vida aqui? — perguntei, tomando cuidado para não acrescentar "com uma cara destas?".

Ele percebeu a omissão e ergueu os olhos, sem se ofender.

— Uso sempre a máscara. Quem teria coragem de me tocar para removê-la?

— Seus pacientes não acham sua máscara esquisita nos anos em que não há peste?

— Meus pacientes se sentem tão agradecidos que não se importam com a minha aparência. — Limpou a garganta e acrescentou: — E não há ano sem peste. Em certos anos ela poupa os ricos, mas sempre faz estragos entre os pobres.

Nedouard tentou enfim bebericar o café, mas seu bico era desproporcional ao tamanho da xícara. A Dama Okra emitiu um som zombeteiro e Nedouard, claramente mortificado, desistiu.

Olhei para a Dama Okra e disse, em tom firme:

— Tivemos vários anos sem peste em Goredd. Eu própria nunca vi uma.

— Goredd é diferente — ponderou Nedouard, franzindo o cenho. — Os quigs comem o lixo de vocês e, portanto, vocês têm poucos ratos. Os ratos é que disseminam a doença. Fiz experiências, escrevi tratados, mas com esta cara — apontou para o rosto — sou considerado um charlatão. Quem me ouviria?

— Nós ouviremos. Goredd inteiro ouvirá — garanti. — Estou numa missão para encontrar todos os de nosso tipo. Goredd pede nossa ajuda para a guerra civil dos dragões, mas, quando ela terminar, espero que possamos formar uma comunidade de meios-dragões que se socorram e valorizem mutuamente.

A Dama Okra revirou os olhos com tanta força que receei vê-la se presentear com um aneurisma.

Nedouard girava a xícara entre os dedos.

— As pessoas confiam em mim aqui — disse.

— Poderá ajudá-las ainda mais — ponderei. — Se seu trabalho for levado a sério, sem dúvida achará um meio de evitar esses surtos ou mesmo extirpar a doença de uma vez por todas.

Seus olhos brilharam.

— É tentador, devo admitir. Posso pensar um pouco sobre o assunto?

— Claro — respondi, condescendente. — Onde poderemos encontrá-lo de novo?

— Moro... perto do lugar onde me acharam — explicou ele, baixando os olhos.

— Que tal trazer suas coisas para cá, para a casa da Dama Okra? — sugeri. — Ela tem espaço e você ficará mais confortável.

Dama Okra estremeceu, mas não disse nada. Já concordara em alojar os ityasaari ninysh antes de escoltá-los a Goredd e isso eu exigiria dela.

— Pense o tempo que quiser — acrescentei. — Abdo e eu temos de encontrar mais dois outros dos nossos em Ninys. Talvez só voltemos dentro de seis semanas.

Nedouard ergueu de novo os olhos, interessado.

— Quantos somos ao todo?

— Dezesseis — respondi, omitindo Jannoula e Pastelão.

Seu olhar se aguçou, o que me fez lembrar subitamente de Kiggs; havia um pensador por trás daquele bico.

— A fertilidade entre espécies não pode ser alta — disse ele. — Talvez haja dez dragões transgressores para cada meio-dragão concebido. Isso indica...

— Já terminamos? — interveio a Dama Okra, empilhando ruidosamente xícaras de café na bandeja. — Se devo ver o doutor Basimo pelas próximas semanas, não gostaria de me cansar dele logo no início.

A grosseria dela me deixou embaraçada, mas Nedouard entendeu a indireta. Levantou-se e apertou a mão de todos. Abdo, que achava hilária essa prática das Terras do Sul, sacudiu exageradamente o braço. Acompanhei o doutor até a porta.

— A Dama Okra pode ser um pouco rude — confidenciei, enquanto ele calçava as botas. — Contudo... tem bom coração. — Não tinha, mas não achei outra coisa mais tranquilizadora para dizer.

Nedouard inclinou-se educadamente, curvou os ombros e desapareceu nas primeiras sombras da noite. Eu talvez não pudesse enxergar o fogo mental, mas conseguia perceber a solidão envolvendo-o como um manto. Era um velho amigo meu. Isso pesava bastante: ele sem dúvida se uniria a nós.

Quando voltei à sala, vi com surpresa Abdo se arrastando sob a mesa; Josquin revirava o aparelho de café, mexia nos guardanapos, olhava debaixo dos pratos. A Dama Okra gritava para todos ouvirem:

— Claro que não o vi fazer! Nunca se pega um profissional em flagrante.

— Que aconteceu? — perguntei.

A Dama Okra me encarou, vermelha de raiva.

— Seu homem-pássaro — rugiu —, roubou três colheres de prata.

☙❧

Josquin não quis ficar para o jantar.

— Vou ver o Capitão Moy, o líder de sua escolta, para uma última conversa rápida — explicou.

— Ele sabe que somos meios-dragões? — perguntei, mais ansiosa do que gostaria.

O rosto chupado de Josquin casou muito bem com sua aparência séria.

— Já lhe contei. Fiz mal?

Senti o rosto arder. Será que jamais me acostumaria com a ideia de os outros saberem?

— É que... ele não ficará com medo de nós, ficará? — O medo era menos ruim que o ódio e falar sobre ele era mais fácil.

— Ah! — murmurou Josquin, pensativo. — Nossa história difere da sua. As incursões dos dragões raramente chegaram até aqui, ao extremo sul... graças a Goredd. Quando o povo ninysh souber o que são vocês, sem dúvida ficará mais curioso que amedrontado.

— Mas os próprios santos chamam os meios-dragões de abominações, de...

— E nós, ninysh, também não somos muito religiosos — continuou ele, sorrindo como que para se desculpar. — A ajuda deles não nos foi tão necessária. Eis outro acidente feliz da história, um privilégio concedido pela paz.

Sim, a paz era uma bênção; e a prova eram os anos decorridos desde o Tratado de Comonot.

Eu, porém, ainda não confiava muito nele; vira como ficara horrorizado ao ver o rosto de Nedouard; esforçara-se para sorrir de minhas escamas, mas o nojo e o mal-estar tinham vindo antes. Se os ninysh eram tão compreensivos em relação às diferenças, por que a Dama Okra fazia de tudo para esconder seu rabo?

Ainda assim, Josquin parecia suficientemente amistoso e eu tentaria dar à nossa escolta o benefício da dúvida.

A Dama Okra vasculhava seus armários como se Nedouard houvesse, por mágica, aberto suas portas sem que percebêssemos. Josquin sorria indulgentemente para ela; gostava da velha senhora, por mais estranho que isso parecesse.

— Boa noite, prima — despediu-se ele. — Seraphina, Abdo... logo estarei de volta. Estejam prontos para partir.

Dirigiu-se sozinho para a porta. A Dama Okra fechou com força o armário, gritando:

— Por que concordei em alojar esses monstros? Desisto. Eles que durmam no estábulo. — Caminhou para a cozinha, praguejando e cuspindo. Suspirei, encostando a testa no tampo liso e frio da mesa. A Dama Okra me tirava do sério.

— Ela esgota minha paciência — murmurei para Abdo. — E tenho muita.

Abdo refletiu um pouco. *Será que é difícil manipular a luz da alma? O velho sacerdote Paulos Pende disse que dava para fazer isso. Já consigo estender um dedo de fogo.* Passou a ponta do indicador na mesa. *Será que consigo manipular a luz de Dama Okra? Será que consigo torná-la mais meiga, fazê-la esquecer?*

Estremeci. *Esquecer o quê?*, perguntei, com medo da resposta.

Bem, para começar, as colheres. Depois, o ódio que sente por Nedouard...

Levantei-me de um salto.

— Não sugira isso. Nem pense nisso.

Ele se encolheu ante minha súbita veemência, arregalando os olhos. *Oh, madamina, não fique brava. Eu só queria... Nedouard é boa gente e não merece que ela o despreze. Minha intenção era apenas ajudá-lo.*

Senti a boca seca, mas consegui dizer:

— A Dama Okra é dona de seus próprios pensamentos. Por mais detestáveis que eles nos pareçam.

Ele observou bem meu rosto. *Há uma história que você não me contou. Sobre aquela senhora que expulsou de sua mente.*

Em outra ocasião, respondi, cansada. Ele assentiu e me deixou às voltas com meus pensamentos.

☙❧

Na hora de dormir, senti-me inquieta pela sugestão displicente de Abdo e pelo grau em que ela me abalou. Embora relegada ao passado, a sombra de Jannoula parecia jazer sob a superfície como um monstro assustador.

Fui para o quarto, esperando que minha toalete da noite pudesse me acalmar. Lavei e untei a larga faixa de escamas em volta da cintura e a mais fina em torno do antebraço esquerdo. Estendi-me na cama de dossel, respirei fundo e desci ao jardim dos grotescos.

Desde que Abdo o descrevera como uma portaria, as superfícies de meu jardim assumiam uma estranha simplicidade quando eu chegava, como se as árvores e estátuas não passassem de um pano de fundo para uma peça de teatro. Sua sugestão me deixara ciente de que nada daquilo era real, como o sonhador que sabe que está sonhando. Para quem sonha, é difícil continuar dormindo depois de descobrir isso.

Permaneci imóvel por um momento, de olhos fechados, tentando instilar vida em minhas criações. Quando reabri os olhos, tudo entrara nos eixos por si mesmo: o sol aquecia de novo meu rosto; a relva projetava suas lâminas, orvalhadas e ásperas entre meus dedos; e o perfume das rosas e do alecrim adejava na brisa.

Cheguei primeiro o chalé de Jannoula, certificando-me de que o cadeado da porta continuava intacto, como se pudesse evocá-la só de pensar nela. Cumprimentei todos os passantes e, ao chegar ao ninho dourado de Tentilhão — Nedouard —, dei-lhe uns tapinhas na careca, contente por revê-lo, independentemente de seus defeitos. Mandei beijos para Azulada, a pintora, em sua torrente de cores, e para Fantasma Bruxuleante, a eremita, em seu jardim de borboletas. Falaria com elas depois.

Pôr o jardim em ordem me acalmou um pouco. Voltei a mim no quarto verde de hóspedes da casa de Okra. Ainda tinha algo a fazer antes de dormir. Tirei o colar de prata do bolso da camisa e apalpei o thnik em forma de nó de namorado.

Acionei o pequeno comutador. Em cima da escrivaninha de Glisselda, uma caixinha ornamentada estaria cricrilando como um grilo. O meu não era o único aparelho conectado àquele receptor. Comonot tinha um, como também alguns de seus generais, o Conde Pesavolta, o Regente de Samsam e os cavaleiros que treinavam no Forte Ultramarino. Um funcionário ficava o dia todo sentado à escrivaninha, anotando as chamadas.

— Castelo de Orison. Identifique-se, por favor — disse uma voz enfastiada.
— Seraphina Dombegh — respondi.

Achei que o rapaz resmungara alguma coisa, mas não: era o som da cadeira sendo empurrada para trás quando ele se levantou. Depois, o barulho da porta que se fechava. Sabia a quem procurar se eu chamasse. Esperei. Então, duas vozes familiares gritaram "Phina!" em uníssono, fazendo vibrar meu aparelho quigutl. Não pude deixar de sorrir.

Cinco

Josquin não mentira ao dizer que sairíamos cedo. Encontrou-nos, a mim e a Abdo, na porta da Dama Okra antes do amanhecer, fez-nos montar e conduziu-nos pelas ruas cobertas de orvalho. Comerciantes abriam suas lojas, o cheiro de pão quentinho atiçava o apetite e o tráfego ainda era leve.

— Tudo de acordo com o plano — gabou-se Josquin. — O mercado de Santi Wilibaio abre hoje. Ao meio-dia, as ruas estarão cheias de bezerros e moleques.

Santi Wilibaio era o nosso São Willibald, chamado São Villibaltus em Samsam. Quaisquer que sejam nossas diferenças, nós, sulistas, temos os mesmos santos.

Nos portões da cidade, encontramos nossa escolta: oito soldados, metade com barbas loiras, todos com plumas brancas se agitando aparatosamente sobre os elmos em forma de caçarola. Os peitorais exibiam cenas de guerra; as mangas bufantes, com as cores do Conde Pesavolta, pareciam grandes repolhos amarelo-alaranjados. Os arreios de seus cavalos — e também os dos nossos, conforme observei — eram enfeitados com ornamentos de metal e pequenos sinos. Obviamente, não iríamos passar despercebidos de ninguém.

Josquin acenou para o líder, um homem barrigudo, de ombros largos e uma barba amarela larga como uma pá. Não tinha bigode; de repente, o cavanhaque de Josquin me pareceu bem menos ostensivo. Moda ninysh, sem dúvida.

— Capitão Moy — disse Josquin. O homem inclinou-se na sela e removeu o elmo com um floreio. Seu cabelo loiro começava a rarear no alto da cabeça; calculei que tivesse uns 45 anos.

— Prazer em conhecê-lo — disse eu, esgotando todo o meu ninysh de uma vez e com o coração batendo forte por encontrar um estrangeiro armado que já sabia quem eu era. Eu já não tinha segredo; ele escapara de minhas mãos. Mas isso ainda me incomodava.

— A honra é toda nossa — disse o Capitão Moy num goreddi decente. Lançou-me um sorriso torto, cheio de dentes quadradões, mas que, ignoro o motivo, me tranquilizou. — Esta tropa se chama Des Osho, isto é, "Os Oito". Acompanhamos dignitários em visita.

Rá, rá, somos dignitários!, riu Abdo, olhando as plumas de Moy como um gato olha um novelo de lã.

O Capitão Moy gritou uma ordem e os outros entraram em formação à nossa volta. Nenhum deles olhou para Abdo ou para mim: eram profissionais. Deixamos a cidade, passando pela fila cada vez mais densa de carroças que se dirigiam ao mercado. Não parecíamos o tipo de gente que os Oito costumavam acompanhar. Abdo acenava para os camponeses e ria.

O próximo baronato era o Palasho Do Lire, a um dia de viagem; passaríamos a noite lá. O interior ninysh era constituído por pastagens rotativas, entremeadas de faixas de trigo de inverno; agora, no início da primavera, as hastes exibiam um verde intenso, com manchas de terra negra ocasionalmente visíveis entre a espessura das plantas.

A estrada avançava reta para o horizonte, ladeada por muros baixos de pedra ou cercas vivas, às vezes contornando aldeias ou vinhedos, e cruzava com frequência pontes sobre rios mais caudalosos por causa das chuvas da estação. Moinhos com pás triangulares que giravam ao vento erguiam-se nas colinas distantes; camponeses, atolados em plantações de cebolas, viravam-se para nos olhar. Abdo mandava-lhes beijos.

Nossa escolta se deslocava com seis homens à frente e dois atrás, mas essa ordem logo mudou. Abdo, impaciente com o ritmo lento da marcha, adiantou-se. O Capitão Moy recuou e postou-se à minha direita; Josquin permaneceu à minha esquerda.

— Todos sonhávamos com esta missão — confessou Moy jovialmente. — Uma aventura interessante vale seu peso em ouro.

— Nós somos interessantes? — perguntei, enrubescendo.

— Não me entenda mal, senhorita — disse o capitão, olhando-me de lado. — Não é pelo que vocês são, mas pelo que vamos fazer. Escoltar nobres pedantes cansa logo, mas procurar pessoas desconhecidas é outra coisa. Um desafio.

Precisamos discutir mais detalhadamente sobre as mulheres que vocês querem encontrar. Josquin não sabe quase nada a respeito disso.

Na frente, Abdo fazia com as mãos sinais complicados, mantendo-as abertas sobre a cabeça à semelhança de uma crista de pássaro. O soldado que o ladeava tirou o elmo — ou *a* soldado, melhor dizendo. De cabeça descoberta, era claramente uma mulher, de faces róseas e risonhas, com duas tranças cor de ouro enroladas em volta da cabeça. Coroou Abdo com seu elmo emplumado, dando gritinhos de alegria.

— Com licença — disse Moy, esporeando o cavalo. — Preciso restaurar a disciplina por aqui.

— A filha dele, Nan — cochichou Josquin ao meu ouvido, indicando a mulher. — Abusam da paciência um do outro, mas são uma boa dupla. Nesta guarda de honra não há lugar para os preguiçosos e incapazes; é mesmo uma honra para quem a merece.

Mas como a haviam merecido? Ninys raramente ajudara Goredd na guerra. Achei, porém, que não seria muito educado perguntar.

☙❧

A palavra ninysh *palasho* é geralmente traduzida por "palácio"; mas o Palasho do Lire, com suas paredes de arenito que tomavam ao crepúsculo uma cor alaranjada, mais parecia uma casa de fazenda pesadamente fortificada. Baixa e quadrada, erguia-se no alto de uma colina, no meio de pastos. Um fosso raso circundava a pastagem, mais útil para manter o gado dentro que o inimigo fora; nossos cavalos refugaram diante da ponte precária, mas alguns pastores acorreram com pranchas para ajudar os animais nervosos a atravessar.

O mordomo da casa, que conhecia Josquin, saiu para nos receber, apertando-lhe a mão e ordenando a um grupo de cavalariços que cuidasse de nossas montarias. O mordomo nos conduziu, por sob um arco de tijolos, até um pátio. Galinhas nos espiavam de buracos nos muros; uma velha cabra de chifres tortos e úberes caídos baliu roucamente, em sinal de desaprovação.

A maioria dos Oito foi se aquartelar num edifício externo. Abdo e eu seguimos Moy até um pesado saguão de pedra que mais parecia um celeiro sem janelas. Abdo pegou a mão de Nan e arrastou-a consigo. Ela riu, fingindo resistir; tinha os mesmos dentes quadrados de Moy.

Ela entende meus sinais de mão melhor que qualquer dos outros, disse Abdo. *Mais um motivo*, disse eu, acenando cordialmente para Nan.

Uma cena de caça ao veado, bela demais para um celeiro, fora gravada nas portas duplas. Meu cérebro cansado compreendeu finalmente que aquele era o grande salão. Eu deveria cumprimentar ali mesmo os fidalgos da casa e me apresentar toda coberta pela poeira da estrada — de calças, gibão, chapéu de abas largas e botas. Estaquei.

Josquin virou-se para mim, com a mão na porta.

— Nervosa?

— Não deveríamos, primeiro, mudar de roupa? — sussurrei, tentando não parecer apavorada.

— Ah — disse ele, olhando-me da cabeça aos pés. — Sem dúvida, se achar que é importante. Mas posso fazer uma sugestão?

Concordei, toda confusa. A brisa trazia consigo um cheiro de porcos.

Ele baixou a voz, os olhos claros muito atentos.

— A Dama Okra disse que você é música, artista. Bem, nós mensageiros também somos artistas. Imitamos a voz de condes, rainhas, às vezes até de santos. Belas roupas podem lhe conceder o benefício da dúvida, mas a força vem daqui. — Encostou o dedo embaixo da caixa torácica. — Levante a cabeça. Fale com autoridade e eles acreditarão em você. Estarei a seu lado, traduzindo. Tudo sairá bem.

Fazia sentido. Além disso, eu já me apresentara vezes suficientes para ter uma reserva de confiança à qual recorrer. Respirei fundo para criar coragem e entrei num recinto semelhante a uma igreja, com colunas sustentando um teto enegrecido de fuligem. Eu esperava uma sala de visitas ou um salão de festas. Talvez aquele lugar preenchesse essas funções, mas no momento estava cheio de ovelhas novas, cuja lã homens e mulheres esfregavam vigorosamente, recolhendo-a em cestos; a lã dos animais mais velhos, grossa e hirsuta, era colocada em cestas separadas. Viam-se, sobre o fogão, grandes caldeirões de bronze para lavar ou tingir a lã, rodeados por varais onde ela seria posta a secar. Ao fundo, mulheres preparavam teares.

Josquin atravessou o recinto atravancado em direção a uma mulherzinha de cabelos ruivos com mechas prateadas que instalava uma roca. Vestia uma túnica sobre uma blusa de linho com bordados berrantes nas mangas.

Josquin inclinou-se até o chão; como eu não estava de saia, aproveitei a dica e fiz o mesmo. Ouvi-o pronunciar o nome de Baronesa Do Lire e não tive mais dúvida de que aquela era de fato a castelã.

Ela chamou Josquin pelo nome; o rapaz era sem dúvida uma figura bem conhecida por ali. Apresentou-me num tom melífluo, que impressionou a mulherzinha. Até as ovelhas pareceriam magníficas se apresentadas com aquela voz. Josquin sussurrou-me:

— Vamos, leia.

Tirei da mochila a carta endereçada pela Rainha Glisselda à nobreza de Ninys, ergui o queixo e sorri. Josquin aprovou com um leve aceno de cabeça. Desenrolei o pergaminho e comecei, com Josquin traduzindo cada palavra num ninysh fluente e pomposo:

— Honoráveis senhores (e "senhoras", acrescentei rapidamente) de Ninys, recebam as saudações e os melhores votos de felicidade da Rainha Glisselda de Goredd.

Já tiveram notícias do conflito interdragontino no norte, que inevitavelmente se espalhará pelo sul: o Velho Ard quer atacar de novo as Terras do Sul, não apenas Goredd, mas também Ninys e Samsam. Goredd suportou muitas vezes, sozinho, o peso da agressão dos dragões. Não alimentamos ressentimentos pelo passado — na verdade, sentimo-nos honrados por ter sido o baluarte das Terras do Sul —, mas quarenta anos de paz e a dissolução das ordens de cavalaria nos deixaram despreparados para outra guerra.

O Conde Pesavolta enviou os cavaleiros ninysh remanescentes para o Forte Ultramarino, onde, ombro a ombro com os nossos, treinarão novos dracomaquistas. Goredd aplaude seu generoso espírito de cooperação, mas precisamos de mais. Confiamos em que os baronetes de Ninys, coração e consciência do sul, farão sua parte.

Glisselda e Kiggs haviam queimado as pestanas para escrever essa carta, tentando encontrar o equilíbrio perfeito entre urgência e desespero, lisonja e sentimento de culpa. Ela prosseguia discriminando as necessidades de Goredd — homens, armas, trigo, madeira, matérias-primas para o fogo de São Ogdo, etc. Josquin poliu minhas palavras na tradução, atirando-as aos pés da Baronesa do Lire como joias faiscantes.

Ela fiava lã quando comecei; e quando terminei, deixou cair o fuso no colo e levou a mão ao coração.

— O Palasho Do Lire ficará honrado em ajudar — disse (na tradução de Josquin). — Nós, ninysh, reconhecemos nossa dívida para com Goredd e temos consciência de que nosso belo e bem-organizado país existe graças ao sacrifício de seu povo. Marie — interrompeu-se, chamando uma mulher que passava com um cesto de lã —, traga-me pena e tinta. Vou colocar minha promessa por escrito.

Isso era mais do que eu poderia esperar. Guardamos o documento e jantamos com a baronesa numa sala pequena e livre de ovelhas. Eu mal conseguia ficar quieta na cadeira de tanta satisfação. Depois, quando o mordomo nos conduzia para a ala dos hóspedes, sussurrei para Josquin:

— Você tinha razão. Não há nada a temer.

Ele esboçou um sorriso e replicou:

— Nem todos serão tão gentis.

Abdo e eu ficamos juntos num quarto simples, com uma lareira e duas camas protegidas por cortinado. Um impulso fraterno me levou a averiguar se ele teria uma boa noite de sono. Sua rotina era tão complicada quanto a minha: limpou os dentes com um palito de madeira, vestiu uma camisola comprida, enrolou o cabelo num lenço de seda e ficou pulando na cama.

— Amigo — disse eu após alguns instantes —, isso realmente não é necessário. E não me diga que são exigências de seu deus, pois não vou acreditar.

Você só faz o necessário antes de ir para a cama?, perguntou ele, ainda pulando.

— Se não lavo e unto minhas escamas, elas coçam — respondi, com maus modos. Minha chaleira demorava a ferver na lareira.

Não isso. Parou e me observou atentamente. *Você visita seu "jardim" todas as noites.*

— Isso também é necessário, senão sou atacada por visões involuntárias de todos vocês, seus patifes.

Ele inclinou a cabeça para um lado. *Quando foi a última vez que teve uma visão?*

— No solstício de inverno. E quem vi foi você, se é que se lembra. Você me procurava.

Sim, eu estava à sua procura, reconheceu ele. *Provoquei aquela visão, me projetando. Mas, e antes disso?*

Sacudi a cabeça, confusa.

— Não me lembro. Não tive visões por muitos anos. Cuido de meu jardim religiosamente.

Ahá! — disse ele, deitando-se por fim, com ar pensativo. *Você quer dizer supersticiosamente. Deveria esquecer isso. E só ver o que de fato acontece.*

— Não enquanto estivermos viajando — repliquei, tirando a chaleira do fogo. — E se uma visão me derrubar do cavalo?

Ele não respondeu. Virei-me para olhá-lo: tinha adormecido.

CB&O

Bem cedo, no dia seguinte, estávamos quase vestidos quando a escolta apareceu para nos acordar. Eu ainda vestia a calça de montaria — acolchoada, graças a todos os santos — e estava apenas com a camisa de linho, mas mesmo assim Abdo abriu a porta. Entraram Josquin, Moy e Nan, sem se importar com o meu desalinho, trazendo pão quente e queijo fresco de cabra. Puseram a bandeja no chão, pois nosso quarto não tinha mesa; vesti o gibão azul de seda e juntei-me a eles.

O capitão Moy afastou o queijo para um lado e desdobrou um mapa em pergaminho de Ninys no chão. De uma bolsa pendurada do pescoço, tirou uns óculos de aro dourado e encavalou-os bizarramente no nariz.

— Agora — disse, aceitando uma fatia de pão da filha, que ela mesma cortara com sua faca —, onde esperam encontrar essas senhoras meios-dragões?

Os olhos de Nan, cheios de curiosidade, passearam rapidamente por meu rosto quando ele disse *meios-dragões*.

— Infelizmente — respondi —, não conheço nada em Ninys. Tive uma visão delas, mas apenas em seu próprio ambiente. Isso não ajuda muito.

Moy pareceu genuinamente, absurdamente encantado com minha resposta.

— Aí está o desafio. Duas mulheres, um país grande. Se vocês não voltarem a Segosh dentro de seis semanas, Samsam nos declarará guerra...

— Não, não declarará — apressou-se a garantir Josquin, para o caso de eu não conseguir dizer que Moy estava exagerando. — Mas minha prima, sim.

Moy deu de ombros e sorriu.

— Nós três conhecemos Ninys muito bem. Descreva o que viu.

Eu conhecia bem Azulada, a pintora cujo avatar fazia redemoinhos coloridos na água.

— Uma delas pinta murais. Está pintando um São Jobertus agora, não sei onde, mas antes pintou uma impressionante Santa Fionnuala em Meshi.

— Santi Fionani? — perguntou Nan. Era o nome da Senhora das Águas em ninysh.

Moy pousou o dedo sobre uma cidade na margem de um rio da região leste de Ninys

— Como sabe que era Meshi?

— Pura sorte — expliquei. — Vi-a uma vez do lado de fora e vislumbrei a bandeira da cidade.

— Aquela com a palavra "Meshi" sob um pinheiro — disse Josquin, às voltas com um grande pedaço de queijo.

— As pessoas são sutis nessa parte do país — disse Moy. Sua filha abriu a tampa de um vidro de tinta e, cuidadosamente, desenhou com um pincel um ponto vermelho perto da cidade.

— O padre de Santi Fionani talvez saiba para onde ela foi depois — sugeriu Josquin. — E Meshi estava na lista que a Dama Okra fez dos senhores estrategicamente importantes, por causa da mina de enxofre, sem dúvida. Seja como for, vamos passar por lá.

Isso era encorajador. Arrisquei uma descrição da segunda ityasaari, Fantasma Bruxuleante:

— Essa mulher vive uma existência retirada numa grande floresta de pinheiros...

— A Pinabra — disse Moy, sem pestanejar. — Meshi está localizada em sua orla ocidental.

Josquin apontou para o mapa.

— É uma região vasta, no entanto. Envolve as montanhas do leste como uma saia.

— *Eche* é um lugar onde a gente se perde facilmente — disse Nan, hesitante. Eram as primeiras palavras em goreddi que eu a ouvia pronunciar. A pronúncia não era das melhores, mas ela aparentemente acompanhava muito bem a conversa.

— Uma coisa de cada vez — recomendou Moy. — Por enquanto, Meshi já é o suficiente para nós. Há muitos palashos que podemos visitar daqui até lá.

Levantou-se. Nan enrolou o pergaminho e em meia hora estávamos na estrada.

ఇఌఌ

De fato, os palashos eram numerosos, pontilhando o interior como espinhas na pele. Em certos dias, parávamos em dois ou três. Espalhou-se a notícia de que eu tocava flauta e Abdo dançava, de modo que éramos frequentemente convidados a nos apresentar. Os ninysh, de vez em quando, traziam seus próprios dançarinos. Abdo observava-os com atenção e depois imitava seus saltos e posturas ao subir as escadas para a cama. Moy resolveu então ensinar-lhe a saltamunti e a voli-vola.

— O baronete Des Faiasho me tratou mal esta noite — relatei a Glisselda e Kiggs de um dos quartos de hóspedes do Palasho Faiasho, após uma semana de jornada.

— Oh, não! — gritou Glisselda, ao mesmo tempo que Kiggs. — E você, como se sente?

Eu estava reclinada numa cama de dossel, vestida de seda e sobre travesseiros macios de penas; Des Faiasho sabia tratar seus hóspedes, mesmo aqueles a quem magoava.

— Sinto-me ótima. Como sempre, Josquin tinha razão: estes nobres nem sempre se mostram muito cordiais quando o assunto é o que devem a Goredd. Alguns ficam na defensiva.

— Parece que Josquin tem razão vezes demais — resmungou Kiggs, secamente.

Eu gostaria de espicaçá-lo por ele estar com ciúmes, mas não podia, é claro. Felizmente, Glisselda interrompeu:

— Josquin isto, Josquin aquilo! Não deixe que esse ninysh malandro lhe passe a conversa. Queremos você de volta depois que tudo terminar.

— Ah, majestade, o ciúme não lhe cai bem! — exclamei para Glisselda, mandando a Kiggs uma mensagem indireta. Virei-me de bruços e apoiei-me nos cotovelos. — Desfecho: depois de esclarecer que Goredd não iria lhe dar ordens, Des Faiasho concordou em fornecer mil e quinhentos homens armados e equipados, bem como trigo, ferreiros, carpinteiros...

Glisselda só ouviu o número de homens. E exclamou, de um modo pouco condizente com uma rainha:

— Um exército! Estamos recebendo um exército estrangeiro! Não é maravilhoso?

Kiggs, sem dúvida, estava anotando tudo meticulosamente, de modo que continuei a enumerar suprimentos e especialistas, e terminei com o detalhe mais estranho de todos:

— Des Faiasho importa óleo de sabanewt dos arquipélagos do sul. Insiste em dizer que é um bom substituto para a nafta na fabricação da píria. — A píria era uma substância viscosa e inflamável que os cavaleiros empregavam em sua arte marcial, a dracomaquia.

— Ele tem certeza de que funciona? — perguntou Glisselda, atenta novamente.

— Acho que quer nos vender um lote — respondi. — Posso enviar uma amostra.

— Envie-a para Sir Maurizio, no Forte Ultramarino, onde os cavaleiros poderão fazer um teste — disse Glisselda. — Aqui, ninguém sabe fabricar o fogo de São Ogdo.

— Não é bem assim — interveio Kiggs, em tom baixo. — O assassinato no armazém foi com píria. Se o suspeito preso não pode fazê-la, sabe quem pode.

— Assassinato? — perguntei, alarmada.

— Esqueci-me de que aqui acontecem coisas que não chegam ao seu conhecimento — disse Glisselda. — Comonot estabeleceu uma guarnição de dragões logo depois de você partir. Chama-a de "uma grande mostra de boa-fé". E repetiu isso várias vezes, para não haver engano.

Fiquei contente por ele ter seguido meu conselho, e rápido.

— As coisas vão mal — disse Kiggs. — Os Filhos de São Ogdo estão de novo se esgueirando para fora de suas tocas. Protestos, mas também um conflito violento, saarantrai agredidos e uma funcionária dragão desaparecida. Encontramos seu corpo queimado num armazém à beira do rio.

Fechei os olhos, enjoada. Os Filhos de São Ogdo eram uma irmandade clandestina de fanáticos que odiavam os dragões. Metade dos tumultos do solstício de inverno havia sido culpa deles; desprezavam tanto os dragões que o dragão Imlann — em forma humana — persuadiu-os facilmente a participar das tentativas de assassinato contra Comonot. O irmão desgarrado de Lars,

Josef, Conde de Apsig, havia sido um deles e teve de voltar para Samsam com o rabo entre as pernas, humilhado por ter sido joguete de um dragão.

— Sua grande mostra de boa-fé foi útil para a vigilância da cidade — disse Kiggs.

— Isso mesmo — corroborou Glisselda, que assim, pela primeira vez, reconhecia os desajeitados esforços de Comonot. — De qualquer maneira, os Filhos de São Ogdo não deixarão de matar saarantrai. Você sabe que Lucian é um ótimo investigador. Fará de tudo para manter a paz.

— Os legalistas de Comonot são nossos aliados, essa é a verdade — ponderou Kiggs. — Goredd tem de se adaptar.

— É claro — murmurei. — Sei que você tem tudo sob controle.

Depois da conversa, porém, fiquei deitada na cama por muito tempo, tapando os olhos com um braço e invadida por um enorme desapontamento. Ignorava o que aconteceria em Goredd depois que contasse a verdade sobre minha origem e mostrasse minhas escamas. Os Filhos de São Ogdo desapareceriam como num passe de mágica? Os goreddi absorveriam em quatro meses o tipo de verdade que não haviam absorvido em quarenta anos?

Isso era impossível, claro. O que não me impediu de desejar poder mudar sozinha as atitudes dos goreddi, obrigando as pessoas a ter bom senso.

꩜

Nossa escolta ninysh, embora Josquin o negasse, não estava gostando muito de acompanhar meios-dragões. Escondia seus preconceitos por trás do profissionalismo quase o tempo todo, mas, quanto mais viajávamos, mais indícios comecei a suspeitar. E, depois de suspeitar, não pude deixar de perceber.

Alguns dos Oito faziam o sinal de São Ogdo quando Abdo ou eu nos aproximávamos. Um gesto sutil, para afastar o mal dos dragões, como um círculo descrito com o polegar e um dedo. A princípio, julguei estar imaginando coisas. O homem que selava nossos cavalos parecia fazer o sinal sobre o lombo dos animais; mas, quando eu olhava diretamente para ele, mudava de ideia. E o soldado que fez o sinal sobre o peito depois que lhe falei? Talvez estivesse apenas com coceira.

Certo dia, Nan trouxe um punhado de pãezinhos de cevada — finos, crocantes, que Abdo adorava e dos quais pegou três. Dois de nossos soldados, que haviam acorrido, agora hesitavam, relutando em pegar os seus. Finalmente, um deles fez o sinal de São Ogdo o mais disfarçadamente que pôde. Abdo viu e parou de mastigar; passara tempo suficiente em Goredd para entender aquele gesto.

Nan, que também vira, ficou furiosa. Atirou os pãezinhos restantes ao chão, desmontou e derrubou seu camarada do cavalo. Pulou sobre ele, de punhos erguidos. Moy teve de intervir.

Nan acabou com um lábio partido, mas deixou o soldado com um olho roxo. Seu pai passou um sermão nos dois; meu ninysh não bastava para eu entender, mas Josquin ficou pálido. Nan parecia indiferente. Aproximou-se de nós, acariciou o cavalo de Abdo e disse toscamente:

— Não leve *icho* a sério, *mochca*.

Mochca, isto é, "mosca", era o apelido que dera a Abdo. Este fez um ligeiro aceno de cabeça, os olhos arregalados.

Mas eu levei a sério.

Agora, não podia mais me sentir completamente à vontade. Isso me incentivava a continuar tocando minha flauta à noite. Josquin notou a mudança, mas, se adivinhou a causa, não deu a entender.

— Você é uma mensageira, não uma ursa de circo — disse-me certa vez. — Pode dizer não.

Eu, porém, não disse não. Tocar flauta era a única coisa que, a meu ver, podia fazer as pessoas verem em mim um ser humano, não um monstro.

꽃

As montanhas ocidentais surgiram no horizonte depois de uma semana. Primeiro, confundi-as com um amontoado de nuvens. À medida que nos aproximávamos, porém, comecei a distinguir picos nevados e uma floresta escura que se estendia no sopé como uma grande mancha. A lendária Pinabra.

Chegamos a Meshi dois dias depois. Situava-se na orla da floresta, à margem de um rio que separava a planície dos pinheirais, os produtos do oeste da madeira e do minério do leste. As torres com ameias do Palasho Meshi erguiam-se no centro da cidade. O baronete era um dos pequenos senhores mais importantes de Ninys, fornecedor de dois ingredientes cruciais para a píria, o enxofre e a resina de pinheiro. Gozaríamos de sua hospitalidade aquela noite.

Mas ainda era perto de meio-dia quando cruzamos os portões da cidade. Cedo demais para nos apresentarmos no Palasho.

— Vamos até a igreja de Santa Fionnuala perguntar sobre a pintora de murais — sugeri a Josquin.

Após uma palavrinha com Moy, Josquin nos guiou pelas ruas ensolaradas na direção da margem do rio, o lugar mais propício a um templo dedicado à Senhora das Águas. Os Oito discutiam sobre se deveríamos subir ou descer a margem, até que Nan deu um grito e apontou: a igreja era no norte, margem acima, e estava à vista.

A fachada, quando chegamos perto, não lembrava nada que eu já tivesse visto — uma cacofonia de colunas helicoidais, folhas de acanto recurvas, santos metidos em nichos, conchas douradas e fitas de mármore retorcidas. Exagerado demais para ser bonito, ao menos pelos padrões goreddi.

Essa igreja tem sobrancelhas arqueadas, disse Abdo, desenhando no ar as cornijas ondeantes. *E peixes.*

Santa Fionnuala traz chuvas, disse eu. *Por isso sua fachada evoca a água.*

No interior também o que não faltava era ornamentação, porém mais suportável por causa da penumbra; a luz das velas refletia superfícies douradas no teto, colunas e estátuas. Só entramos Josquin, Abdo e eu, para não incomodar o sacerdote. O som de nossas botas no piso de mármore ressoou pelo recinto escuro e abobadado.

Quando meus olhos se adaptaram, avistei, iluminado pela luz solar indireta, o mural acima do altar. Josquin susteve o fôlego e murmurou:

— Santi Merdi!

Santa Fionnuala fitava-nos, impassível, com seus olhos claros e compassivos; sua face magnânima não parecia deste mundo, mas ainda assim era solidamente real. Os cabelos, de um verde pálido, caíam-lhe pelos ombros e desciam até os pés, onde se transformavam num rio. O vestido lembrava um regato de águas faiscantes fluindo em abundância pela terra. Parecia prestes a falar; e nós permanecemos imóveis, como se aguardássemos suas palavras.

— Benevenedo des Celeshti, amini! — disse uma voz à nossa direita, fazendo-nos dar um pulo. Um sacerdote alto e encurvado emergiu das sombras, a barba e o hábito brancos refletindo assustadoramente a luz. As ondas em filigranas douradas de Santa Fionnuala adornavam seu manto.

Josquin beijou piedosamente o nó de um dedo, como fazemos em Goredd. Imitei-o. Mas Abdo se limitou a ir examinar o conteúdo de um pratinho de argila que o sacerdote segurava nas mãos ressequidas.

— Sim, experimente um deles — incentivou Josquin, em resposta ao olhar interrogativo de Abdo. Este pegou o que parecia um doce em forma de caracol, coberto de melado. — São as conchas de Santi Fionani — explicou. — Um verdadeiro requinte na Pinabra.

Abdo deu uma mordida e parou, com os olhos arregalados. Depois engoliu e arriscou outro bocado, com os lábios contraídos. *Madamina Phina, você devia experimentar um também*, disse. *Sem perguntas. Apenas coma.* Apanhou uma coisa grudenta do prato e colocou-a em minha mão. O sacerdote sorriu e disse uma palavra em ninysh. Josquin concordou com um aceno de cabeça e observou meu rosto enquanto eu comia o doce.

O doce não era doce. Tinha um gosto amargo, forte e inconfundível de pinho.

Não cuspi. Abdo mal conseguia se conter; Josquin e o sacerdote trocaram algumas palavras divertidas.

— Eu disse a ele que você é goreddi — explicou Josquin. — E ele disse que em Goredd não há cozinha decente.

— Gororoba de pinho é cozinha? — Tentei tirar a resina dos dentes com a língua.

— Basta se acostumar com o sabor. Esse doce é muito consumido na Pinabra — disse Josquin, rindo.

— Pergunte-lhe sobre a muralista — interrompi, irritada, apontando para a pintura.

Josquin conversou em voz baixa com o sacerdote. O último pedaço de meu doce foi atirado disfarçadamente sob o altar, onde sem dúvida alegrou algum rato de igreja. Cruzei as mãos melecadas às costas e examinei o mural de perto. A pintora assinara seu nome no canto inferior: Od Fredricka des Uurne.

Esperei uma pausa na conversa e mostrei a assinatura a Josquin.

— Od é um título usado nos arquipélagos. Significa "grande" — explicou Josquin. — Ela é modesta, já se vê. Foi contratada para pintar em seguida uma Santi Jobirti, como você pensou. Em Vaillou, no meio da floresta. Você ainda comerá pinho por muito tempo.

Revirei os olhos para Josquin, inclinei-me respeitosamente diante do sacerdote e beijei o nó de um dedo, olhando para o Céu. Josquin deixou alguma coisa na caixa de esmolas.

Lá fora, o sol do meio-dia fulgurava insuportavelmente no rio e nas paredes caiadas. Só havia um degrau diante da porta e todos tropeçamos nele, mesmo Abdo.

Vaillou é muito longe?, perguntou Abdo.

Josquin disse que fica no meio da floresta. Ou seja, *é longe, sim*, respondi. *Por quê?*

Abdo protegeu os olhos com a mão esquerda e apontou para o outro lado do rio com a direita. *Porque estou vendo uma mente ityasaari bem ali. Bem perto.*

Seis

Fomos atrás daquele fogo mental inesperado, cruzando a ponte de pedra sobre o rio largo e raso. Abdo correu à frente; os Oito o seguiram, conversando animadamente entre si.

— Estão intrigados com a habilidade do rapaz de ver mentes — disse Josquin, interpretando o comportamento de seus homens. — Acham que isso pode ser útil para eles.

Seria útil para mim também. Tentei não ficar aborrecida com aquilo e procurei saber de quem se tratava. Não era a pintora. Teríamos encontrado Fantasma Bruxuleante?

Do outro lado do rio o que havia era mais uma aldeia que uma cidade, não tão densa, bem cuidada e pavimentada como a região ocidental de Meshi. As casas pareciam ter sido construídas às pressas.

— Os mineiros vivem deste lado — explicou Josquin, indicando alguns homens que voltavam do trabalho, cobertos da cabeça aos pés de pó de enxofre amarelo. Passamos pelas tabernas e mercearias frequentadas por eles. Seus cães corriam em matilhas ferozes, perseguidos por seus filhos mais ferozes ainda.

Abdo guiou-nos pela aldeia até a estrada principal, de onde tomamos uma trilha empoeirada que atravessava os pinheirais. Entre as árvores altas e os arbustos baixos, não havia vegetação de altura mediana. Eu podia ver bem longe em meio à colunata infinita de troncos vermelho-escuros e a prumo. O solo era amarelado entre as raízes retorcidas.

Abdo refreou o cavalo, olhou em volta, confuso, depois tirou os pés dos estribos e ficou se equilibrando na sela, em pé, para obter uma visão mais ampla.

O animal se agitava, inseguro, batendo as patas no chão, mas Abdo continuava firme.

Algo errado?, perguntei.

Não, respondeu ele, coçando a cabeça e olhando para leste, na direção da estrada, onde havia um barranco baixo. *A luz dela é estranha, só isso. Eu me aproximei para dizer que estávamos vindo e a luz se encolheu até quase desaparecer, como as folhas daquela planta que se encurvam quando tocamos as folhas.* Ilustrou o que dizia cerrando o punho como uma flor. Eu nunca ouvira falar daquelas plantas.

Ela está além do barranco, fora da estrada?, perguntei.

Sim, mas... Colocou um dedo nos lábios. *Talvez seja melhor dar um tempo para ver se ela aumenta de novo. Que tal se comêssemos antes?*

Transmiti essas notícias a Josquin e Moy. Todos pareciam ansiosos por uma pausa; os Oito desembrulharam nossas modestas provisões — pão da última noite no Palasho, queijo, maçãs — e se sentaram para o almoço. Alguns, encostados nos troncos resinosos, pareciam prontos para um cochilo.

Eu devia estar com muita fome porque só depois de algum tempo percebi que Abdo desaparecera. Meu primeiro pensamento foi que se afastara para "conversar com os pássaros" — um eufemismo ninysh que Josquin me ensinara —, mas então Nan deu pela falta de um pão inteiro. Chamei mentalmente: *Abdo, onde você está?*

Vou percorrer o último quilômetro sozinho, respondeu ele. *Ela é muito esquiva, acho. Os Oito vão assustá-la e ficar assustados. Não quero que machuquem suas aranhas.*

Aranhas?, estranhei, olhando em volta para descobrir alguma. Conversar com Abdo mentalmente não me dava nenhuma dica de onde ele se encontrava.

Josquin observou-me com atenção.

— Você está bem? — perguntou.

Eu devia estar fazendo caretas.

— Abdo partiu sozinho. — Expliquei suas razões e disse quem tínhamos encontrado: a misteriosa eremita pálida, rodeada de borboletas em meu jardim mental.

— Não precisamos dos Oito. — Josquin olhou de esguelha para nossos guardas armados, alguns dos quais dormiam heroicamente. — Mas também não acho que Abdo deveria ir sozinho.

Concordei. Josquin comunicou nossa intenção a Moy, que franziu a testa e insistiu com Josquin para que levasse sua faca. Caminhei na direção do barranco, seguido por Josquin. Do alto, avistamos uma trilha quase imperceptível que descia a colina entre rochedos; não vi Abdo, mas concluí que ele seguiria um caminho visível em vez de avançar pelo meio de arbustos densos. A trilha ficou mais íngreme e logo estávamos descendo uma pequena ravina com um regato gorgolejante lá embaixo. O pinheiral era mais espesso naquele lugar; as rochas, mais cobertas de musgo. A trilha ladeava a margem e não tardou a se tornar um lamaçal amarelado. Escorregávamos o tempo todo, tentando não cair nem na lama nem do riacho, até encontrar uma grande árvore caída, salpicada de cogumelos e liquens.

Aquela parecia ser a única ponte. Passamos para o outro lado e o caminho se afastou da margem, entrando de novo pela floresta.

Uns cinquenta passos adiante topamos com uma clareira, onde raios de sol iluminavam uma cabana precária, feita de cascas de árvore e fetos. Abdo, a meio caminho, avançava cuidadosamente, desviando-se de algo que eu não podia ver. Mencionara aranhas e de fato parecia estar fugindo de suas teias; eu, porém, não percebi nenhum fio brilhando ao sol.

Abdo olhou-nos por cima do ombro e disse, irritado: *Parem aí mesmo.*

Algo em sua voz me fez estremecer, mas Josquin não podia ouvi-lo. Estendi a mão para segurá-lo pela manga quando ele se adiantava, mas não consegui.

— Josquin! — murmurei.

Ele se virou para mim, zombeteiro.

Ouvi um som de ramos pisados e Josquin desapareceu num buraco.

Alarmada, corri para lá. Outro estalido e Abdo gritou: *Abaixe!*

Atirei-me ao chão justamente a tempo de evitar um machado que passou zunindo por cima de minha cabeça e foi se cravar no tronco de uma árvore próxima.

— Mas o que é isso? — gritei.

Há filamentos de luz anímica por todo lado, como uma teia de aranha gigante, disse Abdo. *Armadilhas. Não se mova.*

Sacudiu o pão roubado para mim. *Falei com ela sobre pão e ela se interessou. Pelo menos é o que acho. Obtive imagens dela, mas não palavras.*

Pôs-se a caminho de novo. Rastejei por entre as samambaias até a beira do buraco onde Josquin caíra e olhei para baixo. Ele me acenou do centro de um ninho cheio de ovos quebrados.

— Tudo intacto, a não ser a dignidade — gritou o mensageiro, repuxando o cavanhaque. — Pode-se dizer que não houve nenhuma baixa.

Falei-lhe sobre os filamentos.

— Nem sei se é seguro respirar — adverti.

Epa!, gritou Abdo. Ergui os olhos a tempo de ver uma cascata de pequenas toras rolar sob seus pés e jogá-lo para o alto. Ele amenizou a queda caindo de lado, mas uma parte de seu corpo deve ter tocado em outro filamento mental. Três montículos de agulhas de pinheiro começaram a se avolumar do chão da floresta até atingir o tamanho de uma mesa. O mais próximo se contraiu, espalhando agulhas e revelando um corpo peludo do tamanho de uma cabeça humana, ao qual se prendiam oito longas pernas delgadas.

Devo ter gritado alto, pois Josquin perguntou, alarmado:

— Que aconteceu?

— A-aranhas — gaguejei. Josquin me passou a faca de Moy. Peguei-a, sem saber bem o que fazer com ela. Como alcançaria as aranhas — ou Abdo — sem esbarrar em mais disparadores de filamentos invisíveis?

Abdo, por seu turno, olhava fascinado para os monstros, com um sorriso largo. *Ah, madamina Phina, como eu gostaria que você visse isso!*

Estou vendo até demais, resmunguei. As aranhas, sacolejantes, começaram a avançar contra mim.

São máquinas, disse Abdo.

O quê? Como as engenhocas de Lars?, espantei-me. Eu conhecia a mecânica dos aparelhos de Lars. Não se pareciam com criaturas vivas.

Não exatamente. Ela, de algum modo, transferiu-lhes sua luz da alma. São movidas por mecanismos e pela mente dela ao mesmo tempo. Sacudiu a cabeça, maravilhado. *É seu jardim, Phina, mas povoado de coisas, não de criaturas. A mente dela controla os objetos.*

Levantou-se e caminhou na direção da aranha mais próxima, estendendo-lhe a mão como se ela fosse um cachorrinho amistoso.

— Não faça isso! — bradei, pondo-me de pé, atarantada. Dei um passo, ouvi um estalido ameaçador e recuei. Uma chama brotou do chão no lugar onde eu acabara de estar.

Fique parada, ralhou ele. Agora brincava com a aranha, que não o atacara.

À sua frente, a porta coberta de musgo da cabana se abriu sem fazer barulho e uma mulherzinha muito pálida saiu para a luz do sol.

Não era à toa que eu a chamava de Fantasma Bruxuleante. Parecia flutuar diante de Abdo, etérea e esguia, como se procurasse mesmo ficar transparente. Não era velha, mas tinha os cabelos brancos, longos e tão finos, que ao menor sopro da brisa se enrolavam em torno de sua cabeça. Manchas descascadas — escamas de dragão — cobriam toda a sua pele. De longe, pareciam cicatrizes de pústulas. Seu vestido estava sujo de musgo.

Os olhos violeta brilhavam de curiosidade. Deu um passo na direção de Abdo com a mão magra estendida, como ele fizera ao se aproximar da aranha.

Abdo virou-se para olhá-la e ambos permaneceram por um momento em silêncio, banhados pela luz líquida do sol. Ele lhe ofereceu o pedaço de pão e ela o pegou, com um leve sorriso pairando no rosto. Depois, estendeu-lhe a outra mão e os dois entraram na lúgubre cabana.

☙❧

Isso vai demorar um pouco, disse Abdo depois de um quarto de hora. *Se eu falar demais, ela ficará com dor de cabeça. Sua luz da alma é forte e fraca ao mesmo tempo, como teias de aranha.*

Resgatei Josquin enquanto isso, embora depois ele afirmasse — quando contei o incidente ao Capitão Moy — que aquilo não tinha sido bem um resgate e sim uma mãozinha.

Uma, duas horas se passaram. Fiquei andando pela orla da clareira, onde não parecia haver filamentos. Josquin foi relatar os fatos à escolta e voltou.

Abdo disse finalmente: *Ela gostaria de nos acompanhar — é curiosa, mas também tímida. Não gosta de companhia. Não quero levá-la antes que esteja pronta. Acho que terei de passar a noite nesta cabana.*

Eu ia protestar, mas ele continuou: *Estou totalmente seguro. De qualquer modo, não poderão me proteger ou me tirar daqui. Voltem para Meshi, para o Palasho. Ainda estarei aqui de manhã, prometo.*

Não gostei nada daquilo; os Oito, quando Josquin e eu regressamos à estrada principal, gostaram menos ainda. Depois de muita discussão, deixamos um contingente de quatro — sob o comando de Nan — acampado na orla da clareira, fora do alcance das armadilhas da Fantasma Bruxuleante. Voltamos então para a cidade e procuramos o baronete Meshi, conforme o plano. Comuniquei-me com Abdo tantas vezes que ele ficou irritado; e eu estava tão distraída que não respondi a uma pergunta direta do baronete sobre a saúde declinante da velha rainha. Josquin, com sua desenvoltura usual, contornou meus deslizes, chutando-me por baixo da mesa.

Abdo interrompeu meu sono bem cedo na manhã seguinte, dizendo: *Pode trazer mais pão ao voltar? Blanche gosta muito de pão, mas nunca aprendeu a fazê-lo.*

Ela tinha um nome. Mas isso não amenizou minha irritação por ter sido despertada tão cedo.

Levamos pão naquele dia — e no seguinte. O baronete Meshi nos convidou para conhecer suas minas de enxofre; e eu ardia de impaciência o tempo todo. Finalmente, na terceira manhã, Abdo me informou que Blanche estava pronta e ansiosa para partir, se lhe oferecêssemos um meio de transporte. Ela tinha medo de cavalos.

De cavalos e de humanos. Precisei me esforçar para não sugerir que montasse uma de suas aranhas gigantes na volta para Segosh.

Josquin foi procurar seus colegas mensageiros numa taberna a oeste de Meshi e voltou ao palasho em uma hora, com uma carruagem e um velho cocheiro chamado Folla, que levaria Blanche para a casa da Dama Okra. Devo ter parecido um tanto cética quando o velhote pegou minhas mãos entre as suas, entorpecidas pela idade, e disse em mau goreddi:

— Cuidarei dela como se fosse minha própria neta. Uma semana, carruagem veloz, e a deixarei sã e salva em Segosh. Prometo.

Seguimos a carruagem a cavalo para encontrar o destacamento de Nan e Abdo na estrada da floresta, de onde Abdo escapara a fim de procurar a humilde cabana. Não vi sinal da eremita até Abdo se aproximar de uma árvore e apontar para cima: ela estava sentada num galho, mais alto do que eu poderia imaginar que fosse capaz de subir, olhando fixamente para nós.

Não se preocupe, ela vai descer, garantiu Abdo. *Só queria observar todos de cima primeiro.*

Não me pareceu que estivesse realmente disposta a descer pelo jeito como se agarrava ao tronco com uma das mãos e mantinha a outra sobre a boca. Abdo, embaixo, olhava para ela sorrindo, com o braço estendido. A face de Blanche se descontraiu diante desse olhar e ela começou a balançar afirmativamente a cabeça. Respirou fundo, para criar coragem, e deslizou pelo tronco como um esquilo.

Blanche trazia uma mochila de couro suja nos ombros magros. *Você devia ver as máquinas que ela deixou para trás, madamina,* disse Abdo, seguindo-a com um olhar de admiração. *Trouxe só uma de suas aranhas, enrolada na mochila.*

Só uma aranha. A Dama Okra ficaria encantada.

Blanche hesitou à vista da carruagem, mas Abdo pegou-lhe a mão e levou-a para o veículo. Examinaram as rodas e as molas. Ela quis reclamar dos cavalos; Abdo, porém, mostrou-lhe pacientemente que os animais estavam bem presos e não a atacariam. Acariciou o focinho macio de um deles. Blanche se manteve a distância, mas já menos receosa.

Ela precisa captar a carruagem com a mente, explicou Abdo. *Toca as coisas com sua luz da alma para torná-las parte de si mesma. Gostaria que visse como tudo isso aqui está brilhando. Acho que ela poderia mover a carruagem sem os cavalos.*

O velho Folla pôs a cabeça para fora do veículo e Blanche, surpresa, encostou-se a Abdo. Este riu exageradamente, como para lhe mostrar uma forma melhor de reagir a Folla. Ela aquiesceu, os olhos violeta muito solenes, e também simulou um riso: "Rá, rá".

Blanche veio para o meu lado, sem me olhar diretamente no rosto, e cumprimentou-me como uma aristocrata.

— Obrigada — disse, pronunciando cuidadosamente o goreddi.

Por que ela está me agradecendo?, perguntei a Abdo, confusa.

Ficou sozinha aqui por trinta anos, explicou ele, acariciando a mão de Blanche. *Desde que era criança e suas escamas começaram a aparecer, quando então o marido de sua mãe — o próprio Lorde Meshi — expulsou-a de casa.*

Blanche lançou um último olhar, já saudoso, para as colinas, depois se inclinou e beijou a fronte de Abdo — que, sem tirar os olhos da mulher, ajudou-a a subir para a carruagem.

Gostaria de ter ido com ela, murmurou Abdo em tom choroso, vendo o veículo se afastar.

Preciso de você aqui, disse eu.

O rosto fantasmagórico de Blanche apareceu no vidro traseiro da carruagem. Abdo acenou. *Ela fala cinco línguas. Sempre escondeu isso porque não tinha ninguém com quem conversar. Amaram-na, educaram-na e depois a jogaram fora como lixo.*

Vi a carruagem desaparecer numa curva e senti uma pontada de tristeza. Graças a Todos os Santos viéramos a Ninys. Era maravilhoso poder ajudá-la; e era exatamente o que eu esperara fazer.

Abdo pegou minha mão e sorriu, encorajando-me. *Vamos, madamina, ainda temos uma pintora para encontrar.*

༄༅

Contatei a Dama Okra pelo thnik aquela noite, pela primeira vez, para lhe avisar que Blanche estava a caminho.

— Parabéns por ter encontrado uma — cumprimentou a Dama Okra, pachorrentamente. — Pensei que não conseguiria. Nedouard e eu apostamos. Mas ele só vencerá se você encontrar as duas.

— Agora está se dando melhor com ele, espero — arrisquei.

— Pelo menos recuperei minhas colheres — vociferou ela. — Como Nedouard está em minha casa, posso recuperar tudo quando ele sai. Não vende minha prataria, apenas a esconde, como uma pega, nos buracos de seu quarto.

Esfreguei a testa, perplexa, mas não perguntei mais nada. A Dama Okra encontrara uma maneira de conviver com o médico; já estava de bom tamanho.

Meus companheiros e eu atravessamos a Pinabra e, após quatro dias, alcançamos Vaillou, uma aldeia de lenhadores localizada na margem arenosa de um rio. A igreja de São Jobertus, erguida sobre uma fonte sagrada, era o edifício maior. No teto de pinho da capela, em tons vermelhos e verdes, um mural mostrava o santo curando os doentes e ajudando os pobres. Seu olhar bondoso me lembrou estranhamente o de Nedouard.

A pintora devia ter terminado o trabalho e ido embora.

Um sacerdote apareceu silenciosamente e falou com Josquin. Ouvi mencionarem o nome do Conde Pesavolta. O homem remexeu nos bolsos da sotaina e entregou um pedaço de palimpsesto a Josquin.

— Eu me perguntava quando a mensagem que enviamos adiante funcionaria — disse Josquin, cruzando a capela em minha direção —, mas jamais poderia imaginar isto. Escute: "Soube que há uma recompensa para quem informar meu paradeiro. Estou no Mosteiro Montesanti. Tragam o dinheiro ou não venham". Josquin alisou o pergaminho. — Muito pouco amistoso.

— Conhece esse mosteiro? — perguntei.

— Conheço — respondeu ele, franzindo os lábios. — Mas nunca estive lá, embora seja famoso. A rocha é difícil de subir e eles não baixam a escada para qualquer um.

Senti-me entusiasmada com aquele guia tão eficiente e muito confiante depois de ter encontrado Nedouard e Blanche, apesar do tom da nota de Od Fredricka. Passaram-se rápido os três dias de viagem por terras montanhosas e cobertas de pinheirais, até chegarmos à base do rochedo a pique.

— Aí está — disse Josquin, protegendo os olhos a fim de olhar para cima. — O mosteiro foi escavado na pedra viva. Eis o pórtico de entrada.

Avistei o que parecia uma boca de caverna com colunas, mais ou menos a meia altura do paredão.

Pelos deuses, disse Abdo, erguendo-se nos estribos. *Vejo-a. Ela brilha ferozmente.*

Duas cordas pendiam da entrada. Moy puxou uma e um sino tocou longamente. Na outra estava amarrada uma lousa e giz; Josquin escreveu em ninysh: *Queremos falar com Od Fredricka.* Dois monges pálidos, alertados pelo sino, olharam para nós lá de cima; puxaram então a lousa, batendo-a contra pontas de rocha, trepadeiras e raízes retorcidas.

Após vários minutos, desceram de novo a lousa. *Um pode subir. Não mais.*

— Deixem comigo — disse eu. Josquin franziu o cenho. O Capitão Moy resmungou e se agitou, inquieto.

— Eles são apenas monges — expliquei, cruzando os braços. — Não vão me fazer mal.

— Esta é a Ordem de Santo Abaster, uma importação samsanesa — acudiu Moy. — Mais rigorosa que as nossas. Não vão receber uma mulher ou um... — Apontou para meu pulso. Minhas escamas estavam ocultas sob o gibão de mangas compridas, mas fiz questão de esfregar o braço de propósito.

Ele tinha razão, é claro. Eu poderia ter citado os versículos importantes da escritura; estávamos na verdade tentando recriar a armadilha contra dragões de Santo Abaster. Eu não nutria nenhuma ilusão quanto à atitude da ordem para com minha raça.

— Apenas fique quieta e tome cuidado — me recomendou Josquin. — Os samsaneses não são tão tolerantes quanto nós, ninysh.

Tão tolerantes quanto vocês, ninysh, pensam que são, disse Abdo, ecoando meus pensamentos.

Lá em cima, atiraram alguma coisa. Recuamos instintivamente, mas era uma escada de corda que se desenrolava à medida que caía. Os últimos degraus não tocaram o chão. Josquin passou-me o documento do Conde Pesavolta, a recompensa prometida; enfiei-o sob o gibão e comecei a subir. A corda balançava, roçando pelas protuberâncias e tornando difícil para mim me firmar nos degraus. Os nós de meus dedos estavam todos esfolados quando cheguei em cima. Dois monges vestidos de sotainas marrons me seguraram pelos cotovelos e puxaram para dentro.

O pórtico parecia uma caverna baixa, de chão plano, com quatro colunas decorativas que se erguiam a intervalos diante da entrada ampla. Os monges traziam na cabeça uma tonsura bastante peculiar: tudo raspado, exceto um tufo quadrado de cabelos no alto. Constrangidos, limparam as mãos enluvadas na sotaina, como se eu os tivesse contaminado. Segui-os em silêncio para o fundo da caverna, atravessando uma porta de carvalho reforçada com cintas de ferro e um corredor à luz de tochas, até o coração rochoso do penhasco. As portas em arco, ao longo do corredor, estavam fechadas; não se ouvia um ruído sequer. Talvez Santo Abaster fosse uma ordem com voto de silêncio.

Ao final do corredor, uma escada de pedra subia em espiral para a escuridão. Um monge tirou uma tocha de seu suporte na parede, entregou-a a mim e apontou para cima. Os dois obviamente não me acompanhariam a partir dali. Após hesitar um instante, comecei a galgar os degraus íngremes.

Passei por cinco ou seis andares, pelo menos; estava tonta e ligeiramente sem fôlego quando avistei uma pesada porta: o fim da escada. Um simples empurrão não a moveu. Coloquei todo o meu peso contra ela, que se abriu rangendo para um recinto arejado e ofuscantemente claro. Pisquei várias vezes até distinguir as janelas altas de vidro, o piso ladrilhado, os candelabros de ferro, o andaime. Era uma capela octogonal encarapitada no alto do rochedo.

Coloquei a tocha num suporte ao lado da porta e passeei o olhar pelo recinto em busca de Od Fredricka. Sobre o andaime, uma mulher desenhava em gesso fresco com um pedaço de carvão. Já havia traçado um oval de sua altura, um nariz bulboso, narinas escancaradas, uma boca curva e orelhas de lóbulos compridos. Vi-a acrescentar um par de olhos cruéis.

Ah, aqueles olhos! Pensei que iriam povoar meus pesadelos. Pareciam penetrar-me e adivinhar meus desejos.

A artista recuou um passo e analisou seu trabalho, limpando as mãos no avental e deixando manchas visíveis de carvão em seu traseiro. Um leve xale cobria sua cabeça, escondendo seus mais óbvios traços de meio-dragão, mas eu sabia que ela era Od Fredricka. Mesmo naquele simples esboço era possível distinguir o realismo e a força que viriam depois, um eco de suas outras pinturas.

Sem se voltar, ela começou a falar numa voz clara e suave, aparentemente para mim. Ouvira sem dúvida o rangido da porta quando a abri. E o meu ninysh claudicante! Só entendi que ela estava dizendo alguma coisa sobre Santo Abaster. Mais nada.

Pallez-dit Goreliano?, perguntei, querendo saber se a pintora falava minha língua e sem dúvida estropiando a pronúncia.

Ela olhou por cima do ombro com um risinho de zombaria nos lábios. *Nen. Samsamya?*

Meu samsanese era passável.

— O que você disse? — perguntei.

Ela começou a descer do andaime, hirta como uma velha atormentada pela artrite.

— Que sempre leio as escrituras antes de pintar um santo.

— Oh! — exclamei. — Isso parece sensato.

— A história foi sendo adulterada ao longo de seiscentos anos. Só as palavras dos próprios santos chegaram até nós — disse ela, enquanto descia. — Éditos, preceitos, filosofias... Mentiras. Ninguém escreveu tanto quanto Santo Abaster. E que *monstruoigo* ele era!

Essa palavra em ninysh era fácil de adivinhar.

— Olhe para ele — convidou ela, parando para examinar seu próprio desenho. — Ele odeia você.

Era certamente o que os olhos do santo diziam. Estremeci.

— Odeia a todos nós — continuou ela, retomando sua difícil descida. — Puxou dragões do céu com a força de sua mente e matou cinco de seus colegas santos. Samsam espera que ele volte algum dia. Devemos nos preocupar com isso?

Finalmente pôs o pé no chão e tirou o xale da cabeça. Eu sabia o que ia ver, mas mesmo assim fiquei chocada: seu escalpo era coberto de escamas prateadas, como uma horrorosa touca de dormir. Os cabelos muito vermelhos escapavam pelas fissuras quando podiam e se erguiam eriçados como uma cerca viva.

Era alta e forte. Seu avental exibia manchas azuis, verdes e vermelhas em número espantoso. O rosto redondo de criança contradizia o traseiro de matrona, tornando difícil adivinhar sua idade, mas eu achava que ela devia ter uns 30 anos. Aproximou-se claudicante de mim, limpando distraidamente as unhas sujas com um canivete que tirara do bolso.

— Então — disse Od Fredricka —, por que o Conde Pesavolta mandou uma goreddi? Qual é seu plano diabólico? — Abri a boca para tranquilizá-la, mas ela me cortou: — Não importa. Atendi às condições dele. Agora me dê o dinheiro.

Passei-lhe a nota promissória que Josquin me entregara. Ela passeou rapidamente os olhos pelo documento, amassou-o e jogou-o ao chão.

— Eu precisaria ir a uma cidade grande para trocar isso.

Agachei-me para apanhar a nota. Ela a chutou para longe.

— Por que o Conde Pesavolta está à minha procura? — perguntou, andando ao meu redor ainda com o canivete na mão. — Não para um cálice amistoso de pinho. Quer alguma coisa. — Se eu for trocar essa nota, seus homens me pegarão.

— Há um engano — comecei, tentando imitar o tom suave e autoritário de Josquin.

— Duvido — replicou ela. — As próprias palavras dessa mensagem são suspeitas. — "Informação que leve ao paradeiro", como se eu fosse uma criminosa. Você só me tirará daqui à força.

— O Conde Pesavolta não está à sua procura — expliquei. — Goredd, sim.

— Goredd? — gritou ela, a boca se encurvando numa carranca. — Mentira! Quem ofereceu a recompensa foi Pesavolta.

— Veja — disse eu, descobrindo o braço para mostrar minhas escamas. — Sou sua irmã.

Ela arregalou os olhos para mim, sem encontrar palavras.

— Meu nome é Seraphina Dombegh. Sou goreddi e nem sequer falo ninysh. Goredd está arregimentando meios-dragões para ajudar o país quando a guerra dracônica se espalhar pelo sul. Você mencionou a Armadilha de Santo Abaster. Podemos criar algo parecido com nossas mentes, uma barreira invisível no ar.

O rosto da mulher adquirira uma estranha coloração azulada, como se ela estivesse segurando o fôlego.

Apressei-me a continuar:

— Por isso estou reunindo os nossos, oficialmente. Mas sei que vivemos sozinhos, que fomos rejeitados. Espero que formemos uma família, um ajudando...

— Você só está conseguindo ser mais ridícula — disse Od Fredricka incisivamente, como um cutelo seccionando ossos. — Deverei ir a Goredd para ser sua *família* (diabos nos levem a todos!) só porque nós duas temos escamas? Deveremos ser grandes amigas? — Bateu no peito com as mãos. — Todos os problemas resolvidos como num passe de mágica, bastando que fiquemos juntas!

Olhei para ela desanimada, sem saber o que dizer. Ela me fitou também, com olhos cruéis — e, súbito, compreendi que os olhos pintados na parede eram os dela própria!

— Você é uma idiota, uma besta — disse Od Fredricka, com a respiração entrecortada. — Vá embora e que eu não a veja nunca mais.

— Pense melhor — pedi, esforçando-me para não tremer. — Se mudar de ideia, vá à casa da Dama Okra Carmine, em Segosh. Ela é uma de nós...

— Uma de nós! — arremedou Od Fredricka. Em seguida, arreganhando a boca de uma maneira assustadora, lançou-me em rosto um grito agudo, irracional. Recuei. Ela levantou o canivete e gritou de novo. Recolhi o documento amassado do chão e desci correndo a escada em espiral, sem tocha, tropeçando no escuro até chegar embaixo.

O abade esperava por mim, carrancudo. Devia ter ouvido o grito.

— Lamento, padre — disse eu, respirando com dificuldade. Alisei rapidamente a nota promissória contra o peito. — Aqui está. Pelo transtorno. Perdoe-me.

Ele pegou o dinheiro, mas aparentemente não me perdoou. Empurrou-me com as mãos pressionando minhas costas para eu ir mais depressa, até chegarmos ao pórtico exposto a todos os ventos. Bateu a porta — ou antes, fechou-a devagarinho para não perturbar ainda mais seus confrades, mas eu tomei aquele rangido por um estrondo. O monge que estava no pórtico acabara de recolher a escada de corda e não parecia muito contente por me ver.

Jogou-a de novo para baixo, mas eu estava tão assustada que fiquei com medo de descer. Escorregaria. O paredão ruiria ao meu contato.

Na verdade, tudo parecia estar ruindo. Encostei-me numa coluna e procurei recuperar o fôlego.

Como ela ousara? Eu viera de muito longe, enfrentando toda sorte de percalços, para lhe fazer aquele imensurável favor — e ela o atirava de volta em meu rosto. Monstruosa ingratidão! A pintora nem ligara para minha dor de cabeça, minha solidão, meus esforços desprendidos para nos unir a todos. Por um instante fugaz, odiei-a.

Mas não podia continuar odiando-a, quando o mais certo seria odiar a mim mesma.

No fundo de minha mente, perguntas pululavam. Que poderia ter esperado? Bancara a salvadora de alguém que não queria ser salvo — nem precisava, eis a dura verdade. Quem era eu para me meter na vida daquela mulher e dizer-lhe que sabia melhor que ela o que ela própria havia sofrido e como resolver o problema?

Deveria tê-la abordado de maneira diferente? Ela era uma artista; eu era música. Sem dúvida, poderíamos conversar sobre muita coisa, procurando uma forma qualquer de nos tornarmos amigas.

Eu definira minha busca, a reunião de ityasaari, como um ato de compaixão; e não era, absolutamente. Não comigo à parte, fazendo as vezes de heroína empenhada em salvá-los. Distanciada assim, eu jamais poderia ver a dor de ninguém. E talvez nem quisesse isso. Talvez quisesse que os outros vissem a minha ou a absorvessem, refletindo-a como um espelho.

Não estava ali tanto para ajudar Od Fredricka quanto para curar a mim mesma. Foi o que a Dama Okra insinuou e eu ignorei.

Não me animava a contar a Glisselda e Kiggs que desperdiçara a chance com Od Fredricka, embora tivesse certeza de que eles compreenderiam. A barreira mental ainda funcionaria, sem dúvida; haveria ityasaari em número suficiente. Tínhamos Nedouard e Blanche; outros seriam encontrados.

Agora, porém, eu já não confiava muito em nenhum deles. O episódio recente abalara minha certeza.

Esfreguei os olhos úmidos com os dedos e respirei fundo para me recuperar. Ergui os olhos por um momento, contemplei o vasto desfiladeiro lá embaixo e as montanhas orientais que se erguiam ao fundo.

Uma montanha, com seu pico nevado e arqueado, sobressaía-se das demais. Eu a conhecia; tinha uma versão dela em miniatura em meu jardim de grotescos, sem saber onde se localizava; agora, porém, via-a com um misto de júbilo e temor.

Goredd ainda precisava dos ityasaari, não importavam as dúvidas que eu tivesse a respeito. Desci a escada de corda o mais rápido que pude.

Embaixo, todos tinham se acomodado para uma refeição leve. Josquin segurou firme a ponta da escada; peguei sua mão e pulei, caindo sobre o tapete de agulhas de pinheiro.

— Ela não vem — avisei com voz soturna, antecipando-me às perguntas inevitáveis.

— Sente-se e coma — convidou Josquin gentilmente, levando-me para junto de Abdo. — Parece chateada.

Nan passou-me pão e queijo, as sobrancelhas franzidas de preocupação.

— Aquela montanha recurva a leste — disse eu, enquanto agradecia. — Quanto tempo levaríamos para chegar lá?

— Três dias de cavalgada — respondeu Moy, sentando-se todo empertigado. — Chama-se Pashiagol, o Chifre do Bode Louco. Cresci à sombra dela.

— Não temos tempo para desvios — ponderou Josquin, olhando para nós dois. — A Dama Okra nos deu seis semanas; você terá uma agenda apertada em Samsam.

— Sei disso. Mas há um ityasaari naquela montanha — disse eu. — Não me dei conta de que ele era ninysh.

— Se acelerarmos a marcha, faremos o trajeto em dois dias — aventou Moy. — Então, o atraso na agenda será de apenas quatro. Poderá compensá-los em Samsam, acredito.

Josquin ergueu as mãos para o céu.

— Desde que você não me deixe sozinho com a cólera de minha prima — disse ele —, estou a seu serviço. Façamos um desvio por Donques.

Comecei a comer meu pão, surpresa com a fome que me assaltara. Abdo aproximou-se mais e pousou o rosto em meu ombro. Observei seu olhar sagaz.

Você está decepcionada, murmurou ele.

Castigada seria uma palavra melhor, suspirei, tirando uma agulha de pinheiro do meu queijo. *Vejo que, em certo ponto, estava mentindo para mim mesma.*

Abdo sacudiu a cabeça gravemente e olhou para o mosteiro. *Ela vai ficar bem. Sua luz anímica é forte e espinhosa como um ouriço. Como a da Dama Okra. Talvez não haja o que fazer a respeito. Seja como for, uma Dama Okra por vez já é o bastante, não?*

Tentava me fazer rir, mas na verdade eu de muito bom grado reuniria mil Damas Okras se elas consentissem em me acompanhar.

Sete

Após dois dias de penosa jornada por um terreno cada vez mais íngreme, chegamos por fim ao vilarejo de Donques, no flanco da montanha curva. O selvagem de meu jardim, Tom Tampinha, vivia numa caverna por ali. Tinha dois metros e meio de altura e garras no lugar dos dedos dos pés; sem dúvida, não se aproximava nunca da aldeia. Passaríamos dois dias no palasho local, percorrendo a encosta vizinha.

Quando relatei meu fracasso com Od Fredricka, mencionei a proximidade de Tom Tampinha.

— Vá procurá-lo então — disse Glisselda —, mas não se esqueça de que deve estar em Fnark, em Samsam, no Dia de Santo Abaster. Conseguirá, mesmo fazendo esse desvio por Donques?

— Josquin afirma que sim — repliquei, mas um pouco desconcertada. De novo Santo Abaster! Parecia que ele estava me seguindo.

Sem dúvida, não era certo que encontrasse os ityasaari samsaneses mesmo que chegasse a Fnark a tempo. Se um dia extra em Donques significasse a conquista de mais um deles, eu insistiria em ficar. Tom Tampinha parecia um pássaro na mão.

Quando demos a última volta na trilha sinuosa, avistamos os aldeões de Donques saindo em massa de casa. Os homens trajavam gibões finamente bordados e chapéus; as mulheres haviam posto fitas nos belos cabelos e dado uma ajeitada rápida nos filhos. A aldeia inteira resplandecia; a bandeira amarela, laranja e carmesim de Ninys tremulava em cada teto pontiagudo e as floreiras das janelas estavam repletas de botões amarelos e cor-de-rosa.

A multidão seguia um carro de bois muito à nossa frente, enfeitado de fitas e guirlandas, que levava uma estátua envolta em tecido diáfano. Moy brincou ao meu lado:

— É Santa Agniesti, nossa padroeira aqui. Faz bons queijos.

Os cidadãos acompanhavam a estátua estrada acima a passo de funeral. Ao tropel de nossos cavalos, a multidão se dividiu para nos dar passagem. *Fazemos parte da procissão?*, perguntou Abdo. Sem esperar minha resposta, ficou de pé na sela, segurando as rédeas com uma mão só e exibindo uma elegante confiança. Sorria para os aldeões boquiabertos, agitando os braços magros e mandando beijos. Inclinou-se todo para trás na sela; os espectadores contiveram o fôlego e depois o aplaudiram discretamente.

— Isso é certo? — perguntei a Moy, sabendo no entanto, por seu sorriso, que ele se divertia com a exibição.

— Meus primos estão por aí; vão gostar deste espetáculo. Mas tome cuidado, *moush!* — advertiu, aplicando a Abdo o apelido de Nan. — Não vá cair de ponta-cabeça!

Abdo piscou como a inocência em pessoa; em seguida, apoiando-se na sela, levantou as pernas e fez uma parada de mão.

— Santi Merdi! — exclamou Moy, rindo. — Eu deveria amarrá-lo ao cavalo.

Abdo ficou suspenso por uma mão só.

A praça do mercado da aldeia estava apinhada de gente. O carro de Santi Agniesti encaminhou-se para sua capela rosada com murais de pássaros, vacas e flores alpinas, mas o povo transitava pelas barracas de comida e quinquilharias ou parava para ver os teatros de marionetes.

— O palasho é no alto da estrada, à esquerda — chamou Josquin, mas nosso grupo, cansado, se detivera. Moy gritou de alegria, desmontou e logo se viu alvo de apertos de mão e tapinhas nas costas. Jogou criancinhas para cima e beijou-as na testa.

Nan se aproximou do ponto onde Josquin e eu esperávamos.

— Primo, primo, primo *segonde* — disse ela apontando para os aldeões, como se os contasse. — Como vocês dizem... *oncle*?

— Não vai descer do cavalo para cumprimentá-los? — perguntei.

— Fui criada em Segosh — respondeu ela, levantando o queixo. — E não para ser ordenhadora.

Josquin tamborilou com os dedos no arção da sela, olhou para o céu e suspirou.

— O sol vai se pôr logo. E seja como for, não iríamos encontrar seu ityasaari no escuro.

Abri a boca para tranquilizá-lo, mas Abdo interrompeu: *Madamina Phina, Tom Tampinha está por perto.* Olhava para leste, esticando o pescoço como se isso lhe permitisse ver por cima das casas. *Sua mente tem uma cor estranha. Toda embaralhada.*

Entendi. Pensei em deixar Moy para trás e ir procurar Tom com um grupo menor. Aquele ityasaari era forte e assustador, mas nunca me parecera perigoso.

Moy atravessou a multidão e parou perto de nós, gritando em ninysh. Pelo seu tom e cenho franzido, adivinhei que estava recriminando Nan por desprezar seus primos.

— Não gostaria de tocar flauta, Seraphina? — perguntou, mudando de idioma. — Um espetáculo para meus primos. Abdo e eu poderíamos dançar a saltamunti.

Hesitei, mas Abdo já descia do cavalo, cheio de entusiasmo. *Sim, vamos! Será perfeito. Tom Tampinha ouvirá sua flauta e virá.*

Você sabe bem que ele não é nada pequeno, observei, perguntando-me como Abdo via os cidadãos de meu jardim, já que meu jardim não lhe parecia um jardim. *As pessoas podem ficar alarmadas.*

Os Oito são capazes de proteger a todos, insistiu ele, pegando a mão de Moy e levando-o para o meio da praça.

Desmontei e procurei a flauta na mochila da sela. Josquin, percebendo que Moy falava sério, desmontou também, ajeitou o gibão e dirigiu-se ao povo, apresentando-nos num tom grandiloquente. Os aldeões esvaziaram o centro da praça, conversando animadamente uns com os outros, os rostos animados.

Moy entregou o elmo a Nan e postou-se diante de Abdo, com os braços erguidos. Faziam uma dupla ridiculamente díspar: um baixo e o outro alto, um magro e o outro corpulento, um moreno e o outro loiro. Comecei meu aquecimento. Abdo, num gesto melodramático, bateu o pé, impaciente comigo. Respirei fundo, desejei mentalmente boa sorte a todos nós e parti para uma furiosa saltamunti.

Era uma dança para soldados e camponeses robustos, repleta de lances atléticos e posturas viris. Moy sorria ferozmente, as botas e o peitoral brilhando, ardente de entusiasmo, se não de elegância. Abdo executava os movimentos com graça, mas não tinha o porte ideal para a dança. Entretanto, juntos, faziam um belo par. Moy saltava e batia os pés, enquanto Abdo girava à sua volta. A turba gritava e assobiava, admirada.

Tom Tampinha gosta desta música, revelou Abdo. *Está vindo.*

Olhei ao redor; a grande cabeça peluda do Tom Tampinha seria visível acima da multidão quando ele se aproximasse.

Moy se ajoelhou e Abdo saltou sobre ele; Moy simulou um estribo com suas mãos, ergueu Abdo no ar e fê-lo dar uma cambalhota. A multidão exultava. Moy pôs Abdo nos ombros e o garoto, em seguida, arriscou uma parada de mão nas palmas erguidas de Moy. Os Oito batiam as espadas nos escudos, num aplauso cacofônico.

Por cima do barulho, ouvi um grito terrível, de gelar a espinha.

Interrompi a execução e olhei em volta, assustada. Todos me encararam, confusos, e percebi então que só eu ouvira o som. Abdo gritara dentro de minha mente.

Estava ainda de cabeça para baixo, seguro por Moy, mas o cabo de uma faca se projetava de seu antebraço esquerdo. Moy segurou-o, graças ao Céu, antes que ele caísse no chão.

— Des Osho! — gritou Moy, e os Oito imediatamente o cercaram, olhando ferozmente em volta à procura do agressor de Abdo. Moy embalava Abdo, que se retorcia de dor, a túnica azul empapada de sangue.

— Lá! — gritou Josquin, apontando para uma figura, na sacada de uma estalagem do outro lado da praça, que começava a subir ao telhado. O homem usava o hábito e a tonsura da Ordem de Santo Abaster. O hábito dificultava a subida, mas se ele alcançasse o telhado logo o perderíamos de vista.

Enquanto o monge engatinhava sobre as telhas de ardósia do teto inclinado, uma cabeça desgrenhada, com folhas misturadas à barba, ergueu-se acima da cumeeira diante dele, semelhante a uma lua cheia. A cabeça foi seguida por um enorme corpo peludo, de mais de dois metros e meio de altura, vestido precariamente com farrapos de cobertor costurados. O selvagem tinha garras de dragão no lugar dos dedos dos pés e escamas prateadas até os quadris; as garras arranhavam as telhas enquanto ele descia o teto íngreme atrás do monge, que ficou paralisado, deixando cair uma segunda faca dos dedos trêmulos.

Tom Tampinha agarrou o homem como se ele fosse uma boneca de trapos, torceu-lhe o pescoço e atirou-o no meio da multidão.

Por um instante, o mundo pareceu imóvel. Então alguém gritou: "Gianni Patto!", e a praça virou um pandemônio, alguns fugindo, outros tentando resgatar o corpo do monge e outros ainda atirando pedras contra o monstro de pé no telhado.

Moy correu para junto de Josquin e Nan, carregando Abdo de encontro ao peito. Abdo parecia não ver nada, chocado demais até para chorar. Nan arrancou uma bandeira ninysh da frente de uma taverna enquanto Josquin pegava Abdo dos braços de Moy; juntos, extraíram a faca e enrolaram o braço do garoto no pano colorido. Moy voltou a se reunir aos Oito, que disparavam flechas contra o monstro. Corri para o capitão, segurei-o pelo braço e gritei, em meio à balbúrdia:

— Ordene que parem de atirar! É um dos que estamos procurando.

— Você disse que ele era um tampinha! — gritou Moy de volta. Abriu caminho pela multidão em pânico, na direção de seus homens.

Do outro lado da praça, Gianni Patto saltou do teto para a sacada da taverna. Riu quando as flechas dos Oito resvalaram inofensivamente por sua pele coriácea. Escancarava a boca cheia de dentes quebrados e podres. Pulou para o meio da multidão e os aldeões se dispersaram como ondas num lago. Os Oito, agora sob o comando de Moy, cercaram o selvagem de espada em punho. Gianni Patto não fez nenhum movimento ameaçador, apenas levantou os braços cruzados à altura dos pulsos, como se pedisse para ser amarrado. Após duas tentativas inúteis, foi o que Moy fez. Gianni não ofereceu resistência.

O gigante olhou para mim através da praça. Sustentei seu olhar. Não era o mesmo de minhas visões. Isto é, era fisicamente o mesmo, mas havia inteligência em suas pupilas, algo que eu conhecia e não conseguia nomear, algo associado a gatos.

O homem emitiu alguns sons desarticulados e depois rosnou estas palavras que me fizeram enregelar por dentro:

— Sera! Fi-na!

Como sabia meu nome? Perguntei a Abdo, mas ele não me respondeu. Olhei em volta, alarmada: Nan montara, com o garoto sem sentidos atravessado na sela.

Josquin tocou minha luva; estivera falando e eu não ouvira nada.

— ...Abdo ao Palasho — repetiu ele. Sua voz era um bálsamo para meu coração acelerado. — O baronete deve ter o melhor dos médicos. Precisamos nos apressar.

Concordei, com a cabeça nas nuvens, e montei em meu cavalo. Um guarda tomou a dianteira, dois carregaram o corpo desengonçado do monge entre eles, dois puxaram Gianni pelos pulsos amarrados e dois o flanquearam com as espadas desembainhadas. Nan transportava Abdo e o Capitão Moy ia comigo atrás. Gianni Patto se deixava levar docilmente, as garras dos pés arranhando as pedras da praça, mas sem tirar os olhos de mim. Procurei ficar o máximo possível para trás; de vez em quando ele se virava para me observar.

— Você deveria ter dito que estávamos atrás de Gianni Patto — disse Moy, com um profundo suspiro. — Poderíamos fazer as coisas de modo diferente.

— Eu não sabia que ele era famoso — retruquei.

Moy coçou a barba.

— Eu não tinha muita certeza de que esse gigante existisse, mas ele é o bicho-papão daqui. Minha mãe costumava dizer: "Comporte-se ou deixarei você amarrado numa árvore para Gianni Patto te pegar". Vão contar histórias sobre ele e o monge trucidado por gerações, pode crer.

— O monge tentou matar Abdo antes — ponderei, com um aperto na garganta.

Um monge da Ordem de Santo Abaster. Teria nos seguido desde o mosteiro? Sabia quem éramos?

A trilha para o palasho, íngreme e acidentada, contornava rochedos e árvores raquíticas. Josquin galopava à frente, esporeando vigorosamente seu cavalo estrada acima. Quando chegamos, ele já havia mandado baixar a ponte levadiça e orientava o pessoal sobre a nossa visita. Dois ferreiros musculosos ajudaram a conduzir Gianni para uma torre redonda, enquanto alguns servos levavam o corpo do monge para a capela. Nan carregou Abdo para a enfermaria da caserna e cavalariços tomaram conta de nossos cavalos.

Fiquei olhando para o ar, desligada. Josquin tocou meu braço e disse:

— Marquei um encontro em particular com Lorde Donques, pois achei que você não ia querer... — Olhei-o e ele mudou o rumo da conversa. — Não, é claro. Abdo primeiro. Vamos nos certificar de que ele está bem.

Atravessamos correndo o pátio até a caserna. Nan estava de guarda à porta, o elmo sob o braço, mechas de cabelo loiro coladas ao rosto banhado em suor.

— Você não gostará de ver *ichto* — disse ela.

— Seraphina decidirá por si mesma — replicou Josquin. Colocou uma mão em meu ombro e baixou a voz. — Encontre-me na torre quando terminar aqui. Falarei eu mesmo com Lorde Donques. Ele vai querer processar seu selvagem por assassinato, não tenho dúvida. Ainda pretende levar essa criatura conosco para Segosh?

— Sim — repliquei. — O monge veio aqui com a intenção de matar. Tinha outra faca. Gianni Patto acabou com ele para salvar a vida de Abdo... ou talvez a minha.

— Concordo. Direi isso ao lorde. — Josquin se inclinou gravemente e partiu.

Nan se afastou para me dar passagem. Abdo jazia sobre um colchão de palha estendido no chão. Uma mulher de meia-idade, com um lenço na cabeça, desatara seu braço e lavava-o numa bacia. A água ficara vermelha de sangue.

— É grave, doutora? — perguntei em goreddi.

A mulher fitou-me com um olhar sério e disse alguma coisa em ninysh. Nan traduziu:

— Ela não doutora. Guarnição dela caçando urso. Doutor foi com eles. Ela é a... a... — Nan estalou os dedos, mas a palavra goreddi não lhe ocorreu.

— Parteira do palasho — rosnou uma voz atrás de Nan. Moy afastou-a da soleira e entrou.

Olhei para Abdo. Ele estendeu a mão para mim em silêncio e eu me sentei no chão a seu lado. A parteira viu, mas não me expulsou. Apalpou cuidadosamente o pulso de Abdo, que cerrou os dentes e se encolheu. Peguei sua mão boa e ele apertou a minha frouxamente. A parteira falou e Nan traduziu de novo:

— Mexa os dedos, maçãzinha doce. Um de cada vez, a começar... — Ergueu o polegar, como ilustração.

Abdo curvou o polegar esquerdo. E de novo.

— Agora *och* outros — disse Nan, mas Abdo rompeu a chorar. Os olhos da parteira ficaram úmidos de dó.

— Os tendões foram seccionados. — Agora era Moy que traduzia. — Ela não pode ligá-los. Vai suturar a ferida e dar-lhe um remédio para evitar a infecção.

Nan resmungou alguma coisa em tom desdenhoso.

— O médico do baronete não faria melhor — disse seu pai, com expressão severa. — Talvez o Conde Pesavolta tenha um cirurgião capaz de reparar os tendões; mas talvez não. É uma operação delicada.

— Ele precisa *desha* mão — rosnou Nan.

A parteira misturou uma poção de ervas e vinho para Abdo; ajudei-o a sentar-se para tomá-la. Quando o remédio começou a fazer efeito, ele se acalmou e começou a falar comigo num tom pastoso: *Aquele monge tentou me matar. Quase conseguiu. Estou vivo por acaso.*

Apertei sua mão boa. *Esse é o seu deus, não? O acaso?*

Mas que acaso o fez vir atrás de mim?, perguntou Abdo, a voz cada vez mais baixa e indistinta.

— Não faço ideia — respondi. Eu própria não conseguia entender bem o que acontecera. Será que Od Fredricka o pusera em nosso encalço? Ou o abade? Se tinha sido o abade, Od Fredricka estaria também em perigo? Teria ela contado nosso segredo para se salvar? Infelizmente, agora não poderíamos perguntar nada ao monge.

Graças aos deuses Gianni Patto apareceu, murmurou Abdo com voz sumida. E apagou.

Continuei segurando sua mão enquanto a parteira suturava a ferida, aplicava um unguento em seu braço e o enfaixava. Eu passaria a noite com ele se Nan não me levantasse do chão e me obrigasse a ir comer.

☙❧

Desejei ardentemente que aquele dia acabasse logo, mas o sono se fora, deixando-me apenas com a autorrecriminação. Deveria ter permitido que Abdo voltasse para Segosh com Blanche. Deveria ter evitado o mosteiro e deixado Od Fredricka em paz. E nunca deveria ter procurado Gianni Patto, que falava ainda menos que Blanche e gostava de brigar com ursos. Antes, eu não achava que ele fosse perigoso; mas agora isso parecia uma tolice. O grandalhão quebrara o pescoço do monge com as mãos nuas. Esse momento não saía de minha cabeça enquanto eu me revirava na cama, vendo sem parar, com os olhos da mente, o monge voando de forma grotesca do alto do telhado.

Lembrei-me de Gianni balbuciando meu nome e estremeci. E aquela cara de gato...

Sentei-me como que movida por uma mola, horrorizada. Já passara muito da meia-noite, mas desci da cama, pus a calça e as botas, e saí do quarto.

Diante da porta de Josquin, hesitei entre a vontade de acordá-lo e o receio do que ele veria se eu fizesse isso, além do que pensaria de mim depois. Josquin se tornara meu amigo, pensei.

Eu não poderia perder essa amizade. Deixei-o dormir.

Saí da masmorra e atravessei o pátio banhado pelo luar em direção à torre redonda. A porta estava vigiada. Meu ninysh era precário demais para que eu conseguisse convencer o guarda a me deixar entrar, mas ele devia ter alguma ideia de quem eu era. Acenou para que eu esperasse e entrou; e, para minha surpresa, voltou acompanhado de Moy.

— Estamos vigiando o selvagem por turnos — disse o capitão, sorrindo. — Quer colaborar? Fomos rudes não lhe oferecendo essa oportunidade.

— Quero conversar com ele... sozinha — expliquei. — Ele não está mais violento, está?

Moy deu de ombros.

— Tem ficado quietinho como um cordeiro atrás desta sólida porta de carvalho. Vocês podem se comunicar através da grade, mas não sei bem se ele fala.

Gianni Patto provavelmente era destituído do dom da linguagem. Quando balbuciara meu nome, eu deveria ter percebido isso imediatamente. Mas, preocupada com Abdo, não o percebera.

Moy abriu a porta da torre e fechou-a às minhas costas. Vi-me num corredor estreito, de teto alto e iluminado apenas por uma tocha presa a um suporte. Notei uma faca e um cinzel sobre um banco; Moy devia ter estado esculpindo para passar o tempo. A única cela ocupada era no final do corredor, à esquerda. O fedor do selvagem porcalhão tornava o ar pesado.

— Gianni? — chamei, olhando pela grade da porta. Uma janela com barras de ferro do outro lado da cela deixava passar alguns raios de lua, mas não suficientes para eu avistar o prisioneiro. Chamei-o de novo e de repente seu olho estava na grade, esbranquiçado, remelento e bravio.

Recuei um passo, esforçando-me para não desviar o olhar.

— Você pronunciou meu nome — comecei, em tom suave. — Alguém deve ter-lhe dito como eu me chamava. Quem foi?

Os olhos de Gianni reviraram, sem foco. Não entendera nada; se falasse alguma língua — e eu ainda não acreditava que falasse —, só poderia ser o ninysh. Sem dúvida vivera isolado nas montanhas por décadas, talvez desde uma idade mais tenra que Blanche. Eu podia imaginar a reação de sua mãe aldeã ao ver que tipo de criatura pusera no mundo, chorosa e levando o filho para o meio de uma tempestade de inverno, onde seria respeitavelmente abandonado para o bem de todos.

Eu não conseguia me comunicar com ele; fora besteira supor que conseguisse. Virei-me para ir embora, mas ouvi alguma coisa arranhar a porta. Voltei-me: os dedos dele, com as unhas rachadas e amarelas, se projetavam da grade.

— *Fi* — disse ele, pigarreando. Cuspiu. — *Fi. Na.*

Eu desejava e temia suas palavras. Limpei a garganta.

— Certo.

— Essssta voooz — grunhiu Gianni vagarosamente, exagerando as consoantes e prolongando as vogais. Aquilo era goreddi. O sangue gelou em minhas veias. — Décadasss de dessssuso — continuou ele. — Difícil fazer a língua obeeedecer ao que eu... ge-huhrrgh! — Cuspiu de novo. — Que gosto ruim na minha boca!

Meu coração pulsava forte, condoído. Aquela voz baniu quaisquer dúvidas que ainda restassem. Captei as inflexões, mesmo proferidas por sua laringe sem uso e sua boca recalcitrante. Como ele conseguira, nem me passava pela cabeça.

— O que você quer, Jannoula? — perguntei.

O olho de Gianni reapareceu do outro lado da grade, agora enfocado e perspicaz.

— Seraphina — disse ele (ou *ela*), com sua voz pastosa e pausada. — Todos vocês cresceram.

— O que você quer? — repeti.

A língua de Gianni estalou, em tom de censura.

— Não "alô". Não "como tem passado, Jannoula? Espero que não esteja definhando na prisão". Creio que aquele seu tio horroroso continua envenenando você contra mim.

A menção a Orma me abalou, mas continuei impassível.

— O tio que me salvou, você quer dizer? Pelo que me lembro, *você* é que envenenou tudo.

As sobrancelhas cinzentas de Gianni se encurvaram para baixo e seu olho remelento se estreitou.

— Ouvi dizer que você anda reunindo nossa espécie.

— E como soube disso? — estranhei.

Uma gargalhada ecoou pela cela.

— Um amigo comum me contou. Posso ajudá-la, você sabe. Minha mente consegue se comunicar com os nossos do mesmo modo que a sua.

Ou se comunicava, completou Jannoula/Gianni em minha cabeça, como Abdo faria.

Eu recuara mais sem dar por isso e agora estava encostada à parede úmida de pedra em frente à porta da cela.

Ela não devia ter saído de sua cabana; ela não devia ter se libertado em minha mente!

Cerrei os olhos, procurando desesperadamente no cérebro a entrada do jardim dos grotescos. Não era a maneira certa de encontrar meu jardim; eu precisava relaxar. Podia ouvir ainda a voz ecoando em algum canto de minha cabeça, o grunhido de Gianni misturado ao tom de Jannoula. *Então é aqui que você mantém os outros? Neste buraco apertado? Antes era num jardim, aberto para sua mente espaçosa.*

Numa corrida colérica, eu estava lá: Tom Tampinha diante de mim, o jardim realmente parecendo estranhamente exíguo. Mas não havia tempo para examiná-lo melhor. A mente de Jannoula preenchia a forma de Gianni como uma mão dentro de um fantoche, mas ela não irrompera através dele para entrar em minha cabeça. Esforçava-se, empurrava e arranhava dentro dele; eu podia vê-la brilhando bem em seu centro. Tom Tampinha também brilhava com luz própria, mas de cor diferente. Eu nunca notara isso até seu fogo ser contrastado com uma luz estranha vinda de dentro.

"Tom Tampinha" era uma parte do fogo mental de Gianni Patto, segundo Abdo; mas só agora eu conseguia vê-lo, sob coação.

Jannoula se esticava e pressionava, distorcendo a aparência de Tom Tampinha, e temi que ela saltasse fora. Eu sabia como libertar o fogo mental de Gianni: seria como soltar um botão. Hesitei — as visões incontroláveis voltariam depois que a conexão fosse rompida? —, mas Jannoula se contorceu de novo dentro dele e entrei em pânico. Sem mais pensar, livrei Gianni Patto de minha mente. A casa do botão se fechou atrás dele, como se nunca houvesse estado ali.

Senti a liberação, não como um alívio, mas como uma perda. Uma pontada de sofrimento. Meus olhos se abriram para o mundo real e fitei os de Gianni através da grade da porta de sua cela.

— Que reação impressionante! — exclamou Gian-oula. — Um bebê enorme jogado fora com metade da água da banheira. O que eu poderia fazer trancado neste quartinho de despejo com todos os outros?

Não respondi; minha mandíbula tremia. Como ela o encontrara? Como entrara em sua mente, o que queria de mim e por que eu ainda não estava livre dela depois de tantos anos?

Fugi dali. Ela gritou, me chamando. Meu único consolo era que sua voz não podia vir comigo em minha mente.

Oito

Aos 11 anos, antes da criação de meu Jardim, tive uma visão quando andava pelo mercado de peixe em companhia de minha madrasta, Anne-Marie. Caí de cara sobre uma mesa, derrubando cestos e espalhando cascatas de enguias retorcidas pelo pavimento. Megeras molhadas, fedorentas e de braços vermelhos nos amaldiçoavam, a mim e à minha madrasta. Anne-Marie não disse nada, pagou pelos bichos e cozinhou-os por uma semana. Até hoje odeio torta de enguia.

Minha visão foi de uma mulher acocorada sobre o chão grosseiro de pedra de uma cela. Barras de ferro protegiam a janela minúscula. A cama era de tábua e palha. Uma prisioneira ou talvez uma anacoreta — uma monja em confinamento solitário. Entretanto, sua roupa não se parecia com nenhum hábito que eu já tivesse visto; uma peça única com uma abertura entre as pernas, feita de remendos de peles de animais diferentes, com o forro para fora. Exceto pela cabeça raspada e os pés descalços, lembrava uma grande lontra repugnante. Eu não conseguiria dizer sua idade, mas era adulta e mais velha que eu.

Meu olho mental passeou silenciosamente pela sala. Em minhas visões, as pessoas nunca me viam; só uma, em determinada ocasião, pareceu me ouvir falar, mas não tive certeza. Aquela mulher, porém, estremeceu, olhou em volta e se levantou, procurando-me; tinha unhas compridas e sujas. Eu não podia fugir de uma visão, por mais que ela me assustasse. Devia esperar que ela própria desaparecesse.

A visão começou a se desvanecer. Como se também percebesse o que estava acontecendo, a mulher gritou. Não entendi suas palavras, mas vislumbrei uma aguda inteligência em seus olhos.

A prisioneira vestida de peles foi a décima sétima e última pessoa esquisita que povoou minhas visões. Apelidei-a de Lontra.

☙❧

Quis censurar meu tio Orma e sua curta imaginação dragontina por não adivinhar que as pessoas de minhas visões eram meios-dragões, mas na verdade os dois estávamos errados. Tão forte era o tabu entre nossos povos e tão grande era minha autorrepugnância que nenhum de nós podia suportar a ideia de que a experiência assustadora de meus pais houvesse sido repetida muitas e muitas vezes. Não bastasse isso, nenhuma daquelas pessoas se parecia comigo. Algumas, como Mestre Demolidor, Nag e Nagini, tinham muito boa aparência; eu não via razão alguma para duvidar de que fossem humanos comuns. Tom Tampinha e a grande lesma, Pastelão, ao contrário, eram bem mais monstruosos do que eu — que não me reconhecia em nenhum deles e não fazia ideia do motivo pelo qual estava condenada a vê-los sempre.

Orma tinha a intenção de me ensinar música, mas nos meses que se seguiram ao aparecimento de minhas escamas passamos a maior parte do tempo tentando afastar minhas visões. Eu meditava; eu visualizava; eu vomitava muito porque as visões me desequilibravam.

O jardim dos grotescos foi a estratégia que por fim funcionou. Sob a orientação de Orma, eu deliberadamente procurei cada um dos dezessete seres que vira, estabelecendo conexões permanentes com eles: os grotescos eram agora âncoras para que minha mente parasse de persegui-los. Eu não sabia muito bem o que estava fazendo, sabia apenas que funcionava. Dei aos grotescos o nome de avatares e prescrevi a cada qual sua parte no jardim: Morcego das Frutas ficou com a Caverna, Homem Pelicano com a Clareira Topiária, Mestre Demolidor com o Prado das Estátuas.

O Jardim da Cabana de Lontra ficou por último. Sua condição despertara em mim tamanha piedade que resolvi lhe conceder um espaço especial, um cenário de plantas e flores bucólico, tranquilo, em volta de um abrigo coberto de colmo, uma residência ornamental e não funcional: os outros grotescos viviam ao ar livre e parecia importante que a coerência fosse preservada. Dei-lhe um bebedouro de pássaros, um banco e uma mesa para ela poder tomar chá.

Visualizei Lontra depois de terminar com os outros. Sua imagem se materializou à minha frente no jardim. Examinei-a bem para não perder nenhum detalhe, mas sua roupa esquisita me intrigava. Não tinha sido ela, sem dúvida, que escolhera aquela camisola de pele. Troquei-a, visualizando-a num magnífico vestido verde, como uma jovem esposa de uma boa casa da cidade, e de cabelos loiros parecidos com os de minha madrasta. Supus que a Lontra do mundo real aprovasse, mas, é claro, ela nunca ficaria sabendo daquilo. Os grotescos em minha cabeça eram símbolos; não tinham consciência de si próprios. Proferi palavras ritualísticas, preparando o terreno de minha mente, e tomei as mãos de Lontra nas minhas.

Mergulhei numa visão e vi de novo a mulher vestida de peles na cama baixa de sua cela, abraçando os joelhos. Minha presença chamou sua atenção e ela se pôs de pé. Mas dessa vez a visão estava sob meu controle. Voltei ao jardim de minha mente — levando comigo alguma coisa, mas sem saber o que era — e consolidei essa última ligação para que visões incontroláveis não me surpreendessem de novo.

— Tudo em *ard* — disse eu, soltando suas mãos. Ou tentando soltar.

Ela apertou forte as minhas.

— Tudo em *ard* — repetiu, com uma inflexão estranhamente monótona, embora sua face estivesse alerta. — Quem é você? Que lugar é este?

— Pelos ossos dos santos! — gritei. O que vinha a ser aquilo? Como ela conseguia falar comigo?

Lontra soltou minhas mãos e fitou-me com seus olhos tão verdes quanto o vestido que trajava.

— Como me trouxe aqui? — perguntou. — E por quê?

— Eu... não a trouxe — balbuciei, sentindo-me uma idiota. Ela estava mentalmente presente. Os outros, não. — Quero dizer, eu não tentei... não deveria ter sido assim...

— Alguma coisa você tentou — rebateu ela, estreitando as pálpebras. Relanceou o olhar pelas flores, o banco e a mesa. Sua expressão se suavizou; estendeu a mão para tocar uma flor. — Lugar bonito, este — murmurou, em tom calmo e admirado. Ensaiou alguns passos pelo caminho lajeado, notou espantada as roupas em seu corpo e rodopiou, observando o movimento da saia. — Você me deu um vestido muito elegante! — Olhou para mim, quase chorando. — O que fiz para merecer sua bondade?

— Você parecia péssima lá naquele lugar — respondi, ainda tentando entender. De algum modo, sua consciência penetrava em minha mente. — Quis facilitar um pouco as coisas para você.

Ela devia ser uns dez anos mais velha que eu, mas não agia como se fosse. Foi subindo o caminho saltitante como uma criança, cheirando flores, tateando as bordas serrilhadas das folhas, admirando as sombras projetadas pelas plantas.

— Gosto daqui! — confessou. — Quero ficar aqui para sempre. Mas onde estamos?

Lontra já me perguntara isso antes; eu não me comportava como uma boa anfitriã.

— Sou Seraphina e este é o meu... jardim. Ah, e como se chama?

— Como me chamo? — Pousou a mão aberta sobre o coração, parecendo muito comovida por eu ter perguntado. — O nome é muito importante. Todos precisam ter um e o meu é, obviamente... — Apertou os lábios, refletindo. — Jannoula. Será que é um nome poético?

Não pude deixar de rir.

— É bonito — garanti.

— Devemos ser irmãs — disse ela. — Oh, quanto desejei um lugar como este! —Abraçou-me. Fiquei dura, como Orma teria ficado, mas ela prosseguiu: — Você me salvou do desespero. Obrigada, Seraphina. — De novo, senti dó dela. Era estranha, mas talvez não tão terrível assim. Ao que parecia, eu realmente a ajudara. Cautelosamente, correspondi ao abraço.

☙✦❧

Deixei-a rodopiando sua saia nova no meio das flores e percorri o perímetro maior do jardim, cantando *Este é o meu jardim, completo e contido...*, para demarcar os limites definitivos. Finalmente, voltei a mim no chão do escritório de Orma. Já era noite; tinham sido necessárias seis horas para criar a coisa toda.

— As conexões estão estáveis e seguras? — perguntou Orma acompanhando-me até minha casa pelas ruas molhadas de chuva. — Alguma coisa a preocupa ou pode fazê-la ter visões? Você ainda precisa controlá-las todas as noites, para impedir que se manifestem.

Orma me dedicara tanto tempo e apoio que eu não queria expressar nenhuma dúvida. Mas ele precisava saber.

— Tive uma visão diferente. Ela falou comigo.

Orma se deteve imediatamente.

— Conte-me tudo — pediu, cruzando os braços e parecendo tão sombrio que receei ter feito alguma coisa errada. Mas logo me lembrei de que ser sério era o jeito dele. Depois que terminei, ele balançou a cabeça e disse: — Nunca sei bem como ajudá-la, Seraphina. Ignoro por que Jannoula falou com você, ao contrário dos outros. Tome cuidado. Observe-a. Se ela a assustar ou molestar, comunique-me imediatamente. Prometa.

— Prometo, é claro — garanti, meu alarme soando de novo. Eu não sabia o que ele poderia fazer caso algo desse errado, mas sua veemência dava a medida de sua preocupação. E aquilo significava muito.

Nos dias e semanas seguintes, prestei bastante atenção à parte do jardim reservada a Jannoula, mas na verdade nem sempre ela estava mentalmente presente quando eu punha meus grotescos para dormir. Às vezes, seu avatar se sentava em silêncio entre as papoulas, tão absorto quanto os outros. Quando estava presente, perseguia borboletas ou bebericava chá em sua pequena mesa. E eu, passando, parava e perguntava:

— Como vai?

Em geral ela sorria, respondia com um aceno de cabeça e voltava ao que estava fazendo, mas certa vez suspirou e disse:

— Minha vida real é um tédio só. Sinto-me tão feliz quando posso me afastar dela! Só queria saber uma coisa: onde estamos?

— Dentro de minha mente — respondi, sentando-me ao seu lado na mesa. — Construí um jardim aqui porque... — De repente, hesitei, sem atinar com o que iria dizer. Não gostaria de lhe confessar que era meio-dragão e que minha mente fazia coisas estranhas. Sentia vergonha, não sabia qual seria sua reação; e, seguramente, Orma acharia isso uma temeridade. — Eu estava sozinha — disse por fim. Era verdade. Papai me mantinha em rédea tão curta que eu nunca tivera amigos. Meu tio não contava.

Jannoula replicou com um veemente aceno de cabeça:

— Eu também. Sou uma prisioneira. Só vejo meus carcereiros.

— Por que está presa? — indaguei.

Ela sorriu tristemente e serviu-me o chá.

Certa vez, quando ela não estava presente, peguei as mãos de seu avatar e induzi uma visão. Procurava ser amiga; queria saber como era realmente sua vida, pois me preocupava com ela. Jannoula estava em sua cela imunda, como sempre. Sua cabeça raspada e roupa de peles suja já eram repugnantes o suficiente, mas então vi coisa ainda pior. Ela arregaçara as mangas, expondo os antebraços. A pele estava cheia de bolhas, trincada, enegrecida, queimada do punho ao cotovelo. Pareceu-me que aquilo fora feito há pouco, e seu rosto... Ela parecia atordoada. Nem sequer chorava.

Ergueu os olhos para meu olho mental e seu rosto se contraiu de raiva.

Alarmada, afastei-me da visão. Jannoula me seguiu até o jardim e, por um instante, pensei que iria me agredir. Levantou e baixou os braços, num gesto fútil, e pôs-se a andar de cá para lá na minha frente.

— Não olhe para mim sem pedir permissão! — gritou.

Parecia a mesma criatura de meu jardim, de vestido verde e cabelos bonitos, mas eu não conseguia tirar da cabeça a imagem de seus braços queimados.

— Quem fez isso com você? — perguntei. — E por quê?

Ela desviou o olhar.

— Por favor, não pergunte. Estou envergonhada por você ter me visto daquele jeito. Você é meu único abrigo, Seraphina. Minha única escapatória. Não estrague tudo com sua piedade.

Mas eu sentia dó dela. Queimei os miolos para descobrir uma maneira de tornar sua vida mais suportável, procurando coisas que pudessem interessá-la e distraí-la. Eu observava atentamente Lavondaville no caminho de ida e volta da lição de música, o limite de minha existência circunscrita. À noite, descrevia-lhe o que vira, para seu grande deleite. Deixava presentes em seu jardim — um quebra-cabeça, uma tartaruga, rosas — que ela exultava ao ver. Era fácil contentá-la.

Uma tarde, estávamos sentadas tomando chá e contemplando um magnífico pôr do sol que eu imaginara. Ela disse:

— Por favor, não se irrite, mas ouvi você pensar hoje.

Parei com a xícara a meio caminho da boca. Eu me acostumara tanto com ela que me esquecera de uma coisa: Jannoula não estava separada de mim como as outras pessoas. Sua consciência existia dentro de minha cabeça. Até que ponto se confundiria comigo? Até que ponto já se confundira?

— Não ouço todos os seus pensamentos — apressou-se a corrigir. — Ou então você pensa muito pouco. Mas tive a impressão de que falava comigo intencionalmente ao olhar para as barcas no rio.

De fato, eu estivera imaginando como poderia descrever as barcas para ela. A água verde rodeando os cascos vermelhos e azuis criava um cenário maravilhoso.

— Gostaria de pedir — continuou ela, enrubescendo encantadoramente — que descrevesse de novo a cidade. Seria ótimo ouvir isso.

Fiquei mais tranquila. Para mim, era esquisito ser lembrada de nossos laços misteriosos, mas ela não queria me fazer mal.

— É claro — concordei. — Será um prazer.

Indo para a aula de música no dia seguinte, pensei em Jannoula e descrevi tudo o que via na passagem: os arabescos de pedra da balaustrada da Ponte da Catedral; o quigutl parecido com um lagarto subindo de cabeça para baixo um varal entre duas casas; os gritos dos vendedores de tortas e o cheiro gostoso de seus produtos.

Eu não estava totalmente segura de que Jannoula ouvia minha descrição até ela interromper: *Você poderia comer uma torta por mim? Eu mesma não consigo fazer isso.*

De um modo geral, não é recomendável obedecer a vozes em nossa cabeça e estremeci ao ouvi-la, assustada ao descobrir que ela podia conversar comigo fora de meu jardim. Mas isso não era muito mais estranho do que o fato de ela também me ouvir. E que pedido agradável! Sorri a despeito de mim mesma e disse: *Bem, se você insiste...*

Achei que Jannoula poderia degustar a torta enquanto eu comia, mas não. Descrevi o doce sabor da massa folhada de maçã até que ela gritou, sorrindo: *Já chega! Estou com inveja.*

Ficamos conversando enquanto eu passeava e, pela primeira vez, comecei a sentir que verdadeiramente tinha uma amiga. Ela nem sempre estava presente; sua própria vida — os carcereiros... eu bem podia imaginar — às vezes exigia sua atenção e, conforme explicou, ninguém pode estar em dois lugares ao mesmo tempo. Quando nos separávamos, eu memorizava alguns detalhes para ela: o mendigo sem pernas cantando na Praça de Santa Loola; as folhas vermelhas de bordo a bailar na brisa outonal.

Que significa "bailar"?, perguntou ela, quando lhe contei essas coisas mais tarde. *Ou, a propósito, "cantar"?*

— Você nunca ouviu música antes? — perguntei em voz alta, esquecendo, em meu espanto, que estava jantando com minha família. Meu pai e minha madrasta me fitaram; minhas meias-irmãs pequenas riram baixinho. Enfiei uma colherada de enguia gelatinosa na boca.

Pobre Jannoula! Se ela nem sabia o que era música, eu precisava dar um jeito nisso.

Não seria nada fácil. Jannoula podia ouvir pensamentos endereçados a ela, mas não sentir por intermédio de meus sentidos. Minhas lições diárias de música com Orma não a esclareceriam; ela não me escutava tocando meus instrumentos. Tentei pensar em Jannoula enquanto tocava, o que, entretanto, só prejudicou a execução. Cantava para ela no jardim depois de acomodar os outros grotescos para a noite, mas eu era uma cantora tímida e indiferente em minha própria cabeça. Imaginava um alaúde e tocava-o; isso, porém, era uma pálida sombra da coisa real. Jannoula continuava gentil como sempre, mas eu sabia que não estava entendendo nada.

Um belo dia, eu ensaiava com a flauta, não pensando em Jannoula, mas em alguns arpejos irritantes que me desafiavam. Ficava tensa todas as vezes que eles se aproximavam e acabava atropelando-os. A sugestão de Orma, para que eu os tocasse bem devagar até adquirir a técnica, resolvia em parte o problema, mas não eliminava minha apreensão ou o modo como essa apreensão transformava meu timbre num chiado lamentável.

Tocar as notas era a parte mais fácil; eu precisava controlar o medo e não conseguia.

Fiz uma pausa, alonguei o corpo, tentei de novo, falhei, chutei a estante de música (ato de que não me orgulho) e concluí que talvez houvesse chegado ao limite de minha capacidade musical. Se é que tinha alguma. Sem dúvida, alguém com um mínimo de talento não precisaria trabalhar tão duro.

A estante de música se chocou contra a mesa e jogou ao chão um monte de livros e pergaminhos; ai de mim, eu tinha a mesma tendência de meu tio a fazer bagunça. Recolhi tudo, tentando descobrir se seria possível esconder aquela pilha debaixo do guarda-roupa e esquecer o caso. A pilha consistia principalmente de partituras que eu precisava estudar, mas no meio delas avistei os garranchos de Orma: *Sobre o Vazio*. Era um curto tratado que ele escrevera para mim, na época em que tentávamos combater minhas visões com a meditação. Estirei-me na cama e li tudo de novo.

E tive uma ideia.

Eu precisava mudar, esquecer a ansiedade e relaxar em presença dos arpejos. Fizera bem em esvaziar a mente; piadinhas óbvias à parte, a prática da meditação me permitira criar meu jardim e visitá-lo. Continuei deitada e me imaginei vazia, com janelinhas no coração que tinha de encontrar um meio de manter abertas. Eu era um canal oco; seria meu próprio instrumento, reverberaria.

Não me levantei nem abri os olhos, apenas levei a flauta aos lábios e comecei a tocar.

Oh!, exclamou Jannoula em minha mente. Havia tanta angústia em sua voz que parei, assustada. *Não, não pare!*

Percebi então que ela finalmente me escutara — por intermédio de meus ouvidos ou de outra maneira? Eu não sabia. Só sabia que encontrara um meio de me abrir para ela. Ri, alto e bom som, enquanto Jannoula continuava a se lamentar.

— Sim, Majestade — brinquei. Respirando fundo, enchendo-me e esvaziando-me ao mesmo tempo, deixei que todo o meu ser ressoasse de novo com a música.

⋇

Orma não tardou a perceber uma diferença em minha execução na aula seguinte.

— Esse rondó está bem melhor — disse ele, empoleirado em sua mesa. — Mas não foi o que lhe ensinei. Você encontrou uma maneira de lhe dar mais profundidade. Soa como... — Interrompeu-se.

Esperei. Eu nunca o ouvira começar uma frase daquela maneira.

— Quer dizer — continuou ele, acariciando a barba postiça —, você está tocando como fazem os humanos em seus melhores momentos. Enriquecendo inconfundivelmente a música com... — Agitou as mãos; aquilo era difícil para ele. — Emoção? O seu eu? Algum dia, quem sabe, será minha professora e me explicará isso.

— Mas você me ensinou, sim — protestei com veemência. — Seu tratado de meditação me forneceu a chave. Fiz uma boa limpeza, ou coisa assim, e agora ela pode me ouvir tocar.

Houve um silêncio constrangedor.

— Ela? — perguntou Orma, impassível.

Eu não o colocara a par das ações de Jannoula, embora ela houvesse começado a ouvir meus pensamentos e minha música. Então lhe contei tudo, que conversávamos diariamente, que ela podia escutar minha música e alguns de meus pensamentos. Orma permanecia em silêncio, os olhos negros inescrutáveis por trás dos óculos; um impulso defensivo foi se manifestando em meu peito diante de sua neutralidade estudada.

— Jannoula é humilde e delicada — expliquei, cruzando os braços. — Sua vida é uma desgraça e gosto de lhe proporcionar algum alívio.

Orma lambeu os lábios finos.

— Ela lhe contou onde está prisioneira?

— Não — respondi. — Nem precisa. É minha amiga e confio nela.

Minha *amiga*. Era, realmente. A primeira que jamais tive.

— Cuidado com essa confiança — disse Orma, frio como o outono. — Pode se decepcionar.

— Não me decepcionarei nunca — disse eu, com firmeza, apanhando meus instrumentos para ir embora.

Não ouvi um pio de Jannoula pelo resto da tarde e pensei que ela havia me abandonado, chamada de volta à vida real em sua cela. Mas apareceu à noite, quando pus os outros grotescos para dormir, seguindo-me em minha ronda, de mau humor e chutando flores.

A mesa, quando voltamos ao Jardim da Cabana, estava posta para o chá. Jannoula não tocou em sua xícara, ficou sentada de braços cruzados, olhando para as árvores distantes da Caverna do Morcego das Frutas. Teria ela, de algum modo, ouvido minha conversa com Orma? Eu não lhe contara essa conversa nem me abrira conscientemente. Não, não era isso. Perguntei:

— Que há, amiga?

Jannoula estirou desdenhosamente o lábio inferior.

— Não gosto de seu professor de música. "Ela lhe contou onde está prisioneira?" — zombou, arremedando Orma com suas palavras exatas.

Ouvira tudo. Senti-me subitamente exposta. Que mais teria ouvido e não queria dizer? Conseguiria captar todos os meus pensamentos e não apenas aqueles que eu lhe transmitia intencionalmente?

Essa linha de investigação era alarmante. Tentei então me concentrar em apaziguá-la.

— Você precisa desculpar Orma — pedi, pousando suavemente a mão em seu braço. — Ele é um saar; é o jeito dele. Parece rude até você conhecê-lo bem.

— Você o chamou de tio — disse ela, empurrando minha mão.

— Ele... bem, é apenas o modo como o chamo — expliquei, com um aperto na garganta. Eu ainda não lhe contara que era meio-dragão, mas esperava fazê-lo em breve. Seria um alívio ter uma amiga conhecedora do meu segredo. Ela parecia revoltada com o fato de Orma ser meu tio, o que me partia um pouco o coração. Mudei de assunto:

— Pensei que você só pudesse ouvir por intermédio de meus ouvidos, se eu deliberadamente os pusesse à sua disposição.

Jannoula encurvou o lábio, com ar de desprezo.

— Não me diga que sua confiança foi abalada.

— Não foi — garanti-lhe, pondo de lado a preocupação e torcendo a verdade para dar força às minhas palavras.

○○○

Em questão de dias eu já aperfeiçoara sua nova habilidade e esquecera por que essa habilidade me parecera tão alarmante. Sempre que meu pai me censurava — ocorrência constante por causa de seu medo perpétuo de que minha herança de meio-dragão fosse descoberta —, Jannoula o ouvia e replicava rispidamente em minha cabeça: *Por que então você não nos trancafia, seu monstro?* Quando Anne-Marie me dava tarefas domésticas, ela resmungava: *Oh, arrumar as camas é uma tortura!*

Nessas ocasiões, só me restava morder os lábios, em parte para não rir, em parte para ter certeza de que não tinha sido eu mesma quem proferira aquelas palavras.

Ela dizia tudo o que eu gostaria de dizer e eu a amava por isso. Éramos irmãs de novo, uma equipe mais forte que antes, com nosso momento de atrito provocado por Orma já esquecido.

Mas Orma plantara uma semente em minha cabeça.

Um dia, após as tarefas domésticas, fui procurá-la no jardim, mas ela não estava lá. Ou melhor, estava sentada, em forma de grotesco, sob um crisântemo gigante (uma de suas fantasias com a qual eu concordara), o olhar perdido no vazio e sem nenhuma luz nos olhos. A atenção de Jannoula se concentrava em outra parte.

Hesitei. Que andaria fazendo no mundo real? Toda vez que eu perguntava, ela mudava de assunto; não queria que eu a visse em sua cela. Ela sofria, sem dúvida, e eu desejava entender o que estava acontecendo. Para ajudar. Poderia reverter nossa estranha conexão e observar eu própria sem alertá-la de minha presença? Aquele grotesco era apenas uma metáfora, afinal de contas, um jeito de dar sentido à verdade e não a verdade em si.

Se eu pegasse as mãos de Lontra, teria minha usual visão flutuante; ela sentiria minha presença e ficaria irritada. Conseguiria eu entrar em sua mente como ela entrava na minha?

Eu tinha a ingênua noção de que, se pudesse invadir seu avatar, invadiria a própria Jannoula. Mas como? Pensei em parti-la ao meio, mas isso me pareceu repugnante. E se eu fosse imaterial como um fantasma? Imaginei-me assim. Pressionei as palmas uma contra a outra, como um mergulhador, e enfiei-as em sua face de grotesco. Passaram através de seu nariz como se este fosse feito de névoa. Empurrei-as até os cotovelos e elas reapareceram do outro lado da cabeça. Inclinei-me e continuei empurrando até...

... cair violentamente no chão de um corredor escuro e estreito, cortado por portas cinzentas sem detalhes. Levantei-me, cambaleando, e olhei para as duas extremidades; não havia nenhum caminho óbvio para eu voltar a mim mesma.

Inesperadamente, o ar pareceu se comprimir à minha volta, fazendo uma pressão tão terrível que eu quase caí de joelhos. A dor cessou momentaneamente antes de me percorrer de novo em ondas lancinantes. Rezei para que ela passasse antes de acabar comigo.

E quase acabou. Fiquei arquejando como um cão, tremendo da cabeça aos pés.

Vozes ecoaram no corredor. Pus-me em movimento, andando quando podia, esperando novas ondas de dor. Não conseguia emitir nenhum som quando a dor voltava, conseguia apenas encostar-me na parede, aterrorizada e paralisada. Os gritos silenciaram dentro de mim.

Empurrei várias portas, que se abriram todas para uma escuridão que tive medo de penetrar. De um dos cubículos sombrios veio um sopro de vento gelado; de outro, um cheiro acre de emanações alquímicas; de outro ainda, gritos. Este cubículo eu fechei rapidamente, mas a estranha acústica do corredor não permitiu que os gritos se desvanecessem. Continuaram vibrando, uma segunda onda para amplificar ainda mais a cadência da dor. Prossegui, avançando aos trambolhões e não querendo mais abrir nenhuma porta.

Seria aquilo o interior da mente de Jannoula? Estaria ela sempre sujeita a essas constantes ondas de sofrimento?

O corredor ficou mais escuro; eu já não enxergava coisa alguma. Avancei tateando ambas as paredes até que elas terminaram e não houve mais chão sob meus pés. Olhei para trás, para ver o caminho percorrido, mas não pude vê-lo. Não havia nada. Nada. Os gritos até então contidos irromperam inaudíveis, tragados pelo vazio denso, impermeável. Aquele vazio não podia ser preenchido.

Um impacto violento me jogou para trás. O corredor reapareceu, portas foram desfilando de ambos os lados à medida que eu recuava cada vez mais depressa...

Caí de costas, sufocada, no chão poeirento de meu próprio jardim. Jannoula estava de pé ao meu lado, ofegante, os cabelos em desordem, os punhos cerrados como se houvesse me atingido no estômago. Talvez houvesse mesmo. A dor — a minha própria — se irradiava do meu peito.

— O que viu? — gritou ela, com a face contorcida.

— Sinto muito — gaguejei. Minha cabeça pendeu para o chão.

— Você... por acaso... — Estava quase tão sufocada quanto eu. — Não é da sua conta...

Levei as mãos à cabeça. Ela se sentou pesadamente ao meu lado.

— Era a sua mente — murmurei. — Toda aquela dor... Aqueles gritos eram seus.

Olhei para cima; ela revirava distraidamente um cravo entre os dedos, separando as pétalas alaranjadas.

— Prometa-me que não voltará lá — pediu Jannoula, com o lábio inferior tremendo. — Já basta que eu mesma tenha de voltar.

Estudei seu rosto: o nariz resoluto, o queixo afilado.

— Que acontecerá a seu corpo no mundo real caso continue naquele lugar?

Jannoula olhou-me de lado.

— Morta, não tenho valor para eles. Alimentam-me à força, suponho. Talvez minha catatonia os divirta. — Arrancou o núcleo da flor com as unhas.

— Então fique aqui — aconselhei impulsivamente, mas com firmeza. — Não volte para sofrer daquele jeito ou volte só quando for obrigada. — Orma desaprovaria esse esquema, mas Orma não precisava saber.

— Oh, Seraphina! — Jannoula pegou minha mão e beijou-a. Gotículas de lágrimas brilhavam em seus cílios. — Se vamos viver como irmãs, então não tenhamos segredos. Você perguntou quem me prendeu. Os inimigos de meu pai.

Emiti um breve assobio.

— Mas por quê?

— Acham que ele pagará um pesado resgate. Não pagará. Não me ama. Tem vergonha de mim.

— Lamento muito — suspirei, pensando em meu próprio pai. Eu não era prisioneira, mas... nem livre.

— Destino terrível não ter o amor de um pai, concorda?

— Concordo — murmurei, o coração dolorido por ela.

Um sorriso de gato se desenhou em seus lábios.

☙❧

Como fomos felizes dali por diante!

Ter Jannoula sempre por perto exigiu alguns ajustes para nós duas, é claro. Ela começou a achar o jardim muito opressivo.

— Não quero me queixar, pois você tem sido generosa — disse. — Mas gostaria muito de ver, degustar, sentir...

Tentei contentá-la abrindo-me para visões e sabores, do mesmo modo que fizera com a música, mas não funcionou. Talvez não tivesse uma conexão emocional suficientemente forte com meus outros sentidos para preencher os limites do jardim e levar adiante a experiência.

— Que tal se você deixasse as portas do jardim abertas? — sugeriu ela uma noite. — Tentei abri-las, mas estão trancadas.

— Gostaria que tivesse me pedido antes — observei, franzindo o cenho. Estávamos no jardim dela, comendo um bolo não tão delicioso quanto o bolo real. Jannoula só podia mesmo estar frustrada.

Ela arregalou os olhos verdes.

— Não pensei que houvesse lugares proibidos para mim. Como agora vivo aqui, supus... — Interrompeu-se, desanimada.

Deixei as portas abertas na noite seguinte, para experimentar. Ela contou que algumas coisas haviam entrado — emoções, sensações e pensamentos desgarrados —, todas elas silenciosas. Timidamente, polidamente, perguntou:

— Será que posso percorrer toda a sua mente?

Hesitei, achando instintivamente que era um favor muito grande a conceder.

— Não quero você esmiuçando por aí — declarei. — Mesmo irmãs precisam de alguma privacidade.

— Eu nunca a espreitaria desse jeito — disse Jannoula, em tom tão sentido que lamentei ter duvidado dela. Peguei sua mão e eu própria a levei para fora do jardim.

Ela estava exultante, como se tivesse saído de sua prisão real no mundo. Sua alegria era contagiosa; eu própria nunca me sentira assim. Resolvi deixar as portas abertas o tempo todo — foi, pelo menos, o que planejei.

Jannoula começou a percorrer minha mente à vontade, com discrição e sem obstáculos, mas às vezes se dava mal. Certa feita, forçou todas as comportas que mantinham presa minha ira e perdi as estribeiras durante horas até ela descobrir como fechá-las novamente. Rimos muito mais tarde do modo como gritei com minhas meias-irmãs e bati na careca de meu pai com uma bandeja de chá.

— Sabe de uma coisa? — contou Jannoula. — A raiva tem gosto de torta de repolho.

— O quê? — gritei, entre risos. — Isso é ridículo.

— Não, é verdade — insistiu ela. — E seu riso tem gosto de torta de marzipã. Mas nada se compara ao amor e seu gostinho de morango.

Eu comera torta de marzipã com morangos justamente na véspera e isso, aparentemente, causara nela profunda impressão. Jannoula estava sempre fazendo esse tipo de associações inesperadas, que me divertiam. Elas davam ao mundo um colorido diferente.

Que se passa?, perguntou certa vez, quando eu voltava para casa de minha lição de música e, de repente, não conseguia mais encontrar o caminho. Cheguei ao rio, mas ele corria em outra direção. O norte estava sem dúvida à minha direita; no entanto, quando me virei, a agulha de minha bússola interna virou também e o norte continuava à direita, sempre fora de alcance. De tanto girar, acabei tonta e caí no rio. Uma barqueira me pescou e me levou para casa, encharcada mas rindo. Anne-Marie, sem disfarçar, cheirou meu hálito.

— Quem me daria vinho puro? — brinquei. — Só tenho 11 anos!

— Tem 12 — corrigiu minha madrasta em tom severo. — Vá para seu quarto.

De repente me lembrei: a torta de marzipã com morangos era para o meu aniversário. Como pudera me esquecer?

Às vezes, eu perdia o controle de um dos olhos, braços ou pernas, o que me deixava aterrorizada; mas Jannoula dizia: *Eu queria ver a catedral por conta própria* ou *Apenas me deixe sentir seu corpete de veludo*, e isso explicava tudo. Era perfeitamente compreensível. Ela vivia em grande privação e dar-lhe um pouco de alegria não passava de um pequeno sacrifício.

Então, uma noite, despertei e vi Orma sentado na beira de minha cama. Gritei, assustada.

— Não acorde a família toda — repreendeu ele, calando-me. — Seu pai está sempre à espreita de um motivo para se irritar comigo. No mês passado, acusou-me de mandá-la embriagada para casa.

— No mês passado? — sussurrei. Mas se eu tinha caído no rio... que dia mesmo?

O rosto de Orma estava na sombra; eu, porém, distinguia nitidamente o branco de seus olhos.

— A tal Jannoula está aí em sua mente, acordada, neste instante? — perguntou ele em voz baixa. — Não levante hipóteses. Vá até seu jardim e confira.

Sua ansiedade me alarmou um pouco. Desci ao jardim de minha mente e encontrei o avatar de Jannoula dormindo num canteiro de bocas-de-leão.

Orma respondeu com um rápido aceno de cabeça quando lhe contei.

— Acho que ela dorme quando você dorme também. Não a desperte. Lembra-se bem de nossa aula de hoje?

Esfreguei os olhos e refleti. Memorizara muito pouco, ao que parecia. Fitei-o, embaraçada.

— Toquei espineta e alaúde. Depois, falamos sobre escalas e intervalos. Citamos um volume das *Transgressões Polifônicas* de Thoric... não?

— No final. Mas antes, o que aconteceu?

Quebrei a cabeça. Só me lembrava de uma coisa que, entretanto, não fazia sentido.

— Arranhei a capa do livro com o plectro do alaúde. Por que fiz isso?

— Estava com raiva de mim. Ou alguém estava. — Sua boca se estreitou numa linha rígida. — Alguém que não gosta de ser rejeitado.

— Rejeitado por quê? — perguntei, com uma apreensão queimando lentamente na boca de meu estômago.

— Você me beijou — disse ele, impassível. — Na boca, para ser mais exato. Não era algo que você fizesse. Na verdade, estou certo de que não era você.

Minha garganta ficou totalmente seca.

— Isso não é possível. Eu me lembraria.

Orma tirou os óculos e limpou-os na manga.

— Por quanto tempo Jannoula a obrigou a andar por aí, usando seu corpo como se fosse o dela? Ou por acaso você não percebeu que ela podia fazer isso? Jannoula, aparentemente, a induziu a se esquecer desse fato.

Passei a mão no rosto.

— Vou falar com ela. Mas tenho certeza de que não teve a intenção...

— Teve, sim — cortou Orma. — Não roubaria suas lembranças caso fosse inocente. Que acontecerá se usurpar seu corpo e não quiser mais devolvê-lo?

— Não faria isso! — protestei. — É minha amiga. Minha única...

— Não — contestou ele com uma gentileza surpreendente. — Jannoula não é sua amiga de forma alguma. Não poderia convencer você a matar seu pai ou ferir suas irmãzinhas?

— Nunca... — comecei, mas me lembrei de ter batido em meu pai com a bandeja de chá. Na ocasião, isso parecera muito divertido.

— Você não sabe o que Jannoula pode fazer nem o que realmente quer — ponderou Orma. — Creio que quer ser você. Enquanto o corpo dela está preso no calabouço, você é sua chance de uma vida melhor. Expulse-a.

— Vi como ela sofre — disse eu, agora argumentando com ele. — Seria cruel mandá-la embora. E não acho que conseguiria, mesmo se...

— Você não é indefesa — disse Orma.

Ele já me dissera antes essas palavras, que me magoaram muito. Por um instante, odiei-o. Uma parte retraída e sensível de mim, no entanto — à qual eu não vinha dando atenção há muito tempo —, reconhecia que Orma estava certo. Agora que eu sabia até onde Jannoula tinha ido, não podia deixar que ela fizesse comigo o que bem entendesse. Enterrei o rosto no travesseiro, mortificada pelo fato de ter largado tão facilmente as rédeas.

Orma nada fez para me consolar, apenas esperou que eu mostrasse o rosto novamente.

— Precisamos libertá-la de Jannoula — disse por fim. — E depressa, antes que ela capte suas intenções. Ela consegue ouvir todos os seus pensamentos?

— Creio que sim, quando as portas do jardim estão abertas. — Tinham permanecido abertas por muito tempo; se eu as fechasse, Jannoula suspeitaria de que algo estava errado. Será que eu poderia usar meus pensamentos para enganá-la?

As linhas em volta da boca de Orma se aprofundaram.

— Você não pode pura e simplesmente soltá-la, penso eu.

Respirei fundo.

— Penso que está tão ligada a mim quanto eu a ela. Se eu soltá-la, não devolverá o favor.

— Poderá fechá-la em algum tipo de prisão? — perguntou Orma.

— Talvez — respondi, com imenso pesar. A ironia daquilo não me escapava.

Passamos mais de uma hora fazendo planos. Depois que ele se foi, fiquei acordada por um bom tempo, me preparando. Sabia que precisava agir com rapidez, enquanto estava resolvida e antes que Jannoula adivinhasse minhas intenções. Projetei minha própria mente até a parte do jardim reservada a ela e abri a porta da cabana ornamental, que eu agora chamava de Chalezinho (pois os lugares funcionais de meu jardim precisam ter um nome). Criei um espaço dentro dela, reforçando as paredes e a porta para que fossem impenetráveis, incorruptíveis. Percorri a cabana sete vezes, cantarolando palavras ritualísticas de minha própria invenção. Enquanto isso, o avatar de Jannoula dormia nas imediações.

Logo acordaria, sem dúvida. Apressei-me a pôr em ordem minha mente e coloquei um cadeado na porta da cabana.

Ela o notaria, com certeza; e eu contava com isso.

Observei sua forma adormecida entre as flores, na mesma posição encurvada em que a vi a primeira vez, e meu coração se confrangeu. Rapidamente, fiz com que um cogumelo do tamanho de uma mesa crescesse ao lado de sua cabeça para lhe dar sombra. Ela acordou, espreguiçou-se sonolenta e sorriu ao me ver ali.

— Bom dia, irmã — cumprimentou, sentando-se. — Você geralmente não aparece a estas horas.

— Olhe — disse eu, mostrando a distração que criara. — Fiz um cogumelo para você.

— Nossa cor favorita! — Exultava com uma inocência infantil que me fez lembrar, saudosa, os tempos passados. — Gostaria de ter um jardim inteiro deles.

— E por que não? — sugeri, uma nota indisfarçável de desespero por trás de minha alegria. Cogumelos pintalgados começaram a brotar por toda parte.

Ela percebeu imediatamente a ansiedade em minha voz; seus olhos verdes dardejaram raios velozes como peixes em meu rosto.

— Está me confundindo. — Estirou a língua, vibrando-a como a de uma serpente. Perguntei-me qual seria o gosto da culpa.

— Não seja boba — protestei com veemência. Meus nervos estalavam de tensão.

Ela se aproximou de cenho franzido, as orelhas espetadas como se estivesse ouvindo minha pulsação acelerada.

— O que você fez?

Lembrei-me, como que casualmente, do cadeado no Chalezinho. Tentei reprimir o pensamento e esse esforço chamou sua atenção. Em poucas passadas ela estava diante da porta, a saia esvoaçando em torno de seus quadris. Corri atrás.

— Não consigo ver o que há aí. O que está escondendo de mim? — perguntou ela.

— Nada.

— Mentira! — Encarou-me. — Para que isso? Somos irmãs, partilhamos tudo. — Chegou tão perto que eu podia distinguir as rugas em volta de seus olhos, semelhantes a minúsculas rachaduras num vaso antigo. Uma vida difícil escrevera aquelas linhas, juntamente com uma fragilidade inesperada. Fechei meu coração à piedade.

Seus olhos se arregalaram, brilhantes e perigosos.

— Sabe o que mais percebi? Você esteve falando com seu tio.

— Como? — Por essa eu não esperava. Ela captara mais do que eu julgaria possível em tão pouco tempo. Meu pulso se acelerou como o de um coelho assustado. — Engano seu.

— De modo algum. Ninguém mais deixa esse resíduo de amora no ar. — Estirou a língua, como se o estivesse saboreando. — Tudo o que eu queria — a voz assumiu um tom queixoso — era que você me amasse tanto quanto você o ama. Mas que nada! Por acaso não sou sua irmã mais querida? Não mereço mais que um dragão perverso e insensível, seja tio ou não?

Eu já não tinha o controle da conversa; o vento soprou frio sobre o jardim. Jannoula percebeu meu medo e esboçou um risinho cruel.

— Você é meio-dragão. Não me contaria, não é? Tive de descobrir isso eu mesma a partir de suas lembranças, enquanto passeava por sua mente. Não foi nem um pouco sincera comigo e agora está escondendo alguma coisa na cabana. Abra a porta.

— Não.

Jannoula ergueu os braços acima da cabeça e, devagar, foi abrindo os dedos. Suas mãos se alongaram grotescamente como galhos delgados de árvore ou garras afiadas. Pareciam dois raios lançados do céu; e seu toque terrível arranhou, revolveu e sacudiu o interior de meu crânio. Desabei, gritando e apertando desesperadamente a cabeça no mundo real — e em minha mente, na mente de minha mente, uma regressão infinita ao próprio centro de mim mesma.

Então a dor cessou e por um momento sublime, luminoso, vi o Paraíso.

Jannoula se debruçou sobre meu corpo. Estendeu a mão, agora humanamente proporcional, e eu a segurei, agradecida. Puxou-me para eu ficar de pé; abracei-a, chorando.

Ela era minha irmã querida. Eu a amava mais que tudo. Estava transbordante de amor, como nunca antes. Palavras não poderiam descrever aquela sensação.

— Vamos — disse ela, em tom melodioso. Seu sorriso tinha a tepidez do sol e sua carícia em meus cabelos era como o beijo da primavera. — Só preciso — continuou — que você abra a porta.

Poderia eu negar? Ela era minha irmã. A chave ainda estava em minha mão; tremi — mas porque mal conseguia conter a alegria de ser útil.

Tirei o cadeado num segundo e mostrei-o a Jannoula, que sorriu como sorriem os Santos para todos nós do Céu, cheia de bondade e luz, impressionando-me.

— Venha — disse ela, pegando minha mão. — Vamos ver que diabo é isso.

Abriu a porta. Estava escuro lá dentro.

— Não enxergo nada — murmurou Jannoula, elegantemente confusa. — O que tem aí?

— Nada — respondi. Era só do que eu tinha certeza.

— *Nada* não pode ser — retrucou ela. Mesmo sua irritação emitia uma rica ressonância, como as cordas tensas de uma viola.

Parei na soleira. Lembrava-me de ter estado lá dentro antes; percorrera a cabana recitando palavras ritualísticas. Ouvi minha própria voz, aquele mesmo cântico, dizendo-me: "Entre na cabana, saia de minha mente".

Que significava aquilo? Eu ficaria louca — fora de minha mente — se entrasse?

Ela continuava segurando minha mão. Por mais que eu gostasse de minha amiga, não me animava a entrar. Na verdade, provavelmente seria ruim para *ela* mergulhar naquela escuridão densa e assustadora.

— Irmã — ponderei —, nenhuma de nós deve pôr os pés aí dentro. Por favor.

— Fie! — gritou Jannoula, sacudindo violentamente minha mão. — Há algo que você não quer que eu veja, mas vou ver!

— Por favor, irmã, não faça isso. Construí este lugar para enganá-la. Agora vejo que errei. Posso construir qualquer coisa, um palácio digno de você. Mas, por favor, não...

Jannoula largou minha mão, cruzou a soleira e bateu a porta na minha cara.

O que eu sentia por ela desapareceu como a chama de uma vela ao sopro do vento.

Fechei rapidamente o cadeado e caí de joelhos, tremendo incontrolavelmente. Eu era eu de novo — e nada podia ser tão importante quanto isso —, mas ainda assim estava mais desolada que aliviada. Perdera minha amiga para sempre.

Chorei. Eu a amara antes mesmo que ela me forçasse a isso.

Vira em minha amiga doçura e fragilidade. Não podia ser tudo mentira. Jannoula sofria diariamente. O que esse sofrimento estava fazendo com ela?

Minha cabeça ficava vazia sem a presença de Jannoula, um vazio dolorido igual ao que eu vira em seu interior — mas também diferente. Eu costumava encher, eu mesma, esse espaço todo. Reaprenderia o truque ou encheria o espaço com música. Encontraria um jeito.

Exausta, adormeci e acordei bem a tempo de correr para minha aula no Conservatório de Santa Ida. Orma ouviu a explicação que, toda ofegante, eu lhe dei: enganara Jannoula. E Jannoula se fora.

— Estou impressionado com esse mantra que você descobriu — disse ele. — Quando era você mesma, entendeu a frase *Entre na cabana, saia de minha mente* como uma ordem para Jannoula. Mas quando ela assumiu o controle, como você adivinhou que aconteceria, você a entendeu como uma advertência para não segui-la até o interior da cabana. E funcionou.

Na verdade, quase fora um fracasso total. Eu não quis insistir no assunto.

— Que acontecerá a ela? — perguntei, com o coração ainda pesado de culpa.

Orma refletiu um pouco.

— Acho que não poderá penetrar em sua mente além da porta da cabana. A menos que goste de ficar sentada sozinha no escuro, perderá o interesse e se contentará consigo mesma.

Contentar-se consigo mesma parecia uma opção terrível; lamentei não tê-la livrado disso. Era uma culpa que talvez durasse muito tempo.

Tamborilei longamente com a flauta no queixo, grata a Orma por me haver ajudado. Gostaria de beijá-lo ou dizer-lhe que o amava de verdade, mas não era esse o jeito dele. Não era o nosso jeito. Contentei-me, pois, em dizer:

— Se você não tivesse percebido tudo nem se preocupasse tanto em me avisar, como fez, não sei o que teria acontecido.

Orma suspirou, acomodou os óculos no nariz e declarou:

— Você teve seu mérito. Ouviu minha advertência. Eu achava que não ouviria. Agora, comecemos pela suíte de Tertius.

Nove

A voz de Jannoula pela boca de Gianni trouxe tudo de volta. Fugi da cela de Gianni, passei correndo por um Moy extremamente confuso e fui para o meu quarto no Palasho Donques. Sepultei-me sob os lençóis e passei a noite inteira remoendo os acontecimentos: a violação, o horror, a culpa, a tristeza.

Ao amanhecer, bati na porta de Josquin. Ele demorou alguns minutos para abrir, sonolento e enfiando as fraldas da camisa na calça, que evidentemente acabara de colocar.

— Estive pensando — disse eu, atropelando vexatoriamente as palavras. — Acho que não devemos devolver o selvagem a Segosh.

— Que está propondo? — perguntou Josquin, rabugento. Eu devia tê-lo acordado, ao que parecia. — Soltá-lo de novo na mata?

Se Jannoula pudesse fazê-lo falar, poderia pôr os pés providos de garras do selvagem atrás de nós, obrigando-me a correr pelo mundo afora. E o que quer que ela estivesse procurando, eu não a queria de modo algum perto de mim.

— Lorde Donques não poderia encarcerá-lo aqui, onde o crime ocorreu?

— É o que ele preferiria — disse Josquin, cruzando os braços. — Mas abusei de sua paciência ontem, convencendo-o a nos deixar levar a criatura de volta para Segosh.

— Então ficará contente ao ver que você mudou de ideia.

— E da próxima vez que eu tiver de negociar com ele ou outra pessoa qualquer? — objetou Josquin, em tom cortante. Recuei diante da censura; nunca o vira tão agressivo antes. — Falo em nome do Conde Pesavolta, mas tenho de ser cuidadoso. Ele não é um monarca hereditário, consagrado pelo Céu e cujos caprichos ninguém pode questionar. Governa graças à boa vontade de seus baronetes. Já gastei boa parte do capital do Conde Pesavolta por aqui e não me sinto bem. Se lançar isso na cara de Lorde Donques, rapidamente minha credibilidade, e a do conde, serão postas em dúvida. Abalaria toda a economia do governo.

Eu não tinha o que responder. Josquin conhecia a política característica de Ninys e eu não. Concordei com um ligeiro aceno de cabeça e fui à enfermaria atrás de Abdo. Josquin, percebendo talvez que fora um tanto áspero comigo, me chamou.

— Se você está temendo por nossa segurança, Seraphina, vamos mantê-lo amarrado. Os Oito sabem bem o que fazem.

Virei-me para ele, recuando alguns passos e curvando-me de novo, com um sorriso para disfarçar o medo indescritível alojado em meu coração. Os Oito poderiam amarrar os membros de Gianni, mas quem me assustava era a pessoa que amarrava sua mente.

CЗ࿎О

Alcançamos a capital em metade do tempo que levamos para chegar às montanhas, graças às boas estradas de Ninysh, a um guia que conhecia todas elas e ao fato de não estarmos mais à procura de ninguém. Josquin sabia quando trocar de cavalos e por onde era seguro avançar à noite. Gianni Patto, de mãos amarradas e uma tira de chumbo bem presa em volta do tronco como uma couraça, acompanhava com facilidade os cavalos. Não esboçou nenhum movimento agressivo contra nós e seus olhos azul-claros permaneceram serenamente alheios a tudo.

Eu o vigiava como um falcão, mas Jannoula não voltou a falar por intermédio dele. À noite, em meu jardim de grotescos, só havia tristeza no lugar onde Tom Tampinha estivera.

Abdo, ainda dolorido, pouco falava. A lâmina do monge parecia ter seccionado muito mais que os tendões de seu pulso; de algum modo, seccionara também sua borbulhante vitalidade. Até que ponto o ferimento afetara sua dança? Ficar privada de música era um golpe mortal para mim e, sem dúvida, a dança significava o mesmo para ele. Os Oito se revezavam para acompanhá-lo no trajeto, mesmo aqueles que haviam feito o sinal de São Ogdo em sua presença. Era um menino, afinal de contas, e isso atraía a simpatia deles. Abdo cavalgava encurvado na sela, descansando o queixo sobre o peitoral brilhante.

A noite caíra e a neblina se espalhava sobre as fazendas da planície quando as tochas de Segosh finalmente bruxulearam à nossa frente. Os dois mais jovens da comitiva soltaram gritos de júbilo e esporearam as montarias cansadas, galopando para os portões da cidade.

— A mocidade é um desperdício nos moços — riu Moy, que agora amparava Abdo.

Brados de alarme ecoaram da guarita; nossos homens responderam com um palavreado vagamente obsceno. Após sete semanas de viagem, meu ninysh só se enriquecera com palavrões. A sentinela devolveu o cumprimento e todos deram boas gargalhadas.

Os portões da cidade se abriram, os gonzos de ferro gemendo estridentemente. Montada num burro de pelo fusco e praguejando sem papas na língua, a Dama Okra Carmine apareceu, acompanhada por um homem vestido de negro. Os reflexos das tochas bailavam em seus óculos — e havia um sorriso em seus lábios.

— Não me olhem tão espantados — resmungou ela, espicaçando seu burrico. — Minhas premonições a seu respeito, Seraphina, me deram uma bela dor de barriga, como se eu tivesse comido beterrabas podres.

— Pensei que eu fosse mais um nabo — repliquei, pagando insulto com absurdo.

Okra riu, mas logo gritou alguma coisa em ninysh para o homem grave que cavalgava atrás dela.

— Este é o doutor Balestros, médico do Conde Pesavolta — explicou a Dama Okra. — Se você quiser continuar dando cambalhotas, Abdo, deixe que este nosso amigo o leve para o palácio.

Não gosto de suas premonições, resmungou Abdo. *E ela faz piadas sem permissão.*

Não tenho certeza de que ela possa evitar isso, ponderei.

Acaba de fazer uma sobre Moy, advertiu Abdo.

— Moy — chamou a Dama Okra —, chega de carregar este menino; vai deixá-lo cair. Siga o doutor Balestros até o Palasho Pesavolta.

— Pois não, embaixadora — retorquiu Moy, fazendo uma reverência à Dama Okra e dando passagem ao doutor Balestros. Abdo olhou para mim e eles se foram; não pude interpretar sua expressão no escuro.

Vão cuidar bem de você. Vejo-o amanhã, disse eu, aliviada por saber que, finalmente, o pulso de Abdo poderia ser curado. Ele não respondeu.

A Dama Okra, resolvido o problema do braço de Abdo, virou o burrico na direção do resto de nossa guarda. Gianni Patto mantinha-se docilmente atrás dos cavalos, com sua boca torta escancarada. A Dama Okra fungou espalhafatosamente e perguntou:

— Então temos aí o mais novo membro de nossa grande e horrorosa família? É mais fedorento do que você disse.

— Não encontrei palavras para descrevê-lo — defendi-me.

— Bem, ele não vai ficar em minha casa — advertiu a velhota em tom peremptório.

— Tecnicamente, ele está preso — explicou Josquin, pondo seu cavalo ao lado do meu.

A Dama Okra franziu o narizinho e fez uma careta.

— Não sei onde pensam que o conde poderá alojá-lo. Vocês aí! — gritou para os guardas de nossa escolta. — Levem este bicho pavoroso para o palácio, para o terceiro estábulo do conde, o que está vazio. Não convém traumatizar, nem por sombras, os cavalos de corrida de Pesavolta.

Nossos soldados aplaudiram; depois de se livrar de Gianni, poderiam voltar para casa. Eu própria senti uma pontinha de saudade de meu lar, mas a parte principal de minha missão ainda não estava cumprida. Não podia perder tempo ali se quisesse alcançar as Terras Altas samsanesas no dia de Santo Abaster e, depois, Porfíria. E Abdo? Precisaria ficar para trás enquanto convalescesse do braço?

As coisas agora pareciam difíceis, especialmente se eu tivesse de enfrentá-las sozinha.

Josquin permaneceu ao meu lado enquanto os outros se dirigiam para os portões. Olhei para ele rapidamente e depois encarei-o, pois ele também me encarava com as sobrancelhas ruivas franzidas.

— Fizemos uma boa jornada, Seraphina — disse, inclinando-se ligeiramente na sela. — Foi um privilégio ter viajado com você.

— O mesmo digo eu — reconheci, surpresa com o nó em minha garganta. Josquin se tornara um bom amigo; deixaria saudades.

— Boa sorte daqui para a frente — desejou ele, passando um dedo pela barba eriçada. — Vá com as bênçãos de São Nola, que acompanha nossos passos. Espero que, quando você cumprir a missão de encontrar todos os de sua raça e a guerra terminar, tenha tempo para nos fazer uma visita e narrar suas aventuras.

— Santos do Céu! Respire fundo, rapaz! — gritou a Dama Okra, rabugenta. — E suma-se daqui com seus camaradas. Esta aí não é para você, sabe muito bem.

Josquin empertigou-se, mortificado; estava escuro demais para ver se ele enrubescera, mas a rapidez com que esporeou o cavalo e galopou para a cidade sugeria que sim.

Eu também devo ter enrubescido. Quem sabe? Estava escuro.

Os homens ainda não tinham entrado na cidade. Gianni Patto estacara diante dos portões, inquieto pela primeira vez desde que saíramos de Donques. Cravou seus pés providos de garras no chão e não queria dar nem mais um passo; em seguida, rugindo, despedaçou as cordas que o prendiam. Os guardas o cercaram, desmontando agilmente para não serem arrancados da sela.

Quando Josquin correu para ajudá-los, eu disse à Dama Okra:

— Precisava ser tão maldosa?

Ela sorriu desdenhosamente.

— Com o meu primo em terceiro grau magricela? Estou impressionada pelo fato de você se preocupar com isso. Ele ia se inclinar para beijá-la.

Okra exagerava, embora meu rosto vermelho não parecesse mostrar que eu pensava assim. Fiz um gesto de impaciência.

— Não me diga que teve uma premonição.

Ela retrucou:

— Há coisas que antevemos sem uma pre... mo...

Olhei-a de lado. Se Okra nunca tivera uma premonição antes, agora estava tendo, e das grandes: apertava a mão contra o estômago, de olhos arregalados.

— Dama Okra? — inquietei-me.

Ela saiu prontamente do transe, agitando-se desorientada na sela, e gritou:

— Josquin, cuidado!

Josquin virou-se para nós, confuso, como se não tivesse entendido aquelas palavras. Gianni Patto curvou a cabeça para trás e emitiu o som mais alto e mais horrendo que eu já ouvira de uma criatura viva. Todos os cavalos se assustaram, mas o de Josquin corcoveou e recuou. O rapaz, embora se esforçasse bravamente, não conseguiu segurar o arção da sela a tempo. Foi jogado ao chão e caiu sobre o pavimento com um estrondo assustador.

Saltei do cavalo e corri antes de ter tido tempo de pensar. As pernas de Josquin estavam dobradas num ângulo pavorosamente estranho; seu rosto brilhava de suor e parecia esverdeado à luz das tochas. Ajoelhei-me ao lado dele e peguei sua mão, a garganta apertada demais para eu poder falar.

— Não sinto as pernas — balbuciou Josquin, esforçando-se pateticamente para sorrir. — Sei que isso é mau, mas... senti-las seria ainda... pior.

Os homens da guarita acorreram com uma maca e me afastaram. Josquin sorriu corajosamente uma última uma vez enquanto o erguiam do chão e o levavam embora. Acompanhei-o com o olhar, muda, um zumbido como o de vespas em meus ouvidos.

Gianni Patto voltou a ficar calmo e dócil novamente. Os Oito, que o haviam cercado, ameaçavam-no e brandiam as espadas diante de seu rosto; Gianni não recuava nem se defendia. Não protestou quando o derrubaram e começaram a bater nele.

— Parem! — gritei, em tom fraco demais para fazer algum efeito. — Parem! — insisti, mais alto, correndo para Nan e agarrando-lhe o braço. Ela se virou para mim e minha expressão foi suficiente. Empurrou a mulher a seu lado para longe de Gianni e ambas puseram um fim na pancadaria. Os soldados recuaram, ofegantes; lágrimas não banhavam apenas o meu rosto.

Gianni Patto levantou a cabeça do chão; seu olhar distante encontrou o meu com tamanha lucidez que dei um passo atrás, como se tivesse sido golpeada. Ele emitiu um riso sinistro.

Por um instante, pensei que ia vomitar.

— Fii-naaah! — A voz de Gianni ribombava como um trovão.

— Levem-no daqui — disse eu, desviando o olhar. — E, pelo Céu, tomem cuidado!

Eles imobilizaram seus tornozelos e ataram seus braços junto ao corpo; Gianni se levantou, desajeitado e sem resistir, e seguiu-os para dentro da cidade, as garras dos pés arranhando as pedras com um rangido irritante.

A Dama Okra, por estranho que pareça, não desmontou nem se moveu; fitava atentamente a escuridão, ofegante. Tinha a testa lustrosa de suor e os olhos saltados.

Montei a custo meu cavalo, tentando controlar o ritmo acelerado de meu coração. Tudo acontecera muito depressa.

— Ele, em geral, não se comporta assim — contemporizei, hesitante, como se isso pudesse tranquilizar a Dama Okra ou a mim mesma. Eu sabia o que acontecera. Jannoula sem dúvida se apossara dele novamente. Teria feito Gianni gritar? Teria machucado o pobre-diabo? Que quereria ela? Eu não conseguia pensar direito; a angústia me envolvia como um lençol molhado.

— Hein? — exclamou a Dama Okra abruptamente, como se acabasse de acordar. — Você disse alguma coisa?

Abri a boca para falar, mas fechei-a logo. Não encontrava as palavras. Okra não tivera reação alguma diante do ferimento de Josquin; Okra era má, mas geralmente não tão má.

— Vamos voltar para casa. Estou com uma terrível dor de cabeça e já é tarde — resmungou em tom de acusação, como se eu é que a estivesse impedindo de ir para a cama.

Okra esporeou o burrico, sem mesmo se virar para ver se eu a seguia.

ఆఫ్రి

Não dormi. Não podia. Andei pelo quarto verde de hóspedes da Dama Okra até o sol aparecer.

Uma coisa nunca me ocorrera: que, saindo em busca dos ityasaari, haveria um preço a pagar além do tempo, esforço e recursos gastos na aventura. Por exemplo, a morte do monge, ainda que merecida, era um preço alto. O pulso de Abdo também. Quanto à espinha de Josquin... eu nem queria pensar naquilo. O acidente me enchia de desespero.

Mas, acima de tudo, minha busca atraíra a atenção de Jannoula. Teria ela induzido Gianni a matar o monge? Teria Gianni gritado para eu ouvir quando assustou o cavalo de Josquin? Ela dissera que me ajudaria a procurar; eu dispensava esse tipo de ajuda.

Já não sabia o que fazer. Só a ideia de continuar a busca me enojava. Preferiria desistir, ir para casa, ficar longe de todos. Mas, nesse caso, aquele terrível preço teria sido pago em vão. Decerto, cabia a mim fazer com que tanto sacrifício valesse alguma coisa.

Estirei-me pesadamente de costas na cama, o peso de meus pensamentos me mantendo pregada ao colchão. Com os pássaros cantando, adormeci.

Era meio-dia, pelo menos, quando acordei. Calculei a hora pelo sol nas janelas. Tomei banho e me vesti, com uma resolução cada vez mais firme na mente: não devolveríamos Gianni Patto a Goredd. Talvez ele tivesse se mostrado violento e imprevisível mesmo sem a intrusão de Jannoula, mas eu não conseguia tirar da cabeça que ela o influenciava. Eu não queria que Gianni Patto a conduzisse para perto de minha casa ou das pessoas que amava. Sentira isso em Donques; não deveria ter permitido que Josquin me convencesse do contrário. Iria falar com a Dama Okra, sugerindo-lhe que pedisse ao Conde Pesavolta para manter a criatura — e, portanto, Jannoula — trancafiados.

A criatura. Palavra feia. Eu tinha consciência disso, mas não conseguia pensar nele de outra maneira.

Eu, acidentalmente, negligenciara meu jardim na noite anterior; Abdo me aconselhara a tentar essa medida. Era doloroso me lembrar de Abdo. Pensei em ir até lá, mas os grotescos não estavam reclamando e eu talvez ganhasse uma dor de cabeça.

Se os grotescos não precisavam de mim, eu não precisaria visitá-los. Só iria lá para me acalmar e ocorreu-me que era o que vinha fazendo há muito tempo. Talvez o jardim sempre houvesse sido útil apenas para mim.

Desci as escadas. Nedouard e Blanche estavam sentados na sala de jantar da Dama Okra, lado a lado em camaradagem silenciosa. Viam-se instrumentos cirúrgicos, pedaços de metal e pratos sujos espalhados à sua frente sobre a outrora branca toalha de mesa, entre dois absurdos buquês de lilases. Blanche, que estivera enrolando um fio de cobre numa vareta de ferro, abriu um largo sorriso quando me viu e levantou-se imediatamente. Parecia mais saudável; ostentava um colorido róseo nas faces e suas escamas brilhantes já não lembravam tanto crostas de ferida. Arranjara um vestido verde-claro que também parecia mais sólido que suas roupas de costume.

— Olá, olá, você querendo café da manhã quiser, posso fazer eu — despejou ela num impressionante dilúvio de goreddi. — Cozinha cheia de comida.

Fiquei encantada com sua gentileza e alegria, e tive de engolir em seco antes de poder responder. Talvez, afinal de contas, houvéssemos feito algo que valia a pena.

— Obrigada, não estou com fome — consegui dizer finalmente. Blanche parecia intrigada com a noção de "não ter fome", mas voltou a sentar-se e recomeçou sua tarefa de enrolar o fio.

— Ela está remoendo suas próprias palavras — explicou Nedouard. Até ele parecia mais jovial sem sua máscara e seu avental de couro; vestia um fino gibão de lã e uma camisa de linho, como qualquer homem de algumas posses. Seus olhos sorriam, embora não seu bico, enquanto ele afiava uma serra enferrujada. — Seja bem-vinda — acrescentou, aparando delicadamente a unha do polegar na lâmina, para testá-la.

— A Dama Okra está? — perguntei, ansiosa por falar sobre o caso Gianni e resolvê-lo de uma vez.

— Na biblioteca — informou Nedouard, pondo de lado a serra e estendendo distraidamente a mão para um saleiro de prata. Remexeu o conteúdo com uma colherinha.

— Conversando ela com fantasmas! — exclamou Blanche, arregalando os olhos violeta.

O velho médico infectologista pousou a mão no braço de Blanche e falou-lhe baixinho. Ela concordou com um aceno de cabeça e se concentrou em seus fios.

— A Dama Okra ficou acordada a noite toda — informou Nedouard. — Conversando, ao que parece. Não deixou Blanche dormir.

— Conversando com quem? — indaguei, vendo-o despejar o sal num vaso de flores.

Nedouard ergueu para mim seus doces olhos azuis.

— Com ela mesma, suponho. Não é coisa incomum em gente tão velha, embora eu nunca a tenha visto fazer isso antes. Para mim, é mais inquietante ela estar tão alegre esta manhã.

— É de assustar, realmente — concordei, sem conter um sorriso. — Só vendo é que acreditarei, mas prometo ir ao fundo do problema.

Enquanto eu falava, Nedouard disfarçadamente enfiou o pequeno saleiro de prata por baixo da camisa. Lancei-lhe um olhar severo; e ele, percebendo logo a minha censura, tirou envergonhado o saleiro do esconderijo e recolocou-o na mesa.

— Muitos de meus pacientes são pobres demais para pagar — desculpou-se. — Acho que contraí o hábito de arrecadar contribuições onde as encontro, de pessoas a quem não fazem falta. É um costume difícil de perder.

Desconfiei que essa não era toda a verdade e que o saleiro desapareceria novamente sob sua camisa tão logo eu deixasse a sala. Consenti, porém, em dirigir-lhe um aceno de compreensão antes de sair à procura da Dama Okra que, segundo parecia, andava muito alegre.

Geralmente era fácil encontrar a Dama Okra em sua própria casa; aquela voz esganiçada lembrava muito, só por si, uma premonição, precedendo-a aonde quer que ela fosse. Ouvi-a falando quando me aproximei da biblioteca. Encostei a orelha na porta e captei perfeitamente as palavras: "...mais de cem anos achando que eu era única no mundo. Bem pode imaginar como me sentia só. Ora, você não precisa imaginar: você *sabe*".

Era uma conversa complexa demais para ela estar falando sozinha. Abri cautelosamente a porta. A Dama Okra estava sentada diante de uma bela escrivaninha de mogno aos fundos da biblioteca, rodeada de papéis e de pena na mão. Ergueu os olhos ao rangido da porta e sorriu magnificamente.

Devo ter dado um passo atrás, de susto. Não apenas pelo sorriso: não havia ninguém mais no recinto.

— Seraphina, entre! Que bom que já tenha acordado! — exclamou ela, apontando uma cadeira diante da escrivaninha. Examinei bem aquela confusão de pergaminhos, tinta, livros, penas e cera para lacrar. Não vi nenhum thnik. Com quem ela estivera falando?

— Estou elaborando um relatório completo de sua viagem e das despesas para o Conde Pesavolta — disse a Dama Okra, parecendo não notar minha perplexidade. — Não se preocupe, você não precisará tratar com ele. Mas pode assinar esta nota de agradecimento. — Acenou para que eu me aproximasse a fim de me entregar um papel e uma pena.

Sentei-me na cadeira de couro diante dela e passei os olhos pela página. Okra relembrava efusivamente todo o bem que o conde tinha feito ao me deixar viajar por Ninys; afirmava que Goredd estava em débito, mas não fazia nenhuma promessa específica. Parecia seguro assinar.

— Precisamos conversar a respeito de Gianni Patto — disse eu, devolvendo-lhe a pena e o papel.

— Não há com que se preocupar — garantiu ela. — Esta manhã providenciei sua libertação.

— Eu... eu... desculpe-me, mas... o quê? — gaguejei.

Okra confirmou o que dissera com um enfático aceno de cabeça.

— Tão logo ele esteja bem limpo, virá aqui.

— "Aqui" quer dizer mesmo *aqui*? — perguntei, mostrando o piso impecável.

— Tenho espaço. O conde o manteria nos estábulos, sem deixá-lo entrar na casa ou iniciar o longo processo de civilizá-lo — explicou ela. Parecia muito segura do que dizia.

— Não deveria trazê-lo para sua casa — adverti, esquecendo o choque e procurando me ater ao meu objetivo. — Foi um equívoco tê-lo trazido das montanhas. Ele é violento. Imprevisível. Não está no controle completo de si mesmo. — Estava também cheio até as bordas de Jannoula; eu ia lhe dizer isso, mas alguma coisa me fez hesitar.

Com *quem* ela estivera falando? Minha nuca formigava.

— *Você* não deveria se importar se ele ficará aqui ou não — disse a Dama Okra, semicerrando os olhos. — Sairá para Samsam amanhã bem cedo. Seus guias estão no palasho há uma semana, esperando-a, e Pesavolta quer que partam.

Tão depressa! Sem dúvida, não havia tempo a perder.

— Abdo estará em condições de me acompanhar? — perguntei. Súbito, lembrei-me de que prometera visitá-lo aquela manhã. Mas dormira muito.

— De jeito nenhum — respondeu a Dama Okra, parecendo escandalizada com a sugestão. — Precisa descansar por mais algumas semanas. Vou levá-lo para Goredd juntamente com Gianni, Blanche e Ned.

— Posso vê-lo antes de partir?

— No momento, está se submetendo a uma cirurgia para religar os tendões da mão — informou ela. — Não se preocupe: o doutor Belestros é o melhor médico de dragões que o conde poderia contratar.

Então eu não iria nem me despedir dele.

— E quanto a Josquin? — perguntei.

— Belestros sedou-o. Sentiu muita dor a noite inteira — lamentou a Dama Okra. Era o primeiro sinal de tristeza que dava por seu primo distante. Mas foi rápido. O sorriso reapareceu logo. — Ele também você não poderá ver. Mas escreva-lhe um bilhete. Sei que é seu amigo.

A Dama Okra despejara uma enorme quantidade de más notícias de uma vez; contudo, afora o choque e a tristeza, mais alguma coisa me incomodava. Tentei analisar meus sentimentos e descobrir o que era, mas sem sucesso até a Dama Okra dizer:

— Todo esse esforço no fim valerá a pena, Seraphina, quando estivermos juntos como convém.

Essa não podia ser a Dama Okra de modo algum.

A jovialidade. A nova atitude com relação a Gianni. A conversa que andara tendo consigo mesma...

Eu ficara tão preocupada com o ferimento de Josquin na noite anterior que não vira o que se passara bem diante de meu nariz. Antes de Gianni gritar ou de Josquin cair do cavalo, a Dama Okra tivera uma premonição.

Sua mente contatara Gianni e descobrira Jannoula.

Estudei a cara de batráquio da velhota. Aquela expressão de bem-aventurança não era a de Jannoula; ela não parecia Gianni quando Jannoula falava por intermédio dele. Blanche dissera que a Dama Okra não dormira; Jannoula teria passado a noite inteira conversando com ela? Persuadindo-a, manipulando-a... e mesmo mudando-a?

Se a Dama Okra houvesse sido contatada por Jannoula, como isso se dera? Do modo como eu ouvia a voz de Abdo? Ou Jannoula conseguira se insinuar nela mais profundamente, do jeito que fizera com Gianni e comigo? Lembrei-me de como ela alterara meus pensamentos e emoções, mas também de como essas emoções e pensamentos haviam se recomposto depois que ela se fora de vez.

Ela podia se instalar em minha cabeça e ouvir minhas conversas.

— Apareça, Jannoula — ordenei.

A expressão da Dama Okra se modificou imediatamente, os olhos de sapo se estreitando num ar de astúcia felina.

— Olá, Seraphina — disse ela, com a inflexão de Jannoula. — Acho que isto não é nenhuma surpresa, mas, mesmo assim, é agradável.

Surpresa ou não, aquilo me estarreceu.

— Liberte a Dama Okra. Já.

Jann-Okra sacudiu a cabeça, fingindo-se desapontada.

— Você sempre estragando as coisas! Por que, Seraphina? A mente da querida Okra me procurava. Tentei bater à porta, como faço com Gianni e outros inocentes desprevenidos, mas ela não respondeu. Estava entrincheirada; não vi outra maneira de entrar.

A Dama Okra insistia em não permitir que ninguém penetrasse em sua mente. Sem dúvida escutou a "batida" de Jannoula, mas sua natureza desconfiada a impediu de atender. Gianni não tinha sido tão esperto, mas quem seriam os "outros inocentes"? Alguém devia ter falado a Jannoula sobre minha busca.

— Tornei uma velhinha um pouco menos solitária — disse Jann-Okra. — Você sem dúvida a ouviu falando comigo. E como seria diferente? A voz dela parece a de uma mula!

Fechei a cara.

— Ouvi, sim.

— Por que então privá-la de minha companhia, se ela está gostando? — Lançou-me um olhar maldoso de esguelha, uma expressão bem própria da Dama Okra. — Sinto-me tentada a lhe dar uma lição, Seraphina. Posso lhe falar de novo em sua cabeça, por intermédio da Senhorita Exigente, e obrigar você a soltá-la, como fez com Gianni. Posso, em suma, forçá-la a expulsar todos de seu jardim, um por um, até você ficar verdadeira e completamente só. — Sorriu com amargura. — Você nunca valorizou sua sorte. Sua mente encontra os outros de maneira espontânea. Eu tenho que ir atrás, mas minha diligência acaba por colher uma boa safra. Procurei e encontrei. Vê-los a todos em sua mente me ajudou muito. Você foi o meu mapa.

— Por quê? — perguntei. — Por que está fazendo isso?

Ela pareceu ligeiramente surpresa.

— Quero o que você quer, Seraphina, nem mais nem menos: os meios-dragões enfim juntos. Buscamos a mesma coisa; considero-a minha colaboradora.

— Não estou fazendo isso por você! — protestei.

Ela não ouvia; seus olhos tinham ficado vítreos de repente. Suas faces enrugadas empalideceram e um brilho de suor apareceu em sua testa. Inclinei-me para a frente, segurando o fôlego, esperando que aquilo fosse a primeira salva em alguma guerra interior e que a Dama Okra iria resistir. Afinal, era uma mulher belicosa e eu não podia imaginá-la derrotada por Jannoula. Se alguém conseguisse vencê-la, seguramente...

Os olhos de Okra recuperaram o foco e a voz de Jannoula soou:

— Então essa é a sua famosa capacidade de premonição! Intrigante. E surpreendentemente lamentável. — Esfregou a barriga proeminente da Dama Okra e engoliu como se tentasse controlar a náusea. — Ainda assim, a visão foi agradável. Seraphina, você me ajudou, por vontade própria ou não, e daqui a pouco verá que eu também a ajudei.

Bateram na porta da frente.

Uma das criadas da Dama Okra passou correndo pela biblioteca para atender; ouviu-se uma troca apressada de palavras e o visitante avançou a passos sonoros pelo corredor em nossa direção. Jann-Okra comprimiu os lábios num sorriso tímido. Virei-me para a porta, de braços cruzados, sem saber quem ou o quê apareceria.

Era Od Fredricka. Seu cabelo vermelho estava ainda mais alvoroçado; tinha lama nos sapatos. Lançou-nos um olhar esgazeado, como se não dormisse há dias. Enveredou pela biblioteca, colocou as mãos no peito e caiu de joelhos aos meus pés.

— Seraphina, minha irmã! Graças a Todos os Santos encontrei-a a tempo — disse ela com voz rouca, em samsanese. — Nem sei como lhe pedir perdão. Fui horrível. Ri de você e maltratei-a. Disse aos monges que você era um monstro e eles mandaram segui-la.

Levei a mão à boca, horrorizada. Ali estava a responsável pelo sofrimento de Abdo.

— Fui solitária a vida inteira — queixou-se Od Fredricka, estendendo as mãos em concha como se eu pudesse derramar perdão sobre elas. — Ergui uma muralha contra o mundo. Mantive a dor a distância, mas também a bondade. Não acreditei... não conseguia... que você fosse minha amiga. Agora vejo o que é uma existência solitária. — A pintora arrastou-se a meus pés. — Não quero morrer sozinha. Quero que todos estejamos juntos. Perdoe a minha hostilidade injusta.

Olhei rapidamente para a Dama Okra, que ergueu as mãos num gesto de impotência e disse na voz de Jannoula:

— Não posso lhe dar apoio. Não consigo ocupar mais de uma mente ao mesmo tempo. Não consigo sequer cuidar de mim mesma quando me instalo na cabeça da Dama Okra. Pelo que sei, meu corpo está sendo devorado por lobos neste instante.

Ignorei aquele melodrama.

— O que você fez com ela? Alterou sua mente.

— Apenas abri algumas portas e mostrei-lhe uma verdade que ela escondia de si própria. A solidão é parte de sua natureza.

— Agiu contra a vontade dela.

Jannoula fez a Dama Okra dar de ombros.

— Se a vontade de Od Fredricka for a de ser uma aberração infeliz, então é uma vontade de merda. Não tenho nenhum escrúpulo em contrariá-la.

Od Fredricka não entendia o goreddi, mas ouviu seu nome. Levantou a testa do chão e perguntou:

— O quê?

A Dama Okra pareceu por um instante alheada de tudo, depois piscou várias vezes, agarrada aos braços da cadeira como se estivesse fraca e tonta. Analisei bem seu rosto, perguntando-me se aquilo não seria o fim da possessão ativa de Jannoula. Talvez fosse, mas eu sabia que a atenção de Jannoula poderia ter recuado passivamente para as profundezas da cabeça de Okra, observando tudo com seus olhos e ouvidos.

A Dama Okra se levantou com dignidade e deu a volta à mesa.

— Minha querida, querida amiga — disse ela, pegando as mãos de Od Fredricka e erguendo-a gentilmente do chão. — Como é bom estarmos juntas finalmente!

Abraçaram-se como irmãs que há tempos não se viam. Virei-me de costas, uma mistura nauseante de emoções se agitando em minhas entranhas.

Era o que eu sempre quisera: meu jardim, os meios-dragões se amando como uma família. Mas poderia querer isso agora?

Dez

Saí da biblioteca para descobrir Blanche e Nedouard postados no corredor com os olhos arregalados e inquietos.

— Estávamos espreitando — sussurrou Nedouard.

— Voz dela como de burro! — disse Blanche. — Tem fantasma na cabeça?

Passei os braços em volta de seus ombros e voltamos para a sala de jantar.

— Outro meio-dragão, chamado Jannoula, encontrou uma maneira de infestar as mentes dos outros — expliquei com calma. — Algum de vocês a ouviu chamar?

Nedouard negou enfaticamente, mas Blanche deu um grito, alarmada. Ergueu as mãos e aplicou umas pancadinhas de leve em minha cabeça. Entendi: Jannoula dissera que "batia".

— Mantê-la fora é tão fácil quanto não atender a porta? — perguntou Nedouard.

— Talvez — respondi, embora achasse que não. Jannoula enganara a Dama Okra fazendo-a se aproximar. Poderiam todos os ityasaari aproximar-se com seu fogo mental? Quantos de nós havíamos feito isso sem perceber?

Blanche aninhou a cabeça em meu ombro, chorando baixinho. Nedouard quis saber:

— O que essa Jannoula pretende conseguir invadindo a mente das pessoas?

— Afirma que quer ver todos nós juntos — respondi. — Assim como eu. Eu, porém, não confio muito. — Tentei sorrir, mas não tinha estômago para isso. Deixei os dois cochichando e subi desanimada para meu quarto. Devia me preparar para Samsam.

Partiria na manhã seguinte. Não havia como escapar disso. Pus mãos à obra, ajudando as criadas a lavar minhas roupas e estendê-las num varal esticado no pátio das carruagens, mas minha mente estava longe. Sentia-me inquieta.

Parecia inútil reclamar da ida de Gianni para Goredd; a Dama Okra era a embaixadora ninysh e eu não podia impedir que voltasse para Goredd com Jannoula dentro de seu crânio. Kiggs e Glisselda precisavam saber o que estava por vir. Após pendurar as roupas, voltei ao meu quarto, peguei meu colar-amuleto e girei o pequeno botão do nó de namorado.

— Castelo de Orison, identifique-se, por favor — atendeu Glisselda segundos depois. Devia estar sentada à escrivaninha; era cedo, bem mais cedo do que eu costumava chamá-la.

— Sera... — comecei.

— Phina! — gritou ela. — Como é agradável ouvir sua voz! Está em Segosh? Abdo ficará bom?

Eu não só me esquecera de cuidar de meu jardim como não me comunicara com a rainha na noite anterior.

— Está sendo operado. A Dama Okra acha que sua mão ficará perfeita, mas ele precisa descansar. Permanecerá aqui e voltará para Goredd em poucas semanas.

— Lamento muito — disse Glisselda. — Cuidaremos bem dele, prometo.

De pé diante da janela, eu contemplava a rua. Uma patrulha do Conde Pesavolta passou. Mudei de assunto:

— O Príncipe Lucian está com você?

— Não, saiu para fazer umas prisões — respondeu ela. — Demos aos Filhos de São Ogdo dois dias para deixarem a cidade. Muitos se foram pacificamente, graças aos Céus; mas uns poucos resolveram complicar as coisas para os Escavadores, os cidadãos que estão tornando nossos túneis novamente habitáveis. Os Filhos sabotaram alguns suportes, provocando um desmoronamento. Um buraco engoliu metade da abside da igreja de São Jobertus.

— Doce lar celeste! — exclamei. — Alguém se machucou? Os dragões eruditos...

Ela me interrompeu, rindo:

— A *nova* igreja de São Jobertus, vazia na ocasião. Os Filhos não ousariam rastejar debaixo da velha, no Buraco dos Quigs. Está cheia de quigs — explicou, com sua voz esganiçada. — Lucian sabe a quem procurar, mas não posso dizer mais nada sobre o assunto. É arriscado, embora eu não consiga imaginar que um Filho de São Ogdo tenha um aparelho de quigutl para interceptar nossa conversa. Creio que ele morreria de vergonha por causa da ironia da situação.

— Seria ótimo, mas acho que não — repliquei, com um risinho maroto.

— Muito bom — disse Glisselda. — Isso a fez rir. Parecia tão séria! Poderia até passar por um dos coitados que se matam de trabalhar nos túneis em plena escuridão.

Poderia mesmo. Eu me sentia quase como um deles.

— Tenho mais notícias — avisei, encostando a testa na vidraça. Respirei fundo e falei-lhe sobre Jannoula; contei tudo, desde minha luta até seu domínio sobre Gianni Patto. Que Jannoula trouxera Od Fredricka de Pinabra e modificara a personalidade da Dama Okra. Que ela pretendia reunir todos os meios-dragões.

Glisselda ficou em silêncio por um bom tempo.

— Phina, você deveria ter nos contado — recriminou por fim.

— Sinto muito. Eu não sabia que ela tinha voltado — expliquei, desanimada. — Ignorava que ela pudesse achar os outros, que tencionasse reuni-los ou...

— É claro — disse Glisselda, agora aparentemente em sintonia comigo. — Não foi o que eu quis dizer. Você deveria ter nos contado como Jannoula a feriu.

— Por quê? — perguntei, com um aperto na garganta.

— Porque somos seus amigos e poderíamos tê-la ajudado a enfrentar a situação — respondeu ela. — Sei que Lucian sente a mesma coisa e é o que lhe diria se estivesse aqui.

Não era do meu feitio me abrir com ninguém. Só o tio Orma, meu único confidente por anos, sabia de Jannoula — e não sabia tudo. Não entenderia meus sentimentos.

Esquecera-me de que outras pessoas talvez se importassem com o que acontecia em meu coração.

As palavras de Glisselda eram tranquilizadoras, mas eu estava melhor antes que ela as dissesse, quando guardava tudo comigo. A simpatia parecia servir apenas para trazer à tona a dor que eu ocultava — todos os sentimentos que não exprimia.

Glisselda era uma rainhazinha muito esperta; conseguiu sacar alguma coisa de meu silêncio.

— Diga-me — começou ela, mudando capciosamente de tom —, Jannoula consegue afetar dessa maneira a mente de todos ou só dos ityasaari?

Afastei-me da janela, esfregando os olhos com uma das mãos.

— Hum... Só dos ityasaari, pelo que sei. Do contrário, ela teria forçado seus carcereiros a soltá-la da prisão. — Presumi que Jannoula ainda estivesse presa; não punha os olhos nela há cinco anos.

— O que ela quer? — perguntou Glisselda. — Por mais agradável que seja ocupar a mente de Gianni Patto, não creio que isso constitua um fim em si mesmo. Ela não pode pretender passar todo o seu tempo sendo outras pessoas.

— Jannoula gostaria de ser eu para sempre — confidenciei, com voz trêmula.

— Mas para quê? Só para escapar da prisão ou para fazer alguma coisa errada? Quero dizer, ela era egoísta e insensível ou conscientemente má?

O tipo de pergunta que Lucian Kiggs teria feito. Andei de cá para lá na frente da janela, refletindo. Haveria alguma diferença entre fazer o mal e ser mau? Eu ainda me compadecia da situação de prisioneira de Jannoula, de sua dor e tormento, e sentia remorso por tê-la mandado de volta ao calabouço. Se o sofrimento que ela experimentava diariamente pervertera seu senso do certo e do errado durante o tempo em que convivíamos, até onde teria chegado agora essa perversão?

— Não acredito que Jannoula seja irrecuperavelmente má — respondi devagar —, mas ela faria qualquer coisa para escapar da prisão. Talvez a mente de Gianni não fosse ideal a longo prazo e por isso ela agora se apossou da de Okra. Isso é poder concreto. A embaixadora goza da confiança do Conde Pesavolta... e da sua.

— Da minha, não mais — rebateu Glisselda. — Mas entendo. Ela está voltando para Goredd.

— Todos estão, até Od Fredricka, se é que você ainda pretende levar adiante a Armadilha de Santo Abaster — disse eu, sentando-me na beira da cama.

— Acha que não deveríamos? — perguntou Glisselda.

Fechei os olhos. Gostaria de dizer: *Não, não deveríamos de modo algum. Não sabemos o que ela irá fazer.* Mas eu não confiava em meu tirocínio; o problema exigia um par de olhos mais lúcido, mais objetivo.

— Parto para Samsam amanhã — informei. — Vou prosseguir na busca até você me chamar de volta. Conte tudo ao Príncipe Lucian. Ele terá alguma ideia, como sempre tem.

— Sem dúvida — concordou ela, em tom mais animado. — E ordeno que não se preocupe à toa.

— Ouço e obedeço — brinquei, a despeito de mim mesma; à toa me dava espaço de manobra.

— Beijo-lhe o rosto — disse Glisselda — e Lucian também, se estivesse aqui.

Desliguei o thnik e voltei para a cama, tentando reunir todas as minhas partes dispersas. Estava feliz pela amizade corajosa e inabalável de Glisselda; aborrecida por saber que Kiggs iria ouvir minha história de outros lábios; e triste por causa daquele sabor especial de amargura que me dominava quando sentia dó de Jannoula. Lembrei-me de seus braços queimados e cheios de bolhas. Até certo ponto, ela não podia deixar de ser o que era, tanto quanto Gianni Patto. Nossa história — e meu medo — se metiam no caminho de minha tentativa de raciocinar com ela; mas, e se Kiggs e Glisselda conseguissem conquistar sua confiança e cooperação? Devia haver alguma maneira de fazer isso funcionar.

Insatisfeita, obriguei-me a saltar da cama e fui pegar minhas roupas.

☙❧

Gianni Patto chegou à casa da Dama Okra logo após o jantar, de calças bufantes e gibão feitos da lona de uma barraca. Além disso, estava com as sobrancelhas, a barba e o cabelo aparados. Respirava ruidosamente pela enorme boca vermelha e seus olhos claros giravam, dispersos. A Dama Okra serviu-lhe um jantar tardio, falando suavemente enquanto remexia um verdadeiro mar de molho de nabos para ele. Gianni era tão alto que precisou se sentar no chão, sobre as garras dos pés, para comer à mesa; não tinha noção alguma de talheres. Okra cuspia num guardanapo e limpava-lhe o rosto emporcalhado. Não pude olhar mais. Apressei-me a ir para a cama, dando a partida bem cedo como desculpa, e ninguém sentiu minha falta.

Lavei minhas escamas e cuidei de meu jardim; e mal adormecera quando fui despertada pelo matraquear da janela. Abri os olhos com dificuldade, fechei-os de novo e me sentei de um golpe, ao me dar conta do que vira.

Alguém subia na minha janela.

Não se assuste, disse uma voz conhecida em minha cabeça. *Sou eu.*

Levantei-me rapidamente para ajudar Abdo a entrar. Por um instante ficamos estreitamente abraçados, sem dizer nada; eu podia sentir que sua mão esquerda, nas minhas costas, estava totalmente enfaixada. Por fim, afastei-me e fechei a janela. Abdo atravessou o quarto e se deixou cair aos pés da cama, rindo com gosto.

— Deduzo, de sua entrada pouco ortodoxa, que você empreendeu uma saída igualmente não autorizada da enfermaria do palasho — recriminei, sentando-me ao seu lado.

Precisam de mais guardas naquele palasho, disse Abdo, brincando com um cacho de seus cabelos. *Qualquer malandro pode entrar ou sair facilmente.*

A meu ver, a maioria dos malandros acharia as paredes do palasho um obstáculo bem mais sério.

— Não quero jogar água fria em seu entusiasmo — prossegui, injetando um pouco de severidade fraternal em minha voz e apontando para seu pulso enfaixado —, mas me disseram que depois da operação você deveria descansar durante algumas semanas. Por mais que eu queira levá-lo comigo, não posso, em sã consciência, arrastá-lo para Samsam caso seu braço...

O doutor Belestros ainda não fez a cirurgia, revelou Abdo, parecendo surpreso. *Ia fazê-la amanhã.*

Abri a boca e fechei-a. A Dama Okra mentira para mim.

Para quê? Para que eu partisse sem ele? Para que ela — ou Jannoula — o levasse a Goredd e o mantivesse sob vigilância, dominando sua mente à vontade?

Abdo levantou o membro ferido, enfaixado do cotovelo aos dedos. *Não dói. De qualquer forma, as possibilidades de cura eram só de cinquenta por cento. Li isso nas notas do médico.*

— Você deveria arriscar — disse eu. — Como fará de novo suas paradas de mão?

Com uma mão só, gabou-se ele. *Quero acompanhá-la, madamina Phina. Como encontrará seus ityasaari samsaneses sem mim? Quem a apresentará aos de Porfíria ou os persuadirá a vir para o sul? Você não pode chegar lá e lhes dar ordens.*

Percebi uma nota dissonante em sua voz.

— Está com saudade de casa? — perguntei. — Tem de fazer a operação e só depois regressar, sozinho.

Não até ir a Goredd com a Dama Irritada. Não até sua guerra terminar. E, em tom choroso: *Sinto saudades de Porfíria. Da tia Naia, do mar, de minha cama, das beringelas, do... Mas isso não importa. Quero mesmo é ficar com você.*

Peguei sua mão enfaixada entre as minhas.

— Vamos perguntar a Nedouard se será muito difícil cuidar de seu pulso em viagem. Se ele disser que você pode ir...

Abdo deu um pulo e correu para a porta.

— Silêncio! — sussurrei, seguindo-o. — Não quero que a Dama Okra saiba de sua presença aqui. — Ela (ou Jannoula) não desejava que Abdo fosse comigo para Samsam.

O quarto de Nedouard ficava no sótão. Subir o corrimão com uma mão só nem sequer diminuiu o ritmo de Abdo. Uma réstia de luz ainda aparecia sob a porta do médico, que respondeu à batida de Abdo imediatamente. O rosto pálido e fantasmagórico por trás dele era o de Blanche, cujos olhos se iluminaram ao ver Abdo.

— Mais gente com insônia! — resmungou Nedouard. — Entrem, entrem.

O teto inclinado tornava o ambiente ainda menor do que realmente era. O médico levara todos os seus pertences para lá: frascos, cadinhos, tubos de vidro, ingredientes de farmácia e — acomodados em fendas das paredes — uma coleção de objetos brilhantes.

Vi uma das aranhas mecânicas de Blanche estatelada no chão, como se a estivessem dissecando. Ela notou que eu observava a engenhoca e disse:

— Triste ao ouvir que Josquin estar quebrado. Precisa talvez de uma aranha, de pernas de aranha, não? Para pôr nele.

Acenei com a cabeça em sinal de dúvida, pois não entendera muito bem. Nedouard, com seus olhos azul-claros por trás do bico recurvo, disse:

— Muita bondade sua pensar nele, irmã. — Blanche sorriu de leve e guardou a aranha num saco. Abdo ajudou-a e ela beijou sua testa antes de sair do quarto.

— Ela é uma criaturinha muito tímida — disse Nedouard, esfregando seu crânio cheio de manchas amareladas. — Não é nada pessoal. Em que posso ajudá-los?

— Queremos saber se Abdo está em condições de viajar — expliquei.

Claro que estou, disse Abdo em minha cabeça; mas Nedouard, alheio à nossa conversa, puxou uma cadeira para o rapaz e sentou-se diante dele, num banco. Abdo se acomodou, resmungando, e estendeu o braço.

Nedouard desfez as bandagens e declarou:

— Ótimo.

— Ótimo? — estranhei, inclinando-me para observar. A parteira de Donques dera o melhor de si; o doutor Belestros removera os pontos, deixando uma cicatriz protuberante e nodosa.

— Ainda dói? — perguntou o médico. Decorreu um bom tempo, enquanto Abdo falava em sua cabeça. — O risco de infecção passou, mas o local ainda ficará dolorido. — Outra pausa longa. — Os tendões grudaram nos lugares errados. Será muito difícil soltá-los. Não sei o que Belestros, aquele dragão arrogante, pensava poder fazer. — Pausa. — Talvez no Tanamoot. Em seu próprio país, os dragões têm equipamento avançado.

Nedouard se levantou e foi até um armário, de onde tirou um unguento e sabão.

— O mais importante é manter a ferida limpa — recomendou. — Nós subestimamos o valor da higiene nas Terras do Sul e pagamos caro por isso. — Entregou os produtos a Abdo. — Leve isto e vá dormir. Seraphina, posso falar com você a sós?

— Claro — respondi. — Abdo parecia irritado, mas fez o que Nedouard ordenava. O médico me convidou para a cadeira que ele deixara vazia.

— Blanche não precisa de ajuda com sua máquina... como se eu pudesse ajudar! Está com medo — disse ele em voz baixa. — Eu também, e preocupado com a Dama Okra. Não há nada que possamos fazer por ela?

A pergunta evidenciava sua bondade.

— Não vejo como — desabafei, em desespero. — A Dama Okra poderia sem dúvida resistir a Jannoula, mas não parece disposta a isso.

— Você consegue expulsar Jannoula de sua mente depois que ela entra? — perguntou o doutor.

— Já fiz isso, mas foi difícil. Precisei recorrer à astúcia e arranjar um lugar para confiná-la. Não creio que funcione de novo, pois agora ela está precavida.

— Bom saber que é possível — disse Nedouard, brincando com um botão de seu casaco. — Quando ouço a voz de Abdo em minha cabeça, não há como calá-la. Temo não conseguir manter Jannoula fora quando ela se aproximar.

— A voz de Abdo deve ser como a batida dela — ponderei, pensando rápido. Isso não me havia ocorrido até o momento. — Abdo não pode manipular seu corpo ou ouvir seus pensamentos, exceto os que você lhe endereça em resposta a alguma pergunta.

— Nem esses ele ouve — disse Nedouard, levantando-se. — Sempre tenho de lhe responder em voz alta.

Percebi, de súbito, que era o caso igualmente de Lars e da Dama Okra. Isso também nunca havia ocorrido. Pensava que respondiam em voz alta para eu ouvir.

Abdo podia escutar minhas respostas em sua cabeça; mas, de qualquer forma, ele já estava em minha mente.

— É encorajador — raciocinei. — Verdadeiramente encorajador. Talvez Jannoula não consiga ir mais longe que isso se você não a deixar entrar.

A Dama Okra não gostara nada de ouvir a voz de Abdo; achava-a invasiva. Lembrei-me então de que ele falara alguma coisa a respeito de alterar a memória da Dama Okra. Significaria isso que podia penetrar nas mentes até o fundo se quisesse, fosse convidado ou não? Eu não tinha certeza.

— Se você escutar a voz de Jannoula, não responda — recomendei, esperando que isso fosse suficiente.

— Parece fácil demais — observou Nedouard, sério. — Mas como a Dama Okra foi dominada?

— Sua mente se entrega de modo involuntário — expliquei. — Fornece-lhe prognósticos e, aparentemente, torna-a vulnerável. Assim, Jannoula conseguiu pegá-la.

— A Dama Okra nunca se entregou a ninguém... como amiga, quero dizer. Detestava até esse excesso de vulnerabilidade — disse Nedouard, sacudindo a cabeça calva. — Confesso que acho semelhante atitude intrigante. O que nos faz ser o que somos?

— Você se refere aos escrúpulos da Dama Okra ou ao fato de Jannoula possuir a mente de outras pessoas? — perguntei, vendo-o se levantar e cruzar o sótão em direção à cama.

— Às duas coisas — respondeu ele. Ajoelhou-se ao lado da cama e começou a vasculhar sob o colchão. — E também ao estranho camarada viciado em pegar objetos que não lhe pertencem. — Achou o que procurava: um pergaminho enrolado e dobrado, e um objeto brilhante. Olhou-os com ternura. — Estamos irreparavelmente despedaçados, Seraphina, ou poderemos ficar inteiros de novo?

Com mãos trêmulas, ele depositou em meu colo a carta e um anel de prata com uma pequenina pérola engastada. Meu coração se acelerou quando vi a caligrafia angulosa; era de Orma. Peguei as mãos de Nedouard nas minhas — para acalmá-lo, para agradecer-lhe. Ele se desvencilhou, dizendo apenas:

— Isso apareceu aqui enquanto você estava viajando. Perdoe-me.

Fechei o anel na mão e ele desviou os olhos.

— Boa viagem — murmurou.

Beijei sua fronte pintalgada e saí. Estrelas brilhavam através da janelinha ao pé da escada.

☙❧

Abdo, adormecido, usurpara minha cama inteira. Era de admirar como uma criatura tão pequena exigia todos os cobertores.

Acendi uma lanterna com um tição da lareira e abri a carta. A luz era fraca, mas não me importei. Detive-me em cada palavra e o esforço só me deu alegria.

> *Eskar me conta que você estava bem quando ela a deixou e que seguiu meu conselho de procurar os ityasaari. Não sei bem qual é a sua rota, mas presumo que, se lhe enviar esta aos cuidados da Dama Okra, você acabará recebendo-a.*
>
> *Tenho poucas notícias. Eskar já começou a sondar os exilados aqui, recrutando-os para a causa de Comonot. Acha que ele mudará de atitude e quer estar pronta quando isso acontecer. Não insisto em sua irracionalidade, embora ela me dê uma certa satisfação. Minha busca continua a passo acelerado. Estou ansioso para que você volte. Certas coisas só podem ser ditas pessoalmente. Eskar acha que eu não devia escrever, que isso é muito arriscado, muito intempestivo.*

Sorri, tentando imaginar o tio Orma intempestivo, a não ser pelos padrões dos dragões. Ele continuava:

> *Mas escrevo assim mesmo porque é preciso arriscar. Estou anexando um objeto. Guarde-o, é da maior importância: ele, mais nada, é igual a tudo.*

Era só. Virei a página; Orma nem sequer assinara seu nome.

Examinei o anel à luz da lanterna. Seria um comunicador quigutl? Nesse caso, eu tinha de concordar com Eskar: era um risco desnecessário. Ele estava se escondendo dos Censores e thniks podiam ser rastreados. O anel tinha uma única pérola minúscula engastada em prata, mas nenhum botão que eu pudesse ver. Por dentro, só havia inscrita a marca do ourives. Talvez a própria pérola fosse o comutador. Tomei cuidado para não tocá-la nem comprimi-la. Enfiei o anel em meu indicador, onde ele parou na segunda articulação. Combinava bem com o rosado de minha mão direita. A pérola piscava para mim.

Eu guardaria o anel, sem dúvida. O motivo, com certeza, ficaria claro a seu tempo; e o objeto em si — além de qualquer coisa — era lindo.

Abdo roncou alto. Deitei-me devagarinho a seu lado, ou foi o que pensei, pois tanto bastou para ele se mexer. *Pare*, resmungou, virando-se para o canto.

— Preciso rever o meu porfiriano — sussurrei-lhe. — Meu tutor me ensinou alguma coisa, mas...

Os sulistas não podem falar essa língua, disse Abdo, em pleno sono. *Difícil demais para suas frágeis mentes estrangeiras. Há seis gêneros e sete casos.*

Aquilo me soou familiar. Estiquei-me na metade descoberta da cama e tentei me lembrar: masculino simples, feminino simples, masculino emergente, feminino emergente, neutro cósmico. Nominativo, acusativo, genitivo, dativo... Locativo? Evocativo? Pelos cães dos Santos, eu nunca fora boa naquilo.

Mas Orma estava em Porfíria. Isso valia toda a gramática do mundo.

Primeiro, devíamos nos ocupar de Samsam.

Onze

Abdo e eu, em roupas de viagem, aguardávamos no patamar da escada da casa, tiritando na neblina do amanhecer. Apanhei as bagagens o mais silenciosamente possível; não vi a Dama Okra e achei melhor assim.

Presa entre Nedouard e a sonolência, não contara a Abdo sobre Jannoula na noite passada. Tentaria explicar tudo agora.

— Lembra-se de que a mente de Gianni Patto tinha uma cor esquisita? É que estava misturada com a de um outro ityasaari: Jannoula. Esta o possuía e o obrigava a fazer o que ela quisesse.

Conheço esse nome, disse Abdo, retorcendo a boca enquanto refletia.

— A mulher que bani de meu jardim — lembrei-o.

Ele arregalou os olhos. *Era Jannoula? Em casa, em Porfíria, ela costuma entrar em outros ityasaari e o velho sacerdote, Paulos Pende, a põe para fora.*

— Há... há quanto tempo isso acontece? — gaguejei, espantada.

Abdo fungou como um cavalo resfolegante. *Não sei. Ela é, sem dúvida, um aborrecimento. Pende agarra-a como se fosse um piolho. Mostrou-me como.*

Antes que eu pudesse perguntar mais alguma coisa, uma cacofonia de ferraduras percutindo o chão nos interrompeu. Nossa escolta samsanesa virou a esquina: um velho caçador com roupas de couro manchadas, uma faca de aparência assustadora presa à perna e uma trança grisalha caindo-lhe pelas costas; atrás, puxando mais quatro cavalos, um soldado de cabelos escuros com o traje negro dos samsaneses, um florete na cinta e um sorriso nos lábios.

O Regente de Samsam, reconhecidamente mesquinho, nos mandara apenas dois homens. Tomara que fossem suficientes para nos proteger dos samsaneses, famosos pela intolerância.

O homem mais jovem acenou para mim e gritou suficientemente alto para me assustar:

— Bom dia, *grausleine*! Nosso Regente nos envia para levá-la, e ao garotinho, até Samsam.

Garotinho é você, resmungou Abdo, cruzando os braços finos.

Os homens pararam diante da casa.

— Sou Rodya — continuou o jovem espadachim jovialmente, sem ligar para a carranca de Abdo. — Este caladão aí (rá, rá!) é meu camarada, Hanse; mas não temam, somos homens habilidosos e responsáveis. — Parecia se deliciar com esse palavreado. — O Regente quer que estejamos no Erlmyt no Dia de Santo Abaster e lá estaremos, depois de uma viagem rápida e segura. — Apontou para o coração. — É a nossa promessa.

O Dia de Santo Abaster seria dali a duas semanas apenas. Desejei do fundo da alma que ele estivesse certo.

Hanse, o velho caçador, desmontara silenciosamente e colocava nossa bagagem no cavalo de carga; corroborou a promessa com um aceno de cabeça; acenei-lhe em resposta.

Rodya tentou ajudar Abdo a montar. Abdo passou por baixo do cavalo e montou pelo outro lado, rindo do espanto de Rodya. Este não era o único confuso; o cavalo também se assustou com a manobra, resfolegando e dando voltas; mas Abdo acariciou sua crina e encostou o rosto em seu pescoço para acalmá-lo.

— Ah, então você entende de cavalos! Muito bom — exclamou Rodya, rindo. Virou-se para me ajudar a montar e deixei que ele o fizesse, de dó.

— Quer dizer que você não tem intenção alguma de se despedir? — guinchou uma voz às nossas costas. A Dama Okra surgiu no alto da escada, com as mãos nos quadris e lançando chispas pelos olhos. — Abdo não pode acompanhá-la. Está ferido.

Oh, está mais clara nela do que no selvagem, disse Abdo em tom sério, apertando os lábios. *Sua luz ânimica era embaçada, mas adquiriu duas cores, uma girando em volta da outra. Talvez seja apenas uma questão de...*

— Abdo, pare — adverti, mas era tarde demais. Ele falara e a contatara ao mesmo tempo, e agora apertava a cabeça com ambas as mãos, como se sentisse dor. Desejei ter sua visão mental ou pelo menos um vislumbre do que se passava, tacitamente, entre ele e a Dama Okra. A expressão dela, sempre volátil, ia do horror à angústia, ao triunfo e novamente ao horror em poucos segundos. Recuou um passo, os olhos esbugalhados de *spaniel* e a boca pavorosamente retorcida.

— Está certo — rugiu ela, olhando para o nada. Seu rosto estava esverdeado. — Viajem. Ótimo. Tudo bem. — E entrou na casa.

Olhei para Abdo, que me pareceu muito pálido. Um de seus cachos serpenteava grotescamente sobre a testa, como se ele acabasse de sair de uma briga.

Abdo, fale comigo!, gritei, com o coração batendo forte. *Jannoula se apossou de você?*

Ele virou o rosto e sacudiu a cabeça como um nadador com água na orelha ou como se tentasse ouvir Jannoula matraqueando nas imediações. *Não, consegui afastá-la*, respondeu.

Respirei aliviada. O pouco treinamento que Abdo recebera no templo o colocara bem à frente de qualquer ityasaari sulista, pelo que eu via. Nenhum outro conseguia avistar o fogo mental ou falar na cabeça das pessoas; fora Abdo, em grande medida, que achara um meio de criar a Armadilha de Santo Abaster. Se alguém podia manter Jannoula a distância, era ele.

No entanto, eu não podia deixar de sentir que meu amigo tivera agora muita sorte.

Seu olhar denunciou certo embaraço. *Mas não posso desligá-la da Dama Okra. O motivo, ignoro. O princípio é tão sólido!*

Talvez você possa consultar o sacerdote quando chegarmos a Porfíria, sugeri.

Não, obrigado, retrucou ele com tristeza. *O sacerdote apenas me diria que preciso treinar mais.*

— Está bem — concordei em voz alta, tentando me recuperar. — Já é hora de partirmos.

Hanse, o velho caçador, estivera o tempo todo nos observando com ar inexpressivo, coçando o queixo barbado e esperando que nos decidíssemos. O jovem Rodya traduziu minhas palavras e o velho assentiu, virou o cavalo na direção do oeste e guiou-nos para fora dos portões da cidade e pelos campos a caminho de Samsam.

☙❧

Eu não queria nenhuma outra surpresa como Gianni Patto. Acreditava que havia apenas um ityasaari em Samsam, um homem de meia-idade, careca, forte e de óculos quadrados. Vestido, parecia corcunda; tive o privilégio duvidoso de observá-lo no banho e notei que apresentava vestígios de um par de asas, membranosas como as de morcego, cuidadosamente dobradas às costas. Em meu jardim, eu o chamava de Bibliotecário porque nunca o vira sem um livro na mão — nem mesmo na banheira. Morava numa casa em ruínas num vale tristonho, onde sempre parecia estar chovendo.

— Localiza-se nas Terras Altas samsanesas — dissera Lars quando descrevi o vale para ele.

— As Terras Altas são vastas — observei, olhando para o mapa estendido sobre a escrivaninha de Viridius, dois dias antes do início da jornada. — Você poderá ser mais preciso se eu lhe der mais detalhes? Há uma aldeia próxima, um rio e...

Lars rira, batendo na mesa com sua mão vigorosa.

— Todas as casas grandes ficam perto de uma aldeia e um rio. Temos um provérbio: "Nas Terras Altas, cada homem é conde de seu próprio vale". Ou seja, há muitos vales. É também uma piada grosseira em samsanese.

— Acho que não preciso que me explique — disse eu.

— E os vales têm vales, Phina. Você poderia procurar durante meses. — Pousou um dedo na borda meridional dos planaltos. — Por isso precisa ir a este lugar, Fnark, onde está o túmulo de Santo Abaster. No Dia de Santo Abaster, todos os condes se reúnem ali em conselho, que recebe o nome de Erlmyt.

— Um dia só? — Com os tropeços da viagem, seria difícil chegar tão rápido.

— Não, o conselho pode durar uma ou algumas semanas, mas isso não é garantido. Começa no Dia de Santo Abaster. Então você verá todos os condes juntos e encontrará aquele que procura.

— Você tem certeza de que ele é um conde?

Seus olhos cinzentos cintilaram.

— Quem mais, nas Terras Altas, teria tantos livros?

— E se ele não for ao encontro? — perguntei. — Parece do tipo solitário.

Lars sacudiu seus ombros robustos.

— Então talvez outro conde o conheça, o que economizará para você meses de investigação. Eis sua melhor chance.

Não tive coragem de fazer a Lars a outra pergunta que imediatamente me ocorreu: "E se seu meio-irmão, Josef, Conde de Apsig, estiver no encontro?" Josef e eu não nos despedimos em bons termos após os acontecimentos de meados do inverno; ele desprezava os meios-dragões e eu não apreciava muito prováveis assassinos.

Se o Conde Josef comparecesse ao Erlmyt, se soubesse que o Bibliotecário era meio-dragão como eu... seria difícil imaginar a turbulência que isso poderia provocar.

ɔʒɮc

Eu exageraria se afirmasse que o céu escureceu no momento em que cruzamos a fronteira samsanesa — exageraria, mas não muito.

Na quinzena seguinte, enquanto nos apressávamos para Fnark em meio a pastos alagados e campos pedregosos de centeio, tentei não pensar no Conde Josef, embora minha experiência com ele seguramente afetasse o tratamento que dava aos nossos guias samsaneses. Não confiava neles. Até os Oito, ninysh relativamente tolerantes, não se sentiam à vontade viajando com dois meios-dragões. Eu achava que Hanse e Rodya, oriundos da terra natal de Santo Abaster, não deveriam ficar sabendo muita coisa a nosso respeito. O Regente, ao que tudo indicava, não lhes contara que íamos à procura de um meio-dragão; eles só sabiam que precisávamos chegar ao Erlmyt a tempo. E era só o que ficariam sabendo.

Eu não admitia que falava samsanese, com isso errando por excesso de precaução.

Toda noite era chuvosa, todo dia era enevoado. A chuva começava à tarde. Parávamos em estalagens, quando existiam, mas metade do tempo tínhamos de acampar. Todos os nossos pertences foram ficando úmidos. Os dedos de nossas mãos se enrugavam nas pontas e eu nem me atrevia a olhar os dedos dos pés. Pelo menos, não fazia frio; o Dia de Santo Abaster caía justamente no momento em que surgiam os primeiros sinais do verão.

Rodya, envolto num oleado e com um chapéu de abas largas cheio de gotículas de chuva saltitantes, era uma fonte inesgotável de brincadeiras.

— Em Samsam temos duas estações: chuva e neve. As coisas melhoram ao longo da costa: uma semana ensolarada em cada verão!

Se ele contar mais uma piada sobre chuva, vou me afogar nela, disse Abdo, agitando-se na sela. Eu não estava gostando nada do tempo que, entretanto, parecia afetá-lo ainda mais. *Para isso, bastaria olhar para cima com a boca aberta...*

Como se diz "Ele fala demais" em porfiriano?, perguntei imediatamente, tentando distrair Abdo de seu desconforto. Arrisquei uma expressão, sem dúvida estropiando a pronúncia.

Abdo me lançou o esperado olhar de peixe morto, mas por um motivo diferente: *Gênero errado. Você usou o neutro cósmico para um estrangeiro.*

Olhei para Rodya, que se inclinou na sela e cuspiu no chão. *Ele não é mais um estrangeiro. Se alguém merece o masculino simples é seguramente Rodya...*

Você usou o neutro cósmico para um estrangeiro, insistiu Abdo. *E será um estrangeiro até você perguntar "Com que pronome devo chamá-lo?".*

Mas você me disse que o neutro cósmico era o gênero dos deuses e das berinjelas, protestei, sem saber bem por que estava discutindo com um falante de porfiriano sobre sua própria língua.

Fica a critério das pessoas, explicou Abdo. *Mas é uma forma educada para estrangeiros. Você pode ter certeza quase absoluta de que ele não é uma berinjela, mas não de que não seja um agente dos deuses.*

Abdo gostava de corrigir minha gramática, mas a distração já fora longe e comecei a me perguntar se a chuva era realmente o problema. Todos os dias, horas a fio, ele ficava olhando para a paisagem cinzenta e coçando a cicatriz escura e protuberante do pulso. Não comia direito — e eu não o censurava. É que os samsaneses são grandes apreciadores de repolho e caldo grosso. Talvez eu tivesse agido mal deixando-o me acompanhar; após a primeira semana, convenci-me de que ele não estava bem. Quando lhe perguntei, Abdo apenas deu de ombros, impassível.

Eu contava escrupulosamente os dias. Dia de São Siucre, de São Munn, de Scaladora, nosso feriado para lembrar os cavaleiros caídos... Todos passaram com muita garoa e poucos acontecimentos. O Dia de Santo Abaster amanheceu com muito sol, o que era maravilhoso, e logo depois do café subimos a uma colina para lançar o primeiro olhar às Terras Altas samsanesas. Elas se erguiam abruptamente da planície estendida diante de nós, um imponente planalto pontilhado de carneiros gordos e tojos amarelos mirrados. A chuva, ao longo de séculos, martelara o planalto cavando grandes crateras na superfície; afloramentos de rocha se espalhavam pelo chão como ossos expostos. As nuvens foram ficando mais escuras; estrias cinzentas de chuva pendiam delas como os cabelos de uma anciã.

Hanse apontou para a extremidade meridional da formação rochosa.

— Fnark está além daquelas escarpas — disse em Samsanese. — Deveremos chegar depois de amanhã.

Rodya, sem que eu precisasse, traduziu essas palavras para o goreddi. Repliquei:

— Estamos atrasados.

— Ah, não se preocupe — disse Rodya, para acalmar minha apreensão. — Os condes não se reúnem só por um dia. Muitos deles nem devem ter chegado ainda. Ninguém é pontual.

Fiquei de boca fechada, pois pressioná-lo não nos faria chegar mais rápido — mas era bem o que eu queria. Tentei chamar a atenção de Abdo para, pelo menos, partilhar com ele minha irritação; mas seus olhos distraídos se perdiam a distância.

⊂⊃

Dois dias depois, Fnark me pareceu maior do que eu imaginara, grande o suficiente para ter ruas e alguma indústria — uma olaria e um armazém às margens do rio. As casas eram geminadas, partilhando o mesmo teto de telhas; torres de igreja perfuravam o céu. Cruzamos o rio por uma ponte de pedra em arco e passamos pela praça do mercado, onde corajosos vendedores se apinhavam sob um abrigo de palha como gado sob uma árvore do pasto.

Com aquele clima, penso eu, ou você compra debaixo de chuva ou não compra nada.

Junto à estrada que ladeava o rio, ao norte, perto dos planaltos, erguia-se um complexo murado que lembrava um palasho ao estilo ninysh. Depois que atravessamos seus portões de ferro, percebi que era um santuário — não um pequeno santuário de beira de estrada, mas uma construção enorme. Dentro de suas muralhas havia tudo o que um peregrino poderia desejar: alas de dormitórios, barracas de *souvenir*, capelas e refeitórios. A chuva molhava as mesas vazias do lado de fora.

O local parecia abandonado; minha irritação voltou.

— Você disse que os condes estariam aqui a semana inteira — disse eu em voz baixa a Rodya.

Ele deu de ombros.

— Devem estar lá dentro. Nós, samsaneses, somos resistentes, mas isso não quer dizer que gostamos de ficar na chuva.

Mas talvez os condes já tivessem voltado para casa. Se o encontro não tinha duração fixa, seguramente acabava logo algumas vezes. Rilhei os dentes e subi com Hanse a trilha de pedra que levava à igreja maciça no alto da colina.

Amarramos nossos cavalos e entramos. O grande templo estava vazio, exceto por um grupinho de peregrinos imundos à entrada, que cantavam sob o comando de um sacerdote. Eu conhecia a música: era uma canção de taberna em Goredd, mas que ali tinha uma letra diferente:

Ó ímpios ignorantes, que negais o Céu
E vos sentais presunçosos na cadeira da descrença!
Ó criaturas petulantes que desprezais as Escrituras
E ficais plantadas, confiantemente, num pântano de pecados!
O castigo virá envolto em violência, raios e sangue,
Cabeças rolarão como num jogo de bola.
O pior cairá sobre vós, vis criaturas,
Quando o Dourado Abaster voltar para julgar-vos
E trazer, para nós, a salvação em forma de flores!

Rodya se pôs a cantarolar; Hanse, gravemente, tirou o chapéu e levou-o ao peito. Abdo, encostado a uma coluna lisa, fechou os olhos.

O sacerdote era, sem dúvida, a pessoa certa para nos informar sobre os condes sumidos. Enquanto ele terminava o serviço e dava a bênção de Santo Abaster aos fiéis, passeei pela igreja. Perto das igrejas de Ninys, decoradas com espalhafato, aquela era quase chocante pela simplicidade. Os samsaneses consideravam sua doutrina muito austera, mas eu nunca imaginara que uma doutrina pudesse se refletir na decoração. Não havia estátuas, quadros ou ornamentos de qualquer tipo, apenas inscrições em pedra com letras de traçado severo.

Li algumas. *Sob esta laje repousam os restos mortais de Santo Abaster, que voltará na glória e...* Credo, mais castigos! Eu não fazia questão alguma de ficar tão perto assim de Santo Abaster, mesmo morto. *E disse Santo Abaster: "Não tolereis o infiel, a mulher libertina, o homem lúbrico, o dragão e sua prole odiosa..."* Esta eu não li até o fim, mas contei, ao todo, cinquenta e três mensagens de intolerância.

Uma delas, porém, li inteirinha porque era curta e os nomes — facilmente traduzíveis — me chamaram a atenção: *Os santos não estão isentos de julgamento. Santo Abaster castigou com justiça São Masha, São Daan, São Tarkus, São Pastelão e Santa Yirtrudis.*

A alusão a Yirtrudis, minha santa herética do saltério, foi a que mais me impressionou, mas nem todos podiam ser considerados hereges naquela lista. São Masha e São Daan, por exemplo, eram conhecidos e frequentemente invocados em Goredd; esses dois homens foram amantes, martirizados por outros santos, mas conservaram sua condição sagrada. Já de São Tarkus e São Pastelão eu nunca ouvira falar — embora houvesse dado esse último nome ao meu grotesco mais monstruoso, aquele que decidi não procurar.

Pastelão era também um doce que minha madrasta ninysh fazia. Uma enormidade feia, pastosa, cozida com gordura e uvas passas. Essas uvas, viscosas e intumescidas de conhaque, me inspiraram a dar ao monstro o nome da sobremesa. Que estranho descobrir um santo com o mesmo nome!

Quanto a Yirtrudis, sua inclusão na lista despertou minha curiosidade. Conhecia tão pouco a seu respeito que qualquer detalhe era interessante. Eu nunca ouvira nenhum goreddi contar que Santo Abaster a castigara; mas talvez não gostássemos de castigos como nossos vizinhos.

O último peregrino recebeu sua quota de carvão — outra prática curiosa; aqueles samsaneses me pareciam muito misteriosos, por mais que orássemos aos mesmos santos — e o sacerdote finalmente veio até nós, as sobrancelhas finas erguidas num leve ar de surpresa. Rodya e Hanse se ajoelharam e receberam a bênção. Eu continuei de pé, de braços cruzados.

— Ouvi dizer que o Erlmyt se reuniria aqui — falei em goreddi, deixando que Rodya traduzisse para o samsanese.

O sacerdote grunhiu:

— Este ano, não.

Eu esperava escutar *Acabam de partir*, embora desejasse ferventemente que a frase fosse *Estão por aí, mas vocês procuraram no lugar errado*. Não sabia o que pensar daquela notícia. Deixei escapar então:

— Por quê?

O sacerdote franziu o cenho.

— Quer a bênção ou não?

Rodya se levantou e chegou a puxar da espada. Olhei-o perplexa: estávamos numa igreja.

— Responda à pergunta — ameaçou o rapaz. — Esta jovem representa a rainha de Gorshya.

— Pouco me importa se representa o próprio Céu — retrucou o homem. — Não tenho nada a dizer, exceto que metade de nosso dízimo anual provém do Erlmyt e não nos deram notícia nem explicação.

Meu coração quase parou. Agora, como eu encontraria o Bibliotecário? Lars afirmara que talvez fossem necessários meses para percorrer as Terras Altas, mas deveríamos estar em Porfíria no meio do verão. Eu não podia justificar o gasto de tanto tempo à procura de um só homem quando havia sete ityasaari mais fáceis de encontrar em Porfíria. Chamamos Abdo, que se encurvara como uma bola ao pé da coluna, descansando a cabeça nos braços cruzados, e saímos de novo para a chuva.

꘎

Passamos a noite nos dormitórios do santuário, rigorosamente separados por sexo. Abdo não estava bem. Argumentei com os monges que ele era uma criança e eu, sua guardiã, precisava ficar a seu lado para cuidar dele. Após muita discussão, os monges finalmente permitiram que fôssemos ambos para a enfermaria. Éramos os únicos ali, e ainda bem, do contrário eu me queixaria ainda mais.

Abdo se deitou inteiramente vestido, como um goreddi faria. Não pôs a camisola nem envolveu a cabeça num lenço, como era seu costume. Sentei-me na outra cama, de cotovelos nos joelhos, e fiquei observando-o, preocupada. Sua respiração foi se normalizando e pensei que ele dormira.

Fechei os olhos, cansada até a alma.

Particularmente, nunca achei que os santos velassem por mim, mas parecia que Santo Abdo se pusera em meu encalço ao longo daquela jornada e isso me angustiava. Eu não era muito versada nas Escrituras — até evitava lê-las —, mas conhecia cada linha que tratava de minha raça, graças ao panfleto que Orma preparara para mim. "Meio humano, perverso inteiro" era uma das melhores tiradas de Santo Abaster. Ou: "Se uma mulher dormiu com a besta, batei-lhe com um malho até que ela aborte ou morra. Antes as duas coisas que permitir a seu horrendo mostrengo abrir caminho para o mundo ou ela continuar viva para conceber novamente o mal".

— Velho e querido Santo Abaster — murmurei entre as mãos. — Eu o amo também.

Ele espancava pessoas por esse tipo de sarcasmo, disse uma voz em minha cabeça. Não era, porém, a de Abdo, embora eu pudesse sentir distintamente que provinha do avatar dele em meu jardim.

Ergui o rosto. Os olhos de Abdo estavam abertos; em seus lábios se desenhava um sorriso malicioso, que eu conhecia bem.

Agarrei as bordas da cama, lutando contra um horror que vinha do fundo de meu ser.

— Abdo me garantiu que conseguira se livrar de você — disse eu, tentando dar firmeza à voz.

Deixei, é claro, que ele pensasse assim, prosseguiu Jannoula, fazendo com que Abdo se sentasse na cama e agitasse sua língua escamosa para dentro e para fora. *Feh, ele realmente não consegue falar. Pensei que estivesse exagerando.*

— Abdo não ficou completamente alheio a você — atalhei, entendendo subitamente o motivo da contínua preocupação do rapaz. Estivera lutando contra Jannoula.

E lutando sozinho. Por que não me dissera nada?

Sua mente não é como as outras, disse ela. *Tem grande facilidade para lidar com o fogo mental. Mais que a maioria.* Flexionou os dedos das mãos e dos pés de Abdo, experimentalmente, olhando com raiva para aqueles que não queriam obedecer. *Uma mente poderosa, aprisionada num corpinho inadequado.*

— Se ele é tão forte, como sua consciência prevaleceu sobre a dele? — perguntei.

O rapaz precisa dormir de vez em quando. Eu apenas surrupiei algumas de suas lembranças e soube que você chegou a um beco sem saída hoje. Pode contar com minha ajuda, concluiu Jannoula.

— Você o possuiu quando ele estava indefeso — retruquei, levantando a voz. — Não quero esse tipo de ajuda.

Cuidado, ele pode acordar se você gritar ou eu movê-lo com muita violência. Os olhos escuros de Abdo me espiavam de lado, como para enfatizar a última palavra. Seria aquilo uma ameaça?

Só quero ajudá-la a encontrar os outros, doce e querida Seraphina, disse ela com voz melosa. *Você está atrás de Ingar, Conde de Gasten, a quem chama de Bibliotecário. Tinha de saber seu nome para se aproximar dele de modo conveniente. Mas, ai, só o que pode fazer é observar! E isso é muito pouco.*

Forcei um sorriso.

— Sorte minha poder contar com você.

Sem dúvida, continuou ela. *Ele está em Blystane, na corte do Regente.*

— E o que faz lá? — perguntei. — E como saberei se você não está me preparando uma armadilha?

Jann-Abdo fechou a cara.

Sempre desconfiada! Nosso objetivo é o mesmo, Seraphina. Perca tempo andando de cá para lá, se prefere, ou tenha a bondade de acreditar em minha palavra.

Eu a vi desaparecer do rosto de Abdo, que exibiu uma expressão de repugnância e horror. *Oh, não!*, gemeu ele. Era de novo Abdo, bem desperto. *Oh, deuses, não!*

Em um instante eu estava a seu lado, sentada na cama, abraçando-o enquanto ele soluçava em meu ombro. *Eu não podia... eu não...*

— Por que não me contou que estava lutando contra ela? — perguntei, a boca bem perto de seus cabelos.

Porque fui um idiota pensando que conseguiria me livrar dela sozinho e que você não precisava saber.

Não havia nada que eu pudesse dizer para reconfortá-lo. Ficaria abraçada ao meu amigo em silêncio enquanto ele quisesse, minhas lágrimas pingando em sua querida cabeça.

Doze

Esperei até a manhã seguinte para comunicar a Glisselda e Kiggs nossa mudança de rota.

— Vamos para Blystane — disse eu no thnik do nó de namorado. Abdo, que claramente não dormira bem, jazia imóvel na cama oposta. — Me informaram que nosso ityasaari foi à capital para visitar o Regente.

— Acredita nessa informação? — Era a voz de Kiggs.

Abdo se inteiriçou todo, alarmado. *Não conte a eles, madamina. Por favor!* Envergonhava-se por ter tido sua mente invadida por Jannoula; eu sabia bem o que era isso. Tentei tranquilizá-lo: *Não mencionarei você, mas preciso dizer-lhes que ela está interferindo.*

— Foi Jannoula quem me disse — respondi. — E não, não confio nela. Mas é a única pista que tenho até agora.

Houve um longo silêncio da parte dos primos reais. Eu não tirava os olhos de Abdo, que se estendera novamente na cama e escondera a cabeça entre os braços. Kiggs e Selda sem dúvida estariam se perguntando: "Como Phina manteve contato com Jannoula naquela terra sombria de Samsam se só está acompanhada de Abdo e de dois samsaneses?"

Minha esperança era que concluíssem que Abdo fora possuído e acreditassem que eu tinha boas razões para não dizer isso em voz alta. Jannoula poderia estar encolhida dentro da cabeça dele, ouvindo tudo o que falávamos.

— É o que eu tinha a comunicar por enquanto — acrescentei, procurando enfatizar o que não fora dito.

Glisselda limpou a garganta.

— De modo *parecido*, comunico que a Dama Okra e os outros chegaram ontem de Ninys. Parecem bem. Ela está, como sempre, de bom humor.

— Demos um jeito de instalar todos os ityasaari na ala sul, onde ficarão confortáveis e seguros — completou Kiggs. — Se precisarem de alguma coisa, poderemos atendê-los num minuto.

Portanto, estavam mantendo os ityasaari sob cuidadosa vigilância. Achei, com a exceção de cancelar o projeto inteiro e mandar todos para casa, que aquela era a maneira mais correta de agir. Disse então:

— Parece que vocês estão atentos a todos os detalhes.

— Nada contra você ir a Blystane. Não sabemos nada do Regente há dez dias — disse Glisselda. — Talvez seu thnik tenha parado de funcionar... Não sei. Os cavaleiros do Forte Ultramarino também não receberam nenhuma notícia da capital.

— Se algo aconteceu, precisamos ficar atentos — advertiu Kiggs. — Conte-nos imediatamente o que souber.

— Contarei — garanti. Queria mais detalhes; eles não mantinham espiões na capital? Mas não podia perguntar com Abdo ali perto. Ossos dos Santos, isso estava começando a ser um problema! De que modo eu poderia conversar com eles (ou ele) às claras?

— Precisamos desligar, Seraphina — disse Glisselda abruptamente.

— Vovó piorou muito — esclareceu Kiggs.

— Sinto muito — lamentei. E eles desligaram.

Abdo e eu pegamos nossas bagagens e fomos para os estábulos. Abdo se arrastava atrás de mim, muito lento. Flutuava no ar uma névoa fina, que obscurecia edifícios e árvores.

— Ela aborreceu você hoje? — perguntei em voz baixa a Abdo, acenando para Rodya, que estava postado na entrada dos estábulos, com as mãos nos quadris.

Neste momento ela não está ativa — respondeu Abdo —, *mas também não se foi. Sou como um peixe na linha, o anzol de Jannoula continua em mim e não consigo tirá-lo.*

Estávamos perto demais de Rodya para continuar essa conversa em voz alta. *Deve haver uma maneira de desprendê-lo*, afirmei. *E vamos encontrá-la.*

Abdo pegou minha mão e apertou-a com força.

A estrada para Blystane era reta e bem cuidada, em comparação com as outras que percorrêramos em Samsam. Mas, no meio do caminho, perdemos metade de nossa escolta.

Estávamos acampados. Eu, sozinha na barraca e nua da cintura para cima, lavava as escamas em torno da barriga quando a lona se ergueu atrás de mim. Pensei que fosse Abdo entrando antes de eu terminar minhas abluções noturnas. Virei-me, com a intenção de pedir-lhe que esperasse mais alguns instantes, mas me deparei com outro par de olhos negros à minha frente.

Era Rodya, fitando horrorizado as escamas de dragão nas minhas costas.

Gritou e recuou, tropeçando no pau da barraca, que veio abaixo. A água espirrou sobre as camas enquanto eu me arrastava, atarantada. Derrubei a lanterna, provocando um princípio de incêndio, mas a lona molhada sufocou a chama. Parecia que iria me sufocar também. Ali fora, Rodya gritava histericamente. Por fim, um par de mãos calmas e fortes ergueu a ponta da lona e puxou-me. Rolei no chão úmido.

Cruzei os braços, cobrindo o que podia, mas a larga faixa de escamas prateadas rodeava todo o meu corpo. Hanse ficou de pé ao meu lado, com uma expressão inescrutável na face enrugada, sustentando a lona no ombro. Atrás dele, Rodya praticamente dançava à luz da fogueira.

— Olhe! O que ela é? Um demônio? Um saar?

— O que você é, *grausleine*? — perguntou Hanse num goreddi surpreendentemente claro.

— Minha mãe era um dragão — respondi, com os dentes batendo.

Hanse franziu as sobrancelhas.

— E o garoto?

— Também é meio-dragão — revelei.

Rodya gritou de novo. Abdo pegou um tição apagado da fogueira e, com uma só mão, golpeou-o atrás dos joelhos, derrubando-o.

Vi-o afastar-se da fogueira em direção à barraca. Deveria tê-lo detido então, disse Abdo em tom agressivo, batendo novamente no rapaz caído.

Corri a vestir minha blusa, que caíra no chão molhado e lamacento. Rodya viera desarmado à tenda, por sorte; quando olhei de novo, ele já se levantara e perseguia Abdo em volta da fogueira. Meu amigo não teria chance alguma contra uma espada; Rodya estava prestes a agarrá-lo. Abdo se furtava e gingava, tentando manter a fogueira entre ambos.

Hanse observava em silêncio, apalpando as faces e procurando chegar a alguma conclusão. Quando Rodya passou perto dele atrás de Abdo, Hanse segurou-o pelo colarinho, virou-o e socou-o na boca.

— Você a viu! — guinchou Rodya em samsanese. — Como pode defendê-la?

— Não, foi você que a viu quando não devia — replicou Hanse. — Não ouviu as histórias de sua mãe, moleque? Nunca espie moças desconhecidas no banho. — Bateu-lhe de novo. — Elas sempre são o que não parecem.

Rodya, seu cavalo e seus pertences se foram ao amanhecer. Hanse mal falou comigo, o que não era novidade nenhuma, mas, à luz dos acontecimentos recentes e sem Rodya, o silêncio era constrangedor, difícil de suportar. Parecia que tínhamos uma ou duas coisas sobre as quais falar urgentemente.

Espero que a espada de Rodya não nos faça falta, disse eu a Abdo quando nos preparávamos para retomar a jornada.

Rodya tem sorte de ainda possuir uma espada depois de ontem à noite, sentenciou Abdo, montando no cavalo.

Hanse guiou-nos pela planície costeira, onde não chovia tanto. A cena com Rodya e o aparecimento ocasional do sol animaram Abdo durante alguns dias, mas isso não durou. Ele não dormia bem; estava com os olhos encovados. À nossa volta, a paisagem se aplainava em grandes fazendas onde se cultivavam o linho e a cevada. Álamos eretos como colunas bordejavam a estrada, suas folhas redondas estremecendo ansiosamente ao sopro da brisa.

As muralhas providas de ameias de Blystane finalmente surgiram diante de nós uma tarde. O pináculo da catedral se alteava acima de todas as construções, mas distingui também uma fortaleza provida de torres, que deduzi ser a sede do governo. A cidade deixara para trás as muralhas e se espalhara pela planície circundante. Havia mesmo uma aldeia de tendas ao norte, que me pareceu bastante curiosa — e desconfortável durante a estação das chuvas.

Hanse freou o cavalo; emparelhei-me com ele e lancei-lhe um olhar inquisitivo.

— Seu destino — disse o velho, com um olhar indescritivelmente tristonho. — Chegarão em três horas, se não pararem pelo caminho. Bem antes do pôr do sol.

— Não vai conosco? — perguntei.

Ele coçou o queixo barbado.

— Sei que você é uma pessoa decente, *grausleine*, e eu não a abandonaria no meio do nada, sem saber aonde ir. Mas também não posso... — Calou-se por tanto tempo que não tive certeza de que fosse continuar.

De fato, não continuou. Virou o cavalo e acenou para que seguíssemos nosso caminho. Abdo e eu, incrédulos, espicaçamos os cavalos, olhando-o por cima do ombro. Ele, porém, não se voltou enquanto partia.

Então, afinal de contas, Hanse tomou o partido de Rodya, disse Abdo.

— Fez o que achava que devia fazer — ponderei pensativa —, mesmo contrariando sua consciência.

Esporeamos as montarias e prosseguimos num silêncio lúgubre.

☙❧

Quanto mais nos aproximávamos, menos caótica a aldeia de tendas nos parecia. Estavam dispostas em boa ordem, muitas de listas azuis e brancas idênticas, outras com bandeiras ao vento; vimos cavalos, homens armados e fogões acesos. *Abdo*, murmurei, *o que está acontecendo aqui?*

Parece um exército, sugeriu ele.

Eu também achei, mas o que estaria fazendo um exército acampado diante de Blystane? Olhei o céu para ver se havia fumaça e apurei os ouvidos para ouvir gritos, mas em vão. Uma longa fila de camponeses, mercadores e pastores passou por nós. A cidade não parecia estar em apuros.

Fomos parados nos portões da cidade por guardas em trajes escuros, que nos perguntaram sobre nossa missão.

— A Rainha Glisselda de Goredd nos enviou à Sua Graça o Regente de Samsam — respondi, torcendo para que isso bastasse. Eu tinha papéis — um pouco molhados, é verdade —, caso eles exigissem mais credenciais.

O guarda, um sujeito de grandes bigodes e aparatoso capacete pontudo, franziu os lábios com um ar afetado.

— Refere-se à Sua Graça o Honrado e Honorável Servo Inabalável de Santo Abaster, Regente do Céu Até o Retorno, Harald, ex-Conde de Plimpi?

— Suponho que sim — respondi. Em Goredd, jamais usávamos seu título completo. Agora sabia por quê.

— E supôs errado — atalhou o guarda, maldosamente. — Ele já não existe. Os Santos julgaram-no com justiça. Goredd ainda não sabe disso, pelo que vejo.

O pior se confirmara. Precisei de toda a minha astúcia longamente praticada e das reservas de imperturbabilidade aristocrática adquiridas em Ninys para parecer tranquila. Baixei os olhos para ele e arqueei uma sobrancelha numa expressão arrogante.

— Então devo voltar e dar essa notícia à nossa rainha? Perguntar como ela deseja que eu proceda?

— Só estou lhe contando pelo seu próprio bem — disse ele, renunciando à afetação ao perceber que eu não me abalara. — Você não vai querer exibir uma surpresa inconveniente quando se encontrar com o nosso novo governante, Sua Graça o Honrado e Honorável Servo Inabalável de Santo Abaster, Regente do Céu até o Retorno, Josef, ex-Conde de Apsig.

A notícia quase me derrubou do cavalo.

Dois guardas da entrada nos escoltaram pela cidade até o castelo — para nossa proteção, disseram. Foi bom, pois eu estava tão chocada que não saberia encontrar endereços. Precisei percorrer metade da extensão da cidade para recuperar o autocontrole. Passamos diante de lojas construídas em parte de madeira e de casas de tijolos, umas e outras tranquilizadoramente sólidas. As ruas calçadas de pedra estavam quase todas vazias, mas não vi ali nenhum sinal de violência ou de pânico entre os moradores.

Então, por que um exército lá fora? A sucessão no poder havia sido pacífica? O velho regente morrera, ao menos aparentemente, de causas naturais? Lembrei-me das palavras de Josef em nosso último encontro: que iria "fazer o Regente cobrar juízo... do tipo que distingue os humanos dos animais". Eu deveria ter transmitido a Kiggs e Glisselda o que ele me dissera naquele dia. Mas, com medo, inadvertidamente guardara segredo. E se agora estivesse a ponto de pagar por meu silêncio?

Goredd tinha um aliado no velho Regente. Josef não era tão previsível.

Os guardas de capacete pontudo nos levaram para dentro do castelo até a sala do trono, obviamente a fim de nos manter sob vigilância.

A sala do trono, como a igreja de Santo Abaster em Fnark, refletia a sensibilidade samsanesa: painéis escuros de madeira, janelas de vidro muito altas, linhas perpendiculares. A decoração não ia além de troféus de caça, inclusive um enorme candelabro de cornos de veado entretecidos que lembrava o ninho de uma águia gigante. Aos fundos, sobre uma plataforma, erguia-se um trono de alabastro reservado para o traseiro sagrado de Santo Abaster, caso ele cumprisse a ameaça de voltar. Ao lado, viam-se a cadeira mais modesta do Regente, de madeira envernizada, e, diante dela, Josef, ex-Conde de Apsig e atual representante de Santo Abaster na terra.

Reconheci-o imediatamente com seu costumeiro gibão negro de gola branca. O cabelo loiro estava mais comprido que antes; e, quando o olhei, ele acomodou um cacho solto atrás da orelha. Estava diante de um comprido banco lateral, reservado para conselheiros, mas agora quase vazio, falando calmamente com as duas pessoas ali sentadas.

Os guardas não atravessaram o salão, postaram-se de cada lado da porta, com os peitorais tinindo alto, e acenaram para que nos adiantássemos. Ficariam bloqueando a saída. Meu coração disparou, mas peguei a mão de Abdo e avancei com ele até chegarmos diante de Josef e dos outros.

Uma das pessoas sentadas no banco era um corcunda careca e barrigudo. Vestia uma *houpellande* marrom curta, talhada para sua bizarra figura. Olhou para nós; eu conhecia aqueles óculos quadrados: era o Bibliotecário, a quem Jannoula chamava de Ingar. Puro acaso.

A segunda figura, uma mulher, trajava uma simples sobrepeliz verde. A cabeça, encarapitada sobre um pescoço sinuoso como o de um cisne, parecia estranhamente pequena por causa do cabelo castanho muito curto. De talhe esguio e rosto de porcelana, era uma criatura frágil.

Ergueu os olhos diretamente para mim.

Era Jannoula.

Impossível. Minha mente rejeitou prontamente essa ideia. Jannoula estava na prisão, não podia estar ali.

Relanceei o olhar para Abdo, que me deixara para trás e agitava a mão diante do rosto, como se espantasse moscas invisíveis. Percebeu que eu o fitava e murmurou: *Tão perto assim dela, posso distinguir a linha com a qual me apanhou. Não se dissipa quando tento rompê-la.* Apontou para Ingar com sua mão enfaixada. *Tem uma linha ligando-a a ele também.*

O alívio que a negação inicial me proporcionara arrefeceu. Impossível! O que Jannoula fazia naquele lugar? Teria sido aprisionada em Samsam e Josef a libertara?

Josef seguiu o olhar de Jannoula e finalmente me viu. Imediatamente seu belo rosto se contraiu num risinho zombeteiro.

— Seraphina! Isto é que é surpresa! — exclamou ele em um goreddi impecável.

Fiz-lhe uma reverência completa e demorada, para ganhar tempo. Já era suficientemente difícil encarar Josef de novo; a presença de Jannoula me perturbava ainda mais.

— Venho como mensageira da Rainha Glisselda — disse por fim.

— Ela deve estar em grandes dificuldades para mandar você — observou Josef, aproximando-se. Tinha o mesmo nariz afilado de seu meio-irmão, mas Lars nunca inflava as narinas de maneira tão desdenhosa.

— O que você fez? — perguntei, meus olhos pousando involuntariamente em Jannoula. A pergunta podia ser também para ela; eu não conseguia ignorar sua presença. Obriguei-me a voltar a atenção para o regente. — O exército lá fora é seu?

— É — respondeu Josef com um sorriso frio. — E o que fiz foi muito simples. Marchei contra a capital. O Regente, pensando que minhas tropas iriam ajudá-lo a cumprir as promessas feitas a Goredd, deixou-as entrar. E agora ele está morto.

— A capital, a corte... não disseram nada sobre isso?

— Meus irmãos condes teriam sido um espinho em minha carne caso exigissem consenso. Mas seu Erlmyt foi cancelado por causa de rumores sobre uma peste em Fnark. — Josef trocou um olhar de cumplicidade com Jannoula. — Quando souberam do que acontecera, isso já era história e não novidade.

Fechei a cara para Jannoula, tentando adivinhar o significado do olhar que eles haviam trocado. O boato da peste teria sido ideia dela? Estaria ela dando conselhos a Josef?

Jannoula me dirigiu um olhar petulante.

— Enviei mensageiros aos condes — disse Josef. — Eles saberão de tudo em dois dias e não terão escolha a não ser aceitar o fato consumado. Ainda não posso informar Ninys, pois o Conde Pesavolta sem dúvida contaria a Goredd. A Rainha Glisselda só vai saber quando eu decidir.

— E quando será isso? — perguntei, desviando os olhos de Jannoula. — Quando ela precisar da ajuda de Samsam e você não a der?

— Goredd se aliou aos dragões — disse Josef, afastando os cabelos da fronte. — Um fiel seguidor dos Santos, um samsanese de verdade, não pode tolerar isso. O Céu está do meu lado, Seraphina. Não conto apenas com as saudações de São Ogdo e as censuras de Santo Abaster, mas também com o aval de um eremita santo.

Virei-me para Ingar, meio confusa. Josef acompanhou meu olhar e se apressou a dizer:

— Não, este não. Este aí é discípulo dela. Permita-me apresentar-lhe a Irmã Jannoula. — Estendeu um braço na direção dela, que baixou o olhar e se levantou, fazendo uma tímida reverência.

Finalmente chegávamos ao ponto. Cruzei os braços, pouco impressionada com o acanhamento de Jannoula. Pelo olhar de Josef, percebi que ele fora completamente seduzido — se romântica ou religiosamente, não saberia dizer. Talvez essa fosse uma distinção muito sutil.

Não havia nada de santo em Jannoula. Eu não conseguia perceber o que aquela trama urdida por ela tinha a ver com sua decisão de reunir os ityasaari.

— Bem, você enganou por completo o Regente — disse eu em voz alta, dirigindo-me a ela como se estivéssemos sozinhas em minha cabeça. Como se fôssemos velhas conhecidas. Josef, sem dúvida, ficaria intrigado. — Agora uma cela de prisão virou eremitério?

— Como se atreve? — gritou Josef, colocando-se entre nós.

Jannoula pousou a mão em seu cotovelo.

— Por favor, Alteza. Posso me defender sozinha dos descrentes.

— Presenciei milagres — disse Josef, em tom convicto. — Vislumbrei a luz do Céu refulgindo em volta dela, seu demônio desalmado!

Sustentei o olhar de Jannoula; ao que parecia, ela não dissera ao novo Regente que era um demônio desalmado da mesma espécie que eu. Eu estava em vantagem. Prossegui:

— Sim, um de meus pais era dragão. — Apontei para a santa eremita de Josef e seu assistente de olhos esbugalhados, Ingar, o Bibliotecário. — O mesmo se aplica a eles.

— Mentira! — rugiu Josef.

Segurei a língua, à espera da reação de Jannoula e tentando deduzir suas intenções do modo como tratava o novo Regente. Seu rosto era inescrutável, uma máscara.

Foi Ingar quem quebrou o silêncio.

— Não é glorioso, Bem-Aventurado? — disse ele em samsanese, juntando as mãos gordas. — É o que esperávamos, os outros de nossa raça.

Josef empalideceu e virou-se lentamente para encarar Jannoula.

— Explique-se — ordenou.

A face de Jannoula era a imagem perfeita da contrição pesarosa. Eu conhecia bem aquela face; meu coração se endurecera contra ela. Baixou a cabeça e murmurou:

— Seraphina diz a verdade, meu senhor. Eu... eu não queria que o senhor soubesse. Temia que me rejeitasse, como muitos me rejeitaram antes. Estava presa por causa do que sou, por gente que não conseguia ver nada além disso.

Desabotoou as luvas e descobriu os antebraços. Embora eu soubesse o que iria ver, a piedade e o horror que senti no primeiro dia me invadiram de novo; aparentemente, meu coração não era tão forte quanto eu pensava. Josef olhou para aquela pele cheia de nódulos e cicatrizes no lugar da queimadura.

— Eles arrancaram minhas escamas — disse ela, em tom suave — e cauterizaram as feridas com ferro em brasa.

Levei as mãos à boca. Essa parte ela nunca me contara.

Seus olhos marejados de lágrimas brilharam.

— O Céu se compadeceu de mim e desmaiei. Foi quando vi os Santos, que me falaram e me abençoaram.

Os traços duros de Josef se descontraíram. A história o comovera e entristecera. Parecia mais condescendente — poderia dizer humano? — do que eu jamais o vira. Mas logo sua expressão mudou de novo; os olhos se arregalaram de espanto e sua boca se abriu. Começou a ofegar e caiu de joelhos, pasmando para o espaço em volta e acima de Jannoula.

Oh, deuses, exclamou Abdo, também perplexo. *Seu fogo mental está... é uma conflagração!*

Eu, é claro, não conseguia ver nada. *Jannoula está manipulando a mente dele?*

Abdo inclinou a cabeça, estudando a situação. *Não do jeito que você pensa; não o fisgou como fisgou a mim e a Ingar. É diferente.*

— Perdoe-me, Bem-Aventurada — disse Josef, tocando a fímbria de seu vestido. — Sem dúvida, os Santos a escolheram a despeito de sua ascendência.

— Ou por causa dela — corrigiu Jannoula, observando-o atentamente. — Para lhe dar uma lição.

— Então me esforçarei para ser humilde e aprender — disse ele. Baixou a cabeça e juntou as mãos. — Como escreveu São Kathanda, "Até o inseto mais miserável encerra um propósito divino; não convém medir o favor do Céu somente pela aparência".

Aquilo ia além dos limites do ridículo.

— Por São Daan! — exclamei. — Você não pode acreditar que ela...

— Já estou cheio de suas dúvidas e equívocos, Seraphina — ralhou Josef, levantando-se com um olhar furioso. — Não imagine que eu a considere abençoada por afinidade.

— O Céu não permita — repliquei, cruzando os braços.

— Resta saber o que faremos com você — disse ele. — Não posso permitir que se comunique com sua rainha. Terá de devolver todos os quigutl que traz consigo. — Vendo-me recuar, acrescentou: — Não hesitarei em mandar meus guardas revistá-la.

Tirei meu nó de namorado. Por azar, o medalhão de Santa Capiti que Kiggs me dera (embora não fosse um thnik) estava preso a ele juntamente com os dois comunicadores. Josef agarrou a corrente, observando-me com atenção em busca de mais alguma coisa.

— Seu anel — disse ele. Dei-lhe o anel rosado de Orma. Josef examinou-o, remexendo na pérola, enquanto eu estremecia à espera de que, a qualquer momento, a voz de meu tio soasse.

Nada aconteceu, o que foi ao mesmo tempo um alívio e uma decepção.

Josef me devolveu o anel. A revista de Abdo deu em nada.

— Vocês são meus prisioneiros — declarou o Regente. — Qualquer tentativa de contatar sua rainha ou os espiões de sua rainha resultará em severas...

— Perdoe-me, Lorde Regente — atalhou Jannoula, erguendo docemente as sobrancelhas —, mas você não pode deter Seraphina. Ela precisa ir a Porfíria.

Josef olhou-a, incrédulo. Tenho certeza de que eu também não parecia menos perplexa.

— Trata-se de uma missão sagrada — insistiu Jannoula. — Os Santos me pedem para que ela não seja presa.

Josef se empertigou, a indignação estampada nos olhos, e torci para que sua natureza truculenta prevalecesse. Não queria, é claro, ficar trancafiada em Samsam; mas me agradava ainda menos saber que a influência de Jannoula sobre ele era tão grande quanto parecia. Sem dúvida, havia um limite que ela não podia ultrapassar, por mais fascinante que se mostrasse.

— Discutiremos isso em particular, Bem-Aventurada — disse Josef. Seu tom de voz pressupunha uma advertência, mas achei que ele já cedera. Os lábios de Jannoula se encurvaram em seu sorrisinho furtivo. Josef gritou:

— Guardas! Levem estes dois para os aposentos do corredor leste, provisoriamente, e vigiem-nos.

Os guardas que haviam acompanhado Abdo e a mim pela cidade deram um passo à frente; e outros dois, saídos do vestíbulo e empunhando absurdamente alabardas naquele recinto fechado, entraram na sala do trono atrás deles. Josef nos entregou aos seus cuidados.

Quando íamos saindo, olhei para Jannoula. Ela me encarou com firmeza, um brilho calculado nas pupilas.

Treze

Abdo e eu fomos postos em quartos separados. O meu era bastante confortável, exceto pelo guarda na porta. Andei de lá para cá durante horas, perguntando-me o que seria de nós e lamentando a perda de meus thniks. Glisselda e Kiggs precisavam saber sobre Josef e Jannoula. Por fim, estirei-me na cama de dossel e procurei me acalmar cuidando de meu jardim. Mal adormeci, ou julguei adormecer, Jannoula apareceu para me acordar. Pensei estar sonhando.

— Levante-se — disse ela, dando-me um beliscão. — Você precisa estar no navio para Porfíria antes que esse Regente cabeçudo mude novamente de ideia.

Vesti-me às pressas e acompanhei-a. Ingar esperava no corredor escuro com sua mochila, o olhar vago como sempre atrás dos óculos quadrados. Atrás dele, Abdo.

Jannoula me pegou pelo braço; estremeci ao seu toque, mas não me desvencilhei. Deixei que ela me conduzisse pelo corredor até uma escada em espiral que descia até os pisos inferiores do castelo, lançando-lhe olhares de esguelha o tempo todo. Era um pouco mais baixa que eu, agora que eu atingira a estatura definitiva, mas nem por isso me intimidava menos. Sua simples presença parecia me diminuir, o peso de nossa história fazendo com que eu recuasse para dentro de mim mesma.

Estaria ela com raiva de mim? Seu rosto de traços finos não deixava transparecer nada.

Saímos do castelo pelo portão fronteiro ao porto. O vento frio que vinha da água me despertou inteiramente. Jannoula nos guiou sob o pálido céu róseo, ao longo do muro do cais; descemos os degraus de pedra escorregadios em direção a um escaler amarrado a um enorme anel de ferro. Um remador grisalho já estava a postos, dormitando com o chapéu de oleado sobre os olhos; assustou-se ao ouvir o grito de Jannoula e deixou cair um dos remos.

— Venham rápido, todos vocês — apressou ela, ajudando Abdo a subir a bordo. Ingar saltou o vão escuro com surpreendente agilidade.

— Ingar nos acompanhará a Porfíria? — perguntei, surpresa.

— Sim, para ajudá-los — respondeu Jannoula, esfregando as mãos para se aquecer.

— Por que você não vai também? — perguntei. Eu não queria que ela fosse, é claro, mas isso era preferível a deixá-la fazendo a cabeça de Josef.

Jannoula não deu resposta, mas acho que eu sabia qual era. Abdo falara do sacerdote ityasaari Paulos Pende, que afastava seu fogo mental dos outros. Os porfirianos já sabiam quem ela era e não a estimavam nem um pouco.

Eu não poderia partir com tantas perguntas sem resposta.

— O que você pretende fazer caindo nas boas graças de Josef?

Suas narinas palpitaram.

— Estou cuidando de nossos interesses, não se preocupe — respondeu ela, cruzando os braços para se proteger da brisa forte. — Esse Regente é um pouco... imprevisível. Não sei por que queria detê-la, mas era coisa que eu, obviamente, não poderia permitir. Você precisa cumprir a missão de reunir a todos. Ingar vai ajudá-la a persistir na tarefa, sem deixar que seu horrível tio a distraia.

Estremeci, assustada pelo fato de ela saber onde Orma estava. Jannoula sorriu e, inclinando-se para mim, sussurrou:

— Abdo teve uma lembrança interessante e valiosa quando Josef estava examinando seu anel de pérola ontem. Visitei sua mente enquanto ele dormia e descobri tudo.

Tentou me empurrar para o escaler. Resisti, gritando:

— O que tenciona fazer neste lugar? Por que Josef?

Ela se deteve.

— Suas perguntas não têm fim. Aqui estou eu, ajudando-a, e você ainda não me dá crédito. O que preciso fazer para que isso aconteça?

— É fácil. Deixe em paz Abdo, a Dama Okra e todos os outros cujas mentes você aferrou com seu anzol. Então, pensarei...

Ela me empurrou com força e, de repente, já não havia embarcadouro sob meus pés. Despenquei no vazio e os olhos de Jannoula se arregalaram como se ela estivesse surpresa por ter me desequilibrado.

Caí pesadamente no colo de Ingar, sacudindo o barco e jogando água para todos os lados. Ingar, só um pouco surpreso, murmurou "oh!". Abdo quis me ajudar, mas eu me afastei e fiquei de pé sozinha no barco que se balançava e trepidava. Gritei para Jannoula:

— Vou a Porfíria por causa de minha Rainha, não por causa de você. Não estou interessada em ajudá-la!

Jannoula, virando as costas, subiu empertigada os degraus em direção ao castelo, cujas torres se desenhavam, escuras, contra o céu que clareava.

ॐ

O navio porfiriano, de dois mastros, estava ancorado bem longe do cais. Ingar tinha, para a viagem, documentos em boa ordem, de sorte que fomos içados, um por um, numa cadeira de cordas. Abdo empurrava o casco com os pés, fazendo girar o corpo enquanto subia; Ingar foi puxado como um saco de cereal.

Para mim era detestável admitir que Jannoula estava nos ajudando, mas ela nos tirara de Blystane com rapidez e contrariando a vontade do Regente. Não importavam seus motivos — nos quais eu não acreditava muito —, o certo é que saíramos de lá. Aquela seria a última etapa de nossa busca. Eu encontraria os sete ityasaari em Porfíria, localizaria meu tio horrível, como o chamava Jannoula, e voltaria finalmente para casa.

Voltar para casa. Essas palavras pareciam ecoar em meu coração. Não havia nada no mundo que eu quisesse mais. Nem a lembrança de Orma me animava tanto.

Abdo também estava com saudades de casa, eu sabia. O simples fato de se achar entre porfirianos, ouvindo-os falar, parecia alegrá-lo imensamente. Percorria o convés, examinando tudo; Ingar acompanhava-o com a maior paciência. Dirigi-me a um marinheiro em meu porfiriano precário; ele acabou entendendo e me levou a um corredor claustrofóbico debaixo do castelo de proa, onde se localizava a cabine apertada onde nós três ficaríamos.

Agradeci ao homem, que se afastara de seus deveres, e percebi a importância crucial de nos abaixarmos ao entrar num recinto qualquer.

A cabine, depois que atravessei a porta sem arranjar um galo na cabeça, tinha três camas estreitas, uma dupla na parede esquerda e a outra na parede direita, em cima de um baú. Escolhi a inferior do beliche para mim, presumindo que Abdo quereria a de cima. Ingar poderia dormir na outra, a cerca de um metro de distância. Chutei, irritada, sua cama vazia. Não o queria ali; preferia que caísse no mar. Deitei-me meio encolhida, os pés para fora da colcha de pano grosseiro, enquanto o navio balançava debaixo de mim.

Um sentimento balançava também em meu íntimo, sentimento que eu preferiria ignorar.

Toda a minha expedição parecia ter fracassado. Começara maravilhosamente, com Nedouard e Blanche, espíritos afins, a quem eu sem dúvida fizera algum bem. Depois, tudo fora se desintegrando aos poucos. O imprevisivelmente letal Gianni Patto. A tímida Od Fredricka, forçada a ser amiga pelas manipulações de Jannoula. A invasão da mente da Dama Okra e de Abdo.

Jannoula, ainda barrada em minha cabeça, libertara-se da antiga prisão, vagara pelo mundo e invadira a mente de outros. Agora, podia provocar todo tipo de dano. O odioso conde Josef, que lhe devia em parte sua ascensão ao trono, devia ser só o começo.

Cobri os olhos com as palmas das mãos. Ela queria que eu levasse os ityasaari porfirianos para Goredd, para junto dos outros. Mas como eu poderia lhes pedir isso sem saber o que Jannoula planejava? Mesmo que Kiggs e Glisselda a detivessem fisicamente na fronteira de Goredd e a trancafiassem, que importaria o lugar onde ela permanecesse se podia dominar os outros com sua mente?

Ingar entrou na cabine.

— Oh, desculpe. Estava dormindo? — Seu sotaque era duro como manteiga congelada.

Virei-me de lado, dando-lhe as costas. Não estava com vontade de conversar com o espião de Jannoula, mas ele continuou falando comigo.

— Estou, hum, mutcho feliz de incontrar fossê. É echatamente como ela me disse. Logo, estaremos chuntos!

Olhei-o por cima do ombro. Um sorrisinho desenxabido iluminava sua face gorda. Os olhos castanhos bovinos vagueavam sem foco atrás das lentes quadradas; a cabeça muito branca refletia o luar azulado que entrava pela escotilha. Talvez aquele espião pudesse servir a dois senhores.

— Que mais Jannoula diz? — perguntei, sentando-me vagarosamente.

— Bunitas coisas sobre fossê, como sempre — disse ele, agitando as mãos moles com entusiasmo. — Fossê é sua favorita, o que para fossê é uma grande bênção.

Eu era a favorita de Jannoula. Meu estômago revirou.

— Há quanto tempo a conhece? — perguntei.

— Quatro anos — respondeu ele, olhando timidamente para os pés, como se eu lhe tivesse perguntado há quanto tempo a amava. — Mas só nos vemos... *vimos*? É o certo? — Acenei que sim e ele continuou: — Só nos *vimos* pela primeira vez há dois meses. Antes desso... não, *disso*, só lhe falei em minha cabeça. Você entende?

— Entendo — respondi; mas, em silêncio, fazia meus cálculos. Quatro anos: portanto, logo depois que fechei seu avatar no Chalezinho e a coloquei para fora de minha mente. Jannoula não ficou muito tempo sozinha.

— De que modo ela o encontrou, há quatro anos?

Ingar pousou seu corpanzil na cama do baú e sorriu.

— Ela me vê como nos vê a todos: através do Olho do Céu, com a achuda dos Santos.

Isso não explicava nada. Tentei ser mais clara:

— Mas o que ela fez depois de encontrar você com a ajuda dos Santos? Simplesmente apareceu em sua mente um belo dia?

Ele piscou.

— Ouvi sua voz dicendo "Meu amico, você não está só. Deixe-me entrar. Sou da sua raça, uma raça abençoada. — Beijou o nó do dedo, erguendo-o para o Céu.

Portanto, ouvira a voz de Jannoula e respondera. Poderia tê-la ignorado? Se dissesse "Não, não entre", essa resposta bastaria para privar Jannoula de sua oportunidade? Ela insinuara que a Dama Okra a mantivera de fora com êxito.

— Jannoula disse que um amigo comum a informara de minhas viagens. Quem seria? — perguntei.

— Um dos outros meios-dragões, talvez? Ela mantém contato espiritual com seis de nós.

Acrescentei rapidamente alguma coisa que não funcionou.

— Quem?

Ingar contou nos dedos:

— Abdo, eu (é claro), Gianni, Okra, Fredricka e meu compatriota, Lars.

Levei as mãos à boca. O quarto ficara de súbito pequeno demais. Eu não conseguia respirar.

— Desculpe — gaguejei, passando junto aos joelhos de Ingar a caminho da porta da cabine.

— O navio está balançando muito — disse ele rindo e imitando o movimento do barco. — Eu entendo.

Não, não entendia. Bati a porta na cara dele.

◊

Eu precisava perguntar a Abdo, ainda que Jannoula ficasse sabendo que perguntei.

— Ela já estava na cabeça de Lars antes de deixarmos Goredd?

Não, garantiu Abdo sem titubear. *Não vi sua mente ligada à de ninguém até encontrarmos Gianni Patto. Mas já faz quase três meses que estivemos com Lars.*

De pé na proa, batíamos os dentes no vento do mar. Marinheiros iam e vinham à nossa volta, ocupados com seus afazeres — amarrando cabos, subindo escadas, esfregando o convés e desdobrando velas. Tentávamos não atrapalhá-los.

— Bem, se Ingar está dizendo a verdade, ela ainda não dominou Blanche nem Nedouard — disse eu, tentando recobrar o ânimo. Abdo se debruçou na amurada e ficou com o rosto todo borrifado de água, talvez de propósito.

Mas vai dominar, disse ele, curto e grosso.

Olhei-o de esguelha. Sua expressão traía vulnerabilidade, resignação e desespero. Fiquei de coração partido. Pousei a mão em seu braço.

— Vamos procurar o tal Paulos Pende tão logo ponhamos os pés em Porfíria e ele livrará sua mente de Jannoula — assegurei-lhe com firmeza.

Abdo afastou o braço e não disse nada.

Mas nossa conversa sobre Lars me dera uma ideia. Eu podia falar mentalmente com os ityasaari que encontrasse em pessoa; bastaria induzir uma visão.

— Lars poderia dar a notícia da ascensão de Josef à Rainha. E eu poderia contatá-lo antes de Jannoula descobrir que isso está ao meu alcance.

E como saberá que Jannoula não está presente na cabeça de Lars quando conversar com ele?, objetou Abdo, afastando-se da amurada e seguindo-me até a escadinha que dava para o porão do navio. *Ou que não está escutando por intermédio de meus ouvidos neste mesmo instante? Jannoula pode, com a maior facilidade, impedir que Lars se comunique com a Rainha.*

— Não sei — respondi, descendo a escada estreita —, mas preciso correr o risco. Além disso, minha preocupação imediata é Ingar. Se perceber que estou falando com Lars, sem dúvida avisará Jannoula. Você terá de distraí-lo.

Ingar continuava na cama do baú, lendo um livro do tamanho de sua mão. Diante dele, a mochila aberta que, de meu ângulo, parecia conter apenas livros. Perguntei-me quantos ele trouxera e se livros não poderiam... o quê? Manipular sua lealdade? Comprar sua cooperação?

Abdo, na frente dele, olhava-o com simpatia e sorria para o velho de cabeça de nabo. Falou-lhe silenciosamente, sem dúvida, pois Ingar ergueu os olhos da página e perguntou em porfiriano:

— Que tipo de peixe? Eu gostaria muito de ver.

O porfiriano dele é melhor do que o seu, observou Abdo. E saiu da cabine seguido pelo velho bibliófilo.

Deitei-me de novo sobre as cobertas rústicas e tentei focalizar minha mente. O balanço contínuo do navio me incomodava, mas por fim me acalmei o suficiente para localizar o jardim dos grotescos. Depois de negligenciá-lo involuntariamente, para fazer alguns experimentos (que, pelo visto, não tinham tido maiores consequências), resolvi cuidar dele com rigor. Isso me tranquilizava, embora os cidadãos do jardim não exigissem tão meticulosa supervisão.

Mas um pai que passa todos os dias com o filho não o vê crescer. Do mesmo modo, minha presença constante me cegava para as mudanças cada vez maiores que ocorriam no jardim. Então procurei Sujeito Barulhento e me vi imediatamente cambaleando à beira de sua ravina. Agora ela estava surpreendentemente, perigosamente próxima à entrada; mal havia espaço para eu ficar de pé entre a porta e o abismo. Recuei a tempo de não despencar e caí no chão; dali, avistei Sujeito Barulhento na outra borda. Acenei para ele, esperando que improvisasse uma ponte e viesse ter comigo.

Não fez nada disso: saltou. Foi um salto mais longo do que eu ousaria tentar e suas botas pretas quase não encontraram ponto de apoio quando ele aterrissou. Teve de se agarrar a uns arbustos para não cair de costas, o que me alarmou. Mas o que mais me deixou assombrada foi sua capacidade de saltar sobre o abismo.

Ele costumava ser mais largo, pensei. Encolhera. Quando? Como?

Será que o jardim inteiro estava se encolhendo? Olhei para o céu sem nuvens, para as dunas distantes e para as árvores frutíferas. Nada parecia ter mudado, o que, entretanto, não era uma resposta. Haveria algum meio de medir? Eu precisava encontrá-lo.

Sujeito Barulhento sacudiu o pó das roupas e caminhou em minha direção pela borda do abismo. Segurei suas mãos e uma visão turbilhonante se apossou de mim.

Minha consciência voltou, atordoada, suspensa junto ao teto de uma sala do Castelo Orison. Eu conhecia cada detalhe do recinto: a espineta com uma incrustação descorada pelo sol na tampa; as cortinas de cetim, os ricos tapetes de Zibou, almofadas por todos os lados; o amplo sofá em que Mestre Viridius, meu ex-empregador, se reclinava com os pés para cima. De olhos fechados, conduzia sonhadoramente com a mão enfaixada a música estridente que enchia a sala e ameaçava, sem dúvida, estilhaçar de novo as vidraças.

Diante do velho, Lars bamboleava seu corpanzil musculoso sobre uma rica poltrona, tocando um instrumento de palheta dupla, uma charamela soprano. Esta exigia muito ar — o rosto dele estava vermelho até a raiz dos cabelos — e soava alto na mesma proporção.

Uma onda de saudades de casa me invadiu. Eu daria tudo para me acomodar naquela sala iluminada, improvisando harmonias apesar dos tímpanos doloridos.

Lars se voltou na direção de meu olho mental, cônscio de que eu o observava — ou de que eu assumira o controle de seu fogo mental no jardim? O que acontecia, exatamente? Ele tocou a peça até o fim. Viridius gritou:

— Bravo! Meu segundo tema ainda exige um certo polimento, mas você está quase lá.

— Caro amigo — disse Lars, examinando a palheta de seu instrumento —, lembra-se de eu lhe ter dito que Seraphina pode me ver de longe? Pois bem, está fazendo isso agora.

— É mesmo? Ela pode me ouvir? — Viridius olhou para o canto errado da sala, franzindo as sobrancelhas ruivas e falando com lentidão exagerada. — O-lá, Se-ra-phi-na, sentimos sua falta aqui.

Lars sorriu suavemente para o velho.

— Eu quis que você soubesse para não pensar que estou falando sozinho. E então, Phina? Boa noite!

Não sabia que você tocava charamela, disse eu, divertida.

— Estou voltando a praticar depois de muito tempo — esclareceu ele, tapando os orifícios do instrumento com seus dedos enormes e improvisando algumas notas. — Mas isto não é exatamente uma charamela. É a *bombarde* samsanesa.

Faz barulho, observei.

Seu rosto se iluminou num riso largo.

Continuei:

Escute, preciso de você para levar uma mensagem à Rainha e ao Príncipe Lucian.

— Sem dúvida. Mas você perdeu seu quigutl?

Foi roubado — era estranho dizer isso — *por seu irmão.*

Lars fechou a cara.

— Por meu irmão? Ele estava no Erlmyt?

Ninguém foi ao Erlmyt, mas isso a Rainha Glisselda já sabe. Quero que você lhe diga que o velho regente morreu, provavelmente vítima de um complô. O novo regente é... Josef.

Lars baixou a cabeça e suspirou tristemente, os ombros caídos. Qualquer notícia do irmão era um peso para ele. Até se envolver com Viridius, nunca tivera uma vida familiar fácil; o pai matara a mãe depois de saber que Lars era meio-dragão e Josef matara o pai para se vingar. Alguma coisa impedira Josef de fazer o mesmo com Lars, mas o amor fraterno aparentemente não entrara na equação.

— Como aconteceu isso? — perguntou.

— O que seu irmão fez agora? — gritou Viridius do outro lado da sala, pronto a se indignar pelo amigo. Lars mandou-o calar-se com um gesto irritado.

Por favor, conte a Viridius, pedi. Se Jannoula contatasse Lars antes que ele transmitisse a notícia à Rainha, certamente o impediria de fazer isso. Josef, é claro, não queria que Glisselda soubesse de nada, presumivelmente com a anuência de Jannoula. Mas nada impediria Viridius de passar a notícia adiante.

— Você não me contou tudo — queixou-se Lars. — Meu irmão *ferdamdte* matou o próprio Regente? — Viridius levou a mão enfaixada à boca. Lars apertou a base do nariz e prosseguiu: — Por que os condes e bispos o escolheram depois disso? É preciso consenso para nomear um novo Regente.

Consenso de todos ou só dos presentes?

— Dos presentes — respondeu ele, sacudindo a cabeça. — É por isso que os condes das Terras Altas se sentem às vezes... hum... excluídos.

Bem, os condes das Terras Altas ainda não sabem. Quanto aos outros... Hesitei. Ingar estivera lá: o consenso de um só era suficiente? Como Lars reagiria se eu mencionasse Jannoula? Eu não quis arriscar.

A Rainha Glisselda precisa ser informada sem demora.

— Contaremos à Rainha imediatamente — garantiu Lars, cruzando o olhar com o de Viridius. Este fez um gesto enfático com a cabeça e estendeu a mão para sua bengala lustrosa.

Diga-lhe também que só voltarei a me comunicar depois de obter outro thnik na embaixada em Porfíria. Isso pode levar duas semanas ou mais.

Viridius, erguendo-se com dificuldade, disse:

— Phina, se você pode me ouvir, volte logo para casa. Os coristas se tornaram insubordinados sem você. Já não é a mesma coisa.

Diga a Viridius que estou com saudade de sua rabugice, pedi a Lars; mas Lars já não me escutava.

Eu queria muito dar um beijo consolador no alto da cabeça de Lars, mas, é claro, não podia fazer isso fisicamente. Viridius o fez por mim.

❦

Voltei da visão e outra onda de saudade de casa me invadiu.

Juntamente com o enjoo.

Abdo, chamei mentalmente, *venha depressa. Traga um balde.*

Ele chegou logo, mas não a tempo.

Durante dois dias intermináveis e balouçantes, meu estômago tentou virar do avesso, enfurecido e tempestuoso. Eu nem conseguia ficar de pé. Abdo e Ingar se revezavam refrescando minha cabeça com uma esponja e dando-me colheradas de água com mel, metade das quais voltavam.

Você está verde, informou-me Abdo uma noite, de olhos arregalados. *Verde como um lagarto.*

No terceiro dia, consegui finalmente dormir e sonhei que estava pondo em ordem alfabética uma biblioteca inteira, que era eu mesma. Quando despertei, subi ao convés, piscando no vento e na luz do sol, e descobri que a vida continuara sem mim. Os marinheiros deixavam que Abdo, com a mão enfaixada e tudo, subisse nas enxárcias; e Ingar não só falava o porfiriano melhor que eu como adquirira o jargão impenetrável dos marujos como uma segunda língua materna.

— O porfiriano náutico não foi difícil de aprender — explicou Ingar ao almoço, no meio da turba de marinheiros. Ele, Abdo e eu estávamos sentados numa mesa lateral, comendo peixe seco e papa de lentilhas em pratos quadrados. — Quando percebi que eles falavam *braxai*, que no porfiriano padrão é *brachas*, só precisei substituir os ditongos e...

— Você tem facilidade com as línguas — disse eu, impressionada a despeito de mim mesma. Seu goreddi também melhorara e seu sotaque samsanese era indistinto aos meus ouvidos mesmo durante nossa primeira conversa.

Ingar enrubesceu até a raiz dos cabelos.

— Li muito, em várias línguas. Isso me deu uma base para falar, mas não capto os fonemas até ouvi-los.

— E como aprendeu a ler em tantas línguas? — insisti.

Ele ergueu os olhos do prato, as lentes dos óculos refletindo a luz da lanterna.

— Examinava as palavras de todos os ângulos até que fizessem sentido. Não é esse o caminho usual?

Pela primeira vez em dias, esbocei um sorriso; meu rosto parecia ter esquecido o modo de fazer isso. O caminho usual? Era o caminho árduo, íngreme, difícil de escalar; no entanto, senti como se estivesse vendo o verdadeiro Ingar, não o serviçal de Jannoula.

— Talvez você possa me ajudar com a gramática porfiriana — sugeri. — Sou muito ruim em...

Abdo me chutou por baixo da mesa.

Eu estou lhe ensinando porfiriano!

Claro que está, respondi. *Mas preciso de toda ajuda possível.*

Abdo cruzou os braços e fitou-me carrancudo. Ingar, obviamente alheio às tensões entre seus colegas de mesa, disse:

— Deixe-me adivinhar: você só emprega corretamente o gênero para os substantivos mais óbvios, confunde o dativo com o ablativo e se perde totalmente com o optativo.

Abdo ficou de boca aberta.

É como se ele a conhecesse!, exclamou, e logo se pôs a falar na cabeça do velho, onde eu não podia ouvir. Ingar sorria mansamente, respondendo às vezes em voz alta em porfiriano. Eu conseguia entender grande parte do que diziam; era boa ouvinte, pelo menos, e minha imaginação viva ajudava a preencher as lacunas do entendimento.

Mas logo o entusiasmo de Ingar começou a arrefecer. Seus olhos perderam o brilho, sua fala foi se tornando cada vez mais lenta e pastosa. Alarmada, olhei para Abdo, que mirava fascinado alguma coisa acima da cabeça de Ingar.

Deuses!, disse Abdo. *Ela está entrando na mente dele neste instante, enchendo-a como um jarro. Um jarro grande, vazio.*

Afastei-me da mesa, pensando. Os olhos de Ingar vagavam perdidos no nada e um sorriso dócil contraía seus lábios carnudos. Esperei, tensa como uma lebre, mas Ingar apenas piscava, distante de tudo.

O que é que ela está fazendo?, perguntei a Abdo. *Não veio aqui para falar comigo?*

Abdo franziu o cenho.

Nem tudo o que ela faz diz respeito a você. Tem visitado Ingar há anos. Os dois devem ter muita coisa para discutir.

A cabeça do velho se inclinou ligeiramente para um lado, como manteiga se derretendo na frigideira. Ouvi-o suspirar.

Abdo e eu ajudamo-lo a ficar de pé, colocando seus braços maciços em nossos ombros. A diferença de altura entre mim e Abdo fez com que Ingar ficasse inclinado, a cabeça pendida na direção de meu amigo. Os marinheiros riram zombeteiramente ao nos ver passar, achando que levávamos nosso companheiro bêbado para a cama.

Quatorze

Dez dias depois, Porfíria finalmente surgiu diante de nós, brilhante como uma pérola. A cidade fora construída sobre duas enormes depressões em forma de tigela, na encosta de uma montanha de dois cumes. Os dois braços do rio Omiga, contornando-a, desaguavam no mar numa série de cataratas do lado ocidental e numa aterradora queda única do lado oriental. Quando nosso navio ultrapassou o farol e entrou no porto, comecei a avistar árvores escuras, em forma de coluna, que cresciam como dedos em riste nos jardins particulares. Estátuas douradas cintilavam sobre as cúpulas de alabastro dos templos; colunatas e pórticos, talhados no mármore purpúreo que dera seu nome à cidade, lançavam sombras nítidas sob o sol da tarde. A cidade subia verticalmente, em terraços como os assentos de um anfiteatro, os olhos dos edifícios voltados para alguma comédia náutica cativante no porto lá embaixo.

Torci para que nós fôssemos uma comédia — o que parecia preferível à alternativa.

Porfíria não era, estritamente falando, parte das Terras do Sul: os porfirianos se sentiriam até insultados se alguém sugerisse isso. Abdo me advertira mais de uma vez que aquela gente considerava Ninys, Samsam e Goredd lugares atrasados. Porfíria era a cidade-estado mais meridional numa vasta rede de comércio que ia do extremo norte e do oceano ocidental aos países dos quais só ouvíamos falar vagamente: Ziziba, Fior, Tagi.

As doze famílias fundadoras de Porfíria — os Agogoi — se estabeleceram na foz do rio Omiga há mais de mil anos, achando aquela uma posição ideal para controlar o comércio com as Terras do Sul. Não estavam propriamente erradas; mas foram necessários alguns séculos para que as Terras do Sul estivessem em condições de comerciar.

Na época, as Terras do Sul compreendiam dezenas de tribos que lutavam umas com as outras e eram assoladas pelos dragões vindos das montanhas setentrionais. Há oitocentos anos, a lendária Rainha Belondweg uniu Goredd sob uma única bandeira e expulsou os dragões pela primeira vez. Isso não durou muito; os dragões voltaram em peso durante a Grande Onda.

O conflito terminou na Idade dos Santos, há seis séculos, quando os Santos se dirigiram às Terras do Sul para nos ensinar a combater os dragões com mais eficiência. Seguiu-se uma trégua de duzentos anos, a Paz de São Ogdo, durante a qual Ninys e Samsam prosperaram. Os dragões, porém, estavam apenas ganhando tempo.

Os últimos quatro séculos foram de golpes e restaurações, guerra e paz instável. O tratado de Comonot trouxe a primeira paz concreta desde a de São Ogdo.

Enquanto isso, os porfirianos observavam e esperavam, alheios aos nossos problemas; haviam entrado em acordo com os dragões tão logo estes apareceram e não entendiam por que nós não fazíamos o mesmo — ou por que não nos estabelecêramos num lugar onde os dragões não se dariam o trabalho de caçar. Os porfirianos comerciavam intermitentemente com o sul caótico e, mais regularmente, com o norte e o oeste distantes. Isso não os tornara milionários, mas eles viviam suficientemente bem para não se preocupar com outros interesses, filosofias, sabedorias e culturas.

Só nos últimos quarenta anos, por causa da estabilidade da paz de Comonot e da necessidade de reconstrução das Terras do Sul, Porfíria começou enfim a se ocupar do comércio com que seus fundadores haviam sonhado. Vi negociantes porfirianos nos mercados de Goredd a vida inteira; muitos se estabeleceram nas Terras do Sul, para administrar esse braço de suas operações de importação e exportação.

O antigo tratado dos porfirianos com Tanamoot revelava que eles mantinham um relacionamento bem diferente com os dragões. A comunidade de exilados que Eskar cortejava na tentativa de atraí-los à causa de Comonot talvez nunca pudesse existir em Goredd. Queríamos nossos dragões sempre com seus sinos no pescoço. Mesmo as atitudes dos porfirianos para com os ityasaari, se a educação de Abdo no templo significava alguma coisa, pressupunham uma dinâmica dragões-humanos muito diversa. Eu estava ansiosa para vê-la em ação.

Abdo também. Tão logo a cidade apareceu no horizonte, ele subiu pelo cabrestante e balançou-se com alegria incontida.

Um movimento no céu chamou minha atenção. Formas escuras revoavam sobre as montanhas atrás da cidade. Apareciam e desapareciam, dezenas talvez, velozes demais para eu poder contá-las ou rastreá-las.

Bati no ombro de Abdo e apontei.

— Dragões!

Abdo colocou a mão boa em pala sobre os olhos.

São nossos exilados. Têm permissão de voar em quatro épocas do ano, durante nossos jogos do Deus e da Deusa, e nos solstícios e equinócios.

— Não me diga que chegamos aqui no solstício de verão! — exclamei. A certa altura de minha doença, eu devia ter perdido a conta dos dias.

Ingar, conosco na proa, interpelou um marinheiro apressado.

— O solstício de verão foi há cinco dias — informou ele. — Hoje acabam os jogos.

Chegáramos a Porfíria apenas cinco dias depois da data estipulada por Kiggs e Glisselda, meses atrás, no conforto do Castelo Orison. Enfrentáramos tantos percalços e desvios inesperados que era incrível termos cumprido o prazo.

Eu só desejava que outros fatores que a Rainha e o príncipe não puderam contemplar — o progresso da guerra civil dos dragões e a possibilidade de ela chegar a Goredd — não houvessem tornado nossa jornada supérflua. Precisava ir à embaixada de Goredd o mais rápido possível, contatar a Rainha e saber o que estava acontecendo.

Nosso navio se dirigiu para o porto oriental, junto às docas de descarga de mercadorias. Eu não queria impingir meu mau porfiriano à tripulação, mas, enquanto aguardávamos que a escada do costado descesse, dirigi-me a um jovem contramestre que se postara perto de nós.

— Tem você o conhecer de onde fica o que queremos achar, a gaiola de pombos de Goredd?

O rapaz me olhou, estupefato.

Que está fazendo?, perguntou Abdo, dando-me uma cotovelada com força desnecessária.

Estou lhe perguntando onde se localiza a embaixada goreddi, expliquei.

Não, não está, replicou Abdo. *Além disso, tenho certeza de que ele não sabe. Você tem uma licença de idiotices para estrangeiros, mas não abuse.*

Licença de idiotices para estrangeiros?, estranhei.

Os porfirianos esperam que os estrangeiros falem errado e se comportem como tolos; achamos divertido quando fazem isso e nos desapontamos quando não fazem. Os marinheiros estão se aproximando como quem não quer nada, só para ouvir a próxima besteira que você vai dizer.

Olhei por cima do ombro. Um velho marinheiro sem dentes ria para mim. Corando, dirigi-me para o passadiço, que estava quase nivelado.

— Preciso encontrar a embaixada — disse a Abdo. — E levar você ao templo de Chakhon para ver o sacerdote, Paulos Pende.

Mais tarde, desconversou ele, parecendo ansioso para saltar fora do navio o mais depressa possível. *Primeiro, tenho de ir para casa e descansar um pouco.*

Desde que ele deixara o templo — por razões que ainda não me explicara muito bem —, Abdo vivera com sua tia Naia, contadora de uma empresa de transportes marítimos. O apartamento dela era perto do mercado do porto, num bairro chamado Skondia. O avô de Abdo, que devia ter voltado para Porfíria meses atrás, informara Naia de nossa chegada.

O porto estava cheio de marinheiros e estivadores, guindastes, cestos de caranguejos e mulheres de comportamento duvidoso; gaivotas irrompiam agressivamente para roubar sobras. Abdo se meteu pelo meio da multidão barulhenta, ágil e habilidoso como as gaivotas. Era difícil segui-lo, tanto mais que eu não sabia ao certo que rumo estávamos tomando. Avistei-o perto de um monte de redes, perdi-o, vislumbrei-o ao lado de um pilar sujo de esterco, perdi-o de novo, e por fim vi-o se materializar junto a um músico que tocava uma espécie de alaúde em miniatura. Fomos para leste e finalmente chegamos a umas ruas vazias, sombreadas e em leve declive, ladeadas por blocos de apartamentos.

Eu não vira mais Ingar, que para meu gosto deveria ter tropeçado numa linha de pesca e caído ao mar, mas ele nos seguia de perto.

O térreo do prédio de apartamentos da tia Naia tinha lojas e escritórios; Abdo guiou a mim e a Ingar para a escada, espremida entre uma taberna barulhenta e uma oficina de reparadores de redes fechada. Um cheiro de chá de cardamomo e frituras nos acolheu, enquanto o choro de uma criança ecoava pelo poço da escada. Vizinhos, descendo em meio à penumbra, saudaram alegremente Abdo, reparando muito em Ingar e em mim. O apartamento da tia era no quarto e último andar.

Uma mulher baixa e gorda, trajando calça e túnica amarelas muito práticas, atendeu à batida de Abdo. Seu cabelo castanho na altura do queixo se dividia em inúmeras trancinhas rematadas por contas de cerâmica azuis e verdes brilhantes. Encarapitado no nariz, óculos de aro dourado; e, atrás da orelha, um lápis. Sorriu ao ver Abdo e estendeu-lhe os braços.

Abdo rompeu em lágrimas e se aninhou em seu seio. Ela deu um passo atrás, surpresa, depois se firmou, beijou sua cabeça, apertou-o fortemente e chorou.

— Querido — murmurava ela com os lábios pousados nos cachos de Abdo. — O que vem a ser isto?

O rapaz enxugou os olhos e levantou a mão esquerda. Já não precisava, na verdade, de bandagens — mas ainda a mantinha enfaixada. A tia Naia franziu o cenho e começou a falar rapidamente demais para eu entender. Abdo tentava responder com gestos — eu o vira fazer isso com o avô —, mas a mão machucada o atrapalhava.

A tia Naia gesticulava em resposta. Perguntei-me quanto tempo Ingar, que observava atentamente, levaria para aprender aquela linguagem de dedos.

— Desculpem — disse ela de repente, dirigindo-se a Ingar e a mim em porfiriano básico. — Vocês são amigos de Abdo. Por favor, entrem. Os hóspedes são mandados pelos deuses.

Ingar, por fim, encontrou o que responder:

— Um coração generoso é o templo da verdade.

A tia Naia levou-nos para a sala do apartamento, modestamente mobiliado com um sofá sem encosto, uma mesa baixa atravancada de livros de contabilidade, um braseiro de carvão e um grande número de pequenos tapetes e almofadas. Uma janela quadrada, com vista para o porto, deixava entrar a luz tênue da tarde; cortinas fechavam a entrada para os outros cômodos.

Abdo se deixou cair no sofá e estendeu a mão enfaixada. *Ajude-me a tirar isto, madamina Phina*, pediu. *E diga-lhe o que aconteceu. Estou com problemas.*

Sentei-me ao seu lado, tirei as bandagens e contei à tia Naia — com Ingar traduzindo — sobre nossas viagens pelas Terras do Sul, a ajuda inestimável de Abdo e o ataque que o machucara.

Sua mão jazia inerte em meu colo.

— Mostre-me, querido — pediu a tia Naia, ajoelhando-se.

Abdo engoliu em seco e movimentou o polegar. Os outros dedos permaneceram esticados, rígidos como varetas.

ೞ

Na manhã seguinte, Abdo alegou doença e ficou de cama; dormira num colchão dobrável numa alcova atulhada de livros de contabilidade e com a porta fechada por uma cortina. Naia, Ingar e eu, andando nas pontas dos pés, tomamos em silêncio o café da manhã, constituído de peixe e berinjela frita trazidos de um restaurante do térreo. Naia foi perguntar a Abdo se ele queria comer alguma coisa e voltou da alcova balançando tristemente a cabeça.

— Ele se queixa da mão — explicou, esfregando o polegar na fronte. — Vamos lhe dar algum tempo.

Achei que não era apenas a mão. Abdo também andara deprimido pelo fato de Jannoula invadir sua mente, mas tivera de continuar em movimento ou jamais voltaria para casa. Agora que voltara, o peso todo da preocupação caíra sobre ele.

Após o café, Naia insistiu para que Ingar e eu fôssemos aos banhos públicos.

— Vocês, das Terras do Sul, temem sem dúvida que suas almas sejam tragadas pelo ralo — disse ela, com firmeza —, mas isso não passa de um mito. É bom estar limpo.

Ingar pareceu interessado, o que me intrigou, considerando-se que a corcunda sob sua camisa era um par de asas rudimentares. Meu coração se apertou à ideia de revelar as escamas em meu braço e em minha barriga para dezenas — centenas? — de estranhos. Aleguei com ênfase que estaria muito ocupada naquela manhã.

— Vou levá-la então à tarde, na Hora dos Velhos — disse ela, sem hesitar, enquanto colocava artigos de banho em sua cesta. Deixou um bilhete a Abdo e apontou a porta para Ingar.

Saí com eles, tomando rumo oeste segundo as indicações de Naia e desviando-me do tráfico de carrinhos de mão pela rua ao longo do dique, em busca da embaixada goreddi e de um thnik para me comunicar com a Rainha Glisselda. O céu parecia agressivamente claro e azul; o sol, batendo nas costas de meu gibão de lã, foi ficando cada vez mais quente. Todos os passantes —

desde os moleques maltrapilhos do cais até os mercadores barbados e perfumados que checavam suas listas de artigos — se vestiam de acordo com aquele clima, com roupas de tecidos leves e drapejados. Tirei o gibão, mas a camisa de linho por baixo já estava empapada de suor.

Naia tinha razão: eu precisava mesmo de um banho. E também de roupas mais leves.

Meu senso da importância de Goredd era tão exagerado que esperava encontrar a embaixada entre os edifícios monumentais com fachada de mármore em volta da praça central da cidade, a Zokalaa. Depois de pasmar estupidamente para as colunatas dos templos, o Vasilikon (um recinto abobadado onde se reunia a Assembleia dos Agogoi) e o Grande Empório (um mercado coberto e movimentado), vi-me forçada a impingir meu porfiriano questionável aos passantes. Primeiro, tentei um dos correios que disparavam pela praça como abelhas, mas ele não pararia para gente como eu. Depois, recorri a uma jovem mãe acompanhada de duas criadas, uma com uma enorme sacola de compras, a outra com o bebê. Ela sorriu indulgentemente e indicou-me uma rua secundária, tão íngreme que tinha degraus e tão estreita que eu podia tocar as duas paredes caiadas laterais. Não havia tráfico ali, exceto por um homem que puxava um burro carregado de utensílios de cobre. Tive que me espremer num portal para deixá-lo passar.

Por fim, diante de uma porta de madeira lisa sob uma sacada escura, vi a placa de bronze com a palavra *Embaixada* em porfiriano e goreddi. A aldrava tinha a forma de um coelho, nosso herói astucioso, Pau-Henoa.

Um porteiro porfiriano espiou pela pequena abertura à altura do olho, anotou meu nome e fechou-a de novo. Esperei, com a mão em pala sobre os olhos para protegê-los do sol cada vez mais forte. O homem reapareceu como o cuco daquele relógio especial, entregou-me um envelope de pergaminho dobrado e desapareceu de novo.

Hesitei, sem saber se devia bater outra vez e pedir para falar com o embaixador, mas, se ele quisesse me receber, já me teria feito entrar. Talvez nem estivesse ali; talvez houvesse ido tratar dos interesses de Goredd na Assembleia dos Agogoi.

Presumi que era assim que as coisas funcionavam. Não havia realeza em Porfíria.

Abri o envelope e um thnik de brilho fosco caiu em minha palma. Era outro nó de namorado. Afinal, eu não precisaria conversar com o embaixador;

aparentemente, Glisselda determinara que eu tivesse meu próprio aparelho. Desci a rua na direção do porto, procurando um lugar sossegado para me comunicar com minha Rainha, pois, na casa de Naia, Jannoula poderia me ouvir por intermédio de Abdo.

As docas a oeste estavam apinhadas de barcos de passageiros e iates e, na extremidade ocidental, um quebra-mar se estendia por quase dois quilômetros diante da entrada do porto. Na ponta, um farol, irmão gêmeo de outro na ponta oriental. Dirigi-me para o quebra-mar.

Era um local favorito de passeio; podia-se respirar ali o ar marinho sem o cheiro nauseabundo dos barcos de pesca. Casais jovens e velhos vinham gozar a brisa fresca; carrinhos de tortas de berinjela e sardinhas assadas se dispunham a intervalos, para atender aos que porventura não tivessem tomado o café da manhã. A maioria das pessoas trazia um diadema de ouro na cabeça, o que significava que eram Agogoi ricos. Criados às vezes os seguiam a alguns passos de distância, carregando sombrinhas ou bebês. Senhores e criados me olhavam com uma mescla de zombaria e confusão. Uma estrangeira boba, pálida, com roupas demais e suando como um porco era bem uma novidade naquela manhã ensolarada.

O caminho se dividia e contornava a base do farol. As pessoas passavam por ali, mas não se demoravam. Alguém poderia ficar imune ao espetáculo do mar se encontrando com o céu? A ilha de Laika, onde os porfirianos mantinham sua esquadra, surgia a sudoeste. Aves marinhas sobrevoavam-na vertiginosamente. Quando o vento era favorável, eu podia ouvir os gritos dos leões-marinhos, embora não os distinguisse das rochas. Sentei-me num bloco de pedra, aquecido pelo sol e não muito coberto de esterco de aves, para me comunicar com os meus amigos pela primeira vez em semanas.

— Castelo Orison. Identifique-se — atendeu um pajem.

— Seraphina Dom... — comecei, mas Glisselda devia estar por perto.

— Phina! — gritou ela. — Conseguiu chegar a Porfíria? Todos estão bem?

Ri de seu entusiasmo.

— "Todos" são gente demais para eu saber — respondi. — Mas estou bem, sim. Abdo...

Abdo não estava bem. Minha voz tremeu ao dizer isso.

— Recebemos a mensagem que você mandou por Lars — comunicou ela. — Foi inteligente de sua parte informar Viridius do que aconteceu. Lars parecia meio atrapalhado.

A brisa ficou mais fria; uma gaivota piou.

— Como assim? — perguntei.

— Lars nos deu notícias suas — respondeu ela. — Como você esperava. O grande e leal Lars! E Viridius com ele, apoiado em sua bengala. Lars nos contou que você se meteu em apuros e perdeu seu thnik, mas embarcou para Porfíria e nós devíamos lhe entregar outro thnik lá. O tempo todo, Viridius interrompia: "Sim, mas... meu caro, fale-lhes sobre..." Lars, porém, não lhe dava atenção. Por fim, Viridius perdeu a paciência e gritou: "Olhem, a notícia mais importante é que o irmão de Lars, Josef, usurpou..." Então, aparentemente, a bengala de Viridius deslizou e ele caiu. — A voz de Glisselda assumiu um tom grave. — Não percebi o que acontecera, mas Lucian viu tudo. Lars chutara a bengala de Viridius.

À minha frente, o mar se agitava. Agarrei as bordas de meu poleiro de pedra, subitamente tonta. Não, Lars jamais faria aquilo.

Sem dúvida, fora Jannoula quem, dentro de sua mente e ouvindo tudo, movera seu pé.

A voz de Glisselda prosseguiu:

— Viridius bateu a cabeça e ficou inconsciente por dois dias. E Lars ficou completamente confuso, o que para mim confirmava um acidente, enquanto Lucian insistia na culpa. Resultado: os dois já não estão mais juntos. Lars se mudou para a ala sul com a Dama Okra e os ityasaari ninysh. Continua trabalhando em nossas máquinas de guerra, mas pouco fala com os outros. Lucian não o perde de vista.

— Mas Viridius se recuperou? — perguntei, com a garganta seca. Eu gostava do velho compositor, por mais chato que ele fosse.

— Fisicamente, sim. Está aborrecido com Lars, como você bem pode imaginar. Contou-nos sobre o golpe em Samsam. A teoria de Lucian é que Lars se envergonha do irmão e não queria que nós soubéssemos. Mas esse não me parece o jeito de Lars.

— Não — concordei, segura. — Lars lhe contaria e nunca... — Minha voz fraquejou. Respirei fundo. — Jannoula está em Samsam; eu a vi. Acho que ela ajudou Josef até em sua ascensão ao poder e agora está dominando Lars.

Houve um longo silêncio.

— É muita coisa de uma vez só — desabafou Glisselda por fim. — Então, tudo o que dissermos diante de Lars pode ser ouvido em Samsam?

— Lars, Dama Okra, Od Fredricka, Gianni Patto — respondi. — Pelo que sei, ela acabou descobrindo um modo de entrar também em Nedouard e Blanche. Não diga nada de importante diante de qualquer deles. — Olhei o céu. — Por aqui, Jannoula se apossou de Ingar e Abdo.

— Pela pedra de São Masha! — suspirou a rainha. — Temíamos mesmo que você se referisse a Abdo quando nos chamou de Fnark.

— Gostaria de saber o que Jannoula pretende — queixei-me.

— Já sabemos o bastante — retrucou Glisselda em tom firme. — Esse flerte em Samsam com o traiçoeiro e antipático Regente revela intenções hostis. Não há nenhuma chance de que Jannoula tenha se apossado da mente de Josef, há?

— Jannoula explora sua religiosidade — expliquei. — Abdo me garantiu que ela não estava dentro da mente de Josef. — No entanto... — eu não sabia bem como explicar —, pode tornar o fogo mental dele visível a humanos. É um truque para se fazer de santa. Cuidado com esse jogo.

Seria possível resistir ao encanto de Jannoula? Era o que eu desejava saber do fundo da alma.

— Oh, não tenho nenhuma intenção de deixá-la entrar em Goredd, caso possa impedir — respondeu a Rainha. — A pessoa que mais gostaria de encontrá-la na fronteira e prendê-la para... sei lá o quê... sugeriu algo muito engenhoso e perfeitamente legal.

Não pude deixar de sorrir; ela conhecia bem seu primo.

— Infelizmente, ele não estará aqui — concluiu Glisselda.

— Como? — gritei. — Estará onde, então?

— Ah, não devo dizer muita coisa pelo thnik, apenas que o velho general começa a achar algum mérito no plano de Eskar. Irá a Porfíria e levará Lucian consigo.

De modo que Comonot aparentemente pusera de lado suas reservas quanto a levar a guerra ao sul, a Goredd. Tentei adivinhar o que Glisselda pensava sobre isso, mas sua voz não me deu nenhuma pista.

— Preciso que você termine sua missão em Porfíria, Seraphina — disse a Rainha. — O Ardmagar chegará dentro de duas semanas; Eskar e os cavaleiros do Forte Ultramarino foram instruídos a ficar de prontidão. Portanto, amiga, todas as suas peças deverão também estar encaixadas. Você e os ityasaari voltarão para casa com Lucian.

— Verdade?! — exclamei, com o coração aos pulos só de ouvir mencionar a palavra "casa".

Ou o nome do Príncipe Lucian.

Glisselda brincou:

— Estou com ciúme de vocês dois.

— E-está? — perguntei cautelosamente, incerta quanto ao que ela queria dizer.

— Oh, por Todos os Santos, sim! Cá estou eu, Rainha, pregada num lugar enquanto vocês dois viajam por todo lado em meu nome. É terrivelmente injusto.

Relaxei um pouco.

— Está com inveja.

— Foi o que eu disse — Agora parecia ríspida; eu abusava de sua paciência. Suas intenções inocentes e minha consciência culpada não batiam bem.

Uma voz ao fundo falou baixinho com Glisselda e ela disse:

— São Daan numa panela! Tenho que ir. Mantenha-me a par de seu progresso.

— Pode deixar — garanti, mas ela já desligara.

Caminhei pelo quebra-mar com o coração dividido. Lado ao lado com a culpa, é claro, vinha seu contrário e causa: a alegre antecipação de ver o Príncipe Lucian Kiggs em breve.

Quinze

Voltei pelo mercado do porto, onde comprei roupas leves, pomada de azeite para minhas escamas e um grande travesseiro bordado como presente para Naia.

Ela gostou do travesseiro, mas cumpriu a ameaça de me levar aos banhos. Sobrevivi a isso observando tudo com desprendimento acadêmico, dragontino: os azulejos com motivos náuticos no teto abobadado; a água esverdeada e ligeiramente turva; minha vergonha goreddi, fora de moda, de ficar nua; as faces envelhecidas, zombeteiras, examinando-me meticulosamente; e o fato de eu ser a pessoa mais branquela e com escamas no local.

Aquilo era bem curioso. Eu poderia escrever um tratado, ou coisa que o valha, sobre o assunto.

Foi ótimo eu dar a Abdo algum tempo para ficar sozinho enquanto visitava a embaixada e os banhos; mas, quando ele não se levantou no dia seguinte, comecei a ficar preocupada. Restavam-me duas semanas para encontrar os outros ityasaari — e Orma — antes da chegada de Kiggs e Comonot; e, certamente, Abdo queria que Paulos Pende, o sacerdote ityasaari, o livrasse de Jannoula o mais rápido possível.

Consultei Naia após o café da manhã, em voz baixa para Ingar não ouvir.

— Será que devo acordar Abdo? Ele pretendia ir logo ao templo de Chakhon.

Naia me pareceu amedrontada.

— Duvido — respondeu. — Você deve ter entendido mal.

Lembrei-me de minha última conversa com Abdo a bordo do navio. Na verdade, ele não se mostrara muito entusiasmado.

— E por que não iria querer ir?

Naia apertou os lábios, lançando um olhar furtivo para a cortina da porta de Abdo, como se não estivesse bem certa da aprovação do sobrinho, caso ela falasse.

— Abdo se desentendeu com Paulos Pende e ambos se separaram brigados. Também não acho que o sacerdote queira vê-lo.

Hum! Agora a reticência de meu amigo quanto ao assunto começava a fazer sentido. No entanto, se o velho sacerdote não queria ver Abdo, seguramente não poria obstáculos em me ver. Com jeitinho, ele talvez concordasse em livrar o rapaz de Jannoula. Além disso, era lógico que eu começasse por Paulos Pende caso pretendesse encontrar os ityasaari porfirianos. Eu avistara o templo de Chakhon na véspera, ao passar pela Zokalaa.

Ingar se aproximou por trás de mim enquanto eu falava com a tia Naia. Ingar era um problema. Eu não o queria espiando meus passos e mantendo Jannoula informada, mas ele, seguramente, iria me seguir por toda parte como um cão.

Decidi levar o careca amante de livros à famosa biblioteca de Porfíria, a Bibliagathon — onde Orma pesquisara os meios-dragões. Talvez pudesse deixá-lo ali e fazer uma visita rápida ao meu tio. Saímos antes do meio-dia, rumo às colinas do lado oeste da cidade, o mais rico de todos.

— Ouvi... muita coisa... — disse Ingar, ofegante. Eu subira a rua depressa demais para ele, que, porém, não deixaria de falar por causa de uma ninharia como a falta de fôlego. — Minha própria biblioteca não é das mais... insignificantes...

Parei para que ele pudesse descansar. Sua careca suava em bicas e estava alarmantemente vermelha. Contemplei a cidade espalhada aos nossos pés, semelhante a uma tigela colorida que tivesse, no fundo, uma mancha de sopa violeta. Ingar se encostou a um muro sombreado de jardim; videiras expeliam vistosas flores rosadas por uma fenda acima de sua cabeça.

— Enviei para Goredd — disse ele, quando conseguiu formar uma frase inteira sem se interromper.

— Enviou o quê? — Eu perdera o fio de seu pensamento.

— Minha biblioteca — respondeu ele. — Jannoula quer construir o Céu na terra e com quê um coitado como eu poderia contribuir? Não há paraíso sem livros, concorda?

— Construir o Céu na terra? — Isso era novo para mim. — E como será?

— Você sabe — disse ele, com seus olhos arregalados de boi. — Quando estivermos todos reunidos. Viveremos juntos em Goredd, com você, seguros e felizes.

Abri e fechei a boca. Era o que Jannoula procurava ou o que Jannoula dissera a Ingar estar procurando, a fim de manipulá-lo? A meu ver, ela dissera isso ao velho na tentativa de manipular a mim, para mostrar que partilhava meu sonho de refazer meu jardim no mundo.

Esse sonho agora tinha um gosto amargo na minha boca.

Além do mais, o Céu na terra não explicava seu comportamento em Samsam. A regência de Josef seguramente anunciava o oposto da segurança para os meios-dragões, apesar de todo o seu entusiasmo por Jannoula — a qual, sem dúvida, queria algo mais do que Ingar sabia.

— Tenho, por alto, vinte e sete mil volumes em minha biblioteca — recomeçou Ingar, pondo-se de novo a caminho como se a Bibliagathon o atraísse irresistivelmente. Segui-o em silêncio. — Minha mãe colecionava livros e foi assim que conheceu meu pai, o saarantras. Ele adquiria livros raros para ela, e, de fato, há verdadeiras maravilhas em minha coleção. Tenho, por exemplo, os testamentos originais de São Vitt, São Nola e Santo Eustace.

— Originais... você quer dizer escritos de próprio punho pelos Santos? — perguntei.

Ele assentiu, com ar modesto.

— Um teólogo mais erudito que eu teria de examiná-los, mas sim, acredito que sejam originais. Pertencem à Era dos Santos, não há dúvida. A escrita dessa época incorpora certas idiossincrasias...

Interrompeu-se porque justamente então o famoso edifício surgiu diante de nós: as colunas esguias, a cúpula elevada, os pórticos e pátios onde filósofos haviam passeado e discutido — um repositório do conhecimento acumulado ao longo dos tempos. A Bibliagathon ocupava um quarteirão inteiro e ainda mais. Orma me dissera que metade dos livros estavam divididos entre outros três edifícios separados: um para as edições antigas e frágeis, outro para os textos extremamente obscuros e o último para novas aquisições e obras difíceis de classificar.

Ingar dava pulinhos como um menino; naquele momento, compreendi-o. Aquele era, sem dúvida, seu paraíso na terra.

Meu plano de deixar Ingar na Biblioteca tinha uma falha importante: eu mesma não era insensível ao canto das sereias dos livros. Vagueei, perplexa com as infindáveis estantes e nichos de pergaminhos, os pátios rodeados de colunas e as fontes borbulhantes, os estudiosos escrevendo apaixonadamente seus tratados em longas mesas de madeira, os raios de sol cortando obliquamente os corredores abertos.

Orma deve estar aqui, lembrei-me — e essa era toda a desculpa de que eu carecia para ficar. Se ele andava colhendo referências históricas aos meios-dragões, onde poderia ir? Só com dificuldade eu lia as inscrições no alto das portas; a escrita porfiriana difere das do Sul, de modo que eu tinha de refletir sobre cada letra. Por sorte, as inscrições eram em baixo-relevo. Algumas me soavam obscuras — admite-se que uma rã gigante represente a filosofia? —, mas as imagens de instrumentos musicais eram inconfundíveis.

Orma era um musicólogo de formação. Por ali é que eu devia começar.

Na sala de musicologia não havia ninguém, exceto o busto do poeta-filósofo Necans, ao fundo. Seu nariz de bronze brilhava, polido por gerações de estudiosos incapazes de resistir à tentação de puxá-lo. Examinei as estantes, notando com certo orgulho que possuíamos mais livros de música de Santa Ida em Lavondaville e que meu tio guardava outros tantos em seu escritório.

Alguns livros eram na escrita sulista e muitos até meus conhecidos dos tempos de estudante. Um grosso volume das *Transgressões Polifônicas* de Thoric, encadernado em couro branco de bezerro, me lembrou tão vividamente o velho exemplar de Orma que o tirei da estante num arroubo sentimental, olhei para a capa e quase o deixei cair.

Havia uma marca, cruzando a capa, no lugar onde eu lhe batera com o plectro, no dia em que Jannoula usara minha boca para beijar Orma.

Era o exemplar de Orma, indiscutivelmente. Ele deixara Goredd com a maior quantidade de livros que pudera levar — alguns dos quais, soube-o pelo bibliotecário de Santa Ida, nem lhe pertenciam. Será que se cansara de carregá-los? Orma era tão apegado a seus livros que eu não podia imaginá-lo se separando voluntariamente sequer de um deles.

O exemplar estava estranhamente bojudo. Havia uma estante de leitura perto do busto de Necans. Abri o livro sobre ela e encontrei outro volume dentro, um manuscrito fino. Alguns papéis soltos se espalharam pela estante, deslizaram pelas bordas e pousaram no chão como folhas caídas. Juntei-as, cada vez mais agitada. Eu conhecia a letra angulosa de Orma; aquelas anotações eram dele. E, se as fizera, voltaria.

Tentei reordenar as páginas espalhadas, mas elas não tinham numeração. Comecei a lê-las e a primeira, felizmente, logo se tornou óbvia. Orma escrevera THESIS no alto, em letras maiúsculas. Li:

É difícil encontrar casos historicamente confirmados de cruzamentos de dragões e humanos. Os dragões mal reconhecem que tal fenômeno seja exequível; se aconteceu, eles o ignoram. Fontes humanas às vezes aludem a essa possibilidade, mas não documentam nenhum caso (exceção: fontes porfirianas). E se meios-dragões históricos existiram, mas suas origens são ignoradas? Sugiro procurar relatos de pessoas com características e habilidades inusitadas, determinar o padrão e tirar conclusões a partir daí.

Uma rica e bem documentada coletânea desses indivíduos esteve o tempo todo bem debaixo de nossos narizes: os Santos das Terras do Sul.

Os Santos? "Essa é uma teoria furada, tio", murmurei.

Furada ou não, continuei lendo. A biblioteca, à minha volta, foi ficando escura e o sol cruzou o céu sem que eu o percebesse. Orma pesquisara sistematicamente os Santos Sulistas — inclusive muitos de quem eu nunca ouvira falar — e registrara todas as suas características não humanas: a pele azulada de São Prue, as pernas extras de São Polypous, as visões de Santa Clara. Elaborara uma tabela onde classificava suas peculiaridades como prováveis, plausíveis, metafóricas ou fantasiosas (nesta categoria punha a cabeça destacável de Santa Capiti; com razão).

Fiquei fascinada e ligeiramente horrorizada. Esse tipo de coisa podia levar uma pessoa à fogueira por heresia em Samsam; pelo menos, fora o que eu ouvira. Em Goredd... bem, em Goredd ninguém lhe daria crédito. Orma era um dragão. Admitia estar fazendo hipóteses. Seus argumentos eram um colossal castelo de cartas e eu esperava a qualquer momento que uma brisa inevitável o pusesse abaixo. Mas o que achei foi isto:

O testamento é mais completo e revelador do que eu poderia imaginar. Entendo por que o velho sacerdote o teria mandado para cá depois de ver seu conteúdo. Não queria destruir uma relíquia, mas também não podia permitir que alguém mais soubesse da existência do documento — e muito menos o lesse. Não existe esconderijo melhor que esta biblioteca, penso eu.

Estaria se referindo ao manuscrito encadernado, oculto no volume grande juntamente com as notas? Abri-o com dificuldade; a lombada estalou, como se me repreendesse. As páginas muito antigas eram extremamente frágeis e não ousei tocá-las, mas notei que a escrita era num alfabeto desconhecido para mim.

Um bibliotecário caminhou pelo pátio, batendo um gongo. Eu estava ali há horas; a Bibliagathon fecharia em dez minutos. Aparentemente, Orma não voltaria naquele dia e o tempo que passei lendo suas notas teria sido mais bem aproveitado se eu tivesse ido atrás de Paulos Pende no templo. Vi um monte de lápis de carvão na estante para os estudiosos; usei um para rabiscar o endereço de Naia e a frase *Procure-me!* ao final das notas de Orma; depois, acomodei novamente as páginas soltas e o testamento dentro do livro maior. Eu poderia checá-los regularmente enquanto estivesse em busca dos ityasaari. Saí, preocupada com os meus planos, e desci os degraus de mármore.

Deveria esperar por Ingar? Ora, ele que voltasse sozinho para casa.

Ao pé da escada, quatro homens de libré pousaram uma liteira que vinham carregando. Uma mão cheia de anéis afastou a cortina e uma mulher majestosa apareceu, trajando um estranho vestido cor de açafrão pregueado e de cintura alta. Seus ombros fortes se expunham, nus, à brisa; o cabelo, enrolado para cima, lembrava antes uma arquitetura elaborada, sustentada por um diadema de ouro.

O diadema significava que ela era uma Agogoi. Abdo costumava dizer que essa joia funcionava como as listras da abelha: uma advertência. *Ela tem o poder de picar você.*

A mulher avançou em minha direção, as solas de madeira de suas sandálias estalando nos degraus. Calculei que fosse uns dez anos mais velha que eu e, quando chegou perto, meia cabeça mais alta. (E eu não sou baixa.) Tentei não olhar para cima.

A mulher disse num goreddi seco e sonoro:

— Você é Seraphina Dombegh.

Meu primeiro instinto foi lhe fazer uma cortesia, mas não estava vestindo sequer uma camisa; parecia uma operária do cais com a túnica e as calças que comprara na véspera. Os porfirianos não apertam as mãos. Como último recurso, inclinei-me. A mulher não sorriu.

— Sou Zythia Perdixis Camba — apresentou-se solenemente. — Você deve me chamar de...

— Camba — completei, ansiosa para mostrar que Abdo me ensinara o tratamento correto. Sem dúvida, interrompi-a com minhas boas maneiras.

— Paulos Pende pediu que eu a procurasse — disse ela.

— Está bem — comentei, feliz ao pensar que, afinal de contas, não perdera meu dia, embora achasse estranho o fato de o sacerdote ter notícia de minha presença na cidade e até saber meu nome.

Camba relanceou o olhar para as portas da biblioteca.

— Devo esperar também por seu companheiro.

— Talvez não seja uma boa ideia — comecei; mas então, como se isso fosse uma deixa, Ingar apareceu no alto da escada com dois bibliotecários ladeando-o e um terceiro tirando delicadamente livros de suas mãos.

Camba examinou com ceticismo a silhueta corpulenta e corcunda de Ingar.

— Ele também é *ityasaari*?

Assenti. Era estranho ouvir alguém falar naturalmente sobre os ityasaari, como se fôssemos criaturas comuns. Presumi que, se ela conhecia bem o sacerdote Pende, estava acostumada conosco.

Mas quem dera informações a Pende?

Ingar começou a descer as escadas com um sorriso em sua cara de lua. Franziu o cenho ao ver Camba, que se dirigiu a ele em goreddi:

— Saudações, amigo. Devo levá-lo à presença de Paulos Pende.

Ingar pasmou para os olhos saltados da mulher como se houvesse esquecido todas as línguas que conhecia. Em seguida, virou-se e começou a subir a escada. Chamei-o, confusa, até concluir que talvez ele não quisesse ver Paulos Pende. Abdo me dissera que o sacerdote costumava escorraçar Jannoula da mente das pessoas.

Camba gesticulou para seus criados, dois dos quais correram atrás de Ingar.

Este, no alto da escada, tirou estabanadamente o gibão e puxou a camisa para o alto da cabeça, expondo o peito branco e liso. Vi que o patife escondera um livro entre as asas rudimentares. O livro caiu nos degraus quando ele as estendeu de ponta a ponta.

Abriu ainda mais as asas.

Estas talvez não fossem tão rudimentares assim.

Seus perseguidores estacaram ao ver aquelas asas prateadas, membranosas como as de um dragão. Ingar saiu correndo em direção à parede da biblioteca, batendo as asas tão elegante e eficientemente quanto uma galinha assustada. Mesmo assim ganhou impulso suficiente para escalar a parede, agarrar-se à beirada do teto e subir.

Uma vez no teto, pôs-se a ofegar e a xingar com as mãos nos joelhos. Não importava o que mais pudesse ser, era ainda um ladrão de livros velho e gordo.

Camba tirou as sandálias e se aproximou da parede da biblioteca. Estudou-a, procurando apoio para as mãos, e, ágil como um gato, subiu atrás de Ingar.

Era notavelmente forte e pensei que talvez pudesse ser, também ela, um ityasaari. Mas Camba nunca estivera em minhas visões; não existia em meu jardim de grotescos. Será que eu não vira todos eles?

Camba alcançou o velhote e, sem ligar para seu penteado aparatoso, jogou-o sobre o ombro como um saco de areia e desceu. Ingar esperneava e gritava, mas Camba arrastou-o para a liteira, tranquila como se aquele fosse seu ofício diário.

Quando todos estávamos espremidos lá dentro, a liteira se pôs em movimento. Uma pessoa bondosa havia trazido a camisa de Ingar, que a enfiou pela cabeça resmungando:

— Minha senhora me advertiu contra Paulos Pende. Ele é perigoso.

— Paulos Pende é a melhor pessoa que já existiu — disse Camba serenamente, alisando o vestido e recompondo o penteado. *Eu*, sim, sou perigosa. Não gostaria de fazer isso, mas poderia quebrar seus braços como gravetos. Portanto, nada de gracinhas.

Ingar, de olhos arregalados, se submeteu com um leve aceno de cabeça. Perguntei-me que tipo de sacerdote empregaria uma mulher feroz, pronta a quebrar os braços dos outros. Sem dúvida, o mesmo tipo capaz de adivinhar que eu viera à sua procura. Meu plano era falar-lhe naquele dia, mas não podia fingir que não estava apreensiva enquanto nosso veículo superlotado se sacudia todo ladeira abaixo.

Camba, de seu lado, retirou um pequeno rolo de pergaminho que estava atrás da almofada e pôs-se a ler em silêncio, sem dar a mínima atenção para nós.

Dezesseis

A liteira sacolejante, que lembrava demais um navio para meu gosto, finalmente parou e descemos, piscando e procurando endireitar o corpo, na barulhenta praça Zokalaa. A oeste, erguia-se o templo de Kakhis de Outono, a rígida deusa da necessidade inflexível, e a oeste um santuário bem mais atraente, a julgar pela quantidade de adoradores que subiam e desciam as escadas — o templo de Chakhon da Primavera, o deus jovial do acaso em sua personificação da fertilidade.

Camba arrastou Ingar para o templo de Chakhon, subindo os degraus pelo meio de uma multidão de jovens mulheres que desciam. Cruzamos um peristilo cercado de colunas e penetramos num recinto escuro, onde fui recebida por uma densa nuvem de incenso e um emaranhado de cordas que dançavam à nossa volta como uma floresta de trepadeiras. Quando esbarrávamos nelas, as cordas acionavam sinos presos ao teto que produziam uma cacofonia retumbante. Isso me assustou a princípio, mas depois sorri diante de uma recepção tão inesperada. O deus do acaso e eu própria tínhamos o mesmo senso de humor. Estendi os braços ao passar, a fim de fazer com que mais sinos badalassem.

— Isso é falta de respeito — murmurou Camba, dando-me uma cotovelada. — Caminhe em direção à luz.

Grandes braseiros flamejavam em algum ponto lá na frente. Saímos do emaranhado de cordas para um espaço arejado como a nave de uma catedral. Diante de nós, alteava-se a estátua de um belo homem com os olhos vendados, sentado de pernas cruzadas e mãos nos joelhos, as palmas voltadas para cima;

os fiéis aguardavam junto às cordas, aproximando-se do altar quando o deus os chamava.

Camba não esperou o chamado, ou talvez o tenha percebido antes de nós. Ajoelhou-se, abanou um pouco de fumaça perfumada na direção do rosto, ergueu-se e fez uma reverência.

— Ouçam, estrangeiros ridículos — disse ela, com os olhos fixos no Grande Chakhon —, vamos entrar no recinto sagrado. Achei absurdo levá-los para dentro, mas Pende é velho e não gosta de andar. Sigam-me em todos os movimentos. Não toquem em nada. Evitem contato visual com as sacerdotisas. Posso confiar em vocês?

A perspectiva de ofender alguém era um pouco assustadora, mas assenti. Ingar se empertigou, resmungando:

— Já li sobre seus recintos sagrados. Sei que...

— Tudo o que você leu é insuficiente e incompleto — atalhou Camba, com rispidez.

Levou-nos por uma porta oculta atrás da estátua de Chakhon até uma antecâmara onde tiramos os sapatos, depois para junto de uma fonte gotejante onde tivemos de lavar as mãos, os pés e os pensamentos. Relutei em tirar as luvas; porém, não havia outro jeito. Camba olhou disfarçadamente para minhas escamas, mas não disse nada. Cumprimos a purificação dos pensamentos, de maneira simbólica, enchendo a boca de água e expelindo-a com força pelo nariz. Nós, sulistas ineptos, não conseguimos fazer isso sem ser tomados por um violento acesso de tosse. Camba revirou os olhos, mas por fim nos declarou suficientemente limpos.

Quando saímos da antecâmara para o claustro, um iniciado de manto branco nos apresentou um cesto que continha o Pão do Acaso. Ingar tentou pegar uma fatia, já que o alimento estava sendo oferecido, mas Camba desviou-lhe rudemente a mão. Aquilo decerto não era para nós. A própria Camba mastigou só um pedacinho e pareceu tirar, disfarçadamente, pedrinhas da boca, que guardou numa pequena bolsa dependurada do pescoço.

As Irmãs do Acaso andavam pelo claustro de olhos fechados, parando quando o deus mandava e abrindo-os com lentidão solene. Viramos o rosto, conforme Camba nos instruíra; Ingar me esclareceu em voz baixa que, se cruzarmos o olhar com uma sacerdotisa, romperemos seu vínculo com o deus. Camba ouviu e declarou:

— Informação incompleta.

Chegamos à cela despojada de Pende, mas ele não estava lá. Camba interrogou um noviço, que nos encaminhou para uma parte mais distante do recinto. Saímos do claustro e entramos num jardim murado cheio de plantas cuja topiaria evoluíra das formas originais para silhuetas irregulares e bulbosas.

Mas talvez a intenção fosse exatamente essa: uma topiaria do acaso.

Num banco de pedra, estava sentado um homem extremamente velho, com a mão acariciando a barbela vermelha que lhe pendia da garganta e trajando uma roupa imaculada de sacerdote. Lançou-nos um olhar míope.

Reconheci-o imediatamente. Em meu jardim mental, eu o chamava de Homem Pelicano, que ficava sentado num banco contemplando as estrelas. Sempre me parecera gentil e sábio.

Camba ajoelhou-se a seus pés no pátio coberto de musgo e acenou para que fizéssemos o mesmo. Ao ver-nos nessa atitude perfeitamente humilde, Pende falou. Sua voz saía misturada com estalidos, pois usava uma dentadura de marfim que rangia e tornava suas palavras difíceis de entender.

Camba traduziu as palavras de Pende:

— Você não encontrará os outros ityasaari, Seraphina Domberg. Pedi-lhes que ficassem longe de você. Advirto-a: também tenho poderes mentais e defenderei meu povo. Sou o inimigo mais formidável com que já se defrontou.

Enrubesci. Imaginara uma conversa agradável com o místico Homem Pelicano; mas nenhuma de minhas outras conversas começara daquela maneira. Engoli em seco.

— Deve haver algum engano — balbuciei. — Você e seus amigos ityasaari não têm nada a temer de mim.

— Mentirosa! — gritou o velho. — Tufos de cabelo branco se eriçaram em sua cabeça como labaredas foscas. — A invasora de mentes, Jannoula, ordenou a Brasidas que esperasse sua agente, aquela que ela enviaria para nos arrebanhar. Não finja surpresa. Brasidas me contou tudo depois que eu expulsei Jannoula de sua mente.

Pende sabia alguma coisa sobre as intenções de Jannoula; portanto, sabia também alguma coisa sobre as minhas, embora não o suficiente.

— Os objetivos de Jannoula e os meus podem parecer os mesmos a distância — expliquei, na tentativa de tranquilizá-lo. — Mas não estou trabalhando com ela.

Pende resmungou, incrédulo, e olhou para outro lado. Camba, por sua vez, fitou-me intensamente.

— Jannoula invadiu minha mente, contra a minha vontade, quando eu era criança — contei. — Ela mudou as mentes e os corações de pessoas que amo, movendo-as por aí como marionetes. Sei bem o que Jannoula pode fazer. Não é minha amiga.

Junto de mim, Ingar olhava incrédulo, de boca aberta. Aparentemente, ignorara até o momento o que eu sentia por Jannoula; evitei encará-lo.

Reencontrei finalmente as palavras:

— Jannoula não está mais em minha mente. Livrei-me dela.

Camba trocou um olhar com Pende, arqueando com ceticismo as sobrancelhas finas.

— Sozinha, você não poderia tê-la expulsado. Precisaria da ajuda de outra pessoa.

— Não a expulsei — disse eu, lembrando-me de que eu própria atraíra outros, inclusive o velho sacerdote, para minha mente, sob a forma de avatares. Pende me julgaria mal por isso? Continuei, apressadamente: — Enganei-a, fazendo com que partisse, e bloqueei sua volta.

Camba consultou o sacerdote com um olhar e disse:

— Paulos Pende pode colocar as mãos em sua cabeça? Ele conseguirá ver parte de seu futuro e de seu passado, mas, para isso, precisa tocá-la.

Hesitei, mas aquela era a única maneira de convencê-lo a confiar em mim. Arrastei-me de joelhos até ele. Pende estendeu suas mãos de dedos retorcidos pela artrite. Pousou a palma da esquerda em minha fronte e os dedos da direita em minha nuca. Seus profundos olhos castanhos encontraram os meus.

Senti-me como um pássaro enclausurado dentro de meu crânio, batendo as asas contra as paredes de osso. Os olhos de Pende se dilataram de surpresa, mas continuou com o cenho franzido, concentrando-se. Agora, o pássaro se agitava ainda mais, bicando o interior de minha cabeça, bem entre os olhos. Retraí-me.

Paulos Pende retirou as mãos e inclinou a cabeça para um lado.

— Estranho! Posso penetrar no pequeno átrio onde você conserva pedaços de outros ityasaari... inclusive eu. — Sua expressão era severa. — Mas não posso ir mais longe. As portas da casa grande estão fechadas e uma delas é bastante misteriosa. Não sei aonde vai dar.

— Nem eu consigo atravessar essa porta — confessei, achando que o compreendera. — Foi por ela que mandei Jannoula embora.

O velho sacudiu a cabeça, com um leve brilho de admiração nos olhos.

— Não vi traços dela. Você não é uma de suas criaturas. E tem poder... ou teve.

Fitei-o, pasmada, sentindo um calor inexplicável no peito.

— T... tive?

As rugas em torno de sua boca se aprofundaram.

— Ainda tem, mas ele está preso. Não poderá usá-lo a menos que o liberte. E liberte a si mesma. Não consigo ver seu fogo mental, você está inteiramente fechada.

— Refere-se ao muro que construí em volta do jardim? — perguntei, procurando entender. — Minha mente escapava incontrolavelmente; não havia alternativa.

— Oh, alternativa sempre há — disse ele, com a dentadura estalando. Procurou firmá-la com a língua. — Quanto a esse pedaço de mim que está conservando, pegou-o contra a minha vontade. Exijo que o deixe sair.

— Sim, posso fazer isso — apressei-me a dizer. Libertar Gianni Patto aparentemente não produzira nenhum efeito adverso, além de forçar o jardim a encolher um pouco. Mergulhei em meu íntimo, tentando chegar lá rapidamente, e despreguei Paulos Pende de meu tecido mental. Inclinei-me, roçando a testa na grama úmida, e aguardei a onda de angústia — que não foi menos forte por ser esperada. Quando, finalmente, consegui endireitar o corpo, Pende me olhava com curiosidade.

— Isso a machucou — disse ele, parecendo surpreso. — O que somos para você?

— Durante anos, vocês foram meus únicos amigos — respondi. Mas muito mais que isso, eu começava a suspeitar. Aqueles pedaços dos outros haviam se tornado meus pedaços.

Camba escutou e traduziu. A expressão sombria de Pende se descontraiu um pouco e, por um instante, ele quase sorriu; mas logo encarou Ingar com seus olhos de falcão e disse:

— Agora é a sua vez, homenzinho.

Ingar se contorceu e agitou a cabeça branca veementemente.

Pende falou alguma coisa a Camba, mostrando o espaço em torno da cabeça de Ingar. Meu porfiriano era precário, mas entendi Camba dizer:

— Vejo duas cores. Não consigo, porém, identificá-las.

Camba podia avistar o fogo mental. Abdo dissera que os ityasaari são capazes de aprender a avistá-lo com a prática. Camba devia, pois, ser meio-dragão. Pende estaria ensinando-a a manipulá-lo? E, se ela era ityasaari, por que eu nunca a vira? Teria eu atado minha mente — como afirmara Pende — antes de encontrar a todos?

— Paulos Pende precisa tocar sua cabeça, Morcegão — disse Camba em tom indiferente, levantando-se e avançando para ele com os braços cruzados, pronta a reassumir seu papel de dominadora.

— O nome dele é Ingar — protestei, subitamente apiedada do pobre coitado. — Que pretendem fazer com ele?

— Não podemos permitir que Jannoula fique em sua cabeça, Ingar — explicou Paulos Pende em voz lenta, como se falasse a uma criança. Camba, ao traduzir, copiou essa entonação; nenhum dos dois percebia que Ingar não precisava disso. — Quanto mais ityasaari Jannoula subjugar, mais poderosa se tornará. Devo libertá-lo e privá-la de sua força.

Ingar, de joelhos, tentou recuar. Mas Camba se plantou às suas costas.

— Vocês não entendem — murmurou ele, trêmulo, os óculos ligeiramente enviesados. — Eu estava perdido e ela me encontrou. Eu era monstruoso e ela se importou comigo. Não sou nada sem ela e morrerei se vocês a expulsarem. Não sei como viver neste mundo.

Os olhos castanhos de Camba se encheram de uma simpatia inesperada.

— Não é assim. Só parece — disse ela, curvando-se sobre Ingar numa atitude protetora, como uma árvore.

Ingar inclinou a cabeça, sussurrando algo parecido a uma prece e batendo nas têmporas. A voz de Camba se tornou ríspida novamente:

— Não a chame em seu socorro. Pende não poderá expulsá-la caso ela se faça inteiramente presente.

Camba travou-lhe os braços por trás e dobrou-o na direção do banco. Ingar choramingou; Camba lhe disse alguma coisa ao ouvido, que não pareceu ajudar muito. Paulos Pende segurou-o pela testa e pela nuca; os lábios do velho sacerdote se comprimiram com esforço e suas mãos deslizaram como se quisessem destapar o topo do crânio de Ingar. Simulou tirar uma pesada coroa de sua cabeça e mantê-la triunfalmente no alto.

Pelo jeito como Camba olhava, deduzi que devia haver alguma coisa entre as mãos de Pende, um fogo mental talvez. Depois, o sacerdote juntou-as com um barulho que era mais que um simples bater de palmas. O som ecoou pelas paredes do jardim e reverberou em meus tímpanos.

Ingar começou a cair, mas Camba segurou-o. Seu rosto estava lívido e sem expressão; os olhos rolavam atrás das lentes dos óculos.

— Está livre, meu amigo — disse Camba, ajudando-o a levantar-se. Ingar desabou de novo. Camba, com determinação, colocou-o outra vez de pé. Agora ele se equilibrava melhor, mas as mãos fortes de Camba continuavam erguidas às suas costas, para evitar outra queda.

Pende apalpou sua barbela vermelha e fechou os olhos. O rosto do sacerdote ficara cor de cinza e ele balançava no assento, como se o esforço para escorraçar Jannoula o tivesse exaurido. Eu gostaria de poupá-lo, mas um amigo muito mais próximo que Ingar ainda estava lutando desesperadamente contra Jannoula.

— Camba, diga-lhe que Abdo também caiu nas garras de Jannoula. Eu ia trazê-lo, mas ele receia se defrontar novamente com Pende.

— Depois discutiremos isso — respondeu Camba, olhando apreensiva para Pende.

Os olhos fundos do sacerdote se arregalaram quando ele ouviu o nome de Abdo. Começou a falar, lentamente a princípio, mas depois com veemência cada vez maior. Seu porfiriano constituía um mistério para mim; seu tom, porém, era obviamente raivoso. Por causa de Abdo?

Camba saiu de perto de meu companheiro e sentou-se aos pés do velho. Tocou-os e falou baixinho, mas Pende não se deixou acalmar. Sua queixa foi se tornando cada vez mais violenta, os olhos reviravam e os lábios expeliam saliva. Por fim, lançou-me um olhar terrível e gritou num goreddi carregado de sotaque:

— E você! Quer me tirar a paz. Não o permitirei.

Recuei como se houvesse sido golpeada. Ele ficara colérico muito depressa. Mas o que eu fizera?

Camba se levantou para impedir novos insultos, julguei. Inclinou-se com deferência e o velho sacerdote tocou de leve o topo de seu penteado em forma de torre. Eu não sabia o que fazer, se me inclinar ou dizer alguma coisa. Camba, porém, endireitou Ingar e estendeu um braço robusto para me manter a distância.

— Não fale — sussurrou. — Siga-me. — Obedeci, mas sempre de olho em Pende até onde me foi possível. Ele não me fitou, baixou as pálpebras e cruzou os braços como se tencionasse meditar.

— Eu deveria ter dito a você que não falasse com Pende depois da expulsão — lamentou Camba enquanto atravessávamos o claustro das sacerdotisas. — Ele tem duzentos anos e não consegue manter a serenidade quando está cansado. E Abdo é assunto proibido.

— O que Abdo fez para... — comecei; mas Camba me silenciou com um assobio e um dedo nos lábios. Segui seu olhar na direção de uma das mulheres veladas. Seria a mãe sacerdotisa de Abdo? Vi-a passar, mas o deus não lhe abriu os olhos.

Camba, segurando Ingar por um braço, empurrou-me com a mão livre.

— Abdo partiu o coração de Pende — sussurrou ela. — O rapaz seria seu sucessor no sacerdócio. E agora Pende não tem nenhum.

— Tem você — arrisquei, esperando ter interpretado corretamente a relação dos dois.

Por entre os cílios de Camba, fulgurou um olhar pesaroso. Chegáramos à antecâmara, onde nossos sapatos nos esperavam; Camba calçou as sandálias e ajudou Ingar com suas botinas gastas antes de responder:

— No máximo, serei uma substituta provisória até o deus nos mandar uma mente mais poderosa. O que ele talvez faça, talvez não. Essa é a natureza do Acaso. Que o deus se compadeça de nós.

Segui Camba pelo santuário escuro e enfumaçado, perdida em meus próprios pensamentos. Pende, é claro, não desejava que eu levasse os outros ityasaari para o sul. Quanto poder teria para fazer valer seus desejos? Se mandasse, os ityasaari obedeceriam? Ainda que não concordassem, precisariam se submeter?

Camba me parecera respeitosa e protetora, mas plenamente consciente das limitações de Pende, o velho irascível cujas forças estavam declinando. Além disso, os ityasaari poderiam voltar para Porfíria depois de ajudar Goredd. Eu pensara de fato em reuni-los a todos para sempre; agora, no entanto, essa ideia soava ingênua e tola.

Concluí que o próprio Pende não partiria, que eu encontrara minha segunda Od Fredricka, embora consideravelmente mais apta a impedir que Jannoula a subjugasse.

Chegamos à escadaria do templo, diante de um glorioso crepúsculo que banhava a praça Zokalaa. Como a hora do almoço se aproximava, as multidões, cada vez menos densas, voltavam apressadas para casa, lançando longas sombras nas pedras amarelo-brilhantes do pavimento.

Camba inclinara o longo pescoço na direção de Ingar e murmurava ao seu ouvido.

— Sente a brisa no rosto? — ouvi-a perguntar. — Vale a pena senti-la, ela lhe pertence. Repare naquelas nuvens de cor laranja. Todas as provações do dia podem ser suportadas quando se sabe que haverá um céu assim no final. Às vezes, digo ao meu coração que espere, apenas espere, pois o crepúsculo me ensinará de novo que meu sofrimento não foi nada comparado à abóbada do firmamento eterno.

Era um céu magnífico, devo reconhecer, com as nuvens se superpondo como pedaços de seda rósea e púrpura. Atrás de nós, o azul se aprofundava em negro; as estrelas despertavam.

— Pelo menos, você o vê com seus próprios olhos e não com os dos outros — ponderou Camba, as pupilas brilhando também. — Ele talvez pareça opressivo e intolerável, mas estou aqui para ajudar você a suportá-lo.

Senti-me tocada por essas palavras; desejei que Ingar igualmente se sentisse, mas Ingar parecia chocado demais para perceber fosse o que fosse. Eu não queria interromper; no entanto, precisava levá-lo de volta para a casa de Naia. Camba se antecipou, olhando-me de lado:

— Quando voltará para as Terras do Sul?

— Dentro de duas semanas, quando uns amigos aparecerem para nos levar. — Referia-me a Kiggs e Comonot; não estava certa de que a vinda deles era segredo.

Ingar gemia e se inclinava, vergando os joelhos. O braço de Camba, em torno de seu corpo, mantinha-o ereto.

— Duas semanas não é muito para a reabilitação — disse ela, em tom baixo e preocupado. — Ingar vai precisar de tratamento nos próximos dias. A princípio, se sentirá perdido sem Jannoula e provavelmente a chamará de novo.

Estudei os olhos vagos de Ingar.

— Abdo diz que Jannoula prende as pessoas com anzol. Pende repetiu a mesma coisa, ao expulsá-la de sua mente. Mas então por que ele está tão... vazio?

Camba esboçou um sorriso inesperado e fitou Ingar quase com carinho.

— Nunca vi um balão tão murcho; mal tem um pouquinho de luz própria para encher-se. Jannoula rouba nossa mente, se o permitimos. Seu anzol pode ser as raízes de uma árvore ou uma tênia que se arrasta dentro de nós, sugando nossa luz anímica. Jannoula tira sem dar, mas convenceu o pobre-diabo de que ele aprecia ou merece isso.

Os olhos de Camba se toldaram de tristeza na luz difusa.

— Você... você permite que eu o leve para casa e cuide dele? Você nunca teve Jannoula arrancada à força de sua mente. Sei como é isso.

Concordei solenemente, não querendo parecer que estava ansiosa para me livrar dele. Mas outra coisa me intrigara: uma certa aspereza, bem familiar, em sua voz. Eu conhecia aquela voz, percebi de repente — mas de onde? Não de minhas visões.

— Camba — falei —, você é ityasaari e, contudo, nunca a vi antes.

Com a mão livre, Camba levantou afetadamente a barra do vestido diáfano, o bastante para revelar uma faixa de escamas prateadas em volta dos joelhos: característica inconfundível dos meios-dragões.

Aquilo removia todas as dúvidas, se é que eu as tivera.

— Em minhas visões, quero dizer — expliquei. — Minha mente alcançava os outros, antes que eu a bloqueasse, mas não você.

Camba se ergueu em toda a sua estatura; a lua quase cheia se desenhava por trás de seu penteado alto.

— Mas você me alcançou, sim. E até conversou comigo. Reconheço sua voz.

— Agora vejo que está enganada — repliquei. — Só dois ityasaari me ouviram falar: Jannoula e...

— Uma pessoa que, do alto da montanha, atirava caixotes e gritava — completou ela, apontando para os picos duplos ao norte da cidade. — Minha aparência era diferente então. Nasci num corpo masculino, mas troquei-o.

Eu reconhecera a voz e não dera crédito aos meus ouvidos. No fim das contas, ela estava em meu jardim. Forcei o cérebro para encontrar o verbo porfiriano que Abdo me ensinara, uma pergunta polida que nem sequer existe nas Terras do Sul.

— Que pronome devo usar com você? — sondei.

Camba sorriu docemente e inclinou sua cabeça imponente.

— O feminino emergente — disse em porfiriano; e acrescentou em minha língua materna: — Ou, pelo menos, é o que agora uso. No momento da escolha, declarei-me masculino simples. Era ityasaari e só isso já me embaraçava o suficiente.

Desceu as escadas do templo com Ingar e enfiou-o na liteira, que aguardava. Examinei seus movimentos, procurando algo que me lembrasse aquela visão no dia em que ela se dispusera a morrer. Era um pouco difícil enxergar além das joias, do cabelo e do vestido drapejado cor de açafrão, mas de repente o sol no ocaso banhou seus ombros nus com um tom laranja-escuro e eu reconheci na força e segurança de seus membros o eco de uma pessoa que havia conhecido: confundira as notas acessórias com as principais.

Ela era a criatura cujo desespero eu sentira e a quem procurara por simpatia. Em meu jardim, vivia no prado das estátuas. Eu a chamara de Mestre Demolidor.

Dezessete

Voltei para a casa de Naia, perdida na lembrança daquela visão — e logo perdida literalmente. Porfíria se tornava um labirinto após o pôr do sol. Deveria ser simples achar a casa: o porto era lá embaixo, o leste se situava à direita, seguindo a linha do cais. Mas Porfíria não obedecia à geometria plana, era cheia de ruelas e becos sem saída. Três direitas não fazem uma esquerda. Comecei a temer que acabasse por emergir da direção contrária.

Por fim encontrei o caminho e subi os quatro lances de escada. Naia deixara uma lâmpada acesa. Estava dormindo no sofá, enrolada num xale muito fino, o rosto comprimido contra o travesseiro que eu lhe dera. Apaguei a lâmpada e ela nem se mexeu.

Arrisquei uma olhadela pelo vão da cortina de Abdo, só para averiguar como ele estava. Pô-lo em contato com Pende iria ser mais difícil do que eu pensara e eu não queria ver meu amigo sofrendo enquanto isso. Tentei ouvir sua respiração regular, para saber se ele dormia, mas não ouvi nada.

Quando meus olhos se acomodaram à penumbra, percebi que Abdo me fitava, apoiado num cotovelo.

Torci para que fosse Abdo e não Jannoula. Aproximei-me cautelosamente.

— Como está se sentindo? — murmurei, afastando a cortina da janela para que o luar nos iluminasse. O colchão dele ocupava metade da alcova. Sentei-me a seu lado, no chão de madeira, com as costas apoiadas às estantes que continham os livros contábeis de Naia.

Abdo deitou-se novamente e permaneceu em silêncio por alguns momentos. Por fim, disse: *Sinto-me péssimo. No navio, Jannoula me ignorou a maior parte do tempo. Talvez estivesse ocupada, talvez achasse mais simples observar tudo pelos olhos de Ingar. Mas nos últimos dias, sobretudo nas últimas horas, vem me perseguindo furiosamente. Parece que minha cabeça vai explodir.*

Senti uma onda de horror se agitando sob minhas costelas. Jannoula estava se vingando da libertação de Ingar, não havia dúvida.

— Você deixaria que ela conversasse comigo por seu intermédio? — Eu não ignorava, ao pronunciar essas palavras, que aquela era uma ideia terrível, mas estava ansiosa para enfrentar Jannoula cara a cara.

Abdo sacudiu veementemente a cabeça, o branco dos olhos refletindo a luz da lua. *Se eu me deixar dominar por Jannoula acordado, tenho certeza de que ela nunca mais irá embora. Devo repeli-la a cada minuto.* Levou as mãos à cabeça e começou a soluçar desesperadamente. *Estou com medo de dormir. Estou com medo de me mexer. Preciso me concentrar.*

Meu coração sangrava por ele.

— Pende expulsou-a da cabeça de Ingar — contei. — Pode fazer o mesmo por você. Que tal irmos ao templo de Chakhon logo às primeiras horas da manhã?

Ele soluçou mais alto, respirando aos arrancos. Eu não sabia o que fazer. Tomei sua mão sã entre as minhas, com lágrimas de compaixão toldando meus olhos, e entoei bem baixinho uma canção de ninar das Terras do Sul. Sua respiração foi se acalmando e ele limpou os olhos com as costas da mão inútil.

Eu deveria mesmo ir ao templo e deixar que Pende cuidasse de mim, reconheceu Abdo. *Mas isso pareceria uma derrota.*

— Que quer dizer? — estranhei, apertando-lhe a mão.

Pende também invadiu minha mente. Não em sentido literal, é claro; mas acontece que eu sentia suas expectativas se enroscando em mim como videiras, me sufocando. Ele disse que minha mente era a mais iluminada que encontrara em dez gerações; assim, só eu podia ser seu sucessor. As esperanças de Pende acabariam por me engolir e, por isso... precisei dar o fora. De outra forma, teria desaparecido.

Por que não dançou?, perguntei, achando que o entendera. Eu deixara a casa de meu pai, apesar do perigo da exposição, porque precisava tocar música, tornar-me eu mesma e viver minha própria vida longe dele. Lembrei-me de como a dança de Abdo me parecera transbordante de confiança quando o vi pela primeira vez, de como a julgara uma maneira que ele descobrira de marcar sua presença no mundo.

Irei com você ao templo, disse Abdo com a respiração entrecortada. *Odeio isso, mas estou sofrendo demais. Não posso continuar lutando com Jannoula para sempre.*

— Pende não o subjugará contra a sua vontade — disse eu com firmeza, não muito segura de que isso fosse verdadeiro. A prioridade, no entanto, era expelir Jannoula da cabeça de Abdo; depois, enfrentaríamos as consequências de ter deixado Pende ajudá-lo.

Meu amigo logo adormeceu, a despeito de si mesmo. Talvez Jannoula tivesse piedade e não o incomodasse. Ele continuava segurando com força minha mão e eu não conseguiria me desvencilhar sem acordá-lo. Deitei-me no chão ao lado de seu colchão e, de algum modo, tive também minha quota de sono.

○⊰⊱○

Horas depois, acordei me lembrando de que não cuidara de meu jardim. Fechei os olhos e apressei-me a ir vistoriá-lo. Os moradores estavam todos calmos e quietos, como se nada tivesse acontecido, o que deixava claro que, cada vez mais, não dependiam da minha vigilância diária. Passei vários minutos andando em círculos antes de reconhecer que estava à procura do Homem Pelicano — o grotesco de Pende — e não o encontraria, nem a seu prado de árvores artisticamente trabalhadas.

De novo, pareceu-me que o jardim encolhera. As árvores no bosque do Morcego das Frutas eram menores; eu podia apanhar laranjas que antes estavam fora de meu alcance. Teria o jardim encolhido porque eu o negligenciara ou tudo não passava de ilusão após uma longa ausência? Pensei numa maneira de medir a mudança: duas grandes pedras fixadas de ambos os lados do jardim de rosas da Senhorita Exigente. Chamei-as de Marcos Miliários, embora não marcassem a distância de uma milha, e precisei percorrer três vezes o espaço entre elas para me certificar de que minha contagem era acurada. Distavam quarenta e nove passos uma da outra. Não me esqueceria desse número quando fizesse a medição toda vez que fosse ali.

Voltei a mim e espreguicei-me, toda dolorida por ficar deitada no piso de madeira. Abdo soltara minha mão e pude levantar-me, fechar a cortina e sair na ponta dos pés do apartamento até a cama estreita onde Naia esperava que eu dormisse. Fiquei estirada, desperta, por algumas horas, refletindo sobre o encolhimento de meu jardim. Por mais que tentasse, não conseguia descobrir o motivo daquilo.

Fui despertada novamente, quando o sol já estava alto, por uma confusão de vozes que falavam porfiriano rápido demais para meus ouvidos. Saindo do quarto de hóspedes, ofuscada e piscando, deparei-me com um grupo numeroso de pessoas apinhadas na sala principal de Naia. Vestiam as túnicas e calças claras da cidade baixa, muitas com facas de peixeiro no cinto ou os cabelos amarrados na nuca com lenços coloridos. Crianças pulavam e brincavam no sofá; duas mulheres dispunham sobre a escrivaninha de Naia, transformada em bufê, pratos de cevada, berinjela e peixe.

Fez-se silêncio quando apareci e todos os olhos, curiosos e impassíveis, se voltaram para mim. Finalmente, uma mulher de cara redonda e estatura baixa, como Naia, falou devagar o bastante para eu entender:

— O que esta estrangeira está fazendo aqui?

Naia abriu caminho em minha direção e começou a me apresentar os convidados — tia Mili, tio Marus, Primo Mnesias — atropelando de tal maneira os nomes que, estava claro, não esperava que eu fosse me lembrar de nenhum. Cada qual cumprimentou secamente com uma inclinação de cabeça, parecendo um tanto indignado por minha ousadia em surgir ali do nada. O pai de Naia, Tython, sorriu para mim, mas já passáramos para o próximo primo antes que eu pudesse devolver a cortesia. Atravessamos o recinto na direção da escada, onde sobrinhos e sobrinhas, sentados nos degraus, partilhavam um pote de tâmaras.

Quando chegamos ao primeiro patamar, Naia sussurrou:

— Contei a uma de minhas irmãs que estava preocupada com Abdo, de modo que agora a família inteira vai cair sobre nós. Mas descobriremos uma maneira de ajudá-lo, fique tranquila.

Ela não teve intenção, mas, pelo jeito como dava palmadinhas em meu ombro, deduzi que a família acharia minha presença inconveniente. Eu estava sendo dispensada.

— Sei como ajudar Abdo — retruquei. — Outro ityasaari invadiu sua mente, atormentando-o. Eu queria levá-lo ao templo logo de manhã.

E, pensei, em vista dos maus modos com que Paulos Pende reagiu à simples menção do nome do rapaz, talvez fosse melhor que a família dele o levasse.

Naia franziu o cenho.

— Abdo não vai querer ir ao templo — disse, cética.

— Ontem à noite ele concordou em ir — revelei, torcendo para que Abdo não tivesse mudado de ideia. — Precisa estar lá o mais rápido possível, para que Paulos Pende remova a ityasaari invasora de sua mente e ele não seja completamente dominado. Ela pode obrigá-lo a fazer qualquer coisa contra a sua vontade. Pode até induzi-lo a matar Paulos Pende ou suicidar-se.

Naia olhou por cima do ombro; o barulho de uma discussão reverberava em seus aposentos.

— Minha família tem uma história complicada com Chakhon — disse ela —, mas vou convencê-la de que isto é urgente. Ou então eu própria levarei Abdo ao templo.

Subiu de novo as escadas, sem olhar para trás. Suas sobrinhas e sobrinhos me fitaram de olhos arregalados. Precisavam saber que ela estava com problemas, pensei; quanto mais pessoas soubessem, melhor.

— Abdo necessita de um templo de Chakhon como... como se estivesse pegando fogo — disse eu em porfiriano, esperando que pelo menos a intenção da frase fizesse sentido para eles. As crianças aquiesceram solenemente, cerrando os lábios como se guardassem o riso para depois.

Esse riso, eu o ouvi antes de chegar ao pé da escada.

☙❧

Saí para a luz do sol, profundamente inquieta. Tinha de fazer alguma coisa ou passaria o dia inteiro me preocupando com Abdo. Por sorte, havia um tio e mais cinco ityasaari para localizar — sem a ajuda de Pende e talvez contra a sua vontade.

Refletia sobre o próximo passo quando ouvi pronunciarem meu nome. Virei-me e avistei um jovem de cara cheia de espinhas e chapéu vermelho pontudo parado perto da porta do prédio de Naia. Eu passara por ele ao sair. O fedelho esboçou um sorriso e falou com lentidão exagerada, estirando os lábios como um cavalo:

— Você é a hóspede estrangeira de Naia? Seraphina?

— Sim, sou eu, Seraphina — respondi. Ele encenou uma curiosa reverência, uma desajeitada imitação da cortesia sulista, e me entregou uma caixa de metal do tamanho de um livro. Revirei-a nas mãos, sem saber o que fazer com ela. O mensageiro mostrou um ferrolho ornamentado que abria o objeto. As duas superfícies internas lisas estavam cobertas de cera macia, onde se liam, gravadas, palavras em goreddi:

Seraphina, esta carta é para saudá-la e pedir-lhe um favor.

Ingar adormeceu por fim. Mantive-o acordado pela maior parte da noite, perguntando-lhe fatos de sua vida, forçando-o a se lembrar. O segredo é fortalecê-lo para ele não acreditar que precisa de Jannoula e esgotá-lo até que durma. A reincidência é comum, por isso devemos nos prevenir contra isso. Pende não gostará nada de expelir Jannoula pela segunda vez.

Sei que ele deixou sua bagagem na casa de Naia e que ela é constituída sobretudo de livros. O rapaz precisará se ocupar de alguma coisa e Deus sabe que não conseguirei permanecer acordada por mais tempo. Você poderia, por obséquio, reunir os livros e trazê-los para mim na Casa Perdixis? Isso seria uma grande bênção.

Camba

O mensageiro de chapéu vermelho riu quando ergui os olhos. Será que eu deveria pagá-lo? Pelo visto, ele só queria a caixa de volta.

— Alguma resposta? — perguntou. Sacudi a cabeça.

Os pertences de Ingar estavam no andar de cima, é claro, mas eu não queria por nada no mundo enfrentar de novo a família de Abdo, não depois de ter sido dispensada com tamanha falta de cerimônia.

No entanto, eu sabia onde encontrar outro livro — um livro difícil, em código — que manteria Ingar ocupado por algum tempo. Iria buscá-lo no esconderijo de Orma na Bibliagathon, entregá-lo a Camba, descobrir onde os outros ityasaari se encontravam (pois, sem dúvida, Camba conhecia seu paradeiro) e iniciar infatigavelmente a busca.

Parei na praça Zokalaa a caminho da biblioteca, encontrei um vendedor de espetinhos e comprei dois de berinjela para o café da manhã. O céu estava claro e a brisa carregava um cheiro forte de carvão, peixe e flores exóticas. Um pregoeiro divulgava notícias do alto de um pedestal, periodicamente, todos os dias; era um sujeito majestoso, cuja voz retumbante fazia a de Josquin soar como um sussurro quase inaudível. Parei para ouvi-lo enquanto devorava minha berinjela e fiquei contente por estar entendendo muita coisa. É verdade que ele falava devagar e com clareza. Continuei andando, sorrindo para os merceeiros que amontoavam suas frutas em pirâmides perfeitas e para as crianças que corriam ladeira acima como se a subida não fosse nenhum obstáculo.

Na Bibliagathon, fui diretamente para a sala de musicologia a fim de pegar o fino manuscrito escondido entre as notas de Orma. Minha intenção era também checar se Orma voltara. Talvez até estivesse ali, ocupado com seu trabalho. Mas, infelizmente, não havia ninguém na sala e suas notas continuavam dentro do volume de Thoric tal qual eu as recolocara. Olhei por cima do ombro, como se ele de repente fosse aparecer, pôr suas coisas sobre a mesa com ar despreocupado, erguer lentamente os olhos e... não sorrir.

Orma não apareceu, é claro. Aquela era uma maneira idiota de querer encontrá-lo, como a de um admirador tímido postado diante da casa da amada, à espera de um mísero olhar. Orma viera a Porfíria com Eskar e Eskar andava às voltas com os exilados. Viveriam estes em algum bairro exclusivo? Se vivessem, era ali que eu deveria iniciar a busca.

Surrupiei, pois, o testamento encadernado e manuscrito que Orma escondera no livro, não apenas para oferecer a Ingar algo com que se divertir — e ele se divertiria muito, sem dúvida —, mas também na esperança de que Orma, dando pela falta do documento, entrasse em contato comigo no endereço que eu rabiscara em suas notas.

Os bibliotecários haviam apanhado Ingar em flagrante delito na noite anterior; eu não poderia sair com o livro debaixo do braço e disfarcei-o sob a túnica.

Obviamente, esse subterfúgio grosseiro tornava perigoso conversar com os bibliotecários; eu fizera as coisas na ordem inversa. Com os braços cruzados sobre o peito, que eu procurava deixar mais fundo que o usual, aproximei-me de dois funcionários ocupados em empurrar um carrinho cheio de rolos de pergaminho pelo corredor. Ouviram polidamente minhas perguntas sem pés nem cabeça, mas nenhum lembrava o estrangeiro alto, de cabeleira densa, óculos, nariz em bico e maus modos.

— Maus modos pelos nossos padrões ou pelos seus? — indagou o bibliotecário mais jovem, cofiando com ar de sapiência a penugem do queixo.

— Pelos meus — respondi.

— Por exemplo, subir nas prateleiras e beber tinta — aventou sua colega, uma mulher corpulenta com um lápis de carvão enfiado na cabeleira encaracolada. Acho que ela nem desconfiava de que o lápis estivesse ali. — Lembro-me de um sulista indisciplinado que agia assim — concluiu.

— Rá, rá — despistei, tentando manter uma expressão jovial. — Mas onde é o bairro dos saarantrai? Em que parte da cidade se localiza?

O jovem sorriu.

— Os exilados moram, quase todos, em Metasaari. Isso nós podemos ajudar você a encontrar.

Sucedeu que a mulher sabia exatamente onde estava seu lápis; retirou-o com a maior desenvoltura e desenhou o caminho para Metasaari num pedaço de papel; em seguida (a pedido meu), fez outro mapa para a Casa Perdixis, que notei estar bem próxima. Agradeci aos dois da maneira mais formal possível. O rapaz, com ar divertido, disse então em goreddi impecável:

— Às vezes, o mais simples é o melhor. Se você pronunciar um *charimatizi* em tom casual e doce, talvez batendo os cílios, ninguém a recriminará.

— Pois então, *charimatizi* — cumprimentei, piscando desaforadamente. Não era bem um bater de cílios, mas seria tudo o que ele obteria.

Pelo modo com que riram um para o outro, concluí que lhes proporcionara histórias ridículas de estrangeiros por uma semana. Encolhi o peito e me afastei, com a triste certeza de que eles não eram os únicos a rir de mim.

☙❧

Fui primeiro à casa de Camba, pois ficava a apenas três quarteirões ao norte e dois a leste. Os bibliotecários haviam descrito o que me esperava e sem isso eu jamais reconheceria a fachada de uma casa grande: a única parte visível era uma porta de madeira com entalhes complicados, entre uma adega e uma fábrica de doces. Colunas de mármore liso flanqueavam a porta, encimada por frontões que ostentavam baixos-relevos de figuras geométricas em cores contrastantes. Reparando-se bem, a Casa Perdixis era rica, mas não tinha nenhuma ostentação.

Tirei o manuscrito furtado de sob a túnica e examinei sua capa gasta. Aquele texto despretensioso continha provas, segundo as notas de Orma, de que os Santos haviam sido meios-dragões. Essa ideia me perturbava. Se fosse mera fantasia tresloucada de Orma, eu poderia achar graça — e, com efeito, sentia uma necessidade incontrolável de rir. Era completamente absurdo pensar que os Santos pudessem ter sido algo tão prosaico quanto eu.

O que significaria para todos nós — humanos e ityasaari — esse fato, caso fosse verdadeiro? Por que nossas escrituras não o mencionavam? As poucas e negativas alusões dos Santos à miscigenação seriam um ofuscamento deliberado da verdade, semelhante ao modo como eu própria me disfarçava?

Eu não ficaria quebrando a cabeça antes de saber ao certo o que o testamento continha. Leria a tradução de Ingar quando estivesse terminada.

A Casa Perdixis tinha uma aldrava em forma de mão, com a qual bati repetidamente na porta. Um velho porteiro atendeu sem demora, mas não me deixou entrar. Camba não estava; levara Ingar a uma espécie de encontro da Sociedade Matemática, pelo que pude entender. Deixei o manuscrito para Ingar e fui embora, desapontada. Traria o resto de seus pertences no dia seguinte e, então, perguntaria a Camba sobre os outros ityasaari.

Já me afastava quando ouvi um barulho no alto, como o de unhas arranhando telhas. Levantei a cabeça e vi uma mulher de negro agachada no telhado da adega, olhando para mim. Era pequena, mais ou menos do tamanho de Abdo, e no lugar de braços tinha asas que terminavam em mãos providas de garras. Escamas longas e prateadas, em forma de penas, emplumavam as asas. O cabelo grisalho fora penteado rente à cabeça, em linhas ziguezagueantes — e viam-se duas espadas que lhe pendiam das costas.

Eu a conhecia. Em meu jardim, chamava-a de Miserere. Nas visões, ela surpreendia gatunos no Empório e detinha ladrões de templos, fazendo um uso muito rápido e habilidoso daquelas espadas. Era uma representante da lei; seus colegas vestidos de preto patrulhavam a Zokalaa. O que estaria fazendo ali? Teria me seguido? Ocorreu-me que talvez Pende lhe houvesse solicitado esse favor. Torci para que não; quem sabe ela fosse apenas curiosa?

— Olá! — chamei; e depois, mais apropriadamente, em porfiriano: — Saúdo-a como o oceano saúda o sol da manhã.

Os olhos dela brilharam de ironia ou talvez de malícia. A boca, uma linha fina, não se deixava interpretar. Abriu as asas e lançou-se no espaço.

Seu voo era tão elegante que quase levou consigo meu fôlego.

ଔଓ

Cheguei a Metasaari uma hora depois. Uma grande saliência na montanha separava a cidade em duas no alto, de modo que precisei voltar ao porto, ir para leste e subir de novo. As residências nas colinas orientais, como nas ocidentais, eram tanto mais ricas quanto mais próximas do topo. Ali havia menos blocos de apartamentos e mais casas individuais, algumas exibindo fachadas coloridas de mármore ou colunas com caneluras. Árvores cresciam ao longo das ruas, cedros escuros e sicômoros com os galhos podados e os troncos caiados. Cheguei a um grande parque, onde avistei uma fonte pública ao redor da qual mulheres tagarelavam com seus cântaros apoiados nos quadris. Vendedores de frutas e nozes atravancavam o local com seus carrinhos; criadas corriam, fazendo ressoar as lajes do pavimento.

O parque, segundo o mapa dos bibliotecários, era o coração de Metasaari — e muito diferente do Buraco dos Quigs, o lúgubre gueto dos saar em nossa terra.

Mas onde estariam os dragões? Ninguém ali tinha a tez pálida como eu. As pessoas, conversando à sombra dos sicômoros raquíticos ou empurrando carrinhos de mão encosta acima, eram todas porfirianas morenas.

Parei num restaurante de esquina onde a comida borbulhava em grandes panelas embutidas diretamente no balcão. Havia ensopado de berinjela e nacos de polvo com molho — mais saborosos do que pareciam —, mas eu não viera para comer. Postei-me atrás de um homem magro, aparentemente faminto, que pediu de tudo e depois foi se sentar a uma mesa do lado de fora, equilibrando em cada mão um prato cheio até as bordas. Encostei-me ao balcão.

— Desculpe — disse à proprietária macilenta. — Sua boca fala goreddi?

A mulher sacudiu sua concha impacientemente e respondeu em porfiriano:

— O que vai querer?

— Uma xícara de chá — enrolei, procurando uma moeda em minha pequena bolsa. — Goreddi não? Está bem. Vou tentar de novo. Vê saarantrai no círculo deste parque?

Ela sacudiu a cabeça e murmurou, devolvendo-me o troco:

— Estrangeira idiota...

Virei-me, mortificada, para as mesas externas.

— Esqueceu seu chá! — avisou a mulher. Peguei a xícara, que quase caiu do pires.

— Com licença — disse uma voz baixa e agradável. Era o homem magro que estivera à minha frente na fila. Da mesa, agitava sua mão larga para o caso de eu não o ter visto. — Não queria bisbilhotar — disse em goreddi —, mas falo sua língua. Quer ajuda?

Hesitante, pousei a xícara em sua mesa e puxei uma cadeira. O homem acenou para a proprietária que, resmungando, lhe trouxe vinho temperado.

— Ela é rude com todos — sussurrou. — Faz parte de seu charme.

Trazia uns óculos pequenos encarapitados no nariz comprido e fino; os cabelos longos e lisos tinham sido recolhidos num rabo de cavalo à altura da nuca, conforme a moda ninysh. Vestia, sobre calças porfirianas, uma *houpellande* curta ao estilo goreddi. Era, sem dúvida, um viajante.

— Esteve em Goredd? — perguntei, tentando refrear a saudade de casa.

— Morei lá durante anos — respondeu o homem, em tom cordial. Estendeu-me a mão. — Sou Lalo.

— Seraphina — retribuí, apertando-a; mais uma lembrança da pátria.

— Ouvi dizer que você anda à procura de dragões — disse ele, remexendo seu prato de polvo.

Tomei um gole de chá escaldante e, para minha surpresa, aromático.

— Ando, sim. Parece que há uma comunidade de exilados aqui.

— É verdade — corroborou Lalo. — Metasaari. Onde estamos.

Olhei para os outros fregueses do restaurante, para as mulheres em redor da fonte, para os vendedores de frutas e para os passantes: só vi porfirianos.

— E os saarantrai, que foi feito deles?

Lalo riu, o sol se refletindo em seus dentes.

— Estão à sua volta, querida. Eu sou um deles.

Quase engasguei com o chá. Observei o rosto de Lalo, seu sorriso fácil, sua pele tisnada. Santos dos Céus! Eu nunca vira um dragão daquele tipo antes.

Ele se inclinou, com os cotovelos na mesa.

— Sei o que está pensando. Você só conheceu saarantrai da cor dos peixes das cavernas, pois pele morena é o que não temos. Veja. — Abriu a grande mão sobre o tampo de cerâmica da mesa. Diante de meus olhos, a pele foi clareando até ficar quase tão branca quanto a minha; depois, escureceu de novo.

Eu estava assombrada demais para falar.

— Sangue prateado — explicou ele. — Quando o trazemos à superfície, empalidecemos. Esse tipo de camuflagem é útil em nosso habitat natural, onde o maior perigo são os outros dragões, ou nas Terras do Sul, onde não gostamos de chamar muito a atenção.

Fora embaraçoso eu observar a cor da pele das pessoas nas vizinhanças e depois não refletir a respeito. Agora, examinando-as melhor, percebi o que minhas conclusões haviam me impedido de perceber: uma magreza sutil, roupas discretamente coloridas, quase nenhum ornamento e penteados curtos, práticos. Os vendedores de frutas não gritavam nem gabavam seu produto; o rumor da fonte se sobrepunha à tagarelice das mulheres. Se fossem mesmo saarantrai, eram bem mais reservados que seus iguais porfirianos.

Lalo riu. Aqueles saarantrai também não se pareciam com os de Goredd.

Ali, Orma provavelmente estaria com a pele escura. Teria eu passado por ele sem reconhecê-lo? Perguntara aos bibliotecários se haviam visto um estrangeiro, presumivelmente pálido como eu.

— Procura alguém em particular? — indagou Lalo, atacando sua berinjela.

Tomei outro gole de chá.

— Seu nome é Orma.

— Filho de Imlann e Eri? Irmão de Linn?

Meu coração deu um salto.

— Sim! Você o viu?

Lalo sacudiu a cabeça.

— Não o vejo há anos. Estudei com a irmã dele na universidade.

Orma, sem dúvida, fora sempre cauteloso, mesmo com outros dragões; aquilo não me surpreendia. Tentei outra abordagem.

— Orma está com outro dragão, chamado Eskar.

— Ah, Eskar... Encontra-se aqui há meses — disse ele, agitando a colher em minha direção. Depois, em tom mais brando: — Quer nos levar para o Tanamoot. Nem todos acham isso prudente. Quanto a mim, não sou nenhum guerreiro, mas farei tudo para voltar. Aqui, só encontrei desilusão.

— Por que foi exilado? — indaguei, adotando instintivamente seu tom suave.

Lalo deu um leve suspiro, revelando uma melancolia desconcertante, e raspou o resto do molho de polvo com a colher.

— Não fui. Apaixonei-me por uma mulher goreddi e voltei para casa, como um bom menino saar, para a extirpação. — Bebeu um grande gole de vinho e fitou o céu sem nuvens. — Num acesso de estupidez romântica, porém, preparei para mim mesmo uma pérola mental antes de ir.

Eu sabia muita coisa sobre pérolas mentais, uma maneira que os dragões descobriram de absorver lembranças e ocultá-las; mamãe deixara algumas em minha mente, de cuja existência eu jamais suspeitara até que a visão de Orma em seu aspecto natural trouxe-as à tona. Qualquer coisa serve de gatilho para empurrá-las de volta à consciência.

Girei o anel de pérola no dedo mindinho, perguntando-me o que Orma quisera dizer com *A coisa em si mais nada é igual a tudo*. Teria preparado uma pérola mental para ele próprio? Era o que estava querendo me comunicar?

O olhar de Lalo se perdeu a distância.

— Eu queria manter aqueles dias vivos dentro de mim, mesmo não podendo recordá-los. Esqueci de propósito o gatilho de minha pérola mental porque não pretendia acioná-lo jamais. Mas, ai, deparei-me sem querer com esse gatilho, lembrei-me de tudo, encontrei-a de novo e... ela partiu. Casou-se e estou aqui, amargando minha tristeza.

— Lamento — disse eu, achando que a conversa tomara um rumo pesado e constrangedor. Não conseguia imaginar que Orma ou Eskar fizessem uma confissão semelhante. — Hum! Sabe onde posso encontrar Eskar?

Ele encheu a boca com pedaços de berinjela e arroz, sem olhar para mim.

— Eskar se foi. Há duas semanas, sem dizer palavra a ninguém.

Aquilo era uma surpresa. Toda a manobra porfiriana de Comonot fora ideia dela; com certeza não partira, sabendo que Comonot chegaria em menos de duas semanas. Mas, se não estava ali, onde estaria?

— Havia outro dragão com ela? — pressionei.

Lalo deu de ombros, irritado:

— Não sei.

Essa grosseria não me abalou; era o que eu sempre esperava de dragões. Percebi que ele dava a conversa por encerrada. Levantei-me, arrastando a cadeira.

— Obrigada por me ouvir — agradeci. Lalo respondeu com um rápido aceno de cabeça, atirando as migalhas da mesa aos pássaros.

Voltei para a casa de Naia. Quanto mais pensava no assunto — o enigma de Orma, sua carta cautelosa —, mais me convencia de que ele fizera uma pérola mental e queria que eu soubesse disso. Simples precaução ou receio de que os Censores estivessem em seu encalço?

Teria ele deixado a cidade com Eskar — ou, mais apropriadamente, teria Eskar deixado a cidade com ele? Talvez Eskar houvesse saído de Porfíria, mesmo sabendo da chegada iminente de Ardmagar, a fim de proteger Orma.

Torci para que, no final das contas, o anel de Orma fosse um thnik; assim, eu poderia entrar em contato com ele e desabafar. Em vez disso, o que fiz foi percorrer todo o caminho até a cidade baixa com o sol da tarde dardejando sobre minha cabeça.

Eu tinha a esperança, no fim daquele dia de buscas infrutíferas, de que pelo menos os problemas de Abdo houvessem terminado. Mas, no instante em que entrei no prédio de Naia, percebi que algo muito ruim acontecera. Uns poucos primos de meu amigo continuavam sentados na escada, já sem rir. Só as mulheres mais velhas permaneciam nos aposentos de Naia, colocando velas acesas em círculo no chão. Parei na soleira, achando que talvez voltara cedo demais, mas Naia se levantou de um salto ao me ver. Sem uma palavra, pegou-me pelo cotovelo e levou-me à alcova de Abdo, abrindo a cortina. Abdo jazia em seu catre, contorcendo-se espasmodicamente, com os olhos abertos, mas sem enxergar. Uma anciã refrescava sua fronte com uma esponja úmida.

— Nós o levamos a Paulos Pende — sussurrou Naia. — Sim, você estava certa. O velho sacerdote deixou de lado sua ira... E como não o faria, vendo Abdo deste jeito?

— Abdo estava deste jeito? — indaguei, horrorizada.

— Pior. Resistiu e chegou a morder o tio Fasias. Abdo choraria se pudesse chorar. — Interrompeu-se e notei que ela lutava contra as lágrimas. Suas narinas vibravam e seus lábios tremiam. — Pende não pode fazer nada pelo infeliz enquanto Jannoula estiver tentando dominá-lo e ele resistindo. Precisamos esperar até que Abdo vença e Jannoula adormeça ou até que Abdo perca a luta e Jannoula repouse.

Ajoelhei-me ao lado da velha senhora e estendi a mão, pedindo:

— Posso ajudar?

Sem nada dizer, ela me passou a esponja, mas não saiu. Sentamo-nos juntas e partilhamos nossa dor.

Dezoito

Seguiram-se duas semanas de frustração.

Levei os pertences de Ingar para a casa de Camba já no dia seguinte, mas o porteiro me informou que ela havia ido assistir a uma apresentação de *O Nada Amargo*, de Necans, no Clube dos Aficionados da Tragédia. Eu disse que voltaria em outra ocasião.

A família de Abdo cuidou dele por turnos.

Naia tinha sete irmãos, de modo que, diariamente, eu conhecia novos tios, tias e primos. Eles chegavam trazendo comida quente e alimentavam-no, cada qual por sua vez. Os primos apareciam com distrações — dados, baralhos, um jogo de tabuleiro complicado chamado sysix —, mas Abdo não estava em condições de brincar. Tossia e revirava na cama como se tivesse febre ou dormia um sono agitado; às vezes acordava com Jannoula nos olhos, mas ela nunca teve controle suficiente para conversar comigo por intermédio dele.

De manhã e à noite eu tentava falar-lhe. Abdo respondeu só uma vez: *Estou erguendo uma parede, madamina Phina. Como você fez. Acho que assim conseguirei impedi-la de...*

Em seguida, os espasmos o dominaram novamente.

Eu voltava todos os dias com um nó frio e apertado sob as costelas. Às vezes me sentia tonta, um zumbido de medo refervendo em meus ouvidos. Mas eu lutava contra isso, dando um passo de cada vez e evitando desperdiçar energia.

Regressei à casa de Camba. Camba estava lavando os cabelos e não podia me receber.

Seria melhor procurar identificar os saarantrai de Metasaari; para dragões, eles eram emotivos, mas reservados. Não haviam assimilado a gesticulação veemente dos porfirianos, tão comum no resto da cidade; beijavam-se no rosto para se cumprimentar, é certo, mas com grande discrição. Procurei em lojas de saarantrai, consultórios médicos, agências de importação, escritórios de advogados e todos me disseram a mesma coisa: Eskar viera e já se fora. Ninguém vira Orma; suas notas na Bibliagathon continuavam intactas.

Depois de quatro ou cinco dias mandando recados a Camba sem receber resposta, resignei-me a encontrar os outros ityasaari por conta própria. Ainda tinha um jardim em minha mente, embora ele estivesse encolhendo a olhos vistos (quarenta e sete passos entre os Marcos Miliários; quarenta e dois; trinta e nove). Poderia induzir visões de qualquer deles.

Miserere alada, a quem eu já avistara, nem exigia tanto esforço assim. Eu a via quase diariamente, encarapitada em tetos ou estátuas, policiando a cidade como um abutre sinistro que desestimulava o crime só com sua presença. Infelizmente, eu não podia alcançá-la em seu poleiro e ela não se dignava a descer até mim. Ocorreu-me então que a melhor maneira de fazer contato com Miserere seria cometer um crime. Ideia que, é claro, nunca levei a sério; Kiggs e Glisselda ficariam mortificados.

Localizei os gêmeos altos e atléticos de minhas visões — chamados Nag e Nagini em meu jardim — no dia em que receberiam homenagem pública por suas vitórias nos Jogos de Solstício da cidade. Cheguei correndo à Zokalaa a tempo de assistir à maior parte da cerimônia, observando atrás da multidão na ponta dos pés e de pescoço esticado. Eles eram gêmeos fraternos, homem e mulher, mas pareciam quase idênticos com seu cabelo à escovinha, túnicas brancas e pele da cor mais escura possível no espectro porfiriano. Calculei que tivessem mais ou menos a minha idade, 16 ou 17 anos. Estavam no alto da escadaria do Vasilikon, de mãos dadas, os olhos modestamente abaixados, enquanto um arauto de voz retumbante lia a proclamação de honra da Assembleia e uma sacerdotisa de Lakhis (a deusa da necessidade) os coroava com uma grinalda de flores frescas.

Ao meu lado, um sujeito barbudo — como, aliás, metade dos homens de Porfíria — sorriu de meu interesse e, inclinando-se para mim, disse em samsanese, confundindo minha nacionalidade:

— São os melhores corredores desta geração.

Desfiou um rosário de velocidades e estatísticas, enfatizando a glória da deusa. Ouvi atentamente, curiosa para ver se ele diria que eram ityasaari, mas ele não disse. Esse fato passava despercebido ou o homem simplesmente não sabia?

Os gêmeos moravam com outros atletas consagrados num recinto especial atrás do templo de Lakhis. Gente como eu não poderia se aproximar.

Nas visões, eu muitas vezes observava a chamada Gargoyella subindo às pressas os degraus do Vasilikon. Era uma velha de tranças brancas presas por uma travessa Agogoi dourada. Vestia sempre uma estola vermelha bordada de azul, sem dúvida um emblema de cargo. Consultei algumas pessoas na Zokalaa e fiquei sabendo que ela era advogada, a promotora-chefe da Assembleia, e se chamava na verdade Maaga Reges Phloxia.

Uma tarde em que ela descia os degraus, reuni toda a minha coragem e postei-me à sua frente. A velha era bem mais baixa que eu e, claramente, não gostava de ser parada, pois sorriu para mim.

Eu conhecia aquele sorriso de minhas visões e não fiquei surpresa, embora a coisa fosse alarmante. Sua boca, que ela em geral mantinha bem fechada, abriu-se desmesuradamente, chegando quase às orelhas e revelando dentes pontiagudos como os de um tubarão.

— Saia da frente — ordenou ela em puro goreddi.

— Desculpe, Phloxia — disse eu. — Meu nome é Seraphina Dom..

— Sei quem você é — replicou Phloxia asperamente. — Paulos Pende me proibiu de falar com você. Conhece as plenas implicações legais dessa determinação sacerdotal?

Ela era tão "jurídica" e lembrava tanto meu pai que quase comecei a rir. Temendo estar prestes a ouvir uma reprimenda, ergui os braços em sinal de rendição a seu sorriso de tubarão e recuei um passo.

— Ignoro totalmente o direito porfiriano — expliquei. — Aceitarei, pois, o que você diz sem contestar seus argumentos.

O olhar de Phloxia se suavizou um pouco.

— Creio que ele esteja nos privando de uma oportunidade maravilhosa. Sempre achei que tínhamos primos sulistas. Procurei muito por um canal — confessou Phloxia em tom comedido, movendo grotescamente a boca enquanto falava —, mas até agora não encontrei nenhum.

A seguir, envolvendo-se na estola, perdeu-se na multidão da Zokalaa.

O último ityasaari, Salamandra, era cantor. Eu gostava de induzir visões dele; poderia ouvi-lo para sempre. Sabia que às vezes se apresentava no mercado do porto, chilreando diante de uma fila de barracas de lona ou juntando-se aos pescadores que cantarolavam enquanto descarregavam seus cestos de siris. Postei-me no mercado tocando flauta para atraí-lo, mas ele não se aproximou; eu, porém, o escutava de longe, cantando ao compasso de minha música. Assim ficamos por algum tempo, sem nos encontrar, receosos um do outro, até que uma manhã o vi sentado à beira da fonte: um velho encanecido e sardento, de torso estranhamente alongado e membros raquíticos.

Tinha cataratas em ambos os olhos, mas ergueu a cabeça como se percebesse minha presença e sorriu beatificamente, os cabelos ralos flutuando na brisa como nuvens sobre o topo de uma montanha. Fechou os olhos escamosos, levantou o queixo e começou, monotonamente, a repetir uma nota musical. O rumor da multidão à sua volta se transformou num murmúrio indistinto; todos se acotovelavam, como se conhecessem e apreciassem muito aquela cantilena. Acima da nota contínua ouvia-se um tom acessório leve e trêmulo como chamas dançando na água, uma espécie de assobio fantasmagórico.

Esse canto seguia uma técnica chamada sinusial em Ziziba. Eu já lera sobre ela e examinara sua estrutura com Orma, mas nunca a ouvira. Ignorava até que fosse praticada em Porfíria.

Após duas tentativas malsucedidas, encontrei um jeito de acompanhar sua canção etérea com minha flauta desajeitada e grosseira. Juntos, elaboramos uma peça sobre o céu e o mar, bem como sobre os mortais que talvez vivam entre os dois.

Uma trombeta soou, um punhal agudo atravessando nossa música, e paramos abruptamente. A multidão correu para uma grande liteira coberta de pano branco e carregado por jovens musculosos. Atrás das cortinas de gaze, vislumbrei três sacerdotes de Chakhon, um deles Paulos Pende. Afastei-me para que ele não me visse, pensativa e preocupada com a "determinação sacerdotal" mencionada por Phloxia. Não queria que, associando-se a mim, Salamandra se metesse em apuros.

A liteira se foi e o mercado retomou seu movimento normal, mas meu parceiro de música desaparecera no labirinto de mesas e barracas.

Camba respondeu por fim, duas semanas depois que Pende expulsara Jannoula da mente de Ingar:

Obrigada pelo diário sifrado e muito peculiar. Como você talvez deva ter previsto, Ingar não consegue esquecê-lo, sempre tomando notas e tentando traduzi-lo. Quer vê-la. Venha logo, antes que o dia fique quente demais; iremos nos sentar no jardim.

A caligrafia, rígida e compacta, não era de Camba; por um instante, pensei que Ingar havia escrito o bilhete, passando-se por ela. Ingar, no entanto, não escreveria "sifrado" em lugar de "cifrado", pois eram notórias suas habilidades linguísticas. Muito peculiar, aquilo.

Ainda assim acolhi com alegria o convite e, coisa estranha, sentindo vontade de ver Ingar novamente.

O velho porteiro da Casa Perdixis me deixou entrar dessa vez; parece que eu era esperada, portanto Camba devia ter conhecimento do bilhete. Esperei-a no vestíbulo escuro e de cores indistintas, onde uma fonte quebrada gotejava. Uma estátua alegórica do Comércio, esverdeada em seus buracos e rachaduras, olhava austeramente para o espelho d'água. Camba, com seu pescoço longo e porte imponente, veio ao meu encontro, beijou-me com ar solene nas duas faces e pediu que eu tirasse os sapatos. Atrás dela, uma mulherzinha de cabelos encanecidos e elegantemente trajada parou na soleira, observando-me com seus olhinhos de corvo.

— Minha mãe, Amalia Perdixis Lita — apresentou Camba, com um gesto gracioso.

Eu dava tratos à memória para encontrar a fórmula adequada de uma estrangeira saudar alguém superior em idade, classe e orgulho porfiriano quando a mãe de Camba fez o inesperado. Aproximou-se e beijou-me no rosto; depois, segurando minha cabeça, depositou outro beijo, mais longo, em minha fronte. Tenho certeza de que pareci espantada; a face da velha senhora se enrugou toda num sorriso.

— Segundo Camba, você é a moça que lhe falou na encosta naquele dia terrível — disse a mulher em porfiriano. — Ela pensou ter arruinado a reputação da Casa Perdixis com aquele vidro venenoso, mas você a persuadiu a voltar e enfrentar seus irmãos. Como mãe de Camba, devo agradecer-lhe.

Surpresa, imaginei que meu porfiriano me traíra.

Camba me pegou pelo braço e disse, enquanto nos afastávamos:

— Estaremos no jardim, mãe.

Entramos num corredor escuro.

— Vidro venenoso? — perguntei-lhe em goreddi.

Camba desviou os olhos.

— Importei-o de Ziziba. Foi o primeiro negócio que fiz sozinha. Era muito barato e eu nunca perguntei por quê. Depois soubemos que era recoberto por um esmalte iridescente, bonito de se ver, mas facilmente solúvel. Um bebê morreu.

Por isso ela quisera se matar. Primeiro, supus que de vergonha por ser meio-dragão. Depois, coloquei de lado essa ideia ao saber que ela mudara de sexo, o que também não era a razão verdadeira.

Um ato pode derivar de inúmeras motivações. Não convém afirmar nada com absoluta certeza.

Passamos por um escritório sombrio, cheio de livros, onde dois garotos da idade de Abdo tentavam resolver complicados problemas de geometria.

— Mestor, Paulos — disse Camba, parando para examinar seu trabalho. — Concluam o teorema de Eudema e estarão dispensados.

— Sim, tia Camba — murmuraram eles.

— Deixei o negócio de importação para meus irmãos mais velhos — disse Camba quando deixamos a sala. Sorriu timidamente. — Agora, ensino matemática a meus sobrinhos e estudo com Paulos Pende.

Saímos para um jardim muito bonito, um belo quadrado de relva cercado por cedros escuros e com dois compridos lagos retangulares ladeando-o. Um toldo de pano balançava suavemente ao sopro da brisa e, debaixo dele, via-se um pequeno grupo de pessoas sentadas em cadeiras de ferro. Após um esforço rápido para acomodar os olhos à luz do sol, reconheci Ingar, a jurista Phloxia, a alada Miserere, o cantor do porto Salamandra e os dois gêmeos sorridentes.

— Phloxia encontrou uma passagem — disse Camba ao meu lado, em voz baixa e calma. — Não podemos ser acusados de desrespeito por não saber que você viria.

— Vocês me convidaram! — exclamei, perplexa.

Os olhos de Camba cintilaram maliciosamente.

— Eu não convidei. Meus sobrinhos fizeram um ditado para praticar seu goreddi. Não tencionávamos enviá-lo. Sem dúvida, a mão oportuna de Chakhon está nisso, num grau que nem Pende poderia contestar. Em nome da misericordiosa Necessidade, deusa dos convidados, nós lhe damos as boas-vindas.

Vendo-os ali daquele jeito, reunidos num jardim, fiquei um pouco perturbada. Era exatamente o que eu sempre desejara. Não faltava nada, nem a relva fresca nem os arbustos meticulosamente podados. Olhei para Ingar, na outra extremidade; ele sorriu e cumprimentou com um aceno de cabeça, mas ficou para trás quando os outros se levantaram e, em fila, vieram me beijar no rosto.

— Mina — apresentou-se Miserere.

— Muito prazer — resmunguei, apertando sua mão provida de garras.

Mina ajudou Salamandra a dar um passo à frente, pois ele era quase cego.

— Chamo-me Brasidas — disse o cantor em porfiriano, estendendo um braço muito curto. Tomei sua mão retorcida e beijei suas faces enrugadas. Ele sorriu e perguntou: — Você trouxe a flauta?

— Ela não podia saber que estaríamos aqui — ponderou Phloxia em goreddi.

— Mas agora que vim, é juridicamente aceitável que vocês fiquem? — perguntei para espicaçar Phloxia, enquanto ela me dava beijinhos de leve perto das orelhas.

— Oh, estou aqui para fazer um servicinho — respondeu Phloxia, lançando um brilho satânico dos olhos. Mostrou um broche com filigranas de ouro. — Vou devolver isto a Camba, pois não confio nos criados e certamente não poderei partir antes que ela o receba de mim.

— Talvez Seraphina cante — disse Brasidas em porfiriano, num tom esperançoso.

— Afaste-se, é a vez dos gêmeos — ralhou a advogada de dentes de tubarão, empurrando Brasidas.

Os jovens altos e graciosos beijaram minhas faces ao mesmo tempo.

— Gaios, Celina — apresentaram-se. A voz deles era quase idêntica. Nossa herança dracônica produzira muitos ityasaari deformados, mas aqueles dois eram absurdamente belos. Até suas escamas prateadas tinham a decência de se manifestar em manchas discretas atrás das orelhas. Vestiam túnicas simples sem ornamentos nem ostentação, conforme os ditames da Necessidade, mas isso só realçava seu encanto natural.

Os criados haviam disposto uma mesa em um dos lados e cobriram-na de figos, azeitonas e bolos de painço com mel. Camba despejou, de um jarro de prata resfriado, um suco espesso de limão, mel e neve, que quase congelou meus dentes.

Conversamos numa mistura de goreddi e porfiriano; Ingar e Phloxia traduziam quando eu precisava. Pedi que contassem suas histórias e me disseram que Pende os pusera sob suas asas quando eles ainda eram bem pequenos e que serviram no templo de Chakhon por alguns anos. Mina ainda trabalhava lá como uma espécie de guardiã e Brasidas cantava nos dias santos.

— Pende é nosso pai espiritual — disse Phloxia, sorrindo pesarosamente — e cada um de nós é seu filho decepcionante.

— Ele está satisfeito com Camba — arriscou Brasidas, com a boca cheia de figos.

— Sim, Camba voltou para Pende e Pende a treinou para ver a luz anímica — explicou Phloxia. Debruçou-se sobre seu prato de bolinhos de painço e murmurou, exagerando: — O resto de nós é um fracasso. Não vemos a luz e acho até que nem todos podemos vê-la.

— Eu consigo ver a de Gelina — disse Gaios, os olhos muito abertos e muito sinceros.

— E eu a sua — atalhou Gelina, descansando a bela cabeça no ombro do irmão.

— Gêmeos são solipsismos ambulantes: autorreferenciais — pontificou Phloxia, lançando-lhes um olhar carinhoso. Lembrava muito a melosa Dama Okra. — Seja como for, eles partiram o coração do velhinho, um de cada vez, deixando Chakhon por Lakhis.

— Foi preciso — defendeu-se Gelina, os cílios vibrando ansiosamente. Gaios corroborou-a com um aceno de cabeça.

A alada Mina mastigava azeitonas com uma velocidade alarmante, sem cuspir os caroços. Quando falou, sua voz era áspera e estridente:

— O deus não nos chama a todos. Pende sabe por que saímos.

— Expliquei a ele que eu tinha de partir em obediência à lógica do próprio Chakhon — disse Phloxia. — Para servir ao deus do acaso, minha presença no templo também devia ser casual.

Ingar riu ao ouvir isso, sacudindo sua cabeça calva; parecia muito à vontade ali.

— Phloxia — disse Camba, que estava sentada ao lado dela —, você distorce a lógica em proveito próprio.

— Esse é o dever dos advogados — retrucou Phloxia, repuxando a boca numa expressão amuada.

Os olhos de Camba faiscaram com um brilho de ternura.

— Você não teria um broche para mim?

— Simples boato! — reagiu Phloxia. — Não nego nem confirmo...

Levantei-me e inclinei-me sobre a mesa, antes que os criados levassem embora o último bolo de painço. Atrás de mim, os outros riram. Tinham muita vivência em comum e se conheciam bem. Estava um pouco inquieta. Aquilo era, exatamente, o que eu desejaria criar em Goredd. Exatamente.

Os ityasaari ali reunidos talvez houvessem infringido as regras de Pende para me encontrar, mas será que iriam ao ponto de viajar para Goredd contra a vontade do sacerdote? E por que o fariam? Para defender um país alheio? Para recriar nele o que já tinham criado no seu?

Eu não podia pedir-lhes que fossem para Goredd, não com Jannoula pronta a atacá-los tão logo partissem para o sul, não sabendo que o homem capaz de protegê-los dela certamente não iria.

— Você parece triste — murmurou Ingar ao meu lado, assustando-me. — Acho que sei por quê. Eu também sonhei com este jardim, da mesma forma que Jannoula. Mas tudo pode ser feito sem ela.

Aquele era um novo Ingar. A intensidade e a concentração de seu olhar me impressionaram.

— Você me parece bem — observei.

Ele sacudiu gravemente a cabeça e ajeitou os óculos quadrados no nariz.

— Graças a Camba. Ela acreditou em mim quando não havia muito de mim em que acreditar. — Seus lábios grossos se contraíram e ele respirou fundo. — Mas sabe o que ajudou também? Vou lhe mostrar.

Levou-me para a casa, para a sombra de um pórtico. Duas cadeiras de ferro se erguiam ali como sentinelas ao lado de uma pilha de livros. Ingar apanhou um pequeno volume do alto da pilha. Reconheci-o imediatamente.

— Decifrei isto — revelou, convidando-me a sentar. — É goreddi transliterado no alfabeto porfiriano e escrito de trás para a frente, com lacunas aqui e ali para dar a entender que é um texto criptográfico. Tarefa nada difícil, devo confessar, e não fui o primeiro a lê-lo. Veja. — Foi à última página, onde alguém rabiscara isto em goreddi:

Aos bibliotecários:

Este volume tem algum valor histórico, em minha opinião. Não pode ficar em Goredd nem muito menos ser destruído. Por favor, coloquem-no no setor dos escritos religiosos apócrifos. Que o Céu os proteja.

Padre Reynard de São Vitt, Bowstugh Wallow

Ao pé da página, o Padre Reynard acrescentara mais uma linha em letras miúdas: *Santa Yirtrudis, se és santa (e se alguém o é), perdoa-me pelo que tenho de fazer.*

— Este livro é sobre Yirtrudis? Ela é uma santa estranha, que não poderia ser invocada de outro modo — disse eu, sentindo uma onda súbita de esperança se avolumar em meu peito. Eu sempre tivera uma ligação visceral com a padroeira misteriosa de minha herança oculta.

De repente, ocorreu-me a possibilidade de que a tese de Orma estivesse correta. Pelo menos, minha padroeira talvez fosse verdadeira e propriamente minha.

Ingar franziu as sobrancelhas.

— Trata-se da única cópia conhecida do testamento de Santa Yirtrudis. Talvez mesmo do original. Você conhece bem a história eclesiástica?

— Quase nada — confessei.

Ingar gostou de ouvir isso.

— Há apenas duas gerações, esse Padre Reynard se tornou Bispo Reynard de Blystane. De sua prestigiosa cátedra e apoiado por meu povo, os fanaticamente religiosos samsaneses, ele denunciou Santa Yirtrudis como herege.

— Por causa de alguma coisa registrada em seu testamento? — perguntei, enfiando as mãos entre os joelhos para que deixassem de tremer.

— Por causa de tudo que está escrito nele! — bradou Ingar. — Yirtrudis confunde tudo que pensamos saber sobre os Santos.

— Teria ela sustentado que os Santos eram meios-dragões? — perguntei em voz baixa, como se os porfirianos fossem ligar para o que eu dizia.

Ingar se encostou na cadeira para me observar de mais longe.

— Esse é um dos muitos motivos. Mas como adivinhou?

Falei-lhe sobre as teorias de Orma.

— Encontrei o livro junto com suas notas. Ele afirma que o leu, mas não deixou sua tradução na biblioteca.

— Vou redigir uma para você — disse Ingar, com firmeza. — Consigo ler o texto com facilidade, é claro, depois de encontrar a chave para a decifração. Você deve ler a história nas próprias palavras da autora. Agora, tudo ficou claro para mim.

Eu ia perguntar o que ele queria dizer, mas algo às minhas costas chamou sua atenção. Olhei também para trás e vi Camba se aproximando, batendo as sandálias no pavimento.

— Tivemos notícias de Abdo — anunciou ela solenemente. — Lamento que ele esteja sofrendo. Sei que o que vou dizer é um fraco consolo, mas sua luta com Jannoula pode impedi-la de provocar mais malefícios. Aqui está. — Passou-me um embrulho enrolado num guardanapo. — Alguns bolinhos para Abdo e sua família. Por favor, transmita-lhes nosso afeto e diga-lhes que oramos por ele. — Aquilo era evidentemente uma dica para que eu partisse. Levantei-me e olhei para Ingar.

Seus olhos fulguraram, confiantes, ao pousar em Camba. Então, uma coisa ficou clara para mim: ele também não iria para Goredd. Eu não podia censurá-lo, mas minha tristeza voltou e me acompanhou até a casa de Naia.

Naquela noite, fui para o jardim de grotescos sabendo muito bem o que fazer. Não iria acalmá-los — nem a mim —, mas mudar algo que estava me incomodando há já algum tempo. Andava cada vez mais embaraçada por causa dos nomes tolos que lhes dera. Sujeito Barulhento incidia no gênero errado, mesmo em goreddi; Salamandra (por causa de seus membros raquíticos) e Gargoyella (por causa de sua boca enorme) eram nomes francamente insultuosos.

Já era suficientemente mau que eu houvesse ligado o fogo mental de todos a mim sem pedir licença. O mínimo que eu podia fazer seria chamá-los por seus nomes verdadeiros.

Percorri searas e caminhos sinuosos, atravessei rios e folhagens densas tocando cada grotesco na cabeça e rebatizando a todos: Brasidas, Phloxia, Mina, Gaios, Gelina, Ingar, Camba, Blanche, Nedouard, Od Fredricka, Dama Okra, Lars, Abdo.

Eu esperava, chamando-os assim, sentir mais intimamente a presença de cada um. Talvez não fosse movida apenas pela vergonha, mas também pela esperança de renovação (os Marcos Miliários estavam agora afastados somente vinte e três passos). Meu jardim poderia jamais existir no mundo real; mas, onde ele existia, eu estava disposta a preservá-lo. Sentia constantemente a ausência de Pende e Gianni, como se houvesse perdido dois dentes e não conseguisse parar de explorar minhas gengivas com a língua.

Só quando fiquei frente a frente com Pastelão, o único ityasaari que ainda não vira no mundo real, é que comecei a perceber meu engano. Ele se ergueu do pântano, uma enorme lesma coberta de escamas, suja e maior que antes. Cresceu diante de mim e tocou o céu.

Literalmente.

Seu nariz — ou como quer que se chame a extremidade pontuda de um verme informe — espetava o azul translúcido como se este fosse o teto de uma barraca de lona. Fiquei pasmada, incrédula; virei-me para olhar o resto do jardim e bati a cabeça em outra massa informe pendente do céu.

Caí de joelhos no chão coberto de musgo — ou talvez num jardinzinho de rosas, com um pequeno relógio de sol no centro e, ao lado, uma Dama Okra do tamanho de um pino de boliche. Peguei-a e olhei-a. O minúsculo jardim era ladeado por uma vala, outrora uma imponente ravina, estirado na qual avistei um Lars também do tamanho de um pino de boliche.

O céu, encurvando-se ainda mais, tocou minha nuca. Era úmido e pegajoso.

Os reduzidos cidadãos de meu jardim estavam todos ao alcance de meu braço, tanto quanto as cercas, o portão de saída e a porta descascada, em tamanho normal, da cabana de Jannoula. A cabana não encolhera; era a única coisa que sustentava o céu.

Reuni minhas criaturas como se fossem gravetos e coloquei-as lado a lado sobre a relva. O que acontecera? Teria eu mesma feito aquilo dando-lhes nomes? Minha intenção fora boa, eu só desejara... descobrir quem elas eram realmente.

Estaria, por fim, vendo com clareza minha própria obra? Abdo chamara meu jardim de "portaria estreita". Eu imaginara aquelas formas humanas; talvez, dando-lhes nomes, houvesse desfeito a ilusão, só restando o fogo mental que eu surrupiara. Se eu piscasse, toda aquela fileira de avatares semelhantes a bonecos desapareceria e eu poderia finalmente ver o fogo mental — o que, de modo algum, me consolava.

Meus vastos espaços de antes agora me deixavam claustrofóbica. Empurrei o céu pegajoso e me arrastei em direção à saída.

— Este é meu jardim e tudo está em ordem — disse eu, as palavras grudando em minha garganta. — Cuido bem dele e conto com sua fidelidade.

Abri os olhos para a escuridão do apartamento de Naia, respirando com dificuldade, e fiquei sem me mexer por alguns momentos, ouvindo o som dos passos na rua lá embaixo e do balanço dos navios no mar incansável. Por fim, o ritmo de meu coração se acalmou, mas não o de meus pensamentos atribulados.

Dezenove

Meu thnik me ligava com Glisselda; outro ligava Glisselda com Kiggs. Durante aquela quinzena inútil, a rainha me manteve a par de tudo, inclusive da data em que o navio dele chegaria. No dia marcado, percorri as docas, cruzando com pescadores e estivadores. Eu trouxera meu lanche e estava ocupada em mantê-lo longe das gaivotas ousadas e insolentes quando ouvi alguém gritar "Garegia!", que é a palavra porfiriana para Goredd.

Uma chalupa acabara de entrar no porto e se dirigia lentamente para oeste, em busca de seu ancoradouro. Ostentava uma bandeira púrpura e verde, adornada com um coelho saltitante, o emblema da Casa Real de Goredd.

Atirei o resto de minhas berinjelas às gaivotas e, num instante, estava correndo na direção das docas do oeste.

Segui o navio, esquivando-me de vendedores barulhentos, cestos de caranguejos, montes de redes de pesca, pilhas de mercadorias e bandos de marinheiros barbudos, para não perder de vista o mastro e a bandeira. Cheguei, ofegante, ao ancoradouro certo justamente quando os marinheiros desciam o passadiço. Examinando as pessoas postadas no convés, logo avistei o conhecido nariz de falcão e a papada de Ardmagar Comonot, o líder deposto da raça dragontina.

Ele também me viu da proa e gritou uma saudação. Estava mais moreno; os cabelos tinham sido vigorosamente alisados para baixo, mas começavam a se encurvar nas pontas. Comonot acenou com entusiasmo, sem ligar para a segurança dos que o cercavam.

— Seraphina! — bradou, acotovelando os marinheiros na pressa de descer o passadiço. Vestia um longo manto azul, pregueado e bordado como convinha a um cavalheiro porfiriano. Quando chegou mais perto, percebi um detalhe novo: uma cicatriz esbranquiçada ao longo da mandíbula.

Comonot beijou-me efusivamente em ambas as faces, ao estilo porfiriano, agarrando de maneira bizarra minhas orelhas. Esforcei-me para não rir; ele era mais rude que a maioria dos dragões, mas às vezes não conseguia refrear alguns impulsos muito humanos.

O general deu um passo atrás, examinou-me com cuidado e disse de um modo mais tipicamente dracônico:

— Seu nariz está queimado de sol, mas você parece ter comido bem.

Sorri e logo virei o pescoço, procurando Kiggs na multidão. Vi marinheiros goreddi e a equipe de secretários saar de Comonot, acompanhados por guarda-costas humanos.

— Onde está o Príncipe Lucian? — perguntei, com um nó de nervosismo no estômago.

— Tenho certeza de que não sei — respondeu Comonot, levando um dedo grosso aos lábios. Voltou-se para um marinheiro que esperava pacientemente às suas costas. — O príncipe desembarcou ou o atiramos ao mar durante aquela pavorosa tempestade?

Olhei para o marinheiro desconhecido, que tinha o rosto orlado por uma fina barba de viagem, o cabelo um pouco comprido e um sorriso um tanto... Não, eu conhecia aquele sorriso. Meu coração o conhecia, ainda que meus olhos fossem estúpidos demais para notar o que estava bem à sua frente.

— Acho que o príncipe pensou em *jogar-se* ele próprio ao mar durante a tempestade — disse Kiggs muito sério, mas com os olhos castanhos sorrindo. — Por fim, decidiu que talvez valesse a pena esperar um pouco.

Perdi totalmente o jogo de cintura.

— Estou feliz em vê-lo, Príncipe.

Kiggs se aproximou como fizera Comonot e beijou minhas faces, mas sem puxar minhas orelhas. Respondi pousando de leve os lábios em sua ridícula barba rala. Ele cheirava a sal, a mofo de porão de navio e... a ele mesmo.

Senti-me subitamente envergonhada. Os meses nos haviam tornado estranhos um ao outro.

O Ardmagar se meteu entre nós e me pegou pelo braço.

— Eu estava brincando... Percebeu? Disse não saber quando na verdade sabia e depois fingi me espantar...

— Sim, Ardmagar. Foi perfeito — respondi.

— Ele andou me contando piadas desde que deixamos Lavondaville — revelou o Príncipe Lucian Kiggs, sorrindo por cima da cabeça de Comonot. — Só precisei de uma semana para descobrir que eram piadas.

— Saar velho, brincadeiras novas — disse eu, sorrindo também.

— Não vá pensar que ainda sou tão lerdo quanto antes para reconhecer pilhérias — censurou Ardmagar, mas sem parecer irritado. Observava com curiosidade a multidão do cais, os navios, as lojas. Meses de convívio íntimo com humanos não haviam conseguido diminuir seu fascínio pela variedade humana.

Kiggs pediu licença para dizer algumas palavras ao seu séquito, que parecia atarantado com as bagagens e os carregadores. Comonot, ao meu lado, disse calmamente:

— Portanto, depois de tentar tudo o mais, eis-nos de volta ao plano de Eskar. Entrarei pela porta dos fundos enquanto meus lealistas simulam ir para o sul. Não será pretensioso demais presumir que poderei convencer os porfirianos a me deixar romper um tratado centenário e subir o Vale do Omiga?

— E que deixarão os exilados partir? — completei. — Já vi alguns deles. Eskar preparou tudo para você, ao que parece. Sabe onde ela está?

— Está aqui, ora — disse Comonot. — Não é o que você acabou de dizer?

— Não, eu disse que ela *estava* aqui. Andou desaparecida por quase um mês — expliquei, acrescentando a última quinzena às duas semanas mencionadas por Lalo. — Você não tem um jeito melhor de conhecer o paradeiro de seus auxiliares do que esse?

— Não me importo com eles, se é o que está perguntando — disse Comonot. Puxou umas correntes de ouro pela gola do manto e procurou entre os penduricalhos o thnik certo.

Kiggs, atravessando a multidão apinhada no cais, voltou para junto de nós.

— Mandamos um mensageiro à Casa Malou — informou ele. — Contrataram alguns carregadores para... — Interrompeu-se ao dar com os olhos nas joias do Ardmagar. — Não exiba assim seus thniks — repreendeu, correndo para se interpor entre Comonot e os olhos ávidos dos passantes.

— Os porfirianos não se assustam com dragões — disse eu.

O Ardmagar se virou para nós. Encontrara o comunicador, um objeto oblongo de prata, e chamou:

— Eskar, onde está você? Responda imediatamente.

Todos nos esforçamos para escutar em meio à algazarra da multidão, do mar revolto, dos gritos de duas gaivotas disputando um bocado de comida — possivelmente a minha —, mas o thnik permaneceu mudo. Comonot deu de ombros.

— O silêncio não prova nada. Ela talvez não esteja em condições de responder no momento. Fará isso logo que possa.

Senti crescer em mim o tropel vertiginoso do pânico adiado.

— Orma também se foi.

— Hum, nesse caso acho que os Censores tiveram notícia deles e que os dois precisaram encontrar um bom esconderijo — disse o Ardmagar, dando-nos as costas. Um de seus secretários veio correndo a fim de levar o velho general até a liteira alugada para ele.

— Mas o tratado de Tanamot com Porfíria não proíbe aos Censores procurar exilados aqui? — perguntei, acompanhando-o. Kiggs vinha logo atrás de mim.

— Só os exilados registrados — explicou Comonot por cima do ombro, enquanto se preparava para subir à liteira. Um carregador abriu a cortina púrpura e branca para o general, muito desajeitado, entrar.

Kiggs, ao meu lado, disse num tom impassível:

— Não se preocupe, descobriremos o que aconteceu.

Concordei, estupidamente. O medo vertiginoso, o tropel sob minhas costelas voltou. Eu sufocara minhas preocupações com Orma, mas a referência de Comonot aos Censores trouxera-as de volta à superfície. Respirei fundo e apontei para a liteira:

— Para onde você vai agora?

— Casa Malou. Estão nos esperando lá — disse o Príncipe, sem fazer nenhum movimento para seguir Comonot: apenas estudou minha expressão. A dele próprio era um misto de inquietação e pesar. O vento agitava seus cabelos e soprava no espaço entre nós.

O Ardmagar pôs a cabeça para fora da janela.

— Nada de moleza, Príncipe. Você precisa encontrar os Agogoi e está representando uma nação.

— Me dê um tempo — replicou Kiggs, agitando a mão para Comonot num gesto irritado e sem tirar os olhos de mim. O Ardmagar fungou e sua cabeça desapareceu por trás da cortina.

Kiggs se inclinou para mim; perdi o fôlego, como uma tola.

— Selda me manteve informado de seus progressos aqui — disse ele. — Teme que você se sinta frustrada.

Baixei os olhos para o molhe fustigado pelo mar; os dele eram demais para mim.

— Selda me disse também: — continuou o Príncipe — "Lucian, cuide bem de Seraphina, pois ela talvez esteja se sentindo fragilizada. Diga-lhe que a amamos como sempre, que agradecemos muito seu esforço e que no fim tudo dará certo".

Eu não tivera consciência de minha fragilidade e suas palavras provocaram uma furiosa maré de emoção em minha praia. Não conseguira encontrar Orma, proteger Abdo de Jannoula, reunir os ityasaari. O jardim que eu tanto desejara estava ali e eu não podia tê-lo; eu não podia ter o Príncipe que tanto desejava e ele estava ali. Era demais. Precisei esperar até recobrar a confiança em mim mesma para responder:

— Ela é muito gentil. Mais gentil do que mereço.

— Logo discutiremos seus méritos — disse Kiggs e, embora eu continuasse com os olhos baixos, pude ouvir o riso em sua voz. — Teremos muito tempo.

— Sim, terão! — berrou Comonot por trás de nós, colocando outra vez a cabeça de fora como uma tartaruga impaciente. — Príncipe, vamos. Seraphina, apareça na Casa Malou à noite. Haverá um jantar de boas-vindas e mais um convidado não será incômodo. Lá, poderão dizer um ao outro o que quiserem.

Consegui por fim olhar Kiggs nos olhos, cheios de esperança e inquietação. Ele se afastou e entrou na liteira. Os carregadores levantaram-na e puseram-se lentamente a caminho, subindo a encosta em direção às coloridas fachadas de mármore das colinas ocidentais.

Acompanhei-a com o olhar, perguntando-me se Kiggs e eu realmente conseguiríamos dizer um ao outro tudo o que desejávamos e quanto tempo isso levaria. No alto, bem acima de mim, uma gaivota ria zombeteiramente.

ღჳჵ

Eu precisava muito de um banho para participar daquela reunião de pessoas importantes à noite. Voltei ao apartamento de Naia para pegar minhas coisas e dar uma olhada em Abdo.

Sua família estava ali em massa naquele dia; notei, pelas expressões solenes, que nada mudara. Atravessei o recinto apinhado para apanhar minha sacola de banho atrás da cortina, o que me custou algum tempo. Eu finalmente compreendera, após algumas insinuações das tias e uma explicação direta de Naia, que era grosseiro saudar com um único cumprimento todas as pessoas reunidas numa sala; por isso, tive de cumprimentar uma por uma, chamando-as pelo nome. Após pegar minha sacola, atravessei de novo o recinto, despedindo-me de cada uma individualmente. As tias de Abdo riram e disseram às minhas costas: "Quase civilizamos você!" e "Não se esqueça de saudar o recepcionista!"

Eu já tinha ido aos banhos várias vezes, três delas sozinha. Na Hora dos Veteranos, pois minha coragem tinha limites. Quando os velhos me olhassem, eu poderia pelo menos alegar que o problema estava em sua vista cansada.

Deixei minhas roupas a um canto (sem me esquecer de saudar o recepcionista), caminhei sob um jorro frio que escapava da boca de um golfinho decorativo (procedimento doloroso que Naia insistia ser crucial para a higiene) e entrei na piscina quente comum. Os velhos — de todos os sexos que Porfíria tinha a oferecer — ocupavam todo o perímetro, sentados num comprido banco dentro da água; suas cabeças flutuavam jovialmente na superfície como repolhos. Alguns acenaram para mim, reconhecendo-me. Outros só observaram, parecendo mais intrigados com meu corpo fantasmagoricamente branco do que com as escamas brilhantes em minha barriga.

— As pessoas lá do sul vivem em cavernas? — perguntou um velhote certa vez, em voz alta, pouco se importando com o fato de eu poder entendê-lo. — Como aqueles grilos parecidos com aranhas, vocês sabem. Ela é quase transparente.

Ninguém jamais fizera comentário algum sobre as escamas, para imenso alívio meu. Agora, porém, um dedo corria pelas minhas costas, bem em cima da linha que separava a pele humana da dragontina. Naquele ponto, a pele ficava quase sempre vermelha e sensível, como se as escamas agudas a forçassem por baixo, de modo que o toque inesperado doeu. Esquivei-me, sufocando um grito, e a velha desdentada à minha direita riu, os olhos semelhantes a dois crescentes travessos.

Murmurou alguma coisa que não tive a mínima esperança de entender. A mulher do outro lado dela, sacudindo o corpo de riso, disse em voz baixa e arrastada:

— Estrangeira avarenta, empreste-lhe alguns de seus dentes de prata. Você tem muitos e ela não tem nenhum.

Não resisti: comecei a rir e a piscina inteira riu comigo. Naia me advertira que, comumente, o receio diante de um ityasaari se chocava com a perplexidade diante de um estrangeiro. Parecia que as duas coisas finalmente se haviam resolvido em pura gozação.

Contudo, o mais surpreendente era que eu não me importava. As escamas, emblema visível de minha vergonha — que tanto haviam aterrorizado Rodya, que eu escondia ou suprimia e chegara certa vez a tentar arrancar com uma faca —, como agora eu podia rir delas em companhia de estranhos? Algo mudara em mim. Eu já estava bem longe do ponto de partida.

Depois de me enxugar, pus a melhor roupa que tinha, uma túnica azul--escura bordada de flores vermelhas e amarelas, com vidrilhos; a saia, mais comprida e larga que o usual, chegava em dobras ondulantes abaixo dos joelhos. Eu a comprara numa loja do porto, pensando que talvez precisasse algum dia ir a uma recepção; além disso, não gostava nada dos vestidos diáfanos e sem mangas que as senhoras da alta sociedade usavam.

Comonot dissera que a recepção seria à noite, mas eu não sabia o endereço da Casa Malou. Pedi que o recepcionista guardasse a sacola de banho até o dia seguinte (o que me custou outra saudação profunda) e fui para a biblioteca, parando a meio caminho na colina para admirar os tons laranja e lilases do crepúsculo.

A Casa Malou, segundo os bibliotecários (que me deram a informação examinando com grande curiosidade a minha túnica nova), ficava a quatro ruas da de Camba, não escondida atrás de lojas, mas ocupando ostensivamente um quarteirão inteiro. Encontrei-a sem dificuldade. Sua porta azul tinha uma brilhante aldrava de bronze em forma de folha de acanto. Eu receava que o porteiro não me deixasse entrar, mas, aparentemente, ele fora instruído a me receber. Levou-me para um saguão de paredes altas, mais novo e mais fantasioso que o de Camba; mosaicos com figuras de cavalos-marinhos, polvos e tubarões adornavam o teto, onde placas de vidro e telhas douradas capturavam a luz. De dentro da casa, vinha um murmúrio de águas e vozes. A estátua da fonte representava um homem equilibrando o que parecia ser uma catedral cor-de-rosa na cabeça. Vista mais de perto, era na verdade uma cidade em miniatura, com templos e mercados esculpidos em coral róseo. O nome alegórico no pedestal era uma palavra que eu não conhecia.

— "Dever" — disse uma voz conhecida de barítono, assustando-me a ponto de eu quase cair na fonte. Kiggs adiantou-se para me segurar pelo cotovelo, mas consegui recuperar o equilíbrio sozinha.

— Seu porfiriano é muito bom — disse eu.

Ele riu com modéstia:

— Perguntei ao porteiro.

Kiggs havia se banhado e posto seu gibão vermelho; trazia os cabelos ainda molhados. Gostei de ver que ele conservara a barba e depois me surpreendi por estar gostando. Kiggs notou que eu o examinava e passou conscientemente a mão pelo rosto.

— Disseram-me que os Agogoi levam você mais a sério quando deixa a barba crescer — explicou.

— Então, acho que vou deixar crescer a minha — brinquei.

Seus lábios se arquearam numa risada. Era por isso que eu gostava daquele Príncipe.

— Comonot está na sala de jantar com nossos anfitriões — disse Kiggs, apressando-me. — Em *uma* sala de jantar, para ser mais exato. Até agora, vi três; deve haver mais.

— Será apenas um jantar? — perguntei, seguindo-o pelo corredor. — Nada de política?

— Oh, tudo de política — respondeu Kiggs com um olhar sagaz. — Do tipo em que Comonot às vezes se supera inconscientemente, encantando os outros com seu... hum, encanto. Devemos vigiá-lo o tempo todo.

Enveredamos pelas profundezas da casa, vendo de passagem um grande quarto abobadado, uma banheira semelhante a um lago artificial, uma biblioteca e dois jardins simétricos antes de chegar a um espaço aberto pavimentado com mármore de cinco cores em forma de xadrez. Sofás cercavam o perímetro; uma fonte de vinho borbulhava no centro, em meio a mesas repletas de iguarias. Umas cem pessoas vagueavam pelo recinto, servindo-se de comida e bebida, ou, estiradas em sofás, comiam e riam.

— É uma reunião democrática — sussurrou Kiggs jovialmente em meu ouvido. — Não há hierarquia de assentos; poderemos comer e nos acomodar onde quisermos. Vou fazer essa experiência em Goredd.

Eu não quis estragar seu entusiasmo; talvez ele não tivesse visto os criados atravessando esbaforidos a multidão, enchendo copos e removendo pratos vazios. Eu os vi, sem dúvida, porque me alojara perto do porto. Duas das tias de Abdo eram criadas em grandes casas.

Kiggs conduziu-me, por entre a multidão de hóspedes tagarelas, até uma velha corpulenta com cara de buldogue. Tinha a cabeça raspada, sinal de que era viúva — havia muitas na Hora dos Veteranos —, mas mesmo assim ainda usava o diadema dourado dos Agogoi, que marcava fundo seu couro cabeludo. Ergueu as sobrancelhas ao ver Kiggs, como se já o conhecesse.

— Senhora Presidente — saudou ele, curvando-se —, apresento-lhe Seraphina Dombegh, emissária da Rainha Glisselda aos seus ityasaari. Seraphina, esta é Sua Excelência Phyllida Malou Melaye.

Eu não sabia como cumprimentar a Presidente da Assembleia; arrisquei a cortesia completa ao estilo goreddi, que sem dúvida me fazia parecer um pouco estranha naquelas roupas compradas no cais. De fato, elas não eram adequadas sequer ao ambiente, conforme logo percebi. Mais precisamente, eu estava vestida demais; ou melhor, mostrava que vinha da classe errada.

As narinas da Presidente Melaye vibraram de ceticismo.

— Ouvi falar de você — disse ela em goreddi. — Por que não me procurou antes de ir atrás de nossos ityasaari? Eu poderia dar um jeito; até sacerdotes têm seu preço. Em vez disso, você ultrajou o templo de Chakhon. Não vai obter nada deles agora.

Eu sabia que Pende estava aborrecido — mas ultrajado? Juntamente com todo o templo? Fiz o que pude para disfarçar meu embaraço e consegui dizer:

— Vivendo e aprendendo, Excelência.

Ela arrebitou o nariz e me dispensou. Suas mangas bufantes e diáfanas ondulavam ao ritmo de seu passo, dando-lhe a aparência de uma borboleta exótica.

— Não teria feito a mínima diferença — disse Kiggs em tom suave, quando nos afastamos. — Selda me revelou que o sacerdote ityasaari estava predisposto contra você. Melaye não conseguiria suborná-lo.

— Quem sabe? — suspirei. Não me ocorrera que a Assembleia talvez pudesse influenciar a decisão dos ityasaari de ir para o sul; seria bom fazer uma tentativa nesse sentido.

— Phina — disse Kiggs. Fitei-o e ele sorriu, um sorriso que irradiava afeto e simpatia. — Tenho ordens estritas para não deixá-la ruminar essa ideia. Selda me arrancará a pele.

A noite se tornou rapidamente uma confusão de pratos bizarros — destacando-se o polvo recheado com lula recheada com choco — e apresentações de pessoas cujos nomes eu não poderia guardar. Algumas conheciam as Terras do Sul (inclusive um octogenário para quem os goreddi se envenenavam comendo muito abacaxi; Kiggs ficou confuso ao ouvir isso, mas pensei em Josquin e Moy, e ri disfarçadamente). Encontrei os chefes de todas as Famílias Fundadoras, das quais só recordo a mulher que já conhecera, Amalia Perdixis Lita. Dois de seus filhos, quarentões barbados e sorridentes, acompanhavam-na. Camba era, evidentemente, a mais nova da família.

Vigiávamos Comonot e logo o perdíamos de vista. Mais ou menos no meio da noite ele se plantou ao lado da fonte e começou a contar histórias com voz pastosa. Kiggs correu para ele imediatamente e eu o segui. O vinho soltara a língua do Ardmagar e havia assuntos políticos e estratégicos que o Príncipe não queria que ele revelasse à multidão formada ao seu redor.

— Vi guerras, vi carnificinas — gabava-se o velho saar. — Trucidei humanos, incendiei aldeias, devorei seus bebês e chutei seus cães. Também matei outros dragões... Não muitos, mas cortei mais de uma jugular e fiquei escaldado por seu sangue fervente. Derrotar Old Ard não deveria ter sido nenhuma novidade.

Sua cara gorda suava ao calor da noite. Bebeu um gole de vinho.

— No entanto, eu jamais vira coisa igual. Gritos que subiam aos céus, a fumaça sufocante e sulfurosa atravessando as membranas de meus olhos cerrados. Embaixo, um vale coberto de carne chamuscada e podre, carne que não se podia comer, de irmãos nascidos no mesmo ninho e que revoavam no mesmo bando. Eu reconhecia uma asa partida aqui, uma cabeça quebrada acolá. Os cheiros de centenas de indivíduos misturados no mesmo fedor da morte.

Quantos matei? Quando eles atacaram, com os dentes à mostra e as gargantas em fogo, desejei não precisar matar nenhum. Uma mordida na nuca para mostrar quem mandava e eles se rendiam: era assim, antes. Mas quando garras tentam arrancar nossos olhos e labaredas chamuscam nossas asas, não temos escolha.

Vencemos a batalha, se nesse caso se pode falar em vitória. Só do nosso lado restavam dragões ainda capazes de voar. Os outros lutaram até a morte, todos eles. — O Ardmagar fez uma pausa, os olhos perdidos na lembrança. — Foi um absurdo — continuou. — Eskar estava certa. Não posso aceitar a morte de tantos. Pomos um único ovo que incubamos durante três anos. Somos uma espécie que demora a se desenvolver. Quando penso no tempo, nos recursos e na educação que ficaram jazendo naquele vale, apenas para me impedir de voltar ao norte... — Sacudiu a cabeça, os cantos de seus lábios descaíram. — Que desperdício!

— Por que lutaram até a morte? — perguntou um homem alto atrás da multidão que ouvia. Reconheci-o: era um dos irmãos de Camba. Sombras dançavam em seu rosto à luz da lâmpada. — Os Old Ard também são dragões, valorizam a lógica tanto quanto você. E que lógica há em morrer? — À sua volta, levantou-se um murmúrio de aprovação.

Comonot refletiu.

— A lógica pode conduzir a diferentes desfechos, cidadão. Ninguém gosta de admitir isso... nem mesmo os seus filósofos. Os dragões se julgam puros e incorruptíveis, mas a lógica pode jogá-los friamente no abismo. Tudo depende de onde se começa, de primeiros princípios.

Os Old Ard descobriram uma nova ideologia. O ponto final dessa ideologia é, potencialmente, a morte de milhares, incluindo a deles próprios. Asseguro-lhe: chegaram até ali seguindo uma lógica inabalável, inflexível, partindo de um começo muito especial. Poderíamos, em princípio, raciocinar retroativamente para entendê-la. Mas eu não estou interessado nisso.

— Por quê? — perguntou alguém.

Comonot franziu as sobrancelhas, surpreso.

— Porque receio que ela faça sentido.

O grupo de porfirianos riu dessa magnífica piada. Comonot ficou piscando para eles como uma coruja, achando que não havia feito piada nenhuma.

Nossa anfitriã, a Excelentíssima Phyllida Malou Melaye, juntara-se disfarçadamente ao círculo de ouvintes. Levantou o queixo de buldogue e falou em voz alta:

— De um modo geral, é do interesse de Porfíria que os Old Ard sejam suprimidos. Querem por força retomar as Terras do Sul, das quais depende metade de nossa fortuna. Entretanto, Ardmagar, embora gostássemos muito de ajudá-lo, você deve reconhecer que corremos o risco de retaliações caso o ajudemos e você perca. Os Old Ard jamais esqueceriam essa ofensa; poderiam até nos punir antes de tomar o Sul.

Comonot se inclinou amavelmente.

— Entendo e respeito sua precaução, Senhora Presidente.

— Você deve contrabalançar o risco de Porfíria com uma compensação adequada — continuou ela, enchendo seu copo de vinho na fonte. — Temos as mais diversas ideologias por aqui, mas uma delas todos aceitam: pelo preço justo, a flexibilidade é sempre possível.

— Era o que eu esperava — disse Comonot. — E estou preparado para negociar...

Kiggs deu uma cotovelada no velho general, fazendo-o derrubar um pouco de vinho no chão. Criados apareceram como que do nada para limpar o piso. Comonot fechou a cara quando Kiggs lhe sussurrou apressadamente alguma coisa ao ouvido.

— Eu não ia dar com a língua nos dentes diante de todo mundo — resmungou ele. — Confie um pouco em mim, Príncipe.

A Presidente Melaye ergueu o copo.

— Discutiremos o assunto em reunião nos próximos dias. Agora, apreciemos o jantar. Negócios são um péssimo tempero.

Sem dizer palavra, Comonot também ergueu seu copo num brinde e bebeu o que restava no fundo.

Vinte

Após o jantar, os convidados se retiraram para um grande terraço no lado sul da casa, onde ardiam dois braseiros cintilantes. O artista residente da Casa Malou, o poeta Sherdil, recitou um poema enquanto todos bebericavam vinho de figo e admiravam o nascer da lua.

Meu porfiriano não dava conta da métrica e das metáforas da poesia. Estava tão concentrada que dei um pulo quando Kiggs tocou meu ombro.

— Oh, desculpe — murmurou ele, levemente divertido. — Você está apreciando a recitação.

Dei de ombros.

— Poesia é difícil.

— Então a resposta é "sim". — Sorriu. — Não disfarce; eu a conheço. Você corre atrás do "difícil" sempre que pode. Mas não quero interromper, se está tão interessada.

Uma onda indescritível de leveza tomou conta de mim.

— Se fosse música, você não teria chance; mas perder isso não me custa nada.

Ele ainda hesitava; peguei-lhe o braço, para encorajá-lo. Tivemos a mesma intuição no mesmo instante e olhamos em volta à cata de Comonot, mas o Ardmagar estava muito agradavelmente dialogando com um copo no fundo do terraço. Evitamos seu olhar; desviamo-nos dos convidados já bem alegres e de vasos de plantas ornamentais, e subimos o terraço em direção à casa silenciosa.

Os corredores estavam frios e desertos. Kiggs levou-me até um jardim em forma de triângulo, um espaço irregular deixado por um novo acréscimo à residência. No ar, pairava um aroma de limão e jasmim; vidraças translúcidas brilhavam acolhedoramente com as luzes do interior. A lua desapareceu sob a linha do teto, mas uma aura pressagiadora iluminou o céu no lugar onde ela logo ressurgiria. Sentamo-nos num banco frio de pedra, deixando um espaço suficientemente amplo para que a gorda Decência se instalasse entre nós.

Decência. Se os goreddi fizessem estátuas alegóricas, ela seria a primeira que esculpiriam.

— Você não me contou que Comonot foi ao *front* — disse eu, ajeitando a blusa. — Pensei que ele tivesse ficado o tempo todo no castelo, enlouquecendo Glisselda.

— Ah, mas ele fez isso, mesmo de longe — respondeu Kiggs, cruzando as pernas na altura dos tornozelos à maneira das crianças. Sua barba rala era uma moldura humana para seu sorriso. — Não pudemos informá-la pelo thnik, porém ele partiu pouco depois de você. Não queria dirigir sua guerra a distância. Agora ele sabe o que está acontecendo por lá, mas vem encontrando grandes dificuldades em interromper as batalhas. Concorda com Eskar em que, se encontrar uma maneira de chegar a Kerama e resolver satisfatoriamente o problema da sucessão, a guerra cessará. Talvez não consiga fazer valer o argumento da sucessão, do combate ou do que quer que seja, mas mesmo assim a guerra civil dos dragões chegará ao fim.

— E quanto a essa nova ideologia? — perguntei. — Ela os induzirá a continuar lutando?

Kiggs sacudiu a cabeça e suspirou.

— São exatamente essas as perguntas que me mantiveram acordado a noite inteira. No entender de Comonot, a lei e os costumes dos dragões prevalecerão. Se não acreditarmos nele, em quem mais acreditaremos? Todavia, não posso afirmar que não haja riscos.

Kiggs vasculhou dentro do gibão e retirou um thnik em forma de medalha de Santa Clara em bronze.

— Selda vai fazer 16 anos amanhã — lembrou ele, sopesando o aparelhinho na mão. — Provavelmente, passarei o dia inteiro em companhia de Comonot na Assembleia. Agora é meia-noite em nossa terra, mas sem dúvida é melhor acordá-la às primeiras horas de seu aniversário do que no começo do dia seguinte.

— Bem melhor — concordei, sorrindo pesarosamente de seu cavalheirismo.

Kiggs acionou o mecanismo e ficamos esperando. Ninguém respondeu. Kiggs esperou um minuto, a ruga entre suas sobrancelhas se aprofundando cada vez mais.

— Aquele secretariozinho preguiçoso tem a obrigação de dormir no escritório, debaixo da escrivaninha.

— Talvez o estresse do cargo o tenha levado a beber — pilheriei, dando largas ao meu humor negro.

Kiggs franziu o cenho, sem achar graça.

— Creio que terei de tentar de novo amanhã.

— L-Lucian — zumbiu a voz de Glisselda no aparelho. — É você?

Um sorriso de alívio se desenhou no rosto de Kiggs.

— Eu mesmo! E também...

— Por Todos os Santos dos Céus! Mas quem lhe deu a informação tão depressa? — gritou ela, em tom lacrimoso. — Eu mesma ia lhe dizer.

— Como assim, quem me deu a informação? Passaram-se dezesseis anos desde o evento feliz. É muito tempo.

Houve uma pausa enquanto ela absorvia aquelas palavras.

— Ah, seu malvado! — ralhou Glisselda. — Você não soube de nada. Está ligando para me cumprimentar pelo meu aniversário.

— É claro, querida — disse ele.

— Você pode acreditar — continuou Glisselda — que eu mesma tinha me esquecido disso?

Kiggs respirou fundo.

— Que aconteceu?

A rainha começou a chorar.

— Oh, Lucian! Santo Eustace finalmente veio buscar a Vovó, que agora descansa feliz no regaço do Céu.

— Que... que ela ceie à mesa do Céu — balbuciou o Príncipe, olhando para o nada. Esfregou a barba e depois os olhos com a ponta dos dedos.

Levei a mão ao peito e observei-o. A Rainha Lavonda vinha piorando desde os acontecimentos do solstício de inverno, mas ainda assim era chocante pensar que estava morta.

— Ela partiu serenamente — disse Glisselda. — Servi-lhe o café da manhã; ao almoço, a enfermeira disse que ela parecia sonolenta; não conseguimos despertá-la para o jantar; e, à noite, foi enfraquecendo aos poucos. — Interrompeu-se e soluçou baixinho. — Subiu a Escadaria Dourada. Lá no alto, sem dúvida, Mamãe a esperava a fim de repreendê-la por chegar tão cedo.

— Não — disse Kiggs gentilmente. — O tio Rufus não permitirá xingamentos. Também ele estará esperando, ao lado de São Brandoll e com uma torta de mel na mão.

— Vovó nunca gostou de torta de mel — observou Glisselda.

— Acredite-me, é com isso que ele conta — disse Kiggs.

Riram um pouco e depois choraram. Silenciosamente, premi os nós dos dedos contra os lábios; eles haviam perdido o Príncipe Rufus, a Princesa Dionne e agora a avó. A família inteira em menos de um ano.

— Você disse que está acompanhado? — perguntou Glisselda, de repente constrangida.

— Phina está aqui.

— Olá! — saudei, acenando absurdamente como se ela pudesse me ver.

— Phina! — gritou a Rainha. — Não é sorte demais? Sinto o coração aliviado sabendo que vocês dois estão aí juntos, com saúde, inteiros e... vivos. Logo voltarão para casa e tudo ficará novamente em ordem, ou quase.

Kiggs não respondeu; fechou os olhos e escondeu o rosto nas mãos. Limpei a garganta e disse:

— Estou pronta para voltar, Majestade. Tenho saudades de casa...

— Eu também — bradou a jovem Rainha. — Não é estranho, já que *estou* em casa? Mas isto aqui já não parece um lar desde que mamãe morreu e menos ainda com vocês dois longe. Lucian, você contou a ela sobre o Forte Ultramarino?

Kiggs ergueu a cabeça como se fosse responder, mas Glisselda prosseguiu:

— Venha diretamente para casa com Lucian e os cavaleiros, Seraphina. — Ruídos de fundo interromperam-na por um instante. — Estão me chamando. Tenho de me reunir com Santo Eustace para as homenagens à vovó. — A voz quase sumiu de novo. — Mas obrigada. Vocês chamaram no momento certo, tornando o insuportável um pouco mais leve. Agradeço a ambos.

Desligou. Kiggs pôs o thnik de lado e sentou-se, com a cabeça apoiada nas mãos e os cotovelos nos joelhos. Seus ombros tremiam. Cruzei as mãos no colo, desejando poder me aproximar para consolá-lo e pensando que talvez fosse fazer isso de qualquer maneira, embora houvéssemos combinado não fazê-lo. Ele era intransigente em sua lealdade a Glisselda — e eu, em princípio, o apoiava. Mas às vezes, em matéria de ternura, não é melhor pecar pelo excesso?

Infelizmente, eu talvez pecasse pelo excesso de egoísmo. Torci as mãos entre os joelhos.

Kiggs correu os dedos pelos cabelos encaracolados.

— Desculpe, Phina. Pensei que pudéssemos desejar feliz aniversário a Glisselda, conversar agradavelmente ou... — Gesticulou com desânimo na direção da lua cheia, que agora brilhava sobre o teto.

— Teremos tempo para isso — ponderei. — Conversaremos durante todo o trajeto para o Forte Ultramarino.

— Sim, conversaremos — disse ele, com uma inesperada amargura na voz. — Era o que eu queria. Eu não precisava vir com Comonot, você sabe. Ele pode se virar muito bem sozinho. E você poderia ter voltado para casa por si própria; os cavaleiros são bem capazes de encontrar Goredd num mapa.

— Você queria me ver — disse eu baixinho, quase desfalecendo.

— E por causa de meu egoísmo, Selda tem de enfrentar a morte de nossa avó sozinha. — Kiggs levantou-se e começou a andar de um lado para o outro. — Mesmo quando estou com ela, não estou. Sei que foi ideia minha... mentir, mas até uma mentira por omissão levanta um muro entre as pessoas. Estou preso por trás desse muro, incapaz de dar a Selda o apoio incondicional de que ela necessita.

— Não precisa explicar nada para mim — murmurei, cruzando os braços. — Vivi esse problema. Cheguei a esperar que você fosse lhe dizer agora a verdade.

Ele esboçou um risinho melancólico.

— Oh, era o que eu pensava fazer. Mas isso derrubaria o muro ou o tornaria ainda mais alto? — Virou-se, enxugando os olhos. — Como conseguiu mentir sobre si própria durante anos? Deve ter se sentido isolada do resto do mundo.

Engoli em seco.

— Realmente. Mas então encontrei um Príncipe que parecia ver, dentro de mim, a verdade por trás das mentiras. Achei-o assustador e fascinante, mas, para minha surpresa, descobri que ser vista era um imenso alívio.

Os olhos escuros de Kiggs se abrandaram.

— O que você escondeu não era tão terrível assim. Terrível foi o que eu escondi e que magoará Selda, a quem amo como se fosse minha irmã.

Um muro separava também Kiggs e eu, construído de decência e compromisso. Eu não podia aproximar-me dele, não podia beijar sua fronte entristecida. Para mim era difícil ficar afastada, mas ele seguramente usaria qualquer fraqueza como uma vara para se punir mais tarde.

— Sim — concordei —, magoará. Mas... — Hesitei; a ideia em formação buscava palavras para se exprimir. — Deixá-la suportar sua dor pode ser um gesto de respeito.

Ele se sentou de novo, olhando-me fixamente.

— Como?

— Quero dizer — comecei, ainda lutando para encontrar as palavras certas — que você está pondo o peso todo nos ombros a fim de protegê-la. Decidiu que ela é muito frágil para suportar a verdade. Mas... e se não for? E se você deixar que Glisselda se mostre forte para o próprio bem dela? Isso não deixaria de ser uma forma de honrá-la.

Kiggs resmungou alguma coisa, mas percebi que estava pensando no assunto. Era o que eu mais gostava de ver: Kiggs pensando. Seus olhos se iluminaram. Torci de novo as mãos entre os joelhos.

— Esse é o sofisma mais absurdo que jamais ouvi — disse ele, apontando-me um dedo. — Devo então esbofeteá-la também, já que a dor é uma honra tão grande?

— Sofista, eu? — rebati. — Você sabe muito bem que esse é um argumento falso.

Kiggs sorriu tristemente.

— Vou refutá-la, pois você está errada. Mas não agora. — Esfregou os olhos. — Amanhã será um longo dia de negociações. — Bocejou.

Entendi, embora a contragosto.

— Devo deixá-lo dormir um pouco — disse eu.

Levantei-me para sair, mas Kiggs segurou minha mão. Nesse momento, o mundo inteiro se curvou em direção àquele ponto focal: o que sentimos e compreendemos, a matéria e o vazio comprimidos entre duas mãos, uma quente e a outra fria. Eu não sabia qual era de quem.

Ele respirou fundo e soltou-me.

— Verei você amanhã — disse com seu sorriso triste. — Então, refutarei seu argumento.

Fiz uma reverência.

— Boa noite, Príncipe — despedi-me, acreditando piamente que ele ouviria as palavras atrás das minhas palavras, aquilo que eu não podia dizer.

Vinte e Um

Não fui convidada, nem esperava ser, para o encontro de Comonot com os líderes dos Agogoi. Sem dúvida, Kiggs e eu logo deixaríamos Porfíria — as negociações não poderiam durar muito — e eu já decidira não perder meus últimos dias tentando persuadir os ityasaari a ir para o sul comigo. Estavam felizes ali; que continuassem assim. Eu voltaria e os veria numa ocasião mais propícia.

Passei, pois, a manhã seguinte com Abdo e sua família. A febre diminuíra e ele se mostrara nos últimos dias mais tranquilo, embora dormisse o tempo todo. Talvez, deduzi, Jannoula estivesse desistindo e Naia pudesse levá-lo outra vez a Paulos Pende quando ele abrisse os olhos. Por volta de meio-dia, fui ao mercado do porto e fiquei tocando flauta à luz do sol. Crianças brincavam de roda em volta de mim. Torci para que Brasidas me visse, mas ele não estava por ali.

Quando voltei à casa de Naia ao entardecer, esperava-me um bilhete do Ardmagar Comonot: *Venha encontrar-se com o Príncipe e comigo nos jardins públicos de Metasaari ao pôr do sol.* Só isso; nenhuma pista sobre os resultados da reunião.

Cheguei cedo e comi no restaurante onde conhecera Saar Lalo. Agora, já gostava de nacos de polvo com molho; em Goredd, sentiria saudades da comida de Porfíria. Fiquei fazendo hora na mesa, remexendo meu chá e admirando o crepúsculo.

Kiggs e Comonot chegaram finalmente, duas sombras alongadas na penumbra que descia; fui encontrá-los na fonte pública, onde a água espirrava do focinho pontudo de um tubarão.

— Por aqui — disse o Ardmagar à maneira de cumprimento, abrindo caminho rumo a uma casa comprida, baixa e com colunas no lado norte da praça.

— Como foram as negociações? — perguntei baixinho a Kiggs.

O Príncipe sacudiu a cabeça.

— Juramos sigilo. Os daqui talvez não sejam os meus deuses, mas não gostaria de encontrar a Necessidade Inflexível numa alameda escura — murmurou ele. — Entretanto, insinuarei que a joia de nosso objetivo deve ser comprada a um alto preço e que o Ardmagar não passa de um vilão miserável.

— Estou ouvindo você — resmungou Comonot por cima do ombro, enquanto batia à porta.

Comprimi os lábios para disfarçar um sorriso, mas a verdade era que a dica de Kiggs me surpreendera. Comonot estava disposto a pagar qualquer soma por sua guerra. Que preço Porfíria exigira?

Uma mulher de meia-idade, cabelos curtos e expressão séria, abriu a porta.

— Ardmagar — disse ela, saudando o céu e mostrando que era uma saarantras.

— Lucian, Seraphina — começou o general —, apresento-lhes Ikat, líder civil dos dragões exilados e, pelo que me contaram, excelente médica.

Ikat, vestida à boa moda saar, desdenhou o elogio e manteve a porta aberta para nós. Usava uma túnica simples e calças de algodão cru, sem ornamentos; seus pés morenos estavam descalços. Conduziu-nos silenciosamente pelo vestíbulo até um jardim quadrado central. Cadeiras e bancos haviam sido dispostos em círculo, onde dez pessoas estavam sentadas sob lanternas em forma de globo. Presumi que fossem todos saarantrai; reconheci Lalo entre eles. Ikat estalou os dedos três vezes e uma criadinha magra apressou-se a trazer outro banco para mim e para Kiggs. Acomodamo-nos e Comonot percorreu todo o círculo, apresentando-se a todos.

— Espero que exilados em número maior que este estejam dispostos a ajudar — sussurrei para Kiggs.

— Também isso vamos descobrir — respondeu ele, em voz baixa. — Vemos aqui o que Eskar chama de "Conselho Fútil". Os saarantrai não têm voz na Assembleia, por isso criaram seu próprio governo inútil, que ocasionalmente envia petições aos Agogoi. Petições que os Agogoi sempre ignoram.

— O Ardmagar já localizou Eskar? — perguntei. O Príncipe balançou a cabeça.

A criadinha nos ofereceu bolos de amêndoa com mel. Kiggs pegou um, murmurando:

— Você precisará traduzir para mim se esta reunião for conduzida em mootya.

— Mootya suavizado, você quer dizer — disse a criadinha em goreddi. Kiggs ergueu os olhos e fitou-a. A jovem tinha um rosto afilado, que lembrava o de um rato, e seus braços muito finos estavam nus até os ombros. Já era mulher, a julgar pela altura, mas sua expressão sugeria uma meninota petulante de 10 anos. Baixou o olhar para o Príncipe e continuou: — Se espera que iremos rosnar um para o outro, esqueça. Transpusemos os sons do idioma mootya para os que nossas bocas delicadas possam emitir. Contudo, a língua continua a mesma.

Kiggs, erudito que era, já sabia disso, mas mesmo assim inclinou a cabeça polidamente. A garota fitou-o, arregalando os olhos.

— Por isso vocês identificam nossos nomes com coisas, como *Tanamoot* ou *ard* — prosseguiu ela desnecessariamente. — Já em mootya duro, *ard* soa assim. — Jogou a cabeça para trás e gritou.

O círculo de saarantrai interrompeu a conversa e fez silêncio.

— Você está gritando para um príncipe de Goredd — disse Ikat, cruzando o pátio e colocando um braço nos ombros da garota, como para levá-la embora.

— Está tudo bem — contemporizou Kiggs, tentando sorrir. — Discutíamos linguística.

Ikat franziu ligeiramente as sobrancelhas.

— Príncipe, esta é minha filha, Colibris.

— Brisi — corrigiu a jovem, erguendo com arrogância o queixo fino.

Era um nome porfiriano e suas roupas não lembravam em nada as dos outros saarantrai. Os adultos vestiam túnicas simples e calças de cores neutras; traziam os cabelos curtos e práticos, exceto Lalo, com sua longa cabeleira atada ao estilo ninysh.

Brisi, porém, trajava um vestido diáfano salpicado de borboletas e pássaros espalhafatosos; o cabelo estava arrumado precariamente no alto da cabeça, numa imitação dos penteados em torre de damas finas como Camba. Balançava quando ela se movia. De fato, seu grito fizera com que uma mecha se desprendesse, mas ela parecia não ter percebido. A mecha dançava, livre e solta, sobre seu ombro.

Ela acabou de servir os convidados e desapareceu nas sombras da casa.

Ikat abriu a sessão dizendo (em mootya suave):

— Eskar não voltou. Estou certa ao afirmar que ninguém sabe para onde ela foi?

Ao longo do círculo, ninguém se moveu.

— Você deve muito à perseverança incansável de Eskar, Ardmagar — prosseguiu Ikat. — Quando ela chegou, no inverno passado, somente Lalo talvez considerasse a ideia em partir. Fizemos nossas vidas aqui e relutamos em dar crédito a você. Sua administração foi mais dura para os diferentes do que as dos três que vieram antes.

— Lamento muito — disse Comonot, que estava sentado no banco ao lado de Ikat. — Perdeu-se tempo demais na eliminação do ideal esquivo da pureza incorruptível dos dragões. O Velho Ard levou isso a extremos, mas sempre foi uma ideia insustentável. O progresso ou, mais prosaicamente, nossa sobrevivência, exigirá uma mudança na direção oposta e a busca de uma definição mais ampla do draconismo. — Encurvou um dos cantos da boca numa expressão estranhamente autodepreciativa. — Sem dúvida, minha tentativa anterior de impor ao povo uma reforma resultou em guerra civil. Talvez eu não seja a pessoa indicada para dar prosseguimento ao projeto.

Quando traduzi isso para Kiggs, ele assobiou baixinho e sussurrou ao meu ouvido:

— Não vá me dizer que ele aprendeu a lição da humildade!

À nossa volta, os saarantrai permaneceram calados; Comonot, as mãos cruzadas ao colo, observava-os com seus olhos de falcão.

— Você mostrou uma notável flexibilidade mental para um não diferente — disse Ikat; Comonot inclinou a cabeça. — Muitos de nós renunciamos à esperança de um retorno e endurecemos nossos corações contra o desejo de rever a pátria ou descartamos essa hipótese como impossível. Convencemo-nos de que estamos bem adaptados à sociedade porfiriana, de que os porfirianos nos aceitam plenamente e sem reservas...

— Eles, decerto, não querem que partam — objetou Comonot. — Não é o Vale do Omiga que está em jogo. Estão exigindo uma compensação absurda para concordar com a ida de vocês.

Ikat se endireitou na cadeira, semicerrando os olhos.

— Não são nossos carcereiros.

— É claro — concordou Comonot. — Contudo, têm um acordo com o Tanamoot e uma enorme relutância em perder tantos médicos, mercadores, eruditos...

— Para não falar dos impostos extorsivos que pagamos como não cidadãos — resmungou alguém.

— Muitos de nossos mercadores não querem ir — revelou Ikat. — Descobriram uma maneira nova de acumular dinheiro e isso lhes basta. O resto, porém, se insurge contra as restrições. Podemos nos transformar apenas quatro vezes por ano, durante os jogos. Ter filhos é complicado; criá-los, mais complicado ainda.

— Pare de falar de mim, mamãe — sibilou uma voz em porfiriano. Era Brisi, que ouvia por trás de uma coluna.

Ikat ignorou a interrupção.

— Não há chance alguma de botar um ovo na época permitida. A gestação ao estilo humano ainda leva três anos, ocasião em que o bebê está grande demais. Eu própria precisei cortar Colibris de mim; em um dia ela estava andando.

— Não vou para o Tanamoot! — esbravejou Brisi para a mãe. — Lá não é a minha casa. Sou porfiriana, quer você admita ou não. Não pode me obrigar a partir. Pela lei de Porfíria, já atingi a maioridade. Posso muito bem viver aqui sozinha.

— Você não é adulta ainda — disse Ikat, passando para o porfiriano. — E, pela lei porfiriana, mesmo os adultos estão sujeitos ao chefe de família.

Brisi rosnou alguma coisa, girou nos calcanhares e sumiu. Ikat gritou-lhe:

— Estou planejando ficar a seu lado mais duzentos anos. É melhor você se acostumar com essa ideia.

Em algum lugar nos fundos da casa uma porta bateu com força. Ikat deu um longo suspiro e disse, resignadamente:

— É difícil para ela. Seus amiguinhos de infância não apenas cresceram como já são avós. Só alcançará a maturidade intelectual e sexual daqui a uns cinco anos. Ela não nos entende e nós dificilmente a entenderemos.

— Morda-a — aconselhou o razoável Comonot. — Na nuca.

Ikat balançou a cabeça.

— Os porfirianos têm leis que proíbem maltratar os filhos.

— E isso é maltratar? — indignou-se o general. — Minha mãe me mordeu diariamente por trinta anos.

— É o que sempre digo — atalhou um saarantras do sexo masculino. — Eles legislam em detrimento de nossas tradições culturais. Veem barbárie em coisas que não compreendem.

— Mas uma mordida humana pode ser perigosa — objetou Lalo. — A pele é frágil e a infecção...

Eu estava tão perplexa com o rumo que a conversa tomara que deixei de traduzir. Kiggs me cutucou:

— O que estão discutindo?

Abri a boca, sem saber o que explicar, e de repente ouviu-se uma batida na porta da frente. Brisi emergiu da sombra para atender e alguns instantes depois Eskar, com sua alta estatura e cabelos negros, entrou no jardim. Todos olharam, boquiabertos tanto quanto eu, mas ela não reparou em nossa curiosidade nem cumprimentou ninguém. Aproximou-se de um dos bancos e ficou parada em silêncio, esperando que os saarantrai sentados lhe dessem lugar.

O silêncio se prolongava, constrangedor. Então Comonot disse:

— Está atrasada.

— De fato — reconheceu Eskar, afastando as mechas de cabelo da fronte. Espiou em volta para ver quem eram os presentes e, reconhecendo a Kiggs e a mim, fez-nos um breve aceno. — Mas cheguei. Presumo que discutiam a logística da viagem para Omiga. Continuem.

— Onde esteve? — perguntou Comonot, fuzilando-a com o olhar. — Eu a queria aqui, para ajudar no planejamento da operação.

— É o que estive fazendo — replicou Eskar friamente. — Fui adiante e estudei a rota para irmos além do Vale do Omiga. As patrulhas do Velho Ard são escassas naquela parte do Tanamoot, mas não arredam pé de lá.

— Anotou a posição delas? — perguntou Comonot.

Eskar se agitou no assento.

— De algumas. Mas vamos precisar mesmo é de lugares onde nos esconder. Proponho tomarmos as instalações dos Censores no caminho para Kerama. O Laboratório Quatro pode ser facilmente alcançado se seguirmos o rio Meconi e...

— Devagar — aconselhou o general, franzindo o cenho. — Não tenho nada contra os Censores.

— Não prometeu afrouxar a repressão aos diferentes? — exclamou Ikat. — Os Censores são os principais defensores dessa repressão.

— E, se levar os exilados para casa, os Censores vão ter alguma coisa contra você — disse Eskar friamente. — A localização é estratégica. Está fracamente defendida, as patrulhas a evitam. Eu já trabalhei ali e ainda mantenho contato com os quigutl das salas das caldeiras.

Comonot continuava hesitante.

— Você vai longe demais, Eskar. Preciso considerar todos os possíveis...

— É um plano seguro — insistiu Eskar com uma tensão inesperada na voz, que lembrava a corda de um arco distendida ao máximo. Os olhos, dois poços de negrume, se encontraram com os meus e senti o estômago revirar. — Orma está no Laboratório Quatro.

Vinte e Dois

O mundo ficou turvo; o ar se tornou viscoso à minha volta; não era nada fácil pensar.

Quando percebi que estava andando, já nos aproximávamos do porto, como se eu tivesse adormecido e acabasse de ser acordada pelo cheiro de peixe.

Kiggs pegou minha mão. Parei e fitei-o estupidamente. A rua estava escura e vazia.

Pensar era doloroso. As lembranças se evaporavam como um sonho quando eu tentava agarrá-las.

Kiggs examinou meu rosto.

— Como está se sentindo?

Vasculhei as profundezas de meu cérebro.

— Eu... não sinto nada. Nada.

— Estamos perto da casa de Naia — disse ele. — Acha que consegue chegar?

Os Censores vinham perseguindo Orma há muito tempo. Se houvessem anulado sua memória, meu querido tio não me reconheceria quando nos víssemos de novo.

Apertei com força a mão de Kiggs. O mundo girava; ele era o único ponto que permanecia imóvel. Fizera uma pergunta. Tentei me lembrar.

— Hum... Eu não... Isso não... Lamento muito.

A única luz provinha de janelas e da lua insensível, insuficiente para iluminar a tristeza do Príncipe. Kiggs envolveu meu rosto com a mão livre.

Eu o observava a uma distância cautelosa, da maneira como observamos uma vespa.

Kiggs me puxou para o lado leste (notei isso também). Passamos o prédio de Naia porque ele não sabia o endereço. Precisei dizer-lhe aonde devíamos ir (percebi que falava).

Naia saudou nossa chegada. Abdo (o pobre Abdo) jazia inerte em sua alcova.

— Ela está muito agitada — informou Kiggs (referindo-se a alguém que todos conhecíamos). — Seu tio foi capturado pelos Censores.

(Por que ninguém removia minhas lembranças? Seria uma bênção.)

— Você pode ficar, é claro — disse Naia, respondendo à pergunta de alguém.

Depois, eu me vi deitada numa cama. Kiggs, sentado no chão ao meu lado, segurava minha mão, enquanto Naia erguia uma lanterna.

Notei a linha divisória entre a vigília e o sono. Era azul.

Acordei ao amanhecer, lúcida e me lembrando de tudo: o relatório de Eskar, as duras palavras dos saarantrai contra os Censores. O momento em que perdi a consciência. Kiggs...

Ele continuava ali. Adormecera sentado junto à cama, os braços cruzados sobre as cobertas, os cabelos encaracolados bem ao alcance de minha mão. Hesitei, depois afastei as mechas da frente de seus olhos.

Ele piscou, acordando.

— Como esta? — murmurou, estirando os ombros.

— Não sou eu que dormiu sentado — respondi.

— Ora, sinto-me muito bem. Mas Comonot deve estar se perguntando onde me meti. — Esfregou os olhos para afastar o sono. — Ou não. É difícil prever.

— Lamento. Eu estava tão...

— Não tem do que se desculpar — cortou Kiggs, com os olhos negros muito sérios. — Sei o que Orma significa para você e quanto você teme pela segurança dele. Se isto pode servir de consolo, os exilados estão furiosos com os Censores por tê-lo raptado, embora ele não pertença ao seu grupo. Todos estão a favor da tomada do Laboratório Quatro a caminho do Kerama. Comonot não, mas eles talvez não lhe deem outra escolha.

Eu não me sentia nada tranquila — sem dúvida, os Censores haviam tido bastante tempo para apagar as lembranças de Orma —, mas fiz um esforço heroico e sorri.

Kiggs olhou-me ternamente e pousou a mão em meus cabelos.

— Detesto dizer isto, mas preciso ir — disse ele. — Você vai ficar bem?

— Oh, provavelmente — garanti, sentando-me. Kiggs se levantou e ajudou-me a ficar de pé. Permanecemos um diante do outro na penumbra. Não sei quais braços estreitaram o outro primeiro ou se tomamos essa decisão juntos, tacitamente. Abraçamo-nos com força. Sua barba arranhava meu rosto. Meu coração batia como louco e concluí que nosso autocontrole, por mais forte que fosse, nunca tinha sido testado plenamente. Se viajássemos de volta juntos, nossa resolução iria por água abaixo.

No entanto, regressar com Kiggs talvez não fosse minha única opção. Eu tinha, lá no fundo, a sensação de que ainda precisava concluir alguma coisa.

Um ruído no recinto principal interrompeu essa linha de pensamento. Separamo-nos com ar de culpa; puxei as cortinas e fiquei perplexa ao ver Abdo no escritório de Naia, servindo-se de pão ázimo de véspera e sobras de gaar, uma pasta de anchova, azeitona, alho e ervas. Levou o prato para o sofá, colocou-o à sua frente e começou a espalhar a pasta nas fatias triangulares com uma colher. Fez isso bem devagar, mas, uma vez terminado o trabalho, devorou rapidamente o sanduíche. De olhos fechados, saboreava cada bocado como se nunca houvesse comido nada tão delicioso.

Eu jamais vira coisa tão bonita quanto Abdo desperto e de pé, mas temia estar alimentando esperanças demais. Ele podia ser ele... ou Jannoula. Levei a mão à boca, tentando decidir o que fazer.

— Ah, graças a Todos os Santos! — desabafou Kiggs, ao meu lado. Eu não lhe havia fornecido muitos detalhes; ele e Naia deviam ter conversado mais do que eu pensava. Deu um passo à frente, mas levantei a mão e detive-o.

Abdo ouviu Kiggs falar ou mover-se, pois arregalou os olhos castanhos. Tentei ver neles o olhar de Jannoula, mas não vi nada: era cedo e a penumbra ainda não se dissipara no apartamento. Ela talvez não estivesse ali.

Abdo preparou outra fatia e notei uma coisa: ele estava comendo da forma errada, espalhando gaar no pão com uma colher, do jeito que um sulista faria. Os porfirianos usavam o próprio pão como colher, mergulhando-o no gaar.

— Príncipe, você precisa ir — sussurrei, com o coração pesado. — Ele está inteiramente tomado por Jannoula.

Kiggs sussurrou em resposta:

— Mas será possível conversar civilizadamente com ela? Posso tentar?

Olhei-o com expressão séria, para ele entender que Jannoula acabara de vê-lo saindo de meu quarto e que com esse conhecimento ela poderia chantagear a nós dois. Kiggs não deve ter percebido nada em meu olhar, exceto que precisava ir. Não me beijou, é claro, mas me bateu de leve nas costas e cruzou o quarto em cinco passos rápidos.

— Abdo, fico contente ao vê-lo de pé e em forma — disse ele, parando diante do sofá. Em seguida, se foi.

Mordi o lábio, torcendo para que meu amigo não houvesse chamado a atenção de Jannoula. Nada de bom poderia vir daquilo.

Abdo comia vorazmente, sem dar pela minha presença. Sussurrei, para não acordar Naia:

— Sei que você está aí.

Ele ergueu os olhos e me fitou. *Isso é ótimo*, disse Jannoula por intermédio de Abdo, em minha mente. *Não aguento mais comida samsanesa.*

Então ela ainda estava em Samsam? Pelo menos, era o que queria me fazer crer.

— Como vai? — perguntei, caminhando para o meio do quarto. — E como está nosso velho e querido Josef?

Os olhos de Abdo me observaram de esguelha. *Perfeitamente domado, o que é bom, pois tive de gastar muito tempo num transe sagrado, enquanto Abdo resistia.* O rosto do rapaz se contraiu numa careta horrenda. *Ele tem sido um aborrecimento e um obstáculo, considerando-se o muito que me resta fazer.*

— Que coisas? — perguntei.

Abdo levou outro pedaço de pão à boca. *Você saberá quando chegar a hora. Precisará redobrar seus esforços para reunir nossa gente. No momento, não tenho nenhum contato com os porfirianos. Tentei dominar os gêmeos — os mais fáceis —, mas eles são muito honestos e não me deixam lugar para esconder. Aquele horroroso Zythos Mors sempre me descobre.*

Eu não queria ouvir esse nome dos lábios de Jannoula.

— Quer dizer Camba — corrigi friamente.

Não ponha palavras em minha boca, resmungou ela, estreitando os olhos escuros de Abdo. *O que quero lhe dizer é: pare de perder tempo. Abdo ouviu na noite passada que você finalmente compreendeu que seu desagradável tio se foi. Bons ventos o levem. Os Censores, agora mesmo, estão desfazendo com a maior brutalidade a mente de seu tio, fibra por fibra pegajosa, e transformando em pó as lembranças que ele tem de você.*

Foi como se ela arrancasse todo o ar de meus pulmões, mas ainda assim me conservei suficientemente inteira para perceber alguma coisa em sua voz, um laivo de desprezo — e não apenas por Orma. Por seus algozes, talvez? Mas por que Jannoula desprezaria os Censores? Teriam eles roubado também alguém que ela amava?

Mudando um pouco de assunto, prosseguiu Jannoula, *quem é o sujeito que acabou de sair? Nunca pensei que você fosse do tipo que tem amantes. Abdo deve conhecê-lo.* Lançou-me um olhar astuto. *Vou descobrir o nome aqui mesmo, não duvide.*

De repente, o rosto de meu amigo se contorceu de dor. Agarrou os cabelos e foi caindo do sofá. Segurei-o para que não machucasse a cabeça, mas ele ficou se debatendo em meus braços. Ouvi o grito de raiva de Jannoula em minha mente.

Num instante, Naia estava ao nosso lado, passando seus braços fortes em volta dele como se fosse uma âncora para mantê-lo imobilizado em terra. Ele resistiu mais um pouco e depois se acalmou.

— Abdo! — gritou ela, angustiada; mas o rapaz ergueu a mão boa e acariciou seus cabelos.

Eu... eu lhe armei uma emboscada, disse ele em minha mente, com sua própria voz.

Meus olhos se encheram de lágrimas. *Jannoula assumiu de novo o controle enquanto você dormia?*

Escondi-me e enganei-a, depois ataquei, respondeu Abdo. *Continuo lutando, Phina, mas estou tão cansado...*

Começou a chorar, soluçando baixinho no ombro de Naia. Ela o embalava e sussurrava palavras doces com os lábios encostados em seus cabelos. A cabeça de Abdo deslocou seus óculos de aros de ouro, mas ela nem se preocupou em ajeitá-los.

Abdo permaneceu em silêncio por vários minutos. Perguntei com voz trêmula:

— Você ainda está aí?

Ele não respondeu. O mar tenebroso da luta se fechou de novo em torno de sua cabeça.

Logo depois, chegaram três das tias de Abdo com o café da manhã; eu não consegui comer nada. Naia contou-lhes que Abdo retomara a consciência por um instante, o que melhorou muito o humor no apartamento. Ainda não poderiam levá-lo a Pende, mas isso era uma questão de tempo.

Eu, embora fosse menos otimista, não iria desmentir suas esperanças. Fui caminhar um pouco pelo porto a fim de me perder entre a multidão de marinheiros e as redes cheias de peixes prateados saltitantes. O céu estava agressivamente, descaradamente azul; um céu que não tinha o direito de sorrir para ninguém naquele instante.

Como poderia eu voltar para casa sem saber o desfecho da luta de Abdo? Senti-me tentada a continuar ali, entre os ityasaari resistentes a Jannoula — mas isso era impossível. Significaria ignorar minhas responsabilidades — e a troco de quê? Não podia ajudar Abdo.

Também não podia ajudar meus amigos ameaçados por Jannoula em Goredd. Senti-me lamentavelmente inútil.

Andei por cerca de duas horas, procurando reconduzir meu desespero à sua prisão. Devo ter fitado durante muito tempo a trilha de fumaça negra antes de realmente percebê-la, cortando o céu como se algo estivesse queimando no mar. Pessoas se acotovelavam na praia e no cais, curiosas para descobrir o que seria aquilo. Abri caminho entre os basbaques ao longo do quebra-mar ocidental e avistei dois navios que contornavam a ilha de Laika, um perseguindo o outro. O perseguidor era o que estava em chamas.

Ambos os navios ostentavam a bandeira tricolor samsanesa. O mundo entrou subitamente em foco.

O navio perseguido vogava a toda velocidade em direção ao porto; o outro diminuiu a sua, pois o fogo no casco se espalhara pelas velas. Mais atrás, duas rápidas chalupas porfirianas saíram do porto de Laika, flanquearam habilmente o barco em chamas que adernava e começaram a resgatar marinheiros que se haviam lançado ao mar para fugir ao incêndio.

As pessoas à minha volta começaram a murmurar e depois a gritar à medida que o barco se aproximava do porto de Porfíria: ele estava vindo rápido demais. Não teria espaço para parar se ultrapassasse os faróis. A tripulação, sem dúvida inexperiente, arriou todas as velas para que não apanhassem mais vento; o barco de fato diminuiu a velocidade, mas não o bastante. Deslizou por entre os faróis, dando uma guinada que quase o fez tombar, e só se deteve depois de bater num navio de guerra porfiriano ali ancorado. O choque de madeira com madeira chegou aos nossos ouvidos, embora atenuado pela distância.

Os marinheiros da belonave porfiriana ficaram nitidamente irritados com o acontecimento. Lançaram passadiços e abordaram em massa o navio samsanese.

A tripulação do barco que chegara ao porto estava estranhamente vestida. Mesmo de longe não pareciam marujos em suas couraças negras acolchoadas. Um sujeito robusto, com longos bigodes brancos, pareceu-me bastante familiar quando começou a discutir com o capitão porfiriano. Afastei-me para oeste, para ter uma visão melhor, quando me ocorreu: era Sir Cuthberte, cavaleiro goreddi. Eu o encontrara no inverno anterior, aprisionado no Castelo Orison. Que viera fazer aqui? Devia estar treinando dracomaquistas no Forte Ultramarino.

Forte Ultramarino *samsanese*. Apressei o passo.

Do navio de guerra fundeado no porto, foi lançado um escaler. Dois oficiais com peitorais brilhantes sobre as túnicas e oito marinheiros vestidos mais modestamente escoltavam um único cavaleiro para terra, um homem magro de ombros caídos. Reconheci Sir Maurizio, ex-escudeiro de Sir Cuthberte. Trazia os cabelos em desalinho como sempre e a pele de seu pescoço parecia um pouco esverdeada.

Corri para a área de desembarque, na direção do bote. Sir Maurizio avistou-me na multidão, enquanto os marinheiros amarravam o escaler e galanteavam:

— Ei, garota, você é um colírio para olhos cansados do mar.

Eu não podia me aproximar mais; Sir Maurizio, porém, trocou algumas palavras com seus captores porfirianos e um marinheiro veio me buscar em meio à turba curiosa. Maurizio, que de perto parecia exausto, apertou minha mão e deu uma palmadinha em meu ombro.

— O Príncipe Lucian ainda está aqui? Seria uma sorte encontrá-lo, como dois navios em alto-mar... — Interrompeu-se, uma expressão vaga nos olhos amarelados. — Exatamente como dois navios.

— O Príncipe está aqui — assegurei-lhe, sem saber se ele tinha alguma informação sobre as negociações em curso.

— Ótimo — disse Maurizio, coçando o queixo afilado. — Leve-me até ele e até um café da manhã, seja qual for.

Mas isso não era comigo. Os oficiais navais que o tinham trazido insistiam em conduzi-lo ao Vasilikon, diante da Assembleia dos Agogoi. Só me permitiram acompanhá-lo porque ele agarrou meu braço e não quis soltá-lo.

— Ela é minha intérprete — teimou Sir Maurizio num porfiriano absolutamente aceitável.

— Kiggs e eu íamos entrar em contato com você logo — disse eu em voz baixa ao cavaleiro enquanto subíamos a colina em direção à Zokalaa. — Aconteceu alguma coisa no Forte Ultramarino?

Sir Maurizio fungou e sacudiu a cabeça, desanimado.

— Os sanguinários samsaneses romperam o acordo com Goredd e Ninys, só isso. Era de supor que estivéssemos treinando juntos para defender as Terras do Sul unidas, mas seu novo regente tem outras ideias.

Gelei. Teria Jannoula persuadido Josef a se voltar contra os cavaleiros e os dracomaquistas? Constaria esse projeto de sua lista de assuntos a resolver depois que não estivesse mais lutando contra Abdo dentro da cabeça dele? Maurizio não parecia disposto a entrar em mais detalhes por enquanto, com porfirianos por perto; tomara que eu tivesse licença para ouvir seu relatório ao Príncipe.

Eu contemplara a fachada do Vasilikon várias vezes, mas nunca entrara lá. Depois de cruzar a *pronaia* — uma espécie de pórtico imponente —, atravessamos pesadas portas de bronze e chegamos a um salão arejado, de janelas altas. Um mural no teto mostrava a Justiça, o Comércio e a Filosofia fazendo um piquenique alegórico de sardinhas metafóricas.

Diante de uma segunda sequência de portas, um guarda nos declamou um juramento que teríamos de repetir, do contrário ele não nos deixaria passar: "Com isto, entrego meus lábios ao segredo e minha alma à Necessidade Inflexível".

Penetramos numa câmara abobadada onde havia um grande anfiteatro. Estava apenas parcialmente ocupado: todos os Agogoi eram membros da Assembleia por direito de nascença, mas muitos tinham negócios e indústrias a gerir ou escolas a frequentar. Só os velhos, os indolentes e os chefes de grandes casas compareciam com regularidade, a menos que algum debate acalorado merecesse dos empresários uma falta ao trabalho.

Os chefes das casas estavam empenhados em negociações com Comonot e Kiggs; os oficiais navais, que nos haviam conduzido à grande câmara, disseram alguma coisa em voz baixa a uma mulher no fundo da sala, que prontamente despachou um mensageiro para as profundezas do Vasilikon.

Maurizio e eu ficamos observando a Assembleia enquanto aguardávamos a volta do mensageiro. Estavam votando petições de fazendeiros do Omiga. Cada membro ia até o centro do anfiteatro e depositava um seixo numa urna achatada de mármore róseo porfiriano. Um velho, sentado num banco na frente da urna, segurava um bastão encimado pelo que parecia uma pinha; uma vez depositados todos os votos, ele esvaziou a urna no colo, separou as pedras brancas das vermelhas e anotou o resultado num grande livro.

O mensageiro voltou com uma ordem de dispensa para os oficiais navais, que pareceram aliviados por poder ir embora. A mulher nos conduziu pelo perímetro do anfiteatro até o lado de fora. Seguindo-a, percorremos alguns corredores abobadados até uma porta com ornamentos em relevo, onde nos deixou por conta de um guarda que nos impingiu o mesmo juramento. O homem abriu a porta e penetramos, piscando, num pátio octogonal muito iluminado e lajeado.

Os chefes das grandes casas, dezoito matronas e senhores com diademas de ouro e vestes de seda drapejadas, ocupavam trípodes de bronze dispostas em círculo. Alguns empunhavam leques fechados. A Presidente Melaye estava sentada perto da porta segurando seu bastão de ofício, com ponta em forma de pinha. Reconheci-a: era a mãe de Camba, Amalia Perdixis Lita. Kiggs e Comonot haviam se acomodado aos fundos e com eles avistei, para minha surpresa, Eskar.

A Presidente Melaye encaminhou Maurizio para o centro do círculo, onde ele permaneceu de pé, transpirando muito. Por um instante, perguntei-me se não devia sair, pois não fora convidada e não havia assento para mim. Mas Eskar, dando pela minha presença, chamou-me; contornei o círculo e postei-me diante dela. Eskar se virou no banco, examinando meu rosto com seus negros olhos argutos, e perguntou:

— Já se recuperou do choque?

— Sim, obrigada — respondi em voz baixa, não querendo discutir o caso diante daqueles estranhos. Fora gentil de sua parte perguntar, mas também bastante estranho. Estaria ela preocupada?

— Seu tio... — começou Eskar, mas justamente então a Presidente Melaye, com um brilho de autoridade nos olhos protuberantes, bateu na laje com seu bastão pedindo silêncio.

— Ouviremos agora o relatório deste cavaleiro — anunciou ela em goreddi, definindo a língua do encontro. Ao longo do círculo, os Agogoi se abanaram e assentiram.

Sir Maurizio, de costas para nós, fez uma reverência a Melaye.

— Preciso conversar a sós com o Príncipe Lucian Kiggs e o Ardmagar Comonot, Excelência. Não posso falar diante...

— Negado — cortou ela. — Sua embarcação entrou em nosso porto e danificou nosso navio de guerra. Nós representamos a cidade; nós o ouviremos.

Eu, atrás de meus amigos, não podia ver Kiggs franzindo o cenho, mas seus ombros tensos denunciavam muita irritação.

— Está tudo bem, Maurizio — disse ele.

Maurizio, não sabendo para que lado se virar, parecia confuso, como se temesse ofender alguém dando-lhe as costas; finalmente, postou-se diante de Kiggs. Passou os dedos pelos cabelos crespos e soltou aos poucos o ar dos pulmões.

— Está bem. Ótimo. Josef Apsig, regente de Samsam, capturou os cavaleiros e dracomaquistas no Forte Ultramarino. Só uns poucos escapamos num barco; eu, Sir Cuthberte, Sir Joshua e talvez uns três regimentos e meio de dracomaquia. Fomos perseguidos até aqui e mais navios virão. Podem contar com isso.

— Josef Apsig enfrentou os cavaleiros de três nações e venceu? — espantou-se Kiggs.

— Tecnicamente, o que houve foi mais persuasão. Só os cavaleiros de duas nações resistiram; os ninysh poderiam ter se esforçado um pouco mais. Não quero dizer que sejam covardes... — Maurizio se interrompeu, dando de ombros e deixando implícito que, sim, os ninysh eram covardes.

Kiggs passou a mão pela barba; a outra estava fechada em seu colo. Comonot viu uma oportunidade para perguntar:

— Os regimentos de dracomaquia resgatados têm treinamento suficiente?

— Isso ninguém sabe ao certo até eles enfrentarem um dragão de verdade — suspirou Sir Maurizio, piscando à luz do sol e lambendo os lábios ressequidos. — Acho que a maioria tem vigor bastante para estourar um balão de gás, como costumamos dizer. Sem querer ofender, Ardmagar.

— Não ofendeu — assegurou o general.

— Quantos regimentos tem Samsam? — perguntou Kiggs em tom áspero.

Maurizio engoliu em seco.

— Quinze, Príncipe. E quando os novos recrutas estiverem prontos, serão quase vinte e cinco.

— E que diabo pensa Josef ganhar privando Goredd de suas defesas? — gritou o Príncipe, já incapaz de conter a raiva.

Sir Maurizio sacudiu os ombros ossudos.

— Essa talvez não seja sua principal intenção, Príncipe. Que pode querer alguém com suas dracomaquias a não ser lutar contra dragões? Cuthberte e eu acreditamos que Josef planeja induzir Samsam a fazer a guerra de seu lado. Quando os Legalistas... — Parou, olhando hesitante os Agogoi ali reunidos.

— Comonot esboçou em detalhe sua estratégia — disse a Presidente Melaye com surpreendente gentileza. — E, aqui, estamos todos sob juramento. Juramento que levamos muito a sério.

Maurizio fez uma careta.

— Obrigado, senhora. Contamos com isso quando a guerra chegar ao sul. Goredd terá então uma segunda frente... na retaguarda.

Murmúrios circularam pelo pátio; os Agogoi disfarçaram os lábios atrás dos leques enquanto sussurravam uns para os outros. Uma matrona vestida de seda azul levantou o leque e Melaye apontou o bastão para ela.

— A coisa é pior do que você diz, Ardmagar! — gritou a mulher. — Não temos conflito algum com Samsam. Nossa política é a neutralidade.

— E nossa prioridade é o comércio — rebateu Melaye. — Infelizmente, nessa guerra civil dos dragões, a neutralidade pode se revelar fatal.

— Fatal para os sulistas, você quer dizer. Temos um tratado com os dragões. Eles jamais o romperão! — disse um senhor de barba branca.

— Isso é discutível — ponderou Comonot, juntando as pontas dos dedos grossos. — O Velho Ard tem uma nova ideologia, francamente anti-humana. Consideram até meus Legalistas inaceitavelmente contaminados de humanidade. Com tratado ou não, quando todos os outros estiverem mortos, eles voltarão seus olhos malignos para vocês.

A Presidente Melaye feriu o piso com seu bastão e o círculo todo olhou para ela, na expectativa.

— Você não nos avisou que seríamos envolvidos no conflito com Samsam, Ardmagar — disse ela.

Comonot começou a se recriminar por sua falta de discernimento, mas Melaye ergueu a mão e calou-o.

— Os cavaleiros e seu navio devem partir ao entardecer, de modo que Samsam não nos acuse de abrigar fugitivos. Pelo menos esse pretexto para a guerra nós não lhe daremos.

Kiggs ergueu o braço e Melaye apontou-lhe o bastão.

— Nossa equipe solicita uma consulta em particular — disse ele.

— Concedido — replicou ela com altivez. Os Agogoi ergueram seus leques, cochichando uns com os outros. Meus amigos se viraram e aproximaram seus assentos. Ajoelhei-me e inclinei a cabeça para ouvir.

— Se os cavaleiros voltarem esta noite para Goredd, irei com eles no navio — disse Kiggs em voz baixa. — Minha presença é necessária em casa.

— Entendo — disse o velho saar.

— Duvido — retrucou Kiggs. — Não quero partir antes que estas negociações sejam concluídas. É impossível coordenar uma campanha militar com tamanha incerteza. Vocês devem concordar num preço. Preciso saber se marcharão para o Omiga.

Kiggs e Comonot ficaram olhando um para o outro durante alguns instantes.

Eskar disse:

— Ardmagar, deixe de ser teimoso. Dê a Porfíria o que ela exige.

— Porfíria exige demais! — sibilou o general.

— Quanto valem os dragões? — continuou Eskar. — Cada dia que passa significa mais mortes, com o Velho Ard e sua perniciosa ideologia ganhando terreno. Curve-se como um salgueiro, Ardmagar. Temos de aprender a fazer isso para sobreviver.

O Ardmagar enrubesceu e apertou os lábios. Achei que seus ouvidos logo começariam a expelir fumaça. Mas, de algum modo, ele a engoliu. Nossos assentos voltaram à posição original. Comonot se dirigiu a Melaye numa voz grossa e grave, que lembrava um fagote ensandecido:

— Presidente, preciso ir a Kerama. Concordo com sua última proposta, embora ela não seja em nada mais razoável que a primeira. Levarei todos os saarantrai dispostos a ir comigo. Sua cidade nos abastecerá e nós partiremos quando tudo estiver arranjado.

As pálpebras de Melaye se estreitaram astutamente.

— Em nome da Inflexível Necessidade, Ardmagar, tenho sua palavra e você tem a minha. Vamos lançar por escrito nosso acordo e assiná-lo. — Apontou o bastão para uma matrona, que foi até a porta e começou a dar ordens a um guarda lá fora.

Comonot se inclinou profundamente e sentou-se de novo.

— Curve-se como um salgueiro — disse a Eskar pelo canto da boca. — Você fez isso parecer tão simples!

— Foi simples — declarou ela, imperturbável.

— De fato. Curvei-me e mudei tudo. Isso terá consequências.

Uma legião de secretários invadiu o pátio carregando escrivaninhas portáteis e pilhas de pergaminhos. Inclinei-me para Comonot e sussurrei-lhe ao ouvido:

— Você concordou com o quê, Ardmagar?

Ele virou para mim seus olhos perversos.

— Os porfirianos terão acesso aos quigutl... e não apenas para possuí-los e usá-los, mas também para comercializá-los. — Balançou a cabeça. — Os sulistas jamais serão os mesmos. Alterei todo o seu mundo num piscar de olhos, para meu próprio proveito. Não estou orgulhoso disso.

Kiggs se levantou.

— Obrigado mesmo assim, Ardmagar — disse ele, batendo no ombro largo do velho saar. — Estamos indo.

Os olhos de Comonot passaram de meu rosto para o do Príncipe.

— Verei vocês dois em Goredd e apertarei suas mãos por entre as cinzas fumegantes de meus inimigos.

— Mas não é justamente isso que quer evitar indo para o Omiga? — perguntou Kiggs.

Comonot refletiu por um instante.

— Sim, mas gostei do som dessas palavras. Interessante.

Kiggs se inclinou. O Ardmagar pegou sua cabeça e beijou suas faces, fez o mesmo comigo e foi formalizar o acordo. Seis secretários registravam o ditado, elaborando seis cópias de uma vez.

Juntamente com Maurizio, deixamos o Vasilikon; Kiggs conhecia uma saída que nos pouparia atravessar de novo a câmara da Assembleia. Quando chegamos à praça apinhada de gente, Maurizio protegeu os olhos com a mão em pala e disse:

— Precisamos cair fora antes que nos segurem aqui. Ao anoitecer será tarde demais. Levamos suprimentos para bordo e partimos... caso não encontremos nenhum rombo no casco do navio. Nem quero pensar nisso.

— Entendido — disse Kiggs, com expressão inquieta. — Seraphina e eu só precisamos buscar nossas coisas. Voltaremos logo. — Bateu no ombro de Maurizio; o cavaleiro fez uma reverência e se dirigiu para o porto.

Kiggs passou a mão pelo rosto e suspirou fundo.

— Por Santa Clara, não consigo acreditar que Eskar convenceu Comonot a fazer aquilo! As negociações poderiam durar semanas. Comonot era um objeto pesado impelido pela força incontrolável de Melaye. — Tentou sorrir. — Iremos juntos buscar nossas coisas ou devo encontrá-la no porto? A segunda alternativa é mais rápida, mas a primeira é mais prazerosa.

Uma ideia que vinha fermentando em minha mente há algum tempo (desde aquela manhã?) me assaltou de súbito com toda a força e, no instante em que tomei consciência dela, percebi que não conseguiria esquecê-la.

— Nem sei como lhe dizer — balbuciei, odiando o que ia lhe comunicar. — Não posso ir para Goredd com você.

Kiggs arqueou as sobrancelhas.

— Como? — Seu olhar pousava em mim e recuava, como se ele não conseguisse fitar meus dois olhos ao mesmo tempo. — Pensei que havia desistido de reunir os ityasaari. Além disso... Selda sente sua falta.

— Não apenas Selda — disse eu, procurando sua mão. Ele apertou meus dedos. — Também o tio Orma... — Minha voz tremeu. — Tenho de encontrá-lo antes de partir com Comonot e Eskar. Ou pelo menos tentar.

A emoção se espalhou pelo rosto de Kiggs como luz na água, iluminando a superfície e as profundezas, o conhecido e o desconhecido. Ele cerrou as pálpebras e encostou a fronte na minha. A movimentada Zokalaa se agitava à nossa volta; o sol avançava no céu.

— Sem dúvida — murmurou Kiggs finalmente. — E eu preciso voltar para ajudar Selda. O mundo é assim: separa-nos o tempo todo.

— Lamento tanto... — comecei.

— Não por amar seu tio, espero — cortou ele, recuando e enxugando meu rosto com o polegar. — Eu ainda não parti. Venha comigo à Casa Malou.

Subimos a colina em silêncio, a brisa insensível cabriolando entre nós. O porteiro reconheceu o Príncipe e nos deixou entrar; os corredores vazios ecoavam nossos passos. Kiggs mal desfizera as malas, de modo que em um minuto guardou seus pertences. Ajudei-o a levar seu baú para o vestíbulo, de onde um carregador pago o transportou até o navio.

Caminhamos devagar pela rua, deserta em virtude do calor do meio-dia. Fortaleci-me para o adeus que se avizinhava a passos rápidos, mas Kiggs disse numa voz comicamente séria:

— Gostaria de ter visto a Bibliagathon pelo menos uma vez.

Eu conhecia um jardim público nas imediações, de onde se avistava o edifício. Conduzi Kiggs pelos becos sufocantes até um atalho de cascalho ladeado de arbustos, que levava à extremidade do jardim. Ali, os arbustos se apartavam e a Bibliagathon surgia a nossos pés, a cúpula faiscando ao sol do meio-dia e os pátios mergulhados numa fresca sombra azulada.

— É grande como uma catedral — admirou-se o Príncipe. — Voltarei. Talvez voltemos juntos. — Acariciou levemente minha mão com as pontas dos dedos.

— Orma e eu costumávamos sonhar com isso — revelei. Minha garganta se estreitava dolorosamente e eu só conseguia sussurrar. — Orma talvez não seja mais Orma quando eu o vir de novo.

Kiggs apertou com força minha mão.

— Isso tem acontecido muitas vezes à nossa volta — ponderou ele em tom calmo. — Não apenas com Orma. Jannoula vem alterando as mentes de nossos amigos. É como se o mundo houvesse pisado em areia movediça.

— Prometa-me que não lhe dará ouvidos nem deixará que ela entre na cidade — pedi. — Mantenha-a o mais longe possível de lá, por favor.

— É claro — concedeu Kiggs, levantando delicadamente minha mão e comprimindo-a entre as suas. — Você sabe que também falo por Selda. Tem então dois amigos decididos a enfrentar Jannoula. Fique, pois, de coração leve como eu estou.

Havia uma pergunta em meus olhos. Ele sorriu e se inclinou um pouco para mim, dizendo:

— Isso porque encontrei você. Por mais que o mundo insista em nos separar, por mais longa que seja a ausência, nós não mudamos por sermos jogados contra os recifes. Eu a conhecia, eu a conheço e a conhecerei quando você voltar para casa.

Foi a última coisa que me disse antes de partir. Não consegui vê-lo partir para longe. Quando voltei para o prédio de Naia, o vazio do porto ainda era palpável.

Vinte e Três

Demorou uma semana para Comonot e os exilados concluírem os preparativos da partida. Mandei ao Ardmagar um bilhete naquela mesma noite, comunicando-lhe que os acompanharia até o Tanamoot. A resposta — de Eskar — chegou em uma hora, convidando-me para uma reunião no Vasilikon, no dia seguinte, em que se discutiriam a logística e a agenda do êxodo dragontino.

À noite, porém, a esquadra samsanesa tomou silenciosamente posição em volta do porto, enquanto Porfíria dormia. A barricada, vista na luz da manhã, compreendia cerca de vinte e cinco navios estendidos numa linha entre Porfíria e a ilha de Laika. Era força demais para um punhado de cavaleiros. O almirante samsanese desembarcou e se dirigiu ao Vasilikon, para negociar com a Assembleia.

Nossa reunião foi adiada até o dia seguinte. Passei aquele tempo inesperadamente livre com alguns dos primos de Abdo, observando, do molhe, a flotilha invasora.

De manhã, quando eu atravessava a Zokalaa, avistei o arauto na escadaria. Abri caminho por entre a multidão que se aglomerava diante do Vasilikon e ouvi-o anunciar:

— Os samsaneses exigem a devolução de seus compatriotas e de seu navio incendiado; a Mãe Porfíria faz isso com prazer. Exigiram também a entrega dos cavaleiros goreddi, mas a Mãe Porfíria não abriga nenhum no momento. Agora querem nossos ityasaari.

Isso me intrigou. Eu conhecia uma pessoa em Samsam interessada em reunir ityasaari. Espichei o pescoço, para ver por cima dos penteados em caracol.

— A Mãe Porfíria nega esse pedido! — trovejou o arauto; a multidão aplaudiu. — Cidadãos, consideramos inofensivo o bloqueio dos samsaneses. Nossa esquadra poderia aniquilá-los por sua insolência, mas preferimos não fazê-lo. A Assembleia nos pede gentileza e paciência nestes tempos irritantes. A produção não será interrompida no Vale do Omiga. Os pescadores que não puderem trabalhar devido ao bloqueio serão indenizados...

O bloqueio complicaria sem dúvida a partida de Comonot. Os exilados deveriam assumir sua forma natural e voar para as cataratas do Omiga, mas seria difícil esconder a decolagem de duzentos dragões. Josef seria logo informado — e quem sabe o que ele faria com a informação?

Quando entrei no gabinete da Presidente Melaye, Eskar, Comonot, Ikat e outros líderes dos saarantrai já haviam chegado, mas a reunião ainda não começara. Puxei o general para um canto e, em voz baixa, comuniquei-lhe minhas preocupações. Ele zombou de meus receios:

— O Regente Josef não dirá ao Velho Ard que estamos a caminho. Como poderia ajudá-los?

— Não será tanto para ajudá-los quanto para prejudicar você — insisti. — Se os dragões lutarem entre si, ele perderá menos samsaneses por dragão morto. Nem Josef negaria a lógica desse raciocínio.

— O ódio nunca é lógico — pontificou Comonot. — Ele quer combater pessoalmente os dragões, não reconduzir a guerra às montanhas.

A Presidente Melaye ouvia com atenção.

— Se Josef ficar sabendo que Porfíria ajudou os dragões, usará isso como pretexto para nos agredir? — perguntou ela.

— Voaremos à noite — explicou Comonot, dando de ombros. — Não estou preocupado.

Eu estava preocupada por nós dois.

♢

Não era só o bloqueio que me preocupava, é claro. Abdo não melhorara. Eu detestava a ideia de partir sem saber o que seria dele, mas também não poderia fazer nada por meu amigo se ficasse. Ninguém poderia, segundo todas as aparências.

Às primeiras horas do sétimo dia de bloqueio, um mensageiro trouxe um bilhete de Comonot informando que partiríamos ao pôr do sol. Passei o bilhete para Naia, que estava sentada à sua escrivaninha e ajeitou os óculos para ler.

Antes que ela pudesse falar alguma coisa, as cortinas da alcova de Abdo se abriram e o rapaz, resfolegante como se houvesse subido uma escada, apareceu. Naia correu para ele. Eu recuei, cautelosa; mas pela maneira como sorriu para a tia, percebi que era ele mesmo.

Como está se sentindo?, perguntei.

Abdo se safou do abraço de Naia e cambaleou, pouco firme nas pernas. *Ela me prendeu dentro de minhas próprias paredes; eu não podia sequer dormir ou acordar sem sua ordem. Mas então, de repente, ela... ela se foi. Não sei por quê.* Sacudiu a cabeça, como se não pudesse acreditar naquilo. *Seu anzol ainda está preso em mim e ela atacará de novo, tenho certeza. Vocês podem me levar imediatamente a Pende, antes que Jannoula volte?*

Após uma rápida palavra de esclarecimento a Naia, estávamos a caminho. Naia carregava Abdo nas costas e disparamos em direção à praça Zokalaa e ao templo de Chakhon.

Nos degraus do templo, Abdo pediu para descer. Acenou o melhor que pôde com a mão quase imóvel e ela o entendeu. Concordou com lágrimas nos olhos, beijou-lhe as faces e disse:

— Vá. Vou esperar aqui.

Hesitei, sem saber se ele queria que eu também ficasse de fora; mas Abdo pegou minha mão e levou-me consigo. Passamos pelas cordas de sino barulhentas e pela grande estátua do Acaso, fizemos nossas abluções e comemos o pão (tive de arriscar; estava rezando tão fervorosamente quanto qualquer outra pessoa no local). Abdo puxou-me para atravessarmos o pátio, mas uma sacerdotisa — de olhos fechados — cruzou nosso caminho. Abdo estremeceu ao vê-la. A mulher se moveu em nossa direção, às cegas, como se o deus guiasse seus passos.

É a sua mãe?, perguntei baixinho.

Abdo se limitou a me dirigir um olhar culpado.

Chegamos ao jardim de topiaria de Pende, onde o vimos, sentado de pernas cruzadas em seu banco. Camba estava ajoelhada no musgo diante dele e virou-se, irritada, ao som de nossa aproximação. Seu rosto, porém, se descontraiu quando ela avistou Abdo.

— Pelos gêmeos! — exclamou, levantando-se e estendendo a mão ao meu amigo. — É bom vê-lo em forma.

Nem Pende conseguiu olhar feio para Abdo; na verdade, os cantos de sua boca chegaram a se erguer, desenhando a sombra de um sorriso.

Abdo mantinha a cabeça baixa.

— Então você voltou — disse Pende, acariciando distraidamente a papada e com um laivo de tristeza na voz. — Conseguiu pô-la de lado e isso exigiu algum esforço. — Esperou, muito sério, passando a língua pela dentadura postiça, enquanto Abdo lhe respondia mentalmente. — Arrancar o anzol dos outros não é difícil — prosseguiu. — Arrancá-lo de si mesmo, pelo que sei, é impossível. Se a pessoa pudesse transformar sua mente em água graças à meditação, talvez o anzol caísse por si mesmo, mas... isso ainda não foi tentado, se não me engano. Camba — disse então, virando-se para ela —, diga-me o que está vendo.

— Vejo apenas o anzol — respondeu Camba, examinando a cabeça de Abdo como se fosse um mapa do céu. — O brilho é fraco, lembra a chama de uma vela. Ela não está aí.

— Exato — confirmou o velho sacerdote. — E agradeça ao Acaso por isso. Ela o pegou com uma linha muito fina. Acho que você pode libertá-lo, Camba. É a sua primeira oportunidade.

A expressão de Camba exibiu um misto de gratidão e incerteza; estreitou os olhos, estudando os cachos da cabeça de Abdo como para escolher um, e sua hesitação aumentou. Cruzou brevemente o olhar com o meu e perguntei-me se alimentávamos a mesma dúvida: Abdo lutara com Jannoula durante semanas, como então podia estar preso por uma linha tão fina?

— Pai — disse Camba em tom muito baixo —, temo que essa conexão seja mais complicada do que parece. Será possível a Jannoula disfarçar...

— Pelos joelhos de Chakhon, menina! — gritou Pende, tomado pela súbita fúria que eu já conhecia. — Justamente por isso eu deveria estar treinando Abdo e não você. Ele não recuaria, não vacilaria, não pensaria duas vezes. Faria instintiva e corajosamente o que precisasse fazer e... — Começou a gesticular, irritado demais para prosseguir; Camba apertou os lábios e baixou a cabeça, obviamente embaraçada.

— Aproxime-se, Abdo — ordenou Pende, e Abdo se ajoelhou diante dele. O sacerdote colocou uma das mãos em sua fronte e a outra em sua nuca, tal como fizera com Ingar, e foi abrindo lentamente os dedos para tirar Jannoula da mente do rapaz. De novo, só vi as mãos ossudas de Pende, que imitavam o gesto de amassar alguma coisa e erguê-la acima da própria cabeça. Preparei-me para ouvir o trovão que se seguiria.

Isso não aconteceu. Pende baixou as mãos. Tinha o olhar vago, como se tivesse esquecido o que estava fazendo. Camba e eu trocamos um olhar perplexo. Paulos Pende começou a miar como um gato e caiu de costas no chão musgoso, em movimentos convulsivos.

Camba deu a volta ao banco e ajoelhou-se junto dele. Ajudei-a a virá-lo de lado para que não sufocasse. Tentei segurar suas pernas, mas o velho batia os pés e chutava descontroladamente. Abdo, imóvel, olhava horrorizado.

Aquilo parecia não acabar nunca, mas a tempestade mental, não importa o que a houvesse provocado, por fim se extinguiu. Pende ficou estirado, flácido e alheio a tudo, mas respirando normalmente.

— Que aconteceu? — perguntei, quase gritando.

Camba sacudiu a cabeça; uma mecha de cabelos se soltara e caíra sobre seus olhos. Não me respondeu, mas murmurou para si mesma:

—Não. Impossível. Pende, não.

A culpa é minha, disse Abdo dentro de minha cabeça. Ergui rapidamente os olhos: ele estava lívido.

— O que aconteceu depois que o velho expulsou Jannoula de sua mente? — perguntei.

A cabeça de Abdo descaiu como se fosse pesada demais para seu pescoço. *Pende não a expulsou coisa nenhuma. Ela o enganou e continua aqui.*

— Oh, Abdo — murmurei; mas Abdo ainda não terminara.

Apontou um dedo trêmulo. *E dominou-o também. Ludibriou a todos nós.*

⚜

Dois noviços ajudaram Camba a levar Pende para sua cela e deitá-lo no catre; eu os segui. Mandaram chamar um médico e quem veio foi Ikat, líder do conselho dos exilados e mãe de Brisi. Ela tomou o pulso de Pende, abriu suas pálpebras e palpou seu o pescoço enrugado.

— As pupilas não reagem à luz. Para alguém dessa idade, o mais provável é que tenha sido um derrame cerebral, mas não podemos ter certeza até ele acordar. Eu trouxe pós analgésicos para o caso de o paciente sentir dor — disse Ikat com a maior calma, o que nos tranquilizou um pouco.

Enquanto ela explicava as doses para um dos noviços, Camba me puxou para fora do quarto e fechou a porta.

— Estamos com um problema terrível — disse ela cruzando os braços, impassível. Outro sacerdote correu para a cela de Pende; Camba esperou que ele fechasse a porta para recomeçar. — Se Jannoula tiver êxito em controlar a mente do velho por completo, tentará usar os poderes dele. Ninguém então ficará a salvo de Jannoula.

— Ela já tem problemas demais para controlar Abdo — murmurei. — Acha mesmo que conseguirá dobrar Pende à sua vontade?

— Infelizmente, não podemos saber — suspirou Camba. — Nós resistimos a Jannoula em diferentes graus. Pende sabia como mantê-la fora, mas que defesas terá depois que ela abrir uma brecha em sua muralha? É velho, muito velho. Você mesma viu como mal consegue controlar seu temperamento.

— Ele está treinando você para expulsar Jannoula. Poderá ajudá-lo?

— Não sei! — gritou Camba, a ponto de chorar. — Meto os pés pelas mãos em tudo, ao que parece. Mas você, sim, poderia libertá-lo; basta querer.

— C-como? — balbuciei.

— Pende disse que você tem mais habilidades naturais que eu, mas bloqueou seus poderes e não faz questão de usá-los.

Uma onda de calor subiu por meu peito.

— Você acha que posso libertar qualquer um e... *não quero*?

Camba sacudiu a cabeça, frustrada, os brincos de ouro tilintando descompassadamente.

— Claro que não. Mas, sem dúvida, se você se bloqueou, pode muito bem se desbloquear.

Gostaria de poder, pensei de repente. Eu aprisionara meu fogo mental num jardim que encolhia a olhos vistos e parecia menor a cada vez que eu o visitava. Mas, ai, não fazia a mínima ideia de como desmantelá-lo.

Expirei longamente, procurando em desespero uma solução.

— Foi meu tio Orma quem me ensinou a me conter. Esta noite vou tentar localizá-lo; ele deve ter alguma ideia sobre a maneira de desfazer isso. — Presumindo-se que Orma ainda soubesse quem eu era, pelos cães dos Santos! — Farei também, sozinha, um esforço para descobrir um modo de me soltar.

Pura bravata; eu não sabia sequer qual poderia ser o primeiro passo.

Camba assentiu com um gesto seco de cabeça.

— Precisa se apressar. Pende nos ensinou meditações e truques para resistir a ela. Posso ser um baluarte para os outros e até libertar uns poucos; mas não sei quanto vamos durar, especialmente se Jannoula tiver toda a erudição e a capacidade de Paulos Pende ao seu dispor. Ela será capaz de fazer muito mais que antes.

Segui-a, taciturna, de volta pelo templo. Abdo estava no santuário, de braços cruzados, contemplando a estátua do Grande Chakhon. Virou-se quando nos aproximamos, com uma inesperada chama de determinação nos olhos. *Eu fiz*, disse ele. *Consegui.*

Eu sabia como ele estava se sentindo.

☙❧

Naia levou Abdo para casa. Fiquei para trás a fim de falar com Camba, mas não havia muito mais o que dizer. Ela prometeu transmitir a Ingar minhas saudações e sua figura alta, em seda cor de açafrão, desapareceu no burburinho da Zokalaa.

Com o coração pesado, dirigi-me para o porto; precisava buscar minhas coisas e encontrar Comonot e os exilados em Metasaari ao pôr do sol. Alguém gritava da escadaria do Vasilikon. Parei para ver o que estava acontecendo e vi uma garota conhecida, estranha e muito magra: Brisi, a filha de Ikat. Mais quatro jovens ladeavam-na na penumbra do vestíbulo, talvez outros filhos de saarantrai exilados.

Brisi agitava os braços dramaticamente.

— Cidadãos de Porfíria, tenho algo a lhes dizer!

Uma multidão começou a se formar. Fui chegando perto e procurando rostos de saar conhecidos, mas não vi nenhum. Aqueles cinco gatos-pingados seriam os únicos ali?

Brisa vestia um roupão aberto na frente e preso por um cinto, do tipo que os porfirianos usavam nos banhos. Atrás dela, os companheiros começaram a tirar suas túnicas e calças. A cidade inteira olhava, mas ninguém fez nada para detê-los.

— Minha família porfiriana, vocês devem saber o que está acontecendo! — gritou Brisi. — Enquanto falamos, os chefes das grandes casas tramam o repatriamento dos exilados para o Tanamoot. Alguns de nós vivemos aqui há trezentos anos. Somos seus amigos e vizinhos, seus colegas no trabalho e seus sócios nas empresas. Constituímos uma parte útil desta cidade e nos esforçamos muito para conquistar nosso lugar. Não permitam que eles nos mandem embora!

As pessoas ao meu redor se puseram a murmurar, incrédulas. Eu não podia dizer se levavam Brisi a sério ou não. Sem dúvida, depois daquela noite, todos saberiam que a maioria dos exilados tinha partido.

— Além disso — prosseguiu Brisi —, entramos de repente em conflito com os samsaneses. Vocês viram como eles bloquearam nosso porto. Vamos permitir semelhante afronta?

O murmúrio mudou de tom imediatamente, mas não como o faria uma multidão de goreddi. Em Goredd, ficaríamos num piscar de olhos furiosos com a petulância dos samsaneses. Os porfirianos, contudo, eram mais prudentes.

— A Assembleia decidiu esperar — bradou alguém.

— Nossa frota é mais que suficiente para eles, caso precisemos enfrentá-los! — gritou outro. A multidão assentiu.

— Nossa frota! — exclamou Brisi em tom de zombaria, o que não era nada conveniente na ocasião. — Nossa frota pode derrotar os samsaneses — apressou-se ela a corrigir —, mas por que faria isso? Por que algum dos nossos deveria morrer quando temos recursos dragontinos à nossa disposição, um ard bem diante de nossos narizes, desprezado e sem uso?

A multidão fez silêncio. Achei que talvez ela não quisesse dizer o que suas palavras exprimiam.

Brisi afrouxou o cinto e tirou o roupão, deixando os expectadores sem fôlego. Aquela menina-dragão, alta como uma adulta, ainda tinha o corpo de uma criança. Brisi jogou a cabeça para trás, empertigou-se, alongou o pescoço, esticou a pele macia e abriu as asas, com os músculos rolando sobre os ossos. Seus companheiros fizeram o mesmo, semelhantes a mariposas se aprestando para alçar voo. Uma rajada de vento sulfuroso obrigou a multidão a recuar alguns passos, mas ninguém fugiu.

— Vocês vão voltar para seus saarantrai agora mesmo! — trovejou um homem em mootya suave, atrás da turba. O saar Lalo abriu caminho em direção aos fedelhos. — Não sabem o que estão fazendo!

Eu nunca vira dragões tão jovens já plenamente crescidos. Eram esguios, parecidos com aves. Lalo, em sua forma humana, aproximou-se de Brisi, a mais velha e maior. Ela inclinou a cabeça para fitá-lo nos olhos e gritou-lhe no rosto:

— Esta é a nossa cidade! Não sairemos daqui. Queremos ajudar o nosso povo.

— O *seu* povo — corrigiu Lalo — quer que vocês voltem à forma humana!

— Não, todos aqui são o nosso povo! — gritou Brisi, esticando as asas para ver se estavam bem firmes.

Os cinco dragões jovens decolaram, dispersando a multidão à sua frente. Suas asas batiam de maneira desajeitada; só depois de algumas tentativas conseguiram subir. Sacudiam-se e balançavam no ar, indo de encontro uns aos outros como mamangabas, e um deles quase raspou uma asa no teto do templo de Lakhis. Mas com poucos minutos de prática conseguiram se firmar e logo estavam sobrevoando o porto e descrevendo círculos em volta do farol, cada vez mais velozes.

Lalo observava-os de boca aberta. Membros da Assembleia acorreram do Vasilikon e se juntaram à sua volta na praça, alguns agitando as mãos como se isso pudesse deter a marcha dos acontecimentos.

Os jovens dragões mudaram de curso, mergulharam e começaram a incendiar os navios samsaneses.

⊱❦⊰

Nenhum dos vinte e cinco navios inimigos escapou às chamas. Os quatro jovens voaram então para o alto das Irmãs, a montanha de dois picos que assomava ao norte da cidade (e de onde eu vira Camba arremessar caixotes). Conservaram a forma natural, mas não ficava claro se estavam defendendo ou ameaçando Porfíria.

Somente Brisi voltou à praça. Agitava as asas como um beija-flor desnorteado, mas pousou sem machucar ninguém. A multidão diminuíra; os membros da Assembleia, porém, permaneciam à entrada do Vasilikon, com uma expressão ao mesmo tempo de raiva e horror no rosto. Brisi não se deu por achada, arqueou o pescoço e estirou as asas, fazendo pose diante dos Agogoi, como que para impressioná-los.

— Fedelha — disse em mootya uma voz cheia de autoridade —, que diabo foi isso?

O Ardmagar Comonot se aproximou de nós na praça, vindo do leste com um ar impressionantemente calmo. Estendeu a mão para Brisi como se ela fosse um cavalo assustado e reiterou para os presentes:

— Que diabo foi isso?

— Incendiei! — rugiu Brisi, batendo as asas.

— Mas não incendeia agora — disse Comonot em tom solene, entendendo aquela palavra de modo diferente do meu. — O que sua razão lhe diz, fedelha?

Brisi cerrou a terceira pálpebra, um véu para encobrir sua confusão.

— Eu... eu não a sinto agora.

— Corretíssimo. Todos queremos que você volte à forma natural — disse o Ardmagar. — E que seus colaboradores façam o mesmo.

A jovem dragão não respondeu; contraiu-se, asas, chifres e garras se recolhendo até que ela se condensou em forma humana novamente. Comonot devolveu-lhe as roupas e ela se vestiu às pressas, envergonhada e balbuciando:

— Pensei que...

— Pensou, não; sentiu — corrigiu Comonot educadamente. — E com bastante intensidade, ao que parece.

Agora estava sentindo de novo, não havia dúvida; tremia toda e mal conseguiu atar o cinto.

— Os outros apenas me seguiram, Ardmagar. A culpa é só minha.

— Não tenho autoridade para decidir isso. A Assembleia é que julgará seus crimes.

— E ela não precisa deliberar em casos assim — disse a Presidente Melaye. Saiu do meio da multidão dos Agogoi com seu vestido de seda esvoaçando à volta do corpo e subiu ao alto da escadaria do Vasilikon como um fantasma vingador. — Você iniciou efetivamente uma guerra com Samsam. Agir contra os interesses do Estado é traição e traição é nosso único crime capital.

— Vocês não podem executá-la, ela é uma criança! — bradou uma voz dura do fundo da Zokalaa. Viramo-nos: era Ikat que corria em nossa direção, após deixar a cabeceira de Pende. O saar Lalo abriu caminho para ela em meio à turba. Ikat chegou aos pés da escada do Vasilikon e tomou a irrequieta Brisi nos braços, censurando-a:

— Eu devia tê-la mordido. E ainda posso morder!

Comonot observava, perplexo, essa manifestação de amor e cólera maternas.

A Presidente Melaye sacudiu a cabeça raspada:

— Essa "criança" tem quase 17 anos de idade.

— Sei que pode parecer estranho — disse Ikat, acariciando os cabelos de Brisi, que chorava em seu ombro. — Também acho esquisito ela amar tanto nossa cidade. Destruir os samsaneses talvez tenha sido traição, mas ela fez isso por você.

— Aceito meu castigo! — gritou Brisi, empurrando a mãe. — Prefiro morrer a ir para o Tanamoot ou viver o tempo todo com minha mente fria e terrível de dragão.

A Presidente Melaye sorriu, com uma inesperada fagulha de piedade nos olhos.

— Colibris, filha de Ikat, você e seus comparsas estão banidos de Porfíria, imediatamente e para sempre. Vão para onde quiserem e não voltem nunca mais. — Virou as costas aos saarantrai; os outros Agogoi entraram com ela no edifício.

Brisi rompeu em lágrimas e caiu ao chão, mas Comonot acorreu em companhia de Ikat e Lalo para ajudá-la a se levantar. Em seguida, dirigiram-se todos para Metasaari. Comonot notou que eu observava e gritou:

— O pôr do sol não vai demorar.

Concordei com um gesto e tomei o rumo do porto para pegar minhas coisas.

Vinte e Quatro

Na casa de Naia, surpreendi-me ao encontrar Abdo sentado no sofá, devorando uma ameixa escura e lendo. Fechou o livro e, de um salto, veio me cumprimentar, parecendo tão feliz que meu coração se contraiu dolorosamente.

— Agora você parece mais você — murmurei com voz insegura.

Abdo esboçou um sorriso triste. *Sinto que Jannoula ficará ocupada com Paulos Pende por algum tempo. Sem dúvida, ele lhe proporcionará uma boa luta.*

— O que estava lendo? — perguntei.

Abdo sacudiu seus ombros magros e levou o último bocado de ameixa à boca. *Um livro antigo sobre meditação,* Para Entender o Vazio, *de Mollox. Não o abria há anos. Uma coisa que Pende disse me fez pensar. Não sei... não quero acabar com suas esperanças.*

— Transformar a mente em água — lembrei-me. — O que significa isso?

Ele deu de ombros novamente e cuspiu o caroço da ameixa na mão. *Então você está de partida?*

— Perdoe-me se não posso lhe dizer muita coisa — suspirei.

Não, eu compreendo. Apenas... Começou a piscar rapidamente e percebi que meus olhos também estavam ardendo. Abdo me envolveu com seus braços finos e pousou a cabeça em meu peito. Inclinei-me e beijei seus cabelos encaracolados.

— Vou encontrar um meio de proteger todos vocês contra Jannoula — assegurei-lhe em voz baixa.

Ele me soltou e sorriu maliciosamente. *Não se eu o encontrar primeiro.*

Parecia que eu não contemplava seu sorriso há mil anos. Aquela essência pura e brilhante de felicidade invadiu meu coração.

෴

Minhas roupas não cabiam na mala. Deixei minhas aquisições porfirianas com Naia, pedindo-lhe que as despachasse para Goredd, e voltei a vestir um gibão e calças de montaria. Eram quentes demais para uma tarde em Porfíria, mas fazia frio no céu, pelo que me haviam dito.

A família de Abdo desceu na hora do jantar; recebi setenta e dois beijos de despedida. Minhas faces e olhos brilhavam quando subi a colina para Metasaari.

O bairro dragontino era um rebuliço sem fim. Os exilados tinham passado a semana se preparando e agora estavam prontos para a partida imediata. A Assembleia, conforme prometido, fornecera-lhes suprimentos, mas os bens perecíveis precisaram esperar até o último momento. As estradas estavam congestionadas de carruagens.

Humanos também chegavam (vizinhos, colegas de trabalho e amigos feitos ao longo de anos) trazendo pães de cevada, cobertas e lembranças. Humanos e saarantrai se beijavam no rosto e prometiam manter contato.

Sorri tristemente. Será que nos veríamos de novo em Goredd?

Quando o sol mergulhou no horizonte, os saarantrai começaram a se dirigir para o espaço aberto dos jardins públicos de Metasaari, transformando-se aos poucos até que meia dúzia de magníficos dragões sombreou a praça, abrindo as asas para secá-las mais rapidamente. A praça não podia conter mais que isso; a transformação de duzentos levaria horas. Saarantrai trouxeram pacotes de suprimentos que os dragões carregariam nas garras. Os antigos vizinhos dos dragões se alinharam nas sombras, admirando a exibição de chifres e presas.

O primeiro dragão decolou, sacudindo violentamente as asas e golpeando-nos com uma rajada quente de vento sulfúrico. Lançou-se primeiro na direção do oceano, distanciando-se cada vez mais da terra, as correntes aéreas soprando para sustentá-lo. Contivemos a respiração, maravilhados; os porfirianos aplaudiram e encorajaram.

Comonot apareceu do nada e bateu-me nas costas.

— Você já voou, Seraphina?

— Só nas lembranças maternas — respondi.

— Ardmagar! — gritou uma voz do outro lado da praça. Uma fêmea magra e dentuça olhava para nós, de pescoço arqueado. Gritou de novo: — Quero levar Seraphina!

Era Eskar. Eu a vira na forma natural uma vez, a grande distância, quando ela enfrentou meu avô dragão nos céus acima de Lavondaville.

— Sua carruagem a espera, senhorita — brincou o Ardmagar, colocando minha mala nos ombros. — Quero estar seguro de que isto irá conosco. — Atrás dele, outro dragão levantou voo.

Corri pela praça, quase asfixiada pelo cheiro de enxofre à medida que mais saarantrai se transformavam. Agora havia cinco no céu, negros contra o alaranjado profundo do crepúsculo e semelhantes a um bando de morcegos. Eskar se ergueu nas patas traseiras quando me aproximei. Meu coração saltou de terror ao vê-la estender as patas dianteiras, abrindo e fechando as garras. Entendi que ela pretendia me segurar pela cintura. Olhei desconfiada para seu dorso eriçado de pontas, lamentando que ela não se parecesse mais com um cavalo na anatomia, mas adiantei-me assim mesmo e me deixei levar.

Suas garras me feriam mesmo através das camadas de roupa que eu vestira para resistir ao frio do céu. Eu podia até dizer quais de minhas costelas e articulações axiais iriam ficar esfoladas. Eskar precisou percorrer uma curta distância para tomar impulso e sair do chão. Meus dentes batiam, ecoando dentro da cabeça, enquanto ela corria; mas logo, com uma derradeira arrancada, o movimento se suavizou e olhei extasiada para a terra que se distanciava.

O encantamento dominou o medo; mantive os olhos abertos. Talvez a cidade cada vez menor e os tetos delicadamente iluminados pela lua nascente parecessem tão irreais que minha mente não conseguia acreditar no que eu contemplava.

Não, tudo aquilo era bem real. Foi como se um peso enorme houvesse se desprendido de mim. Meus olhos lacrimejavam na frialdade do vento.

Eskar contornou as Irmãs. Avistei a antiga muralha da fortaleza de onde Camba atirara vidros há muito tempo. Daquela altura, eu podia perceber que a montanha dupla era bem distante das elevações costeiras. O rio Omiga corria em linha reta por trás delas e se dividia em dois braços à sua volta. Tive um vislumbre das aterradoras cataratas do braço ocidental quando as sobrevoamos, mas Eskar seguiu o braço oriental até sua barragem, passando por uma série de cachoeiras menores, chamadas de Escadas.

Ao redor de nós, outros dragões voavam, sombras erradias bafejando aragens sulfúricas.

Ultrapassamos a cortina das elevações costeiras e chegamos ao comprido e largo Vale do Omiga. Na bifurcação do rio estendia-se uma cidade, Anaporfi, onde os porfirianos celebravam seus jogos trimestrais.

Seguimos o vale até mais ou menos meia-noite e depois pousamos junto a um trecho solitário de rio. Os dragões, chegando aos poucos durante várias horas, reassumiram sua forma humana e montaram acampamento. Esprememo-nos, dez em cada tenda; alguns saar haviam calculado que esse era o número ideal. Naquela proximidade nova para mim, em meio aos roncos e sentindo as dores que as garras de Eskar me haviam infligido, só consegui dormir de madrugada. O saar Lalo me acordou uma hora depois para desmontarmos a tenda.

Fui ao rio para lavar minhas escamas; a neblina cobria sua superfície e um mergulhão esgoelava entre os juncos. A água fria escorreu até minha cintura, despertando-me totalmente. Voltei para junto do grupo; todos estavam quase prontos para partir, recolhendo embrulhos e tendas que haviam carregado nas garras cataratas acima.

O grupo resolveu subir a pé o vale em direção ao próximo conjunto de cachoeiras. Dei graças por Eskar não precisar me conduzir de novo até minhas esfoladuras sararem. No entanto, depois de apanhar minha mochila, tive de perguntar-lhe:

— Essa é mesmo a melhor maneira de subir o vale? Iremos bem mais devagar do que voando.

Eskar arqueou uma sobrancelha.

— O Conselho Fútil decidiu que devemos caminhar.

— E Comonot concordou? — perguntei.

— De má vontade — respondeu ela. — Muitos se recusavam a vir a menos que ele os deixasse votar. Não são os saarantrai com quem estamos acostumados a conviver; até certo ponto, tornaram-se legítimos porfirianos. Ligam muito para o que estes pensam deles. E têm certa razão ao querer subir o vale a pé: comemos mais em nossa forma natural e só contamos, para sobreviver aqui, com o gado porfiriano.

— E você não preferiria simplesmente tomá-lo? — desafiei.

Ela piscou para mim, sem compreender.

— Sim, mas fui voto vencido.

O vale era uma depressão coberta de pastagens verdejantes, com ásperas montanhas se erguendo de cada lado. À medida que avançávamos, as pastagens davam lugar a campos de cevada e depois, quando o vale se estreitava, a canteiros de chá e legumes. O céu sem nuvens parecia mais longe a cada dia, embora estivéssemos subindo. Eu sentia o coração leve pela primeira vez em meses. Não pensava em nada, exceto no caminho à frente e na abóbada azul em cima.

No oitavo dia, os dragões se afastaram do Omiga, retomaram a forma natural e sobrevoaram as cataratas de trezentos metros de altura de um rio tributário, o Meconi, um selvagem errático que escapava em linha reta do coração do Tanamoot. Ele os orientaria no caminho de casa.

Eskar me levava de novo nas garras, mas agora eu me envolvera num cobertor para me proteger de suas excrescências impiedosas.

— Está bem confortável? — bramiu Eskar, solícita.

— Que bom que você se preocupa! — repliquei. Ela soprou enxofre em meu rosto.

A paisagem além das cataratas era muito diferente da que tínhamos visto antes. As montanhas pareciam rústicas, toscas, com árvores esparsas e mirradas. Foi meu primeiro vislumbre do Tanamoot, terra natal de minha mãe: rochoso, frio, agreste.

Os exilados conservaram sua forma natural, exceto os cinco fedelhos, que voltaram à humana. Aproximei-me de Brisi por entre os espinheiros e disse-lhe:

— Está do tamanho de uma criatura humana para me fazer companhia?

A jovem franziu o nariz como se eu estivesse cheirando mal.

— Não temos tanta prática em camuflagem quanto os mais velhos. Eles acham que somos um embaraço.

Olhei em volta para as duzentas criaturas enormes, com suas bagagens nas patas; elas resfolegavam, cambaleavam e resmungavam.

— Como poderão camuflar tudo isso? — perguntei, balançando a cabeça.

Brisi tirou uma mecha de cabelos da frente dos olhos.

— Nas montanhas, a única coisa que um dragão tem a temer é outro dragão. Acredite, eles sabem como se ocultar. — E afastou-se a passo firme; obviamente, não queria conversar comigo.

O grupo iniciou a jornada a pé, para meu espanto. Seria de pensar que duzentos dragões, caminhando, deixariam rastros enormes, facilmente discerníveis, mas o fato era que agora estavam em sua forma original. Brisi tinha razão: sabiam como se ocultar nas montanhas. Pisavam nas pedras para não deixar pegadas na margem arenosa e, abanando as asas, desfaziam as que porventura deixavam. Moviam-se com incrível habilidade.

Chegamos ao fundo do estreito vale, onde o terreno era mais fácil. Matas ralas de abetos cresciam de cada lado, quase ao alcance da mão. As montanhas tinham manchas de neve nas vertentes meridionais mesmo no pico do verão, encalacradas nas fendas das rochas. O Rio Meconi estava extremamente frio; suas emanações gelavam o ar acima da superfície, transformando-o em farrapos de névoa. Aos poucos, o vale foi se alargando e o Meconi se dividiu em inúmeros regatos que contornavam ilhotas baixas. As árvores eram agora menores e mais finas, como se a floresta estivesse se tornando calva: uma floresta de gravetos, musgo e mosquitos enormes. Os arbustos mirrados lançavam apenas linhas delgadas de sombra, cedendo espaço a uma luz ofuscante que chegava a dar dor de cabeça.

A beleza do lugar me encantou; era agradável sentir o ar puro nos pulmões, era bom saber que eu estava muito longe de tudo quanto conhecera. Pessoas a quem eu magoara, pessoas a quem eu decepcionara, pessoas que me achavam um monstro. Aqui, não havia monstros a não ser as montanhas bravias.

No terceiro dia em território dragontino, um de nossos guias emitiu um assobio agudo: havia detectado uma patrulha no céu. Os exilados imediatamente recolheram as asas, alteraram a cor da pele e se transformaram em pedras bem convincentes.

Achei que devia me esconder sob a asa de Eskar, mas Brisi pegou meu braço e me arrastou para um arbusto espinhoso.

— Na camuflagem, dirigimos o calor do corpo para baixo — sussurrou ela ao meu ouvido, em tom irritado. — De outro modo, um dragão no céu logo nos percebe. Você iria cozinhar debaixo da asa de Eskar.

— Obrigada, então — agradeci, tremendo. — Que bom que você sabe dessas coisas!

Os cantos de seus lábios descaíram numa expressão de desânimo

— Você diria que, no entender deles, eu faço isso corretamente?

Havia uma ou duas razões pelas quais os outros talvez não acreditassem muito nela. E ela, seguramente, as conhecia; tinha o ar de quem se atormentava por isso.

☙❧

Depois que escureceu, os exilados começaram a treinar uns com os outros. Poucos estavam prontos para a luta; quase nenhum já tivera habilidade suficiente para abater algo mais ameaçador que um bisão. Mas Comonot não parecia aborrecido. Demonstrava técnicas, corrigia e repetia sem parar:

— Suas mentes são suas melhores armas. Lutem como um pescador porfiriano. Lutem como um mercador. O inimigo jamais saberá quem o feriu.

Após duas semanas de caminhada durante o dia e treinamento durante a noite, todos os dragões adultos voltaram à forma humana. Anoitecera. Lalo percebeu que eu estranhara aquilo e disse:

— Chegamos à bifurcação do Meconi e isso significa que estamos perto do Laboratório Quatro. Precisamos minimizar nossos próximos movimentos, pois duas centenas de dragões fazem uma barulheira dos diabos.

Segui-o, e a outros saarantrai, até um estreito vale lateral, quase uma fenda entre montanhas muito próximas. Comonot se postou à entrada, com a austera Eskar a seu lado; os restantes se agacharam ou se sentaram no chão pedregoso. Lalo me levou consigo por entre a multidão até chegarmos quase diante da abertura.

— Preciso de voluntários que acompanhem Eskar ao Laboratório Quatro — disse Ardmagar, indo direto ao assunto. — Ela já trabalhou aqui e acha que os quigutl do laboratório colaborarão conosco, mas não podemos nos arriscar a mandar ninguém até ela fazer contato. Quando tivermos certeza do apoio interno, dividiremos nossas forças em dois contingentes. Os guerreiros mais fortes atacarão a porta fronteira e o resto entrará por um túnel de escape atrás da montanha...

Alguém levantou a mão. O Ardmagar, piscando irritado, resmungou:

— Sim?

— Parece que você teceu todo esse plano sem nos consultar — disse um saar velho e corpulento. — Prometeram que votaríamos a respeito...

— Não a respeito disto — atalhou o Ardmagar. Ouviu-se um murmúrio de reprovação. Alguns saarantrai se levantaram como que decididos a partir. Mas Comonot berrou: — Parem! Sentem-se e ouçam.

Os saarantrai se acomodaram, cruzando ceticamente os braços.

— Sabem por que existem os Censores? — começou ele. — Porque, segundo alguns, sem uma estrita repressão emocional nós mergulharíamos na anarquia. No entender deles, os dragões ficariam a tal ponto dominados por seus sentimentos que esqueceriam sua lógica, sua ética e seus deveres.

Atrás da multidão, vi Brisi se contorcer toda.

— Tentei captar a verdade dessa proposição por mais de meio ano, vivendo em forma humana e caminhando no fio da navalha do sentimento — prosseguiu Comonot. — Minha opinião mudou com o tempo; a emoção nem sempre é o problema que eu imaginava.

Agora estamos nos preparando para combater os próprios Censores. Não o Velho Ard, mas a organização supostamente neutra que nos reprime. Como o Velho Ard, os Censores querem nos deixar para trás, mas já avançamos muito para permitir isso. Vocês, exilados (que viveram duas vidas e viram os dois lados), são os mais competentes para essa missão. São o instrumento que nos impelirá para diante, rumo à paz duradoura com a humanidade e à renovação da raça dragontina.

Mas devem me provar que não sou idiota ao sugerir que acabemos com os Censores. Mostrem-me que duzentos saar emotivos podem conservar a disciplina, cumprir ordens e trabalhar bem em equipe. Essa última virtude, cooperação, é o que nossos adversários não têm; e é aí, acho eu, que o sentimento nos torna mais fortes.

Os exilados, hirtos em seus assentos, cochichavam excitadamente uns com os outros. Comonot apelara para suas emoções em geral e isso funcionara. Tinha uma nova ferramenta à sua disposição — uma ferramenta indiscutivelmente formidável.

— Agora — continuou o general —, quem irá com Eskar para o reconhecimento do Laboratório Quatro?

Lalo, ao meu lado, ergueu prontamente a mão.

— Lalo, filho de Neelat — disse o Ardmagar, esquadrinhando a multidão. — Mais dois.

— Seraphina deve ir conosco — propôs Eskar.

— Combinado — aquiesceu Comonot, sem pedir minha aprovação. Se Eskar me queria lá, isso sem dúvida tinha algo a ver com Orma. Por isso, concordei.

Murmúrios de desaprovação se fizeram ouvir nas últimas fileiras. Olhei para trás e vi Brisi discutindo com a mãe.

— Há algo que a garotinha queira dizer? — rosnou Comonot, apontando para elas seu nariz bulboso.

Brisi endireitou o corpo, desvencilhando-se de Ikat.

— Quero ir com Eskar!

— Você já causou problemas demais! — gritou a mãe, segurando Brisi pela túnica.

O general trocou um olhar com Eskar. Ela assentiu com um gesto quase imperceptível.

— Se a garota deseja se redimir — disse Eskar —, esta é a sua grande oportunidade.

E assim ficou combinado.

Eskar, Lalo e Brisi reassumiram a forma dragontina aos primeiros clarões da lua que subia por trás dos picos distantes. A cada vez, voar me inspirava mais medo; a cada vez meu pescoço doía mais e minhas costelas ficavam mais esfoladas. Voar era mais rápido, mas chamava muito a atenção. Mantivemo-nos abaixo da linha dos cumes, quase rente ao fundo dos vales e ladeando os paredões das geleiras. Deixei cair a mão e peguei um punhado de neve, tão baixo estávamos. Voamos até as primeiras luzes da aurora se tornarem visíveis no leste, quando então Eskar avistou uma caverna. Entrou primeiro, matou um urso que encontrou lá dentro e chamou o resto de nós.

Meus companheiros comeram o urso. Eu descobri que não tinha nenhum apetite.

Aguardei o nascer do dia do lado de fora. Eu devia dormir, mas o chão da caverna era pedregoso e meus companheiros, três dragões enormes, roncavam, fediam e expeliam um calor terrível. Acocorei-me na entrada da caverna, onde o ar era mais fresco, ressonando encostada a uma pedra quando não acompanhava sem querer a melodia dos roncos. Formavam um coral fantasticamente barulhento, aqueles dragões; mas às vezes a algazarra diminuía...

Uma mudança na potência do som me despertou. Agora, apenas dois dragões roncavam. Olhei para trás e vi Eskar se encolher até a forma humana. Vasculhou em minha mochila sem pedir licença, tirou meu cobertor e envolveu com ele o peito. Depois, dirigiu-se para a entrada da caverna e sentou-se um pouco distante de mim.

— Não consigo falar baixo em forma de dragão — murmurou ela. — E tenho algo a lhe dizer.

Endireitei o corpo e me dispus a ouvir, esperando que Eskar delineasse o plano para a noite; mas o que ela disse foi:

— Seu tio e eu nos casamos.

— Verdade?! — exclamei, assombrada com suas palavras. Não pedi mais detalhes sobre o caso. — Então isso faz de você minha tia? — perguntei, tentando fazer graça.

Eskar refletiu sobre a pergunta com toda a seriedade, olhando da entrada da caverna para as geleiras. Finalmente disse:

— Pode me chamar assim sem nenhuma imprecisão. — Ficou em silêncio por algum tempo e acrescentou, com uma doçura inesperada na voz: — Nunca pensei muito nele como dragão. É pequeno, embora lutador tenaz. E um voador decente, considerando-se que há tempos quebrou a asa. Mas não podia se comparar comigo, por isso mordi sua nuca e mandei-o passear. Todavia, como saarantras... — Fez uma pausa, levando um dedo aos lábios. — É absolutamente extraordinário.

Lembrei-me do cabelo hirsuto e do nariz comprido de meu tio, de seus óculos e de sua barba postiça, de seus membros esqueléticos — detalhes ao mesmo tempo absurdos e caros para mim. Meu queixo tremeu.

— Estes olhos humanos me pareciam fracos a princípio — disse Eskar, ainda virada para o outro lado e passando os dedos pelos cabelos escuros. — Detectam menos cores e sua resolução é péssima, mas veem coisas que os dragões não podem ver. Enxergam além da superfície. Não sei como aconteceu, mas essa habilidade foi se aperfeiçoando em mim enquanto eu viajava com Orma: comecei a ver o interior dele. Sua natureza curiosa e gentil. Suas convicções. Eu as percebia em gestos simples como, por exemplo, sua mão em torno de um copo ou seus olhos quando falava de você.

Voltou para mim um olhar penetrante como uma agulha.

— O que é esse ser interior? Essa pessoa dentro de uma pessoa? Será aquilo que vocês chamam de alma?

Segundo a ideologia do Sul, dragões não possuem almas e ela sabia disso. Hesitei, mas seguramente não havia perigo no que eu ia lhe dizer agora, não depois do que acontecera ao meu tio:

— Orma possuía uma grande alma. A maior que já conheci.

— Você fala como se ele estivesse morto — observou Eskar rispidamente.

Minhas lágrimas logo apareceram; não tive resposta.

Eskar me examinou com atenção, os olhos secos, os braços em volta dos joelhos.

— Os Censores assumiram um risco ao entrar em Porfíria clandestinamente. Deveriam apresentar uma petição à Assembleia e eu determinei que não o fizessem. No meu tempo, correríamos esse risco apenas se alguém muito importante exigisse a presença imediata de Orma. O fato me dá esperanças de que esse não seja o método usual de captura de um rebelde, de que eles não o trouxeram para extirpação e sim para outro propósito qualquer.

A palavra *extirpação* me fez estremecer.

— E se isso já aconteceu? — perguntei, enxugando os olhos. — E se Orma não for mais ele mesmo?

— Depende do que tiraram. Em geral, removem apenas lembranças. Esses circuitos neurais são pela maior parte os mesmos quer estejamos em forma dragontina ou humana. — Falava em tom neutro, como se descrevesse seu café da manhã. — Os centros da emoção no cérebro humano se superpõem aos centros do voo no cérebro dos dragões; removê-los significaria aleijar Orma. Não vão privá-lo permanentemente da capacidade de voar, não da primeira vez. Extirparão suas lembranças por meio de um supressor emocional, a tintura de destúlcia, mas lhe darão uma segunda chance.

Muitos de nós sofremos extirpação em dada altura. Veja. — Inclinou a cabeça para a frente e, afastando os cabelos atrás da orelha esquerda, revelou uma faixa branca de tecido cicatricial. — Quando deixei os Censores, eles removeram minhas lembranças sobre meu trabalho ali, para eu não revelar seus segredos. No entanto, ainda sou eu mesma. Não fui irreparavelmente danificada.

Encolhi-me toda, estarrecida.

— Mas... mas você se lembra de ter trabalhado para os Censores!

Seus lábios descaíram.

— Eles me informaram depois que fui sua funcionária e não poderia me candidatar mais ao emprego. Mas fiz uma pérola mental de modo a me lembrar do motivo de minha saída. Isso era importante para mim.

— E por que saiu? — perguntei.

— Por várias razões. Eles não quiseram repreender Zeyd, o agente que autorizei a testar seu tio, por ameaçar você de danos no curso do teste.

Levei a mão ao peito, comovida.

— E você nem me conhecia!

— Nem precisava. — Seus olhos negros piscaram ao voltar-se para mim. — Ciladas são uma prática inaceitável quando se trata de testes.

Então o erro consistira em tentar induzir Orma a liberar suas emoções, não em me pendurar na borda da torre da catedral. Suspirei e mudei de assunto.

— Minha mãe me deixou pérolas mentais. São difíceis de fabricar?

Eskar deu de ombros.

— As mães fabricam umas muito simples para os filhos. Já entesourar um grande número de lembranças e escondê-las bem exige ajuda externa. Alguns saarantrai se especializam em meditação clandestina, o que é ilegal e dispendioso. — Seu olhar se tornou vago. — Você sem dúvida quer saber se Orma fez isso.

Estendi a mão e estirei o dedo mínimo, mostrando-lhe meu anel de pérola.

— Ele me mandou este anel em Ninys com as palavras: *A coisa em si mais nada é igual a tudo.* Acho que queria dizer que foi ele mesmo quem fabricou.

Eskar suspendeu minha mão e esfregou de leve a pérola com o polegar; a chama de esperança em seus olhos era quase insuportável.

— Talvez sim — murmurou ela. — Mas não sei quando possa ter feito isso. Não enquanto estivemos juntos. Provavelmente, é uma pérola simples, com alguns fatos sem importância, imagens fugidias, seu nome...

Recolhi a mão e girei o anel no dedo.

— Pérolas mentais podem ser difíceis de reencontrar quando não conhecemos o mecanismo para localizá-las e abri-las — explicou Eskar, levantando-se. Hesitou por um instante e acrescentou: — Ele será sempre seu tio, lembrando-se disso ou não.

Inclinou-se, beijou de leve o alto de minha cabeça e foi para junto de Lalo e Brisi, no fundo da caverna.

— Quatro horas até o pôr do sol — avisou ela por cima do ombro. — Durma.

Reclinei-me de novo na pedra e fechei os olhos.

Só soube que dormira porque sonhei com Abdo. Ele estava numa carroça com várias outras pessoas, sacolejando por uma estrada rural cheia de buracos. A estrada levava ao Bosque da Rainha, que agora se cobria com as cores douradas do outono. Numa curva, onde o mato era particularmente denso, Abdo se levantou de repente e saltou da carroça. Os companheiros gritaram, protestando, e alguns estenderam suas mãos escuras para detê-lo — mas ele já estava fora de alcance, saltitando encosta abaixo em meio a samambaias e arbustos até desaparecer.

Ouvi sua voz: *Não olhe para mim.*

Na carroça, Paulos Pende se ergueu, trêmulo. Seus olhos reviraram nas órbitas e ele tombou sem vida.

— Seraphina! — assobiou uma chaleira que, quando despertei, se transformou em Eskar. — Prepare-se. É hora de partir.

Eu estava desorientada e, obviamente, a primeira coisa que queria fazer era procurar Abdo em minha cabeça. Pensei que ele realmente me falara, tão vívido fora o sonho.

A mensagem, é claro, informava que eu não *devia* olhar para ele. Dei adeus à minha resolução.

Como quer que fosse, não havia tempo. Eskar resfolegava, impaciente. Enrolei às pressas o cobertor em volta da cintura e ela me ergueu de novo com suas garras. Não precisaríamos ir muito longe; os três dragões deslizaram sobre outro vale e pousaram na borda de uma geleira — prata sob a lua delgada. Colunas fantasmagóricas de vapor subiam de uma fenda profunda no gelo. Eskar me apeou, enfiou a cabeça na fenda e soprou uma baforada de fogo no gelo; nossos companheiros dragões acorreram para se camuflar com a geleira, abrindo as asas a fim de ocultar o clarão. Depois que Eskar alargou suficientemente o buraco, os outros entraram. Eu quis segui-los sozinha, mas Eskar, para me proteger, levou-me consigo. Logo percebi que estávamos num túnel de gelo inclinado, mais comprido do que me parecera; até as garras de Eskar tinham dificuldade para encontrar um ponto de apoio. Meus olhos não serviam praticamente para nada ali embaixo; a camada de gelo era muito grossa e a luz da lua não a atravessava, deixando a caverna na penumbra. O cheiro, porém, incomodava bastante. Uma baforada úmida, pegajosa e sulfúrica nos golpeou a meio caminho do túnel — e digo golpeou porque foi como se houvéssemos batido contra um muro de fedor. Meus olhos ardiam. Meu nariz por fim perdeu a sensibilidade, mas minha garganta continuava lutando contra a espessura do ar e fechou-se num impulso de autodefesa. Uma espécie de lama gelada cobria meus tornozelos.

Um ruído de patas ecoou acima de nós, enquanto alguma coisa parecia chapinhar embaixo. Fagulhas choveram na escuridão. Achei que meus olhos estavam me pregando uma peça até que as fagulhas se juntaram em grandes chamas na ponta de cinquenta línguas compridas, pertencentes a outros tantos quigutl, os primos menores e em forma de lagartos dos dragões. Meus olhos se adaptaram e notei que a caverna era bem mais vasta do que eu calculara, uma catedral de gelo e pedra envolvendo uma enorme montanha de detritos. Quigs enxameavam por toda parte, alguns com pás presas às suas mãos ventrais.

— Proibido *ultrapachar* — disse um quigutl num semimootya defeituoso, erguendo a cabeça pontuda de lagarto diante de nós. Suas pernas eram quase da minha altura. Revirava o branco dos olhos para nos distinguir melhor.

— Precisamos ver Mitha! — gritou Eskar.

— Se conhecem Mitha — disse o quig, eriçando desconfiado os espinhos da cabeça —, sabem que Mitha não trabalha na cloaca.

Cloaca. Devia se referir aos detritos ali acumulados. Tapei a boca para não vomitar e tentei esquecer minhas botas.

O grupo se agitou e um quigutl corpulento passou por cima dos outros no monte de sujeira, arrastando-se em nossa direção. Parou à nossa frente, diante dos companheiros, e ergueu as mãos (só tinha três) para ordenar silêncio.

— Sou Thmatha, primo de Mitha — disse ele. — Conheço este dragão. Me salvou do experimento do doutor Gomlann, que tirou meu braço. Mesmo assim estou vivo nos poços e não *conchervado* num vidro. — Fez uma saudação a Eskar. — Vou buscar Mitha.

Mergulhou nas sombras e ficamos esperando.

— Estão com fome? Temos excrementos — gracejou um dos outros.

— Seraphina, tire sua flauta — gritou Eskar.

Ela não podia ver o olhar que lhe lancei na escuridão e não o entenderia se visse.

— Você quer que eu toque flauta aqui neste buraco?

— Quero! — rugiu ela. — Os quigs vão gostar.

Isso significava eu ter de tomar mais respirações profundas do que pretendia, mas ainda assim procurei levar tudo numa boa e concordei. A acústica da caverna de gelo cheia de detritos era péssima; minhas notas de teste iniciais ecoaram de maneira muito desagradável. Havia ruídos na escuridão; as luzes projetadas pelas línguas pendentes dos quigs fizeram um círculo à minha volta. A princípio, achei que o som os aborrecia, mas depois percebi que estavam falando comigo:

— Que é *icho*? Faça de novo. Aponte para a parede oeste. Isso provocará interessantes *reverberachões*.

Voltei-me para a direção indicada e comecei a tocar uma canção de ninar, "A dança da galinha e da doninha". Os quigs conversavam animadamente sobre a extensão das notas, sobre como alguém pudera fabricar um instrumento daqueles com um fêmur de boi e se seria possível, com algumas modificações, ser tocado por quem não tivesse lábios.

Olhei de lado para Eskar; ela respondeu com um breve aceno. De algum modo, aquilo fazia parte do plano.

Thmatha voltou cerca de uma hora depois, desviando a atenção dos quigs. Ele e outro quigutl se aproximaram e o recém-chegado — que, presumi, era Mitha — saudou Eskar do modo como um saarantras faria, gesticulando para o céu. Eskar retribuiu o cumprimento. Ergueu-se um murmúrio; normalmente, dragões não saúdam os quigutl.

Mitha disse a Eskar:

— Você nos trouxe uma novidade. Nesse sentido, *chempre* foi generosa.

— Demorei muito a voltar! — exclamou Eskar. — Essa é uma pobre recompensa.

Mitha encolheu seus dois pares de ombros, o que era estranhíssimo, e prosseguiu:

— Não importa. Estamos prontos. Estamos prontos há anos. Espero que este não seja todo o poder de fogo que trouxe.

Vinte e Cinco

Observei a silhueta de Eskar na penumbra, a sombra de seus chifres, protuberâncias e asas recolhidas. De repente, me pareceu uma estranha, cheia de segredos. Não se limitara a deixar os Censores. Não viera aqui para ver se conseguia persuadir os quigs a ajudar. Já os organizara; planejava isso há muito tempo.

Eskar escondia mais do que eu suspeitava. Pela primeira vez, ocorreu-me que ela convinha perfeitamente ao meu tio.

Combinou com Mitha o que ele devia fazer e quando. E Mitha replicou:

— Tudo será feito como você pede. Disfarçadamente, modificamos a instalação do laboratório, de modo que precisamos apenas...

— Confio em sua diligência! — disse Eskar sem dar, aparentemente, muita atenção aos detalhes. — Você tem dois dias. Estes dois jovens, Seraphina e Brisi, vão ajudá-lo na sabotagem.

— Ótimo — replicou Mitha, girando seus olhos cônicos de camaleão para nos observar. — Cuidarei delas como cuido de meus ovos.

Eskar acenou para Lalo, que começou a subir o túnel de volta. Ela fez menção de segui-lo, hesitou e se virou para mim.

— Três coisas, Seraphina — disse, soprando uma fumaça acre em meu rosto. — Primeira: encontre Orma. Segunda: interrompa sua extirpação, se possível. Terceira: vá para um lugar seguro durante a luta.

Voltou-se com tanta rapidez que a ponta de sua cauda me atingiu. Mitha me segurou, impedindo que eu caísse para trás na lama, mas em seguida pegou meu braço e cheirou meu pulso.

— Caramba, você é meia-humana! Que estranho! Mas agora vamos. — Dirigiu-se para a entrada de um túnel na parede direita, parou e examinou Brisi, cujas asas pendiam frouxas. — Encolha-se, menina. Este túnel é muito pequeno para *vochê*.

Brisi ficou piscando para ele estupidamente, como se o cheiro a tivesse paralisado. Toquei-lhe o ombro coberto de escamas.

— Assuma sua forma de saarantras — expliquei-lhe em porfiriano, supondo que ela achasse difícil o sotaque quigutl.

Brisi se encolheu, mas estava sem roupa. Eskar não a avisara, talvez porque ela própria não hesitasse nunca em ficar nua. Tirei de minha mochila uma camisa, um gibão e calças, levei-a para o corredor menos sujo e ajudei-a a vestir-se. Brisi achou as fivelas e laços da roupa goreddi muito complicados. Mitha esperava, estirando e recolhendo sua língua de fogo.

Quando Brisi finalmente estava vestida, Mitha, erguendo-se nas patas traseiras, aproximou-se de mim e tocou de leve meu cotovelo com uma das garras, para se equilibrar. Enveredamos pelo corredor até uma câmara escavada na rocha viva, onde quigs processavam os dejetos dos dragões. Globos translúcidos encravados no teto proporcionavam uma luz forte e contínua.

— Metano e *combuchtíveis* sólidos — disse Mitha, mostrando barris e tanques, calibradores e fornos. — Os laboratórios trabalham com estrume. Isso ajuda a manter a instalação oculta quando não há fossas nas imediações.

A passagem se estreitou de novo, com inúmeras tubulações correndo ao longo da parede. Lanternas sem chama brilhavam no teto a intervalos. Numa das conexões via-se uma estranha engenhoca que parecia um pônei sem cabeça e com seis pernas, grande como uma cama e composto principalmente de rodas dentadas barulhentas. Lembrava as aranhas mecânicas de Blanche, com a diferença de que não rastejava.

Senti um arrepio ao me lembrar de Blanche. Exceto por meu sonho com Abdo, eu mal pensara nos outros ityasaari durante as últimas semanas. Procurara me proteger contra meu jardim encolhido, pois isso era muito angustiante. Logo veria Orma; então, estudaríamos uma maneira de acionar meus poderes e livrar os outros de Jannoula.

Desde que Orma ainda me conhecesse. Procurei pôr esse pensamento de lado.

O pônei mecânico não tinha assentos propriamente ditos; os quigutl não se sentam como os humanos. Segundo as instruções de Mitha, devíamos nos deitar em cima, de barriga para baixo. Subi decidida para a engenhoca, agarrando duas tiras de couro a fim de não escorregar. Brisi, ao lado, segurou meu braço com dedos que mais pareciam garras. Mitha se instalou na parte de trás do aparelho rangente e manejou uma alavanca lateral. O pônei acéfalo arremeteu, soltando fumaça pelo traseiro e mais rápido do que poderíamos andar, por passagens estreitas demais para dragões. As luzes ofuscantes do teto desfilavam velozmente. Tentei não pensar em cair e ser pisoteada.

Após meia hora, chegamos a um vão abobadado onde várias engenhocas semelhantes estavam estacionadas, assobiando e zumbindo. Mitha ajudou-me a descer; meus joelhos tremiam.

— Laboratório Quatro — anunciou ele. — Sob a própria montanha. Este é o Nível Quigutl Cinco, mas qualquer túnel muito pequeno para um dragão é *cheguro*. Vou achar um ninho para vocês. Estão com fome?

Sacudi a cabeça. Brisi fitou-o, embasbacada; vê-lo à plena luz chocara-a novamente. Pus a mão em seu ombro e isso pareceu acalmá-la.

— Sinto muito — disse a jovem em porfiriano, apertando o nariz. — Minha mãe me falou sobre os quigs, mas não temos essas criaturas em Porfíria. São tão... feias!

Torci para que Mitha não a entendesse e ele realmente não deu sinal de que entendera. Fomos então interrompidos pela chegada de vários outros quigutl. Eram quigs do laboratório, mais limpos que seus camaradas dos poços. Vieram diretamente para nós, conversando uns com os outros, e começaram a examinar nossas roupas, chegando mesmo a tocar na barra de minha túnica e na bainha das calças de Brisi.

— Algodão porfiriano — sentenciou um deles com conhecimento de causa. — É o que nos falta, bons tecidos fibrosos. Não gosto de couro de boi ou cascas de árvore. Estão vendo como ela é frágil? — Cutucou minha face com um dedo. — Cascas a esfolariam.

— Como fazem isto? — perguntou outro, passando o dedo por toda a extensão da barra de minha túnica.

— Chama-se bordado — expliquei. Os globos de seus olhos reviraram, inquisitivos, e dei-me conta de que a palavra não lhe dizia nada. — Fazem isso com agulha e linha.

O quig enfiou a mão na boca até a garganta e tirou de lá uma sovela.

— Agulha. Como *echta*?

— Mais fina. Mais pontuda.

— Ei! — gritou outro quig, que estivera me farejando sem a menor cerimônia. — Ela é mestiça!

O que não faltou foram exclamações de curiosidade entre os quigs, até que Mitha resolveu acabar com a festa e mandá-los embora.

— Eskar voltou — disse ele enquanto os espaventava. — Temos quarenta e oito *horach*. Haverá muito tempo, depois, para admirarem tecidos.

— Quando formos para o sul! — gritou uma quig diminuta. Todos a mandaram calar a boca.

— *Echpalhem* a notícia — recomendou Mitha. — Sem fazer barulho.

Saíram. Respirei fundo; o exame detalhado daquelas criaturas me deixara tensa.

Mitha entrou por outro corredor e abriu a porta de uma sala cheia de maquinários extremamente barulhentos, que nos impediam de conversar; mas ele fez uma série de gestos para os quigs que trabalhavam ali e, mesmo sem palavras, transmitiu-lhes alguma coisa. Talvez *Eskar de volta*. Todos pareceram entender o que ele queria comunicar.

— O gerador — disse Mitha, fechando a porta. Aquilo não me esclarecia nada.

Levou Brisi e a mim para um túnel mais sossegado, onde o teto era ainda mais baixo, com lâmpadas hemisféricas; tivemos de abaixar a cabeça. Não havia portas nas paredes e sim buracos a cerca de trinta centímetros do chão, o que deixava o ar úmido e pesado.

— Eis a Coelheira — disse Mitha, apontando para a rede de buracos que lembravam um queijo. Agora andava nas quatro patas, com os finos braços dorsais discretamente dobrados sobre as costas e farejando em volta para encontrar o buraco certo. Eu precisaria contá-los.

— Meu ninho — revelou ele, convidando-nos a entrar. — Vocês estiveram acordadas a noite inteira e sei que não são criaturas noturnas.

Brisi e eu rastejamos pela abertura e chegamos a um quarto mais ou menos circular. O chão era coberto por peles de animais e folhas secas. A rigor, não havia camas. Brisi se deixou cair, exausta, sobre aquele revestimento. Dei-lhe minha mochila para servir de travesseiro e ela o recebeu com mostras de gratidão.

— Volto logo — sussurrei-lhe. — Preciso perguntar uma coisa a Mitha.

Ela não protestou. Talvez até já estivesse adormecida.

Enfiei a cabeça para fora do buraco e chamei baixinho:

— Mitha! — Ele ainda estava perto; parou e esperou que eu o alcançasse andando como um pato. Bati a cabeça duas vezes, não no teto baixo de pedra, mas nos bulbos de lâmpadas hemisféricas pendentes. — Eskar me ordenou encontrar alguém, um certo prisioneiro.

— Nós os chamamos de vítimas — retrucou ele. — Mas, sim, posso ajudá-la a procurar.

Levou-me para longe da coelheira em direção a outro túnel de serviço, até um quarto cheio de... máquinas, pensei. Era uma selva de videiras de brilho metálico com uma placa estranha de gelo prateado encravada na parede fronteira. Mitha se deitou de barriga sobre um banco quigutl, uma pequena rampa que não parecia levar a lugar nenhum. Do emaranhado de videiras de prata à sua frente, puxou um punhado de pequenos cálices em sua direção, cujas hastes de metal faziam-nos parecer um buquê de madressilvas. Enfiou as garras neles, uma por cálice, sacudindo os dedos — e letras brilhantes surgiram atrás do gelo.

Não era gelo, mas vidro. Senti-me um pouco idiota.

Eu já vira a escrita mootya nas lembranças de minha mãe — de fato, vira-a usar um dispositivo chamado bloco de notas. Este era parecido, embora muito maior.

— Muito bem — disse Mitha, com os olhos fixos no painel. — É melhor fazer isso agora, antes de redirecionar a força toda. Que vítima estamos procurando?

— Meu tio Orma — respondi. A palavra *vítima* deixou as palmas de minhas mãos suadas. — Você conseguirá contatá-lo com essa... hum, máquina?

— Não, não — disse o quig. — O que temos aqui são prontuários médicos. Poderemos descobrir em qual cela se encontra e se já fizeram picadinho dele.

Apertei os lábios e deixei Mitha continuar. Seus olhos vagavam de um lado para outro, à medida que lia; fagulhas de impaciência saltavam da ponta de sua língua. Por fim, disse:

— Ele tem uma ficha enorme, mas não há menção de que esteja *aqui*.

Eu esperava o pior, mas aquilo me abalou.

— Será que o levaram para outro lugar?

Um dos olhos de Mitha girou em minha direção.

— Cheguei tudo. Não está em nenhuma das instalações dos *Cenchores*. É ele? — Apontou para o painel com uma de suas mãos dorsais.

Estremeci. Orma nos olhava como que de uma janela, as sobrancelhas arqueadas num gesto de leve curiosidade.

— Como assim, ele não está aqui? — gritei. — Veja!

— Isso é uma imagem — explicou Mitha. Tocou o vidro; Orma nem pestanejou.

Se palavras podiam aparecer atrás do vidro, por que não um retrato? Eu fora tola, sem dúvida, mas a imagem parecia tão real!

Mitha prosseguiu:

— Às vezes, arquivos são apagados por *razõech* de segurança. Continuaremos investigando; talvez encontremos alguma coisa. — Um texto novo surgiu na tela; a boca de Mitha se curvava enquanto ele lia. — Sua mãe era o dragão Linn, não? — Seus dedos se agitavam loucamente nos cálices. Duas imagens de minha mãe, nas formas dracônica e humana, apareceram. Tapei a boca, sem saber se segurava o riso ou as lágrimas.

Jamais vira uma imagem dela. Parecia-se muito com Orma. Mais bonita, é claro.

— Ela e Eskar eram *amigach* — contou Mitha. — Quando Linn assumiu compromisso, Eskar escreveu *cartach* pedindo-lhe que voltasse para casa e sossegasse, mas sua mãe não quis.

— Dragões escrevem cartas? — estranhei.

Mitha virou para mim o globo de um dos olhos.

— Sua mãe estava em forma humana e não poderia ler uma projeção no lado da montanha. Eskar teria ditado a carta para um de nós. O que quero dizer é: esse foi o começo do fim do emprego de Eskar aqui. Ela começou a alimentar dúvidas.

— Eskar me disse que saiu porque Zeyd ameaçou minha vida — revelei.

Os espinhos da cabeça de Mitha vibraram.

— Por isso também. Depois contratou meu primo para *echpionar* seus *superiorech*. Soube então da meia-humana aprisionada e resolveu ir embora.

Fitei-o, um nó se formando em meu estômago.

— A meia-humana aprisionada? — repeti lentamente. Eu conhecia todos os meios-humanos e só um havia sido preso.

— A que eles criaram desde bebê para fazer experiências — respondeu Mitha com simplicidade, retirando os dedos dos cálices.

Uma fria certeza se avolumou dentro de mim.

— E... ela vive numa cela com uma janela estreita, vestida com uma roupa horrível de pele de coelho?

— Você a conhece! — exclamou Mitha. — Mas não chame sua roupa de horrível diante dos outros. Não temos boas plantas fibrosas aqui nas *montanhach*.

༺☙༻

Eu não viera investigar a infância de Jannoula. A descrição de Mitha me fez estremecer, mas agora eu não podia ir embora. Tinha de saber. Tinha de descobrir quem era Jannoula e o que fazia. Seguramente, haveria ali respostas às perguntas de que ela sempre se esquivara.

Mitha não queria me levar ao cubículo de Jannoula, mas insisti. Ele então me conduziu pelo labirinto de corredores de serviço, parando apenas para informar aos quigs que encontrávamos sobre a volta de Eskar, acrescentando que eles tinham muito trabalho pela frente. Percorremos em seguida um corredor bem largo, feito para dragões, após Mitha se certificar de que o caminho estava livre.

Passamos por uma sala de cirurgia onde se realizava uma operação: vimos alguns pobres saar com o crânio inteiramente aberto. Três dragões médicos, de pé em volta de uma mesa metálica muito alta, empregavam braços mecânicos para fazer o corte; pareciam pernas de inseto articuladas, terminando em bisturis. Estaquei ao ver os médicos, mas Mitha agarrou meu braço com sua esquelética mão dorsal e me puxou para trás das prateleiras de aço. Os olhos dos cirurgiões estavam semivendados; só podiam se fixar em seu trabalho. Mitha gesticulou para as enfermeiras quigutl, que começaram a fazer barulho vasculhando em busca de esponjas e linhas de sutura.

Encolhi-me toda e corri em silêncio atrás de Mitha.

Outro corredor de serviço nos levou até uma série de celas para o tamanho humano, todas vazias. A luz cinzenta que precedia o amanhecer se filtrava pelas janelas estreitas e gradeadas.

— Nem todas as vítimas cooperam — disse Mitha. — Algumas não querem voltar a seu tamanho natural. Esses canalhas são mantidos aqui até o fim, como deve ter acontecido com ela.

Caminhei pelo corredor com o coração na boca e abri a pesada porta da antiga morada de Jannoula. Eu conhecia bem o lugar: o chão sujo, a cama estreita e baixa, as paredes frias. A roupa de pele de coelho estava pendurada num cabide ao lado da cama.

Haviam feito experiências com ela. Meu estômago revirou.

Não era de admirar que me tratasse daquele jeito. Eu devia ser a primeira criatura humana que ela conheceu. Surgira do nada e tratara-a com gentileza.

Depois, expulsara-a de meu jardim e devolvera-a à sua vida anterior.

Minha garganta estava seca, quase me impedindo de falar.

— Deixaram-na ir. Não se pode esperar que fosse um ato de misericórdia, mas... mas por que fizeram isso?

— Deixaram-na ir? — espantou-se Mitha. — Voltar a seu meio natural? Não, não.

Franzi o cenho.

— Eu a vi em Samsam.

Mitha abria e fechava a boca, pensativo.

— Ela aprendeu sozinha jogos de estratégia e era muito boa nisso. Eles começaram a consultá-la sobre vários assuntos.

— Estratégia... — repeti, confusa.

— O General Palonn levou-a consigo para a batalha de Homand-Eynn — disse Mitha. — Fizemos a corrente para o pescoço dela e uma roupa melhor, de couro de boi-almiscarado, pois ficaram sentados numa geleira, observando.

Eu tremia incontrolavelmente. Sentei-me na pequena cama de madeira de Jannoula e escondi o rosto nas mãos.

— Homand-Eynn foi uma das primeiras derrotas dos Legalistas. Comonot me falou sobre isso. O Velho Ard surpreendeu-os escondendo-se numa incubadora.

— E colocando seus próprios filhotes em perigo — observou Mitha, revirando os olhos. — Foi um jogo arriscado, mas funcionou. O General Palonn ficou muitíssimo satisfeito e chegou a cumprimentar os médicos: "Vocês finalmente criaram alguma coisa de útil: fizeram de uma *lady* um general".

Mitha disse *lady* em goreddi, o que me espantou.

— Palonn usou mesmo essa palavra?

— Palavra que até se tornou o apelido dela — respondeu Mitha. — E ela ganhou mais batalhas para o Velho Ard.

Durante todo esse tempo, pensávamos que *lady* era um nome de dragão, não um substantivo comum em nossa própria língua. Jannoula era o famoso General Laedi.

Vinte e Seis

Era preciso informar a Glisselda que Jannoula estava trabalhando para o Velho Ard e, mesmo, seguindo ordens em Samsam. Logo viajaria a Goredd para se juntar aos outros ityasaari, se é que já não fizera isso. A rainha devia prendê-la e mantê-la isolada antes que ela pudesse nos prejudicar ainda mais.

Peguei o thnik que comprara em Porfíria e ia usá-lo quando Mitha gritou:

— Eles podem ouvi-la! — Arrancou o aparelho de minha mão e engoliu-o com corrente e tudo.

Fitei-o, assustada.

Mitha emitiu um estalido com a garganta; eu não saberia dizer se ele estava ralhando ou se desculpando.

— Os Censores detectam qualquer transmissão não autorizada. Venha. Conversaremos depois que você dormir.

Com as pernas tremendo de cansaço, não tive como protestar. Ele me reconduziu à coelheira por uma rota diferente — que não passava pela sala de cirurgia —, mas quando chegamos ao seu ninho, ele estava cheio. Cerca de vinte quigutl se amontoavam ali.

— Há espaço — assegurou Mitha. — Acomode-se por cima deles.

Olhei os quigs adormecidos.

— Não ficarão alarmados ao me ver quando acordarem?

— *Talvech* — foi tudo o que Mitha disse antes de se afastar de novo.

Encontrei um pequeno espaço onde não tocaria em ninguém, mas era uma parte do chão coberta com aparas de madeira que feriam minha pele. Embora exausta, meus nervos continuavam vibrando. Pensei em ir para meu jardim negligenciado e enviar novamente uma mensagem por intermédio de Lars; contudo, a última aventura desse tipo tinha acabado com Viridius ferido. Com quem mais eu poderia entrar em contato? Quem, no momento, estaria livre? Fiquei deitada por muito tempo, sem ânimo.

O sono me cobriu como uma geleira.

☙❧

Pontas de dedos grudentos cutucavam meu rosto. Sentei-me de um golpe ao perceber o que eram; cinco ou seis quigs se afastaram de mim, alguns subindo pelas paredes e outros se dependurando no teto. Esfreguei os olhos com o polegar e o indicador. A única luz vinha do buraco que dava para o corredor. Eu não sabia que horas eram.

— Mitha pediu que a acordássemos — informou cautelosamente um dos que haviam subido para o teto.

— Estamos recolhendo thniks — disse outro. — Você deve nos ajudar.

— Por quanto tempo dormi? — perguntei, estirando-me de novo no chão.

— Por muito tempo! Hoje não é mais hoje. É amanhã. Aquele dragão porfiriano já está de pé, ajudando. — Todos emitiam aquele estalido com a boca que eu ouvira de Mitha; seria o riso quigutl?

Ofereceram-me uma refeição de ervas cruas da montanha e carne de iaque malcozida. Era terrível, mas pelo menos nada estava podre. Acompanhei um grupo de jovens por túneis de serviço tão baixos que eu não podia ficar de pé. Os quigs entravam nas tocas dos Censores e médicos, localizavam thniks e thnimis (aparelhos que transmitem também imagens) e enfiavam-nos na boca. Depois voltavam para o túnel e vomitavam tudo num carrinho que empurrei, passando a coelheira, até um local tão afastado e exíguo que eu mal conseguia me espremer para dentro dele. Ali, um quig descarregava todos os aparelhos e os guardava num depósito.

Obviamente, muitos aparelhos estavam nos pescoços e pulsos dos Censores e médicos. Depois de limparmos as tocas, Mitha usou o thnimi interlaboratorial para projetar sua cara nodosa e sua voz de taquara rachada em todos os cantos do Laboratório Quatro:

— Atenção, *Censorech*! Todos os equipamentos transmissores devem ser entregues para atualização. O procedimento é obrigatório pela Ordem Censorial 59506-9.

Os dragões cooperaram, perfilhando-se nos corredores maiores e depositando seus thniks num carrinho mecânico que Mitha estacionara perto dos laboratórios químicos. De um respiradouro aberto no teto, eu ouvia a tagarelice dragontina — quem mordera quem, por que Inna fora despedido, a estrutura molecular da nova neurotoxina, os iaques que já não engordavam como antes. Os thniks eram maiores do que os usados pelos saarantrai, braceletes de dragão que para os humanos seriam colares pesados demais e anéis que pareciam braceletes. Alguns dragões tinham seus thniks atados à cabeça por fios finíssimos, para poderem conversar com as garras livres.

Deitei-me de barriga para baixo sobre um tubo. Os quigutl me apertavam de ambos os lados, esfregando-se em meu corpo como gatos. Por fim me aborreci e gritei:

— Parem com isso!

— Não podemos — disse o que estava mais perto de meu rosto. — Se eles a farejarem, você estará morta e todo o trabalho duro de Eskar irá por água abaixo.

Era difícil imaginar que criaturas capazes de dizer tantas baboseiras pudessem me matar, mas quatro engenheiros quigutl foram queimados impiedosamente naquele dia, um por chegar perto demais de um Censor sem ser convidado, os outros por procurarem thniks escondidos nas tocas dos dragões. Fui com os filhos de Mitha vê-los na enfermaria quigutl quando nosso trabalho terminou. Era um espaço brilhantemente iluminado, com vários poços pequenos escavados no chão. Cada engenheiro ferido jazia num poço oval, mergulhado num líquido viscoso. Brisi auxiliava os enfermeiros quigs, retirando a gosma com uma concha e deixando-a cair sobre as cabeças queimadas e sensíveis. Os quigutl feridos pareciam até de bom humor, considerando-se que sua pele chamuscada e enegrecida estava se soltando do corpo.

— Não se preocupe, estão mergulhados em destúlcia — sussurrou um quig ao meu ouvido. — Sentem dor, mas não ligam mais para ela.

Fiquei remoendo essa explicação até Mitha chegar. Ele saudou cada um dos engenheiros e voltou-se para mim. Trouxera minha flauta da coelheira e passou-a para mim com um floreio das mãos dorsais.

— Achei que você poderia tocar uma música para nós — disse ele. Passou a mão pela protuberância do olho. — Eu a compus. Cantarei e você acompanhará.

— Gosto de quintas! — exclamou alguém. — Os comprimentos de onda são múltiplos inteiros!

— E eu gosto de trítonos! — gritou outro.

Mitha tossiu um pouco de cinzas no chão e entoou:

Ó dragões, tomem cuidado!
Tomem cuidado com a horda,
Com aqueles que nunca veem.
Construímos seus covis,
Consertamos, inventamos,
E tudo de graça.
Vocês queimam nossa pele,
Vocês quebram nossos ossos,
Vocês nos matam impunemente.
Mas agora já não estamos tão indefesos.
Nosso dia chegou. Somos livres.

Eu olhava, estupefata, não apenas porque ele compusera um poema bem escandido, mas também porque seu tom era tão absurdo que eu não fazia ideia de como começar a execução. Não podia tocar quintas, pois não conseguia perceber qual nota ele estava cantando. Aquilo não era bem uma nota e sim um ruído baixo, gutural, que depois se transformava num guincho sibilante emitido pelo nariz. Lembrei-me do canto fanhoso de Brasidas no mercado do porto.

Temi que o som invadisse os túneis, mas os quigs não estavam nada preocupados e eles, é claro, conheciam sua montanha melhor que eu. Decidi continuar acompanhando os guinchos de Mitha. Emiti alguns trinados experimentais. À minha volta, os quigs murmuravam, mas só pude concluir que eram murmúrios de aprovação quando eles começaram a cantarolar conosco.

Produzimos a mais terrível cacofonia que se possa imaginar, semelhante a miados de gatos ou ao estrondo das fornalhas do inferno. A música trouxe lágrimas aos meus olhos, não porque fosse pavorosamente dissonante, mas porque todos ali pareciam empolgados com ela. Tocavam-se com as mãos e as caudas — uma delas se enroscou em torno de meu calcanhar — enquanto entoavam as notas. Ao fechar os olhos, eu podia ouvir o que faziam, cordões de som se entretecendo e respondendo uns aos outros como videiras espiralando em volta de uma estaca. A estaca era a letra de Mitha, o único ponto de referência estável. Aquilo era arte — arte quigutl — e, de algum modo tortuoso, o que eu sempre perseguira e de que a Dama Okra uma vez zombara.

Eu havia encontrado meu povo — e ele nem era meu.

CR8O

Ficou tarde. Nenhum quigutl queria se arrastar de volta às coelheiras e sua etiqueta aparentemente lhes permitia dormir onde quisessem. Alguns se estiraram no chão, outros se empilharam por cima deles e todos se puseram a roncar. Aproximei-me de Brisi, que se sentara com os braços em volta dos joelhos.

— Como está? — perguntei-lhe em porfiriano.

Ela balançou devagar a cabeça.

— Meus pais diziam que eles eram como ratos. Sujos, espertos, desonestos e doentes. E eu estou... Bem, poderia dizer mais sobre o assunto, mas me sinto muito desconfortável aqui. Por que Eskar trabalharia com essa gente? Não por piedade. De piedade, ela não sabe nada.

Eu julgara que Eskar pudesse se sentir triste ou revoltada com o tratamento infligido pelos Censores a Jannoula, Orma ou os quigutl — mas não, Brisi estava certa. Eskar não sentia nada disso.

— A razão — disse eu lentamente, lembrando-me da explicação de Comonot enquanto falava — obedece à geometria. Viaja em linha reta, de modo que um desvio quase imperceptível no começo pode nos levar a um ponto final muito diferente. Acho que Eskar partiu do pressuposto de que todos os seres pensantes são iguais.

— Mesmo os que fedem? — perguntou Brisi, bocejando.

Conseguimos encontrar nosso espaço no chão. Ela logo dormiu, mas eu não conseguia deixar de pensar no "primeiro princípio" de Eskar. Os seres pensantes seriam mesmo iguais? Isso parecia mais uma crença que um fato, ainda que eu concordasse com a ideia. Se remontarmos à origem da lógica chegaremos inevitavelmente a um ponto ilógico, ou seja, a um artigo de fé? Até um fato indiscutível pode ser escolhido como ponto de partida para o raciocínio, desde que a mente confie em seu valor.

A certa altura desisti da luta e, de manhã, os quigs estavam todos em cima de mim. Acordei com uma cauda em meu rosto e alguém sob meu traseiro; Brisi, porém, fora deixada em paz. A desconfiança saar-quigutl era uma via de mão dupla.

Naquele dia, Eskar deveria regressar com Comonot e os exilados, de modo que os níveis quigutl do laboratório estavam em polvorosa por antecipação. Mitha ordenou que os quigs ocupassem seus postos; todos pareciam saber aonde ir. Levou Brisi e a mim com ele à Sala Eletrostática, conforme a chamava, onde haveria menos possibilidade de sermos pisoteadas quando a luta começasse.

— Muitos corredores ficarão às escuras — disse ele, amarrando em meu pulso uma lâmpada portátil que espalhava uma luz azulada fantasmagórica. — Vários geradores de reserva já foram desligados. Os que sobraram só acenderão as luzes, que mesmo assim logo se apagarão.

A Sala Eletrostática tinha um teto muito alto; Brisi e eu respiramos aliviadas por poder ficar de pé e estirar nossas costas doloridas. O lugar estava cheio de máquinas em movimento, tão barulhentas que Mitha precisou erguer-se nas patas traseiras e gritar ao meu ouvido:

— Este é o gerador que aciona as luzes e as máquinas! — Estudou meu rosto para saber se eu entendera. Não, não entendera. Continuou então: — Vocês, humanos, fazem tecidos finos e música, mas ai, não sabem nada de filosofia natural! Tudo é constituído de outras coisas, coisas pequenas, e fazemos com que algumas das menores trabalhem para nós dotando-as de magnetismo.

Mitha revirou um dos olhos (o que, eu começava a entender, era a maneira quigutl de piscar) e disse:

— Há mundos dentro de mundos, Seraphina.

Ordenou aos companheiros no fundo da sala que se afastassem do gerador. Em seguida, pegou Brisi e a mim pelo braço e nos arrastou dali. Os trabalhadores estavam ajustando uma grande lente para focalizar uma imagem das montanhas.

— O olho eletrônico — explicou Mitha, como se isso explicasse alguma coisa.

Um de seus camaradas apontou, na tela, uma pequena mancha acima das montanhas. Logo ela se repartiu em duas, que se transformaram em dois dragões. À medida que se aproximavam, o ângulo de enfoque mudava e os manteve visíveis mesmo depois de pousarem abaixo da linha dos olhos, numa borda que se projetava da encosta como um lábio rochoso.

Eu sabia quem eram, mas mesmo assim estremeci ao reconhecê-los: Eskar e o Ardmagar Comonot.

As folhas de uma porta enorme se abriram, deslizando silenciosamente para dentro da montanha. Um pequeno batalhão de quigutl saiu correndo e rodeou os dois.

— Farejadores — disse Mitha. — Para identificá-los com certeza.

Os quigs voltaram para dentro e logo cinco Censores surgiram, cercando Eskar e Comonot, que abaixaram a cabeça e se deixaram morder na nuca.

O mais corpulento dos Censores falou, sua voz soando cava no pequeno alto-falante da lente.

— Eskar, filha de Askann, agente emérita de primeira classe, e o ex-Ardmagar Comonot — gritou ele, andando em volta dos dois. — Uma dupla bem estranha para pousar à nossa porta. O que os traz aqui, agente emérita?

Eskar fez uma saudação ao céu.

— Tudo em ordem, agente. Fui chamada de volta ao serviço ativo pelo Censor Magister.

— Tem os documentos?

— A nomeação foi verbal. — Eskar estendeu uma asa na direção de Comonot. — Eu era a única em condições de capturar o ex-Ardmagar.

À minha volta os quigs, atentos, exultaram e murmuraram entre si o nome de Eskar.

— Como ela é deliciosamente esperta! — exclamou um.

Só Mitha baixou os espinhos da cabeça em sinal de discordância.

— Não esperta o bastante.

O agente-chefe gritou:

— Você parece não saber que temos um arquivo atualizado sobre você, emérita. Andou fazendo contato com os diferentes de Porfíria.

Eskar não se deu por achada e curvou o pescoço em sinal de desdém.

— Seus espiões desrespeitaram a lei entrando em Porfíria sem a permissão da Assembleia — acusou ela.

Os jovens quigutl, ao meu lado, abriam e fechavam a boca de entusiasmo. Mitha, com as narinas pulsando, deu tapas na cabeça dos mais exaltados.

O agente-chefe curvou também o pescoço.

— É igualmente contra a lei confraternizar com exilados. E, por "confraternizar", quero dizer...

— Ele sabia onde estava o ex-Ardmagar — interrompeu Eskar. Comonot, ainda estirado no chão, ergueu os olhos, curioso; aparentemente, as relações dela com meu tio não haviam sido explicadas ao general. — Mas, é claro, seus agentes capturaram Orma antes que ele pudesse me dizer. Vocês atrapalharam minha investigação. Eu poderia multá-los.

Os dois se fitaram sem pestanejar, pescoços arqueados e asas vibrando. A justaposição dessa postura e da conversa sobre multas me intrigou.

— Pediram-me para conduzir o ex-Ardmagar à instalação mais próxima dos Censores — continuou Eskar. — Disseram que nos esperavam e que vocês processariam meu prisioneiro imediatamente. Essas perguntas não se justificam.

— Sou seu superior. Tenho o direito de fazê-las. — A voz do Censor saiu quase como um resmungo; ele estava preparando algo para, no mínimo, dar uma canseira em Eskar. Os quigs, à minha volta, se agitavam ansiosamente. Mitha rosnou alguma coisa a fim de acalmá-los.

Sem tirar os olhos do agente, Eskar brincava com uma corrente em seu pulso, como se fosse um thnik.

— Avisei o Conselho — disse por fim.

— Ótimo. Eles enviarão um auditor, que confirmará meu direito.

— Não — rebateu Eskar, num tom quase doce para um dragão. — Eles enviarão um ard.

Justamente nesse momento, uma centena de dragões surgiu acima da encosta por trás de Eskar, voando em formação dupla, e um barulho tremendo ecoou dentro da montanha do Censor, como se a terra tivesse indigestão.

Era o nosso sinal. Mitha e seus camaradas enxamearam ao redor do gerador. Não despreguei o olho da cena, sabendo que ela logo desapareceria. Por um instante que pareceu se congelar no tempo, vi este quadro: os quatro subagentes correndo de volta para o laboratório; o chefe levando a mão ao pescoço onde seu thnik deveria estar, mas não estava mais; Comonot se erguendo, mandíbulas escancaradas para mordê-lo; e Eskar olhando diretamente para o olho eletrônico.

A imagem tremeu e as luzes se apagaram. Brisi se encolheu como uma criança.

As instruções de Eskar para Mitha eram que os quigs esperassem, só entrando em ação se a luta chegasse até eles. Mas, tão logo o gerador parou de funcionar, correram em peso para a porta, atrás de confusão.

— Gente demais para manter a disciplina — disse Mitha, que entretanto não parecia muito surpreso. — Seraphina, ocorreu-me uma coisa: se Orma esteve aqui e seus prontuários foram deliberadamente apagados, sem dúvida os Censores não se deram o trabalho de extirpar todos os médicos que se encarregaram dele. Um desses médicos deve saber para onde Orma foi transferido. Creio que estão todos procurando escapar à luta. Talvez consigamos pressionar um deles na sala de cirurgia. Quer tentar?

Eu não podia imaginar como um quigutl, uma humana e uma... Brisi conseguiriam pôr um dragão adulto contra a parede; mas, decerto, seria possível argumentar com os médicos e convencê-los a nos dar respostas. Era melhor do que ficar ali parados, sem fazer nada.

— Vá na frente, amigo — disse eu.

Mitha se atirou da sala para o corredor de serviço. Peguei Brisi pelo braço e arrastei-a comigo; ela tinha uma estranha expressão no rosto, como se ouvisse com dificuldade. Em torno de nós, gritos de dragões reverberavam pela rocha viva. Brisi tremia, não sei se de medo ou de excitação.

Mitha enveredou por um corredor lateral escuro, tão estreito que meus cotovelos raspavam nas paredes, e puxou uma alavanca para abrir uma pesada porta de pedra. Fomos instantaneamente empurrados para trás por uma onda de calor terrível, uma cascata de fogo diante de nós que nos cegava. Fiquei paralisada, incapaz de respirar, como se a chama do dragão houvesse consumido todo o oxigênio vital. Mitha me puxou, gritando:

— Caminho errado! Pensei que ainda não estivessem lutando neste corredor.

Mas eu não conseguia dar um passo. Atrás de mim, Brisi queria seguir na direção contrária, esquivando-se e contorcendo-se; para abrir passagem, acabou me espremendo fortemente contra a parede de rocha. Parou na soleira e tirou as roupas, deixando sua silhueta se desenhar nitidamente contra o clarão às suas costas. Tinha braços e pernas esqueléticos; mas agora parecia outra coisa. Alongou e desdobrou o corpo numa sombra comprida, ameaçadora — e, sem hesitar, lançou-se na briga.

Gritei, temendo por ela; mas Mitha já manobrava a alavanca para fechar a porta. Línguas de fogo se projetaram das frestas e logo se extinguiram, quando ela se fechou hermeticamente.

— Muito bem — disse Mitha com um leve tremor na voz, parecendo um pouco abalado. — Aqui é o lugar dela. Está tudo em ordem. Venha, há uma rota melhor.

Levou-me por túneis extremamente apertados; eu rastejava de bruços, apoiando-me nos cotovelos e procurando não pensar na possibilidade de ficar entalada. Por fim, emergimos de um alçapão para uma sala de operações, agora vazia, exceto pelas toscas mesas de metal e os equipamentos cirúrgicos, que lançavam sombras malévolas à luz da lâmpada em meu pulso. Uma grande mancha de sangue prateado cintilava no chão.

Um dragão urrava em outra sala adjacente. Mitha avançou, mas eu hesitei em me aproximar. Cruzei a soleira enorme e vi-me num recinto fortemente iluminado por todos os ângulos com lanternas de pulso dos quigutl. No centro estava um grande dragão de olhos ferozes. Prendia um quig nas mandíbulas e sacudia-o como um *terrier*, fazendo estalar o pescoço do pequeno lagarto. Dois quigutl mortos jaziam sobre uma comprida mesa de metal próxima, sangue prateado escorrendo por suas pernas penduradas e se congelando no chão de pedra.

Em volta do dragão, nas paredes e teto, sob os armários e o sinistro equipamento cirúrgico, dezenas de quigutl se espalhavam. O dragão atirou o cadáver para o alto e tentou agarrar outro, que correu a se esconder sob uma mesa.

— Doutor Fila! — gritou Mitha. Chegara ao meio da sala, brandindo um bisturi de dragão em cada uma de suas quatro mãos. Para um quig, aquelas lâminas eram como espadas.

O dragão médico se virou, sangue de quigutl escorrendo dos dentes.

— Lembra-se de quando emasculou meu irmão? — perguntou Mitha, agitando seus instrumentos cirúrgicos. — Lembra-se de quando removeu a laringe de minha mãe?

O médico cuspiu fogo. Mitha se esquivou e a chama atingiu a mesa de operação, mandando-a pelos ares. Recuei, horrorizada.

— Lembra-se dos elogios que recebeu pela máquina que meu tio construiu? — gritou outro quigutl atrás do dragão. — Lembra-se de que nem sabe que nós existimos até alguma coisa se quebrar ou você decidir quebrar um de nós?

Por todo o recinto, os quigs começaram a entoar a canção de Mitha, *Mas Agora Já Não Estamos Tão Indefesos...*

Mitha encenou uma dança sacolejante em volta da sala, desafiando as mandíbulas do doutor Fila. O médico dragão mantinha as asas recolhidas; não havia como abri-las sem enroscá-las em fios e instrumentos pendentes. Mitha saltou para uma mesa de metal; o doutor atacou, errou e mordeu a mesa. O barulho repercutiu por minha espinha, fazendo-me rilhar os dentes. Por um instante, o médico pareceu desorientado.

Os quigs atacaram todos de uma vez.

Moveram-se com tamanha velocidade que só vi riscas de luz, as lanternas de pulso desenhando o perigo no ar. Em segundos envolveram o doutor Fila com fios delgados, fortes e que mergulhavam na carne, amarrando suas mandíbulas para que ele não pudesse cuspir fogo e imobilizando seus membros.

Depois de atá-lo, não o insultaram nem feriram. Correram pela sala limpando manchas de sangue, endireitando equipamentos caídos e — o que achei mais absurdo ainda — providenciando consertos. Por fim, removeram os cadáveres de seus companheiros.

Aproximei-me cautelosamente. O movimento constante de suas lanternas tornava difícil navegar por entre os destroços de metal e vidro; a sala estava impregnada com o mau cheiro da respiração e do enxofre dos quigs. O dragão fixou seu olho negro e brilhante em mim. Jatos de fumaça escapavam de suas narinas.

Mitha, do meio de provetas e frascos quebrados, olhou para a boca do dragão e acenou para mim, mostrando uma bacia cheia de água. Passei-a para ele. Mitha derramou na água vidro derretido, que esfriou e se condensou num filamento comprido e transparente. Passou a ponta da língua esbraseada pelos lábios e disse:

— Devemos interrogar esse sujeito?

— Ele está em condições de responder? — perguntei, mais loquaz do que me sentia. Continuava trêmula. — Eles amarraram bem suas mandíbulas.

O dragão estava com a cabeça contra o piso. Mitha bateu em seu nariz com a bacia e subiu em cima de sua barriga, sentando-se entre os espinhos com um bisturi apontado para um dos olhos do doutor.

— Vamos desamarrar suas mandíbulas — explicou o quigutl. — E você responderá às perguntas de Seraphina direitinho. Se fizer algum movimento ameaçador, arranco-lhe o olho, entro no buraco e como seu cérebro. Minha companheira porá ovos aí dentro.

— Chega, Mitha — disse eu. Ele rosnou alguma coisa e um de seus companheiros começou a mexer nos fios que atavam a boca do doutor Fila, afrouxando-os a fim de permitir que o dragão proferisse palavras inteligíveis por entre os dentes cerrados.

— Seraphina — rouquejou ele —, sei seu nome. E tenho uma mensagem para você.

O medo congelou meu coração.

— De quem?

— De sua irmã meia-humana, o General Laedi — respondeu o doutor. — Mandamos seu tio para ela, no sul. Você precisa voltar a Goredd imediatamente. O general quer você lá.

— Vocês extirparam as lembranças dele antes de enviá-lo para o sul? — perguntei em voz baixa e assustada.

O doutor Fila bufou.

— Ele seria uma isca para você, se tivéssemos feito isso? É você que ela quer, Seraphina. Se sua irmã soubesse quanta coisa você fez para encontrá-lo, nunca teria ordenado que o trouxéssemos para cá. Preferiria mantê-lo ao seu lado desde o começo.

Mitha, por razões só dele conhecidas, golpeou de novo o doutor Fila com a bacia e o fez perder os sentidos.

Vinte e Sete

Em uma hora o laboratório se rendia a Comonot e seus exilados.

Eskar me explicou depois o que acontecera: os combatentes mais fortes, atacando os portões, atraíram o melhor da guarda dos Censores para a entrada principal; os mais fracos penetraram no túnel de escape e, emboscados, foram surpreendendo censores e cientistas um por um. Chegaram ao coração da montanha praticamente sem encontrar obstáculos, de sorte que os Censores não tiveram outra escolha a não ser admitir a derrota.

Bem, muitos decidiram que não tinham opção. Os Censores haviam sido contaminados pela nova ideologia que chegara aos ouvidos de Comonot e Eskar. Cinco deles lutaram até a morte e levaram três exilados consigo, além de ferir mais quatro. Outros, embora aparentemente perfilhassem aquela ideologia extremista e anti-humana, não se dispuseram a morrer por ela. Foram levados para celas subterrâneas, onde teriam muito tempo para reexaminar suas simpatias políticas.

Eu ainda estava com o doutor Fila quando dois exilados vieram capturá-lo. Segui-os por corredores escuros e sinuosos até um enorme átrio no centro da montanha. Ali, pelo menos, a luz se filtrava por várias janelas pequenas no teto, que de tão distantes pareciam casas de botão. Centenas de dragões andavam pelo átrio, cuidando uns dos outros ou fazendo o inventário dos suprimentos. O doutor Fila, ainda aparentemente se ressentindo do encontro com Mitha, ficou no outro lado do recinto, junto aos cientistas, técnicos e vários prisioneiros vindos das celas.

— Vocês foram convocados para ajudar seu Ardmagar — dizia-lhes o saar Lalo. — O mundo está mudando; vocês devem mudar também.

Os quigs restauraram a energia das lâmpadas do teto, para meu imenso alívio. Isso sem dúvida reduzia as chances de eu ser pisoteada naquela sala cheia de dragões atarantados.

Eu precisava encontrar Comonot. Orma fora mandado para Goredd; portanto, era para Goredd que eu devia ir. Talvez Comonot liberasse alguém para me conduzir até lá. Quando eu procurava por ele, deparei-me com Brisi e os quatro jovens porfirianos. Eles estavam de novo na forma saarantrai e comentavam com empolgação sua primeira batalha uns com os outros.

— Mordi um cientista bem na protuberância rostral — gabou-se um.

— Ah, isso não é nada — rebateu Brisi. — Eu chamusquei o orifício cloacal de um auditor.

Perguntei por Comonot em toda parte, mas só Ikat, que pacientemente ensinava os quigs a aplicar umas bandagens finíssimas, sabia para onde ele havia ido.

— Eskar levou-o pela passagem norte até os arquivos dos Censores.

Indicou um grande corredor ascendente, tão íngreme que era como escalar a própria montanha. Eu estava suada e sem fôlego quando cheguei a uma câmara de arquivos cavernosa e fiquei assustada com a aparência do Ardmagar — que vestia apenas sua humanidade e dançava em volta do centro do piso. Atrás dele, em sua forma natural, Eskar operava uma máquina de observação semelhante à que Mitha usara, mas na escala dos dragões. Dois outros dragões adultos espreitavam de um dos cantos: um espécime inacreditavelmente velho, os olhos cobertos de cataratas e umas verrugas esquisitas no focinho; e um jovem de espinhos agudos e brilhantes na cabeça. O primeiro se apoiava pesadamente no segundo, como um avozinho que o neto ajuda a caminhar.

Comonot avistou-me e deu um salto. Procurei não olhar, mas ele tinha o ventre inchado.

— Seraphina! — gritou o general e, por um momento de horror, pensei que ele ia me abraçar. — Conseguimos! O laboratório é nosso e logo todos os segredos dos Censores o serão também!

— Você está na forma de saarantras — adverti, olhando para as alturas do teto de pedra.

Ele riu para atrair minha atenção e eu o vi ondular como uma serpente.

— Queria sentir, sabe? O triunfo... Gostei deste. É inspirador.

— Preciso falar com você.

— Daqui a pouco — disse ele, levantando a mão. — Eskar está investigando algo. Ela afirmou uma coisa extraordinária, com base num fragmento de informação escondido numa pérola mental, e eu exijo provas igualmente extraordinárias.

Do outro lado da sala, Eskar agitou uma asa, corroborando as palavras de Comonot.

— E o que ela afirmou? — indaguei, suspeitando que já sabia a resposta.
— Que os Censores aprisionaram secretamente uma fêmea meio-dragão aqui e fizeram experiências com ela?

— Onde ouviu isso? — rosnou Comonot? Eskar arqueou seu pescoço eriçado de espinhos e olhou para mim.

Observei os dois dragões no canto. Não queria falar sobre o assunto diante de desconhecidos.

— Segundo os quigutl, esse foi o motivo da saída de Eskar, embora ela própria não o tenha mencionado.

A terceira pálpebra de Eskar vibrou, em sinal de confusão.

— Não pensei que fosse importante.

— Então ela planejou esse subterfúgio durante anos! — admirou-se Comonot. — Abandonou os Censores devido a uma objeção moral longamente ponderada. — Esqueci-me de que não devia olhar para ele, que ficou piscando sem parar. — Ah, vocês humanos preferem a *empatia* e a *misericórdia*, mas isso é como adivinhar a resposta de uma equação: é preciso ir de novo ao começo e trabalhar o problema para ter certeza de que ela está certa. Nós podemos chegar a conclusões genuinamente morais seguindo nossos próprios métodos.

De seu canto, o velho dragão tossiu, expeliu uma enorme quantidade de catarro e cuspiu-a no chão, onde ela ficou queimando lentamente. Respirando com dificuldade, falou:

— Vocês encontrarão os registros em Experimento 723-a... Mas eu os encontrarei mais rápido... se me deixarem usar minha própria máquina...

— Para apagar todo o resto? — zombou Eskar. — Nada disso.

— Manutenção de rotina — explicou o velho arquivista, chiando como um cachimbo rachado. — Tudo o que apago fica armazenado em minha mente. E nunca esqueço.

Eskar solicitou o arquivo certo no leitor e examinou-o impacientemente, emitindo volutas de fumaça de suas narinas chamejantes.

— Sim, é isto! — gritou por fim. — Sobrinha do General Palonn, filha de sua irmã Abind, falecida. A criatura ficou trancafiada por vinte e sete anos e foi usada como objeto de pesquisa.

Comonot estava agora quieto, de braços cruzados.

— E por esse ato, sem dúvida questionável, você acha que devemos acabar de vez com os Censores?

— Ela era inteligente e a inteligência tem seu valor — disse Eskar. — É o mesmo princípio que você aplicou à humanidade. Um princípio sólido, Ardmagar, mas que precisa ser ampliado e não reduzido.

— Princípio ridículo — disse uma voz desconhecida. Todos nos viramos para olhar o jovem que amparava o idoso arquivista. Ele riu. — Outras criaturas talvez sejam inteligentes, mas só os dragões são verdadeiramente lógicos. A lógica é pura e incorruptível. Convivendo com a inteligência de não dragões, os dragões podem se corromper até não ser mais dragões. A união com humanos nos degrada; devemos expelir a corrupção de nós.

Essas palavras me fizeram estremecer. Olhei para Comonot, como se Comonot partilhasse meu sentimento, mas ele fitava intensamente o jovem, parecendo muito interessado.

— É isso — disse por fim, balançando a cabeça com firmeza. — Trata-se da nova lógica: a seu ver, não sou um dragão e valeria a pena perder sua vida para dar cabo da minha. Agora a entendi bem; mas de onde ela veio?

— *Daquilo* — grunhiu o velho arquivista, babando pelos cantos da boca. — Experimento 723-a. Considera esse experimento inteligente, Eskar? Era inteligente pela metade.

Eu já não podia ficar calada.

— O nome dela é Jannoula. Ajudou-os na estratégia. Lembra-se de que me falou sobre o General Laedi, Comonot? Pois é ela.

— Aconselham-se com um meio-dragão quando há dragões inteiros que eles não consideram dragões? — resmungou o Ardmagar, franzindo as grossas sobrancelhas.

— Laedi é útil por enquanto — berrou o jovem assistente do arquivista. — Não pensem que a deixaremos viver depois de terminada a guerra civil.

— Ela tem talento para a persuasão — confidenciei a Comonot. — Está nas Terras do Sul agora, ajudando o Velho Ard a alcançar seus objetivos. Fez com que mandassem Orma de volta a Goredd.

— Os Censores a torturaram! — gritou Eskar, afastando as garras dos controles. — Fabricaram um monstro!

— Um monstro que nos obedece — escarneceu o jovem.

Eskar lançou-lhe de cima um olhar ameaçador.

— É o que você acha.

Eskar podia estar desafiando-o, mas levantara um ponto crucial. Não era óbvio que o Velho Ard pudesse confiar em Jannoula. Ela odiava dragões; ficara transtornada ao saber que Orma e eu éramos amigos e sempre falava deles com desdém. Conseguira sem dúvida achar um meio de sair da prisão; o Velho Ard supunha que a estava usando e ela o deixava pensar assim.

Eskar conseguira provocar o jovem, de cujas narinas escapavam nuvens de fumaça. Tremia todo na ânsia de agredi-la, mas era incapaz de dar o bote porque estava amparando o trôpego arquivista.

— Você é uma mancha na pureza dos dragões, Eskar. Sabemos tudo a seu respeito, que você viveu com um diferente em Porfíria e o amava, que tem uma simpatia sórdida pelos quigs. Vamos cauterizar esse câncer até o derradeiro alento. Pouco importa que morramos quase todos; dois dragões serão suficientes para reconduzir a raça à sua antiga...

Interrompeu-se com um grito agudo. O velho arquivista, rápido como uma cobra, cravara os dentes afiados na nuca do jovem, bem junto à cabeça. As mandíbulas da vítima se abriam e fechavam convulsivamente, e seus olhos reviravam. O arquivista continuou até o jovem dragão perder a consciência; quando o soltou, a cabeça da vítima caiu pesadamente ao chão, deu um salto e se imobilizou numa posição grotesca.

— Eu devia tê-lo mordido antes — guinchou o velho dragão —, mas tenho problemas com os olhos e havia só uma chance de pegar o nervo certo. — Aproximou-se mais do jovem inconsciente e debruçou-se sobre ele; sem apoio, cambaleava de um modo aflitivo.

O Ardmagar saudou o céu.

— Tudo em ordem. Devo então concluir que você não adota a nova filosofia?

— Sou velho demais para filosofias — resmungou o arquivista. — E a meia-humana não precisou trabalhar muito. Tudo o que fez foi colocar um espelho diante de nossos preconceitos e dizer: "Vejam como vocês já são ótimos!"

Aqueles generais descontentes tramaram contra você por décadas, Ardmagar. E não iriam além de intrigas e espionagens se a meia-humana não os impelisse à ação. Seu tio, o General Palonn, aparecia uma vez por ano, mas o Experimento 723-a não exigia muito tempo. "Comonot é impuro, tio. Mas você pode dar logo um jeito nisso. Se tivesse um espião em Goredd, ele acabaria de uma vez por todas com esse tratado idiota."

— Ela sabia sobre Imlann? — deixei escapar, assustada à ideia de que o ataque de meu avô contra Comonot e a rainha, em meados do último inverno, fora devido à influência de Jannoula.

O velho dragão exibiu desdenhosamente seus caninos.

— Pelo nome, não. Mas a meia-humana era hábil em adivinhações. Intuiu que os generais deviam ter um espião. Só eu achei suas intuições perigosas; ninguém mais levava aquela criatura a sério.

O arquivista tossiu, fazendo um som semelhante a pedras se entrechocando.

— Assim, sujamos nosso próprio ninho. Só eu sou velho e previdente o bastante para perceber como as partes compõem o todo, para ler as palavras gravadas nesta encosta. Nós, Censores, promovemos uma amnésia para a espécie toda a fim de proteger e preservar os dragões, mas isso nos torna vulneráveis a bajuladores, além de bloquear o pensamento lateral. Devo ser o último dragão vivo a se lembrar do Grande Equívoco; os que me ignoraram e pouparam a meia-humana estão fazendo o possível para repeti-lo.

Eskar, que ouvira com interesse, baixou a cabeça, submissa.

— Professor, que Grande Equívoco foi esse que mencionou? Minhas lembranças da época que passei aqui foram extirpadas.

— Você não se lembraria de qualquer maneira, pois ninguém lhe disse nada a respeito. Só digo isso agora porque, obviamente, o Ardmagar pretende dissolver os Censores. — O arquivista piscou os olhos remelentos, evitando o olhar de Comonot. — Há cerca de setecentos anos, a geração de meu avô realizou uma experiência secreta. Capturaram mulheres humanas e se acasalaram com elas para ver o que acontecia.

Perdi o fôlego. Era a experiência que intrigava Orma há muito tempo. Não bastasse isso, ocorrera mais ou menos na Idade dos Santos. Seria então mais uma prova da teoria de Orma segundo a qual os Santos eram meios-dragões?

— Q-quantos meios-dragões eles geraram? — perguntei, minha voz soando fina e minúscula no amplo recinto.

— Quatrocentos e vinte e um *meios-humanos*! — bradou o arquivista, corrigindo secamente minha terminologia. Conhecia, é claro, o número exato; era um dragão. Mas eu, ai de mim, ignorava quantos Santos do Sul existiam! Um para cada dia do ano, pelo menos.

Esse fora meu ponto de divergência com a tese do tio Orma; cruzamentos em tamanha escala me pareciam impensáveis. Se os Santos foram objeto de um experimento dragontino deliberado, sua existência agora fazia muito mais sentido.

— Só o Ardmagar Tomba e seus generais do alto escalão sabiam sobre isso — continuou o velho arquivista. — Os meios-humanos tinham talentos que os dragões nunca haviam tido. Eram para ser uma raça de armas vivas destinada a varrer a humanidade das Terras do Sul de uma vez por todas.

Tomba e os outros se esqueceram de que os meios-humanos poderiam tomar o partido dos humanos — ofegou o arquivista, sacudindo as asas para afastar o entorpecimento. — Eles se voltaram contra nós, inventaram a arte marcial para nos combater. A guerra contra os humanos nunca mais foi a mesma.

Essa arte marcial era a dracomaquia. Agora eu não tinha dúvida: Orma estava certo.

O arquivista tossiu e escarrou de novo no chão.

— Meu avô gerou três meios-humanos e ajudou a fundar a instituição dos Censores depois de nossa derrota ignominiosa. Não devia haver mais cruzamentos. Nós, Censores, teríamos de garantir que o Grande Equívoco não se repetisse.

— Suprimindo toda lembrança dele? — gritei.

— E policiando as inclinações não dragontinas que poderiam dar vida a gente como você. Sem dúvida, falhamos em nossa missão — rosnou ele, piscando os olhos leitosos como se isso o ajudasse a enxergar melhor. — Farejo o que você é, sua *coisa*! Você também deveria ser erradicada. Eu a mataria aqui mesmo se não fosse por Comonot e esta fêmea apavorante.

— Recrimina meu tratado? — sondou Comonot, em tom prudente.

O arquivista agitou de novo suas asas ressequidas num gesto de indiferença.

— Se nossa tarefa fosse manter o mundo em equilíbrio, saberíamos logo de início que ela fracassaria. Acho que nosso ideal era igualmente fútil. Algumas coisas só são vistas depois de acontecer.

Recomeçou a tossir e parecia que não ia parar nunca.

Eskar correu para o arquivista, virou-o de lado e subiu em cima dele.

— Ela vai tentar desimpedir as vias aéreas do velho forçando seu diafragma a se contrair — disse Comonot junto de mim. — Não se assuste. É um método muito eficiente.

Puxei-o para longe daquela cena de violência.

— Comonot, preciso voltar para casa. Soube que Jannoula, isto é, o General Laedi, Experimento 723-a, logo estará indo para Goredd. Pode avisar a Rainha? Não consigo me comunicar com ela porque os quigs levaram meu thnik.

— É claro — respondeu Comonot, ainda de olho em Eskar. — Contarei à Rainha Glisselda sobre Jannoula e que você está a caminho.

— Liberará Eskar para me conduzir?

Comonot recuou, projetando um queixo triplo e franzindo o cenho.

— Absolutamente não. Preciso de Eskar aqui. Temos mais dois laboratórios para invadir no caminho de Kerama. Os jovens a levarão.

Resignei-me. Não podia fazer outra coisa. Pelo menos, iria para casa.

Os olhos de Comonot se fixaram em Eskar de novo. Ela continuava pulando sobre o arquivista, embora ele já houvesse cuspido um pedaço de pele de iaque e um seixo.

— Você acha — disse Comonot em tom confidencial — que Eskar consentiria em se acasalar?

Engasguei. O Ardmagar bateu-me nas costas.

— Sei a respeito de seu tio — prosseguiu ele. — Isso me deu uma ideia. Eskar simboliza o que desejo para o nosso povo: o reexame de pressupostos, a flexibilidade necessária para considerar opções não ortodoxas.

— Ela escolheu Orma — disse eu em tom gutural, ainda tossindo.

— Nada a impede de me escolher também. — O velho saarantras lançou-me um olhar furtivo de esguelha. — Às vezes, nossa razão nos induz aos mesmos sentimentos e empatia que constituem a moralidade de vocês; outras, não. Acho isso... — Sua boca formava palavras incompletas, esperando que a mente as concatenasse. — Divertido? — sugeriu finalmente.

Eu não sabia; mas estava voltando para casa e isso sim, era mais que divertido para mim.

☙❧

Voltei ao pátio, onde os ex-exilados haviam feito uma enorme fogueira e, como autênticos porfirianos, preparavam uma festa comemorativa. Cozinhar não era de modo algum uma arte dragontina; os dragões fendiam sobre a presa, sôfregos e sedentos de sangue como bons predadores que eram. Os exilados ainda gostavam de abocanhar cervos pela garganta e sacudi-los até quebrar seu pescoço; eu vira isso várias vezes durante nossa jornada. O que lhes desagradava não era o cru e sim o insípido.

Uma das coisas que Porfíria concordara em fornecer, e que os exilados carregaram sem reclamar, foram sacos de pimenta, cardamomo e gengibre. Agora, usavam esses temperos para refinar seus iaques assados.

Comonot chegou justamente quando tudo estava pronto. Festejamos até altas horas. Dormi ao lado de Eskar, que já sabia de minha próxima viagem.

— Você deveria ter me consultado antes — murmurou ela numa repreensão sulfúrica. — Eu poderia ter persuadido Comonot a me deixar conduzi-la.

Ela não disse, mas creio que ficaria em Goredd até encontrar Orma. Comonot, sem dúvida, não teria chance alguma com Eskar.

Eu estava impaciente para partir, mas a metade de outro dia passou antes que os jovens porfirianos estivessem prontos.

— Tivemos de fazer preparativos — explicou Brisi em sua forma de saarantras. Pegou minha mão e me conduziu a uma pequena câmara longe do pátio principal.

Quase perdi o fôlego de espanto. Os jovens haviam tecido um cesto com madeira e fios.

— Gosta? — perguntou Brisi, saltitando nas pontas dos pés. — Você parecia muito desconfortável quando Eskar a carregava. Agora pode ir sentadinha. Isto aí é uma liteira aérea.

Ajudei-os a levar o cesto para o pátio, onde eles se juntaram numa confusão de asas estendidas. Em volta, os quigs correram a destravar e abrir uma porta mecânica no teto. Por ela, entrou de repente um feixe brilhante de luz lunar; eu perdera, ali dentro, a noção do dia e da noite. Segurando o cesto com suas garras dianteiras, Brisi me transportou ao alto da montanha e se abismou no céu aberto. Os outros quatro voavam em círculos à nossa volta.

Embora a liteira fosse engenhosa, Brisi estava longe de ser a voadora forte e segura que era Eskar. Eu sentia cada bater de asas como uma queda aterradora, seguida por uma ascensão de revirar o estômago. Já estava com enjoo quando sobrevoamos uma geleira. Brisi olhou com interesse e gritou:

— Daqui a mil anos ela ainda estará aqui, congelada. A menos que um quig a devore.

Voamos até a aurora, escondemo-nos e descansamos; no final da tarde, partimos de novo. Os dias iam passando nesse ritmo. Os jovens me carregavam por turnos, mas nenhum deles tinha asas tão grandes quanto Eskar. Meu estômago por fim se acostumou; o problema era que, desacostumada da solidez do chão, eu virava e revirava sobre ele quando era hora de dormir.

Os jovens, para minha surpresa, pareciam ter uma ideia bem clara de como chegar a Goredd. Consultei Brisi sobre isso uma manhã, quando paramos para descansar.

— Lembranças maternas — disse ela. — Eu sempre as tive, mas elas não se acomodavam direito dentro de minha cabeça, Agora fazem sentido pela primeira vez, por causa do contexto.

Deixamos para trás acampamentos e planícies geladas, cheias de dragões do Velho Ard. Meu grupo teve o cuidado de não voar muito baixo e manteve sempre um olho aberto para detectar patrulhas. Era mais fácil escapar à vigilância de outros dragões do que eu imaginara. Um certo instinto (ou talvez as lembranças maternas) levava meus companheiros a tirar partido da paisagem, deslizando por fundos de vales ou mergulhando em ravinas. Muitas vezes, usavam as nuvens baixas, um oceano branco derramado sobre as cristas das montanhas, para se ocultar. Frequentemente, os jovens pousavam e se mantinham quietos, disfarçados de rochas ou neve (depois de esconder a mim e ao meu cesto na planura coberta de arbustos ou sob uma geleira).

Na sexta noite, porém, cruzamos uma cordilheira e vimo-nos acima de um "vale de abutres" — uma fossa de dragões. Um enorme dragão macho e adulto estava descansando no chão, escondido pela encosta; avistou-nos e decolou para nos interceptar, gritando:

— Desçam e se identifiquem!

Os jovens tinham ordens rigorosas para atender a essas intimações. Por instrução de Comonot, deveriam pousar no pico nevado mais próximo e explicar que eu era outra criatura diferente perigosa (como Orma, supus) a ser entregue ao General Laedi.

Mas meu grupo pensava de maneira diferente. Brisi mergulhou de ponta em direção a um pico em forma de faca; seu movimento súbito despertou o instinto predador do velho macho, que se atirou em seu encalço. Um vento gelado crestava meu rosto; eu não conseguia ar suficiente para encher os pulmões. A terra girava e se inclinava, dando-me ânsias de vômito, quando Brisi batia as asas. Minha visão se embaralhava; meus ouvidos zumbiam; minha cabeça saltava para trás dolorosamente.

Ela deu a volta e avançou em direção a seus companheiros. Meus olhos clarearam e percebi que os outros haviam estendido uma rede de correntes entre dois deles. Lançaram-se contra o velho saar que, atento a Brisi, não conseguiu se esquivar a tempo. Garras e chifres se enroscaram, o inimigo coleava e se debatia, conseguindo por fim se apossar da rede. Eles gritaram, apavorados, mas a rede fez seu trabalho. O dragão estava preso demais para poder voar. Despencou do céu e bateu contra um pico rochoso agudo, estatelando-se num ângulo horrível. Morreu instantaneamente, com o pescoço quebrado.

Os jovens revoavam em torno dele como abelhas assustadas. Só haviam planejado imobilizá-lo para escapar, mas agora estava feito. Após uma discussão nervosa, levaram seu corpo acorrentado para uma ravina menos visível, onde chamas não seriam um farol para nossos inimigos, e cremaram-no segundo o rito fúnebre dos porfirianos. Brisi proferiu umas palavras que a princípio não entendi, até perceber que eram de sua língua nativa em voz de dragão, um porfiriano grosseiro. Compreendi o bastante para discernir uma prece a seus deuses, Lakhis e Chakhon.

Proporcionar ao dragão um funeral condigno foi, para os jovens, a coisa certa a fazer. Isso me impressionou. Comonot relutara em entregar aparelhos quigutl aos porfirianos, mas não conseguira prever as inovações porfirianas que os exilados trariam consigo: direito de voto, cozinha e ritos fúnebres. O mundo realmente estava mudando.

Estava quase amanhecendo, por isso tivemos de procurar um esconderijo diferente para dormir. Enquanto tentava encontrar uma posição confortável no chão pedregoso, eu disse aos jovens:

— Foi espertreza de sua parte trazer uma rede de correntes e saber como usá-la. Ninguém ignora que os dragões trabalham mal em equipe, mas vocês fizeram com que tudo parecesse natural.

Brisi examinou suas garras, um gesto simples que qualquer garota humana poderia ter feito, mas que parecia bizarro num dragão.

— Aprendemos a usar redes com os pescadores de nossa terra.

Em torno de nós, os outros murmuraram docemente:

— Porfíria! — E essa palavra soou como outra prece.

☙❧

Três noites depois, Brisi apontou para o estreito rio Acata, que segundo Comonot traçava a fronteira do território mantido pelos Legalistas. Não demorou uma hora e fomos descobertos; os Legalistas, esperando nossa chegada, haviam mandado um pequeno esquadrão — de treze dragões — para nos vigiar. Os jovens gritaram a senha de Comonot, mas os Legalistas ainda assim cutucaram-nos nas asas e caudas, arrebanhando-nos para o sul até um vale lamacento acima da linha das árvores, onde seu ard se encontrava.

O General Zira era uma velha de olhar sagaz, pequena mas de ar imponente. Alguma coisa naquele olhar lembrou aos jovens suas próprias mães e eles se curvaram submissamente.

— Recebi notícias do Ardmagar! — disse ela. — Seraphina deve ser transportada para Lavondaville; um de meus ards a levará. — Os dragões porfirianos começaram a protestar, mas Zira gritou-lhes: — Os jovens ficarão aqui. O Ardmagar espera que eu faça de vocês lutadores decentes e disciplinados.

— Já somos guerreiros! — protestou Brisi, apoiando-se em meu cesto. — O Ardmagar nos deu esta missão. Completá-la é, sem duvida, ter disciplina.

Zira, sem se impressionar com esse argumento, propôs um acordo: Brisi completaria a jornada com um guia experiente, enquanto seus camaradas permaneceriam com os Legalistas.

Dormimos aquele dia e partimos quando começou a escurecer. Lavondaville estava a uma noite de voo sem escalas, ao sul. Brisi resmungava o tempo todo que não era tão difícil encontrá-la e que não precisava de ajuda. Nosso guia, um macho espinhento chamado Fasha, voltara há pouco à frente de combate vindo da guarnição urbana de Lavondaville; voava conservando um silêncio estoico. Ultrapassamos o Posto Avançado de Dewcomb, a instalação de Goredd mais setentrional, e planamos sobre as colinas ondulantes do Bosque da Rainha. Então, justamente quando o sol afundava seu nariz brilhante nos extremos do Oeste, avistei minha cidade. A muralha ostentava novos acréscimos — catapultas, balistas e outros engenhos da invenção de Lars —, mas eu conhecia as silhuetas dos tetos, conhecia o castelo e a torre da catedral. Era o meu lar, por mais longe que eu fosse. Quase sufoquei de emoção ao revê-lo.

— Posso deixá-la nesta clareira? — gritou Brisi, sobrevoando uma área com poucas árvores na orla sul do Bosque da Rainha. Propunha me largar no pântano. Eu estaria molhada e enlameada quando voltasse para casa.

— Aqui, não! — berrei. — No Castelo de Orison.

O saar Fasha ouviu nossa conversa e guinchou:

— Dragões não podem pousar no castelo.

Honestamente, aquela me parecia uma regra muito sensata e me perguntei o que acontecera para torná-la necessária. Fasha nos deixou no lado oeste da cidade, diante do rio Gaivotas, e ao sul de um acampamento militar na planície.

A princípio, eu não soube dizer de que exército se tratava, mas logo vi a bandeira verde e violeta de Goredd tremulando em cima de uma das tendas maiores. Eram decerto os nossos cavaleiros, os que haviam escapado do Forte Ultramarino com Sir Maurizio.

As sentinelas, que jogavam cartas e contemplavam o crepúsculo, gritaram à nossa aproximação e se puseram numa atitude mais defensiva, empunhando as armas. Um sujeito magrinho — Sir Maurizio em pessoa — saiu de uma das tendas grandes vestindo apenas as calças, piscando e ajeitando a basta cabeleira. Ao se aproximar, me reconheceu e acenou entusiasticamente, enquanto enfiava uma camisa pela cabeça.

Pousamos numa plantação de beterrabas próxima. Brisi calculou mal a maciez do terreno e teve de bater desesperadamente as asas como um beija-flor para impedir que minha liteira se esborrachasse na terra. Sir Maurizio lutou contra a força do vento quente contrário, mas logo estava ao meu lado, ajudando-me a descer do cesto.

Afastou-me das asas que continuavam batendo e, voltando-se, saudou os dois dragões, gritando:

— Obrigado, saar Fasha e saar Outro Dragão Que Não Conheço!

— Colibris! — replicou Brisi, arqueando orgulhosamente o pescoço. — Um dragão porfiriano. Veja, não sou tão inútil quanto você pensava!

Esse último comentário era dirigido ao saar Fasha, pensei. Ele decolou imediatamente, sem uma palavra; Brisi teve de se esforçar para segui-lo. Uma vez nas alturas, descreveu círculos impertinentes em torno da cabeça dele, como um corvo estorvando uma águia, e não pude deixar de rir. Ela encontraria seu próprio rumo.

Por todo o acampamento, dracomaquistas haviam saído de suas tendas em atitude belicosa, como se sempre dormissem de armas em punho; mas então se descontraíram e foram atrás do café da manhã. Sir Maurizio levou-me a uma das tendas do comando, identificável por suas listas e pelo fato de um adulto poder ficar de pé dentro dela. Um jovem saía apressado, ainda abotoando o gibão escarlate, e quase esbarrou em nós.

Era o Príncipe Lucian Kiggs.

— Seraphina! — bradou ele, pegando minhas mãos impulsivamente e soltando-as quase com a mesma rapidez. Conservava a barba, para meu absurdo deleite.

— Ela caiu do céu como um cometa — brincou Sir Maurizio, com ar travesso. — Sir Cuthberte está decente? Seu corpo, quero dizer. Porque quanto à sua mente, nunca se sabe.

— Estas paredes são muito finas, amigo — rosnou uma voz apenas ligeiramente abafada pela lona. — E é claro que estou vestido decentemente. Já estava muito antes de vocês, seus preguiçosos.

— Bom dia, Príncipe Lucian — cumprimentei, num tom rouco pelo cansaço e pelo desuso. — Preciso falar com a Rainha imediatamente. Depois, gostaria de dormir. Tenho sido notívaga nos últimos dias; e já passei da hora de ir para a cama.

Todos os sorrisos, à minha volta, se desvaneceram; Kiggs e Maurizio trocaram um olhar que não pude compreender. De repente, senti-me intrigada pelo fato de Kiggs estar acampado com os cavaleiros.

— O que foi? — perguntei em voz baixa. — O que aconteceu?

Kiggs franziu a boca como se ele estivesse sentindo um gosto amargo.

— Não posso levá-la à Rainha. Ela me proibiu de pôr os pés na cidade.

— Como?! — exclamei. — Não entendi.

Kiggs sacudiu a cabeça, furioso demais para falar.

Maurizio se adiantou:

— Chegamos há duas semanas; Jannoula chegou três dias antes de nós.

Inspirei com dificuldade, meu coração se afundando como uma pedra.

— Cães dos Santos!

— Os guardas dos portões tinham ordem de prendê-la logo que a vissem, mas ela os persuadiu a não fazer isso. Pelo menos, foi o que ouvi — disse Sir Maurizio. — Lars de Apsig, que supervisionava construções nas muralhas da cidade, supostamente introduziu Jannoula no palácio.

— Ela se insinuou em minha casa — disse Kiggs, com a angústia estampada nos olhos —, e, sem dúvida, influenciou Selda...

— Isso ainda não sabemos — ponderou Maurizio.

— O pior de tudo — disse um homem majestoso, de longos bigodes brancos caídos, saindo da tenda atrás de Kiggs — é que Jannoula se proclamou Santa e, em vez de expulsá-la, a cidade parece estar encantada com ela.

Sir Cuthberte me lançou um olhar abatido, continuando a segurar a aba da tenda.

— Entrem. Seraphina ainda não nos contou todas as novidades. Acho que o melhor é nos sentarmos.

Vinte e Oito

Sir Cuthberte Pettybone se arrastou para dentro da escura tenda de comando e se sentou cautelosamente numa cadeira dobrável de três pés. Sir Maurizio nos indicou lugares no chão ao lado de um grande mapa estendido no solo e coberto por minúsculas estatuetas. O sol matinal brilhava através de pequenos orifícios no teto de lona.

— Príncipe e Seraphina, vocês perdoarão que um homem velho ocupe a única cadeira disponível aqui — disse Sir Cuthberte, esfregando os joelhos como se eles estivessem doendo. Afora os longos bigodes brancos, os únicos cabelos que lhe restavam cresciam em tufos atrás das orelhas como ninhos de aves. — Isso é muito pouco cortês, mas não sou mais o homem ágil de antes.

— Mentiroso! — zombou Sir Maurizio. — Sabemos que está poupando as forças para os dragões, a quem matará cavalheirescamente.

Sir Cuthberte riu, tossindo ao mesmo tempo.

Meus olhos se acomodaram à penumbra e percebi que os marcadores no mapa não eram estatuetas e sim pedras, torrões e um punhado de favas. O mapa tinha sido traçado a carvão num lençol.

— O Velho Ard são pedras. Nosso lado (os goreddi e os Legalistas, mais os ninysh caso venham mesmo) são torrões, o que julgo muito a propósito — explicou Maurizio, notando a direção de meu olhar. — As favas são os samsaneses. Nossas patrulhas relataram que eles estão vindo de sul-sudoeste e que é bom vê-los quando estão em apuros.

Sir Cuthberte mal conseguia disfarçar um sorriso sob os bigodes.

— Perdoe nosso escudeiro, Seraphina. Sabe que estorvo dedicado ele é.

— *Sir* Estorvo Dedicado a partir de agora — replicou Maurizio, fingindo-se ofendido.

— Os samsaneses parecem perto — observei. — Quanto tempo demorarão para chegar aqui?

— Uma semana — respondeu Maurizio.

— E quanto até os Legalistas simularem sua marcha para o sul? — perguntei. O mapa, apesar de rabiscado às pressas e coberto de torrões, fez aquela campanha simulada parecer subitamente real.

— A estimativa atual do General Zira, baseada nos relatórios dos progressos de Comonot, é de três semanas — disse Sir Maurizio. — Ele acaba de tomar o Laboratório Seis, se é que isso significa alguma coisa para alguém, e deseja fazer contato com mais enclaves legalistas antes de entrar na capital.

Olhei para Maurizio.

— Então, poderemos entrar em choque com os samsaneses antes que o Velho Ard chegue aqui?

— Sim — respondeu ele. — Não temos muita certeza do que o Regente pensa estar fazendo.

— Quando os samsaneses tomaram o Forte Ultramarino — atalhou Sir Cuthberte em tom sério —, eu disse a mim mesmo que Josef devia estar louco de vontade de combater dragões. Mas ignorava como ele conseguiria persuadir os dracomaquistas ninysh e goreddi a cooperar com ele. — De dentro do capote, tirou uma corrente de prata com um thnik na forma de cabeça de dragão. — Vocês se lembram de Sir Karal, meu camarada?

— Claro — respondi. Karal estava preso com Cuthberte quando os entrevistei sobre um dragão velhaco. Era mais carrancudo que Cuthberte.

— Então se lembram também de como ele era um cético teimoso. Jamais concordaria com a perfídia samsanesa. — Agitou o thnik. — Posso me comunicar com ele por meio disto. Dias antes de nossa fuga, esteve ruminando e planejando uma maneira de libertar a todos da tirania samsanesa. Mas algo aconteceu.

Tive a horrível sensação de saber do que se tratava.

— Os cavaleiros e dracomaquistas foram visitados por uma "Santa viva" — relatou Cuthberte amargamente. — Sir Karal me disse (muito alegre!) que vira a luz do Céu nela e que fora uma sorte ele não ter fugido com o resto de nós, pois assim teria falhado em seu mais importante objetivo.

— E que objetivo mais importante é esse? — perguntei, temendo a resposta.

— Matar dragões — esclareceu Sir Cuthberte, os olhos fuzilando sob as sobrancelhas como os de uma coruja enorme. — Todos os dragões. Mesmo os aliados de Goredd.

Tentei entender. Se Jannoula era o General Laedi e trabalhava para o Velho Ard, por que iria reunir um exército de samsaneses contra os dragões? Pensaria que eles matariam mais Legalistas que os dragões do Velho Ard ou combateriam Goredd também, enfraquecendo-nos? Lembrei-me das vitórias do Velho Ard que ela planejara, quando haviam morrido tantos dragões de ambos os lados que *vitória* não seria a palavra certa para o acontecido. Na opinião dela essas perdas valiam a pena?

Para o Velho Ard, com sua nova lógica, pareciam valer. Senti como se tivesse todas as peças diante de mim e não conseguisse juntá-las.

— Anders também viu a luz do Céu — disse Kiggs. — Phina tem de ouvir essa história.

Maurizio se levantou, estirou seu corpo magricela e saiu da tenda. Voltou logo depois, trazendo um jovem dracomaquista bisonho, de cabelos que mais pareciam um monte de palha. O sujeito fora interrompido no meio do desjejum; uma orla de espuma de leite de cabra sombreava seu lábio superior. Limpou-a com as costas da mão enluvada.

— Escudeiro Anders — começou Sir Cuthberte em tom ríspido, arqueando para baixo suas sobrancelhas brancas —, esta é Seraphina. Ela quer saber sobre seu encontro com a Rainha.

— Entreguei sua carta, conforme o senhor me ordenou — disse o jovem Anders, em posição de sentido. — E esperei até que ela a tivesse lido inteira. Jogou-a em seguida no fogo e declarou que, em circunstância alguma, o Príncipe Lucian deveria pôr os pés na cidade, acrescentando que esse vilão teria de obedecer à sua Rainha pelo menos uma vez na vida. — O escudeiro empalideceu e se inclinou cortesmente para o Príncipe. — Peço-lhe desculpas, Alteza.

Kiggs respondeu com um breve aceno e pediu que continuasse.

— O que aconteceu quando você deixou o local? — interrompeu Sir Cuthberte.

A expressão de Anders serenou e seu olhar se fez distante.

— Ah, foi então que vi a Santa viva, senhor, entrando enquanto eu me retirava. Ela sabia meu nome; tocou meu queixo e disse: "Considere-se entre os abençoados e saúde por mim seus camaradas". Depois ela... ela...

— Termine — insistiu Sir Cuthberte.

Anders bateu o pé no chão.

— Ninguém acredita no que digo. Se me trouxeram aqui para a moça rir de mim, eu não...

— Nada disso — cortou Sir Maurizio gentilmente, dando tapinhas no ombro do escudeiro. — Ela é muito educada; esperará até você ir embora.

— Então — prosseguiu Anders, olhando-me timidamente — eu vi a luz do Céu. Juro por São Prue, estava em volta dela toda, brilhando como uma lanterna Speculus, ou a lua, ou... como o coração do mundo inteiro.

Não ri. Sentia uma profunda tristeza e não sabia por quê. Talvez porque Jannoula estivesse se aproveitando dos ingênuos, talvez porque até os ingênuos podiam ver uma luz que eu não via.

— Obrigado, Anders, isso é tudo — rematou Sir Maurizio, dispensando o rapaz. A aba da tenda caiu atrás dele e Maurizio se sentou de novo.

O olhar de Kiggs se cruzou com o meu, cheio de uma silenciosa indignação.

— Como as pessoas se deixam levar assim? — Suspeitei que havia outra pergunta por trás da primeira: *Acha que Glisselda também foi ludibriada?*, embora ele não a dissesse em voz alta.

— Adverti a Rainha sobre isso — contei, tentando tranquilizá-lo. — Trata-se do fogo mental dos ityasaari, daquilo com que teceram a Armadilha de Santo Abaster. — Girei a mão em torno da cabeça, simulando uma coroa invisível. — Jannoula pode tornar a dela visível aos humanos. Por isso conseguiu influenciar Josef, embora ele odeie e tema os meios-dragões.

Kiggs deu uma palmada na coxa.

— Eu sabia que devia haver algum truque nisso! Ela não é mais santa do que você.

Essas palavras me abalaram; ele estava certo em mais sentidos do que supunha, mas eu não podia lhe falar sobre a teoria de Orma, o testamento de Santa Yirtrudis ou o Grande Equívoco. Não agora, diante de todos. Ignorava como os cavaleiros receberiam meu relato.

Também ignorava o que Kiggs pensaria a respeito. Ele se interessaria, sem dúvida, pois era mais religioso que eu. E ficaria também chocado?

Kiggs, que estudava minha expressão, disse delicadamente:
— Você tinha algo a comunicar a Selda. O que é?

Respirei fundo.

— Ouvi certas coisas sobre Jannoula no Laboratório Quatro — disse por fim. — Seu tio, o General Palonn... já ouviram esse nome, não?

Sir Cuthberte concordou com um gesto solene de cabeça.

— É o general mais agressivo do Velho Ard. Provavelmente o sucessor do Ardmagar, caso eles acabem com o atual.

Fiz uma careta.

— Palonn entregou Jannoula aos Censores quando ela era criança e eles a usaram em suas experiências. — Todos na tenda tomaram fôlego ansiosamente. Prossegui: — O Velho Ard soube que Jannoula era uma talentosa estrategista. Apelidaram-na de "General Laedi".

— O carniceiro de Homand-Eynn? — perguntou Sir Cuthberte, incrédulo.

— E ela agora está no palácio com Selda! — bradou Kiggs, que parecia pronto a saltar da cadeira e atacar os portões de Lavondaville sozinho.

Sir Maurizio se agitava todo, tentando concatenar as ideias.

— Não consigo entender isso — disse ele, coçando a cabeça peluda. — Se Jannoula está trabalhando para o inimigo e é a estrategista que vocês afirmam ser, por que induziria os samsaneses a morder seus senhores no traseiro?

— Não sei — respondi. — O Velho Ard acha que Jannoula está agindo no interesse deles, mas também planeja matá-la quando ela deixar de ser útil. Jannoula é, acredito, astuta o suficiente para perceber isso. Estará tomando contramedidas para se proteger? — Aquilo ainda não bastava. — Precisamos descobrir seu verdadeiro propósito e quanta influência ela exerce sobre a Rainha Glisselda.

— Se a Rainha não quer que seu próprio noivo entre na cidade, acho que Jannoula exerce sobre ela mais influência do que deveria — ponderou Sir Cuthberte, muito sério. — Não podemos deixar que essa criatura dirija a guerra de Goredd, não importa que diabo ela pretenda.

Todos concordamos, mas ainda não sabíamos qual seria o nosso melhor curso de ação. Os cavaleiros, sem grande entusiasmo, sugeriram marchar contra a cidade e prender Jannoula; mas parecia insensato provocar uma luta com a guarnição às vésperas de uma guerra de verdade. Nossas tropas deveriam se poupar para o conflito próximo, não se agredir mutuamente.

— Nada de ação militar — disse eu. Olhei para Kiggs enquanto falava, esperando que pelo menos ele entendesse. — Sinto-me em parte responsável pela Rainha. Se houver um jeito de salvá-la, eu é que devo tentar primeiro.

O olhar de Kiggs era gentil e humano. Não consegui sustentá-lo e fitei minhas mãos.

— Você se sente culpada — murmurou ele, sua voz como uma carícia audível na cabeça, um consolo palpável. — A culpa e eu somos velhas amigas. É o moscardo que pica todas as noites num banquete sem fim. O mesmo que uma pessoa sente quando corre para casa a fim de ver sua noiva, querendo abrir-lhe o coração, mas ela nem sequer nota sua presença.

Fiquei ligeiramente chocada por ele falar de maneira tão clara diante dos cavaleiros, mas estes não pareciam ter entendido nada de suas palavras. Kiggs inclinou-se para a frente, de cotovelos nos joelhos, e disse:

— Que quer que façamos, Phina?

Franzi o cenho, observando o tosco mapa de batalha. Os torrões que representavam os ninysh, os goreddi e os Legalistas estavam misturados, indistinguíveis uns dos outros.

— Introduzam-me no palácio — propus, em voz lenta. — O maior desejo de Jannoula era que eu me juntasse a ela em seu Paraíso na terra. Farei isso; serei sua amiga, tão íntima quanto puder, até descobrir o que ela pretende e como detê-la. Subtrairei Glisselda de sua influência. — Em volta do mapa, os três homens concordaram tacitamente. Aproximamos nossas cabeças e planejamos.

⁂

Eu havia sido notívaga por tanto tempo que, ao meio-dia, já não funcionava bem. Deixaram-me dormir na tenda de comando. A cama de campanha pareceu-me a mais confortável em que eu já dormira.

Acordei no meio da tarde ao som dos dracomaquistas treinando num campo próximo, mas não me levantei imediatamente. Antes de entrar em Lavondaville, precisaria do máximo de informações possível sobre os ityasaari ninysh, Lars e Jannoula. Teria ela, finalmente, fisgado Blanche e Nedouard? E o que estaria fazendo com eles?

Controlei a respiração, proferi as palavras ritualísticas e penetrei em meu... bem, ainda pensava nele como um jardim, por mais que houvesse definhado e encolhido. O lugar não mudara desde o dia em que eu chamara cada avatar pelo nome. O céu ainda vergava, amparado pela cabana de Jannoula e as árvores do pântano de Pastelão. Os moradores estavam estendidos em linha sobre o gramado, inertes como bonecos. Vistoriar o jardim agora era fácil; entrei e comecei a contar.

Localizei o boneco Nedouard. Se Jannoula o houvesse apanhado, poderia sem dificuldade descobrir que eu o procurara. Eu deveria, por isso, ser cuidadosa e não deixar pistas. Não pensei que ela pudesse saber de meu paradeiro; mas adivinharia que não estava longe. Aquela simples visita despertaria suas suspeitas; entretanto, não havia escolha: eu não podia continuar fazendo suposições.

Tomei as finas mãos do boneco Nedouard nas minhas e preparei-me para o terrível vórtice de consciência, mas a visão não me sugou como geralmente fazia. Senti-me distante e falsa, como se estivesse espiando por uma luneta.

O olho de minha mente planava no alto, voltado para baixo; aquilo, pelo menos, era normal. Avistei um quarto pequeno, caiado, mobiliado com peças simples de madeira. O médico infectologista bicudo, embaixo de mim, procurava uma panela no fogão, a mão envolta num lenço para não se queimar. Despejou água fervente numa bacia de estanho que estava sobre a mesa e desabotoou a camisa. Seu peito cavado e ombros ossudos eram cobertos de escamas prateadas de dragão. Molhou e torceu uma toalha, que quase lhe queimou os dedos, e começou a lavar as escamas.

Observei-o por alguns instantes, refletindo sobre o paradoxo de primeiro ter de entrar para depois olhar para fora. Falei a Nedouard em minha cabeça: *Boa tarde, amigo.*

— Acho que senti você olhando — disse ele, torcendo devagar a toalha. — Devo admitir: prefiro sua presença à dela. É menos intrusiva.

Não precisei perguntar com quem eu estava sendo comparada. *Jannoula chegou até você finalmente. Lamento muito. Como aconteceu?*

O velho médico bateu no ombro; uma nuvenzinha de fumaça subiu de suas costas manchadas.

— Blanche foi atacada primeiro. Tentou resistir, o que lhe causou uma dor terrível. Vasculhou meu estoque em busca de essência de papoula, querendo morrer, mas errou a dose e ficou muito doente. Eu lhe disse então: "Blanche, posso lhe dar um veneno mais eficaz, se é o que deseja, ou então você decide parar de lutar contra Jannoula por enquanto e eu a ajudarei a descobrir outra saída".

Estremeci diante de tanto realismo, mas Nedouard apenas abriu o frasco de unguento que estava ao lado da bacia, pegou um pincel e começou a espalhar a pomada sobre suas escamas.

Se Blanche tivesse morrido eu saberia, é claro; e, obviamente, a pequena porção de fogo mental que eu levara para o jardim se dissiparia.

Nedouard continuou:

— Blanche seguiu meu conselho, por pouco que ele valesse, e quando a Santa, título que Jannoula se atribui, bateu à minha porta, eu a recebi.

Por que fez isso?, perguntei, levemente horrorizada.

Ele permaneceu em silêncio por um momento, enquanto lubrificava suas escamas.

— Imaginei — disse por fim, abotoando a camisa — que pudesse achar uma maneira de libertar Blanche por dentro, mas a verdade é que não possuo as habilidades mentais requeridas. O melhor que ouso dizer de mim mesmo é que sou tão chato e subserviente que Jannoula nem me dá atenção. Há muitos outros por aí esgotando suas energias.

Tirou um pequeno saco de couro de sob a mesa.

— Não posso libertar ninguém com minha mente, mas ainda tenho esperança de influenciá-la. Talvez ela se mostre razoável e decida libertar a todos. Para isso, andei estudando seu estado mental. Nunca vi criatura semelhante. Carece de algumas qualidades básicas, como empatia e desvelo, mas imita-as para manipular pessoas. Pensei que pudesse haver um jeito de reabilitá-la, mas ela é tão esquisita... — Deu de ombros, desanimado.

Acha mesmo que isso é possível?, perguntei. Eu nem sequer ousava alimentar semelhante ideia; se ela não pudesse ser salva, então minha culpa se conservaria para sempre, como um inseto em âmbar.

— Não é bem isso — explicou ele. — Acontece que, quanto mais danos ela causa, menos vontade tenho de salvá-la. Às vezes, pergunto a mim mesmo qual é o verdadeiro significado de meu juramento de médico. Não fazer o mal é sempre bom?

Vasculhava no saco de couro enquanto dizia isso. Tirou de lá um frasco e agitou pensativamente seu conteúdo oleoso.

— Poderia eu envenená-la? — prosseguiu. — Por enquanto a resposta é não; mas minha consciência luta contra a dor interminável de Blanche, a personalidade truncada de Dama Okra, o velho sacerdote em coma. Quando Jannoula fez Gianni empurrar Camba escada abaixo, eu quase a matei — confessou num sussurro. — Quase. Antes não fosse tão covarde!

Eu mal conseguia achar minha voz. *Você disse Camba?*

O doutor entendeu imediatamente meus sentimentos.

— Oh, Seraphina — suspirou ele, deixando cair tristemente os ombros. — Má notícia. Os porfirianos estão todos aqui. Todos, menos Abdo.

Vinte e Nove

Essa notícia me abalou a tal ponto que deixei cair seu minúsculo avatar como se fosse uma brasa e a visão se esfumou. Estava de joelhos na lama de meu jardim pequenino, respirando a custo.

Os porfirianos não pretendiam vir. Teriam resistido. Senti-me nauseada, tentando adivinhar como Jannoula conseguira essa proeza.

Mas por que Abdo não viera? O "velho sacerdote em coma" se referia a Paulos Pende? Lembrei-me do sonho em que Abdo pulara de uma carroça e Pende caíra morto. Teria sido mais uma visão que um sonho? Eu ignorava se devia procurar a resposta com impaciência ou medo.

Jannoula sem dúvida me descobriria, mas eu precisava ir atrás de todos. Precisava saber onde cada um estava e o que Jannoula fizera com eles. Comecei por Brasidas, o cantor porfiriano de cabelos brancos e membros robustos, escolhendo seu avatar e deixando que meu olho contemplasse o mundo. Vi-o num lugar que reconheci de meus tempos de estudante, a Sala de Espetáculos do Conservatório de Santa Ida, onde estava se apresentando. Nas poltronas, assentavam-se moradores da cidade aturdidos com sua voz misteriosa, que enchia a sala abobadada.

Esperei um momento, confundida pela beleza daquele canto, até me ocorrer que ele não era o único que eu precisava investigar. Forcei-me a ir em frente e encontrei Phloxia, a advogada, na Praça de Santa Loola, de pé junto ao pedestal da estátua e falando com voz trovejante. Seu público era maior ainda que o de Brasidas. O sol no ocaso tingia seu rosto de um laranja bronzeado.

— Você tem razão em se espantar, Lavondaville! — gritava ela, arreganhando a boca enorme. — Se os Santos fossem meios-dragões, por que escreveriam tantas polêmicas agressivas contra os dragões e sua própria espécie? Por que não nos disseram quem eram realmente?

Em volta, a turba murmurava ecoando suas perguntas, os rostos contraídos.

— Os Santos não registraram suas origens por medo — anunciou Phloxia. — Eram estranhos nesta terra. Goredd valorizou sua ajuda, mas a memória é curta e a suspeita é insinuante. Quem entre vocês, no fundo do coração, jamais sentiu preconceito contra criaturas diferentes? Os Santos arcavam com o peso da intolerância humana todos os dias. Se proibiram a miscigenação, foi por não quererem que mais ityasaari sofressem como eles sofriam. Tentavam se apiedar do futuro, mas vemos agora que essa era uma reação extrema. Meios-dragões não são os monstros que vocês foram induzidos a acreditar, mas os próprios filhos do Céu.

A fala de Phloxia hipnotizava tanto quanto a música de Brasidas. Ela devia ser formidável nos tribunais porfirianos. Mas onde aprendera teologia sulista e o que estava fazendo? Pregando? Era assim que Jannoula convertia os outros?

Eu já ia me afastar daquele cenário quando algo no fundo da praça chamou minha atenção: um mural de ninguém menos que Santa Jannoula, ainda inacabado, mas reconhecível, na fachada de um prédio de três andares. Os olhos, sobretudo, eram grandes, verdes e tão ternos que meu coração quase se derreteu. Não se via o pintor; eu, porém, não tinha dúvida alguma de quem fosse.

Em seguida, saí em busca de Mina, a guerreira alada. Ela treinava com a guarnição da cidade, ensinando-lhe o manejo de duas espadas. Girava como um ciclone prateado, mortífero, numa dança hipnótica de dor — outro meio-dragão mostrando as maravilhas de que nossa espécie era capaz. Jannoula, aparentemente, se metia em tudo o que quisesse.

Procurei Lars e encontrei-o na muralha da cidade, supervisionando a instalação de um trabuco. Blanche estava com ele, um laço ligando o peito dos dois como um cordão umbilical. Seria isso para evitar que ela se machucasse? Era de dar dó.

A seguir, fui atrás de Gaios e avistei-o descendo a Colina do Castelo em direção à Catedral de São Gobnait com sua irmã, Gelina, Gianni Patto e Jannoula. Os quatro estavam de roupas brancas fúnebres e só então percebi que os outros também se vestiam dessa cor. Cor preferida de Jannoula, talvez? Ela não fora criada como goreddi; o branco não lhe lembrava tristeza.

Cidadãos agitando bandeiras e ramos de flores se haviam juntado de ambos os lados da rua, como se esta fosse um trajeto diário de procissões. Gaios e Gelina sorriam gloriosamente, cumprimentando as multidões simplórias e avançando com a confiança que vem da força, da beleza da juventude e dos músculos. O maciço Gianni, com seus pés providos de garras e cujo cabelo claro começara a crescer atrás à semelhança de uma coroa, caminhava na retaguarda impedindo os fiéis de chegar muito perto. Parecia um tanto fantasmagórico aos olhos dos cidadãos. Tive pena dele também.

Entre os gêmeos e usufruindo de seu brilho, ia Jannoula. Estendia os braços como se quisesse abraçar a cidade inteira. Por meio de gestos, simulava atrair o amor do povo para si, apertá-lo ao peito e fazê-lo chover sobre a cabeça. Era como se nadasse suavemente pelo ar.

Eu me mantivera quieta, cuidando para não chamar a atenção de Gaios, mas ele deve ter sentido minha mão comprimindo a sua em minha mente. Começou a se agitar como se estivesse sendo atacado por um enxame de abelhas e Jannoula olhou para ele, semicerrando os olhos verdes.

Deixei-o ir. Já vira o bastante.

Peguei as mãos do pequeno avatar de Camba e me preparei para o que pudesse acontecer.

Do teto do corredor de um palácio, avistei Ingar. Seus óculos quadrados faiscavam; sua face redonda brilhava com a mesma alegria vaga de quando eu o vira a primeira vez, sob a influência de um Santo. Subiu lentamente o corredor, empurrando uma cadeira de rodas.

Não reconheci imediatamente a porfiriana alta que estava sentada na cadeira; mas era Camba. Sua cabeça tinha sido raspada — punição infligida por Jannoula, presumi. Vestia uma sobrepeliz branca que lhe caía muito mal e seus dois calcanhares estavam envoltos em bandagens.

Gianni a atirara escada abaixo, conforme me dissera Nedouard.

Camba levantou a mão e Ingar parou a cadeira, ainda sorrindo vagamente. Ela olhou em volta e para trás, virando o pescoço comprido, mas estavam sozinhos no corredor.

Em seguida, sussurrou:

— Guaiong.

Imediatamente a expressão de Ingar mudou, reassumindo os traços rígidos e impassíveis que ele ostentava em Porfíria. Olhou também para os lados, inclinou-se, pousou as mãos nos ombros de Camba e perguntou em tom afetuoso:

— Que foi, amiga? Sente alguma dor? Ela continua magoando-a?

A cabeça de Camba estava agora tão nua quanto a de Ingar; e via-se em suas orelhas morenas, privadas de ornamentos, uma linha de minúsculas perfurações. Ela estendeu os braços e segurou com força as mãos pálidas de Ingar.

— Seraphina está me observando em sua mente. Você se lembra, é claro, do que Pende disse: ela tem um pouco de nossa luz. Saberá então que ainda estamos lutando, que não desistimos.

Ingar esboçou um sorriso, os olhos banhados de tristeza, ternura e algo mais.

— Não sei bem se minha patética tentativa com a pérola mental pode ser considerada luta — suspirou ele. — Ignoro quantas vezes ela funcionará. Se está me ouvindo, Seraphina, volte logo.

Finalmente, eu disse a Camba: *Ouço vocês. Não demorarei.*

Camba cerrou os olhos turvos; Ingar pousou o rosto em sua cabeça, um rosto que de novo deslizava para o esquecimento.

Deixei-os, ainda elaborando uma estratégia. A tentativa de Ingar com a pérola mental parecia tê-lo devolvido a si mesmo por algum tempo. Camba, sem dúvida, pensava que ela seria útil; devia haver algo que pudéssemos fazer com aquilo.

Deixei Abdo para o final porque tinha medo de olhar para ele. Talvez estivesse pura e simplesmente em Porfíria; talvez houvesse conseguido transformar sua mente em água, conforme instruía seu livro de meditação, e Jannoula não conseguisse obrigá-lo a se mover.

Ou talvez estivesse morto. Mas não, seguramente não. Do contrário, eu saberia.

Seu avatar, para minha grande surpresa, não se encontrava com os outros grotescos. Procurei embaixo do relógio de sol e dos arbustos em forma de pão (tirando-os inteiramente do chão e recolocando-os com a maior cautela), revirei as grandes folhas da orla do pântano de Pastelão e achei-o por fim estendido, meio submerso, numa poça de lama, duro como um pau e pequeno como meu dedo mindinho. Segurei suas mãozinhas entre meu indicador e polegar.

Então me vi no mundo, meu olho mental flutuando no céu vespertino acima de um bosque. Eu conhecia o lugar: a orla do Bosque da Rainha. A cidade luzia a sudoeste, tochas iluminando as obras nas muralhas. Abaixo de mim uma estrada serpenteava para o norte, em direção ao Posto Avançado de Dewcomb, às montanhas e ao acampamento do General Zira. Sobrevoei o ponto em que a floresta se encontrava com o pântano. Mesmo ao crepúsculo, as árvores brilhavam com um tom dourado. Folhas rodopiavam e dançavam na brisa como fugidias borboletas noturnas.

Não vi traços de Abdo. Desci alguns metros, examinando a divisa entre o bosque e o brejo. A estrada cortava o local em ângulo reto e naquela quase encruzilhada erguia-se um pequeno santuário em ruínas.

Aproximei-me do edifício solitário com meu olho mental. Dentro, na penumbra, avistei uma modesta estátua de pedra, mais ou menos em forma humana, sobre um pedestal. Trajava um avental vermelho com borda dourada, o tecido já desbotado e em frangalhos.

No pedestal, uma placa com a inscrição:

Quando vivo, o Santo que jaz submerso
Matou e mentiu.
Passaram-se as eras, o monstro morreu;
Eu amadureço, eu estou chegando.

Não consegui ler o nome do Santo, coberto pelo musgo.

No canto mais escuro do santuário, tão imóvel que poderia ser outra estátua, Abdo estava sentado de pernas cruzadas, as mãos sobre os joelhos e os olhos fechados. Alguém — um lenhador, um viandante? — tomara-o por um peregrino imerso em meditação e lhe deixara um prato com frutas e pão, e um copo de água. Quase chorei de alívio; quisera ter braços para abraçá-lo.

Isso, é claro, o perturbaria. Até meu olhar pousado nele talvez prejudicasse sua concentração. Mas o que estava fazendo? Desconectando-se? Poderia Jannoula transportá-lo quando ele se achava naquela situação? Fora trazido de Porfíria de algum modo; contudo, não se encontrava na cidade com os outros.

Lembrei-me de novo da visão em sonhos. Provavelmente, Abdo descobrira um meio de me mostrar que escapara. Mas conseguiria se mover sem chamar a atenção de Jannoula? Poderia interromper a concentração durante tempo suficiente para comer o pão e as frutas? Acaso dormia?

Gostaria de ter consultado Pende sobre isso, mas eu afastara seu fogo mental de meu jardim.

Vou achar um jeito de ajudá-lo, amigo, sussurrei, com medo de distraí-lo, mas ansiosa por deixá-lo perceber que eu o vira.

Talvez fosse minha imaginação; porém, os cantos de sua boca se ergueram ligeiramente, esboçando um sorriso.

☙❧

Se o sol estava se pondo sobre o pântano ao norte da cidade, estava se pondo também sobre nosso acampamento. Fazia tempo que eu pulara da cama. Kiggs e eu partiríamos quando a lua desaparecesse. Estirei meus membros entorpecidos, saí da tenda e fui atrás do Príncipe. Podia ouvir os dracomaquistas treinando num campo próximo, por isso tomei aquele rumo.

E parei. Um dragão estava postado no campo, as escamas parecendo enferrujadas à luz do sol poente. Eu passara o último mês entre dragões adultos e a visão de um deles tão perto de minha casa ainda me punha medo nos ossos.

Aquele apenas simulava hostilidade, enfrentando seis dos novos dracomaquistas de uma vez. Fingia ir para a direita e ia para a esquerda, esquivando-se das armas afiadas dos adversários e depois cuspindo fogo — um pequeno jato, bem menor do que era capaz de expelir. Os dracomaquistas saltavam para o lado a fim de evitar a queimadura. O dragão, estendendo as asas, batia-as furiosamente; era difícil alçar voo parado e não havia espaço para ele correr com tantas lâminas apontadas para seu peito. Mas subir verticalmente era impossível: um dracomaquista se aproximara furtivamente e imobilizara sua cauda.

Os outros permaneciam em volta, observando. Sir Joshua Pender, que eu conhecera quando ele era escudeiro de Sir Maurizio, andava de lá para cá, explicando o que eles estavam vendo e os erros cometidos. O Príncipe Lucian Kiggs e Sir Maurizio, encostados ao muro de pedra baixo que limitava o campo, conversavam em voz baixa. Aproximei-me deles.

— Não estou nada satisfeito com o curso da guerra. Nem um pouco. — dizia Maurizio. — Mas, assistindo a este espetáculo, fico animado. Pratico a dracomaquia desde a infância e concluí que seus movimentos tinham uma finalidade e deviam ser preservados. — Sacudiu a cabeça, aborrecido. — Até que Solann se apresentasse, nunca vira nossa arte marcial usada contra um dragão de carne e osso. Sinto-me um tanto mal por achá-la bonita.

Cheguei ao muro. Kiggs se virou para me olhar.

— Descansou um pouco?

— Não o suficiente — respondi, esfregando a testa. — Você sabia que os ityasaari porfirianos estão aqui?

Kiggs arqueou as sobrancelhas.

— Não os vi chegar. Mas isso significa que... Jannoula conseguiu reunir todos os meios-dragões?

Achei que "conseguir" não era uma palavra muito caridosa para mim, considerando-se que eu falhara na tarefa. Pisquei repetidamente contra o brilho do sol.

— Ela os arrastou para cá contra a sua vontade, mas não todos. Abdo não veio.

Lembrei-me então de que Pastelão também não viera. Talvez Jannoula o achasse tão repulsivo quanto eu ou não conseguisse pô-lo em movimento. Como uma lesma sem membros chegaria a Lavondaville sozinha?

Sir Maurizio, desafivelando sua arma do peito, enrolou as correias em volta da bainha e entregou tudo a mim. Examinei o despretensioso cabo de chifre e, puxando-o, pus a nu a cruel lâmina afiada.

— Para que isso? — perguntei.

— Para alguma eventualidade — explicou Maurizio, sempre de olho nos dracomaquistas a distância. — Sou um militar, criado por cavaleiros desde que tinha 7 anos. Por isso, minha tendência é preferir um certo tipo de solução, mas quero que você mesma faça sua escolha.

— Você quer dizer matá-la? — perguntei, tentando devolver a arma.

Sir Maurizio não quis pegá-la. Apontou para dois dracomaquistas, perto do muro, que se atacavam com suas luvas à prova de fogo e não davam ouvidos às instruções de Sir Joshua.

— Está vendo aquela dupla? — perguntou. — O alto é Bran; a fazenda de seu irmão era perto de nossa caverna. O baixo, Edgar, é na verdade uma moça. Há muitas dracomaquistas aqui. Deixamos que pensem que nos enganaram; não podemos dispensar nenhum recruta promissor. Edgar é a sobrinha-neta de Sir Cuthberte ou algo assim. Conheço-a desde bebê.

Observei-as enquanto lutavam. Não eram mais velhas que eu.

— Essas são as pessoas que morrerão — disse Maurizio em voz baixa. — Avalie-as conforme os seus critérios. E mantenha suas opções em aberto. É só o que peço.

Não me restava outra coisa a fazer senão concordar solenemente e prometer que tentaria.

Trinta

Não levei a adaga comigo. Deixei-a atrás de algumas bagagens na tenda de comando, quando ninguém estava vendo. Seu cabo inconfundível não deixava dúvidas sobre quem era o dono; minha esperança era que ele me perdoasse.

Sir Cuthberte deu a Kiggs e a mim um par de thniks gêmeos para nos comunicarmos de locais diferentes do castelo. O sol se pôs cedo, embora mal houvesse passado o equinócio, mas Kiggs quis esperar até o desaparecimento da delgada foice da lua. Fitei-a e me perguntei quem seria ceifado na próxima estação de guerra.

Quando a escuridão se adensou ao gosto do Príncipe, partimos para Lavondaville, tomando uma antiga trilha de camponeses que cortava campos de linho. Tochas lampejavam sobre as muralhas da cidade e equipes de trabalhadores continuavam montando as máquinas de guerra de Lars noite adentro.

Lars estava sob o domínio de Jannoula, mas seu trabalho prosseguia. Um agente do Velho Ard não gostaria que Goredd ficasse tão bem defendida, certo?

Planejávamos nos insinuar no castelo pela porta de saída noroeste, onde combatêramos meu avô, o dragão Imlann, no solstício de inverno. Eu falaria com Glisselda para avaliar até que ponto aquela pretensa Santa a estava influenciando e depois tomaria meu lugar entre os ityasaari de Jannoula. Kiggs correria em meu auxílio, mas, até eu descobrir por que Glisselda lhe recusara entrada na cidade, ele permaneceria escondido, espiando das sombras.

Enquanto caminhávamos pelos campos escuros, falei-lhe em tom tranquilo, a fim de prepará-lo:

— Ela enfeitiçou Anders em poucos minutos; teve acesso a Glisselda durante semanas. Não se surpreenda se sua prima estiver completamente dominada.

Kiggs sacudiu a cabeça, sem dar o braço a torcer.

— Você não conhece Selda como eu. Parece uma menina-moça, muito delicada, mas é resistente como uma erva daninha. Ela sabe que não pode confiar em Jannoula. Não acreditarei que foi influenciada até constatar isso com meus próprios olhos; e talvez nem então.

— Jannoula conseguiu que Josef comesse em sua mão — ponderei. — Convenceu os dragões a aceitar uma ideologia extremista. Não a subestime.

Chegamos à ponte do rio Gaivotas; vinha do outro lado um vozerio de fazendeiros discutindo. Subimos a corrente até encontrar uma barca e atravessamos sem nos molharmos muito. Os sapos do outono coaxavam irritantemente e saltaram da margem quando desembarcamos.

— O que vem a ser, exatamente, esse "fogo mental" e como Jannoula conseguiu mostrar o dela a Anders? — perguntou Kiggs quando já ninguém podia nos ouvir.

Respirei fundo e contei-lhe o pouco que sabia: todos os ityasaari pareciam possuir esse fogo, mas só alguns podiam vê-lo; Jannoula o manipulava, fisgando ityasaari ou revelando sua luz aos humanos; eu própria absorvera um pouco desse fogo de cada ityasaari — Abdo via as labaredas se dirigindo para mim —, mas ninguém era capaz de perceber minha luz.

— Presumo que, de algum modo, os muros de meu jardim a bloquearam. Isso chega a ser um paradoxo, pois onde então estará minha luz? Dentro do jardim? — Descrevi um círculo com as mãos, imitando os muros. — Não pode ser. Abdo disse que meu jardim parece um celeiro. Pende não viu minha luz ali. Ela, como boa parte de minha mente, se encontra do outro lado do muro, imagino. Mas, se estiver fora, por que ninguém a vê? Haverá, em algum lugar, outro muro? Um muro que eu, conscientemente, não construí?

Havíamos alcançado a base da colina baixa que se erguia diante da de saída. A Guarda da Rainha tinha um estábulo nas imediações; a luz de uma lanterna suspensa da janela parecia um grito penetrante. Contornamos o edifício rastejando, para que ninguém detectasse nossa presença, e começamos a subir a encosta em silêncio.

Quando chegamos às moitas que escondiam a entrada da caverna, Kiggs finalmente falou:

— Toda essa conversa sobre muros, lado de dentro e lado de fora, lembra-me a história da casa às avessas.

— Como a casa de ponta-cabeça dos parques de diversões? — perguntei, não querendo ser engraçada, mas sinceramente sem fazer ideia do que ele estava dizendo.

Ele parou no interior da caverna, procurando em volta as lanternas que iluminariam nosso caminho. Não iríamos longe sem elas.

— A casa às avessas — repetiu Kiggs. — Um conto de Pau-Henoa, verdadeiramente obscuro, que vem da antiguidade pagã.

— Meu pai não gostava muito de histórias, a menos que fossem precedentes legais — disse eu. — Anne-Marie é ninysh e nunca ligou muito para o coelhinho esperto de Goredd.

Um leve estalido: Kiggs acendia a lanterna com uma pederneira. Um clarão amarelado iluminou seu rosto de baixo, antes de se extinguir. Ele ajustou o pavio.

— Bem — continuou, apagando o resto das fagulhas —, a história é a seguinte. Era uma vez um sujeito ambicioso chamado Dowl, que queria possuir o mundo inteiro. A lei, na época, rezava que tudo dentro de uma casa pertencia ao dono.

— Então meu pai apreciaria essa história — observei.

A chama por fim se aquietou; Kiggs sorriu misteriosamente.

— Dowl, muito ladino, decidiu construir uma casa às avessas. Era uma casa comum, mas ele afirmava que a parte de dentro era na verdade a parte de fora e, portanto, o mundo todo, inclusive as casas alheias, estavam dentro dela. Dowl era um pouco mágico, de modo que, quando disse essas palavras, os outros as aceitaram e elas se tornaram verdadeiras. O universo inteiro estava "dentro" de sua casa e lhe pertencia. Como bem se pode imaginar, nem todos ficaram contentes com esse arranjo, mas lei é lei e o que eles podiam fazer? O único espaço "fora" da casa de Dowl não era maior que uma cabana de um cômodo só.

— Sei aonde isso vai dar — disse eu enquanto Kiggs acendia a segunda lanterna na chama da primeira. — Um dia Pau-Henoa, o coelho esperto, apareceu.

— É claro — concordou Kiggs, passando-me a lanterna. Retomamos a caminhada em direção ao túnel estreito que ia ter às portas trancadas do Castelo Orison. — A história é mais complicada e hilariante do que consigo me lembrar, infelizmente. Mas, em suma, Pau-Henoa convenceu Dowl de que quase tudo o que ele possuía "dentro" de casa era lixo. As montanhas estavam podres; o oceano fedia; havia vermes por todo lado. Dowl começou a jogar coisas fora, isto é, para "fora". A cabana de um cômodo foi se expandindo, se expandindo até que tudo o que vemos hoje, o universo inteiro, ficou de "fora" da casa de Dowl.

Ri, imaginando um universo contido pelas paredes de uma casa e Dowl sozinho do outro lado dessas paredes — o lado de "dentro".

— Hoje, não há nada dentro da casa de Dowl — disse Kiggs quase sussurrando, como se aquele fosse um conto de fantasmas. — Nada a não ser uma saudade desesperada e fútil.

Um lugar que não era um lugar, um lado de dentro rodeando um lado de fora.

— Por que me contou essa história? — perguntei.

Tínhamos chegado à primeira das três portas trancadas; Kiggs tirou uma chave da luva e agitou-a para mim.

— O paradoxo de seu jardim. O muro dele é uma casa às avessas. O espaço que você pensa estar "dentro" não está; está fora. Sua mente maior, incluindo a luz ânimica, encontra-se de fato dentro da casa, que a contém por inteiro.

Tentei imaginar aquilo, mas meus pensamentos se emaranhavam; uma coisa, porém, era clara para mim: a função exclusiva do muro se resumira a conter minha mente, evitar que ela fosse atrás de outros ityasaari. E, é claro, meu fogo mental tinha de estar do lado de dentro do muro.

Kiggs trancou a porta às nossas costas, os olhos piscando à luz da lanterna.

— Esse foi apenas um meio que achei de pensar a respeito. Não há nenhum jardim real, presumo, e nenhum muro físico. — Pegou meu braço. — Sinto-me tão feliz que nem acredito — continuou, ainda em tom de explicação. — É uma alegria e um alívio imenso entrar finalmente em ação, qualquer ação. Eu me considerava inútil e incapaz, Seraphina, mas aqui, agora, vamos atrás de um mistério, como nos velhos tempos. — Apertou meu braço. — Poderia lhe contar muitas e muitas histórias.

Em torno de nós, a escuridão flutuava mansamente. Caminhamos pelo meio dela.

Kiggs conhecia o castelo por dentro e por fora. Havia ali passagens ocultas, mas que não eram contíguas. Não poderíamos chegar aos aposentos de Glisselda sem cruzar cômodos vazios e, pior ainda, corredores frequentados. Eu seguia Kiggs e, quando ele me acenava, tirava as botas e carregava-as na mão para não fazer barulho. Passamos por quartos de cortesãos adormecidos e por um em que eles não dormiam, mas estavam bastante distraídos.

Finalmente chegamos a uma estreita passagem que corria por toda a extensão da ala da família real. Kiggs tocou melancolicamente uma porta de painel e perguntei-me se não era a que levava a seus próprios aposentos. Cerca de vinte metros adiante, ele parou diante de outra porta e levou um dedo aos lábios. Fiz sinal de que entendera. Kiggs me chamou para mais perto e sussurrou:

— Ela ficará surpresa ao vê-la, sem dúvida. Procure acordá-la suavemente. Haverá um guarda-costas na antecâmara e mais dois no vestíbulo.

Puxou o ferrolho, mas a porta não se abriu para dentro. Entregou-me sua lanterna a fim de tentar novamente. Mas logo ignorou a delicadeza do mecanismo e empurrou com ambas as mãos, depois com as costas e pernas. Nada.

— Alguma coisa está travando esta porta — disse ele, não mais sussurrando. — Um baú, uma estante. Alguma coisa pesada, posta aí deliberadamente para bloqueá-la. — Deu um último e exasperado empurrão. — Acho que você não conseguirá falar com ela esta noite, antes que Jannoula note sua presença.

— E se eu entrasse por uma janela? — sugeri. A expressão de Kiggs mostrou que isso era impossível. — E pela porta da frente? — A impossibilidade em seu rosto se agravou, o que, maldosamente, me divertiu. — Você já me viu enganar guardas antes. O que de pior poderia acontecer?

— Você ser presa e atirada num calabouço.

— Chamando, assim, a atenção de Glisselda — completei. — Não é a entrada que planejei, mas o que vier será lucro.

Ele suspirou, aquele pobre Príncipe tão sofrido, mas me conduziu até a porta que havíamos atravessado e a um aposento guarnecido de belos móveis. Não confirmou que era o seu e não vi livros suficientes para ter certeza — porém, seu local de trabalho era na Torre Leste. Aqui, só o que ele poderia fazer era dormir.

Na porta do corredor principal, Kiggs pegou de novo as lanternas e sussurrou:

— O corredor faz uma curva fechada, de modo que não a verão sair deste quarto. Fique de olho e espere a oportunidade. Trouxe seu thnik?

Mostrei-lhe um dedo. Meu thnik agora era um anel.

— Vi que deixou a adaga na tenda — disse ele, baixinho. — Pensei em trazê-la, mas achei que você tinha motivos para fazer sua escolha. Espero que não nos arrependamos disso.

Beijei de leve a orla de sua barba. Isso provavelmente não diminuiu sua preocupação, mas aumentou minha coragem. Saí e ele fechou silenciosamente a porta atrás de mim.

Caminhei na direção dos guardas de Glisselda que, esquecidos do mundo, jogavam cartas sentados em banquinhos um diante do outro. Quando me notaram, eu já estava bem diante da porta da rainha.

— Ei, garota, como entrou aqui? — perguntou o mais alto, virando o pescoço para espiar o corredor, como se uma parte de mim ainda não houvesse chegado.

— Sou uma ityasaari — respondi, arregaçando a manga do gibão para mostrar algumas escamas. — Santa Jannoula me mandou com uma mensagem para a Rainha.

— Isso não pode esperar até amanhã? — resmungou o outro guarda, mais velho e mais baixo, com um elmo que parecia uma bacia invertida. Embaralhava e desembaralhava as cartas. — Sua Majestade faz muita questão de seu sono. Deixe a mensagem e veremos se ela a recebe de manhã.

— Devo falar-lhe pessoalmente — insisti. — É importante.

Os homens se entreolharam e reviraram os olhos.

— A própria Santa Jannoula, por ordem da Rainha, não a vê pessoalmente fora de hora — acrescentou o guarda mais alto, estendendo as pernas para bloquear a porta. — Mesmo que a deixássemos entrar, coisa que não faremos, você teria de convencer o guarda pessoal da Rainha, Alberdt, a lhe dar passagem. E isso está fora de cogitação.

— Por quê? — teimei, empertigando-me como se fosse igual a qualquer Alberdt deste mundo.

— Porque ele é surdo — explicou o outro guarda, colocando suas cartas em sequência. — Só responde a sinais com os dedos. Não sei quanto a você, mas eu só conheço este.

Seu gesto me mandava, de maneira nada sutil, dar o fora. Fiz uma curta mesura, girei nos calcanhares e deslizei pelo corredor com a dignidade que pude reunir. Depois da curva, corri para os aposentos de Kiggs, entrei e tranquei a porta — mas não com rapidez suficiente. Ouvi-os passar uma, duas, três vezes, tentando forçar portas e descobrir onde eu me metera.

— Vejo que não funcionou — cochichou Kiggs. — E agora?

Ocorreu-me que poderíamos ficar ali até o amanhecer; e acho que Kiggs pensou o mesmo. Mas, se foi assim, ambos rejeitamos a ideia tacitamente, sem discussão. Ele me reconduziu à passagem secreta.

— Será mais difícil andar por aí de dia sem ser vista — sussurrou Kiggs quando deixamos seus aposentos. — Creio que devemos descer à sala do conselho enquanto é possível e esperar até a reunião matinal dos membros. Acha que assim será bom para você voltar?

Era tão bom quanto qualquer outra coisa em que eu conseguia pensar. Kiggs abriu caminho, enveredando sempre que podia por passagens ocultas e vigiando os corredores abertos para não sermos surpreendidos pelos guardas.

Chegamos à sala do conselho sem incidentes; ela tinha a forma de um coro de catedral, com séries de bancos enfileirados uns de frente para os outros na nave central. Na extremidade, via-se um estrado com o trono da rainha. Ao fundo, bandeiras verdes e violeta pendiam da parede, atrás de um grande painel de madeira do nosso herói nacional, o trêfego Pau-Henoa. Kiggs afastou as cortinas e, por trás da terceira a partir da esquerda, encontrou uma abertura na parede. Puxou o ferrolho e entramos num quarto pequeno, mobiliado apenas com um comprido banco de madeira.

— Nos velhos tempos, quando o conselho era composto por cavaleiros e senhores da guerra turbulentos, nossas rainhas mantinham homens armados escondidos aqui, para qualquer eventualidade — disse Kiggs, pondo sua lanterna no chão. — Hoje, é um espaço deixado às traças.

Experimentamos o banco, que era desconfortavelmente estreito, e nos acomodamos no piso, com as costas voltadas para a parede da sala do conselho.

— Durma se puder — recomendou Kiggs. — Você precisará de toda a sua energia caso pretenda aparecer perante o conselho amanhã.

Sentou-se tão perto que seu braço me tocava; eu estava totalmente desperta. Devagar, fui inclinando a cabeça até pousá-la em seu ombro, esperando que ele me repelisse. Mas não me repeliu.

Ao contrário, encostou sua cabeça na minha.

— Você não mencionou Orma nem uma vez, desde que voltou — disse ele, suavemente. — Eu não quis perguntar com medo de aborrecê-la.

— Ele não estava no Laboratório Quatro. — Minha voz tremia. Respirei fundo pelo nariz, tentando sufocar meus sentimentos; não queria chorar, não agora. — Ignoro o estado de sua mente. Os Censores o mandaram para cá a pedido de Jannoula, portanto deduzo que ela sabe onde ele se encontra. E vou perguntar-lhe isso.

— Lamento — disse Kiggs, sua voz parecendo a luz do sol. — É péssimo desconhecer o paradeiro dele.

Fechei os olhos.

— Procuro não pensar muito no caso.

Uma longa pausa; o som da respiração de Kiggs de alguma forma me acalmava.

— Sabe o que alguns teólogos pensam da história que lhe contei? Da casa às avessas? — perguntou por fim.

— Julguei que fosse um conto pagão anterior aos Santos.

— E é. Mas para alguns pensadores religiosos, justamente os que mais aprecio, os pagãos antigos eram sábios e tinham vislumbres das verdades superiores. Consideram a casa de Dowl e o vazio em torno da plenitude do universo uma metáfora para o inferno. O inferno é o nada.

Franzi o cenho.

— Segundo sua analogia anterior, é minha mente, amigo.

Ele riu juntinho aos meus cabelos, divertindo-se com a ideia. Eu o amava terrivelmente naquele momento pelo modo como esmiuçava a erudição antiga e tirava conclusões, sem me importar com o fato de ter chamado minha mente de inferno. A ideia era tudo; com ela, Kiggs poderia entreter a todos.

— Portanto, se o inferno é um interior vazio, o que é o Céu em sua concepção? — perguntei, espicaçando-o.

— Uma segunda casa às avessas, dentro (ou "fora"?) da primeira — respondeu ele. — Se você entrar nela, perceberá que nosso mundo, com todas as suas maravilhas, não passa de sombra, isto é, de outro tipo de vazio. O Céu deve ser mais que isso.

Eu mal podia conter o impulso de discutir.

— E se houver outras casas às avessas no Céu, em regressão infinita?

Kiggs riu.

— Mal posso conceber uma — admitiu. — Em todo caso, isso é apenas metáfora.

Sorri no escuro. Em se tratando de metáforas, pensei, "apenas" não existe; elas me seguiam por toda parte, iluminando, obscurecendo e iluminando de novo.

— Senti tanta falta de você — suspirei, encantada. — Poderia passar a eternidade aqui, com a cabeça em seu ombro, ouvindo-o dar asas à sua fantasia.

Ele beijou minha fronte e, depois, minha boca. Correspondi com um ardor inesperado, sedenta dele, tonta por ele, repleta de luz. Uma de suas mãos se perdeu em meus cabelos; a outra se insinuou para dentro de meu gibão, acariciando a camisa de linho sobre minha cintura.

Infelizmente, eu era dragão naquela parte, cingida de escamas prateadas. O toque de Kiggs me fez pensar; e pensar foi o começo do fim.

Entre um beijo e outro, murmurei:

— Kiggs! — Mas então seus lábios me silenciaram. Eu só queria esquecer todas as promessas que fizera e me fundir com ele. Não podia, porém, me deixar levar. — Lucian! — disse com mais determinação, tomando seu rosto em minhas mãos.

— Doce Lar Celestial! — ofegou ele. Abriu seus olhos de um castanho profundo e encostou a testa na minha. Seu hálito era quente. — Sinto muito. Sei muito bem, não podemos.

— Não *assim* — disse eu, o coração ainda disparado. — Não sem conversar ou decidir.

Kiggs me abraçou como para conter meu tremor ou me ancorar na terra; escondi o rosto em seu ombro. Poderia chorar. Tudo me doía, como se sofresse de uma terrível insônia, quando o corpo se mortifica na ânsia de dormir.

De algum modo, encontramos os dois nossa porção de sono, ali, nos braços um do outro.

Trinta e Um

Despertei, com meu queixo no ombro de Kiggs e uma penosa cãibra no pescoço, ao som de vozes na sala do conselho. As cortinas deixavam filtrar uma luz esverdeada pela rótula da porta; não víamos nada, mas ouvíamos tudo com muita clareza. Um numeroso grupo de ministros e nobres enchia o recinto do outro lado da parede e se acomodava em seus assentos. O som de uma trombeta conclamou todos a ficarem de pé para a entrada da Rainha Glisselda.

Kiggs passou do chão para o banco e, com os cotovelos fincados nos joelhos, pôs-se a ouvir atentamente.

Glisselda falou num tom submisso e doce:

— Abençoada, poderia por obséquio abrir esta sessão com uma prece?

Abençoada? Kiggs e eu trocamos um olhar.

— Obedeço humildemente e com muita honra, Majestade — respondeu uma voz de contralto. Era Jannoula, sentada perto de Glisselda. Kiggs ergueu as sobrancelhas inquisitivamente e sacudiu a cabeça. Estava inquieto, como se lutasse contra o ímpeto de correr para fora e pôr logo um fim no absurdo que era aquela falsa Santa. Toquei-lhe o braço, para sossegá-lo; ele cobriu minha mão com a sua.

— Ouvi, adoráveis Santos das alturas! — começou Jannoula, numa desajeitada imitação da linguagem eclesiástica. — Olhai por nós bondosamente e abençoai vossos filhos goreddi, tanto quanto vossos valorosos sucessores ityasaari. Dai-nos forças e coragem suficientes para combatermos a besta, vosso perverso inimigo, e trazei-nos aliados de peso em momentos de necessidade.

Chegara a hora. Acenei para Kiggs, que abriu a porta. Afastei silenciosamente as cortinas e subi ao palanque, postando-me ao lado do trono de ouro. Jannoula estava de pé a poucos passos, diante da Rainha. Os ministros e cortesãos do conselho real haviam curvado a cabeça em atitude de prece, como o grupo de ityasaari à esquerda da nave. Não me viram.

Olhei para o trono. Olhei de novo, perplexa. Não reconheci Glisselda. A grande coroa e não o diadema usual estava pousada em sua cabeça; nas mãos muito brancas, trazia o globo e o cetro, emblemas da soberania que sua avó raramente usava, por considerá-los uma ostentação inadequada. A Rainha Glisselda exibia uma capa dourada justa, com bordas de arminho, um laço no pescoço e um vestido de seda com aplicações de ouro sobre ouro. Seu bonito cabelo parecia congelado em cachos recurvos; seu rosto, já de si pálido, fora embranquecido com cosméticos; e os lábios estavam tintos de vermelho-romã.

A garota viva e inteligente que eu conhecera ficara quase invisível sob toda aquela pompa. Os olhos azuis não haviam mudado, mas me trespassavam com uma frieza assustadora.

Tínhamos nos perguntado quanta influência Jannoula conseguira sobre a Rainha; a resposta estava bem ali naquela mudança, eu não tinha dúvida alguma.

Desviei os olhos da esfuziante Rainha. Jannoula, vestida de linho branco novo, permanecia diante de mim com a cabeça inclinada. Sua cabeleira castanha se juntava em ponta na nuca.

— O Céu já lhe deu os aliados de peso que você pede em oração, Jannoula? — perguntei em voz suficientemente alta para que todos no recinto ouvissem.

Ela se virou para me encarar, boquiaberta e de olhar perplexo.

— A-aí está você — balbuciou. — Eu tinha certeza de que viria.

Não tinha; eu a apanhara de surpresa. Isso me deu alguma satisfação.

— Minha Rainha! — exclamou Jannoula, voltando-se para Glisselda. — Veja quem chegou.

Glisselda nos fitava como se não estivéssemos ali, mas Jannoula não deu a mínima para isso. Virou-se de novo para mim, as mãos ocultas nas largas mangas de seu vestido claro.

— Eu sabia que você voltaria para mim voluntariamente, Seraphina — disse ela com astúcia, sem dúvida encenando para o público. — Está arrependida por ter abandonado sua irmã mais cara?

Era um ato burlesco e deplorável; no entanto, nem eu me sentia imune a ele. Jannoula fizera a única pergunta capaz de me ferir.

— Sim — respondi, engolindo em seco. E, ai de mim, era verdade!

Conseguiria eu avaliar até onde a Rainha e o conselho estavam sendo manipulados por ela? Minha intenção era chocá-los e fazer com que Kiggs, de seu esconderijo, também ouvisse a reação geral. Limpei a garganta e comecei a brincar com a barra de meu gibão, a fim de ganhar tempo enquanto resolvia o que dizer.

— Vim correndo do Laboratório Quatro porque tinha medo do que pudesse acontecer com você, irmã — insinuei em voz lenta. — Recebi notícias que me deixaram preocupada.

Os lábios de Jannoula se entreabriram; parecia a inocência em pessoa.

— Que notícias?

— Os dragões garantem que você trabalha para eles, que tramou a estratégia do Velho Ard e aconselhou seus generais. Apelidaram-na de "General Laedi" — respondi, correndo os olhos sub-repticiamente pela sala. Os meios-dragões não esboçaram nenhuma reação às notícias, mas muitos membros do conselho cochichavam entre si, parecendo perturbados. Glisselda, no entanto, permanecia impassível.

Segurei o fôlego, imaginando que Kiggs também segurava o dele. A Rainha e o conselho questionariam Jannoula sobre aquela alarmante informação? Estariam tão deslumbrados com ela que lhe perdoariam quaisquer transgressões?

— Abençoada Jannoula — interrompeu a Rainha, sua voz sonora se superpondo ao falatório cada vez mais eloquente dos conselheiros —, Seraphina insinua que você é espiã do Tanamoot.

Por uma fração de segundo, o olhar de Jannoula encontrou o meu com uma frieza de aço, mas, em seguida, suas pupilas verdes se dilataram.

— Majestade — clamou ela —, lamento dizer que a acusação de Seraphina é verdadeira, embora incompleta e mal interpretada. Os dragões me mantiveram prisioneira durante toda a minha vida. Minha mãe, o dragão Abind, voltou grávida para o Tanamoot e morreu de parto. Meu tio, o General Palonn, me entregou bebê ao Laboratório Quatro.

Esperei que Jannoula fosse mostrar de novo as cicatrizes de seu antebraço, como acontecera em Samsam, mas o que fez foi desatar o corpete e exibir a parte mediana do torso. O conselho ofegou, horrorizado; ela voltou o rosto para a Rainha, que não se sobressaltou nem desviou o olhar. Uma cicatriz comprida e avermelhada descia longitudinalmente pelo corpo de Jannoula, do esterno até um ponto logo abaixo do umbigo.

— Eles me abriram — disse ela, de olhos fixos em mim, enquanto atava o corpete. — Poluíram meu sangue com venenos, impingiram-me línguas e física, confinaram-me em labirintos para ver quanto tempo eu duraria sem comida e aquecimento. Morri duas vezes e eles me devolveram à vida com choques elétricos. Quando minha mãe morreu, chorei; quando renasci, encolerizei-me. Meu terceiro despertar me fez concluir que devia permanecer neste mundo. Não poderia morrer antes de descobrir meu objetivo e realizá-lo.

Virou-se com um gracioso giro de saias, à semelhança de uma dançarina, levou as mãos juntas ao peito e prosseguiu:

— Certo dia, uma criatura de minha raça (a própria Santa Seraphina) me encontrou e me deu esperanças. Aprendi que tinha um povo.

Relanceei o olhar para os ityasaari presentes no conselho. Dama Okra, Phloxia, Lars, Ingar, Od Fredricka, Brasidas e os gêmeos sorriram. Não pude deixar de ver.

— Desse dia em diante — dizia Jannoula —, todas as minhas energias se concentraram na fuga. Para isso, eu precisava conceber estratégias que favorecessem o Velho Ard, a fim de que meu tio confiasse em mim. E eu o fiz. Conquistei vitórias para eles, mas a um alto custo. Era o que eu queria.

Eu havia pensado nisso antes. E esperei que Kiggs estivesse prestando atenção.

— Meu único propósito, o objetivo que ocupava toda a minha mente — continuou Jannoula, em tom alto e claro — era vir a Goredd, o lar de minha irmã mais querida. Eu moveria céus e terras para isso.

Não havia olhos secos entre os conselheiros, velhos ou novos. A Rainha, disfarçadamente, enxugava os seus com a ponta de um lenço bordado; os ityasaari choravam sem constrangimento. Jannoula se aproximou de mim, pegou minha mão com seus dedos frios e ergueu-a triunfalmente, como se fôssemos grandes amigas enfim reunidas; e só eu sabia com quanta força ela a apertava.

— Ó irmãos! — gritou. — Que este seja um dia de regozijo.

Dito isso, ainda comprimindo minha mão como um caranguejo, avançou pelo tapete rumo ao fundo da sala, levando-me consigo. Às nossas costas, o conselho irrompeu em aplausos espontâneos e sinceros. Jannoula agradeceu sem se virar e nada mais disse até chegarmos ao corredor e percorrermos rapidamente os meandros do palácio.

Empurrou minha mão para longe.

— Que foi aquilo? — perguntou entre dentes. — Uma tentativa de me desacreditar? Alguma ninharia que pensava dever transmitir a todos?

— Na verdade, eu pretendia ajudá-la — expliquei. Era mesmo o que eu queria dizer, embora talvez não o dissesse da maneira que ela esperava. — Vi sua antiga cela no Laboratório Quatro, sua roupa de pele no cabide atrás da porta. Sei o que fizeram com você. — A lembrança do lugar me deixou com a garganta apertada. — Os dragões, porém, me contaram que você ainda estava com eles.

— Não estou com eles — cortou Jannoula. — Nunca estive com eles — rugiu. — Que insuportável arrogância, a dos dragões! Mas logo aprenderão.

— Será? — perguntei. — E como pretende ensinar-lhes?

Jannoula abriu os braços.

— Olhe à sua volta. Descubra uma só coisa que sabotei. O esforço de guerra de Goredd está mais vigoroso graças à minha presença, pode crer. Lars e Blanche continuam aperfeiçoando as armas; Mina ensina novas técnicas de esgrima; meus artistas inspiram o povo. A Armadilha de Santo Abaster era cheia de falhas; eu corrigi tudo. Goredd precisava de minha ajuda e eu vim.

— E Orma? — perguntei. — Garantiram-me que o encontraria aqui.

Seu rosto ficou sombrio.

— Você o verá quando eu decidir que deve vê-lo.

— Está subestimando a minha teimosia.

Jannoula aproximou o rosto do meu, baixando a voz para um sussurro ameaçador.

— E você está superestimando a minha paciência. Vou deixar bem clara uma coisa: posso destruí-la diante do mundo inteiro. Posso convencer qualquer um desses cortesãos simplórios a apunhalá-la, apunhalar os outros ou a si próprio. Não se esqueça disso.

Ergui os braços em sinal de rendição e ela sacudiu a cabeça, com ar severo.

— Venha — ordenou, sem pegar de novo minha mão. — Vou lhe mostrar o Jardim dos Abençoados.

A Torre Ard, onde Glisselda e eu certa vez esperamos por Eskar, era agora a casa dos ityasaari reunidos. Erguia-se, imponentemente alta, na extremidade oeste do complexo palaciano; o campanário no topo, sem sino há muitos anos, avisava em tempos passados os cidadãos de Lavondaville que era hora de correr para os túneis sob a cidade.

— Do alto, você consegue ver todo o Vale das Gaivotas — disse Jannoula quando atravessamos o último pátio, entrecortado por cercas vivas. — Será o lugar perfeito para acionar a Armadilha de Santo Abaster.

Lars e Abdo me haviam deixado perplexa com a Armadilha de Santo Abaster quando apenas os dois a manejavam. Jannoula tinha muito mais ityasaari à sua disposição. Poder excessivo nas mãos de alguém em quem eu não confiava.

Jannoula contemplou o cimo da torre, protegendo os olhos com a mão.

— Você sabe que nós também somos Santos, como o próprio Santo Abaster.

— Não acredito nisso — repliquei.

— Ingar me trouxe o Testamento de Santa Yirtrudis; li a tradução, mas já pressentia que nós, ityasaari, somos Santos. Tenho o dom de adivinhar coisas desse tipo.

— Os Santos eram meios-dragões. Mas isso não significa que todos os meios-dragões sejam Santos.

— Como não? — perguntou ela, com um riso brincando nos lábios finos. — Eu não revelo a luz do Céu para a humanidade? Não somos todos abrasados pelo fogo anímico? Isto é, todos, menos você.

Estudei seu rosto de delicada ossatura, tentando avaliar até que ponto ela acreditava naquilo e até que ponto apenas fingia cinicamente acreditar. Parecia sincera, o que me tornava ainda mais cética.

— Você tem a alma atrofiada, Seraphina — disse Jannoula —, mas ainda assim é bom que esteja aqui. Esta será a gênese de um novo mundo, de uma nova era dos Santos, uma era de paz. Viveremos em segurança e ninguém jamais nos causará danos de novo.

Isso, ou algo parecido, fora também meu sonho. Senti-me um tanto preocupada.

— Você será minha representante — disse ela, pegando meu braço e sorrindo como se esse fosse o gesto mais afetuoso do mundo. — Temos ambas muito trabalho a fazer.

— Para felicidade de todos? — indaguei, olhando-a com ironia. — São Pende está incapacitado, você quebrou os tornozelos de Santa Camba e Santa Blanche quer morrer.

— Baixas inevitáveis — respondeu Jannoula com rispidez. — As mentes não são iguais. Ainda não encontrei uma maneira fácil de penetrar nelas.

— Perdeu Santo Abdo de uma vez por todas — zombei. Não podia me controlar.

— Você ouviu um monte de coisas interessantes. — Seu sorriso era amistoso; seus olhos, duros. — De quem? Não precisava se preocupar com nenhuma delas.

— Mas me preocupei — respondi pura e simplesmente.

— Bem, então esse talvez deva ser o seu trabalho — disse ela.

Na orla ocidental do pátio, operários revolviam areia, preparando uma nova trilha lajeada.

— Estamos chamando isso aí de Caminho do Peregrino — explicou Jannoula. — Leva à cidade e está aberto sem problemas a qualquer um que queira se aproximar de nós com devoção.

Encontramos mulheres que saíam da torre: velhas, garotas e jovens esposas de casas ricas com suas servas a tiracolo. Ao ver Jannoula, levaram as mãos ao coração e fizeram uma profunda reverência. Duas meninas, talvez de uns 5 anos, esbarraram uma na outra enquanto se inclinavam, caíram e começaram a rir. Jannoula ajudou-as a se levantar, dizendo:

— De pé, passarinhos. Que o Céu sorria para vocês.

As mães, enrubescendo, agradeceram à Abençoada Jannoula e se afastaram com as garotinhas brincalhonas.

Teria Jannoula lhes mostrado seu fogo mental? Era o que eu gostaria de saber.

Ela parou à porta da torre, observando as mulheres que se distanciavam.

— Vêm cozinhar para nós e lavar a nossa roupa. Trazem flores frescas, penduram cortinas e varrem o chão.

— Como conseguiu tanta veneração em tão pouco tempo? — perguntei, sem fazer o mínimo esforço para disfarçar o sarcasmo.

— Mostrei-lhes o Céu — respondeu Jannoula, sem nenhum traço de ironia. — As pessoas anseiam pela luz.

Abriu a porta da torre e começou a subir a escada em espiral. As paredes estavam caiadas de fresco, os degraus pintados de azul e amarelo. No primeiro andar, um pequeno corredor se projetava do poço da escada; passamos por ele. Detivemo-nos no segundo, composto por um único e vasto recinto. Os arcos do teto eram suportados por uma grossa coluna no centro, parecida com uma tamareira. Seteiras estreitas tinham sido convertidas em janelas envidraçadas; um fogo crepitava na lareira. Via-se, ao fundo, uma estante de leitura diante de uma fila de bancos dispostos como numa capela. Mulheres da cidade tiravam o pó dos recessos do teto abobadado com trapos amarrados em compridos bastões, enceravam o chão de madeira e penduravam guirlandas de louros.

Jannoula me puxou de volta para a escada. Subimos mais dois andares até o quarto, onde um curto corredor terminava em quatro portas azuis. Ela abriu uma, que revelou um recinto em forma de cunha.

— Vou mandar trazer suas coisas de seus antigos aposentos — disse ela, aproximando-se tanto que quase podia me beijar. — Seu quarto é o mais cobiçado, obviamente. Bem ao lado do meu.

∽∂∾

À tarde, peregrinos zelosos haviam transferido meus pertences — instrumentos, roupas, livros — para o Jardim dos Abençoados. Supervisionei, ansiosa, a subida da espineta pela escada em espiral. O instrumento mal cabia ao lado da cama estreita; pus a flauta e o alaúde debaixo dela. A maioria de meus livros ficou para trás, mas eu soube que poderia recorrer à biblioteca de Ingar, trazida de Samsam e que ocupava todo o sexto pavimento. Coloquei minhas partituras no baú já cheio, juntamente com os vestidos que Jannoula insistiu em me dar, todos de linho novo.

Os gonzos de minha porta gemiam como fantasmas insones de gatos. Pranchas do chão rangiam quando eu as pisava. Com Jannoula no quarto ao lado, esgueirar-me para fora seria difícil; falar com Kiggs pelo thnik exigiria cuidado. As paredes caiadas eram grossas e de pedra, mas as vigas repousavam em entalhes abaixo do teto. Qualquer conversa poderia ser ouvida.

Eu queria muito falar com o Príncipe, saber o que ele andara fazendo após a reunião do conselho e o que andava fazendo agora. Tentaria chegar até Glisselda? Poderia me ser útil de outras maneiras; por exemplo, procurar saber na cidade qual era a atitude geral em relação àqueles Santos saídos do nada. Se o povo continuava se preparando com entusiasmo para a guerra, o que pensaria da tal era de paz que Jannoula profetizara?

Kiggs poderia também encontrar Orma. Eu não tinha a menor intenção de me submeter ao capricho de Jannoula.

Ela precisava fazer seu trabalho, como a maioria dos ityasaari. Examinei cada aposento, a começar do alto, e não vi nenhuma porta fechada. Só encontrei cozinheiros e varredores até chegar ao térreo. Num quarto caiado, com uma lareira fuliginosa e uma janela-seteira trancada, Paulos Pende jazia numa cama estreita, com Camba ao lado, em sua cadeira de rodas.

Pende, embora de olhos abertos, não parecia me ver. O lado direito do rosto estava afundado, como se houvesse derretido. Camba segurava sua mão retorcida, artrítica.

Sorriu tristemente quando entrei.

— Você veio. Lamento não poder me levantar para saudá-la. Não sou mais a mesma. — Apontou para o crânio raspado. — Estou de luto até voltarmos a ser o que éramos.

Fechei a porta às minhas costas, cruzei o pavimento de madeira e beijei-a nas faces.

— Estou aliviada por ver que Pende vive, mas aflita por você ter sido trazida para cá. O que aconteceu?

Os olhos de Camba estavam sombrios e solenes.

— Pobre Pende! Não conseguiu resistir a ela por muito tempo; tinha a habilidade, mas não a força. Jannoula o transformou num fantoche. O velho ainda impõe as mãos em nós, como costumava fazer para extrair os anzóis dela, mas agora o que faz é inserir os anzóis. Se alguém recusa o toque, ele ameaça ferir a si mesmo. Nos breves momentos em que volta a ser ele mesmo, implora que eu não hesite em deixar Jannoula matá-lo. Mas Pende é meu mentor espiritual e não posso permitir que isso aconteça.

A porta se abriu atrás de mim e levei um susto, mas era apenas Ingar que chegava com uma braçada de lenha e gravetos. Cumprimentou-me com um aceno de cabeça e começou, exibindo uma alegria duvidosa, a acender o fogo.

Camba lançou-lhe um olhar distante.

— Uma vez ela nos pegou e nos mandou para o porto à noite. Roubamos um barco de pesca e, imagino, já estávamos no meio do golfo quando deram por nossa falta.

— Jannoula não conseguiria dominar todos vocês ao mesmo tempo — ponderei, como se pudesse mudar o que acontecera insistindo no que não poderia ter acontecido.

— Nem precisaria — disse Camba. — Alguns ficam totalmente indefesos na presença dela. Os gêmeos, Phloxia, Mina. É como se ela girasse uma bússola em suas cabeças e, de repente, o norte fosse o sul e o oeste, leste; assim, podem ser levados facilmente para qualquer direção. Brasidas consegue dividir sua mente e manter Jannoula longe das partes vitais, mas é um homem velho. Que pode fazer contra Mina e suas espadas? E eu, que posso fazer?

Essa era uma pergunta sem resposta. Ficamos sentadas em silêncio, vendo Ingar avivar o fogo.

— Quando estávamos quase aqui — recomeçou Camba, numa voz quase inaudível —, Abdo saltou da carroça no Bosque da Rainha. Achei que Jannoula iria obrigá-lo a voltar ou mandar Mina atrás dele, mas de súbito Pende estava de pé, lutando mentalmente com ela. Sentimos isso, não sei como. Alvejou-a com seu fogo e nos chamuscou a todos. — Acariciou a mão estropiada do velho.

— Isso acabou com ele — disse eu, em voz baixa e assustada. Pende dera tudo o que tinha.

— Mas Abdo escapou — prosseguiu Camba, levantando um dedo. — E o episódio me deu forças. Há modos de resistir e ela não pode prever tudo. Nossas diferenças são uma vantagem para nós.

As chamas crepitavam. Ingar deu um passo atrás, parecendo desnorteado. Camba chamou-o baixinho pelo nome; ele se aproximou e se sentou no chão a seus pés, pousando a cabeça em seus joelhos.

— Quando olhei para você ontem, vi... o que você queria que eu visse. — Eu não quis dizer "pérola mental" porque, se Ingar escutasse, poderia relatar a conversa toda a Jannoula. — O que você tem a me contar sobre isso?

Os olhos escuros e solenes de Camba me revelaram que ela entendera.

— Foi ideia dele fazer a tentativa. Colocou o que era importante num canto de sua mente, trancou-o para que Jannoula não o invadisse e deixou que ela ocupasse o resto. Sabia não ser capaz de mantê-la completamente fora, que ela iria se insinuar como prata derretida num formigueiro vazio. Surpreendo-me ao ver que a jogada funciona tão bem, mas não sei até quando ele resistirá.

— Falaremos mais sobre isso depois — interrompi. *A sós*, quis acrescentar, mas me calei. Camba era esperta o suficiente para ler nas entrelinhas. — Deve haver um meio de usarmos... tudo aquilo que aprendemos.

Nedouard também poderia nos ajudar, mas preferi não mencioná-lo por enquanto. Mina era a única mente segura o bastante para juntar todas as peças; e isso, ai de mim, significava que eu própria devia juntá-las!

Camba abriu a boca para falar, mas nesse instante ouvimos passos no teto, como se um rebanho turbulento de vacas o estivesse pisoteando. Os outros haviam voltado; eu não podia mais me demorar ali. Beijei de novo as faces de Camba e fui procurá-los.

꿍꿍

Cidadãs dedicadas haviam disposto uma comprida mesa de refeições no segundo andar da capela e os ityasaari iam ocupando barulhentamente seus lugares. Parei na soleira por um momento, observando meus colegas meios-dragões com um nó na garganta.

Ingar, que subira a escada atrás de mim, disse:

— Com licença. — Eu barrava seu caminho. Fiz menção de ir embora, mas a Dama Okra me viu e num instante estava a meu lado, abraçando-me e exclamando:

— Finalmente em casa, cara menina! — A alada Mina e a Phloxia de dentes de tubarão beijaram minhas faces; Gaios e Gelina me conduziram até a mesa. Sentei-me ao lado do cego Brasidas, que apertou meus dedos e sussurrou:

— Trouxe sua flauta?

Od Fredricka serviu-me um prato de sopa de lentilhas tirada de um caldeirão das senhoras da cidade que fervia sobre o fogo; Nedouard, ansioso talvez para não parecer que se alegrava com minha presença, sacudiu de leve sua cabeça pontuda. Lars sorriu com uma ternura de cortar o coração; a pálida Blanche, ainda ligada a Lars por uma corda em volta do peito, fitava a mesa, apalpava uma escama no rosto e não sorria. Gianni Patto, sentado na pilha de lenha junto à lareira e com um pão em cada mão, grunhiu de boca cheia:

— Fiiinah!

— Bom ver vocês todos — cumprimentei. Era verdade, mas também uma coisa terrível. Eu não sabia como administrar aquela contradição dentro de mim.

Phloxia nos conduziu numa oração e depois todos começaram a me fazer perguntas ao mesmo tempo. Eu ia respondendo da maneira mais vaga possível, tentando descobrir quais deles não estavam excessivamente entusiasmados com Jannoula. Nenhum se traiu — nem mesmo Nedouard —, mas talvez estivessem sendo cautelosos. Eu lhes daria tempo.

De minha parte, eu só tinha uma pergunta:

— Onde está Jannoula?

— Ela nunca janta conosco — disse a Dama Okra, agitando a mão num gesto de desinteresse.

— Encontra-se à tarde com seu conselheiro espiritual — acrescentou Lars, gravemente. — Até os muito grandes precisam de confidentes. Ninguém pode suportar tudo sozinho.

— Percebo — disse eu; e pus o assunto de lado por enquanto. Iria descobrir quem era. Mal podia supor que se tratasse de Orma (a ideia de que ele fosse algo de espiritual para alguém me fazia rir) e no entanto... eu tinha que ter certeza.

Já me preparava para dormir quando um maço de folhas dobradas foi enfiado sob minha porta por uma mão invisível. Peguei-o e virei-o. Jannoula escrevera em letras bem separadas na primeira página: *Testamento de Santa Yirtrudis, traduzido por Santo Ingar. Só para Santos. Leia-o. E entenda quem você é.*

— Obedeço, Abençoada — resmunguei. Já não tinha sono. Sentei-me para uma longa noite de leitura.

Trinta e Dois

Certa vez, os dragões cometeram um Grande Equívoco. Nascimentos imprevistos de alguns meios-humanos revelaram uma qualidade peculiar quando as duas espécies se misturaram. As mentes dos ityasaari como que se projetavam para o mundo e captavam canais de influência inacessíveis aos outros. Esses poderes mentais fascinavam os dragões; supunham que tais habilidades, se aprimoradas, poderiam mudar o curso de sua guerra infindável contra os sulistas. Assim, deliberadamente, engendraram mais de trezentos meios-humanos.

Não foi esse o seu Equívoco, embora sempre afirmassem que fosse.

O Equívoco consistiu em não mostrarem nenhuma ternura pelos ityasaari, nenhuma simpatia ou gratidão. Os ityasaari eram instrumentos de conquista: nada mais.

Até o dia em que meu irmão Abaster disse: chega!

Fiquei a noite inteira lendo. Quando o óleo de minha lâmpada se esgotou, dirigi-me à capela, aticei o fogo da lareira e, com aquela luz, li até meus olhos lacrimejarem e minha cabeça doer. Saí para o pátio quando amanhecia e continuei lendo à luz do sol nascente.

Aqueles ityasaari — a geração dos Santos — se voltaram contra seus senhores dragões de uma maneira espetacular, escapando do Tanamoot para o sul e ensinando a humanidade a combater. Os dragões nunca tinham visto nada igual à dracomaquia. Ela os dizimou; eles se retiraram para lamber suas feridas e repovoar o Tanamoot.

Os habitantes de Goredd, Ninys e Samsam eram pagãos na época e adoravam inúmeros deuses da natureza locais. Os meios-dragões, até os mais deformados, eram vistos pelos sulistas como manifestações vivas desses espíritos.

Isso deixava alguns ityasaari constrangidos, mas Abaster — sempre disposto a reclamar o manto de líder — reuniu-os e disse: "Irmãos, estarão os humanos errados? Nós, que tocamos a Mente do Mundo, sabemos que somos mais que esta carne perecível. Existe um Lugar entre os lugares, um Momento fora do tempo, uma Esfera de paz infinita. Se não ensinarmos isso à humanidade, quem mais ensinará?"

Assim, deixaram-se adorar, escreveram leis e preceitos, compuseram poesia épica e contaram ao povo sobre a luz que haviam visto, explicando que o mundo não passava de sombras projetadas por aquela luz, a que chamavam Céu. Tudo funcionou maravilhosamente até que alguns tomaram o gosto do poder e começaram a brigar com os demais.

CB&O

Ah, essa luz eu podia ver! Estava em todos os lugares, aparentemente.

Deitei-me para algumas horas de sono e sonhei com a Guerra dos Santos (algo de que nunca ouvira falar antes de ler o testamento de Yirtrudis). Meu estômago me acordou ao meio-dia. Relutantemente, pus um vestido branco e desci a escada, mas a única pessoa que vi foi uma velha resmungona que varria a capela.

— Onde está todo mundo? — perguntei-lhe.

— Saia e veja você mesma. Eu não posso ver, pois estou fazendo penitência.

Suas palavras me fizeram parar.

— E o que verei?

Seus olhinhos pretos, agudos como os de um rato, brilharam quando ela disse:

— A luz.

Corri para o pátio. Estava apinhado de cidadãos e guardas do castelo, todos olhando ansiosamente para o alto da Torre Ard. Protegendo os olhos, eu podia divisar as silhuetas de ityassari no topo; a estatura de Gianni Patto o tornava o mais visível de todos, mas também reconheci as asas de Mina e os perfis quase idênticos de Gaios e Gelina. Todos pareciam se dar as mãos em círculo.

Camba não poderia subir com os tornozelos fraturados; alguém a carregara até lá ou continuaria encerrada em seu quarto?

As pessoas, à minha volta, estavam ofegantes; algumas se ajoelharam e inclinaram a cabeça; outras, com as mãos sobre o coração, contemplavam extasiadas. De onde eu me encontrava, nada parecia ter mudado. Cochichei para a jovem ao meu lado, que olhava o céu beatificamente:

— O que, afinal de contas, está acontecendo?

— Está acontecendo que você atrapalhou minha prece — rosnou ela; mas logo pareceu notar meu vestido branco. — Oh, desculpe... Não a reconheci. Você é a Contrassanta, aquela que não pode ver o Céu, não é? A Abençoada pregou a seu respeito ontem à tarde.

Senti uma onda de calor me subir pelo peito. Enquanto eu supervisionava a transferência de meus pertences, Jannoula, aparentemente, andara espalhando mitos sobre mim. Eu lera o Testamento; houve mesmo um "Contrassanto" e foi Pastelão, o líder da insurreição contra Abaster enterrado vivo por causa dos problemas que causou. O que Jannoula queria dar a entender chamando-me assim? Coisa boa não podia ser.

— Ela disse que você é uma peça necessária no plano celeste — acrescentou a jovem apressadamente, como se a mortificação estivesse estampada em meu rosto. — Tudo tem seu contrário e isso mantém o mundo em equilíbrio.

Engoli minha irritação e perguntei:

— E o que você está vendo lá em cima?

— Uma luz dourada. — Ergueu de novo os olhos castanhos para o céu. — Eles podem concentrá-la num globo flamejante ou espalhá-la pelo espaço como uma cúpula magnífica, que envolve toda a nossa cidade e mantém os dragões a distância.

Santa Yirtrudis alegou que Abaster tinha esse poder e podia defender sozinho uma cidade. Mas as cidades, é claro, eram menores naquela época. Apesar disso, sabendo o que as pessoas à minha volta estavam enxergando, não era de admirar que Jannoula houvesse instilado crenças em tantos corações em tão pouco tempo. Ninguém pode negar o que vê com seus próprios olhos.

Ocorreu-me então que agora, estando Jannoula e os ityasaari ocupados, eu poderia conversar com Kiggs sem receio de ser ouvida. Corri para o meu quarto, deixando a porta entreaberta para escutar os passos de quem se aproximasse, e sentei-me na cama com o thnik que Sir Cuthberte me dera. Ele zumbiu várias vezes até que ouvi a voz de Kiggs dizer bem alto:

— Espere um pouco. Estou no meio de uma multidão.

Esperei, perguntando-me como ele poderia estar no meio de uma multidão. Eu o julgava ainda no castelo, escondido. Por fim sua voz reapareceu:

— Tudo bem, entrei na catedral.

— Está na cidade?

— Sentia-me sufocado no castelo — disse ele. — Aqui fora, pude observar a situação das guarnições, suprimentos e defesas das muralhas. O que quer que esteja planejando, Jannoula parece não ter boicotado nossos preparativos de guerra. São boas notícias.

— Como conseguiu ver isso tudo sem ser visto? — perguntei.

— Oh, muita gente me viu. Mas apenas oficiais leais a mim. Contei-lhes que a história de eu não poder entrar na cidade foi apenas um ardil estratégico para que pudesse investigar secretamente alguns indivíduos. — Houve uma pausa, durante a qual quase pude ouvi-lo rir. — Você não é a única que, com artimanhas, consegue se safar de encrencas, fique sabendo!

Eu me metia em encrencas com a mesma frequência, mas deixei isso para lá.

— Está vendo esta, hum, Armadilha de Santo Abaster melhorada? — perguntei.

— Não é impressionante? — gritou ele. — Quando só havia Lars e Abdo, com a Dama Okra arremessando xícaras, não imaginei o quanto ela se tornaria poderosa e bela. Selda e eu esperávamos que fosse apenas uma defesa entre muitas, mas acho que pode manter a cidade em segurança, com todos dentro.

— Sim — concordei, em tom lastimoso. — Talvez possa.

— Será que vão conseguir trabalhar sem Jannoula? — perguntou Kiggs.

— Não sei.

— É que precisamos desse recurso — explicou ele. — Se você não achar evidências de que ela está sabotando o esforço de guerra ou nos traindo para favorecer o Velho Ard, lamento dizer que sua encenação de Santa pode esperar um pouco para ser desmascarada. Haverá tempo para arrancar os outros ityasaari de suas garras depois que Goredd inteira estiver livre da guerra.

— Creio que sim — murmurei.

— Goredd deve vir primeiro — insistiu ele. — Mas, tenho de confessar, essa é a coisa mais extraordinária que já vi. — Falava como se estivesse posicionado junto a uma janela ou porta da catedral, a fim de continuar observando o céu.

— Eu não vejo nada — repliquei, com a irritação invadindo minha voz.

— Dragões podem ver ou não? Preciso perguntar à guarnição daqui. Sabe o que me lembra? As palavras de Santo Eustace: "O Céu é uma Casa Dourada..."

Eu não queria ouvir aquilo. Interrompi:

— Enquanto você vistoria os preparativos de guerra, pode ficar atento a qualquer notícia sobre o tio Orma? A guarnição de Comonot ou os estudiosos do Buraco dos Quigs talvez o tenham visto ou farejado.

— Claro, claro — disse ele distraidamente; percebi que deixara de ouvir, sua atenção toda concentrada no céu cor de ouro.

⁂

Voltei à capela. Quando os ityasaari terminaram de praticar a Armadilha de Santo Abaster, desceram da torre, rindo e tagarelando. Ao que parecia, Camba não participara; e não demorei a perceber que Lars e Blanche tinham sumido.

Na escada, Lars começou a gritar por socorro.

— Azul de São Prue! — exclamou a Dama Okra, passando por mim. Lars atravessou a porta com Blanche nos ombros. A Dama Okra ajudou-o a levá-la para a capela e deitá-la diante da lareira. Blanche não estava inconsciente, como eu julgara, mas chorava baixinho. Afundou a cabeça entre os braços e se encurvou numa bola.

A corda ainda a ligava a Lars.

— De novo, não! — esbravejou Nedouard. Num instante estava ao lado de Blanche, tomando uma de suas mãos muito finas e palpando-lhe o pulso. Algumas escamas pintalgavam sua pele como crostas; e viam-se contusões em seu pescoço.

— Sinto muito — soluçou ela. — S-sinto muito.

— Ela esperou até que todos descessem a escada — contou Lars em tom patético, os olhos cinzentos estriados de vermelho. — Então enrolou a corda no pescoço e pulou. Dessa vez, quase me levou consigo.

— Não podemos mais obrigá-la a participar! — gritou Nedouard precipitadamente. — A linha mental a machuca. É cruel!

Ouvimos passos abafados na escada, que de repente silenciaram. Olhei para trás e vi Jannoula observando-nos atentamente. Ignorou o sofrimento de Blanche e continuou descendo sem dizer palavra. Naquele momento, odiei-a.

Nedouard desamarrou Blanche e eu o ajudei a levá-la para o quarto. Acomodamo-la, ainda chorosa, na cama estreita. Virei-me para sair, mas o médico segurou firme meu braço e cochichou:

— Não deixe que a luz no céu a engane. É obra de Jannoula. Nós nos submetemos ou ela nos destrói.

Apertei-lhe a mão, com o coração doendo.

— Vamos descobrir um meio de sair disso.

Jannoula me chamara sua Contrassanta; era hora de começar a contrariá-la.

❧

Eu logo decorei as rotinas dos ityasaari canonizados: levantavam-se ao amanhecer para rezar na capela, vindo depois o conselho matinal, a Armadilha de Santo Abaster e o almoço. À tarde, separavam-se para suas diferentes tarefas — pregar, pintar, representar, atender a multidão —, jantavam juntos, juntos passavam uma hora em silêncio na capela e iam dormir.

À noite, Jannoula não aparecia. Tentei segui-la uma vez, mas Gianni Patto aparentemente tinha ordens de me vigiar. Plantava-se no meu caminho e, como quem não queria nada, ficava arranhando o chão com suas garras em forma de punhais. Eu reunia toda a minha coragem e tentava ir em frente, mas ele me pegava pelo braço com sua mão enorme e me fazia entrar de novo.

Procurei descobrir algum meio de falar com Glisselda. Ela parecia ter aceitado sem discutir as explicações de Jannoula sobre sua aliança com o Velho Ard, mas isso não queria dizer que estivesse surda à razão. Sem dúvida, eu acharia um jeito de abordá-la e libertá-la de Jannoula sem que parecesse estar fazendo isso.

Infelizmente, nunca tive a oportunidade de conversar com ela a sós. Jannoula estava sempre presente antes e depois da reunião do conselho; e à tarde, quando a Abençoada ia pregar na catedral, ordenava que a Dama Okra me seguisse por toda parte. Eu tentava, mas não conseguia me livrar da velha embaixatriz; ela ficava grudada em mim como um carrapato. Só uma vez consegui combinar um encontro com a Rainha em seu escritório. Glisselda, sentada na escrivaninha, me lançou um olhar ansioso quando entrei, mas, ao ver a Dama Okra, sua expressão se fechou. Passamos uma hora aborrecida tomando chá e falando de nada. A Dama Okra observava com seus olhos de falcão, enquanto um soldado magro, de cabelos castanhos (o guarda surdo de Glisselda), ficava plantado num canto como uma estátua. Fiz um sinal para que Glisselda mandasse a Dama Okra sair — afinal, ela ainda era Rainha —, mas a única pessoa a perceber a jogada foi a própria Dama Okra, que fechou a cara para mim pelo resto do dia.

Fechou a cara, mas continuou presente.

Tentei escapar a fim de ver Glisselda à noite. Sem dúvida, faria melhor dessa vez para iludir os guardas; diria que Jannoula exigira a presença da rainha na Torre Ard e eu a escoltaria até lá, o que nos daria a chance de conversar a sós. Mas não consegui sair da torre: quando abri a porta da frente, lá estava Gianni Patto de pé no pátio, barrando meu caminho.

Mas também o que Glisselda me diria se eu lhe falasse? As mesmas coisas que Kiggs me contava toda noite pelo thnik — que Goredd precisava da Armadilha de Santo Abaster e os ityasaari podiam esperar até o fim da guerra para ser libertados?

Passou-se uma semana, depois outra. O exército samsanese, que estivera a apenas sete dias de marcha, não se movera. Os Legalistas deviam fingir ir para o sul dentro de seis dias. Senti como se não houvesse feito nada.

Como Jannoula se ausentava quase todas as noites, meu único consolo era o fato de poder falar com Kiggs mais facilmente do que pensara de início. Numa dessas noites, ele me surpreendeu com esta notícia:

— Estou vendo Jannoula, cerca de um quarteirão à minha frente, na rua do rio. Quer que eu descubra aonde ela vai?

— Se puder segui-la sem ser notado — recomendei, me levantando da cama como se meu estado de alerta fosse intensificar o dele.

Depois de alguns instantes, sua voz soou novamente:

— Estamos virando para o sul, na curva do rio. Ela arranjou um séquito, gente que sai das tabernas e alamedas. Parecem gaivotas atrás de um barco de pesca. E sabe o que mais? Ela se deixa tocar pelas pessoas e sorri para todas. Por mais egoísta que seja, parece bastante gentil.

— Ela não é gentil — cortei logo. De fato, Jannoula tinha seu fascínio mesmo quando não falava nem refulgia com o fogo mental.

Kiggs deu um risinho irritante e, por alguns momentos, só ouvi o som de seus passos. Informou que passava pela Ponte da Catedral.

— Ela está indo na direção da porta do seminário — disse ele. — Se entrar, será difícil segui-la lá dentro.

— Não entre. Já tenho a informação de que precisava — assegurei-lhe. Eu iria ao Seminário de São Gobnait e veria as coisas por mim mesma, tão logo fosse possível. Poderia muito bem despistar uma dama de companhia ityasaari na cidade; era a minha cidade.

Kiggs permaneceu em silêncio por algum tempo. Olhei para o thnik-anel, a um dedo de distância do anel de pérola de Orma, pensando se deveria chamá-lo. De repente, ele falou:

— Não foi difícil. Um Príncipe do reino ainda pode ir aonde quiser.

— Você entrou atrás dela? — espantei-me.

— Não se preocupe. O monge porteiro achou que eu estava protegendo Jannoula. Por que ele a consultaria sobre mim se ela devia saber que eu vinha logo em seguida?

Franzi o cenho, não gostando nada do risco que Kiggs estava correndo, mas eu já não podia fazer nada.

— Caramba! — exclamou ele; levei um susto.

— Que foi? — sussurrei, com o coração na boca.

— Estranho — murmurou ele. — Pensei que ela tivesse entrado por este corredor... que, no entanto, não tem saída.

Sua voz sumiu e isso me assustou mais do que qualquer coisa que ele pudesse ter dito. Eu estava prestes a chamá-lo, mas felizmente me contive.

— Esteve me seguindo — disse a voz de contralto de Jannoula. Parecia divertida.

Mordi os lábios. O thnik de Kiggs continuava ligado; se eu falasse, ela me ouviria.

— Engana-se — protestou Kiggs com voz abafada, como se escondesse o aparelho no punho fechado.

— É mesmo? Veio aqui para me castigar por minha impiedade? Não fique embaraçado. Farejo de longe o ceticismo e não o considero vergonhoso. Na verdade, por incrível que pareça, é até um alívio encontrar quem duvide. — Suspirou, como quem carrega um pesado fardo de deveres. — Eis, finalmente, uma pessoa a quem não posso decepcionar.

Kiggs riu; meu estômago revirou.

Ela o analisara rapidamente e tomara a atitude certa: humildade, dúvida e obrigação. Ele era cauteloso, mas ela sabia usar a cautela. Só precisava de um ângulo.

O thnik do príncipe zumbiu e foi desligado.

Trinta e Três

Jannoula voltou do seminário com Kiggs, que se reintegrou sem problemas à vida do castelo, até onde pude notar. Se Glisselda estava irritada porque ele desobedecera às suas ordens de não entrar na cidade, presumo que Jannoula suavizou as coisas entre os dois. Os detalhes não chegaram até mim; eu só podia observar de longe. Kiggs compareceu ao conselho, fez planos para a defesa da cidade, percorreu as muralhas e treinou com a Guarda da Rainha.

Era mais fácil chegar perto de Kiggs que de Glisselda. Dois dias depois de Jannoula cooptá-lo, vi-o andando com passo resoluto pelo Pátio de Pedra com três oficiais de seu regimento. Chamei-o e ele parou, deixando que os outros se adiantassem rumo ao portão da barbacã. Eu estava quase sem fôlego quando o alcancei, mas tinha de perguntar:

— Descobriu quem é o conselheiro espiritual dela? Será Orma?

Kiggs deu de ombros, revirando o capacete nas mãos.

— Não, não descobri, Phina. Mas sabe, mesmo que seja Orma, ela deve ter uma boa razão para mantê-lo longe de você. Jannoula não é a maluca que sempre imaginamos. Possui uma mente notável e, apesar de alguns defeitos, é acessível à razão...

Afastei-me, não querendo ouvir mais nada. Não havia dúvida de que o encanto de Jannoula o afetara; eu já não podia me sentir segura conversando com ele francamente. Mais um aliado que se fora.

Jannoula não exultou com a conquista de Kiggs, o que, é claro, despertou minhas suspeitas. Não se esquecera, obviamente, de tê-lo visto pelos olhos de Abdo saindo de meu quarto, em Porfíria. Sabia que a Rainha Glisselda ordenara que o Príncipe ficasse longe. Eu já me perguntara se as duas coisas estavam ligadas, se Jannoula contara a Glisselda o que vira em Porfíria e Glisselda, em consequência, não quisera mais ver o noivo.

Isso, porém, não mudava nada. Glisselda já não era ela mesma e decerto ficaria furiosa tanto com Kiggs quanto comigo se realmente soubesse a verdade. Sem dúvida, Jannoula estava reservando a fofoca para uma ocasião especial.

O tempo passava, implacável. Minha ansiedade crescia. Eu queria detê-la antes que a guerra chegasse ao Sul, para determinarmos se os outros ityasaari conseguiriam acionar a Armadilha de Santo Abaster sem a ajuda dela. Kiggs dissera que precisávamos dessa armadilha e eu concordara. O expediente não prejudicaria as defesas de Goredd, mas incapacitaria Jannoula de um modo reversível, para o caso de descobrirmos que os outros ityasaari eram incapazes de fazer a armadilha sem ela. Isso excluía matar ou envenenar Jannoula. Camba, Nedouard e eu, conversando apressadamente em voz baixa quando podíamos, não encontráramos uma maneira melhor de contê-la.

Fato surpreendente, a solução me ocorreu graças ao testamento de Santa Yirtrudis. Já o lera três vezes, ficando muito orgulhosa de minha padroeira secreta e seu amante, o Contrassanto, o monstruoso Pastelão. Da primeira vez, pintei-o como uma lesma grande e horrível do pântano — não podia pensar outra coisa — e achei o romance dos dois absurdo. Da segunda, porém, prestei mais atenção às descrições que Yirtrudis fez dele. Pastelão não era lesma coisa nenhuma. Era alto e ameaçador (imaginei-o como um Gianni Patto mais jovem, mais bonito e com dentes melhores). Guerreiro formidável e impiedoso, matara dragões com as mãos nuas. E depois que os dragões foram derrotados, já não havia lugar para ele, vítima que se tornou de ódios e rancores. Somente Yirtrudis parecia ver em Pastelão um homem e não um monstro. Instruído por ela, aprendeu a controlar-se; e, juntos, fundaram uma escola de meditação.

O irmão invejoso de Yirtrudis, Abaster, que já assassinara três outros Santos por se oporem às suas doutrinas, conseguiu que Pastelão fosse enterrado vivo. *Meu irmão destruiu o melhor de nossa geração*, escreveu Yirtrudis, *porque Pastelão não quis chamar a Luz do Mundo de "Céu". Quando Abaster acabar conosco, não haverá mais espaço para interpretações: ele concentrará todas as nossas inúmeras visões maravilhosas em uma só.*

A menção da "Luz do Mundo" me fez estremecer. Concluí que eu também não a chamaria de Céu. Sim, aquele Pastelão me agradava.

Só depois de minha terceira leitura completa descobri que Pastelão burlara uma vez a Armadilha de Santo Abaster. Havia uma única frase sobre isso, fácil de passar por cima: *Pastelão se transformou em espelho e devolveu o fogo a Abaster até que este ficou tão queimado que não conseguimos reanimá-lo antes de três dias.*

Foi na noite que precedeu a retirada dos Legalistas; só dispúnhamos de mais um dia para tentar alguma coisa antes que a barreira começasse a funcionar contra os dragões inimigos. Encontrei-me com Camba e mostrei-lhe a passagem do testamento. Ela estava sentada na cama, com Ingar enroscado na outra extremidade como um grande gato adormecido.

— O que significa isso? — perguntei. — E haverá alguma coisa que possamos fazer?

— É possível refletir o fogo mental dela — respondeu Camba, pensativa, endireitando a espinha. — Tentei algo parecido uma vez, por intuição. Fiquei de pé no final da linha durante a Armadilha de Santo Abaster e direcionei o fogo para ela com toda a minha vontade. O fogo a picou como uma abelha. — Esfregou a perna, sempre pensativa. — Furiosa, ela mandou Gianni me atirar escada abaixo.

Estremeci.

— Então Jannoula não ficou incapacitada?

Camba sacudiu a cabeça.

— Ficou ferida o suficiente para não me deixar participar mais da armadilha. Não posso nem subir à torre. Jannoula tomou também uma precaução: permanece no meio da linha e não na ponta. Se alguém refletir o fogo em sua direção, ele passará longe e se perderá ao longo da linha. Mas, se ambas as pontas o refletirem ao mesmo tempo, talvez ela seja apanhada entre as duas ondas.

— Foi difícil refletir o fogo?

— É preciso estar bem consciente no momento — explicou Camba, imitando uma bola com as mãos como se ali é que a consciência devesse se concentrar. — E devolver o fogo no instante exato em que ele nos atingir.

— Não posso participar da Armadilha de Santo Abaster porque eu própria me proibi disso. Você não pode. Só há um de nós capaz de ajudar — disse eu, pensando em Nedouard —, mas não sei se a mente dele é forte o bastante.

— Ingar seria o indicado — sugeriu Camba. Ingar, aos pés da cama, se refestelava ronronando fora de tom. — Precisaríamos explicar a ele o plano quando estivesse lúcido, para que entendesse. Você poderia acionar a pérola mental dele no último momento.

Isso exigiria que eu subisse ao alto da torre enquanto eles estivessem praticando e Jannoula jamais permitiria isso. Sem dúvida, eu poderia enganá-la; para minha surpresa, não via a hora de tentar.

— Jannoula não ouvirá a palavra-chave se eu a pronunciar em voz alta? — perguntei.

Camba riu, zombeteira.

— A palavra deve ser pronunciada com perfeição, pois só assim ele despertará. Ingar tem ouvido muito apurado para línguas, mesmo em sua condição atual.

A palavra era *guaiong*, que em antigo zibou significa "ostra" — uma brincadeirinha de Ingar com a ideia de pérolas mentais, pensei. Pratiquei sua pronúncia sob a orientação paciente de Camba. As vogais eram muitas e o processo levou quinze minutos, mas por fim ressuscitei a vontade de Ingar. Ele entendeu e aprovou o plano. Pratiquei mais algumas vezes até que uma terrível dor de cabeça o assaltou e tivemos de parar. Lá ficou ele com a cabeça no colo de Camba, ela massageando sua testa.

Nos olhos de Camba, brilhava uma esperança cautelosa.

— Se a coisa der certo, tentarei livrar os outros de Jannoula — disse em tom suave. — Não posso alcançá-los sem abrir a porta que lhe permitiria entrar com tudo em minha mente. Já tentei isso; mesmo quando ela estava dormindo, percebia-o de imediato. Não posso ajudar ninguém quando eu própria estou lutando pela minha soberania mental. Mas, se Jannoula ficar incapacitada, aí sim, conseguirei sem dúvida libertar os outros.

— E quanto a você?

Camba sacudiu a cabeça.

— Não sei. Pende sempre disse que é impossível uma pessoa libertar a si própria; mas talvez tudo dependa de quanto Jannoula esteja inerte.

Concordei com um gesto lento de cabeça, me perguntando se haveria um meio de manter Jannoula incapacitada. Nedouard talvez tivesse uma droga que possibilitasse o truque. Eu falaria com ele em seguida.

Saí do quarto de Camba e subi a escada da torre adormecida até o de Nedouard, no quinto andar. Ele estava acordado. Entrei silenciosamente, fechei a porta atrás de mim e sussurrei no ouvido do velho doutor:

— Tenho um plano para amanhã.

— Não me conte tudo. — Seu bico tornava difícil entender o que ele dizia. — Consegui contrariar os interesses dela até agora, mas Jannoula poderá tirar qualquer coisa de mim se quiser.

Expliquei-lhe o que ele precisava fazer e só. Nedouard coçou a orelha, incerto.

— Não sei se posso fazer o que me pede — confessou. — Refletir o fogo exige mesmo apenas isso? Devo simplesmente ser o espelho?

— Sim — respondi com firmeza, esperando que fosse verdade e tentando disfarçar minhas dúvidas.

— Reze para que funcione — disse Nedouard. Beijei-o no rosto antes de partir, a fim de deixá-lo confiante, embora já não soubesse mais a quem nem ao quê deveria rezar.

꧁꧂

A última manhã pacífica de Goredd amanheceu úmida e cinzenta. Desci correndo para o café, depois de ter dormido muito pouco. Mas, antes que pudesse me sentar, Jannoula estava ao meu lado.

— Hoje é o dia — cochichou ela ao meu ouvido. — Você irá comigo.

— Aonde? — perguntei, desconfiada; ela apenas sorriu em resposta e levou-me para fora da torre.

Atravessamos o pátio lamacento em direção ao palácio propriamente dito. Enveredamos por corredores, subimos escadas e penetramos na ala da família real, parando diante de uma porta que eu conhecia bem. Os guardas grunhiram e se afastaram, mal olhando para nós.

Entrei na sala de estar onde já estivera tantas vezes, arejada e pintada de azul e amarelo. A mesa continuava diante das janelas altas, mesa onde outrora se servia o café da manhã à Rainha Lavonda e à volta da qual estavam sentados dois de meus mais caros amigos. Kiggs se levantou de um pulo, o rosto desconcertantemente barbeado e os olhos negros brilhando; Glisselda, vestida para o conselho com seus brocados mais cerimoniosos, sorriu radiante e gritou:

— Surpresa!

Sua expressão me deixou mais perplexa que a palavra; em nove meses, nunca me parecera tão alegre. Devolvi o sorriso, esquecendo momentaneamente a Santa ao meu lado.

— O conselho se reunirá dentro de meia hora, mas achamos que você poderia tomar o café conosco — disse Kiggs solenemente, repuxando a barra de seu gibão escarlate. — A Abençoada Jannoula nos contou que seu aniversário será daqui a dois dias, mas então estaremos muito preocupados para celebrá-lo condignamente.

Meu sorriso murchou. As verdades de Jannoula me deixavam tão inquieta quanto suas mentiras. Kiggs se adiantou para me conduzir à mesa; deixei-o pegar meu braço, mas sempre de olho em Jannoula. Ela sorria malignamente. Estava preparando alguma coisa, mas só descobri o que era quando lancei os olhos sobre nosso desjejum. Entre um arranjo surpreendentemente simples de chá, pão e queijo, via-se uma torta de marzipã com cobertura de suculentas amoras pretas.

Aquela torta era a única coisa que me vinha à cabeça de meu décimo segundo aniversário. E era um gosto que eu partilhava com Jannoula. Só de vê-la, ocorreu-me um monte de recordações: como Jannoula se apossara de minha mente, como roubara, distorcera e mentira; como Orma me salvara.

Olhei para Jannoula — que retribuiu com um sorriso malicioso.

— A Abençoada nos contou que você adora amoras pretas — disse Glisselda.

— Muito gentil da parte dela — consegui dizer.

Kiggs, à minha direita, passou-me um pequeno pacote envolto em pano; não era maior que a palma de minha mão.

— O pensamento é que conta, eu acho — disse ele. Enfiei o presente na manga; Jannoula poderia saber do que se tratava, mas eu não queria que os primos reais vissem minha expressão quando eu abrisse o pacote.

Foi tudo o que ela fez, um jogo encenado para mim, é claro. Mas a pior parte, talvez, foi que Kiggs e Glisselda pareciam absolutamente eles mesmos. Eu não conseguia determinar até onde Jannoula os influenciara. Sem dúvida, seria uma grande surpresa quando tudo viesse à tona, como encontrar uma aranha no chinelo. Eu não conseguia relaxar; era quando ela me acertava em cheio.

Lá estava eu com meus dois mais caros amigos e me sentindo inteiramente só. À minha esquerda, o sorriso de Jannoula se transformou num esgar felino.

— Que bom termos tempo para isto antes que a guerra chegue até nós! — disse ela, cortando a torta sem ligar para os outros petiscos. — Foi um privilégio ter conhecido você, Majestade, durante estas poucas semanas. Temos muito em comum, e não apenas o fato de todos amarmos Seraphina. — Tocou meu pulso com uma das mãos, enquanto lambia o polegar da outra, lambuzado de torta. — E todos a amamos, é claro. Seraphina pode se considerar muito querida. É por ela que estamos aqui hoje.

Jannoula transferiu um grande pedaço de torta para seu prato.

— Sinto-me especialmente abençoada por ter passado algum tempo com você esta semana, Príncipe Lucian — continuou, apontando os dentes do garfo para Kiggs. — Que divertido foi discutir teologia e ética com você, saber que valoriza a verdade acima de tudo! Admiro isso profundamente.

Kiggs, fitando-a extasiado do outro lado da mesa, enrubesceu. Estaria ela extasiada também com ele ou tudo não passava de bajulação?

— A honestidade é a pedra angular da amizade, não acha, Seraphina? — perguntou Jannoula, olhando para mim e lambendo os resquícios de amora dos lábios. — Estes dois, é óbvio, são bem mais que amigos. São primos, criados como irmãos, e logo se casarão. Era o mais caro desejo de sua avó.

Kiggs começou a fatiar o queijo com muita concentração, enquanto Glisselda observava o fundo de sua xícara. Examinei Jannoula com a maior atenção, ainda sem entender aonde ela queria chegar.

— Acho que nós quatro, amigos que somos, não deveríamos ter segredos entre nós — prosseguiu Jannoula; e, súbito, matei sua charada.

Em Porfíria, ela vira Kiggs saindo de meu quarto. Planejava me extorquir alguma coisa. Chutei-a por baixo da mesa.

— Está bem — sibilei entre dentes. — Vamos discutir o que você...

— Saibam — disse Jannoula, ignorando meus chutes — que uma picante indiscrição chegou aos meus ouvidos. O melhor será deixar tudo claro para continuarmos a confiar uns nos outros como é o certo.

— Pare! — gritei. — Você venceu, mas vamos falar nisso quando...

— *Alguém* se apaixonou por Seraphina — disse Jannoula, com um sorriso assustador. — Confesse (isso é bom para a alma) e discutamos o assunto, aberta e honestamente.

Kiggs levou a mão à boca; estava verde. Glisselda, à minha frente, parecia ainda pior. Ficara branca como um fantasma e balançava na cadeira como se fosse cair.

Nós a havíamos magoado. Ela não precisava saber a verdade desse jeito.

Levantou-se da mesa e correu para seus aposentos. Kiggs trocou um olhar comigo e correu atrás dela.

Jannoula enfiou um pedaço enorme de torta na boca e riu.

— Como pôde fazer isso? — gritei, furiosa.

— Presente de aniversário — retrucou ela de boca cheia, com um brilho cruel nos olhos. — Para você se lembrar de que tudo que ama é meu. Meu para dar ou destruir. — Pescou algumas amoras de cima da torta, juntou-as na mão esquerda e se levantou para sair. — Venha, temos um dia cheio pela frente.

— Causou aos meus amigos um sofrimento que só o Céu pode avaliar! — rugi. — Não vou fugir deles como uma vilã.

Jannoula me agarrou pelo braço e me obrigou a ficar de pé. Era mais forte do que parecia.

— O mais engraçado — disse ela, soprando um hálito úmido de amoras em meu rosto — é que você não sabe nem metade do que acontece. Eu conheço melhor aqueles dois. E sei de coisas que nem imagina. Sei, por exemplo, que os Legalistas chegarão mais cedo do que qualquer pessoa calcula e que posso fazer a Armadilha de Santo Abaster sozinha.

Suas palavras instilaram um grande medo em meu coração. Aquela conversa sobre fazer a armadilha sozinha... Teria tomado conhecimento do que planejávamos? Eu não sabia. Jannoula gostava de deixar dúvidas no ar.

Levou-me de volta à Torre Ard. Não resisti — o tempo urgia. Conduziu-me escada acima até a capela, onde os ityasaari devoravam seu mingau.

— Desculpem-me interromper sua refeição, irmãos — gritou Jannoula —, mas chegou a hora! Os Legalistas se aproximam e o Velho Ard os segue de perto. A Armadilha de Santo Abaster deve ser acionada para seu santo objetivo. Hoje o mundo saberá o que podem fazer as mentes dos abençoados.

Todos se levantaram de um salto, conversando animadamente, e atulharam a escada em espiral. Camba não estava com eles; comia no quarto porque não podia subir os degraus. Ignorava, sem dúvida, que as coisas avançavam mais depressa do que supunha. Não era fácil captar seu fogo mental em meu jardim sem que primeiro eu acalmasse minha mente, mas às vezes o desespero fazia a mágica. *Camba*, disse-lhe eu em pensamento, *prepare-se para libertar pessoas do anzol caso Jannoula falhe.*

Jannoula agarrou de novo meu braço e eu dei um pulo.

— Venha nos ver. Mesmo quem insiste em vagar pelo mundo sozinho se espantará com o que podemos realizar juntos.

Ela antecipara meu pedido. E isso não podia ser uma boa coisa. Segui-a escada acima, com o coração desfalecendo.

Os outros já estavam reunidos no teto. Doze ityasaari: Nedouard, Blanche, Lars, Mina, Phloxia, Od Fredricka, Brasidas, Gaios, Gelina, Gianni Patto, Dama Okra e Ingar. As nuvens de chuva se abriram e a luz do sol fazia suas vestes brancas brilhar como um farol, como as fogueiras dos ard de antigamente. Eles permaneciam de pé em semicírculo diante da balaustrada baixa. Blanche estava presa a Lars por uma corda curta demais para ser enrolada ao seu pescoço: salva contra a vontade.

Se nosso plano funcionasse, Blanche logo ficaria livre. Era o que eu desejava ardentemente.

Deram-se as mãos numa linha em forma de ferradura, com a abertura para as montanhas do norte, Ingar numa extremidade, Nedouard na outra. Postei-me num dos lados. Jannoula se dirigiu para o centro da linha, os cantos da boca erguidos num risinho perverso. Iniciou um cântico ritual tirado do testamento de Santa Yirtrudis, que os Santos outrora entoavam quando uniam suas mentes à de Santo Abaster: *Somos uma mente única, mente com mente, mente além da mente, trama e urdidura da mente maior.*

Aproximei-me de Ingar e murmurei:

— Guaiong.

Ingar voltou a si, piscando fortemente, e me fez um sinal. Lembrava-se do que devia fazer. Na outra ponta da cadeira, Nedouard também me dirigiu um leve aceno de cabeça.

Jannoula fechou os olhos. Eu quase podia seguir seu fogo mental percorrendo a linha, fazendo com que os ityasaari começassem a ofegar um por um e assumissem uma expressão de êxtase — exceto Blanche, que chorava sua dor.

Ingar e Nedouard contraíram os ombros como se fossem desferir um golpe, prontos a atirar suas vontades contra a de Jannoula. Juntei as mãos, rezando para ninguém em especial. Aquilo tinha de funcionar.

Jannoula abriu um dos olhos e fitou-me, uma piscadela em câmera lenta ao contrário. Sorriu com uma malícia perfeitamente felina, atirou a cabeça para trás e gritou. Pensei, esperançosa, que fora atingida pelo fogo reflexo; mas então Nedouard e Ingar gemeram alto e caíram de joelhos, estrebuchando em agonia.

— Eu também posso ser um espelho — disse ela. — E Nedouard pode ser meu espião mesmo sem saber disso.

Nedouard rolava pelo chão, chorando e se debatendo; Ingar apertava a cabeça, em desespero.

— Pare! — gritei. — Não os castigue, a ideia foi minha.

— Oh, estou castigando você também — replicou ela. Nedouard e Ingar gemeram mais alto. Lágrimas afluíram aos meus olhos; eu não conseguia suportar aquilo.

Jannoula estava entre Od Fredricka e Brasidas. Saiu da linha e juntou as mãos deles às costas, como se trancasse uma porta. Afastei-me dela sem olhar, lembrando-me da altura em que nos encontrávamos, e caí de joelhos, tonta. Jannoula me obrigou a ficar de pé. O mundo balançava.

— Veja! — bradou ela, forçando-me a olhar por cima da balaustrada e apontando para uma linha escura que flutuava sobre os picos como a vanguarda de uma tempestade. Eram mais dragões do que eu já vira de uma vez só, os Legalistas de Comonot encenando sua retirada estratégica.

— E agora olhe para cá — ordenou, virando-me na direção sudoeste. Para além do acampamento de nossos cavaleiros, para além de nossos baronetes e seus exércitos aquartelados, para além do regimento colorido que chegara naquela semana de Ninys, colunas de tropas em uniforme negro cruzavam o horizonte.

— Os samsaneses — balbuciei. — Que partido tomarão?

Jannoula deu de ombros.

— Quem poderá saber?

— Você, é claro. Foi quem os trouxe aqui.

Ela riu.

— Aí é que está a graça. Na verdade, não sei. Talvez Josef pague para ver. Talvez alguns cavaleiros goreddi e ninysh a seu serviço se voltem contra ele. Isso seria interessante, não? E você ainda nem viu o Velho Ard. O céu vai se encher de fogo. — Ergueu o queixo pontudo, expondo-o ao vento, como se estivesse posando para um retrato. — Sem dúvida poderia haver mais, porém um terço das forças do Velho Ard se dirigiu a Kerama a fim de interceptar Comonot.

A notícia me golpeou como um soco na cara. Eu me julgava muito cética, a única pessoa a saber quem Jannoula realmente era; no entanto, dera-lhe crédito quando ela disse que não trabalhava para o Velho Ard.

Jannoula me olhou com frieza.

— Ora, ora, não se zangue. Comonot tem uma chance. Dominou quatro laboratórios, e vai ganhando força e apoio à medida que avança. Acredita que povoados distantes irão se juntar a ele e todos os quigs do Tanamoot são seus amigos. — Seu rosto se contraiu quando disse *quigs*, como se estivesse sentindo o cheiro deles. — Pelo menos, essas foram as últimas informações que recebemos. O único canal de comunicação da rainha com ele foi misteriosamente interrompido.

Achei que aquilo não era tão misterioso assim, não para Jannoula.

— De qualquer forma, pareceria pouco esportivo que ele entrasse na capital sem enfrentar nenhuma oposição — disse ela. — Ninguém vai morrer. A paz virá antes mesmo do que eu gostaria.

— Você conduziu toda esta guerra de conformidade com seus próprios objetivos — rugi. — Elaborou a nova ideologia da pureza dos dragões para que eles se sacrificassem voluntariamente.

— Ah, mas isso não é nenhuma novidade. — O vento deixava seus cabelos castanhos e curtos espetados na cabeça. — Era necessário apenas algum refinamento, para que eles lutassem sem medo de morrer. Afinal, um dragão puro não deve se preocupar com a morte. Preocupação é emoção; e emoções são humanas e corruptas. Um dragão que se preocupa não é um dragão.

— Quem não se preocupa é *você* — repliquei. — Senti muita culpa por tê-la abandonado nas mãos deles. Muita piedade e remorso. Mas você só quer que os dragões morram.

— Não apenas os dragões — corrigiu ela, o olhar agudo como as facetas de um diamante. — Os humanos não são melhores. Minha mãe me legou a recordação de meu pai humano e de minha concepção violenta. Desejava que eu compreendesse a natureza dos homens. Uma bela estudante, que voltava para casa à noite; ele era um estuprador. Tive pesadelos com isso quando criança, mas depois visitei a rua onde tudo aconteceu. Minha mãe não passava de uma tola. Deveria tê-lo destruído ali mesmo, mandando às favas o tratado. Ele era um monstro; ela não o era suficientemente.

— Sinto muito — consegui balbuciar, como se minha piedade pudesse agora fazer alguma diferença.

Jannoula riu, zombeteira.

— Somos Santas, Seraphina. É nosso direito decidir quem morre, nosso privilégio mover as peças no tabuleiro da história. — Simulou bater duas pedras ou dois crânios um contra o outro. — Podemos espatifar o mundo como acharmos conveniente.

Seu rosto se tornara uma máscara.

— Esta é minha guerra. Os adversários se destruirão entre si e os sobreviventes ficarão em nosso poder. Vamos governá-los com justiça e misericórdia, de modo que finalmente sejamos livres. Já preparei tudo.

A primeira onda de Legalistas chegara, gritando do alto. Jannoula, com um risinho afetado, esticou o braço por cima do corpo convulso de Ingar e pegou a mão da Dama Okra. Jogou a cabeça para trás e a força de sua vontade foi se transmitindo pela corrente. Não pude ver a luz que eles projetavam. Nem precisava.

Dragões começaram a cair dos céus.

Trinta e Quatro

Eu me opusera firmemente à eliminação de Jannoula. E agora isso me parecia uma tolice. Num arroubo de desespero, empurrei-a, esperando que se ela perdesse o equilíbrio a armadilha desapareceria de algum modo.

Sem sequer abrir os olhos, ela me paralisou com o fogo mental coletivo e atirou-me contra o parapeito como se eu fosse um inseto irritante.

Gianni Patto, mostrando os dentes, saiu da linha e correu para mim com as mãos enormes estendidas. Devo ter batido a cabeça, pois não conseguia me mover. Ele me jogou sobre o ombro, o que pressionou dolorosamente meu estômago. Por um instante, o mundo pareceu imobilizado enquanto eu via tudo: os tetos de ardósia azul do Castelo Orison, exércitos se arrastando pela planície, dragões despencando à nossa volta como folhas de outono sobre um lago. Jannoula gargalhava.

Gianni então desceu comigo da torre, atravessou o pátio lajeado com seus grandes pés de galinha e entrou no palácio. Bateu minha cabeça num portal ao entrar e depois em outro quando chegamos ao meu destino final, um aposento abandonado do terceiro andar voltado para o sul. Deixou-me cair sem a menor cerimônia no chão nu de madeira e fechou a porta com violência ao sair.

Levantei-me imediatamente e experimentei a porta. Não estava trancada. Abri-a só um pouquinho e, pela fresta, vi que Gianni Patto estava sentado no chão, do lado de fora. Virou para mim sua enorme cabeça de abóbora e riu; bati a porta na cara dele.

Procurei me situar. Havia ali uma cama grande sem cobertas, janelas altas sem cortinas, estantes vazias, um baú de madeira sem nada dentro, uma lareira sem lenha. Eram apenas dois cômodos, o menor dos quais, um quarto de vestir, possuía janelas que abriam para o sul e o oeste.

Nenhum pano ou cortina que eu pudesse amarrar a elas e descer, nenhuma porta oculta; mas, dali, eu podia ver a guerra. Jannoula pensara em tudo.

A batalha se desenrolava diante de meus olhos. Os Legalistas voaram para além da cidade, fizeram uma curva fechada e voltaram — para dar de frente com o Velho Ard no céu nublado. O Velho Ard havia perseguido os Legalistas tão de perto que eu só consegui distinguir as duas ondas quando os últimos deram a volta. Dragões se engalfinhavam e lançavam chamas acima da cidade. A Armadilha de Santo Abaster derrubou dezenas de ambos os lados.

Dizimar nossos aliados não era algo acidental. Jannoula sabia o que estava fazendo.

Na planície, Samsam acossou o flanco de Goredd; aparentemente, Josef queria nos punir. Os cavaleiros deixaram os samsaneses por conta dos ninysh e dos infantes goreddi; sua missão era enfrentar os dragões. Na Era dos Santos, tinham meios de lutar contra eles no céu — mísseis e asas —, mas essas artes se perderam com o passar do tempo ou desapareceram com o banimento de nossos cavaleiros. Nove meses foram insuficientes para revivê-las. Os dragões do Velho Ard permaneciam bem alto e miravam intencionalmente os Legalistas; estavam, por enquanto, fora do alcance de nossos dracomaquistas.

Que estaria acontecendo a Comonot no norte? Atacara o Kerama e descobrira que o local estava mais bem defendido do que supusera? Eu nem queria pensar no que sucederia caso ele fosse derrotado.

Jannoula jogara todos os lados uns contra os outros. Eu deveria tê-la destruído semanas antes. Tivera muito tempo e muitas oportunidades.

Mas estava segura de que encontraria outras soluções.

Se, pelo menos, eu pudesse ter liberado meu próprio fogo mental, sem dúvida faria uma diferença. Estirei-me na cama nua, meditei até encontrar a porta do jardim, proferi as palavras rituais e entrei. Meu jardim, antes tão cheio de vida e promessa, agora parecia um pátio invadido por ervas daninhas em volta da pequena cabana, com um pântano em uma de suas extremidades. Uma grade cercava tudo — um verdadeiro absurdo. Eu poderia saltar uma cerca no mundo real — mas aquela me deixava sem ação. Percorri todo o perímetro — uma caminhada de cinco minutos, se tanto — e cheguei a entoar um cântico ritual meio idiota: *Desate, desate, dissolva, dissolva*. Não aconteceu nada.

Olhei para os moradores de meu jardim, dispersos pelo pátio como varetas. A pequena vareta Abdo estava de pé, o que talvez fosse um sinal. Peguei suas mãos pequeninas e mergulhei numa visão.

Ele se encontrava ainda no santuário ao lado da estrada, sobrevivendo de oferendas. Até parecia ter conquistado adeptos: alguém pusera um gorro de malha em sua cabeça e viam-se pedaços de pergaminho enfiados em sua túnica: preces e intercessões. Quem era capaz de meditar tanto quanto ele seguramente gozava do favor do Céu.

Abdo se esquivava de Jannoula há semanas. Se eu escapasse, nós dois juntos poderíamos encontrar uma maneira de nos libertarmos mutuamente e dar o troco.

Voltei ao jardim e ocorreu-me que talvez houvesse um jeito de eu projetar minha mente maior para o outro lado do muro. De lá, eu nunca tentara ver meu jardim; em geral, o portão de entrada surgia como que do meio de uma neblina. Afastei-me da porta de saída e virei-me para contemplá-la. Estendendo-se até as duas extremidades erguiam-se as construções altas e ameadas de um castelo. Era aquilo que me mantinha dentro, não a cerca.

Eu não derrubaria aquele muro andando à sua volta, mas tentei. Não me vinha outra coisa à cabeça.

Uma batida na porta me arrancou de dentro de minha cabeça abruptamente. Saltei da cama, desorientada. O quarto estava escuro; a noite caíra sem que eu o percebesse.

Tateei o caminho até a porta, abri-a e ali fiquei, piscando para a luz das lâmpadas do corredor. Uma figura sombria se desenhava diante de mim, iluminada por trás de modo que eu não podia saber quem era. Acompanhavam-na dois guardas, mas Gianni Patto desaparecera.

— O que você está fazendo aí, sentada no escuro? — perguntou uma conhecida voz de baixo, fazendo com que meu coração quase caísse aos pedaços.

Quando meus olhos se ajustaram, reconheci o nariz aquilino e os olhos penetrantes. Não estava usando a barba postiça e seu cabelo revolto fora cortado de modo a parecer uma tonsura de monge — na verdade, trajava o hábito cor de mostarda da Ordem de São Gobnait.

— Orma! — consegui murmurar finalmente.

Ele olhou para trás, como se não quisesse que os guardas me ouvissem. Mas eles pareciam apenas enfadados. Orma limpou a garganta:

— Sou o Irmão Norman — disse. — Vim trazer uma mensagem. — E mostrou uma carta em pergaminho, lacrada com cera.

— V-você não quer entrar por um instante? — pedi. — E, por favor, trazer uma lâmpada? Não tenho luz aqui.

Orma inclinou a cabeça para um lado, refletindo. Eu poderia ter chorado ao ver aquele gesto tão querido, tão familiar. Os guardas, muito sujos, acharam graça. Um tirou uma tocha de seu nicho na parede e entregou-a a Orma.

— Passe bem aí dentro, irmão — disse ele, piscando o olho.

— Fique a noite inteira — completou o outro, meneando as sobrancelhas.

Orma, parecendo constrangido pela insinuação, entrou e fechou a porta. Equilibrou a tocha sobre o baú aos pés da cama — e vi, atrás de sua orelha direita, a cicatriz reveladora da extirpação. Então, chorei. Virei as costas para ele e rompi o sinete da carta, fungando e tentando manter a respiração normal, enquanto enxugava os olhos com a luva de pano. Inclinei a carta para que ela recebesse luz e li, na caligrafia cerrada de Jannoula:

Quase me esqueci de que tinha outro presente de aniversário para você. Bem, não exatamente para você. Tudo o que você ama é meu e tem de ser assim. Quem me feriu mais? Quem me tratou com carinho, fez-me sonhar com a liberdade e depois se omitiu? Este monstro ajudou, é claro, mas agora não passa de uma concha vazia. Não posso esvaziar você da mesma maneira, mas você desejará que eu o faça.

Amassei a carta e atirei-a o mais longe possível. Orma, que se colocara junto à porta com as mãos cruzadas, olhava placidamente.

— Posso supor que não haverá resposta?

Não fazia sentido perguntar se ele se lembrava de mim; estava na cara que não.

— É você que Jannoula procura no seminário? Seu consultor espiritual?

— Consultor não é bem a palavra — respondeu ele, parecendo um tanto perplexo. — Ela vai ao seminário para me ditar suas memórias, pois tem uma caligrafia péssima.

Então, pelo menos num ponto, eu estava certa. Fraco consolo.

— Mas por que você está num seminário? Não é monge. Sei que é um saarantras.

Ele passou a língua pelos dentes.

— E como você sabe disso?

— Eu o conheço — respondi, o coração aos pulos. Seria conveniente falar a uma vítima de extirpação sobre coisas de que ela não poderia se lembrar? Girei nervosamente seu anel em meu dedo mindinho e, súbito, ocorreu-me: e se o anel que ele me mandara fosse o gatilho para sua pérola mental? Uma frágil esperança. Estiquei o dedo e mostrei-lhe a joia.

Ele lançou um olhar vago à minha mão e depois ao meu rosto. Nada mudou em sua expressão.

— Deve estar enganada — disse. — A mente humana engendra uma variedade inacreditável de lembranças falsas...

— Você foi extirpado! — bradei, enraivecida e frustrada. — Tem a cicatriz. Eu sou uma das coisas que lhe arrancaram. — Vasculhei na memória à cata de algo mais do que aquilo que Eskar ou os exilados me houvessem dito sobre a extirpação. — Tomou destúlcia?

Orma estremeceu de leve ante a minha veemência.

— Sim. Mas, de novo, está enganada. Tenho um problema cardíaco chamado pirocardia. Quando assumo meu tamanho normal, meu coração vai se aquecendo até pegar fogo. A forma humana é segura, mas mesmo assim posso sofrer um infarto. Prescreveram-me destúlcia e extirparam minhas lembranças sobre o fogo dentro de meu peito, por serem traumáticas.

— Você era músico — insisti. — Não se recorda de nada disso?

Ele deu de ombros.

— Estudo história monástica. Sem dúvida, você me confundiu com outro. — Fez uma pausa, como se a conversa estivesse chata demais. — Se isso é tudo, preciso ir.

E foi-se. Levou a tocha. Eu estava abalada demais para protestar.

༺༻

Adormeci. Outra batida me tirou do mundo dos sonhos. Enterrei a cabeça no travesseiro de penas. As batidas continuaram. Eu não tinha ideia de que horas fossem, só de que estava furiosa e exausta. Saltei da cama e abri a porta. Os guardas maliciosos de antes haviam sido substituídos por um homem de cabelos cinzentos, magro, com a libré da Rainha. Tinha o rosto coberto de cicatrizes de varíola e queixo largo. Iluminado de baixo pela tocha, parecia sinistro. Apresentou-me um pedaço de palimpsesto, que peguei com os dedos trêmulos.

Este é Alberdt. Pode confiar nele, li na letra graciosa de Glisselda.

Era o guarda pessoal surdo da Rainha, que se postara atrás dela durante aquele aborrecido chá em seu escritório. Os olhos dele revelavam doçura, como os de Nedouard. Mesmo assim, quando me acenou para segui-lo, hesitei. Aquilo devia ser uma armadilha. Glisselda não queria me ver, não depois de nosso desastroso café da manhã. Jannoula fazia outra de suas brincadeirinhas às minhas custas.

No entanto, qualquer coisa era melhor do que o confinamento. Talvez eu tivesse alguma oportunidade de escapar. Relutantemente, saí do quarto e fechei a porta.

Alberdt carregava uma mochila volumosa, que me entregou. Da abertura, projetava-se o cabo de uma espada curta. Levou-me por um corredor ao norte. Em uma das paredes vi um nicho com a estátua da Rainha Rhademunde. Alberdt se aproximou e mexeu atrás da estátua, fazendo abrir silenciosamente um painel à esquerda. Acenou para mim com as sobrancelhas cinzentas e mergulhamos nas entranhas escuras do castelo.

Na passagem, havia apenas uma escada em espiral. Descemos vários andares e saímos finalmente para uma galeria abobadada, o subterrâneo do castelo. Ao pé da escada, a jovem Rainha nos esperava de lanterna na mão, com um manto escuro jogado sobre o longo vestido branco.

Seu rosto estava vermelho, como a orla de seus olhos: parecia ter chorado. Ela enrolara o cabelo numa trança simples, como se fosse dormir, mas vários cachos louros escapavam do arranjo. Ficamos olhando uma para a outra durante muito tempo, minhas faces ruborizadas de vergonha. Ela, sem dúvida, estava furiosa comigo; e eu não sabia o que dizer.

Glisselda fez um sinal para Alberdt antes de começar a falar; ele respondeu com outro, saudou e subiu as escadas.

— Ele tem sido muito útil — disse a Rainha, voltando-se para mim e sorrindo debilmente. — Não é imune ao encanto de Jannoula (nenhum de nós é); mas para ela fica difícil manipular alguém com quem não pode se comunicar. Não se deu o trabalho de aprender a linguagem dos dedos de Alberdt, graças a Todos os Santos do Céu.

Fez uma pausa, a luz da lanterna iluminando-a de baixo como a uma estátua de catedral. A culpa me esmagava.

— Sinto muito... — comecei.

Glisselda ergueu a mão para me interromper.

— Não sinta. Lucian confessou tudo. Não me importo, pois ele é como um irmão para mim. Mas preciso saber: você o ama?

— Sim — murmurei, aterrada ao ter de admitir isso para ela, mesmo agora.

— Então não precisamos dizer mais nada — concluiu ela. Seu sorriso se tornara triste. — Lucian venceu; vida longa para Lucian.

Olhei-a, estupefata. Ela suspirou alto.

— Eu *estava* furiosa. Mas tudo foi pelo melhor. Não achei nada fácil resistir a Jannoula, Phina. Pus máscaras e erigi muralhas, mas sempre havia alguma brecha para a entrada de sua influência. Porém, a cólera dispersou a névoa de minha mente e me permitiu ver por fim, com clareza, a crueldade de Jannoula, o que é uma bênção rara e maravilhosa. Ontem à noite, ela trouxe Orma e constatei o que fizeram com o pobre coitado. — Lágrimas afluíram a seus olhos. — Oh, Phina, como sofro por você! Por isso estou aqui. Para liberá-la. Você, por sua vez, tem de encontrar algum jeito de nos ajudar do lado de fora.

Do lado de fora dos muros. Ao que parecia, os do castelo eram mais fáceis de derrubar que os de minha mente.

Glisselda me ofereceu o braço e, juntas, enveredamos por passagens tortuosas, rumo norte e oeste, em direção à saída.

— Alberdt está lá em cima vigiando seu quarto vazio — disse a Rainha. — Outros guardas o renderão, mas quero que ele mesmo leve suas refeições. Não sei por quanto tempo aguentaremos isso (dias, no máximo), de modo que você precisa agir rápido. Livre-nos de Jannoula. Esta guerra já é ruim por si mesma e ela a tornou pior.

— Jannoula contou ao Velho Ard sobre a jogada de Comonot — revelei-lhe quando chegamos à primeira porta fechada da saída. — E eles mandaram reforços ao Kerama.

Glisselda, manuseando desajeitadamente a chave, emitiu um riso triste.

— Acho que ela sabotou o equipamento de comunicação de meu escritório. Ficamos sem contato com o Ardmagar durante dias. Tentarei falar com ele por intermédio do General Zira, mas talvez já seja tarde.

Atravessamos em silêncio a rede de cavernas com o ar frio e úmido que antecede a madrugada soprando em nossos rostos; ela me guiava o tempo todo. Quando alcançamos a saída, virei-me para a Rainha e disse:

— Obrigada. E ainda sinto muito.

— Ora — disse ela, descartando com um gesto de mão minhas desculpas. — Só nunca se esqueça, Seraphina (como se isso pudesse mudar alguma coisa!), de que fui eu quem a resgatou, não Lucian. Aquele bobinho está lá em cima, convencido de que resistiu ao encanto de Jannoula e de que pode salvá-la, a você e a todos, se conseguir fazer com que ela ouça a voz da razão. Jannoula usa nossas melhores qualidades contra nós.

— Quais das suas qualidades ela usou contra você? — apressei-me a indagar.

Glisselda baixou os olhos.

— Ai de mim, meu coração. Jannoula me garante que está muito triste pelo fato de você a desprezar e eu fico com dó dela porque seria uma coisa terrível perder seu... quero dizer...

Suas faces se tingiram de rosa. Esperei que se recompusesse.

— Bah! — exclamou ela, batendo o pé. — Você e Lucian são muito inteligentes, mas andam por aí às cegas.

Ergueu-se nas pontas dos pés e me beijou na boca.

Compreendi então por que ela fora a primeira a deixar a mesa do desjejum; por que o fato de eu amar Lucian lhe importava mais do que o fato de Lucian me amar; e por que sempre ficara alegre em me escutar, não importava o que mais estivesse acontecendo. Também compreendi outra coisa a respeito de mim mesma, embora não sentisse a mínima vontade de examiná-la no momento.

— Oh! — foi só o que consegui dizer.

— Oh, sem dúvida — corroborou ela. Seu rosto, ao crepúsculo, parecia estranhamente envelhecido. Fez um esforço para sorrir. — Agora vá e tome cuidado. Lucian jamais me perdoaria se eu a mandasse sair para ser morta. Ele tem seus defeitos (como desobedecer à minha ordem de ficar longe da cidade), mas insistiria em acompanhá-la rumo ao desconhecido.

— Você poderia vir — sugeri, com sinceridade.

Ela riu, também com sinceridade, como se estivesse saudando a chuva.

— Não, não poderia. Você testemunhou a extensão de minha estúpida coragem. Mas, por favor, se houver paz em nosso tempo, volte inteira.

Recuou para a sombra. Virei-me a fim de contemplar o mundo azul-escuro. Abdo estava lá em algum lugar. Encontráramos uma maneira de libertar minha mente. Fosse como fosse, ele era minha última e melhor esperança.

Peguei minha bagagem e desci a encosta rochosa e inóspita.

Trinta e Cinco

O sol se erguia rapidamente no horizonte. Eu precisava me ocultar ou logo seria vista pelos guardas nas muralhas da cidade, pelos olhos argutos dos dragões no céu ou por Jannoula no alto da Torre Ard. Apressei o passo pela encosta pedregosa e atravessei duas pastagens planas, espantando ovelhas sonolentas à minha frente. Depois do último muro de pedra e de um fosso, o pântano começava, tomado de densa folhagem capaz de me esconder.

Sentei-me à sombra de um arbusto para ver o que Alberdt e Glisselda haviam posto na mochila. Pão e queijo, um par de botas de cano alto, uma muda de roupa e uma espada. Calcei as botas imediatamente e em seguida devorei a comida. Não me alimentava desde o café da manhã nos aposentos de Glisselda, no dia anterior, e mesmo então comera muito pouco.

Enquanto mastigava, refletia. Não achava que o subterfúgio de Glisselda funcionaria por muito tempo; os guardas perceberiam estar vigiando um quarto vazio ou Jannoula tentaria me mandar Orma novamente. Ela poderia rastrear o fogo mental de qualquer ityasaari até minha cabeça e me falar em meu jardim — já fizera isso por intermédio de Gianni e Abdo. Eu não achava que ela fosse capaz de me encontrar dessa maneira, mas não estava absolutamente certa. Se as linhas dos fogos mentais deles escapassem de minha cabeça como cobras — conforme a encantadora comparação de Abdo —, poderia Jannoula avistá-las? Nesse caso, seguindo-as, chegaria até mim.

Então, me ocorreu: e se a maneira de me libertar fosse permitir que todos saíssem de meu jardim? Este só começara a encolher depois que eu soltara Gianni Patto. Aquilo podia ser uma pista. Se o muro já não era necessário, que tal se desaparecesse?

Soltar Gianni e Pende doera terrivelmente. Encolhi-me toda, para criar coragem; tinha de agir sem demora, como pular em água gelada, ou não o faria nunca.

Lars Brasidas Mina Okra Gaios Od

Fredricka Phloxia Ingar Gelina Nedouard Blanche Pastelão Camba. Um após outro, em rápida sucessão, foram sendo liberados de minha mente.

Por último — oh, Céus, isso iria acabar comigo —, *Abdo.*

Estendi-me no chão úmido, os braços em torno da cabeça, soluçando e com ânsias de vômito; a dor invadia meu coração, meus pulmões pareciam cheios de agulhas. Nunca me sentira tão só e vazia até o mais fundo das entranhas. Era como se eu fosse despencar para dentro de mim mesma.

Dragões ainda lutavam no céu róseo da manhã. Os gritos dos generais incentivando suas tropas ecoavam além dos muros da cidade. Densas sombras cruzavam diante de minhas pálpebras.

Abri os olhos justamente quando a mão invisível da Armadilha de Santo Abaster começava a fulminar os dragões. Eles caíam como pássaros batendo contra vidraças.

A armadilha continuava invisível para mim. Eu ainda não descobrira um meio de liberar meu fogo mental. Eu me fizera em pedaços por nada.

⋆⋆⋆

A cidade bloqueava minha visão dos exércitos em terra, mas assisti a infinitas batalhas no céu enquanto me arrastava pelo pântano em direção ao santuário de Abdo. Dragões mergulhavam e volteavam, expeliam chamas e se engalfinhavam, tentando derrubar os adversários ou morder suas cabeças. Por entre um revérbero que lembrava o colorido das folhas de outono, vi alguns se aproximando das muralhas da cidade, incendiando soldados e máquinas de guerra, para logo ser atingidos pela Armadilha de Santo Abaster.

Continuei avançando, sempre protegida pela folhagem. Por volta de meio-dia, sentei-me sobre uma proeminência coberta de musgo, debaixo de um salgueiro, para descansar. O som de corpos escamosos se estatelando na superfície pantanosa me acordou várias vezes; apenas a umidade do local da queda impedia que incendiassem os arredores. A fumaça cobria o Bosque da Rainha, que era mais seco. À tarde, despertei ouvindo um barulho diferente. Olhei para o céu. Bem acima de mim, cinco dragões jovens haviam apanhado um espécime muito maior.

Com uma rede. Os cinco porfirianos estavam vivos e em forma.

Só ao anoitecer os gritos cessaram e os dragões se recolheram a seus respectivos acampamentos. Perguntei-me como teriam se saído os exércitos humanos, quantos mortos recolheriam em sua amarga colheita pelos campos.

Cruzar o pântano à noite seria muito perigoso. Mentalmente, agradeci a Alberdt pelas botas de cano alto, pois muitas vezes me atolava até os joelhos. Minha saia branca, embora eu a levantasse, já estava com a barra imunda. Parei então num ponto mais alto e vasculhei a mochila à cata de algo seco para vestir. Achei uma túnica e uma calça. Voltei então para o pântano.

A estrada norte levava a um dique. Saltei para o embarcadouro quando o encontrei, alegre porque as coisas agora seriam mais fáceis. Eu estava quase lá. A lua surgiu, cobrindo de prata meu caminho. Por fim, avistei o santuário arruinado e meu coração começou a bater mais rápido.

Cheguei ao pórtico suando apesar do frio. Parei perto da estranha estátua, uma figura humana sem traços nem mãos, um homem parecido com um bolo de gengibre. Seu avental decorativo flutuava ao vento. Meus olhos se ajustaram à penumbra, mas não vi ninguém em meio às sombras.

— Abdo? — gritei para a escuridão atrás da estátua, mas não houve resposta. Ajoelhei-me, mal acreditando em meus olhos, e tateei à procura dele. Encontrei seu prato e sua caneca, ambos vazios, mas nada de Abdo.

Ele estivera ali na noite anterior. Aonde teria ido? Acaso se libertara finalmente de Jannoula e agora podia se movimentar à vontade, sem medo de ser percebido por ela? Boa notícia, se verdadeira, mas não para mim: eu perdera então meu último aliado e o pusera para fora de meu jardim. Como o encontraria?

A irremediável solidão me envolveu novamente.

Não sei por quanto tempo fiquei mirando a escuridão ou de que poço profundo de perplexidade saí para ficar outra vez de pé; mas por fim enxuguei as lágrimas e me dispus a ir embora. A lua se deslocara e seus raios agora atravessavam um buraco no teto, iluminando a cabeça nua da estátua. Lembrei-me da esquisita inscrição e agachei-me para lê-la de novo.

Quando vivo, o Santo que jaz submerso
Matou e mentiu.

Passaram-se as eras, o monstro morreu;
Eu amadureço, eu estou emergindo.

O Santo que jaz submerso... o monstro... Estremeci. Não conhecia o destino de São Pastelão quando lera pela primeira vez aquela inscrição. Que outro Santo fora enterrado vivo? Quem mais fora descrito como monstro? Teria sido sepultado no pântano que eu acabava de atravessar?

Meu Pastelão — a lesma gigante de meu jardim — vivia num charco. Eu descartara seu nome, julgando que aquilo fosse mera coincidência.

Raspei o limo da parte inferior da inscrição, para ver se conseguia ler o nome e me certificar. Os raios da lua se projetavam no ângulo errado. Não vi nada, mas senti a letra *P* com a ponta do dedo, depois *A* e assim por diante até *Y*. Já não restava dúvida.

Haveria alguma conexão entre São Pastelão e a lesma escamosa do pântano em minhas visões? Não podiam ser a mesma criatura. O amado de Yirtrudis não fora tão grotescamente inumano. Mas... e se tivesse sobrevivido ao sepultamento? E se mudara com o tempo? "Eu estou emergindo" lembrava-me um casulo; e se eu houvesse visto uma espécie de crisálida?

Era uma ideia maluca. Ele teria setecentos anos de idade.

No entanto, caso Pastelão estivesse por perto sob qualquer forma — verme ou casulo, monstro ou Santo dos tempos idos —, poderia ajudar? Talvez Abdo houvesse vislumbrado o fogo mental dele no pântano e saído à sua procura.

Eu poderia fazer o mesmo. De qualquer forma, estava num beco sem saída.

Abdo deveria ter deixado pistas, que eu esperava não ter desfeito com meus passos. Refiz meu trajeto, examinando o caminho à luz do luar, mas não vi nenhuma pegada. Percorri o gramado viçoso atrás do santuário e não encontrei coisa alguma. A lama estava revolvida, mas aquilo podia ser obra de um porco selvagem. Eu estava a ponto de desistir quando avistei uma poça fétida e notei pegadas na outra margem. Apenas duas, mas eram sem dúvida humanas e do tamanho certo.

Apontavam diretamente para o centro do pântano.

Saí em seu encalço. Não tinha outra escolha.

Era uma rastreadora inexperiente, mas Abdo não tentara se ocultar. Encontrei mais algumas pegadas e uns ramos pisados; contudo, após uma hora, estava vagando sem rumo, confiando apenas em palpites. Ele devia estar por ali; não iria ficar andando ao acaso. Essa certeza me levou longe, até que pisei num trecho de musgo e me vi afundada até as coxas numa poça negra.

Minhas botas se encharcaram rapidamente. Arrastei-me por entre as algas e cheguei até a margem lodosa, deixando um buraco enorme nas plantas aquáticas sobre a superfície da poça que eu tomara por musgo. Olhando-a agora, a poça era óbvia; só água podia ficar tão plana. Eu ficara cansada e me distraíra.

Era óbvio também, pelo aspecto da água, que Abdo não caíra nela. Não havia buracos de seu tamanho na superfície verde e macia. Ele contornara a poça... se é que viera para aquele lado. Esvaziei as botas, sacudindo-as ferozmente em minha frustração.

O coro das rãs de outono, do qual eu mal tomara conhecimento, emudeceu. O mundo inteiro parecia ter contido o fôlego. Alguma coisa estava por perto, mas não era Abdo.

A superfície verde da poça se turvou: algo se remexia no fundo escuro.

Pulei para longe da margem justamente quando uma coisa coberta de escamas e informe veio à tona, uma lesma com manchas alvacentas enroscada em algas viscosas.

Um riso curto e esganiçado escapou de minha boca:

— Pastelão, eu presumo.

Seraphina, retrucou a criatura numa voz que parecia um trovão distante. Meu coração desenfreado quase parou.

— Como sabe meu nome? — perguntei, em tom rouco.

Da mesma forma que você sabe o meu. Já a vi, uma mancha escura recortada contra as cores do mundo, respondeu ele. Sua voz penetrava pelas solas de meus pés, subindo pela espinha, como se a própria terra houvesse falado, mas ainda assim eu sentia que ela soava também em minha cabeça. *Você se retrai. Não a condeno. Às vezes, não há opção.*

Certamente, eu não era a única pessoa desse tipo que ele conhecia.

— E Abdo? — perguntei. — Passou por aqui?

Veio me procurar. Sim, está comigo, disse a terra, vibrando através das solas de meus pés.

Espiei em volta. Abdo obviamente não estava por perto, mas é que a criatura parecia não ter olhos. Via o fogo mental — ou a ausência dele —, mas como? Com a mente? Devia ser difícil avaliar distâncias por aquele meio.

— Você não é... São Pastelão, da Era dos Santos? — indaguei, ainda espiando em volta para o caso de Abdo surgir da sombra de um arbusto.

E não sou? A terra tremeu ritmicamente, como se ele estivesse rindo. Alguns me chamavam de Santo. E minha mãe de "Feiozão". Estou aqui há séculos.

Uma brisa soprou folhas de hamamélis amarelecidas por cima de minha cabeça e tiritei de frio dentro das roupas molhadas. A criatura era realmente muito antiga; não seria nada fácil adivinhar sua idade. Consegui dizer:

— Preciso de sua ajuda.

Acho que não, trovejou ele.

— Pastelão! — gritei, pois ele parecia prestes a submergir. — Muitas pessoas e dragões vão morrer. Jannoula quer...

Sei o que Jannoula quer, disse ele, se revolvendo na água. *Mas como ajudarei, Seraphina? Indo à sua cidade e matando-a?*

Eu não via como ele pudesse ajudar — parecia não ter membros —, mas era um Santo vivo da Era dos Santos. Isso devia valer alguma coisa.

Respondeu à sua própria pergunta: *Humanos, dragões, Santos, Eras Geológicas. Vêm e vão. Não preciso matar, o tempo faz isso por mim.*

— Não quero um matador — expliquei, pensando rápido. — Talvez um aliado, uma voz com autoridade. Alguém capaz de convencer os exércitos a parar com a carnificina até Jannoula ser...

Entendo, disse ele. *Você veio atrás de um Santo pacificador, não de um monstro assassino. Mas ai, dá no mesmo: nunca pedi para ser Santo! Nunca fui bom nisso. Pensa realmente que alguém irá acreditar que eu, tosco e fedorento, seja uma criatura especial? Que alguém concordará em me ouvir?*

— Já não sei mais o que fazer — gemi, minha voz repassada de frustração. — Não consigo liberar meus poderes e, sozinha, não posso deter Jannoula.

A brisa trouxe um cheiro de fumaça do Bosque da Rainha. O monstro se remexeu na água como uma tartaruga velha. *Tem razão*, disse por fim, *não pode fazer isso sem ajuda, motivo pelo qual é no mínimo estranho que se esforce tanto para ficar sozinha. Sua fortaleza foi habilmente construída, mas você ficou maior que ela. Quando eu cresço muito, troco de pele. Por isso estou vivo até hoje, Seraphina. E continuo crescendo.*

— Então, não vai ajudar — lamentei, incapaz de banir a amargura de minha voz.

Já ajudei, disse ele. *Mas você parece que não notou.*

Um tom de cinza-pérola tingia o céu por trás das montanhas. Mais um dia de luta iria logo começar. Levantei-me e, em desespero, tentei uma última cartada:

— Santa Yirtrudis é minha padroeira. Li seu testamento. Sei o que vocês eram um para o outro. Se de fato a amou, peço-lhe em nome dela...

A lesma se agitou violentamente na água, emitindo um rugido tão grave que não era um som, mas um terremoto. A terra tremeu, escorreguei e caí de lado na lama.

Eu lhe disse, trovejou ele, *não sou Santo!*

— Você é um monstro que não mata mais — repliquei com amargura. — Sei disso.

Não sabe nada. Nem um pouquinho, rugiu ele. Sua voz parecia reverberar pelas montanhas, mas mesmo assim eu estava certa de que ecoava apenas em minha cabeça. *Se ficar na lama por seiscentos anos, talvez possa alegar que sabe alguma coisa.*

Recuei um pouco para me levantar, minha respiração sôfrega e entrecortada. Já não tinha o que dizer à criatura. Meu pai ímpio daria de ombros e diria, com total convicção: "E os Santos por acaso já levantaram um dedo para ajudar alguém?"

Aquele sequer se reconhecia como monstro.

Eu tinha de encontrar um modo de ser monstro por nós dois.

❧❦❧

Afastei-me dele, desesperada e carente de ideias. Perdera a pista de Abdo, os exércitos, já em forma, logo se engalfinhariam de novo e eu estava encharcada, abatida. No momento, só podia cuidar da última situação. Sentei-me num tronco caído e abri a mochila para ver se Alberdt se lembrara de colocar ali meias secas.

Não se lembrara. Em vez disso, achei um pequeno pacote embrulhado em pano, o presente de aniversário de Kiggs. Eu sentia como se ele me houvesse dado esse presente há um século. Devia ter caído de minha luva branca quando mudei de roupa.

Era meu aniversário, lembrei-me de repente. Desfiz o pacote com dedos trêmulos. Segundo ele, o que contava era o pensamento, mas na hora não entendi suas palavras. O príncipe me dera um espelho redondo com moldura dourada, do tamanho da palma de minha mão. *O que vou fazer com isso?*, perguntei-me; *ver se não há espinafre entre meus dentes?*

Havia palavras gravadas na moldura. A lua mergulhava atrás das colinas ocidentais, levando consigo minha luz, mas finalmente consegui distinguir "Seraphina" no alto e "Vejo-a" embaixo.

Vejo-a.

Ri e depois chorei. Mal podia me contemplar naquele espelho minúsculo, meu fogo mental fora excluído do resto do mundo e Jannoula, tomando para si tudo o que eu desejava, acomodara-o às suas próprias finalidades. Tudo estava errado, tudo estava invertido e eu não via saída para...

Uma ideia começou a tomar forma em meu cérebro. O mundo estava invertido. Santa, Contrassanta. Haveria um meio de devolver a Jannoula sua própria luz?

Vasculhei a mochila atrás da roupa que eu trocara. A barra estava imunda, mas ela pareceria suficientemente branca à luz da manhã. Tirei-a apressadamente e desembainhei a espada. Não era muito comprida, mas serviria.

Eu tinha uma ideia bastante clara, que era postar-me no centro do campo de batalha antes que um dos lados atacasse. Com a espada numa das mãos e o vestido sujo na outra, pus-me a caminho, primeiro devagar, depois correndo. Não sou nenhuma atleta, mas meses de cavalgadas e viagens haviam aumentado minha resistência. Depois que alcancei a estrada tudo ficou mais fácil, apesar de minhas botas ensopadas.

Além disso, eu estava descendo. Isso ajudava.

O sol, disputando uma corrida comigo, se aproximava implacavelmente das portas do amanhecer. Atravessei searas ressequidas e celeiros incendiados, rezando para que os camponeses houvessem conseguido alcançar em segurança os túneis da cidade. Um rebanho de ovelhas desgarradas atravancava o caminho à minha frente, virando para o sul e bloqueando meu caminho e depois para o norte e galopando em minha direção. Deixei que aquele rio de lã passasse por mim e retomei a corrida.

Nuvens de fumaça se erguiam da cidade, à esquerda, e as muralhas calcinadas apresentavam brechas em alguns pontos. Percebi movimento nas ameias, quando homens descansados renderam a guarda da noite. Perguntei-me se algum deles notara minha aproximação.

Agora eu já podia ver os acampamentos, com os exércitos começando a se agitar. Ao norte, no Bosque da Rainha, estacionava o Velho Ard. Os Legalistas, ao sul, ocultavam-se atrás de umas colinas baixas para atacar de ângulos imprevistos. Nossos cavaleiros e os infantes desorganizados de Ninys e Goredd espalhavam-se pelo sul; a oeste, estavam os samsaneses. Os ninysh haviam levantado às pressas barreiras contra os samsaneses — provavelmente na véspera, enquanto eu vagueava pelo pântano. As muralhas de terra desviariam os samsaneses para o norte, de modo que se veriam às voltas antes com o Velho Ard do que com os goreddi.

A estrada que eu percorria me levava para o meio de tudo isso. Àquela altura, eu estava quase caindo de cansaço. Venci o último meio quilômetro passando por campos devastados e pastagens transformadas em lamaçais, amarrando enquanto isso as mangas compridas do vestido à espada.

Essa bandeira improvisada de roupa e arma apanhou a brisa quando a ergui bem alto. O pano branco se agitava à minha frente e os primeiros raios do sol, atravessando uma massa compacta de nuvens, fez com que ele brilhasse intensamente. Era a minha bandeira de trégua.

Houve uma grande movimentação nos acampamentos. Estariam se perguntando que lado me mandara e para quê? Era o que eu esperava.

Um por um, os exércitos enviaram mensageiros para parlamentar. Sir Maurizio não me reconheceu imediatamente; parou ao perceber quem era eu, mas logo baixou a cabeça e atravessou a passo firme o campo enegrecido. Atrás dele, a pouca distância, apareceu uma barba loira: era o Capitão Moy, que me escoltara por Ninys. O Velho Ard enviou um comandante em forma de saarantras, que se apresentou como General Palonn, o tio de Jannoula responsável por sua entrega aos Censores. Os Legalistas mandaram o General Zira, que em forma de saarantras era uma mulher atarracada e enérgica. Nem Palonn nem Zira haviam se dado o trabalho de clarear a pele a fim de conversar com gente como eu. Josef, ex-conde de Apsig e regente de Samsam, foi o último a aparecer com seu ar despreocupado, o elmo sob o braço e os belos cabelos se agitando ao sopro da brisa.

— Quem a enviou, afinal? — perguntou ele. — A Abençoada Jannoula não pode ter sido. Ela me avisou que você não é de confiança.

— E estava certa: não se pode absolutamente confiar em mim — respondi, mal olhando para ele. Ninguém ainda aparecera sobre as muralhas da cidade.

Josef resfolegou indignado, mas como brigaria comigo se eu concordara com ele?

Se eu quisesse refletir o fogo de Jannoula, precisaria atrair sua atenção; mas não via ainda sinais dela no alto da Torre Ard. Disparei:

— Amigos, estou aqui para discutir a perfídia de um certo meio-dragão chamado Jannoula...

— Um meio-dragão como você mesma? — perguntou Zira, tão rude e ameaçadora em sua forma de saarantras como o era em sua forma natural. — Como os meios-dragões que, indiscriminadamente, derrubaram meus Legalistas do céu?

— Um ser corrupto, antinatural — rosnou o General Palonn. — Nós a conhecemos. Vamos matá-la quando tudo isto acabar, não tenha dúvida. Jannoula nos enganou por algum tempo, mas ficou claro que está jogando com os dois lados.

— Sim — concordei. — Mentiu para todos, manobrou esta guerra para seus próprios fins graças a seus formidáveis poderes de persuasão...

— Quem persuadiu Ninys a socorrer Goredd foi você — atalhou o Capitão Moy, olhando-me de esguelha e repuxando a longa barba loira. — Não sabemos nada sobre essa tal Jannoula.

— E quem irá matá-la se não houver nenhum outro meio de detê-la? — perguntou Sir Maurizio brandindo uma adaga de cabo de osso. — Acho que temos direito a uma explicação sobre isso.

— Eu darei a explicação — disse Josef com ar astuto. — Seraphina é uma cobra traiçoeira.

Eu perdera completamente o controle da conversa, mas não poderia me exaltar, nem contra Josef. Persuadir aqueles céticos não era o problema — embora fosse irritante o fato de, aparentemente, haver tantas boas razões para me criticarem por tudo.

— Para Jannoula, é indiferente quem vença — expliquei. — Ela só quer que percamos o máximo de boas pessoas e bons dragões.

— O único bom dragão... — cortou Josef asperamente, levando a mão ao peito e arregalando os olhos. Segui seu olhar até a cidade e a vi: era a nossa Jannoula andando ao longo da amurada. Um raio perdido de sol atravessara as nuvens e iluminava seu ofuscante vestido branco, como se ela houvesse planejado a cena. Os outros ityasaari seguiam-na em massa, como uma fileira de pombos.

Todos os olhares se voltaram para ela. Jannoula pegou a mão do meio-dragão que estava mais próximo, formou a cadeia e todos ergueram os braços num gesto de vitória. Josef caiu de joelhos.

— *Santi Merdi!* — gritou Moy, enquanto Maurizio resfolegava e até os dois generais pareciam aparvalhados.

— Você consegue identificar a fonte daquela luz? — perguntou Zira em tom quase inaudível.

Então os dragões também podiam vê-la! Eu era, de fato, única em minha incapacidade.

Mas ali estava minha chance. Jannoula saíra para mostrar a todos sua luz — ou o Paraíso, ou qualquer outra coisa que os dragões julgavam ser seu fogo mental. Esforcei-me para refletir a luz de volta para Jannoula. Nada aconteceu. Nedouard e Ingar haviam conseguido refleti-la usando a força de vontade, mas estavam diretamente ligados à mente dela. Eu teria de encontrar outro jeito. Colocara o pequeno espelho na luva; segurei-o para ganhar forças e arremessei tudo o que tinha contra Jannoula.

Transformo minha vontade num espelho, entoei para mim mesma. *Transformo meu muro numa esfera de prata.*

Olhei para cima; nada mudara, exceto que Jannoula estava me fitando. Não sei que aparência eu tinha a seus olhos. Nada se refletia nem brilhava.

Eu fora tola pensando que aquilo podia funcionar. Nas ameias, Jannoula juntou os dedos como fizera durante nossa conversa na torre. Ela estava fora de si — e eu de mim ao imaginar que poderia enfrentá-la.

Estremeci. *Fora de mim.*

Vá para o chalé, fique fora de mim. Essas tinham sido minhas palavras quando fortifiquei o Chalezinho e a bani de meu jardim. Teria eu, inadvertidamente, criado outra casa às avessas? E se aquela porta conduzisse para fora de minha fortaleza autoconstruída e para dentro do mundo? A solução talvez tivesse estado bem à minha frente o tempo todo.

Fechei os olhos e surgi imediatamente em meu jardim encolhido. Eu o enchia como enchia minha própria pele. A porta do chalé estava à minha frente; seu cadeado se transformou em pó na minha mão. Aterrada, respirei fundo, abri a porta e entrei.

Eu tinha uns trezentos metros de altura, uma torre esbraseada, uma coluna de fogo que chegava até o céu. Via tudo: o rio esguio e lento; as planícies maltratadas e as montanhas ásperas; os campos de batalha, atulhados de seres que brilhavam como estrelas; a cidade em chamas com seus humanos e criaturas de minha espécie. Mesmo os dragões pareciam fogueiras. Vi vacas, cães e cada esquilo da floresta. A vida então refulgia assim? Refulgira sempre?

Eu estava profundamente, inquietantemente certa. Antes, só tateara nas trevas.

As barreiras não eram nenhum empecilho. Eu podia avistar Glisselda na cidade e mergulhar fundo em seu coração; Josquin em Segosh; Rodya e Hanse com os samsaneses; Orma no seminário; Camba na torre; Comonot, Eskar e Mitha no Tanamoot. Como podia ser possível? Kiggs estava com a guarnição da cidade e me senti aflita por ele, mas não só por ele: por todo aquele mundo brilhante.

Nas muralhas, Jannoula brilhava de um modo diferente. Não emitia seu brilho a partir de um único centro incandescente; nesse centro o que havia era um vazio profundo, oco, como um buraco no mundo.

Eu me lembrava bem desse vazio. Experimentara-o em primeira mão.

Humanos e dragões — todos quantos Jannoula afetara com palavras ou atos — estavam ligados a ela por filamentos em brasa. Alguns destes se estendiam até o Tanamoot. Ante a minha nova visão, Jannoula era uma aranha numa vasta teia; Abdo descrevera os filamentos do fogo mental de Blanche dessa forma, mas a nova teia era maior e os fios pareciam atrair luz para Jannoula. Os meios-dragões, ladeando-a na muralha da cidade, estavam bem mais que fisgados. Estavam presos a ela por laços tão fortes quanto o ferro.

A luz atraída de todas as direções agia no vazio de seu coração. O que ela dava não era nada em comparação com o que extorquia. Aquele vácuo medonho e melancólico me fascinava; se eu o olhasse por muito tempo, sem dúvida me renderia.

Jannoula me viu, me reconheceu, estendeu para mim seus tentáculos de fogo. Fogo eu já era, mas ainda assim esses tentáculos me chamuscaram, me queimaram, me dilaceraram. Ela atacou de novo e eu não conseguia revidar vendo aquele buraco em seu coração.

Pois talvez eu mesma tivesse ajudado a escavá-lo.

Ela batia e açoitava; eu tragava sua agonia, absorvendo sua dor e difundindo-a. E quanto mais absorvia, mais ela tinha para me oferecer. Comecei a fraquejar sob seus golpes.

Vejo você, Phina!, gritou uma voz conhecida e outra mente se manifestou no Bosque da Rainha: Abdo. Estivera invisível para mim, mas agora sua mente ressurgia e cabriolava.

Tentei fazer isso!, exclamou ele. *O rabugento chafurdado no pântano não me deu nenhuma dica, mas percebo o que você fez.*

Eu poderia ter chorado de alívio e de alegria ao vê-lo. Mas como conseguia ouvi-lo? *Deixei você ir*, falei.

Todo o seu ser sorria como que envolto em chamas. *Deixou. Mas eu não a deixei.*

Aproximou-se de mim, vindo de quilômetros de distância, semelhante a uma labareda. Estendi os braços para ele e senti que minhas forças voltavam. *Podemos libertar todo mundo?*, perguntei.

Começamos a experimentar com os filamentos mais próximos de nós; e essa tarefa meticulosa tornava difícil direcionar nosso fogo. Os fios se rompiam facilmente, pontas brilhantes tangidas pelo ar muito claro, mas eram milhares, uma rede densa que nos cercava por todos os lados. Quanto mais fios rompíamos, mais fios avistávamos.

Temos de libertar os ityasaari, sugeriu Abdo. *Alguns poderão nos ajudar.*

Jannoula nos ouviu. Estariam, agora, nossas próprias mentes abertas?

— Parem! — rugiu ela. — Ou jogo estes aqui pela muralha abaixo!

Abdo ignorou-a e brandiu em direção à cidade um punho de fogo.

Um ityasaari saltou das ameias e gritou alto ao cair. Abdo e eu corremos a socorrê-lo, mas ele passou por nossas mãos imateriais e se estatelou no chão.

Era Nedouard. Sua luz se extinguiu.

Aquela perda abalou todo o meu ser. Qualquer luz era minha luz.

Até o clarão sinistro ao norte.

Um clarão enorme.

Vejo você!, gritei para ele. A terra tremeu por segundos, que se transformaram em minutos. Pedras rolavam da muralha, trabucos iam caindo um atrás do outro, caldeirões de píria se incendiavam como gêiseres de fogo. Meu corpo ruiu e minha mente se projetou, desesperada, em direção ao povo de minha cidade e aos ityasaari postados na muralha.

Jannoula mantinha-os longe da borda; o tremor não era obra dela.

Atrás da cidade alguma coisa se ergueu, tão luminosa que fechei os olhos da mente e passei a usar os humanos. Parecia uma montanha ambulante coberta de poeira e árvores retorcidas, vomitando uma espécie de lodo negro. Ao dar a volta à cidade, desprendendo torrões de barro, começou a assumir a forma de um homem monstruoso. As muralhas lhe chegavam à altura do peito; andava desajeitadamente, como se não soubesse mais se mover, ou tivesse passado anos enferrujando sob o chão. Parecia feito de metal.

Não, de metal não. De escamas prateadas.

Estacou com uma das mãos pousadas contra a muralha. Dissera-me que nunca parava de crescer. E era verdade, literalmente. Com quem eu estivera mantendo contato todos esses anos? Com seu dedo?

Pastelão era imenso; e seu fogo mental era mais imenso ainda.

— Você se soltou, Seraphina — grunhiu ele numa voz que fazia o mundo tremer. Eu mal me dava conta das pessoas à minha volta que tapavam os ouvidos e se dobravam ao peso do som; ele já não estava mais falando apenas em minha mente.

— Você também — repliquei. — Não é o que eu pensava que fosse.

Suas pálpebras, orladas de lama, piscaram devagar e a metade inferior de seu rosto se partiu horizontalmente revelando um buraco profundo, um riso assustador.

— Você também não é. Por isso vim. Vejo que está sem ação — disse Pastelão, apoiando-se contra a muralha inclinada. — Desenvolveu sua mente, mas às vezes precisa mesmo é de matéria.

Jannoula corria de lá para cá sobre a muralha, ordenando que as bombardas disparassem contra Pastelão. Algumas o fizeram. Pastelão expeliu píria de si mesmo e as pedras arremessadas se desviaram, inofensivas.

Estendeu uma mão enorme e arrancou Jannoula das ameias. Ela gritou. Alguém correu a defendê-la, espicaçando a mão de Pastelão com uma lança. A ponta deslizou pelas escamas do dedo do gigante e o lanceiro despencou do parapeito da muralha.

Era Lars.

Pastelão pegou-o com a outra mão e colocou-o delicadamente no chão. Jannoula continuava se debatendo e soltando gritos agudos. Os outros ityasaari se apinharam nas ameias, prontos para atacar insensatamente o gigante.

— Pastelão! — gritei.

— Não tema, irmãzinha — disse ele. O chão vibrava com sua voz.

Abrindo e fechando os braços como um jardineiro que poda suas plantas, foi arrebentando os filamentos brilhantes. Libertou os outros ityasaari, os soldados na muralha, os conselheiros na corte, o regente de Samsam, os generais do Velho Ard presentes ou no Tanamoot. Fez menção de libertar Abdo também, mas este lhe pediu com um gesto que parasse e libertou-se a si mesmo. Pastelão aquiesceu, respeitosamente.

O Santo — pois eu estava convencida de que ele era realmente um santo, independentemente do que o resto de nós poderia ser — tinha agora na mão um novelo de fios de fogo mental.

— Ela está despedaçada, esta aqui, na mente e no coração — disse ele, amassando com cuidado os fios e enfiando-os de novo em Jannoula. — Você deve aprender a se encher com você mesma, Abençoada.

— N-não a despedace ainda mais! — implorei, sentindo-me responsável.

Pastelão me olhou de lado e, por um instante, pensei que estava com raiva. Mas logo disse:

— Você quebraria um espelho, Seraphina, por medo de se olhar nele?

— O que vai fazer com Jannoula?

Pastelão a ergueu à luz do sol, como se a examinasse para ver se tinha rachaduras.

— Ela está interessada no negócio de Santos — trovejou o gigante. — Depois de quase setecentos anos, talvez eu tenha, enfim, descoberto como ser um deles. Tenho o próximo milênio pela frente. Verei o que posso fazer.

Virou-se como para partir, mas uma gritaria se ergueu em volta, dos samsaneses atrás de mim, dos soldados goreddi e ninysh ao sul, da cidade inteira:

— São Pastelão!

Tinham me ouvido pronunciar seu nome, calculei; mas como concluíram que ele era um Santo? O que viram, o que fizeram de todo aquele fogo mental?

Pastelão estacou e observou a gente miúda ao seu redor com ar cansado.

— Não vou levar comigo todos os seus problemas, Seraphina — rosnou ele. — Só o menor. Este aí — apontou para os exércitos à nossa volta — você é que tem de resolver.

— Compreendo — murmurei, minha voz soando quase inaudível aos meus próprios ouvidos. Começava a voltar para dentro de meu corpo; tentei resistir. — Como posso manter este fogo? — gritei.

— Ninguém pode viver o tempo todo dessa maneira, do lado do avesso — respondeu Pastelão por cima do ombro monstruoso. — É demais até para mim.

— Quero continuar vendo!

Ele riu; e a terra riu sob nossos pés.

— Não pode deixar de ver. A partir de agora, avaliará o mundo por uma escala diferente. Mas não se detenha. Relaxe, bom coração. Deixe isso com o mundo. Haverá muito mais.

Girou nos formidáveis calcanhares, arrancando uma placa de grama no lugar onde estivera e, em quatro passadas, já estava quase no fim da cidade, rumando para o norte, para as montanhas. Embrenhou-se no Bosque da Rainha, ultrapassou a primeira colina e desapareceu.

Virei-me para aquela fogueira chamada Abdo. Entendemo-nos sem dizer nada e voltamos a nós novamente, o fogo mental se projetando numa onda de choque de retidão, amor e recordações. Essa onda gigantesca percorreu o mundo inteiro, sacudindo os ossos do conhecimento, abalando o coração da complacência e ecoando em centenas de milhares de cérebros.

Acordei de costas no chão, tonta e esgotada. Ergui a cabeça a tempo de ver, pelas portas abertas da cidade, a Rainha de cabelos dourados galopando em minha direção num corcel vermelho, envolta na luz cristalina do sol.

Depois, a bênção do nada.

Trinta e Seis

Minha primeira impressão, depois de acordar, foi a de que estava no Céu. Uma nuvem me embalava. Uma doce brisa outonal agitava cortinas diáfanas como as asas levíssimas dos bem-aventurados. A luz do sol tingia de ouro tudo o que tocava; a Casa Dourada era feita de sol. Agora, tudo fazia sentido.

Aquele não era o meu quarto, nenhum dos meus quartos. Levantei a cabeça com dificuldade, pois ela estava muito pesada, e vi Kiggs sentado de costas para mim, escrevendo numa mesa.

Ah, ótimo — Kiggs também morrera. Eu não fora a única.

— Ela se mexe! — exclamou o Príncipe, ouvindo minha respiração ou talvez o estalido das nuvens debaixo de mim. Correu para o meu lado, atravessou a névoa dourada que rodeava a minha cama e sentou-se com os cotovelos apoiados nos joelhos. Afastou os cabelos (uma nuvem tempestuosa) de meu rosto, sorrindo — e seus olhos eram estrelas.

— Antes que você pergunte: esteve apagada por um dia inteiro. — Pousou o queixo na mão, pressionando-a contra a mandíbula como para se impedir de rir tolamente. Mas não pôde. Desistiu. — Eu estava preocupado. Todos estávamos. Primeiro aquele Santo gigante, depois você... — Espalmou as mãos como para abranger a coisa toda. — Como conseguiu fazer aquilo?

Sacudi a cabeça, cheia de sóis brilhantes e estridentes que dificultavam minha resposta. Talvez ali não fosse o Paraíso; mas, sem dúvida, eu já não estava neste mundo. Ou melhor, eu era o mundo. Uma distinção sem sentido, muito provavelmente.

Fechei os olhos para amainar a confusão à minha volta. O mundo já não queimava, mas havia um eco de incêndio em todas as coisas. Uma lembrança de fogo. Era demais. Eu sentia tudo.

— A guerra... — comecei, numa voz quebradiça como as folhas de outono.

— A paz foi feita — declarou Kiggs. — Glisselda negociou com todos os lados. O Regente de Samsam está voltando para casa, com o rabo entre as pernas; os Legalistas e o Velho Ard continuam aqui, consertando suas asas partidas e sua confiança abalada, mas eles também logo partirão. O General Zira relata que Comonot forçou o Kerama, mas ainda não temos todos os detalhes.— Kiggs se inclinou a ponto de eu sentir seu hálito em minha orelha. — Quando São Pastelão pegou Jannoula, senti uma espécie de tristeza ou alívio, como se eu a amasse naquele momento e quisesse apenas o seu bem. Desejava que o mundo inteiro estivesse bem. Uma coisa realmente extraordinária. Depois, quando você desmaiou, senti de novo aquela onda de... de...

Mesmo de olhos fechados eu o via brilhar, um brilho quase insuportável. Toquei seu rosto. Ele beijou a palma de minha mão.

Suspirei. Eu era uma ferida aberta, que sentia tudo decuplicado.

— Não sei que nome dar a isto — falei, tentando conter a respiração.

Kiggs riu. E seu riso era como a luz do sol na água.

— Jannoula emitiu seus raios, mas então São Pastelão e... você...

— E Abdo — completei. Ele não poderia saber que vira Abdo.

Insistia em me fazer perguntas irrespondíveis.

— Gostaria de entender o que vi. Gostaria de saber...

— Se sou uma Santa? — perguntei.

— Não era essa a minha pergunta, mas responda-a assim mesmo.

Apertei ainda mais as pálpebras. Estava voltando a mim lentamente, mas a pergunta acelerou o processo e me fez consciente, de uma maneira muito rude, de minha forma física. Minha camisola — quem a vestira em mim? — era apertada e minhas escamas doíam; eu tinha bolhas entre os dedos dos pés; minha boca estava desagradavelmente seca e eu bem que gostaria de correr para o meu guarda-roupa. A mínima dor, a mínima mudança, a mínima imperfeição chegavam imediatamente à minha consciência. Tapei os olhos com as mãos.

— Pastelão pode ser um Santo, essa é que é a verdade.

— Concordo — disse Kiggs.

— Eu vi tudo. Mantive o mundo inteiro em minha mente de uma vez só. — Mas agora já não o mantinha; podia senti-lo se afastando. — Porém, não... não posso me considerar uma Santa.

— Está bem. Mas talvez você não seja a pessoa certa para responder a essa pergunta.

Virei-me para o lado dele, ainda sem abrir os olhos.

— Todavia, aconteceu uma coisa... extraordinária. Eu era mais que eu e o mundo era mais que o mundo. Como poderei me reconciliar com isso, Kiggs? — Minha voz hesitava ao peso de uma nova angústia.

— Com o quê, meu amor? — perguntou ele.

Tomei seu rosto entre as mãos; era necessário que ele entendesse a todo custo.

— Como me reconciliarei comigo depois do que aconteceu?

Ele riu de mansinho.

— Você sempre não foi muito mais que você mesma? Todos nós não somos? Ninguém é uma coisa só.

Kiggs estava certo, é claro. Abri finalmente os olhos e examinei seu belo rosto. Tinha os dentes ligeiramente arqueados; essa era a única diferença entre eles e os diamantes.

— Tirou a barba — murmurei, acariciando-lhe a pele suave.

Kiggs arqueou as sobrancelhas, surpreso.

— Então você gostava dela. Glisselda não achava isso possível.

— Glisselda! — exclamei, afastando a mão de seu rosto. — Como ela está?

Kiggs fez um gesto firme de cabeça.

— Glisselda é a Rainha — respondeu num tom estranho — e uma rainha notável. Como nenhuma outra que já vimos. — Sorriu. — Nós conversamos e abrimos nossos corações, confessando nossos erros, e acho que chegamos a nos entender. O que resta para dizer talvez deva ser dito em sua presença, Seraphina, pois também lhe diz respeito.

Virei a cabeça, afundada no travesseiro, para ele. Kiggs pousou a sua junto à minha e acariciou meu rosto com um dedo. Estremeci como o oceano.

— Tudo ficará bem — garantiu.

Ele tinha razão. Eu sabia. Tudo ficaria bem, ou poderia ficar, se nós trabalhássemos para isso. Éramos os dedos do mundo, que o recolocavam nos eixos.

Não tive chance de explicar isso porque ele me beijou.

Quem pode dizer quanto tempo durou o beijo? Eu aprendera a sair do tempo.

⊗

À noite, eu já tinha voltado a mim por completo. A vida ainda resplandecia à minha volta — os ityasaari ardiam como tochas —, mas eu não via mais tudo de uma vez só. *Ninguém pode viver o tempo todo dessa maneira*, dissera Pastelão, o que, de certa forma, era um alívio. Havia assuntos práticos que exigiam minha atenção.

Nós, ityasaari, comparecemos de noite a Santo Eustace para velar Nedouard, numa vigília privada no seminário antes de sua deposição em São Gobnait de manhã. Somente os ityasaari, o Príncipe Lucian Kiggs e a Rainha Glisselda compareceram; o morto não tinha família em Ninys.

A Dama Okra Carmine, sua embaixadora, se responsabilizou pelo toque ninysh: grinaldas de folhas de abeto em sua cabeça e pés, guloseimas com aroma de pinho e vinho doce de uvas de Segosh. Ela chorou mais sentidamente que os outros, com vergonha do que fora e fizera. Eu não sabia como consolá-la; meu perdão — e o de Blanche — não fariam grande diferença em sua culpa.

Nedouard foi sepultado num nicho de parede das catacumbas da catedral. Chorei pelo doce e infeliz doutor, que me perguntara certa vez: *Estamos irreparavelmente despedaçados?* Eu não soubera responder, mas agora achava que sabia. Depois que quase todos haviam saído da cripta, sussurrei para sua lápide:

— Tudo pode ser consertado, bom coração.

Blanche, rezando ajoelhada a certa distância, ouviu-me. Levantou-se, sacudindo a poeira secular de sua saia azul-escura (nenhum de nós vestia branco, conforme observei, embora aquilo fosse um funeral). Ela tomou meu braço e juntas saímos silenciosamente da catacumba.

Alcançamos os outros na subida para o Castelo de Orison. Um manto de nuvens escurecia o sol e uma brisa fria soprava; logo cairiam as chuvas do fim do outono. Enquanto caminhávamos, um grito inesperado se fez ouvir atrás de nós, uma voz que era ao mesmo tempo conhecida e desconhecida.

— Phina! Príncipe Lucian!

A rua estava repleta de pessoas que nos seguiam disfarçadamente. Kiggs se aproximou de mim e apontou:

— Não é... ou é?

— É! — bradou a voz. Abdo saiu de trás de uma carroça de lenha e subiu a encosta correndo em nossa direção.

— Você consegue ouvi-lo? — estranhou Kiggs.

— E como não conseguiria? Ele está gritando.

— E vou gritar de novo! — exclamou Abdo. — Não posso parar de gritar!

Estava absolutamente imundo, como convinha a um sujeito que passara semanas acampado num santuário em ruínas e vagando pelos pântanos. Nos cabelos desgrenhados, viam-se gravetos e placas de musgo. Nele, limpo era apenas o sorriso, franco e luminoso como a lua.

— Alô para todos! — cumprimentou ele sem mover os lábios. As bocas dos outros meios-dragões já estavam escancaradas; e logo eles escancararam também os olhos, assombrados.

— Como conseguem fazer isso? — perguntou Lars.

Abdo encenou uns passos agitados de dança, pondo a língua para fora e simulando chifres com as mãos, a intacta e a quebrada.

— Descobri! Minha mente é vasta como o mundo. Eu poderia falar a todos ao mesmo tempo, se quisesse. Não se trata exatamente de falar, mas acaba sendo a mesma coisa, não?

Abdo estava usando seu fogo mental — do modo como eu fizera ao pronunciar o nome de Pastelão, que todos haviam escutado — para emitir um som audível pelos ouvidos, a mente e o coração concomitantemente.

— Seria menos assustador — ponderou Lars — se você abrisse a boca e fingisse que o som provém dela.

— Oh! — disse Abdo, contorcendo os lábios. — Estou sem prática.

Movimentava a boca do modo errado e fora de tempo, o que não podia ser senão uma brincadeira. Aquilo não era nada bonito de se ver.

— Poderia praticar diante do espelho — sugeri.

Ele deu de ombros, rindo e feliz demais para tomar isso como uma censura. Pulava à nossa volta, cumprimentando os meios-dragões um por um. Abraçou Camba em sua cadeira de rodas e não conteve o riso quando ela lhe recomendou um bom banho. Blanche, ainda segurando meu braço, olhava-o admirada, com um risinho se desenhando lentamente nos lábios.

Os ityasaari não fizeram questão nenhuma de permanecer mais uma noite no Jardim dos Abençoados. Nem eu. Mandei que minhas coisas fossem levadas de volta aos antigos aposentos o mais rápido possível.

Blanche, Od Fredricka e Gianni Patto se instalaram na grande residência diplomática da Dama Okra, na cidade, enquanto ela providenciava o regresso deles a Ninys.

— Vão precisar de proteção e garantias, para não dizer de ajuda — explicou ela, muito atarefada, quando a visitei em sua casa. — O Conde Pesavolta hesita em recebê-los, dizendo que são "disruptivos" e "polarizadores". Bem, verei se consigo tranquilizá-lo um pouco.

— Eles são bem-vindos em Goredd, se quiserem ficar — ponderei. — A Rainha afirmou...

— Sei disso — cortou Okra, contraindo melancolicamente sua cara de sapo. — Mas você precisa entender que, agora, eles associam Goredd com... bem, com esta época. Não se pode criticá-los.

Eu não os criticava, mas gostaria que tudo fosse diferente.

Lars ficaria no palácio por enquanto, embora não tencionasse regressar para junto de Viridius. O velho tentou me usar como intermediária. Eu disse a Lars que Viridius o perdoara e o queria de volta; mas Lars apenas sorriu tristemente e disse:

— Acontece que eu mesmo ainda não me perdoei. — E desapareceu como um fantasma nas dependências do palácio.

Chegou-nos a notícia de que Porfíria impedira nova agressão samsanesa graças a uma vitória naval decisiva. Os ityasaari porfirianos queriam voltar para casa antes que o inverno tornasse as estradas difíceis. Gaios, Gelina e Mina pretendiam fazer outras viagens depois de escoltar os outros. Só aguardavam que Camba e Pende estivessem bem o suficiente para se locomover.

Camba se recuperava a olhos vistos; já dava alguns passos tímidos pelos jardins do palácio com uma bengala. Pende, infelizmente, não tinha tanta sorte. Eu alimentara a esperança, contra todos os ditames da razão, de que a partida de Jannoula fizesse o velho sacerdote se animar um pouco. Mas ele continuava deitado, inerte, sem nenhum sinal de melhora.

Ingar levou-o para o ar livre, sob o sol morno do outono, para ele ver Camba dando seus passinhos. O velho ficou contemplando o nada, com o queixo enrugado caído sobre o peito.

Enquanto eu ajudava Camba a não perder o equilíbrio, Ingar ajeitava o cobertor no colo do velho.

— Sinto muito por Paulos Pende — murmurei, passando o braço pela cintura de Camba. — Se eu o tivesse libertado mais cedo, talvez...

— Eu também sempre ponho a culpa em mim primeiro — disse ela. Trazia ainda a cabeça raspada por causa do luto, embora houvesse colocado novamente os brincos de ouro. — O mundo nem sempre gira apenas em torno de nós. Pende fez sua parte. Disse a você que sua mente estava presa e que isso era um problema; mas não poderia ter feito a mínima tentativa para ajudá-la?

— Ele não merece isso — lamentei, ignorando aonde ela queria chegar.

— Claro que não. E você também não merece ser acusada por tudo. Às vezes, damos o melhor de nós e tudo sai errado.

Enquanto eu refletia sobre isso, Ingar se aproximou com um sorriso largo. Cedi-lhe meu posto.

— Acho que poderemos manter o velho confortável durante a viagem — disse ele. — Existem carruagens construídas especialmente para inválidos, com boas molas que absorvem o impacto. Mandarei Phloxia conseguir uma; se já houve alguém capaz de lidar com vendedores, é ela.

Reparei no "poderemos".

— Você vai voltar para Porfíria, Ingar?

— Não me reservaram tempo suficiente na biblioteca — respondeu ele, beijando Camba no rosto. Camba beijou-o na cabeça calva.

— Mas sua própria biblioteca está aqui agora — disse eu, surpresa por querer que ele ficasse.

Seus olhos emitiram um brilho suave, como se ele fosse pedir desculpas.

— Já li todos os livros da *minha* biblioteca.

— É claro — murmurei. — Como sou tola!

Abracei os dois. Camba ficou enlaçada a mim por muito tempo.

— Você irá de novo conosco para Porfíria — disse ela. — Seu lugar estará sempre reservado em nosso jardim.

— Obrigada, irmã — murmurei, com um aperto na garganta.

Os porfirianos estariam prontos para partir em três dias. Era doloroso vê--los ir embora, mas Abdo era o que mais me fazia sofrer.

O bendito moleque não parara de tagarelar desde que chegara, mas finalmente já conseguia falar mais baixo. Não era brincadeira: ele poderia difundir sua voz pela cidade toda, se quisesse. Cada um de nós fora vítima dos acessos casuais da voz fantasmagórica e sem corpo de Abdo. Falar mais comedidamente e a poucas pessoas de uma vez exigia uma certa *finesse*.

Na última noite de Abdo, juntei-me a ele, Kiggs e Selda numa pequena sala de visitas da ala da família real no palácio. Abdo finalmente parecia ter se dado conta de que estava partindo e mostrava-se menos falante que o usual.

— Vocês seriam bem-vindos se quisessem ficar — disse a Rainha gentilmente. — Há muitas coisas boas aqui que poderiam fazer. Até coisas erradas.

Abdo sacudiu a cabeça.

— Tenho de voltar para casa. — Olhou para os dedos, que não paravam de tamborilar em seu colo. — Preciso me entender com minha mãe. Quando vi... — Interrompeu-se, como se procurasse as palavras. — Como foi para você, Phina, abrir a mente e ver tudo?

O sangue afluiu ao meu rosto. Eu não falara sobre o assunto, exceto a Kiggs (o que agora me parecia um pouco embaraçoso). E não me sentia capaz de falar agora.

— Vi um brilho ofuscante e, hum... Imagine como seria ver música ou pensamento.

O olhar de Glisselda se perdeu a distância, como se ela estivesse tentando formar uma imagem do que eu dissera. Kiggs se inclinou para a frente, com os cotovelos nos joelhos, e perguntou:

— Era o Paraíso?

A pergunta me confundiu, mas Abdo se apressou a responder por mim:

— Sim, do modo como os seus Santos o interpretavam. Eles se pareciam com os nossos deuses, mas não literalmente, não da maneira como são mostrados nas estátuas. Lembravam mais o espaço intermediário, onde Necessidade é Acaso e Acaso se transforma em Necessidade. O mundo é como deve ser e como acontece ser; todas as coisas são uma só, interconectadas, e nós as amamos e compreendemos porque somos parte delas e elas são parte de nós.

— Amamos o mundo inteiro — disse Kiggs, citando Pontheus.

Era exatamente o que eu sentia e cuja lembrança quase inundou meus olhos de lágrimas; mas a explicação eloquente de Abdo ainda não dizia tudo. Não é possível atribuir palavras a algo como aquilo. "Paraíso", "deuses" — conceitos pequenos demais.

Perguntei:

— E o que acontecerá quando se entender com sua mãe sacerdotisa? Irá para o templo que antes desprezava? — Essas palavras me pareceram duras ao ser pronunciadas em voz alta, mas eu não imaginava como Abdo acomodaria suas experiências nos limites de um templo.

Mas eu também estava tentando me acomodar em mim mesma.

— Algo assim — respondeu Abdo, sorrindo.

— Acho isso realmente admirável — disse Glisselda, levantando o queixo e lançando-me um olhar severo. — Se o seu sacerdócio é como o nosso, Abdo, eles precisam de pessoas boas como você. Desse modo, prestará serviços à sua cidade.

Eu não sabia dizer se achava aquilo uma má ideia ou se apenas iria sentir saudades dele.

Abdo se despediu logo depois, fazendo uma reverência a Glisselda e apertando a mão de Kiggs. Eles lhe desejaram boa viagem. Quando veio me dizer adeus, lágrimas velaram meus olhos. Abracei-o por longo tempo em silêncio e ele me disse mentalmente: *Não ficarei longe de você, madamina Phina. Ninguém faz o que fizemos juntos sem deixar um pouco de si para trás.*

Beijei-lhe a fronte e deixei-o ir.

෴

Blanche, com ajuda quigutl, consertou o equipamento de comunicações de Glisselda e finalmente recebemos notícias do Ardmagar Comonot. Ele tomara o Kerama, mas não sem dificuldade.

— Estávamos superados em dois por um — contou ele —, mas você não acreditaria se visse como aqueles exilados lutavam. Lutavam com paixão. Eu mesmo nunca tinha visto coisa igual. E, até certo ponto, tivemos sorte. Alcancei o Keramaseye, o grande anfiteatro no céu onde o Ker se reúne, e tomei a Opala Oficial. À nossa volta, a peleja esfriou quando o Velho Ard viu o que eu tinha feito e se lembrou de que ser dragão é muito mais que cultivar uma ideologia anti-humana perniciosa: existem tradições, protocolos e uma ordem correta de sucessão. E a ordem correta de sucessão é aquela que defendo, com a lei ou com as garras. Chega de punhaladas covardes pelas costas e de guerras dispendiosas.

Ele pusera fim à guerra; por esse feito, Kiggs e Glisselda o felicitaram de todo o coração. Havia ainda pela frente meses ou talvez anos de debates e negociações — se conviria dispersar os Censores, como integrar os exilados, se o Ardmagar devia ser eleito para um mandato fixo (perspectiva que não parecia incomodar Comonot).

— A demora pouco importa. Estaremos debatendo e não mordendo a garganta um do outro, o que é muito melhor.

Contei-lhe sobre o que acontecera a Orma e ele ficou quieto.

— Eskar deve saber sobre o gatilho da pérola mental — disse por fim. — Mas só daqui a vários meses terá condições de viajar, pois está transferindo memória para seu ovo. Porém, depois de pô-lo, poderá deixá-lo numa incubadora.

Glisselda lançou-me um olhar vago, sem saber como reagir a essas notícias.

— Fico feliz por você, Ardmagar — consegui dizer, embora estivesse triste por meu tio.

— Não me cumprimentem ainda — disse o velho saar em tom rude. — Percebo como esses filhotes porfirianos se comportam. Sabem mais que morder pescoços, temo eu. E, Seraphina — acrescentou —, ouvi sua voz e concluí que ela contradiz suas palavras. É que a experiência me tornou sensível e astuto.

Revirei os olhos em benefício dos primos reais.

— E então? — perguntei.

— Não deve temer por seu tio — respondeu o Ardmagar. — Eskar prestou serviços no Tanamoot e, na primeira oportunidade, estará ao lado dele de novo. Antes, eu a julgaria mal por isso e acabaria com ela. Hoje, só posso admirar a grandeza de seu coração.

◇◈◇

Kiggs e Glisselda se casaram antes do fim do ano.

Nós três decidimos que devia ser assim. O consenso surgiu surpreendentemente rápido, embora, a meu ver, cada um de nós tivesse seus próprios motivos. Glisselda não suportava a ideia de desposar outro; se tivesse de se casar, seria com o velho e querido amigo que a conhecia como ninguém e manteria sua união no nível estritamente político. Kiggs, por sua vez, já se sentia praticamente casado — com Goredd. Sua avó quisera que os primos governassem juntos por uma questão de honra e dever — e eu consegui convencê-lo de que não me importava.

E, por estranho que pareça, não me importava mesmo. Nós três sabíamos quem éramos um para o outro; planejaríamos, discutiríamos e seguiríamos nosso próprio caminho sem dar satisfação a ninguém.

Glisselda ainda era, a seu modo, uma rematada tradicionalista; a cerimônia teve festa noturna, serviço na catedral, viagem de lua de mel e tudo o mais. Devia ser o matrimônio de Goredd, a salva inaugural de um novo reino de paz.

A festa noturna foi exatamente o que a palavra diz: uma festa que durou a noite inteira. Primeiro o banquete, depois a diversão, depois a dança (quando o jantar já estava suficientemente digerido), depois mais diversão, depois o cochilo estratégico seguido por veementes negativas de que se cochilara e finalmente o serviço na Catedral de São Gobnait quando o sol já se erguia.

Eu organizei a diversão, é claro. Era ao mesmo tempo estranho e reconfortante retomar essa tarefa. Toquei flauta e alaúde noite adentro e dancei duas vezes, livremente, com meu Príncipe.

Mas eu não previra os inesperados silêncios. As pessoas prestavam muita atenção quando eu tocava, observavam-me dançando, faziam um círculo à minha volta em meus momentos de descanso e surrupiavam fiapos de meu vestido.

Aquela gente vira alguma coisa. Mesmo nos túneis, segundo ouvi dizer, ela avistara a luz de Pastelão e ouvira o estrondo de sua voz. Uma pedra fora lançada à água e apenas começávamos a perceber as ondas.

Dividi a carruagem para a catedral com a Dama Okra.

— Você está surpreendentemente confiante — disse ela, com um olhar que procurava fingir indiferença. — Não foi afetada, de modo que não podia saber disto, mas a mente de Jannoula penetrava na nossa de vez em quando. Ela sabia o que o Príncipe representava para você.

— Todos os ityasaari sabem disso? — perguntei, menos alarmada do que ela provavelmente esperava.

Okra deu de ombros, com um sorriso na face encarquilhada.

— Talvez. Só tenho uma pergunta: que vai fazer com respeito ao fato de se esperar que a Rainha Glisselda tenha um herdeiro?

Absurdamente, achei aquela maldade, que era seu estado normal, tranquilizadora.

— Teremos longas conversas em que Kiggs ficará agoniado e Glisselda o espicaçará. É o padrão até agora.

— E você? — perguntou ela, olhando-me de lado. — O que fará?

— Farei o que tenho feito sempre — respondi, percebendo de súbito a veracidade dessas palavras. — Procurarei juntar os mundos.

Nada era uma coisa só: havia mundos dentro de mundos. Quem caminhava pela linha divisória era abençoado e sobrecarregado por todos eles.

Desci da carruagem para a luz do sol e desapareci na multidão, sorrindo. Mergulhei no mundo.

Epílogo

Meus novos aposentos haviam pertencido à mãe de Selda, a Princesa Dionne. O quarto foi inteiramente renovado, mas não deixei que tocassem na sala de visitas, pois gostava de seus painéis escuros e de seus pesados móveis entalhados. Selda quis que eu trouxesse a espineta que enfeitava o solar do sul e não pude resistir. Não combinava com o ambiente, mas o que mais eu faria com tanto espaço?

Eu estava tocando naquela tarde chuvosa quando um pajem o fez entrar. Não ergui os olhos; isso iria exigir toda a minha coragem e eu precisava de um pouco mais de música para reuni-la. Ele não se importaria com a minha rudeza.

Sentou-se perto da porta, esperando. Eu tocava uma das fantasias de Viridius, mas passei insensivelmente para a composição de minha mãe, uma fuga que ela escrevera em homenagem a seu irmão. Eu gostava imensamente daquela música, que captava com perfeição a personalidade do homenageado: a solidez das notas graves, a racionalidade dos tons médios e a vibração ocasional, inesperada dos agudos. Suavidade, movimento e um toque de melancolia — a melancolia de minha mãe. Ela sentia saudades do irmão.

Eu também sentia, mas era capaz de suportá-las. Respirei fundo.

Dedilhei os últimos arpejos e virei-me para ele. Orma vestia ainda o hábito cor de mostarda da Ordem de São Gobnait. Girei seu anel em meu dedo, esperando ter deduzido corretamente seu significado, isto é, que ele houvesse realmente feito uma pérola mental.

Encontrá-la seria um desafio.

Orma não olhava para mim; olhava, de boca aberta, para o teto decorado com caixotões. Comecei:

— Irmão Norman?

Ele estremeceu.

— Interrompi seu ensaio — disse.

O que eu fizera fora intencional.

— Reconhece essa música? — perguntei.

Orma arregalou os olhos para mim, aparentemente tentando analisar a pergunta inesperada. Assim deveria ser dali por diante, caso quiséssemos encontrar as margens nebulosas de suas lembranças remanescentes. Teríamos de apanhá-las de surpresa.

— Não sei — disse ele por fim.

Para mim, qualquer coisa que não fosse uma resposta francamente negativa era encorajadora.

— Gosta dela? — pressionei.

Orma parecia distante.

— O abade disse que você precisava de um secretário e queria me entrevistar, mas não tenho interesse no cargo. Creio que deseja dar sequência à sua linha anterior de investigação e isso, a meu ver, será inútil. Não me recordo de você antes de Jannoula me trazer aqui. Pretendo apenas terminar meus estudos e voltar...

— Está mesmo tão interessado em história monástica? — perguntei.

Uma chuva de inverno fustigava as janelas. Orma ajeitou os óculos; sua garganta palpitava quando ele engolia.

— Não — disse por fim. — Mas a destúlcia que tomei para o problema do coração é um supressor emocional. Coisa alguma me interessa por si mesma.

— Isso o impede de voar quando assume seu tamanho normal. — Eu me informara sobre o assunto.

Orma aquiesceu.

— Por isso nem todos tomamos isso como coisa natural.

— Lembra-se de como é voar?

Ele ergueu seus olhos escuros e inescrutáveis para mim.

— E como não me lembraria? Se tirassem isso de mim, não sobraria quase nada. Eu ficaria sem memória... alguma... — Seu olhar se perdeu no nada por um momento.

— Faltam peças aí — disse eu. — Você notou, não?

Orma passou o dedo pela cicatriz no crânio.

— Só notei depois de você dizer. Eu atribuiria isso a um erro de diagnóstico, mas... — Sua expressão era como uma cortina fechada. — Há certas coisas que não fazem sentido.

Ele tinha uma característica, uma certa tendência a questionar que já o metera em tanta confusão quanto suas emoções, se não mais. Talvez eu conseguisse reviver essa curiosidade se o estimulasse.

— A canção que eu estava tocando? Aprendi-a de você, meu professor.

Seus olhos escureceram por trás do brilho das lentes. O vento continuava a fustigar as janelas.

— Venha trabalhar comigo — sugeri. — Poderá se livrar da destúlcia. Sei como isso funciona. Vamos recuperar o que lhe tiraram. — Estendi a mão e mostrei-lhe o anel. — Acho que você fez uma pérola mental antes de ser apanhado.

Orma esticou os dedos compridos.

— Se você não estiver certa e eu realmente sofrer de pirocardia, com toda a probabilidade vou morrer.

— S-sim — gaguejei, perguntando-me se acaso a pirocardia não seria algo que, de alguma forma, os Censores lhe haviam dado como um presente surpresa. Perguntaria a Eskar quando ela chegasse. — Creio que possa mesmo morrer. Mas está achando a história monástica uma razão suficientemente forte para continuar vivo?

— Não sou humano — disse ele. — Não preciso de uma razão para viver. Viver é, para mim, a condição padrão.

Não pude deixar de rir e meus olhos se encheram de lágrimas. Aquela resposta era por demais típica de Orma, a quintessência de sua natureza.

Ele me viu rir como se eu fosse um pássaro inexplicavelmente barulhento.

— Não sei bem se isso vai compensar o seu tempo ou o meu — afirmou ele.

Meu coração se contraiu dolorosamente.

— Nunca desejou poder voar de novo?

Orma deu de ombros.

— Se isso significar morrer queimado, meus desejos são irrelevantes.

Tomei isso como um "sim" definitivo.

— Você costumava voar com a mente. Numa espécie de metáfora. E se interessava por tudo. Fazia perguntas inoportunas sem parar. — Minha voz sumiu; limpei a garganta.

Orma me olhou fixamente, mas não disse nada.

Meu coração desfaleceu.

— Não está nem um pouquinho curioso?

— Não — respondeu ele.

Levantou-se para partir. Eu me levantei também e fui até a janela, em desespero. Não podia impedi-lo de tomar destúlcia nem forçá-lo a ser meu amigo. Se ele fosse embora e se recusasse a me ver de novo, não havia nada que eu pudesse fazer a respeito.

Às minhas costas, ouvi o som de um banco sendo arrastado e depois algumas notas experimentais na espineta, como uma criança faria ao testar cautelosamente o instrumento pela primeira vez.

Mantive o olhar fixo nos filetes de água que escorriam pela vidraça.

Um acorde, depois outro e finalmente uma pequena explosão de notas exuberantes: os primeiros compassos da *Suíte Infanta* de Viridius.

Virei-me rapidamente, com o coração na boca. Orma estava de olhos fechados. Tocou as três linhas iniciais, hesitou e parou.

Abriu os olhos e fitou-me.

— Uma coisa que não podem remover sem danificar outros sistemas é a memória muscular — explicou em voz baixa. — Minhas mãos fizeram isso sozinhas. O que era?

— Uma fantasia que você tocava sempre — respondi.

Ele balançou lentamente a cabeça.

— Ainda não sinto nenhuma curiosidade. Mas... — Contemplou a chuva. — Mas começo a desejar *poder* sentir.

Pedi-lhe, com um gesto, que desse lugar para mim no banco. Ele o fez e ficamos sentados juntos pelo resto da tarde, sem falar, mas deixando nossos dedos correr pelo teclado — e lembrando.

Personagens

No Castelo de Orison

Seraphina Dombegh — nossa encantadora heroína, muitas vezes chamada de Phina, meio-dragão.
Rainha Lavonda — doente, abdicou.
Rufus, Dionne e Laurel — Filhos desafortunados de Lavonda, todos mortos.
Rainha Glisselda — a nova e corajosa chefe de estado.
Príncipe Lucian Kiggs — Primo e noivo de Glisselda.
Viridius — compositor da corte, antigo patrão de Seraphina.
Lars — projetista de catapultas, amante de música ruidosa, meio-dragão.
Abdo — dançarino e maroto, possível propriedade de um deus; meio-dragão.
Tython — avô de Abdo, muito religioso.
Dama Okra Carmine — embaixadora de Ninysh, nada diplomática; meio-dragão.
Alberdt — soldado valente.
pagenzinho sonolento — sempre dormindo em serviço.

Em Ninys

Josquin — primo distante da Dama Okra, arauto de cavanhaque.
Capitão Moy — comandante dos Oito, cheio de autoridade e barba no queixo.
Nan — valorosa filha de Moy.
Des Osho — os Oito, escolta armada de Phina em Ninys.
Nedouard Basimo — cleptomaníaco e médico infectologista; meio-dragão.
Blanche — eremita apreciadora de aranhas; meio-dragão.
Od Fredricka des Uurne — muralista de pavio curto; meio-dragão.

Gianni Patto — "bicho-papão", com pés providos de garras, das montanhas de Ninys; meio-dragão.
Conde Pesavolta — governante de Ninys e patrocinador relutante de buscas.

Em Samsam

Hanse — caçador de pouca conversa que escolta Phina em Samsam.
Rodya — jovem valente e sujinho, o outro acompanhante.
Josef, conde de Apsig — meio-irmão de Lars, inimigo dos dragões; um traste.
Jannoula — banida da mente de Phina; meio-dragão.
Ingar, conde de Gasten — amante dos livros, poliglota, discípulo de Jannoula; meio-dragão.

Em Porfíria

Naia — tia favorita de Abdo.
Paulos Pende — velho sacerdote de mente poderosa, chefe dos meios-dragões (ityasaari) em Porfíria.
Zythia Perdixis Camba — dama emproada, inesperadamente acessível; ityasaari.
Amalia Perdixis Lita — mãe idosa de Camba; agogoi.
Mina — funcionária alada da justiça; ityasaari.
Brasidas — cantor cego de feira; ityasaari.
Phloxia — advogada de dentes de tubarão (literalmente); ityasaari.
Gaios e Gelina — belos gêmeos de pés ligeiros; ityasaari.

Dragões amigos e inimigos

Admagar Comonot — líder deposto dos dragões, que vive aborrecendo a rainha.
Orma — tio de Phina, sempre fugindo.
Eskar — ex-subsecretária da embaixada dracônica; foge com Orma ou persegue seus próprios objetivos?
Ikat — médico, líder civil dos dragões exilados em Porfíria.
Colibris — filha de Ikat, eternamente jovem.
Lalo — saarantras exilado, ansioso para voltar à terra natal.
Mitha — quigutl do Laboratório Quatro, amigo de Eskar, rebelde e cantor de músicas folclóricas.

General Zira — destacado general legalista.
General Palonn — destacado general do Velho Ard.
General Laedi — novo estrategista do Velho Ard, o carniceiro de Homand--Eynn.

Cavaleiros nobres

Sir Cuthberte Pettybone — cavaleiro do círculo de Phina, velho demais para guerrear, jovem demais para morrer.
Sir Maurizio Foughfaugh — antigo escudeiro conhecido de Phina e sempre um chato.
Sir Joshua Pender — treinador da próxima geração de dracomaquistas.
Escudeiro Anders — membro da próxima geração, muito impressionável.

Glossário

Agogoi — famílias fundadoras de Porfíria, agora membros da Assembleia todo-poderosa.
alaúde — instrumento geralmente tocado com uma palheta ou plectro.
ard — palavra mootya para "ordem", "correção"; pode significar também um regimento de dragões.
Ardmagar — título ostentado pelo líder dos dragões; aproximadamente, "comandante supremo".
auroque — espécie de boi enorme e selvagem, extinto em nosso mundo; ainda havia muitos deles na Europa até o Renascimento.
Bibliagathon — grande biblioteca de Porfíria.
Blystane — capital de Samsam.
Buraco dos Quigs — gueto de dragões e quigutls em Lavondaville.
Castelo de Orison — sede do governo de Goredd em Lavondaville.
Censores — agência extragovernamental de dragões encarregada de manter a pureza de sua raça.
Chakhon — deus porfiriano do acaso, às vezes chamado de Boa Sorte.
charamela — instrumento semelhante ao oboé.
destúlcia — droga dragontina; supressor emocional, analgésico e cura para a pirocardia.
Donques — aldeia nas montanhas ninysh.
dracomaquia — arte marcial para a luta contra os dragões; inventada por São Ogdo.
extirpação ou excisão — remoção cirúrgica de lembranças de dragões problemáticos, realizada a critério dos Censores.

Fnark — aldeia de Samsam, local do santuário de Santo Abaster.
gaar — patê de anchova porfiriano, mais delicioso do que parece.
gibão — espécie de jaqueta masculina curta, justa e às vezes acolchoada.
Goredd — pátria de Seraphina, parte das Terras do Sul (gentílico: goreddi).
Homand-Eynn — local de uma tremenda derrota dos Legalistas.
ityasaari — meio-dragão (porfiriano).
Ker — estado-maior dos dragões que assessora o Ardmagar.
Kerama — capital do Tanamoot.
Laboratório Quatro — instalação secreta dos Censores no Tanamoot.
Laika — ilha próxima a Porfíria onde ancora a frota porfiriana.
Lakhis — deusa porfiriana da fatalidade, às vezes chamada de Dura Necessidade.
Lavondaville — cidade natal de Seraphina e a maior de Goredd, batizada em homenagem à rainha Lavonda, que fez a paz com os dragões há quarenta anos.
Legalistas — dragões que tomaram o partido de Comonot na guerra civil.
Meconi — rio que corre do vale do Omiga para o interior do Tanamoot.
Metasaari — bairro porfiriano que abriga os saarantrai exilados.
Montesanti — mosteiro da Ordem de Santo Abaster em Ninys.
mootya — língua dos dragões articulada em fonemas que os humanos podem pronunciar.
Ninys — país a sudeste de Goredd, nas Terras do Sul (gentílico: ninysh).
Omiga — principal rio de Porfíria.
palasho — "palácio" em ninysh.
Paraíso, Céu — o outro mundo dos sulistas tal qual descrito pelos santos nas escrituras.
Pinabra — grande floresta de pinheiros a sudeste de Ninys.
píria — substância pegajosa e inflamável usada na dracomaquia para incendiar dragões; também chamada de fogo de São Ogdo.
pirocardia — doença cardíaca fatal nos dragões.
Porfíria — pequena cidade-estado na foz do rio Omiga, a noroeste das Terras do Sul; originalmente, colônia de um povo de pele escura vindo do extremo norte; pode se referir também a seus territórios ao longo do rio Omiga.
quigutl — subespécie de dragões pequenos e que não voam, com um conjunto de braços ágeis no lugar das asas; fazem o serviço sujo para os dragões.

saar — palavra porfiriana para "dragão"; muito usada pelos goreddi como forma abreviada de *saarantras*.

saarantras — palavra porfiriana para "dragão em forma humana" (plural: saarantrai).

saltério — livro de poesia devocional, geralmente ilustrado; nos saltérios de Goredd, há um poema para cada santo importante.

Samsam — país chuvoso ao sul de Goredd, nas Terras do Sul (gentílico: samsanese).

Santa Capiti — simboliza a vida da mente; padroeira substituta de Phina.

Santa Clara — padroeira dos perceptivos.

Santa Fionnuala — Senhora das Águas; chamada de Fionani em Ninys.

Santa Gobnait — padroeira dos diligentes e persistentes; a catedral de Lavondaville lhe é dedicada.

Santa Ida — padroeira dos músicos e compositores; o conservatório musical de Lavondaville tem seu nome.

Santa Yirtrudis — a herege; verdadeira padroeira de Phina; autora de um interessante testamento.

Santo Abaster — defensor da fé; odeia dragões, mas gosta de pancadaria; reverenciado em Samsam e também em outros lugares.

Santo Willibald — padroeiro dos mercados e das notícias; chamado de Wilibaio em Ninys e de Villibaltus em Samsam.

São Ogdo — fundador da dracomaquia; padroeiro dos cavaleiros e de toda a Goredd.

São Pastelão — santo esquecido.

São Tarkus — outro desses.

Segosh — capital de Ninys, centro de arte e cultura (gentílico: segoshi).

Skondia — bairro porfiriano à beira-mar.

Tanamoot — vasto país de dragões ao norte das Terras do Sul, selvagem e montanhoso.

Terras do Sul — Goredd, Ninys e Samsam juntos.

Todos os Santos — todos os santos do Céu. Não uma divindade, propriamente, antes um nome coletivo.

Tratado de Comonot — documento que instaurou a paz entre Goredd e os dragões.

túnica — manto de fino tecido com mangas largas, em geral usado com cinto; o das mulheres chega até os pés; o dos homens, geralmente até os joelhos.

Vasilikon — sede do governo porfiriano.
Velho Ard — dragões inimigos de Comonot e de seus Legalistas.
Zokalaa — grande praça central de Porfíria.

Agradecimentos

Escrever este livro foi o cão. As pessoas a seguir garantiram que eu não fosse devorada:

Arwen Brenneman e Rebecca Sherman, a quem nem tenho palavras para agradecer; Phoebe North e Glassboard Gang; Naithan Bossé e Earle Peach, que me levaram a refletir sobre harmonia no momento certo; Inchoiring Minds and Madrigalians; Becca, que me mostrou a taiga; Tamora Pierce, que sabe como combater os *grendels*; Rose Curtin e Steph Sinclair, consultores dos que mais precisam; Iarla Ó Lionáird; Jacob Arcadelt; Josquin des Prez; Bessie, minha confiável bicicleta; e minha mãe, que nunca se cansa de conversar sobre arte.

Agradeço profundamente ao finado Douglas Adams, a quem devo a ideia da casa às avessas, e a Pink Floyd, citado furtivamente mais vezes neste livro do que eu poderia contar.

Por fim, minha gratidão a Jim, Dan, Mallory, e ao pessoal fabuloso da Random House, por seu apoio constante e afetuoso. E a Scott, Byron, e Úna, meu coração e meu lar.

Próximos Lançamentos

Para receber informações sobre os lançamentos da
Editora Jangada, basta cadastrar-se
no site: www.editorajangada.com.br

Para enviar seus comentários sobre este livro,
visite o site www.editorajangada.com.br ou
mande um e-mail para atendimento@editorajangada.com.br